第 一 章

这个西南的秋天才像个秋天。没有往年秋日里三两天一场的淅淅沥沥几日不停的细雨,没有整天价低垂的浓浓淡淡捉摸不定的云层,秋阳高照,把个满岗满坝满山满川星罗的青枫、香樟和柿子树叶晒出一片片北方才能常见的红色秋景。十几辆坦克和装甲运兵车,贴着以急行军速度推进的步兵长龙隆隆滚进,把一溜尘土和隆隆轰鸣,留在沿河蜿蜒的土路上空,给这本就异样的秋景里,注入了一股让人骚动的燥热。一场规模不小的陆军演习开幕了。

集团军甲种 A 师一团团长范英明站在一辆运兵车上,在左右两个中尉的簇拥下,在剧烈的颠簸中稳稳地向前运动。他伸出戴了白手套的右手朝路边一指,装甲运兵车一个急停斜到路边,碾出的尘土呛得几个躲闪不及的步兵剧烈地咳起来。范英明掏出怀表看看时间,眯着眼盯了一会儿斜挂在桉树腰间的太阳,这一看,他刚毅的国字脸上,几颗青春痘样的红疙瘩就分外地醒目了。略知这次演习成因的中级指挥官,看到范英明的青春痘梅开二度,多半会暗笑他在这次演习中过于处心积虑了。稍有点头脑的人都知道,在一场满编甲种师围歼乙种师一个加强团的常规演习中,主攻团团长根本用不着急个火烧火燎,该得的一切,以闲庭信步般的态度,也如囊中取物。这场演习的成因与 A 师第八任师长、现军区第一副司令方英达年底退居二线大有瓜葛,范英明作为方英达的三女婿,又被指定为主攻部队指挥官,严令自己的三个营比原计划提前八小时进入总攻位置,在别人看来就多少有点费解了。向来以稳重在集团军中层军官中闻名的范英明突然冒进起来,其实有难言之隐。他和方怡的婚姻实际上在一年前已走到了尽头,脸上的红疙瘩并不是为演习心急上火的产物,而是一个过惯了印板式夫妻生活的青壮男人,停了一年性生活的生理反应。眼下,范英明还顾不得考虑这次独断会出现哪些副作用,想的只是能在这次事先就导演好的常规演习中,充分表现出他作为一个陆军团长的价值。这种价值只能在适度犯规中才能表现出来。既然已经决定在演习结束后和方怡离婚,那就不能在这次演习中循规蹈矩当木偶,日后也不用再背搭上方家战车又赖一程的黑锅了。

范英明扭头看看停在装甲车后面的一串摩托,仔细辨认一下路那边急行军的步兵,用力拍了右边那个中尉,大声命令道:"李铁,你去前面通知焦参谋长和唐龙,指挥所四点钟以前,必须能投入使用。我在这里等等三营。"转过身又喊:"再快一点,快一点。"

特务连连长李铁跳下装甲车,把骑在摩托上的一个中士朝下一拉,待范英明话音落下,已蹿出十几米。

唐龙是 A 师的作战参谋,在陆军学院读书时已经有军事论文在报刊上发表,恃才傲物自然是难免的,年近三十尚在副营、上尉的官衔上行走,又难免要经常收获些怀才不遇。这种收获一多,嘴就没了遮拦,演习方案一公布,他忍不住说了句"这像是小孩过家家",黄兴安师长听到汇报后,就打发他来一团体会一下是不是过家家了。唐龙到一团后,仍不屑参与这种演习中,加上与团参谋长焦守志有些私交,成了一个优哉游哉动口不动手的君子。用一套理论说服焦守志把一团指挥所设在路旁一农家的新居,免了睡帐篷之苦,又能借机向即将来一团协助通信工作的女朋友讨个好之后,唐龙就叼着烟卷四处闲逛起来。来到路边,看着步兵们汗水湿透的后背,冷笑够了,忍不住喊道:"加油,加油,一昼夜推进一百四十里,应该发个奖牌!"

李铁在摩托上做个特技动作,摩托前轮腾空,绕着唐龙旋了大半圈。

唐龙躲闪着骂道:"混账!能这么开车吗?你这个范团长的大警卫员,胆敢把首长扔下不管,也不怕'蓝军'搞个擒贼擒王。"

李铁龇牙一笑,"我哪敢!首长命令,指挥所三点半以前必须能启用。"抬头看看正在农家房顶架天线的通信兵,认真说道:"唐龙,指挥所设在民房里,这怕是你的鬼主意吧?你又犯规了!"

唐龙淡淡说道:"人家房主盛情相邀,总不能不顾军民鱼水情吧。当年红军路过这里、后来解放军来剿匪,都把这一家当指挥所用。犯什么规?"

李铁不怀好意笑笑,"恐怕是你那龙体金贵,想少受些风餐露宿之苦吧。"

唐龙道:"主要是为范团长的身体考虑,你没看这两天他的美丽痘一天一个样,叫寒气一逼,恐怕会生病。谁都能病得,范团长可病不得,主角一病,戏就没法唱了。"

李铁左右张望一下,"积点口德吧!你以后说这种话,可要看看场合,部队这林子也是啥鸟都有。"

唐龙又掏了烟点上,仰脸吐几个烟圈,自言自语地说:"我这话对事不对人。我只是不明白范英明这样优秀的人,怎么会对这种游戏乐此不疲。这种演习的弊端,范英明看不出来?想不到他还搞急行军突进,太不可思议了。"

李铁道:"演习计划不是你们作战、训练部门搞的?你是作战参谋,这计划怕也浸有阁下的心血吧?"

"你太抬举我了。"唐龙指指车流和人流,"大白天进行这种没有空中掩护的突进，我可没那么大的胆让战士们送死。今天这能见度，飞行员在四十公里开外，用肉眼也能看清是怎么回事，可计划上就是让 C 师等着挨打。玩沙盘，这也是学前班的内容。拍成纪录片，唬唬外行是可以的。用到实战，就会血流成河。"他摇摇头接道："三天后演习圆满结束，便皆大欢喜了，该升的升，该留的留。我可是要走了。"

李铁道："走走走，说两年了吧？还是再等等吧。"

"是金子放哪里都会发光。"唐龙夸张地吐一口痰，"啊——呸！若是这样还用淘金吗？行将而立，等不得了。我可……"

话说一半停住了，只听脆生生的女高音由远而近，唱的是电影《上甘岭》的插曲。

A 师通信站分队长邱洁如站在敞篷北京吉普副司机的位置上动情地唱着，乌黑的秀发随风飘着，手里的钢盔向步兵挥着，后排三个女战士东倒西歪成各种姿势笑着，一车异性的青春气息，拽得男兵们目光打着电闪，行军速度车前慢车后快，队伍在吉普附近拥成一团。

唐龙站在路边，咬着嘴唇听一会儿，看着这动人的情景由远而近，终于忍不住，黑着脸吼道："唱什么唱，看什么看！这是演习，不是拉练。"

吉普车刹在唐龙面前，邱洁如红着脸跳下车，戴上钢盔，狠狠剜了唐龙一眼，对几个战士说："你们快去调试机器，别叫因为我们，让这些大首长们当了蓝军的俘虏。"说罢，一个人径直走向一片橘林。

李铁做个鬼脸，推了唐龙一把，朝邱洁如的背影指了指。

唐龙跟了过去，偷看一眼邱洁如的怒容，嬉皮笑脸说："本来在路边接你，看那些战士直眉瞪眼的胆子太大，没注意会伤你的面子，今后一定改正。"

邱洁如仍不理唐龙,步子却慢了。

唐龙又讨好说:"不是也赔罪了,消消气。你看这个指挥所怎么样?为了怕你再睡帐篷,才选了这个地方,当然打的是擦边球。女主人一听有女兵来,把卧室都整理好了。"

邱洁如这才嗔怪地看了唐龙一眼,伸手夺了唐龙的烟,朝地上一扔一踩,"阳奉阴违,这是今天的第几支了?电话里你不是说这次演习本是一场戏,不必投入,不必认真吗?想不到你的醋劲挺大。"抿嘴咬唇低了一下头,再抬起来就换了灿烂的笑,"书上说,吃醋的男人才算在爱情中,你及格了。"

唐龙跟着邱洁如走出橘林,并没发现范英明的装甲车已朝指挥所这边开来,追两步问道:"咱俩的事和我转业的事,你爸是如何指示的?这才是头等大事。"

邱洁如顽皮地一笑,"你既要熊掌又要鱼,事情不好办了。我爸说了,邱家的女儿只能嫁给有出息的军官。"

唐龙搓着手道:"曾经当过兵还不够吗?你走慢点,咱谈的是个人军事机密。你没对你爸说我这两年小试牛刀,在证券市场上的赫赫战绩?晚走一年,咱们这小家至少损失三十万。"

邱洁如看够了唐龙的焦急,自信地说:"我要嫁谁,我爸怕拦不住。这件事你就别发愁了。我爸说,你要拿出三个能说服他的必须离开部队的理由,他就帮你脱军装。"

唐龙大喜,掰着指头说:"第一,我今年二十九,才是个副营职参谋,你爸二十九岁,飞行团团长已经干得不耐烦了;第二,我对 A 师这种现状十分悲观,个别优秀的人,无法改变它,说严重一点,在这里等待,等啥怕都像是等戈多。就拿这次演习来说,各种人的内在驱动力,剖析出来让人心寒。恐怕团以上的干部思维的基础都是一个:今年十二月二十五号,方英达副司令就到退休线了。"

范英明这时已经走到唐龙身后,站下了。邱洁如突然发现了范英明，一时也没反应，呆呆的目光越过唐龙的肩头，盯着那张在钢盔的阴影里越发显得成熟阴郁的国字脸。

唐龙继续说着："一个萝卜一个坑，军区第一副司令，近几任都由这个集团军军长升任，大家都在琢磨方英达下野后的事。于是，这种演习在九十年代中后期也能搞起来。目的呢，是让方副司令高兴。我分在总部的同学告诉我，这次军委扩大会，就是下决心走科技强军、质量建军这步棋的。弄不好，这回马屁要拍在马腿上了。"

范英明忍不住接道："上尉同志，你的分析可算是入木三分，不过还不够细。"转过身冷冷地看着唐龙，见唐龙一脸尴尬低了头，僵硬地笑笑，接着说："有一点你可能是对的，如果严格按计划演习，方副司令肯定不高兴。谢谢你帮我下了这个决心。"扭头喊道："李铁！"

李铁跑步过来，"到"字像打个旱天雷。

范英明道："你去通知三营，天黑前向左前漂移五公里。"再转身盯着唐龙看，"唐参谋，你到一团是协助工作而不是指导演习，不知我记错没有？"

唐龙仰头立正答道："演习期间，唐龙无条件服从一团首长指挥。"

范英明绕着唐龙转半圈，"那你的位置就是作战参谋，而不是现行体制和作战计划的评论员。我问你，把指挥所设在民宅，是谁的决定，有什么必然的理由？"

团参谋长焦守志走几步答道："是我决定的。"

唐龙进入了正常状态，立正说道："是我向焦参谋长建议的。这幢民宅的位置，正对着前面的山口，山口那边是师演习指挥部，中间无山丘阻隔，便于上下通信联络。再一点，利用民居伪装，还能增加指挥所的隐蔽性。"

范英明真的左右前后走动着看,看过后不再纠缠这事,返回来又问:"蓝军现在的态势如何?"

唐龙有些倨傲地答道:"通过侦察,可以判定蓝军在严格按照演习的战役部署行动,没有任何像你今天的诸多灵活机动,正在 A 师的扇形包围中,作束手待毙状。"

范英明道:"如果这是战争而不是演习,如果你是我方最高指挥官,你现在会如何做。"

唐龙淡淡答道:"趁敌在该地区立足未稳,倾全部主力,以迅雷不及掩耳之势聚歼之。"

范英明点点头道:"你是一个优秀的作战参谋,就按你说的办。你电报师指挥部,称一团已做好一切战役准备,建议提前十六个小时发起总攻,如二团三团尚未到达指定位置,一团拟单独发起一轮攻击,以增加这次演习的对抗强度。"

唐龙呆呆地望着范英明,没做反应。范英明是想改变一下这次演习的性质,这是唐龙没想到的。

范英明疑惑地看看唐龙,"是我的命令没说清吗?按李铁的办事效率,三营现在已开始行动了。唐参谋,这可能是不拍到马腿上的惟一办法,你去起草电报吧。"说罢,朝装甲车走去。

邱洁如感叹道:"当团长就这么凶啊,不是凶,是一种味儿。阿龙,你身上还少这点东西。"唐龙歪头斜了邱洁如一眼,没说话。

焦守志慌忙追上范英明,谨慎地提醒道:"老范,这么做是不是有点过呀?"

范英明望着渐渐大起来的太阳,轻叹一句:"都在说我是这次演习的最大受益者,我不争辩,我只想证明我不是一个受人摆布的木偶。何况这只是一个建议,一个基本上无望被采纳的建议,谈不上过不过。"

焦守志又道:"老范,近来你脾气有点大,唐龙是个人才,又是师里派下来的,涵养也不错。"

范英明笑道:"你也会拐弯抹角了。人才倒是个人才,这种浮躁而有才的年轻人,捧着捧着就捧成赵括了,将来只会纸上谈兵。我的越位只是以一个团长的名分给一个师作战参谋一点难堪,恐有急于当师长的嫌疑。我知道人言可畏,有时也顾不了它了。"

一团的请示电由机要参谋先交到 A 师政委刘东旭手里,此时,师长黄兴安正在一面墙的地形图前聚精会神研究战场两军态势。本来,像 A 师这种甲种师,两年前已装备有先进的自动化指挥系统,但因这个系统在全军区师一级单位独此一家,唱不起对手戏,加上师、团级主官已习惯地图作业,这个系统一直没能被充分利用。黄兴安学了简单的操作后,觉得用计算机指挥没有用地图来得简便且有味道,加上用这个系统指挥作战,还需要学会或懂得几个专业的基本知识,便没再重视这个指挥系统。他不止一次表示对毛泽东靠地图指挥打出一个铁桶江山的无限钦佩,并由此多次强调要发挥人的主观能动性和人定胜天的传统思想。一师之长的行动,潜移默化地影响着 A 师各级指挥官的战争观念。这次常规演习,A 师那个计算机指挥系统都在各驻地闲置着,各级指挥所挂的仍是大大小小的地图。演习按导演部的部署有条不紊地进行着,黄兴安便终日待在作战室,面对巨大的地形图,追思那些叱咤风云的人物曾经创造的战争奇观。在 A 师师长的位置上已稳稳当当熬过了三年,眼下又遇到方英达副司令退居二线的节骨眼上,黄兴安知道稳妥是上上之策。在他看来,只要这次演习不出事故,他走进军一级领导班子,只是个时间问题。

师政委刘东旭读了电报,脸上浮出演习开始以来从未有过的兴奋。由军区宣传部副部长升任 A 师政委只有半年多,尚未赶上一次军事演习。在政治机关待了二十余年,老成谨慎的性格养成了七八分，这次兼了"红军"政委一职，刚进入角色，他就有了扑面而来的舞台感，心里也怀疑过这种演习的效果，但没露出丝毫，生怕让人感到自己的外行身份。眼和脑子这几天一刻也没闲着，看多了想多了，怀疑也聚多了，多得几次都要喷薄出来。一见范英明的电报，刘东旭立即判断出这是对这种演习效果怀疑的另一种表达，心理上已与范英明坐到一条板凳上了。

刘东旭伸出手指弹一下电报，向黄兴安走去，边走边说："黄师长，一团来电，请示提前发起总攻，我看这个想法不错，水无常形，兵无常法嘛。"

黄兴安接过电报仔细看了一遍，用红铅笔在"一团拟单独完成"下面重重画了一道，抬起头笑着说："刘政委，你在军区机关，常观摩大的演习吧？"

刘东旭用手扶扶眼镜脚，也笑着说："很少，观摩过几回，也是外行看热闹。这件事当然是由你来定夺，只是范团长想的也有几分道理，似乎不该一口回绝吧？"

黄兴安爽朗地笑出声来，"刘政委，刘政委，你我正班长副班长副班长正班长在政治军事上合作大半年了，你还不知道我这个人？打仗要死人，这演习组织得不好也要死人。这种演习的目的是检验甲种师的基本功扎不扎实，像范英明想的这样，不和蓝军打个招呼就冲上去，不打烂几百个头才怪呢。"

刘东旭似不甘心，脱口说道："这一次不是实弹演习，估计不会出乱子。"

黄兴安又用铅笔朝纸上点点，"这一点也没估计错。范英明也没说大话，一团冲上去，也能把常少乐的一团硬吞掉。不和蓝军打招呼，我敢和你打个赌，一个加强营今晚拉上去，也能把蓝军解决了。"

刘东旭有点吃惊，"不行吧？这次 C 师配属我们演习的是一个加强团，演习前一段不过损失两个半连，一个加强营怕啃不动吧？"

黄兴安又指着刘东旭大笑起来，"这是演习！你说的是战争。你站在蓝军立场上一想，不是早当俘虏早安生吗？你要是看见常少乐在军部为争当一次红军发的那个脾气，你就知道我说的一个加强营已经是优势兵力了。"

刘东旭有些天真地问："你说蓝军就不做一点抵抗了？要是这样，演习的意义在哪里？"

黄兴安认真解释说："如果是团与团之间战术对抗，蓝军也会拼命的。这次演习目的实际上是检验我们师的战役作战能力，C师完全是配角，说白了，就是我们的靶子，炮轰枪打，选择权在我们。他们不过是能活动的靶子而已。"

刘东旭又拿起范英明的电报看看，说："我有些明白了，范团长这么做就改变了演习的目的，检验的就是一团的战役作战能力。"

黄兴安一擂桌子，严肃地说："对，这就是问题的关键。范英明总是等不及，当了主攻团团长还不满意，就想过头了。当然，只动个一团就解决了问题，你我更该高兴。可我们事后怎么向简团长、王团长交代？他们的几千人不变成拉练了吗？就这么一个梨儿，只有分吃了才好。再说，这样做，日后常少乐见我们，还不恨得要生吞活剥？我们一个师吃掉他一个团，他认栽，要是一个团吃掉他一个团呢？这就过分了。"

刘东旭苦笑一下，"军事上我还得好好学习。是我糊涂，没弄清演习其实和象棋一样，要车走直路炮翻山马走日子象走田。范英明这么做是不懂马别腿不能走，所以该提醒他。"

黄兴安一拍巴掌道："刘政委，你能这样想就好了。范团长的积极性还是值得表扬的。方副司令要来视察这次演习，这种机会不多了,小范想好好表现表现,也是可以理解的嘛。老刘,你看是不是这样给一团回电:按原定方案继续演习。你们的方案是积极的,已报导演部供参考。"

刘东旭说:"可以吧。不过,换成真正的战争,那就是有两个导演部了,吃掉人家一个团,谈何容易!"

黄兴安友好地说道:"老刘,我也从来没把你当外人,你这些话在这儿说在这儿了。方副司令年底就到站了,A师是他的老部队,他做过第八任师长。说句心里话,这种演习的确弊大于利,它的前提是猫抓老鼠,无法体现战争的剧烈对抗性。可这是军部造的计划,又报军区批准过的,我们只能执行。好在我们扮的是猫。方副司令去北京开会前,还打电话说要来观摩观摩。这种时候,可不敢添乱。老师长一贯表现你说的兵无常势,说来就来,脾气又坏,人要到点了,就更不好揣摸。"

刘东旭听了黄兴安的分析,也感觉到事情有点棘手,来A师半年,只是在开会时和范英明见见面,谈不上有什么深交,对范英明发这样一份请示电的用意也不敢妄下断语了,如果范英明真是想独吞这颗梨子,演习结束后,可就有数不清的思想政治工作等他去做了。沉默了一会儿,他突然说:"老黄,你在这儿坐镇足够了,我到部队去看看,强调一下群众纪律,别让咱这游戏搅得四邻不安。"

"周到,周到。"黄兴安站起来说,"我会和你保持热线联系。要是方副司令来视察,你可要及时赶回。这样的方式见首长,机会不多了。"他走过去亲热地拍拍刘东旭的肩。

A师一团在演习第二阶段开始以来的异常行动,早就引起导演部成员、A师参谋长高军谊的高度重视。这个陕北黄土高坡之子年龄已处副师的危险高龄区,如一年内到不了正师位置,这辈子恐怕无法圆将军梦了。高军谊这个靠实干在 A 师一步一个脚印成长起来的敦实的红脸汉子,一身的精明完全被体形掩藏了,惟独一双小而细长的眼睛能泄露他内心的真实消息:对未来更加辉煌尚有希冀,更多的则是志得意满的温和了。范英明带一团搞急行军式突进,高军谊佯装不知,但接到一团的请示电,那就得表明自己的态度了,因为一团借演习搞强度训练不涉及一团以外人员的利益,而提出提前进攻,就会带来混乱。这却是高军谊不希望看到的。

看见 C 师一团参谋长出了导演部,高军谊走过去,压低了嗓子对集团军作训处长、演习导演部副主任赵中荣说:"范英明摆出的架势像是要逞英雄,这事导演部得管一管,不能过分偏向一团。"

长得白净微胖的上校赵中荣一身的精明能干在举手投足中都会绵绵泄出,鼻梁上架的小巧的金丝边眼镜不是近视镜更不是老花镜,它的作用在于掩饰主人眼睛里隐现的可能会伤害到别人的锋芒。知道用两片平光水晶石改变些许形象,证明赵中荣是那种对自己、对环境都了如指掌的早慧的人。

赵中荣极快地眨几次眼睛,平和地说:"这事能管吗?你的位置又特别,管了更不好。"

高军谊忙问:"你这是啥意思?"

赵中荣耷拉着眼皮道:"老高,别忘了我是西安人,一个省的人,脑子都差别不大。我就不信你看不出来集团军下一步的变化。陈军长接方副司令的班,没跑。董参谋长还有几个月才能从国防大学回来,总部来过渡的金参谋长就回京了。二十八年来,除了方副司令直接由 A 师师长直升军长,其他的军长都由参谋长接任。金回北京,那是为董腾位置。"

高军谊打断道:"你别拐弯了。"

赵中荣说："老高，这里也没旁人，我也想说点心里话。我这正团到年底也满三年了，也该动动。你说我动到哪里好呢？"弯子绕得更大了。

高军谊道："集团军那么大，你老弟又是陈军长的得力助手，自然是全军最好的位置。"

赵中荣低头想了一下，"你觉得刘东旭这个人好不好相处？"说得像是更不着边际了。

高军谊道："挺好的一个人，来Ａ师半年，和常委一班人都挺合得来。我把你嫂子她们的户口办到Ｃ市，有的人几年抓住这个小辫不松手，到刘东旭才把这事按下去了。"

赵中荣冷笑道："Ａ师如今是黄师长的Ａ师，刘东旭这样聪明的人，自然懂得眼下在Ａ师如何当政委；充分尊重黄兴安，黄到军参谋长的位置上，以后遇到刘东旭的个人问题，当然会开一路绿灯。你现在就欠了刘东旭的一份情，等你当了师长，Ａ师就成了刘东旭的Ａ师了。"

高军谊没想到赵中荣打了半晌飘忽派太极拳，还能在最后一指头点在他的腰眼上，下意识地扭头看看敞开的门，索性装作小学生的样子问道："你说这种可能还存在？我今年已经四十六了。"

赵中荣道："Ａ师的光荣历史你比我更了解，你大概不会不知道，自五五年以来，Ａ师的师长也都由师参谋长接任吧？到时候，上有刘东旭压你，如果参谋长也不和你合作，这师长可就不好干了。"

高军谊也不遮掩了，"这次演习，实际上是为范英明接我的位置铺路的，你在军机关比我更明白。我这一辈子能有今天，也知足了。将军？祖坟上也没冒那股烟，想到那一步，非得上边有人不可。我就是就业当师长，范英明想往前走，总不能把我一脚踢开吧？不瞒你说，我只会走这种笨棋。方副司令退了二线，范英明说不定能坐火箭上。谁不知道他一直把范当儿看！"

赵中荣吃了一惊，不由得重新打量了高军谊一番，啧啧叹道："老高，今天才算听到了你的真心话，想得深呢。问题是黄师长只比你大三岁零四个半月，董参谋长怕是要在军长的位置上干到退休的。黄兴安一旦当了军参谋长，想升正军，还得想别的办法。所以，你的出路只能是以成绩调出集团军。常少乐今年五十三，后年到站。弄不好，你恐怕只能去接他的位置。为什么这样说呢？因为总不能让你挡住范英明的道吧？防止这种结果，只能避免范当师参谋长。"

高军谊还没这样考虑过，听得心里有点发虚，叹口气说道："你肯到 A 师吗？我巴不得你能来。可范英明能答应吗？就说这次演习，这导演部不过是衬托范英明的叶子。谋事在人，成事在天，知足吧。"

赵中荣站起来走一圈，"老高，难得我们这样投缘。你要是认命了，也不会对范英明提前进入一线这样敏感。人家能组织这样大规模的演习，咱也该好好利用利用这件事。我看不用管范英明出不出风头，你只用让简凡的二团磨磨洋工，我只用煽得 C 师一团打疯了，范英明就会付出惨重代价，一个团外加一个摩步加强连想吃掉 C 师一个团，可能吗？"

高军谊像打量一个陌生人一样，盯着赵中荣死看一会儿，像是已经经不起这个计划的诱惑，颤着嗓音说："这倒是个好办法，可能把范英明怎么样？"

赵中荣得意地笑了，"如果范英明不再是方英达的女婿，得罪了他又怎么样？一个团长还能把师长、参谋长掀翻吗？"

高军谊眼睛一亮，"你快说说是怎么回事，消息可靠不可靠。"

赵中荣说："范英明要算是个血性汉子，总不能对戴绿帽子的事沉默吧？三小姐方怡恐怕早红杏出墙了，要不然，根本不可能在几年内,坐上台湾独资有上亿资产的大公司总经理的宝座。也就是说,方怡下一步就要成为台湾大资本家的儿媳了。我小姨妹的小姑子是 C 市白云幼儿园的老师,说方怡几次去接她那瘸了腿的儿子,都是昌达公司董事长亲自开的车……"

陆军学院战役教研室主任、军区演习观察组副组长朱海鹏上校走进来时,赵中荣正在谈范英明和方怡的关系。身高一米八〇、长相和身材一点也不沾土腥气的农民之子朱海鹏十年前也是 A 师响当当的少壮派风云人物,二十五岁就在《军事学术》和《军事研究》上发表引起军区和总部首长关注的长篇论文,在一个师的影响力,差不多等同于五级地震。五级地震没有破坏力,却能让所有的人都能感觉到它发生了、存在着。一个在十年前就鼓吹中国军队向西方学习的连级军官,在做派上也有些西化,被人善意地略带点讽刺和幽默地在背后讥称为小巴顿,那是自然而然的事。当然,谁也没去细想朱海鹏和巴顿有什么本质的区别,比如朱海鹏肯定不会因为鞭打士兵遭解职,比如朱海鹏绝对不会因为发现士兵的床板和蚊帐间镶贴一张印着丰乳肥臀只穿比基尼泳装的风骚女人画而大发雷霆。更多的时候,朱海鹏体现出的是中国式的温和和中庸。当年,范英明先他一步当了 A 师一团一营营长,就丝毫没有影响到朱海鹏和范英明间的惺惺相惜的友谊。他们两人间的关系变得微妙、充盈着类似敌意的味道,完全是因为方英达三女儿方怡的介入。如再深究,责任就该由方英达来负,因为那时他只有一个女儿了,却让方怡在范英明和朱海鹏之间自由自在选一个做丈夫。这个决定很不合方英达的个性,很优柔寡断,原因恐怕是他也分不出范、朱二人的高下,把矛盾踢给了女儿。方怡那时正在开始品味男性魅力的年龄,自然有一手握熊掌一手抓鱼的些许贪婪,使这项择婿工程拖了一年,且有无限期拖延下去的危险。方英达这才要求女儿在一个月内作出决断。方怡嫁给了范英明,朱海鹏只能在 A 师扮演一个情场失意的悲剧角色。当那时在 A 师当师长的陈皓若告诉方英达,朱海鹏很快娶了家乡镇卫生院的一个小护士后,方英达决定改变一下朱海鹏的环境,弥补因为自己的犹豫不决带给朱海鹏的伤害。于是,朱海鹏才在 A 师上下的视野里淡出。谁都不明白,事情的真相是朱海鹏那时正面临忠孝不能双全的困难。作为独生子,在父亲突然病倒、丧失了劳动力后,是不能全心全意追求爱情的完善的。因此,方怡最终选择范英明给朱海鹏带来的打击就是有限的。小护士田梅兰卓越的表现,很快让朱海鹏心满意足。这些年朱海鹏在田梅兰的强有力的支持下,把自己的军事理论家的形象塑造得已须眉毕现了。一年前,因为田梅兰在一次车祸中长眠不醒,朱海鹏的生活倾斜了,他不得不花很大的精力考虑母亲和女儿的未来。加上他的人生理想绝不是只当个军事理论教官,而成为叱咤风云大将军的可能又并不存在,朱海鹏最近已在考虑脱军装的事。因为以他在部队拿的微薄的薪水,无法让他尽到为人子、为人父的双重责任。

因为和范英明、方怡有过一段桃红色的关系,赵中荣的话就像细针一样尖利,字字入了朱海鹏的耳。一时间,朱海鹏僵住了,当了一会儿密谈的偷听者。当他从那些字里行间品出赵中荣别有一番意味时,他感到了这个场面的尴尬,急中生智重重地咳一声,搭讪道:"很对不起,听到了末尾两句,这件事我也听说了。真的是世事难料哇。我想打个电话。"

赵中荣见有台阶,顺着下来了,开玩笑道:"海鹏兄,你不想和三小姐试试破镜重圆?当年,听说你也是热门人选呀。"

朱海鹏笑道:"那百年的事了,休提起。"

赵中荣朝门口走去,"老高,你别听他口是心非,咱们回避一下,让海鹏兄先在三小姐那里挂个号。绿机子可接地方线。"

高军谊哦哦着站起来也走了。

朱海鹏扬手道:"别别,下边有情况报来,我咋办?"

赵中荣扭头笑道:"陈军长回军部等方副司令,演习按部就班,这会儿不会有重要情况。你放心挂你的号。"

朱海鹏早就看清楚这次演习是个人利益驱动的结果,赵中荣和高军谊的密谈再次证明了他的这种判断。和平太久了,军人这个职业已经变成一种纯粹谋生的手段了。既然是谋生,个人利益就成了最主要的目的。随观察组来到演习区后,朱海鹏从导演部所带设备上,也看出了演习与军队的整体利益毫无关联,不然的话,一场九十年代中后期的演习,绝对不会只带七八十年代的落伍的装备。心境变坏后,他甚至忘了自己还想借这次演习闹出点大响动的雄心,也没和 C 师常少乐师长通话,站着发了一阵呆。

正在这时,绿色电话机铃响了。朱海鹏拿起话筒一听,那边自报是黄兴安。

朱海鹏说:"赵副主任刚出去,我叫他去。"

黄兴安亲热地说:"是海鹏主任吧?"

朱海鹏面露惊讶,"黄师长,你怎么听出是我?没记错的话,我们已经四年多没见了。"

黄兴安道:"你的声音隔十年八年也忘不了哇。这次你来观摩 A 师的战役演习,可一定要在方副司令那里多美言。虽然你走了多年,我可一直是把你当 A 师的虎将看待呢。"

朱海鹏忍不住哼一声,"这种演习,多年不搞了,一搞就是一篇锦绣文章,用不着锦上添花。再说,我一个小小教研室主任,也没有资格对这种演习评头论足。"

黄兴安像是根本没听出朱海鹏话中带刺,依然十分亲近地说:"老弟太谦虚了。全区谁不知道在作战和训练上,你能当方副司令一半的家?我打电话不为别的,只是想问一下方副司令从北京回来没有,要是回来了,我们也好先做个准备。"

朱海鹏听得心里有了气，眼珠子转转，咬咬嘴唇说："黄师长，这次我来观摩，虽是方副司令点的名，但观察组就有四个人，我的评价影响力有限。方副司令怕是已经回来了，听说陈军长已经去接他了。他的方式向来很别致，我猜他肯定要直接来演习现场。这可是他任上最后一次视察演习了。"

黄兴安声音有点变，"谢谢你的情报，我一定好好安排，让老首长看个满意。"

朱海鹏本要放下话筒，像是意犹未尽，又即兴说道："部队点验过没有？"

黄兴安忙问道："你是不是知道了老首长的意图了？"

朱海鹏随口道："方副司令是真打过仗，要退下来了，我想他肯定不会放过感受一下枪林弹雨的机会。要是点验得不仔细，空爆弹中混上个把真家伙，这个……我只是猜的，不过他真要去一线，你们也可以拦嘛。"

黄兴安放下话筒，看着地图的眼睛发直了。方英达要做的事，集团军可没一个人能拦得住。从驻地开拔前，师里已经组织过一次点验。可演习已进行近一周，人员来往不断，会不会又出现新的事故隐患呢？近几年的官兵关系也大不如前了，还是谨慎一些好。他喊来一个参谋道："给各团发个命令，今晚八点以前，部队再组织一次点验，严格查找事故隐患。"

朱海鹏和黄兴安通了电话，很疲惫的样子出了导演部指挥室，喊了正在和军区训练部部长、演习观察组组长童爱国说话的赵中荣："赵导演，平安无事，再贻误战机，本人不负责。中间黄师长问方副司令行踪，我讲了陈军长正接他来战区视察。消息没传走样吧？"

赵中荣开玩笑说："看你蔫得像个软茄子，怕是没候补上吧？"说笑着，和高军谊一起进了指挥室。

朱海鹏朝窗外望去，只见一辆越野吉普正朝这边开来，转身对童爱国说："童大部长，对我区第一主力师这次战役演习感受如何？"

童爱国大校意味深长地笑笑："站在训练部长的角度看，我相当满意。一团的整体素质，放在全军也是超一流的，一天一夜推进近七十公里，速度是二战后期巴顿军团推进速度的近五倍，比俄军九十年代平均日推进速度高出十公里，可以和美军比一比了。"

朱海鹏问："站在作战部长的位置看呢？"

童爱国道："我现在是训练部长，而不是作战部长。"

朱海鹏伸手捣了童爱国一拳，"少耍滑头。以你的眼力，会看不出这是耗资百万而百无一用的花拳绣腿，可你竟大笔一挥批了这样一个计划。大道理不讲了，拿这一百万，可以使一个甲种团实现指挥自动化。"

童爱国委屈道："我的大理论家，你可别冤枉了好人。自从我当了训练部长，训练费可是一分钱也没打过这种水漂。这次演习费用，军区没拿一个子儿，A师出大头，军里出小头，请我们来捧个场，我们敢不来吗？再说呢，人家这个计划是先送军区白副参谋长画圈的，白少将画了圈，童大校敢不画吗？"

朱海鹏冷笑一声，"一个师拿六七十万做这种官样文章，就不心疼？这要多少个战士养几年猪种几年菜呀！说白了，不就是想让方副司令退二线前高兴一下吗？我看未必。你也该给方副司令提前汇报汇报。不说了，看来我是迂腐透了。"

童爱国摇头说："可怕的是促成这场演习的原因根本无法找出来。我也不是表白自己，几个节骨眼，我都想越级向方副司令反映，每次他都不在。这也是天意吧。"

一个精精干干的中尉走进来，面对朱海鹏和童爱国敬个礼，把一个纸条递给朱海鹏道："朱主任，常师长说如果方便的话，务必请你今晚去一下。"

朱海鹏展开纸条，探头过来的童爱国已念了出来："'猫头鹰的眼睛开了。'这是什么意思？"

朱海鹏登时精神焕发，收起纸条，神秘地说："这也是天意。这支部队总还有敢舍身家性命求发展的人。如果不是看到这种希望，这身军装我一天也不愿穿了。组长同志，请你批准我到 C 师'前指'走一趟。"

童爱国说："你是观察组副组长，你本来就有权到处观察观察。看你的样子，像是吃了兴奋剂。你要干什么，能告诉我吗？"

朱海鹏伤感地说："不是我信不过你，这事你知道太早没好处。我是想让这一百万演习费花得值得。具体你就别问了。很可能这是我在军队的最后一次亮相。赵连长，咱们走。"

童爱国等朱海鹏跑到北京 213 跟前，忙追过去喊道："海鹏，你说最后一次是什么意思？"

朱海鹏探头说道："这件事如果砸了，明年咱们就是军民鱼水关系了。"

吉普猛地蹿了出去。

C 师师长常少乐就在附近的树林里等朱海鹏。

常少乐一上车就说："我要拉你去喝几盅，这两百多万投进去，我可是压上了身家性命。"

朱海鹏接道："还有一个职业军人的沉浮。"

常少乐捅了朱海鹏一肘子，"哪壶不开你提哪壶，五十三岁的正师，只有沉没有浮。"

朱海鹏用钦佩的目光看着常少乐，"要是有识才的，只会让你浮出来。这一周看到的、听到的，太让我失望了。我就想，你们能压上身家性命，把两百万投进去，我也该压上身家性命，让这两百多万在合适的时候放出光来。"

常少乐笑道:"这两年没你这个忘年交不停地打气,我可撑不下来。不服高科技是不行,我一看那玩意儿,整个懵了,黄兴安的整个部署真清楚得跟照片一样。"

朱海鹏说:"这场演习真是时候。如果我的判断没错,方副司令可能会喜欢看这个节目。"

常少乐问道:"是什么节目,你能说说吗?"

朱海鹏道:"这要看 A 师配合得怎么样了。没想到江月蓉用十几天就把它调试出来了。"

常少乐笑道:"C 师若能打个翻身仗,你和江小姐都是大恩人。我呢,也替你做点工作,已经打探出来她如今是一个人带着女儿过。你们俩现在还是江总、朱主任这样叫,彬彬有礼。我想当个红娘,促你们两家合一堆过,用这方法还你们的情。你看行不?"

朱海鹏说:"你这才叫哪壶不开提哪壶!大战在即,提说这种事。实话对你说吧,我早就判断出她是单身女人了,她恐怕也猜得出我也是光棍一条。叫江总、朱主任,只是还没捅破那层窗户纸。你想用当红娘还情,太便宜你了。"

常少乐挠头笑道:"我的眼拙,第一回你带她来,我看你像是第三者插足。你们认识小一年了,真的就没谈家长里短?"

朱海鹏道:"谈,只谈各自的女儿。"

这个时候,方英达乘坐的直升机徐徐降落在集团军军部礼堂外的一片草坪上。陈皓若军长等人已早早迎在那里。

方英达结实魁梧的身体踏上几个战士飞快抬过去的台阶,仰起刚毅、坚韧的泛着高原红一样的脸,眯着炯炯有神的大眼看看在蓝天上飘动的一群群绵羊一样的云朵;一头雪亮的白发像一面生命之旗,随风飘扬;两道半黑半白的浓眉,使方英达更添几分通常讲的仙风道骨般的神韵。他的脸色红得有点不正常,透出的信息只能读作疾病或过度的疲倦。他慢慢走下四五级台阶,中间略作停顿,两眉蹙了蹙,面部肌肉紊乱地跳跳,像是在忍受巨大的痛苦。不过,他一直挺拔地走着,点头向站立一排的下属致意。突然,他的右腿一顿,身子向右一歪,右手下意识地捂住了右腹。一个上尉一个箭步过去扶住了方英达。

方英达慢慢扭头,威严地盯住上尉,慢慢说道:"我自己不会走路吗?"

上尉讪讪地松了手,闪在一边。这突然的变故,使平素的寒暄无法进行了。陈皓若少将只好跟着方英达走。当陈皓若发现方英达没有走向草坪外停放的奥迪轿车,而是朝礼堂走时,不得不开口说话了:"方副司令,你从北京飞回 C 市,又直接从机场飞到这里,四个小时了,还是先到招待所休息休息吧。"

方英达脚步没停,脸微微偏向陈皓若说:"不是赶着看你们这场演习吗?先把演习方案拿来我看看。给我泡杯热茶来。"

几个参谋干事飞快地跑走了。方英达刚在礼堂落座,一个漂亮的女战士就跑步过来把茶杯摆在一把椅子上,因为慌张,茶杯盖子掉到了地板上,一声清脆的丁当,像定身咒语一样,把大厅的人都定在原地。

方英达弯腰捡起没了提手珠的杯盖,笑着说:"小鬼,没关系,你还是个列兵嘛,要学会沉着,错就少了。你们都坐呀,站着干吗?"

只有陈皓若挨着方英达侧身坐下了,其他的校官尉官都站着。女兵早流了眼泪。

方英达和蔼地笑笑,"小鬼,哭鼻子可不好,已经是列兵了嘛。"

女兵呜的一声,掩面朝门外跑去。

一个中尉追几步,喊道:"回来!"

方英达摆摆手说："蛮有个性，像我家小三小时候，你们不要为难她。"

方英达的随行秘书梁平一见方英达有了笑脸，自己坐下来，招呼道："坐下吧，坐下吧，又不是没位子。"

方英达呷口茶水，朝沙发上一仰说："形势逼人呀。这次会正式确定了科技强军、质量建军的发展方针。陈军长，这次演习，都有哪些新鲜的内容？"

陈皓若还没回答，参谋已将演习方案送到方英达手里。方英达仔仔细细看了前两页，后面便不耐烦了，脸色越来越阴沉，最后把演习方案重重地拍在椅子上，侧过脸盯住陈皓若看。陈皓若不由自主地站了起来。

方英达也站了起来，淡淡地说一句："陈军长，你们的闲钱不少嘛。"迈步向外走，"还是看看演习情况再评价吧。毛主席说，没有调查研究，就没有发言权。这话是绝对真理。陈军长，你和我一起去吧。或许这种演习也有了新东西，这几年 A 师的装备也算说得过去了，前年配了自动化指挥系统，三个月前战场微波监视系统也下发了，用这种办法演练一下也好。"

陈皓若下着台阶说："吃完饭再去吧，你也该休息休息。总攻时间是明早八点，你在军部歇一晚也来得及。"

方英达径直走向飞机："晚饭到军'前指'吃。"

陈皓若硬着头皮跟了过去。方英达的期望显然与演习的实际情况相差太远。事到如今，演习已进入单行道，无法改变了。陈皓若怎么也想不到，乙种师 C 师正准备刮起一场风暴。

常少乐、朱海鹏下了车，不由得被眼前的迷人景象吸引住。指挥所右侧本是一片低矮的香樟林，偏有几棵高大挺拔的银杏玉立在香樟群中。银杏树下，江月蓉身穿一套白色套装，慢慢在银杏树下行走,不时伫立树下,仰脸凝望高高的树冠。此情此景,朱海鹏一下就想起了法国风景派画家柯罗的那幅著名的风景画《蒙特芳丹的回忆》,正在想眼前这幅景色和名画有哪些不同,腰眼处被人捅了一下。

常少乐推朱海鹏一把,压低嗓子说:"眼看着是在怀春嘛,这时候进攻,事半功倍。"

朱海鹏红了脸,咬牙说道:"这是怀旧,你懂不懂? 回忆往事。"

常少乐正要说什么,看见江月蓉已发现了他们,正朝他们走来,忙拉了朱海鹏一把,迎上前去。走近了,朱海鹏才发现江月蓉出浴后的成熟少妇的美不可抗拒。一头湿漉漉的长发披散在线条优雅的身体上,随着身体的起伏,像在演奏着迷人的乐曲;满脸熟透了的桃红,在饱满的胸部的衬托下,更是显得鲜艳欲滴。火红的夕阳挤过树缝,照得人怦然心动。

朱海鹏生涩地笑着,多少有点失态地搓着手,略带口吃地说:"江,江总,没想到是你。我还没见你穿过便服。"

江月蓉大大方方看着两个男人说:"一次性调试成功,任务算完成了。我只带了一身军装,这几天脏得像个泥猴。常师长,你的战士可真好,在这种条件下,竟烧了十来盆热水让我洗澡,这才换了衣裳。这不算违反战时纪律吧?"

常少乐哈哈笑道:"你天天这样到我的士兵面前走一走,C师的战斗力能长百分之三十,犯什么纪律?"

朱海鹏接道:"江总给你们师开通一只天眼,你那个长百分之三十,太保守了。"

江月蓉摆摆手说:"总设计师还没验收,这样评价太早了点吧。"

常少乐说道:"我们的时间很充裕,你们一个总设计师一个总工程师先单独谈谈,我去炊事班看看能不能喝二两庆功酒。"

常少乐走后,朱海鹏和江月蓉你看看我,我看看你,找不到一句话,又像是所有的话都已多余,僵在那里,僵得有点尴尬了。

江月蓉终于说:"你真相信我有这本事?"

朱海鹏说:"坚信不疑。"

江月蓉抿抿嘴说:"总算没让你失望。"

朱海鹏说:"放眼全区,你我肯定是最佳组合。"像是觉得这话说得有点双关,便顾左右言他说:"你该回去看看小银燕了。"

江月蓉说:"你还是去验收验收吧。"

两人一起向临时搭建的指挥所走。夕阳把两个和谐的剪影在高低不平的红土地上画了一遍又一遍。

这是一个麻雀虽小、五脏俱全的现代化指挥中心,一块两米见方的大液晶显示屏占据了最突出的位置,作战地图已被挤到门后的墙壁上,表达着与历史丝丝缕缕的联系。蓝军司令、C师一团团长楚天舒,正在指挥操作员输入A师各部的番号。显示屏上,一个蓝圆圈被半个红圆圈紧紧包围着,仔细一看,这个半圆红线中间断裂出两三厘米长的间隙。

楚天舒道:"不可能是显示屏出问题了吧?"

朱海鹏走近了仔细看看:"不会。为了证明这套战场微波显示系统一次调试成功,我违反一次演习纪律吧。那断裂的一段,正是A师一团和二团间的结合部。范英明这次一反常态,像是准备用一个团就吃掉你们,自然是走得快。"

楚天舒惊叫一声:"天嘞!那可是宽四五公里的无人区呀!"

朱海鹏右手托着下巴,来回踱着步,像是在思考,又像是在下什么决心。

常少乐进门一见朱海鹏的样子,不由得问道:"是不是我高兴得太早了?"

朱海鹏猛地抬起头，冷峻的目光直射楚天舒的眼睛，十分严肃地说："天舒兄，如果这是战争，你又拥有了这些技术，你是等明早和敌人正面决战呀，还是采取其他行动？"

楚天舒很干脆地回答："留两个连与敌一线部队保持接触，主力趁夜黑从结合部插入敌后，待强敌阵形紊乱后，依靠这个宝贝，集中优势兵力，各个击破。"

朱海鹏接道："我们的战场自动指挥系统还没成网，主力突然消失于无形就是大胜。"话锋一转，"这场演习的成因，用不着我说你也明白。你想不想通过我们的努力，彻底改变这次演习的性质？"

楚天舒有些悲愤地说："这种指定的败军之将，我连续干了三年了。你千万不要说出这要负什么责的话，说了，那就是你朱海鹏错看了我。你、江总和 C 师七千将士的心血总该流到有用的地方。你说咋办，事后我楚天舒一人担了。"

朱海鹏疾走两步，朝楚天舒的胸部捣了一拳，"机会千载难逢，你我就一起共荣辱、同进退吧。如果没人明白我们的用意，今年我俩一起脱军装。"

常少乐有点发急了，走几步说道："你们把我这个师长放在什么位置上？要牺牲，也要先牺牲我这个老家伙。海鹏，反正我是要到线的人，方老爷子早把我打入另册了，一口破罐子，能听个响，我也满足了。你不一样，是局外人，犯不着冒这个险。再说，方副司令对你……"

朱海鹏粗暴地打断常少乐："这是蓝军司令和演习观察组副组长在实行'将在外君命有所不受'的方针。你来蓝军指挥所只是接江总离开战区，这些事你根本就不知道。"他盯着常少乐的眼睛看看，语气缓和了一些道："C 师这个局面，缺楚天舒缺朱海鹏可以，惟独不能缺常少乐。再说，我不离开部队，家里的难题也无法解决。C 师的自动化指挥系统还没完善,常少乐不当师长,这几年大家的心血都将付之东流。保存了你,我就是脱了军装,不是还可以做 C 师的编外工程师吗?"说得几个硬汉眼里都闪动着泪光。

常少乐忘情地扑过去和朱海鹏紧紧拥抱,然后紧握着朱海鹏的手说:"海鹏,你比我强,有大局观,知道取舍,是帅才呀。"

朱海鹏真诚地说:"在 C 师搞三年试点,所得可受用终身。七千将士可以勒紧裤带搞高科技,我有什么不可以牺牲呢?"

常少乐爽朗地笑起来,直笑得瘦长的身体飘飘晃晃,松开手击了朱海鹏一掌,"咱们别再相互吹捧了。我听你的,日后只说来接大功臣江月蓉。可我总该知道你咋部署的吧?"

江月蓉见几个男人心情过于沉重,善解人意地开玩笑道:"不就是没按演习计划亦步亦趋木偶样走吗?用得着弄得跟上刑场一样?少了谁,这地球不照样转?"

三个男人都笑了起来。

朱海鹏充满感激地看了江月蓉一眼,转身对楚天舒说:"先令一线部队主力向 A 师一、二团结合部集结。为保证万无一失,你要亲自带部队趁夜黑插过去,越快越好,时间由你掌握。"

楚天舒说:"计划是明天早上八点红军发起战役第二阶段,后半夜行动似乎更安全。"

朱海鹏道:"你考虑得很对。我估计方副司令今天肯定会赶到 A 师,范英明也不是吃素的人,迟了怕生变,还是前半夜行动吧。你带部队插过去后,这套设备还是连夜运回师里好,这指挥所的条件太简陋了,仪器又太娇贵。"

常少乐接道:"是呀是呀。二百多万,这样一场演习就报销了,不值。楚团长,你既然冲过去了,还是要瞅准机会拣几个软柿子吃吃,要不事后人家误认为我们执行的是逃跑主义路线。"

朱海鹏打趣道:"常师长,狐狸尾巴露出来了吧?这一着要是正好打在七寸上，可真够黄兴安他们喝一壶了。姜还是老的辣呀。"

常少乐彻底露了真性情，"对你们这种真人，我也不说假话。常少乐这么做，确实也存了点私心。我在 A 师参谋长的位置上去国防大学，心里野得很，想着读了黄埔军校，以后就上了高速公路了。谁知一回来，参谋长变成了黄兴安，我变成副师长了，主管后勤。那时觉悟不高，闹点小情绪，一闹就长个小辫子。人家一抓就把我从甲种师抓到了乙种师。颓废了三年，遇到你朱海鹏，觉悟才慢慢提高了。不说这些了。黄兴安明天喝一壶，咱们今晚先喝一壶。走，喝酒去，算为你们壮行。"

朱海鹏说："楚团长，给我留一辆装甲车，明天我去会会范英明。我明你暗，咱把这出戏唱精彩点。"

傍黑，晚霞映红了半边天空。

范英明看见刘东旭出现在一团，就知道这次演习只能演规定之内的节目了，心就灰了下来。心一灰，脸色就不好看了。

刘东旭阅人太多，马上笑呵呵地说："我可不是来督战的，是来学习的。"

范英明忙把刘东旭迎进指挥所。

唐龙拿一张电报跑步过来报告："黄师长急电。"

范英明皱着眉头说："念！"

唐龙读道："方副司令即将到达'师指'，你团为什么迟迟不报点验结果？悉，方副司令对演习有看法，可能要到一线视察，更需认真对待。如刘政委在你团，请他留下指导下一步行动。"

刘东旭接过电报再看一遍，笑着说："我这个婆婆好伺候，你们按你们的计划行动，出了问题我负责。"

范英明见刘东旭把话说到这种程度，知道已经无法坚持实行提前进攻的计划了。沉默一会,抬头看着唐龙说:"令各营和摩步连进行一次严格的点验,最前沿部队也不例外。"

李铁带三辆摩托至,"团长,蓝军一线部队有异常,是不是要进行夜间监视。"

范英明耸耸肩道:"蓝军也是方副司令领导下的部队,在这种演习中还能变出什么花样? 叫炊事班想法多整几个菜,给刘政委接风。"

此时,蓝军主力在土岗和树林的掩护下,正在悄悄集结。

第 二 章

方英达、陈皓若一行数人在日落之时到达导演部。方英达一言不发地在作战室、信息处理中心看着，几次把目光盯在门框上用有机玻璃精制成的指示牌。方英达最后盯着写着"贵宾室"的牌子像个石雕一样久立不动。

陈皓若脸色铁青，牛眼瞪着赵中荣，咬着牙说："瞧你们干的好事！把这些鸟牌子马上给我砸了。"

赵中荣、高军谊几个人忙不迭地分头去取那几个指示牌。

方英达像是想起了什么，眼睛朝人群扫了两遍，小声说道："怎么没见朱海鹏？我临去北京前，要求通知他参加观察组，梁秘书，是不是你把这个命令贪污了？"

梁平向前走一步答道："当天我就通知了陆军学院。"

童爱国也向前走一步，立正说道："方副司令员，朱海鹏下午去了蓝军司令部，他将随蓝军对第二阶段的演习进行观察。"

方英达满意地点点头，看着赵中荣抱着几个牌子往外走，喊一声："你站住！做这几个牌子是不是没花钱？败家子儿！"

赵中荣灵机一动答道："我是要把它送到仓库里去。"见方英达不再阻拦，径直走了。

方英达看也不看导演部内部的设施，转身又朝外面走。

陈皓若愣了一下，忙说道："老军长，你还要到哪里？"

方英达冷笑一声："我是来看演习的，不是来参观这种衙门的。先去Ａ师指挥部，闻不到硝烟味，就去一团指挥所。要是那里也是个小衙门，我就到营里、连里、排里、班里去。我就不信偌大一个集团军，就没有我想看到的东西。"

陈皓若急了，横跨一步，笔直地挡在方英达面前，动情地喊一声："老军长，工作上有失误，你尽管批评。你看不上这些败家子，骂娘也行。可你不能连口热茶热饭也不吃呀。"

梁平也站过来劝道："首长，这一天你只在飞机上吃了一点点心，演习不是明天上午才开始吗？你想看，也得吃饭呀。"

陈皓若又说："老军长，这是你的老部队，几万人的血是热是冷你最清楚。你要去Ａ师，吃了饭我陪你去。你的脸色不好，要是……"

正劝着，方英达的身子兀地一摇，右手又下意识顶在肝部。梁平眼疾手快，过去扶了方英达，扭头声嘶力竭地喊："军医，军医——"一干人登时乱作一团。方英达在陈皓若、梁平的搀扶下，走进贵宾室。

赵中荣从外面走进来，拉了木呆呆站着的高军谊一把，低声说："样子像是低血糖，喝点糖水就好了。这气生得好吓人，赶紧和黄师长通个气，让他事先准备准备，弄砸了对谁都没好处。"两人悄悄进了作战室。

穿白大褂的军医和护士慌慌张张跑了进来。

黄兴安接着高军谊打来的电话，额头上渗出一层细密的汗珠儿。年轻时读闲书，他记死了柳青说的几句话：人生的路虽然漫长，可紧要处只有几步，特别是在年轻的时候。虽然年轻时代已过，可紧要处仍会不时出现，还是需要认真对付呀！他掏出皱巴巴的手帕子揩了一把冷汗，竭力镇静而威严地对着话筒说："知道了，随时报告最新情况。"放下电话，黄兴安心里道：亏得他老人家没直接飞来！他坐下来点上一支烟，心里盘算道：只要演习不出岔子，谅老爷子也挑不出什么毛病了。他朝门外喊一声："来人。"

一个上尉应声而入。

黄兴安吩咐道："再叫个干事和助理员来。"

上尉跑步出了指挥部。秋天日短，这一会儿工夫，天已黑透，几颗星星在寂寥的高远的天幕上闪着。三个年轻军官仓仓皇皇奔向师指挥部，脚步声和身影搅得这夜显出一片迫急的紧张。

黄兴安彻底回到了从容、镇静的状态，背着手在三位军官面前来回走着，"回去通知各部门负责人：方副司令员和陈军长很可能在两小时后乘飞机来视察。眼下要做这么几项工作：第一，检查各个部位，把所有中看不中用的花架子东西，统统给我取了。第二，司政后三家各自开动脑筋，把指挥部再弄出一些逼真的战时气氛。第三，把准备接待上级领导视察的席梦思床、简易沙发统统拉出指挥部，换成行军床。第四……"他停顿了下来，低着头慢慢地来回走着，细想着能干出什么不同寻常的绝活，好给方英达留下最深刻的印象，过了好一会儿，他感到心里一亮，抬起头一字一顿说："告诉炊事班设法在明早六点前熬出一锅不稀不稠的小米稀饭。"

一个中尉说："师长，演习没带有小米。"

黄兴安瞪了中尉一眼，"还有十个小时准备时间，三团、二团驻地离这儿有三千五千里？方副司令犯了胃病，胃口就不好，小米稀饭是他最爱吃的东西。对了，再搞几袋芽菜。他说过，吃馒头喝小米稀饭就芽菜，给个神仙都不当。"他走过去喝了一口茶水，"第五，前三件事必须在一个小时内完成。你们下去吧。"

不一会儿，A师前线指挥部里里外外，到处是晃动的人影，一片嘈杂。一辆越野吉普慢慢移动了。

一个声音叫着："等一下。罗助理，再安排一个司机，轮换开。你们干脆去金城找粮店买吧，那里可能有新小米。顺便再到日夜营业的超级市场买芽菜。对了，再买三五斤半肥半瘦的腊肉。腊肉最好从老百姓家里买，要那种用松柏叶子熏出来的。黄师长已经说过商店卖的腊肉不好吃了。"一个黑影跳上车，吉普消失在夜幕中。

　　这个时候，楚天舒正率蓝军主力朝 A 师身后穿插。装甲车和所有机动车辆都没发动，被战士们推着向前移动。

　　楚天舒看看夜光表，焦急地催促："能不能再快一点？"

　　一个中尉说："团长，推了四公里，战士们实在没气力了，这里已越过 A 师一团右翼第二道防线，又在四公里无人区的中间，完全可以发动车辆了。"

　　楚天舒说："一旦被发现，可就前功尽弃了，通知部队，再咬咬牙。"

　　中尉道："团长，装甲车的声音，一千五百米外即减弱得不能确认是装甲车。这儿离一号公路尚有六公里，只有冲过去才安全。"

　　楚天舒说："你这计算科学吗？"

　　中尉道："装甲兵学院学了四年，这是 ABC。除非 A 师已经装备了预警雷达。再说，A 师明早进攻，就是听到一点什么声音，也不致怀疑。我们可以十辆车一起，分组走。"

　　楚天舒挥了一下拳头，"就这么办！他们就是有预警雷达，未必能用在这种演习中。"

　　蓝军在 A 师一、二团防御的间隙里，大摇大摆运动过去。善后部队很快把留下的痕迹消除。

　　A 师一团临时指挥所内，各参谋人员正在紧张地工作，小院内一片杂乱、繁忙。

范英明披着呢子大衣，站在一棵树下默默抽烟，间断的暗红色光亮，把那张轮廓分明的脸映得忽隐忽现。刘东旭从厢房里踱出来，悄然走到范英明身边，默默看了几眼，说道："英明，你好像心事很重。"

范英明遮掩着："没什么，没什么。还不是觉得这种演习太像演习了。"

刘东旭关切地说："我和你接触不多，可我早知道你这个人。肯定遇到其他烦心的事了。我到一团这几个小时，你从未把一支烟抽完过，可又是一支接一支地抽。"说完弯腰捡起四五个半截烟。

范英明低头踩踩几个烟头，抬头说道："政委，谢谢你的关心。最近，家里的、个人的事多了一些，有些乱，一下不好理出个头绪，心里不免烦躁。不过，这不会影响工作，这一点请你放心。"

唐龙从设在堂屋的作战室走过来说："'师指'来电，说方副司令有可能连夜到一线视察，要我们做好迎接的准备工作。"

范英明接过电报，凑着门口的一方光亮扫了几眼，递给刘东旭说："这到底是演习呀还是做戏！来就来吧，想怎么看就怎么看。没什么好准备的，他夜里来，就看看战士睡觉，他明天来，就看 A 师如何不费吹灰之力吞掉敌人一个加强团。"

唐龙看看刘东旭看看范英明，咳了一声说："刘政委，范团长，我有个担忧，不知该不该说。"

刘东旭说："你说说。"

唐龙再咳一声，"几个月前，我和朱海鹏见过一面，我才知道他在 C 师搞试点，已经搞了一个微波战场监视系统。需要的资金，全部由 C 师自筹。C 师的开荒种菜，搞得很好，大棚就有五百来个……"

范英明不耐烦地摆摆手,"别扯太远了。"

唐龙说:"三营拉上来后,如果二团到现在还在原来预定位置,一、二团中间就会出现三四里宽的无人区。我有个预感……"

范英明实际上已听进去了,嘴上却说:"不要用预感这个词,我要听令人信服的分析。"

唐龙顿了顿说:"如果 C 师这个战场监视系统搞成了,他们肯定已经发现了这个无人区。如果不是演习,是战争,今天晚上可能就是战役主动权易手的分界线。"

范英明没表态,走进作战室,对着地图仔细看。刘东旭和唐龙也跟了进来。

刘东旭说:"唐参谋,你到底担忧什么?"

唐龙笑一下,"我这个担心,前提是战争。我们这次建立的演习指挥系统,恕我直言,水平只能算我军八十年代中期的水平。如果他们已经能很好利用这个战场监视系统,悲观一些说,他们一个团能逐步把我们整个师慢慢吃掉。当然,现在是一场事先设定了输赢的演习。"

范英明只是认真地看了唐龙一眼,马上说道:"命令左翼二营、右翼三营趁夜再向敌侧背插进三公里,包紧了。建议'师指'令二团配合。搞一个微波监视系统,没那么容易吧。我们这个甲种师,C³I① 系统搞了两年还不能投入实战,监视系统的装备刚刚下发。朱海鹏喜欢做一些标新立异的事,你见他成功了几回?"

唐龙也不争辩,低着头,飞快地草拟了两份电报,递给范英明签发。

刘东旭说:"范团长,唐龙的担心有点道理。C 师只有一个团,

---

① C³I:系指挥、控制、通信、情报四个英文单词第一个字母的组合,一般可解释为指挥自动化系统。

船小好调头,不能不防呀。"

范英明对一个战士说:"去把李铁叫来。刘政委,C师也是这个军的,这种大形势,他们最佳的选择就是睡个好觉,明后天认真扮好指定的角色。他们不会不知道方副司令已来了演习区吧?"看见李铁进了屋,命令道:"李铁,你带特务连两个排,从十点半开始,到一、二团结合部一号公路巡逻。后半夜更要钉紧点。"

李铁答应一声,跑出去对着沿路设的一串帐篷吹一阵紧急集合哨,自己先跨上摩托,喊一声:"一排、二排跟我来。"话音刚落,摩托车队都动了。

楚天舒指挥部队越过一号公路,跑进一片树林,看着缓缓而来的一串灯光,伸手拍拍中尉的脑袋,"演习结束,团里给你请立二等功。"又掏出怀表看看,感叹一声:"海鹏是高我很多呀。开弓没有回头箭,咱们只能干下去了。"

方英达半躺在一张双人席梦思床上,看见医生走出了房间,拿起瓶盖,把里面的几粒药倒进了床头的痰盂里,笑着对坐在床边的陈皓若说:"怀疑我的肝有问题,胡扯淡。"

陈皓若说:"老军长,你的胃有点问题吧?"

方英达说:"不大,不过是贲门呀幽门有点慢性炎症,低血压,有时像今天这样犯犯低血糖。在北京会上也犯过一次,老大恬恬知道了,非要拉我去三〇一做个胃部CT。做个啥T,也只是个胃炎。自己的身体自己知道。"

秘书梁平冲好一杯牛奶,端过来说:"六十多岁的人了,像这两天这种工作量,铁人也累垮了。"

方英达盯着奶粉罐子看看,又拿在手里,脸又阴沉了,"雀巢奶粉,还是罐装的!这附近只有一个镇子,想也不会有这种货,那就是你的什么部下早买好放在这房子里的。皓若呀皓若,轻一点说,你也太官僚了。你看这床,你看这灯,星级宾馆水平嘛,成什么话!"

陈皓若难为情地说:"我有责任。这几年军里生产经营收入不错,下面大手大脚,不过是碰见了才敲打敲打。我真没想到他们在演习时也敢这样胡闹!"

方英达翻身下了床,低头一看,脚下是猩红的地毯,"这不是胡闹,是养出来的恶习、陋习。这不是小事! 绝不是小事呀!"

陈皓若也站了起来。

方英达说:"皓若,你说老实话,你觉得这次演习真有必要搞吗?"

陈皓若吭哧着答道:"军里也经过论证。A 师搞了半年封闭式训练,这种演习可以全面检验一下训练成果。是有必要的。"

方英达一针见血了:"就没有讨好我这个就要退二线老军长的考虑?"

陈皓若和梁平都呆住了。

方英达继续说:"以为我在 A 师当过师长,临下台前看一眼老部队如何了不得如何不得了,这一生也就无憾了。你错了。全区四个集团军长,就你陈皓若全面,缺点是有时候要当个好好先生,有点肉,有点软。"

梁平见陈皓若十分尴尬,打圆场笑着说:"首长,你这么看这次演习就有点主观了。这话我是没资格说的。即便事情真是这样,责任也不在陈军长。罗马不是一天一人造的。"

方英达仍不依不饶,"可罗马差不多是在一天里被一个人毁的。好,先不说这事了,明天底牌会亮出来,一看就懂。"

陈皓若说:"老军长,你把牛奶喝了吧。"

方英达端起牛奶,点点头说:"说你全面,没有错。我这么骂王军长,他会急;骂秦军长,他软顶;骂张军长,他生恨。你却能提醒我喝牛奶。坐下说吧,坐下说吧。"

梁平挪把椅子递给陈皓若,"陈军长总没有在这个节骨眼上,三五天的跑北京吧?你这时候去别的军,感受恐怕更深。"

方英达挥一下手:"所以我才认为军委制定质量建军的方针非常英明、非常及时。质量是根本,科技是基础。我们不能等做了一次海湾战争中的伊拉克,才下决心割舍那些没用的东西。北京会议和这里的现实,反差有点大。我也有点急躁了。"

陈皓若一直站着,这时说道:"老军长,军委会议精神,改天我再来听。天不早了,你要早点休息,明天还要去看演习。这演习已经成这样了,你就依照军委会议精神,边看边解剖边批评吧。"

这番话讲得很得体,方英达看了陈皓若一眼,点点头道:"你也是五十大几的人了,也早点歇吧。"

终于,演习导演部只留下作战室窗户的一抹橘黄,融进沉沉的黑夜。

黎明时分,A师指挥部一切都准备就绪了,包括熬得周到的小米稀饭。

黄兴安站在门口望了一会儿天,喊过一个参谋说:"你在这儿钉着,看见直升机,马上去叫我。"

回到作战室,黄兴安喊过一个参谋,面朝地图,背朝参谋,十分严肃地说道:"命令:各参加演习部队,战役第二阶段早八点准时发起。望各部再接再厉,全歼蓝军,圆满完成军区、集团军赋予我师的光荣的演习任务。"

红、蓝两军按照各自的部署,开始想望各自需要的结果了。

朱海鹏指挥十几个战士把包装好的液晶显示屏小心装上解放牌大卡车,走过去对一个中尉说:"赵连长,路上一定要小心,这东西最怕剧烈震动,一平方厘米失灵,有可能导致对战场形势的错误估计。"

赵连长踩上脚踏板，一手攀住车厢板喊道："一班上。"只见十二个战士前四后四左二右二盘脚坐在车厢板上，把两米见方的显示屏托围在中间。

朱海鹏很满意地笑了，夸奖道："鬼点子真不少！用肉垫运显示屏，肯定是世界独一份。"

赵连长说："我可没这好脑子，这是江大姐的发明。朱主任，给不给江姐带个什么话呀？"

朱海鹏佯装严肃地说："没大没小的乱说。"

赵连长攀上车门，做个鬼脸道："到底带不带？不带，江姐问了我可说你啥也没说。"

朱海鹏说："别耽误时间了，一会儿就要开战了。要是她还在，你就说暂时没啥事，让她回去看看小银燕。"

卡车缓慢地开走了。

朱海鹏走到装甲车旁，对驾驶员和机枪手说："除了一线的一个半连，C师在战区只剩下一辆装甲车和你们俩了。走，咱们到前面看热闹去。"

一辆红色越野吉普疾驰而来，一个下士从车窗探出头喊道："等一等——"

下士拎过两个多层电加热饭盒，递给朱海鹏道："常师长和江姐叫我给你送今天的饭菜。"

朱海鹏说："我们带着干粮，还饿得着。"挪开一层看看，"你们从'师指'到这里，要跑一个多小时，这菜是不是昨晚做的？"

下士说："听说咱们师要反败为胜，大家都睡不着，四五点钟就爬起来了。江姐到炊事班建议给你们、特别是给你做几个菜，就一人做了一个。常师长炒的是宫保肉丁，江姐做俩，一个珍珠圆子，一个金钩白菜。那个回锅肉是我做的。"

机枪手蹭过来说:"朱主任,你看俺是不是随车先回去。这饭菜怕不够三人吃。再说,咱又不参战,我这个机枪手也多余了。"

朱海鹏说:"好好好,坐在里面也烤得慌。"

司机叹一声:"看来我这个俘房是当定了,就这一辆车,连个掩护的都没有。团长怎么会点名要我这辆车呢。要不是一个村的赵五跟了楚团长打反击,我就是当了俘房也没人知道。这回他回去准显摆。赵五的命就是比我好哇。"

朱海鹏知道这话不是玩笑,就说:"上等兵,那你也随车回去吧。装甲车我自己开。你们快回去吧,再有半小时就要打起来了。"

司机蹦几蹦,"不当俘房真好。"拉开车门,把吉普车司机一推,"你歇歇,我来开。"

朱海鹏目送几个战士离开战区,独自驾驶着装甲车向演习前线驶去。火红的朝阳把千万道霞光洒向广袤的大地。绵延的丘陵只是一片静默静默静默。还是静默。

底牌就要亮出来了。

这段时间最难熬。

蓝军仅剩的不足两个连的士兵,在漫长的战壕里显得有些孤单。不时有分不清身份的对话飘出掩体。

"班长,我这腿有点打哆嗦。"

"这是演习,你哆嗦个屁。"

"小时候放鞭炮,能吓得他尿裤子。"

"班长,主力都撤了,咱两个连,能顶住?"

"新兵蛋子,操那么多心干啥!把你的空爆弹用连发扣,扣个十次八回,把枪一抱,等着当俘房吧。"

"团主力到底还接应不接应我们?连长,你给我们透个底。"

连长发出一阵怪怪的笑声。

"连长,你笑啥？不是说要反败为胜吗？难道这回是要把我们牺牲掉？"

"吵吵个屁！向两边传话。不准打连发,谁打了连发修理谁。底牌嘛,底牌是这样的,我们这一百多号,这次演习只有两条路,要么阵亡,要么被俘。"

"连长,我当三年兵,已经阵亡两次了。"

"不准再讨论了！传话,只是传话。楚团长说了,咱们坚持一小时,全连记集体三等功。我告诉你们,坚持一个半小时,每个人都立三等功。"

"连长,敌人上来了。乖乖,有坦克,有装甲车,黑压压的,怕有几千人。"

"再传一句话:放近了打。谁在今天上午说出主力去向,我处分谁！"

A师一团率先攻了上去。

范英明和刘东旭并肩站在一辆装甲车上,随大部队向前开进。范英明用望远镜看看自己的队伍,对装甲车通信员说:"喊出所有坦克和装甲车。"

通信员把每辆车都喊了出来,把话筒递给范英明。范英明说:"我是一号,我是一号。你们要放慢速度,保持三角攻击队形。告诉随车攻击步兵,不要离开战车六十度锐角扇面,这样才能避免伤亡。三营注意,不要满坡放羊。"

刘东旭说:"我还是留在指挥所吧。指挥作战,我可不行。"

范英明说:"你不看看演习中的近战场面？"

李铁骑摩托追至,攀上装甲车,把一份电报交给刘东旭,"刘政委,黄师长来电,要你尽快赶回。方副司令和陈军长一个多小时前就离开了导演部,说是到'师指',可现在还没见到人。"

刘东旭跳下装甲车,坐上李铁的摩托向后方开去。红蓝两军已在两个高地接上了火。

朱海鹏听了一会儿枪响,取出望远镜朝一个高地观察,看见蓝军的第一道防线已被红军撕开一个口子。他把热好的饭菜从车里端出来,拣出江月蓉做的两个菜从容地吃着。

枪炮声忽然稀疏起来。朱海鹏忙收拾好饭菜,抬腕看看表,自语道:"只坚持了三十八分钟,不过瘾。让范英明听个响吧。"他钻进装甲车,把马力开到最大,又跳出来,举起望远镜观察战场形势。

A师一团先头部队已经开始打扫战场。

范英明预感到可能出事了,催促驾驶员一口气把装甲车开到土岗上。只见蓝军一百多佩戴着战俘标志的干部战士,围坐在一起。

范英明扫了蓝军一眼,自言自语说:"奇怪,楚天舒不该这么糊涂,这么重要的高地,只派一个连把守,又不派增援部队。他的重型武器好像也没投入。"

没有蓝军搭话。

A师一团一个上士说道:"我们团长问你们为啥只有一个连守这里,你们怎么不回答?"

还是没有人回答。

上士脱口说道:"当了俘虏,还傲什么傲。"

蓝军中有人说:"一个团用四十分钟吃掉一个半连,值得拿到联合国宣传哩。"

上士说:"用牛刀杀鸡也是杀,杀死算数。"

蓝军一个上尉铁青着脸站起来看着范英明说:"上校同志,我们还没吃早饭,请允许我们埋锅造饭。再请你下个命令,让你手下的这些不知天高地厚的巧嘴八哥消停消停。你肯定不想看见不愉快的场面吧。"

范英明仔细看看这个高挑的小伙子,马上说:"我可以完全满足你的两个要求。传我的命令,凡一团干部战士再说影响团结的话,一律给予严重警告处分。团部炊事班,限你们在三十分钟内为 C 师一团一连半人做一顿可口的饭,以表达 A 师一团全体官兵对他们的敬意。一个没任何重武器支持的步兵连,在一个加强团攻击下,竟能坚守四十分钟,这证明他们都是合格的战士。上尉同志,我这么处理你满意吗?"

蓝军上尉简短答道:"谢谢!"又坐下了。

范英明又说:"上尉同志,能不能回答我几个丝毫不涉及你们军事机密的问题?"

上尉站起来答道:"可以。也不能涉及个人隐私。"

"作为一线主力,你们怎么没吃到饭?"

"连炊事班全体人员都投入了战斗,没人给我们做饭。"

"这种不顾你们退路的安排,你们就没提出任何意见?"

"尽管你这是诱供,但我还是愿意回答:军人以绝对执行命令为天职。"

"你很机敏,上尉。"范英明还是没想明白蓝军到底想干什么,忍不住问:"难道你们是楚天舒专门放的诱饵?"

上尉看看表,脸上浮出了笑容:"范团长,现在是九点十分。我可以坦白地告诉你,因为和你进行这番愉快的对话,C 师一团三连超额完成了演习任务。"

"请你解释一下。"

上尉道:"我们的任务就是让你们团在零号高地滞留一个小时。确切地讲,我们的任务是阻击,掩护主力迂回作战。你已经上当了,因为你在这里白白耽误了十五分钟。"

"团长,"一个战士奔跑上来报告说,"河谷树林那边有装甲车的声音。可能是蓝军主力。"

范英明疾走几步,脸色铁青地回头对蓝军上尉说:"祝你们好胃口。"

河谷里，几个 A 师一团战士形成一个包围圈，慢慢接近一辆在原地打转转的装甲车，敏捷地扑过去，爬上装甲车，有的试着揭盖子，有的朝里面喊话。

范英明跳下吉普车，气急败坏地冲过小河沟，朝几个战士喊："怎么回事？"

一个战士跑过来，"报告团长，这是一辆像是出了毛病的蓝军装甲车。里面的人应该能看见我们，可能是打不开盖了。"

范英明万万没有想到从装甲车里爬出来的竟是近二十年军旅生涯惟一能算对手的朱海鹏，不由得有点发怔，眼光越过朱海鹏，仍盯着装甲车。

朱海鹏解开领扣，掏出手绢抽打着腿上的污渍，说："就我一个人。"指指胸前别着的牌牌说："可惜不是范兄希望见到的人。"

范英明看着朱海鹏用白手绢擦过皮鞋后潇洒地把手绢扔掉，不屑地冷笑一声，"一年多没见，更加假洋鬼子了。"

朱海鹏抬起一只脚自嘲道："上讲台惯出的臭毛病，总想让自己的形象和授课的内容相一致。今天确实不该擦这双鞋。"

范英明用锐利的目光扫扫朱海鹏的领口、袖口，讥讽道："可惜只有一两件军用衬衣。你怎么会从蓝军的装甲车里冒了出来？"

朱海鹏笑了笑，"问楚天舒借了一辆，只是想来证实一下范英明会不会出现在一线。老实说，我有点失望。"

范英明道："没时间和你斗嘴，有屁就放吧。"

朱海鹏说："可能比较臭。我心目中的范英明，在这种小儿过家家的演习中，现在应该躺在至少几十公里以外的指挥所里睡大觉。"

范英明说："那不是被你耍得更惨了。"转身对跟上来的焦守志和唐龙说:"报告'师指'和导演部,蓝军只有一个半连在演习第二阶段指定区域,其余主力去向不明,这已严重违反了演习规定。A师一团在零号高地地区待命,是否中止演习,请指示。命一团所属各营,加固该地区所有工事,特务连加强该地区方圆两公里地域侦察,有异常情况迅速向我报告。"

朱海鹏点点头说:"大将风度。"

范英明说:"你这个玩笑开过头了。我为你早出生五十年可惜。连国有国情、军有军情都不考虑,这身军装你怕穿不长了。唐龙,这一片地域,你认为团指挥所建在哪里最佳?"

唐龙不假思索地朝河湾的一片树林一指:"就建在那里。朱主任,祝贺你建起了全区第一个战场微波监视系统。"

朱海鹏摆摆手说:"这是C师七千将士卧薪尝胆的结果,朱某可不敢摘这个桃子。如果你们一、二团有那么点协作精神,那个不足五里宽的不设防地带就不会出现,我军旅生涯的最后一次亮相就不会闪光了。"

范英明惊讶地看了朱海鹏一眼,"你今天是赢了一局,可惜手段有点下九流的邪气。"

朱海鹏说:"和你打打嘴仗也很愉快。你不觉得你那所谓的优越感有点来历不明吗?这个小你七八岁的唐龙,你若三天不用功,怕是也要跟他过不上着了。"

唐龙忙说:"朱主任,不要扯上我,我算什么,能把参谋工作做及格就满足了。"

朱海鹏说:"知道藏锋芒,比我强多了。"

正说着话,一彪人马从小河那边杀了过来。为首的年轻上校、A师二团团长简凡疾走到范英明面前说:"范团长,你也太不够意思了,连个蹄子、尾巴也不给二团留。"

范英明眼神里的鄙夷倏地一闪,就被淡如水的客气遮掩了,

"简团长，只有一个半连，你要眼馋，就记在二团账上好了。"

简凡如释重负地出了一口气，"怪不得只听了半个小时的响，就是乙种师的一个团，挣扎也能挣扎个大半天的……"忽然间他像是明白了什么，一下子结巴起来："那，那他们到哪里去了？"

朱海鹏接道："如果楚天舒蛮干，可能正在某个地方等着跟你们干仗哩。"

简凡大急，连连说："这不可能，这是演习，楚天舒再蠢，也该知道规矩。"

范英明说："昨晚天黑到十点之间，楚天舒带领他的主力部队，从我们两个团的夹缝中穿出去了。他不再把这次演习当演习了。"

简凡冷静了下来，认真地说："范团长，我得把你的说法稍稍修正一下。蓝军从哪里蹿到了我们背后，有待证实。我现在可以负责地说，昨天晚上，二团规定防区内，连一只'蓝色'的鸽子都没飞过去。"

范英明干咽一下，淡淡说道："这个责任完全由一团承担，是我们改变了布防。"

场面变得寡淡、尴尬起来。简凡拿望远镜朝两个高地看看，发现一团的士兵正在抢修工事，找到了话题，说："老范，这是演习，拿下这两个高地就行了，何必再来个锦上添花呢？"

范英明答道："在接到命令前，我们要预防蓝军的任何反扑。"

这时，一架直升机出现在演习区域的上空。朱海鹏用望远镜看看，嘴里说："方副司令瘦了一些，像是不高兴。哦，陈军长变成黑脸李逵了。要是楚天舒冒冒失失打掉了你们师指挥部，这场演习就会在集团军军史上留下浓墨重彩的一笔了。"

范英明转身就走，丢一句："轻一点说，这叫落井下石，幸灾乐祸。"

朱海鹏依然举着望远镜，接道："重一点说呢？我不怕不好听。"

范英明停住脚步，转身一字一顿："多少有点小人得志。"

"痛快。"朱海鹏仍在追踪直升机，"能震动一下你的岳丈大人，从此告别这样的演习，当回小人也值。"

简凡喊一声："范团长，你别走。"

范英明停下来："还有什么事？"

简凡跑了几步，"老范，'师指'只有一个警卫连，真出了事就是大事，我们两个团一起杀回去吧。C师这一回真是疯了，存心给我们难堪。"

范英明转过身道："眼下敌情不明，还是原地待命好。如果打乱了建制和总的战场格局，损失只会更大。"

简凡喊了一句："白参谋，"又朝范英明走几步，"老范，咱们各唱各的歌吧，反正我只认这是演习。白参谋，命后队变前队，二营以急行军速度向师指挥部开进，以演练应变能力为目的。朱主任，老范，告辞了。"

范英明显然清楚简凡此举在和平时期的效果，想想和方怡就要各奔东西，便很快看清了今天做出原地待命的决定对今后在 A 师处境的负面影响，心里乱了一阵，竟望着简凡自信的背影发起呆来。

因为蓝军犯规，局势发生了始料不及的变化，范英明擅自率一团冒进就变成了日后遭人攻击的靶子了。范英明不得不面临这样的现实。简凡的行为虽然让范英明不齿，但他也承认这种本领可以使简凡这种人在和平时期的军营里如鱼得水。

朱海鹏哪里看不出范、简二人作为职业军人的差异，感叹道："怪不得能搞起来这种演习，A 师这方面可真是人才济济呀。英明，你现在改变主意还来得及，不管'师指'有没有危险，这种姿态一摆,你昨天的独断,就会罪减三等。"

范英明因被猜中了心事,脸色变得很不好看,下意识地用踱步来消弭心中的风暴。

朱海鹏想起昨天下午无意听到的方怡红杏出墙的传闻,再想起自己这些年因牛郎织女生活,一年定要出几茬的变种青春痘,心里就判断出范英明真的有家庭危机了。再一想方怡要是在这个节骨眼上搞个雪上加霜,范英明在部队的前程也就黯淡无光了。这绝不是朱海鹏想看到的结果。入伍近二十年,朱海鹏也是把范英明当成可以同场竞技的对手,甚至他已比较出了两人的优长。他认为,范英明才真正算是中国军队现阶段的脊梁,同时他把自己定位于范英明的后继者角色。从内心深处,他认为范英明说他早生五十年一针见血。朱海鹏正是基于对自己的这种判断,才痛下决心离开部队,准备进入个别已超前中国社会平均水准几十年的领域寻找可以一振雄心的生存空间的。要是因为自己在军队的最后一次亮相,直接导致范英明在军队前途的终结或者是大的跌落,就太违背初衷了。朱海鹏自嘲地一笑,说:"我这个人的弱点就是不全面。英明,你这些年也冲得太猛了些,应该把后院打整得舒服些。要是方怡不理解你,被别有用心的人利用……你的韧性很好,我看就随随俗,也派一个营向刚愎自用的黄兴安抛个绣球吧。"

范英明扭过一张憋得紫红的脸,狠巴巴地说一句:"我用不着聘你当生活导师!"大步流星撇下朱海鹏,朝河湾的树林走去。

朱海鹏呆呆地站了一会儿,自责地咬着牙,蹙着眉,用拳头击打着空气。方英达、陈皓若乘的直升机渐渐远去了。

在 A 师指挥所坐镇指挥演习的黄兴安早已乱了方寸。炊事班那锅小米粥凉了热、热了凉,还是没等到方英达。七点半钟,黄兴安终于等到了方英达动身来看演习的消息。派人守望天空,直到演习开始,仍不见飞机的影子。一个参谋提醒说方英达可能直接飞了战区,黄兴安就像个石像一样端坐在地图前,一言不发。直到一团、二团演习顺利的消息传到指挥部,黄兴安才感到一丝轻松。

接着知道了蓝军主力不知去向的消息,黄兴安呆坐了十几分钟。职业军人的直觉告诉他,绝决不是个好兆头。如果蓝军不是逃跑,不管 C 师负什么责任,A 师的面子也要跌去三分。一个一万二千人的甲种师,几乎倾巢出动,把不足两千人的一个团包围在方圆不到五公里的狭小地域里,却让这一千多人在眼皮底下消失了。这肯定将成为笑柄。黄兴安以几十年军旅生涯积累下的经验,在十几分钟内做出这样一个判断:必须紧紧抓住 C 师违反游戏规则这一点,逼导演部中止演习。

简凡率二团来保卫师指挥部的时候,黄兴安已经和赵中荣通了四次电话。

第五次拿起电话,黄兴安已有点不客气了:"不是哪个,A 师师长黄兴安。赵处长,赵导演,演习方案改变了,也该事先通知吧。"

赵中荣说:"给你说过几遍了,演习计划没有任何变化。"

黄兴安站起来说:"是不是方副司令布置了加演节目,你透个底嘛。"

赵中荣说:"自从昨晚挨了批,我没敢离开作战室一步,我知道什么底?"

黄兴安一拍桌子道:"你是导演,你总该把蓝军现在的位置告诉我们吧?"

赵中荣一脸苦楚,团团转着,"我要知道我能不告诉吗? 自从接到范英明的报告,我找了快一个小时了,他们不回答,我有啥办法?"

黄兴安坐在桌子上说:"那你让我的几千人和谁作战,每人找棵树,找块石头？导演部应该立即中止这次演习,一切后果都应由C师承担。我先把A师的态度说在前头。"

赵中荣也火了:"谁给我的权力？你吗?"知道把话说过了,换个语气说:"黄师长,我的黄大哥,我这个媳妇更小,几个指示牌就差点要了我的命。中止演习这么大的事,我敢做主?方副司令、陈军长、曹副参谋长都在飞机上,请示也无法请示。我看咱们慢慢找吧。不要急,说到底,这不过是个演习。"

黄兴安颓唐地重复一句:"是的,不过是个演习。"便放下了话筒。

刘东旭进了作战室,看见只有黄兴安一人坐在桌子上,不由得怔住了。

"出去出去出去。"黄兴安背朝着门,极不耐烦地挥着手。

刘东旭扭头看看探在门框上的几个脑袋,又向前走了几步。

黄兴安用力一拍桌子,大喊一声:"叫你出去,你,哦,是你,"跳下桌子,迎几步说:"政委,你可回来了。"

刘东旭说:"是不是前方进展不顺利？我看参谋们都在闲着。"

黄兴安说:"很顺利,一个团吃一个半连,当然顺利。这常少乐真是他娘的吃了豹子胆,算了,直接说吧,蓝军主力已不知去向,连导演部都找不到他们了。"

刘东旭昨晚听过唐龙的担心,倒是没有惊慌失措,走到地图前,用识图鞭朝地图上一点,"他们肯定是前半夜从这里插到我们背后的,一两千人的大行动,总有些痕迹可寻,他们会到哪里去呢?"

黄兴安急了,"政委,这是演习。我们还是商量个意见,正式要求军部下令停止演习。这是一万多人参加的大规模军事行动,怎么能这样当儿戏呢!"

刘东旭这才又进入了角色，"我们恐怕得先把部队重新部署一下。"

黄兴安说："敌人都不见了，咋部署？"

刘东旭答道："想办法先把敌人找到。"

黄兴安摇摇头道："这是演习，我的政委，是预先导演好的演习，我的政委同志！眼下的问题已经不是纯军事的问题，而成了一个政治问题了。我们当前的任务不是找蓝军，而是要求终止演习。"

刘东旭也感到事情的性质变了，喃喃道："那就要求终止演习吧，这也算个态度。"

方英达在飞机上已经判断出这次演习出现了戏剧性的变化。不管结局如何，不会再看到十分完满的结局则是肯定的。他的心情莫名其妙地变得轻松了一些。

下飞机后，方英达对陈皓若说："不要轻易结束演习，看看再说，这种时候最能检验一支部队的应变能力。"

四五个人走进红军指挥部作战室，陈皓若黑着脸盯着呆了的黄兴安说："黄师长，演习进展情况如何？"

黄兴安判断不出来方、陈从哪里来，对演习情况知道多少，擦了擦额头上的汗，小声说道："开始的时候很顺利，主攻一团在范团长的率领下，只用三十八分钟就攻占了蓝军零号、一号高地。"说着话，一眼一眼地看方英达。

方英达一直在研究这间作战室的设施，摆摆手说："你是红军最高指挥官，回答你们军长的问话就可以了，看我干什么。"

黄兴安喘着气，"接着，接着一团就发现蓝军主力没按计划行动，不在指定区域。"

陈皓若接道："你那很顺利的战果，我已经有幸看过了，一个半步兵连，刚刚在两个高地吃过饭。讲讲你发现这一情况后，A师是如何应付的。"

黄兴安说:"C师首先破坏了演习计划,我们请求导演部中止演习。导演部无法和你们联系上,所以……"

陈皓若紧接道:"所以你就在这儿等,快一个半小时,没给部队下达一道命令? 你的一团在占领区修工事,你的二团在搞拉练,你的预备队三团在演'平安无事'! 黄兴安,你这个师长是怎么当的!"

方英达用平淡的语调说:"师长当得不错嘛。你看这地图有多大,没有这绿地毯,没有这一按电钮就关上的红丝绒,我看可以拍一场解放战争的戏了。哦,这还有两台微机,怕是用来打印命令的吧?"

陈皓若厉声问:"你的微机自动化指挥系统呢? 闲在家里下崽呀!"

刘东旭站出来说:"军长,演习计划中就没打算用自动化指挥系统。"

"有你什么事?"陈皓若不客气地说,"你的政委当得蛮好,对老百姓秋毫无犯嘛。太像演戏了! 黄兴安,你把常少乐给我要出来。"

黄兴安接通了常少乐,把话筒递给了陈皓若。陈皓若严厉地说:"常少乐,你好大胆子! 你给我说,你把一团弄哪里去了?"

方英达说:"让他过来,我对他们能把一个团变没了影儿很感兴趣。刚才我们飞了二十来分钟,竟没找到。"

陈皓若说:"你不要推个一干二净,你来这里解释吧。我在 A师'前指'。你不知道在哪儿? 滴水不漏嘛。好,我派飞机去接你。"很干脆地摔下电话,扭头喊:"去把常少乐接来。"

方英达走到黄兴安面前,温和地说:"黄师长,演习变成了战争。我想听听你打算怎样行动,用你一个甲种师,把从你眼皮底下溜走的一个团重新吃掉。"

黄兴安嗫嚅着:"方副司令,蓝军比我们早进入战争状态。请首长给我们二十分钟时间,我再向你们汇报作战方案。"

方英达点头道:"有道理。陈军长,咱们出去看看风景,让他们换换脑子。"

陈皓若跟着方英达走到一个平坝边缘,说道:"老军长,你真准备让他们打下去呀?"

方英达摇摇头,意味深长地说:"A师是全区的一张王牌,受点挫折是好事。我只要听听他们的计划,判断一下这个师首脑机关的综合反应能力。你我都带过这支部队,对它应该有信心。"

陈皓若说:"看来,这个常少乐这两年捣鼓出点名堂了。他不会当逃兵这是肯定的。他的一个团竟能在大战前夜穿过对手的防线而没被发觉,可见这支部队的战斗力。"

方英达点点头说:"质量建军,裁军是必然要进行的,C师能赶上来,这个军队就有了竞争力。我们这样的二线军区更需要些紧迫感。"看见直升机已经开始降落,便朝坝子中间走着,"两千人的行动,没练出什么绝技,是不敢弄这个险的。这怕该归为高科技的威力了。"

常少乐一下飞机,看见方英达和陈皓若,跑步过来报告:"集团军步兵第C师师长常少乐前来报到,请首长指示。"

陈皓若又把脸拉了下来,"常师长,你得了个全军第一,竟敢把军部的演习命令改个面目全非。给你二十分钟,把楚天舒给我找出来。"

常少乐佯装委屈道:"军长,这完全是楚天舒的事。这次演习,我们只有一个团配合。楚天舒是立过军令状的,当然,我也有领导责任,用人不当,导致军里工作的被动。"

陈皓若冷笑道:"你们演的这出双簧能骗得了我?军里工作

有啥被动？你不是对演习的事一无所知吗？"

常少乐沉默地站着。

方英达伸手拍拍常少乐的肩，"常麻秆，听说你的师富得流了油，你还是这样瘦，怕是传言不实吧？"

常少乐一听方英达叫他的绰号，心中暗喜，咧嘴一笑说："初级阶段，钱都用在基础建设上了，师部中灶常年都是两菜一汤，胖不起来。"

方英达用鼻音哼了一声，"吃的东西怕都长了心眼了。这件事，始作俑者是朱海鹏，你是过了难关的越王勾践，当的是后台老板，楚天舒不过是个能干的施工队队长。我猜错了没有？"

常少乐吃了一惊，脱口说道："首长英明。"忙又解释说："我不过做一次后勤部长。"

方英达说："你们搞了什么秘密武器？"

常少乐谨慎地说："用了二百多万生产经营收益，搞了个战场微波监视系统。朱主任说可以在这次演习中试试效果，师里就把这些东西交给了一团。没想到楚天舒竟捅了大娄子。"

方英达脸上露出了笑容，"不错，你们能提前这么干，军委的方针就好贯彻了。一个乙种师不等不靠，凭自己努力靠科技强军，经验值得总结。"

常少乐有点忘形了，"有了这些先进玩意儿，战争完全改变了。A师昨天两个团中间出现几公里的无人区，我们马上看个一清二楚。"

陈皓若盯了常少乐一眼，"不打自招。"

黄兴安和刘东旭从指挥部跑步过来。黄兴安立正报告说："副司令员同志，A师向你汇报下一步作战方案。"说完恨恨地瞟了常少乐一眼。

方英达摆一下手："说吧。"

黄兴安清清嗓子，刚要说话，一个参谋奔跑过来，扬着电报说："二团报告，他们发现了蓝军主力，二营已和他们打了起来。"

黄兴安又给方英达敬个礼道："我去处理一下，再向你汇报。"

因为简凡二团救"师指"心切，先头部队和楚天舒正在寻找 A 师部队的 C 师一团遭遇了。楚天舒一听说 A 师指挥部就在附近，令一营打阻击，自己带两个营朝 A 师指挥部方向急进。演习再次发生戏剧性的变化。

方英达、陈皓若和常少乐交谈着走进 A 师作战室，黄兴安正在地图前回述命令："命二团不惜代价，把蓝军主力拖住；令预备队三团先派一个营，以急行军速度迂回至蓝军右侧部；令一团分两路，从二团两侧，向蓝军两翼地区急进，以防蓝军再次逃走。"

话音刚落，外面就传来一阵枪声。接着，就听见由远而近的装甲车的轰鸣。常少乐最先跑出去，一看眼前的景象，惊出一身冷汗。只见四五辆装甲车正呈扇面向指挥部开来，几发空爆弹在房子四周炸出几炷青烟。一个电喇叭的声音响了："你们已被绝对优势兵力包围，按演习规定，你们应马上停止抵抗，以被俘人员身份离开演习。"

常少乐像兔子一样，飞快地迎着装甲车跑去，边跑边挥手。终于，战车上的蓝军官兵看清阻拦他们前进的是自己的师长，都在离房子两三百米的树林里停了下来。

常少乐攀上一辆装甲车，把身子露在外面的一个战士手中的电喇叭抢过来，扔在地上，朝里面喊："楚天舒，你给我爬出来。"

楚天舒半截身子探出来，惊讶地说："师长，你怎么在这里？"

常少乐厉声说："快下来。"

楚天舒跳下装甲车。常少乐连声说："闯下大祸了，闯下大祸了，你看看那是谁？"

楚天舒抬眼一看，方英达和陈皓若正站在房门前的一块大石头上,肩上的将星在阳光的照射下闪着金光,方英达的一头白发像一团温度极高的烈焰在空气中随风烧着。楚天舒一捂嘴,叫了一声:"我的妈呀。"

常少乐对装甲车上傻呆呆的士兵说:"再退二百米,把火熄了,原地待命。"拉了楚天舒边走边说:"把错误越说严重越好,不要争辩,主要听方副司令是什么态度。"

很难用言语表述这突然的变化在方英达内心引起的风暴。作为军区主管训练的第一副司令,作为这次重要的军委扩大会议的参加者,他理智上很快判断出这次演习中出现的情况,完全可以看作依靠高科技以少胜多的一个战例,本来应该高兴。然而他一点也高兴不起来。从感情上,他实在无法接受这个事实。战争年代,他在这个师当排长、连长、营长,打了无数次硬仗、胜仗。新中国建立后,他又在这个师待了近十年,团长、师长都干过,直到升任军长才离开了 A 师。可以说,他把生命中最美好的时光,都交给了这支英雄的部队。今天,这支部队却在他眼皮底下惨败了。他笑不出来。

常少乐、楚天舒已经跑步过来,方英达和陈皓若不得不表明自己的态度了。

楚天舒敬礼后,竟不知如何是好,张了张嘴,却说了这样的话:"C 师一团团长楚天舒违抗军令,愿意接受任何处分。"

陈皓若脸色铁青地沉默着。

方英达艰难地吞咽了几下,转过身,面对着陈皓若说:"演习结束。通知演习部队营以上干部,下午三点在这里开现场总结会。"说罢,独自一人朝树林走去。

远山静默着,土岗静默着,蓝天白云静默着,人群更是静默,都在看着在阳光中行走的方英达。过了好一会儿,还没有一个人动。

陈皓若慢慢走到 A 师的人群前,狠狠瞪了黄兴安一眼,说道:

"仗打败了,午饭总还会做吧?"朝林子方向走两步,又扭头说:"方副司令有病,给他布置个午睡的地方。"

A师的军官默默地回到指挥部。草坝子上只留下常少乐和楚天舒笔直地站着。两人你看看我,我看看你,还没有动。

常少乐咬咬牙说:"是福不是祸,是祸躲不过。埋锅做饭,把准备三天的肉、蛋一顿吃掉。通知到各个班,不准谈论,不准笑,更不准唱歌,都撑开肚皮,给我吃。"说着,大步朝装甲车方向走去。

楚天舒追了几步,问道:"师长,你是不是看到底牌了,给我透个底,我这心里七上八下的,快要撑不住了。"

常少乐叹一声:"你若不用装甲车续这个尾巴,而是全力吃掉黄兴安一个营,说不定能立功。方副司令刚喊我一声常麻秆,你就上了这道菜。看样子怕是要各打五十大板。"

楚天舒说:"要是知道方副司令和军长在这里,借我个豹子胆,我也不敢。"

常少乐突然停下来说:"你派人去找找朱海鹏,让他别来这里凑热闹。方副司令已猜到是他的主意了。"

太阳正在中天。秋老虎的天气,竟在西南出现了。因为方英达态度不明,演习双方这顿午饭都吃得味同嚼蜡。

范英明下了三菱越野吉普,看见几辆蓝军的装甲车,下意识地闭了一下眼睛,小声说道:"整整军容。给我记住,挨训挨骂,都不准低头,目光不要低过首长的领花。"

两个不成比例的方队整齐地排在石板前面,静静地等候方英达和陈皓若。

导演部的几个人在门两边面对着方队站着,显然把自己置身于局外了。陈皓若走出门口停顿一下,眼光左右一抢,说一句:"站到那边。"

赵中荣、高军谊几个人跑步过去站成一列。

方英达在队伍面前来回走了两趟,发现范英明身边的几个人和 A 师大部分军官精神状态的反差,不由得做了停留,最后走到正中间站下了。

陈皓若说:"演习已经结束,两个师返回防区后,要进行一周整顿。现在请方副司令做指示。全体都有:立正——"

方英达走到 A 师方队的正中,"请稍息。刘东旭出列。"

刘东旭从方队第一排跑步出列。

方英达道:"A 师的传统恐怕有很多人淡忘了,请你这个政委讲一讲这个师的战史。"

刘东旭立正,用洪亮的声音说道:"A 师组建于一九二九年秋天,一九三〇年八月归红一方面军编制,在第一次革命战争、抗日战争、解放战争、抗美援朝战争中为民族的独立、自由、解放,立下了赫赫战功……"

方英达打断道:"我六十几岁的人了,记性不好,请你帮我回忆一下 A 师打过什么败仗。"

刘东旭说:"A 师从未打过败仗……"

方英达粗暴地打断道:"那是昨天以前的 A 师历史。今天它败了,败得无话可说。你们,你们应该在这个土岗上立块碑,上写:常胜陆军第 A 师首败于此。陈军长,我等着看你们的整顿结果。"说罢,径直朝直升机走去。

朱海鹏正在不远处用望远镜看着这场戏。

第 三 章

　　范英明穿一身西服,坐在 C 市月季皇后西餐馆一张靠玻璃墙的仿木纹餐桌前,静等妻子方怡的到来。A 师在演习中的失利原因,在下周的整顿中,很快就会集中到他身上,结果实难预料。正是这种难以预料的潜在的极大危险,激起了范英明男人的血性,他决定不仰仗任何支持独自承担一切。经过两天反省,范英明不得不承认朱海鹏这种破釜沉舟式的亮相,需要过人的胆识和弥天大勇。他甚至感到朱海鹏已经在全面超越自己。他渴望在二十四小时内,和方怡达成协议,带着这张协议,走进师会议室,坦然面对急风暴雨。这种心理,使玻璃墙外车水马龙的都市夜景只能引得他心烦意乱,脸上似乎不停地在跳出结束吧结束吧快点结束吧这样一些单调而躁动的音符。

　　方怡迈进餐馆的玻璃大门,就看见了范英明棱角分明的脸部的侧影。十年前,她就发现范英明的男人魅力从这个角度迸发得最为充分,而朱海鹏那张脸,这个角度就不能久读。或许正是这面部侧影的耐不耐读,使方怡当年选择了范英明。方怡下意识地站下了,目光盯在范英明的脸部,像是沉入了往事。

　　这是一个有高贵的气质、合适的身材并极具内在才情的成熟的女人。一袭雪青的职业套裙装,并没有遮掩住她身上那种常被传媒称作性感的魅力,或许因了这种恰到好处的遮掩,使这种魅力较之袒胸露背更加令人无法抗拒。她像是深知自己引人注目,并没过多停留,径直走到范英明的对面坐下了。

"英明,"方怡微笑着说,"在我的记忆里,这是你第二次以丈夫的身份,正式请我吃饭。第一次是我三十岁生日那天晚上。"

范英明说:"这会是最后一次了。"把这一晚谈话的主题定了下来。

方怡低头看了一会儿桌面,微仰着头说:"要是我改变了主意呢?也是最后一次?"

范英明很干脆地回答:"不能再变了。龙龙跟着你。主要矛盾解决了,其他的就好办。"

方怡淡淡一笑,右手以优雅的姿势轻轻敲打着桌面,"你们演习的事,我已经听说了一点。爸爸七分夸朱海鹏和 C 师,三分骂 A 师不争气,一分也没提到你。已经有一种说法,说你应负主要责任。"

侍应生把西餐端了上来。

范英明拿了刀叉,切着猪排说:"表面上看,我该负全部责任。"

方怡叉了一块苹果沙拉,眯着眼睛看,"这是我临时改变主意的原因之一。这个时候,别说办这事,只要把我们的婚姻现状公开,对你就算是落井下石了。"

范英明一伸脖子,吞下一块牛排,"我会连自己的利益都考虑不清楚吗?这事必须解决,越快越好。"

方怡冷笑一声,"你不是个自讨苦吃的人。爸爸年底就要退了,军师级领导班子明年上半年会有重大调整。人一退,茶就凉,你应该知道的。我希望你进入师班子后,再商量解决这件事。你我应该永远是朋友吧?"

"方姐。"邱洁如一身名牌青春休闲装,打着招呼走了过来,弯腰说:"早看见你了,不是认出先生是团长姐夫,还不敢让你看见我们呢!"调皮地朝方怡眨眨眼睛,转身看着正襟危坐的范英明,灿烂地一笑,"想不到范团长还这么浪漫。"

唐龙立在一旁,向方怡、范英明点头示意。

范英明僵硬地一笑,"偶尔吃顿饭,竟叫你们碰上了。"

邱洁如说:"方姐,有件事想请你帮忙。"

方怡微笑着"是不是唐龙欺负你了?"

"他敢!"邱洁如斜一眼唐龙,"你看我像是被人欺负的人吗?这是正经事。听说你们公司就要发行集资股了,我想求你帮忙买一点。"

方怡略感惊奇,身子向后一仰说:"能不能上市,什么时候上市,都不一定。股市几年几个风波,姐姐可不愿让你们那点小体己一套套个三两年,到时连嫁妆都没法买。"

邱洁如说:"唐龙让买,准错不了。"

方怡问:"你准备买多少?"

邱洁如说:"当然是多多益善。不过,我们也不想借钱,把手里剩下的八万块闲钱投到你们昌达公司就是了。唐龙说这八万块买了你们的集资股,一上市,能变成一辆法拉利跑车。没这辆跑车,我们的事说变就会变。"

"这么严重呀?那我只好成全你了。"方怡转过脸看着唐龙说:"法拉利一辆一百三十万,你真的这么看好我们公司的前景?是不是在押宝呀?"

唐龙看一眼石像一样端坐的范英明,狠了心说道:"方姐,我研究过你们公司的全面情况,这还是保守的估计。你们公司的薄弱点在销售,我要毛遂自荐主管这个部门,你们公司的纯利润能提高三个百分点。"

方怡点点头，不由得另眼看了唐龙，"部队能人不少，朱海鹏也说过类似的话，不过他不是来求职。你真不想在部队干了？"

邱洁如说："没劲。这次演习，人家一动真格的，就把我们'师指'给一锅端了，再耗下去也没意思。你拉我衣服干什么？我说的是实情嘛。"

唐龙说："范团长和方姐在吃饭，咱们先走吧。这场合能谈军事秘密？"

邱洁如点头笑着，跟着唐龙走。唐龙压低了嗓音怪道："怎么能当着范团长的面说这些？"邱洁如伸手捂了嘴，偷眼往后看。

"唐龙，"方怡站起来扬手招呼说："你要赢了法拉利，昌达请你来做助总。"

唐龙扭头说："君子一言，我会找你的。"

范英明哼了一声，"四不像。这种愿你也敢随便许。只能纸上谈兵的人太多了。"

方怡接道："你是太职业化了。你要不变，恐怕连个兵都当不好了。这样一个时代，人才辈出。朱海鹏这几年的变化真大，一点也看不出曾是个放牛娃。"

范英明怪笑道："我知道你早后悔了。早了结不是很好？完全可以破镜重圆嘛。"

方怡腾地站了起来，倒竖柳眉说道："你以为我不敢？你太狭隘，太……"发现周围的人都在看她，把餐巾朝桌上一甩，撇下范英明出去了。

范英明呆了片刻，掏出两百元朝桌上一放，追了出去。外面，早是华灯初放的夜景。方怡走到一辆白色奔驰前，打开车门，钻了进去。范英明奔跑过去，拉开车门，探头说道："你认为真有必要这么拖下去吗？"

方怡无奈地熄了发动机，把头朝方向盘上埋了片刻，又抬起头，"自从我脱了军装，我就知道你我总会有这一天。五年了，你以为我多想这样耗下去？我们俩有些地方太像了，你刚愎自用，我自以为是，都不是省油的灯。"

范英明坐进车里，尽量平静地说："你的好意，我心领了。前年你提出来，我就该答应你。再拖下去，要生恨的。"

方怡眼含泪花，扭头说道："你以为我是在赶离婚的时髦？你错了。龙龙的脚落下终身残疾，我是有责任。你爸你妈知道我不愿再生，甩脸色，我能忍。可你也这么干了。我不是一个不能忍的人。好了，追究这些也没意思。我的脾气你也知道。说不谈这事就是不谈。你要么回你的家，要么跟我一起回军区。你有两个来月没回来了。"

范英明耸耸肩道："还有什么意思？"点了支烟，猛吸了一口。

方怡打开车窗，伤感地说："那个家你去不了几次了，如果上帝无情，你也喊不了几年岳父了。"

范英明侧身道："你在说什么？"

方怡长吁了一口气，"听说爸爸晕倒的事吗？"

"听说了。"范英明脸色微变，"不是犯了低血糖吗？"

方怡捋捋披肩长发，"二姐打来了电话，爸爸做 CT，肝部有问题，三〇一的专家认为十有八九是肝癌。"

范英明脸色大变，"不可能，不可能。"

方怡道："上次做的是胃部，肝在片子边上，看不太清，还得催他再去拍拍肝部，好确诊。可他这几天又好好的，无法劝他。他一直把你当儿子看，三个女婿，他认为你最有希望继承他的衣钵。我还想劝你演一段恩爱戏给他看呢。"

范英明两眼空洞地看着车顶，不言语。

方怡说："我昨天已请了个保姆，下一步想把小龙接过来，熟悉熟悉好过渡，另外，一旦爸爸不久人世，也好让他享享天伦之乐。

你是自己回去,还是跟我走。"

范英明犹豫片刻说:"我也想找爸爸谈谈。"

黄兴安、刘东旭和高军谊已经先一步到了方英达的家。他们是来摸方英达对演习的真正态度的。

黄兴安只把半个屁股欠在沙发上,挺直了上身说:"我们确实有轻敌思想。可常少乐违反演习规矩在先。"

方英达道:"A师不是你黄兴安的,C师也不是常少乐的,一个师长,连这支军队的性质也弄不清吗?这次演习之所以能举行,就是因为这种思想作怪:认为 A 师是我发迹的地方,曾是我的A 师。"

"是是是,"黄兴安点头道,"我们当然也存在布防上的漏洞,C师才钻了空子。"

高军谊接道:"一团当时推进太快,导演部曾提醒过的,可,可能范团长一时考虑不周,有点急于求成,才露出了破绽。"

刘东旭说:"下午到晚上,我都在一团。范团长也注意到了可能的脱节,也请示过。在协调上也存在问题。首长刚才的批评,算是一针见血。这应该是整顿的重点。"

方英达站起来道:"这次你们输在哪里,你们并不清楚。你们应该认识到,你们输在观念陈旧、暮气沉沉上面……记什么记?"

保姆小英看见方英达生了气,忙在厨房门口大叫:"方爷爷,方爷爷,你快来。"

方英达走过去问:"什么事?"

小英怯生生地说:"我看你生气了。姑姑交代过,千万不能让你生气。你别生气了。"

方英达一脸无奈,搓搓手,严肃地说:"小英同志,我要给你宣布两条纪律。第一,不要翻看我的东西;第二,家里有客人,你的任务只是端茶倒水。再违反,就送你回家。"

小英撅着嘴,赌气走了出去。

方怡关好车门,看见了蹲在房前台阶上的小英,弯腰问道:"我爸在家吧?"

小英说:"姑姑,你说的任务俺完不成。我劝他不要生气,他跟我生气。他一生气我就生气,我一生气,他一生气就要送我回家。"

方怡问:"他和谁生气?"

小英说:"来了三个校官,星星比爷爷的多俩,像是都怕爷爷,屁股不敢把沙发坐满。爷爷生气说'记什么记',吓得一个红脸把本儿都戳烂了。"

方怡转脸看着范英明:"来找家长告你的状吧?"又对小英说:"好了,你先休息吧,明天咱们再商量怎么和爷爷斗。"

走到门厅里,方怡熟练地挽了范英明的胳膊,小鸟依人样地把头靠在范英明肩上,跨进了客厅。几个人停止了谈话,都把目光盯在他俩身上。范英明大窘,推开了方怡。

方怡夸张地哇了一声,笑着说:"黄叔叔,刘叔叔,高叔叔,真是稀客。"走过去从冰箱里拿出几罐饮料说:"你们尝尝,新配方的可乐。"转身过去拍拍范英明的肩,像是拍打灰尘,"英明,你为你们首长服务服务,我出了一身汗,先上去洗洗。"

范英明只好提了水壶续了一圈水,找个沙发坐下了。

方英达接着说:"你们要认识到,A师有今天的失败,不是偶然。这个碑一定要立。立这块碑,是为了保证A师在实战中永远立于不败之地。"

楼上传来方怡甜甜的声音,"英明,英明,你上来一下,怎么没有凉水了。"

范英明红着脸,站起来上楼。

几个人端起茶杯喝茶,似乎是想借此调整一下情绪。黄兴安刚张了嘴要说什么,看见范英明又悻悻地下了楼,只好把到嘴边的话像咽茶水一样咽下去。范英明面部肌肉一扯一扯,挤着几丝笑,又给三个客人续了一遍茶水。

黄兴安哭丧着脸央求着:"老师长,我们一定会本着你的指示精神,认真整顿。立碑的事,我们希望首长再考虑考虑。A师是全区第一主力师,这次失手,上上下下已经受了很大震动,真要立个碑,压力太大了。"

方英达仍不松口:"不要再说了。这点压力A师能够承受。整顿工作要做细致。如何走科技强军之路,C师已摸索出一些经验了。这方面,你们A师条件要优越得多。"

方怡又在楼上喊起来:"英明,你把浴巾给我拿过来。"

范英明站起来,一步三个台阶上了楼,脸色越来越难看了。

方怡这么一喊,演习的话题就无法再谈了。

刘东旭站起来说:"方副司令员,我们不打搅了。你也早点休息吧。"

方英达欠欠身子,说:"我就不送了。"

范英明憋了一肚子火上了楼,忍不住举起拳头,对着浴室门砸去,半途中又硬生生地收住了。方怡这种天不怕地不怕的大小姐脾气,范英明早有了解,今晚这种即兴发挥,可算登峰造极了。范英明无奈地摇摇头,叹了一口气,一转身,看见了方英达的书房门开着,便走了进去。

两面墙顶天立地的书架上放满了各种图书。书页间露出的半截半截的卡片,表明这些书并不是什么装饰品。两排英文、俄文图书新旧参半。如果不是窗两边墙上悬挂的那些房间主人戎马生涯的照片,置身其中,只能把主人想象成一位学富五车的大学者。写字台的右上方,摆着一个相框,那个微笑着的年轻女大尉,用一对杏眼中绵绵泄出的无限幸福,注解着这个家庭曾经让人艳羡的历史。仔细一看,在墙上悬挂的十几幅照片里,女大尉,竟是惟一的女性,这种单一似乎与房间主人色彩斑斓的生命流程极不相符,但它却在有力地证明着方英达在情爱方面除却巫山不是云的骑士般的执拗。这些场景,范英明早已谙熟,他进这个房间,只是想压一压胸中的怒火。走到书桌前,他却被方英达书桌上的一摞书吸引住了,不由得坐下来翻看起来。这是几本装帧精美的英文书,内容都是关于高科技与局部战争方面的。

方英达上了楼,在书房门口站了一下,走了进去。

范英明放下书,站起来恭敬地喊一声:"爸爸,你的,你的胃病好点没有?"

方英达伸手示意,"坐下说。有些痛,很快就会好的。"

范英明指着书桌道:"你要注意身体。"

方英达神色凝重地说道:"A师的现状让人担忧。你在基层,有些比我看得清,有些就不如我看得全面。一个主力甲种师,竟对付不了一个装备有战场微波监视系统的乙种师的一个团,出乎我意料。"

范英明站起来道:"我有很大责任。不过,那天的情况,是个意外。A师是立足于演习,C师是想出风头。"

方英达摇摇头说:"这不是问题的关键。这两年,我没少到A师,面上的文章已经做足了,微机显示屏都在亮,到处都在嘀嗒。可是,演习时却只能依靠地图作业。演习中,不敢使用新装备,名义上是说怕损坏价格昂贵的新装备,实际上怕是根本不懂这些新东西,心理上惧怕,惧怕失去控制权!再这么下去,A师就成清末的八旗兵了。"

范英明道:"基础训练上,A师没有放松。"

方英达说:"我清楚。你带一团,不足一昼夜推进一百多里,二团去救'师指'，一个半小时走了二十多公里，都可以参加马拉松比赛。可这有什么用？单凭人多势众和匹夫之勇，是很难打赢高技术局部战争的。军、师一级主官，能看懂这些原著的，凤毛麟角哇。"

范英明用钦佩的目光看着方英达，"我们一团，也没有几个人能啃动这种原文专著。"

方英达紧接道："眼睛不要只盯在你的一团上。作为一个优秀的军人，要随时做好挑重担的准备。要努力使自己成为复合型指挥官。"

这时方怡穿着睡袍，梳着头发倚在门框上插话说："这么说，英明能逃过这一难了？"

方英达问："什么难？"

方怡道："冒进争功呀。"

方英达道："如果就演习论演习，应该给范英明行政严重警告处分，应该给朱海鹏行政记大过处分，应该给楚天舒撤职处分。这就看陈军长是怎么整顿了。"

方怡央求着："在这种节骨眼上，你就忍心看陈皓若惩治你的爱将？"

方英达不在乎地说："我的档案里，处分也有七八个。英明，那天和你在河滩说话的是不是朱海鹏？"

范英明说："是他。如果给他个记过处分，他就会决心脱军装了。他这也是给你们出个难题。你们给的答案不合他的意，他就要来个道不同不相与谋。"

方英达脸一沉，"怪不得他敢迟迟不来见我。"

大院里响起低沉的熄灯号声。

方怡走到范英明身边，伸鼻子嗅嗅，"你去洗个澡，换洗衣服在床上放着。头发酸臭酸臭的。"

范英明起身走出了房间。方英达欠欠身子,像是还想问范英明什么事。

方怡甜甜地一笑,"爸爸,你是想问点朱海鹏的情况吧？问我好了,我比英明清楚。"

方英达嗔怪道:"就你鬼！我的部下,你难道比我还了解吗?"

方怡拉一把转椅想坐下,迟疑一下,走到方英达身后,给方英达捶着背道:"看你的什么部下了。朱海鹏去年死了妻子,只剩个老娘和小女儿在老家相依为命。你们的政策又不允许带老娘随军。忠孝不能双全,朱海鹏就想脱军装了。"

方英达说:"我有点官僚了。说下去。"

方怡道:"从他捅这么大的娄子看,我猜他是铁了心要走。他不来见你,是因为他不在你的军区。演习结束当天,他就回家尽孝去了。"

方英达站起来认真看着方怡道:"小三,你什么时候又对朱海鹏感兴趣了？好像关系……"走过去掩了房门,"可不能……"

方怡道:"老爸,你别紧张,这绝不是什么桃色事件。我对他感兴趣不是一两天了。要是你们部队的形势短时间没有大的改观,明年春天,你的爱将朱海鹏将会出任我们昌达公司的总经济师。公司董事会已经专门研究了引进朱海鹏的专项报告。"

方英达摇摇头。

方怡问道:"老爸是怀疑小三的眼力呀还是怀疑朱海鹏的能力？我认为这件事已经十拿九稳了。"

方英达说:"朱海鹏去当一个有两三亿资产大公司的总经济师有点屈才。这个人,一旦再有战争,会比你老爸有出息得多。这件事我不答应。决不能放走朱海鹏。"

方怡自信地笑了,"爸爸,我也不说你一个中将这么夸奖一个上校合不合适。现在是和平时期,你又无法把朱海鹏冬眠起来。

所以,我必胜利。你可以开出巨大数额的空头支票,但你付不出朱海鹏现在就需要的现金。"

方英达再摇摇头,"小三,你到底不是男人,你也太小看老爸了。"

方怡娇甜地一笑,"爸爸,咱不争了,谁赢都不出咱方家的门。你早点休息。记着,一周内你必须抽出半天时间去医院查体。要是你失信,我就敢一个月不让你看见龙龙。"说罢,出了书房下楼去了。

范英明穿好外套,把脏内衣裤装进一个袋子内拎上,准备连夜往部队赶,一出卧室,就碰上换了睡衣、准备洗澡的方英达。

方英达说:"早点睡吧,明早我还想和你谈点事情。"拉开浴室门进去了。

范英明只好又回到卧室,盯住床看了好一会儿,忍不住去拿了床头柜上一个相框,对着儿子亲一口。然后,范英明打开衣柜,拉出几个被褥,在地板上又搭出一个地铺。范英明正拿一个床单想法把中间隔开,方怡进来了。

方怡关上门,背靠上去,两手交叉抱在胸前,冷嘲道:"打堵墙不是更好吗?看一眼都不想看了。"

范英明把床单朝地板上一摔,瞪着眼睛说道:"够了够了,我看够了你的戏。你不是要的这种效果吗?"

方怡咬着指头,眼睛里浸出泪光,喃喃道:"吵了几年,就是没个完。一日夫妻百日恩,我们做了几千日夫妻,你数过了吗?"

范英明哀叹一声,顺势坐在床沿上。

方怡流着泪说:"我真的就那么讨厌?我们总是还过过几年美好的生活,这些说忘就能忘个一干二净吗?我真不明白,为什么在最后的一段,我们还要相互伤害。"

范英明揪揪头发,开始整地铺。

方怡冲过去,夺了被子,抓住范英明的手,仰着狂放的脸,泪眼看着范英明的脸,呢喃着:"这张床,这张床的美好你真的忘完了吗? 你真的连,连我的身子也厌恶了吗?"猛地转身扑到床上,嘤嘤地哭了起来。

范英明看了一会,右手试着一伸一伸,终于伸过去,伸过去变成一把梳,梳着方怡的黑瀑布一样的头发。

A师的演习检讨会完全陷入就事论事的怪圈之中。条桌会议把人与人的距离缩短到蹙眉、冷笑、不友好的眼神都能尽收对方眼底的程度,全部的矛盾都在这里白热化了。军长陈皓若一人端坐在条桌的一端,两边以黄兴安、刘东旭为首,按职、衔依次就座。因副师长秋天刚去了国防大学学习,加上赵中荣的参加,两个阵营恰恰分在两边。左一排依次坐着黄兴安、高军谊、赵中荣、简凡等,右一排依次坐着刘东旭、政治部田主任、范英明、三团团长王仲民等。

二团团长简凡担任主攻,一出手就针针见血,"A师蒙受奇耻大辱,我认为是因为一团的抢功冒进引起。司令部已派人查清,蓝军当晚行动路线,完全在演习计划中属于一团的防区之内。抓住了主要矛盾,这次整顿的目的就明确了。"

高军谊接着助攻道:"一团前突太快,当时导演部就注意到了,并两次进行提示。可一团并没有改变原定计划。问题已经很清楚。"

赵中荣当了二传手,耷拉着脑袋说:"如果是团与团间的对抗演习,一团的行动敏捷是优点,应该嘉奖。可这是一个师在演习。"

三团长王仲民接道:"既然是一个师演习,把责任归为一团不合适吧? 二团、三团如果协作得好,也能完成演习任务。要说检讨,应该先从演习方案检讨起。我们团作为预备队,安排的位置离主战场太远了。"

黄兴安道:"不要扯远了,要抓主要矛盾。"

简凡又一次强攻道:"我有一个疑问,想请范团长解释一下。一团这次冒进,有点特别,恰恰在你们团突然冒进的时候,C师的战场微波监视系统也调试成功了。这是不是太巧了?"

刘东旭严肃地说:"简团长,虽然这是一次检讨会,但不能没原则。如果没有根据,这么说就过分了。检讨的目的是为了把部队建设得更好。批评的目的是为了团结。"

简凡说:"我当然有根据。二团攻到河谷时,范团长正好和朱海鹏在一起。朱海鹏出现也太巧了。我当时判断蓝军可能有阴谋,请求一团配合行动,范团长一口拒绝了。这些反常,不能不让人放在一起考虑。"

范英明终于开口了:"这次演习的失利,一团应负全部责任。一团的责任应由我一人来负。至于简团长的疑问,我无法解释。组织上可以调查清楚的。如果整顿的目的只是找演习的失利原因,用不着二团三团一起陪绑。我的错误,组织上可以做降职、撤职处分。"

赵中荣露出了不易察觉的笑容,"范团长像是有些抵触情绪。没必要过分夸大自己的失误嘛。你要真犯了这么大的错,方副司令当天就撤你的职了。"

范英明说:"那好。我也帮二团找点失误。如果二团不是那么慌张地去救'师指',楚天舒的主力恐怕也找不到'师指'。"

简凡生气道:"这是什么逻辑,见死不救的,倒有资格指责舍己救人的。二团是与一团没法比,二团损失一个营,一团抓了一个半连的俘虏嘛。"

王仲民说:"'师指'当时并没危险,二团为什么摆出救人的架势,这倒是个疑问。"

简凡急了,"王团长,你这是什么意思?"

陈皓若再也听不下去了,一拍桌子喝道:"够了! 太不成话。你们都该洗洗脑子。整顿工作暂停。等传达过军委扩大会议精神再搞。"一个人大步朝外面走去。

赵中荣慌忙站起来,追上陈皓若问:"军长,明天还去不去C师?"

陈皓若走向黑色奥迪,"你没听见? 整顿暂停,回军部。"

检讨会的场面,确实出乎陈皓若的意外。如果演习取得了所谓的圆满成功,庆功会又是一番怎样的场面,陈皓若不难想象。部队肯定存在着大问题,可这个问题根源在哪里,一时竟看不清楚。难道是在歌舞升平的生活里泡得太久了吗? 如果明天就来了真的战争,这支部队是继续铸造常胜军的辉煌,还是表现得不堪一击?这关系部队存亡的问题,根本无法从这样一场演习中找到答案。是生还是死,这个问题显得空前醒目起来。

C师呈现出的是一番尝到甜头后的景象。尽管上级对演习的最后评价尚难断定,但这并不妨碍几千人获得扬眉吐气的感觉。自师长常少乐到普通士兵,都在用行动表达着对前几年选择的卧薪尝胆道路的不悔。用更文学的手法来表述,那就是他们品尝到了成就感的回味无穷的滋味。从蔬菜大棚到养殖场,到处都能听到欢快的小调。训练场上,号子和喊杀声,似乎也突然间像吃了兴奋剂一样雄壮了几分。借此东风,C师准备一鼓作气,依靠自身的能力,把 C^3I 系统也建立起来。演习结束一周,一卡车定购的电脑被运到了师部门前。

常少乐像一位老农民看滋滋生长的庄稼一样,叼着烟卷,蹲在台阶上,看着卸货的一群士兵。江月蓉一身戎装,指挥战士把微机往大楼里面抬。

常少乐喊过来一个中尉,"你整个车,去县城搬个几十箱饮料回来。"

江月蓉打趣道:"铁公鸡也拔毛了。"

常少乐笑道:"物有所值,为什么不? 事实胜于雄辩,全师再不会有人说这是糟蹋钱了。"

江月蓉道:"这个自动化指挥系统建立起来,你们师的战斗力还能提高三成。不过,放在世界范围内一比,只能算小康。"

常少乐说:"海鹏说这只能算温饱。咱这个师电子通信能力太差,雷达只有六七部,电台不过两百部,差远了。美军一个陆军师,有七十部雷达,近三千部电台。要是我有这么多东西,敢跟任何一个师叫板。"

接朱海鹏的绿色越野吉普穿过一片蔬菜大棚,向师部驶来。江月蓉的眼睛开始追随那个小绿点。

常少乐偷眼看到,笑笑,换了一副面孔说:"海鹏来不了啦。方副司令大发雷霆,要'陆院'追究他的责任。"

江月蓉神色大变,转过身问道:"是真的吗? 早上你不是说你们军长在 A 师发了火,已经取消了整顿?"

"当然是真的。"常少乐去帮助战士抬箱子。

江月蓉跟过来问:"那他不是只能转业了?"

常少乐忍住笑,"转业? 太便宜了。我看恐怕要让他复员。"

江月蓉叹口气,"这也是命。那他不是连 C 市也待不下去了吗?"

常少乐笑了,"江总,你看看那是谁?"

江月蓉脸一红,说道:"你还是他的朋友呢,尽咒他出事。我要告你的状。"

朱海鹏一脸倦意,拎着一个鸽子笼走了过来,老远就说:"老常,你真是催命鬼,你总该让我回'陆院'打整一下。"

常少乐笑着,"《国际歌》怎么唱的？趁热打铁才能成功。演习还是个悬案,这时不借东风开船,等风向一变,我下野你下台,只能抛锚了。我这个人,等不得。伯母的病怎么样？"

朱海鹏说:"演习前一天发的病,听说很吓人,我到家已经大好了。听司机说,方副司令只是骂了 A 师,没点我们的错,这是个好兆头。"

江月蓉从朱海鹏手里拿过鸟笼,看着两只白鸽子说:"丫丫呢？长漂亮了吧？"

朱海鹏咧咧嘴,"就那样,一个丑丫头。"

江月蓉问:"海鹏,你带着鸽子干什么？搞什么新式武器？"

不知不觉中,江月蓉竟把"海鹏"叫出口了。

朱海鹏道:"丫丫这个丫头,迷上了养信鸽,非要让我带两只不可,说是这两只已经成功飞过四千公里,让我平安到达后,放一只回去报信,说比信走得快。另一只呢,叫我养着,再回家时放回去,说让它在路上和我做个伴儿。"

江月蓉感叹道:"多懂事的孩子。我家银燕从来只会想她自己。"

朱海鹏说:"银燕才多大,钢琴都练到六级了。将来银燕肯定比丫丫有出息。"

常少乐咂咂嘴,"果真是只谈女儿。你们快去后山放鸽子吧。上午只有粗活。有我钉着就行了。"

江月蓉拎着鸽笼朝后山走,朱海鹏也只好跟了过去。

江月蓉问:"你是不是真的要下决心脱军装。"

朱海鹏道:"恐怕别无选择。"

江月蓉问:"要是上边肯定了你在 C 师的试验,你还是非要离开 C 市不可吗？"

朱海鹏根本没细想江月蓉的用意何在,按照自己的思路说:

"有个眼力很好的朋友说我作为中国军人,早生了五十年。这话让我想了很多。越想我越觉得悲观。"

江月蓉问:"你是不是觉得舞台太小?"

朱海鹏道:"我只能有限度地影响一个师的历史,而影响不到全局。"

江月蓉抿抿嘴,"野心不小。"

"月蓉,"朱海鹏道,"你千万不要认为我信仰什么不想当元帅的上校不是好上校。是我的思想无法找到盛放的现实空间。不是这次演习,我这些年的心血,仍流不到明处。常师长再支持我,毕竟只是一个乙种师呀。现在建的这个系统,在 C 师这个空间,不过只能加快一些军用文书、报表的传递,从实质上,仍属小儿科。靠一个师生产自救搞高科技,动不了大手术。所以,我想我在军队的发展空间已经没多大了。"

江月蓉含情地瞟了朱海鹏一眼,"要是命运安排你指挥一个军区的兵力呢?"

朱海鹏笑道:"那得先等你当了总参谋长。"

江月蓉蹲在半山坡上的一片草丛里,从鸽笼里捧出一只鸽子,举过头顶说:"你快点飞吧,丫丫在等你呢。"

白鸽子站在江月蓉的掌上,咕咕叫着,脖子一抻一抻,扑棱棱直飞起来,在空中画过一条银亮的弧线。江月蓉就势跪在地上,痴迷地看着鸽子,神情奇异。突然,鸽子在空中像一只断了线的风筝一样,朝山坡上坠落。江月蓉惊叫一声,不顾一切地朝鸽子坠落的方向狂奔。朱海鹏开始并没在意,喊一声:"山上,别跑——"接着就感到不对劲儿,江月蓉几个趔趄,最后竟连滚带爬地扑向远处。

朱海鹏拎着鸽笼追到,只见江月蓉泪流满面地一手托着鸽子一手轻轻地捋着鸽子的羽毛,朱海鹏不敢问别的,蹲下来关切地看着江月蓉。

江月蓉吃力地一笑，抹一把眼泪说："银燕这个名字是她爸起的。他是一个优秀的试飞员。银燕周岁生日那一天，他就这样栽了下来。三年了，我不敢看见飞机。"

朱海鹏把江月蓉扶起来，接过鸽子，说："能有你这样一个妻子，他该满足了。"他抬眼望着蓝天，幽幽地说："丫丫的妈，是一辆卡车带走的，她去城里给娘抓药。可我总不能怕车吧？月蓉，鸽子会重新飞起，我们要相信它。鸽子鸽子，你要听懂了，就飞个样子给月蓉看看。"

鸽子似通人性，脖子一扭一扭，似乎在说：看我的。一振双翅，高高飞起，带着哨声在空中盘旋一圈，然后折向北方。

朱海鹏伸手拍了一下江月蓉，一语双关地说："我们应该比鸽子更坚强。回去吧。"

江月蓉涨红了脸，指指身上沾的斑斑点点的黄色泥土，羞怯地一笑："你先去，我到师招待所换换衣服。常师长那张嘴，看见了不知会嚼出什么舌头。"

朱海鹏脸一热，拎了鸽笼就走。

江月蓉喊道："鸽子给我，我拿到招待所找点东西喂喂它。"

朱海鹏下山时，看见一辆白色的卧车向师部驶来。这辆车与他有什么关系，将对他的生活产生什么影响，这时谁也不清楚。他在细品的只是和江月蓉走近后，心里莫名的充实。

方怡毫无疑问已经走入这个社会变化最快、最富朝气和活力的领域，并在这样的领域如鱼得水、游刃有余了。在与父亲争夺朱海鹏的秘密战争中，方怡充分运用了主动出击等攻击性战法。白色奔驰500直奔常少乐而去，在距常少乐不足半米远的地方戛然止住，一个问候随着飘出车窗："常叔叔，果真是你，想吓你一跳也吓不住。"

常少乐故作惊讶地叫一声："小三呀,敢开车撞常少乐的,也只有你方小三。大经理光临,是不是准备赞助一批电脑呀?"

方怡道:"小三小三叫得多亲热!一百台电脑的大买卖,怎么就想不到小三了?赞助几台不是不可以,先买一百台昌达电脑,否则免谈。"

常少乐哑哑嘴,"长着伶牙俐齿的铁算盘,常叔叔斗不过你。你这个大忙人,来我这山沟沟里有何贵干?"

方怡撇撇嘴,"心里想着我是夜猫子进宅吧?我来这里找一个人。"

常少乐问:"大资本家到军营找人谈生意?"

方怡说:"算是一笔交易吧。朱海鹏在吧?"

常少乐眼珠子一转,道:"朱海鹏正在 C 师搞项目,我得知道这笔交易对我们这个项目是利是弊。"

方怡笑道:"怪不得爸爸夸你常麻秆长进了。我来找朱海鹏商谈关于他前途和命运的大事。"抬腕看看表,"常叔叔,他在师里呀在团里?我耽误不起时间。"

常少乐讨价还价说:"咱们换个情报,这样更合你的脾气。怎么样?"

方怡眯着好看的丹凤眼,"不就是想知道我爸怎么夸你嘛。他说你年届半百变法,露了点大器晚成气象,不再是那个当不了师长就撂挑子的愣头青了。我是在客厅偷听的,绝对可靠。现在该你交货了。"

常少乐心里暗喜,嘴上却说:"我知道我是枣核解板,不是大材料。不是问这个。"

方怡抬眼望见了朱海鹏,转身上车,"常叔叔,你可欠我一笔债哟。"一踩油门,去拦截朱海鹏。

常少乐摇头自语道:"这种闺女顶仨儿。"

方怡刹了车,看着朱海鹏说:"看什么看? 不认识了? 快上车,跟你商量个事。"

朱海鹏迟迟疑疑不肯上车,问道:"什么事?"

方怡说:"关于你前途和命运的大事。"

"神神秘秘的。"朱海鹏上了车,"电脑价格大战正酣,你跑这儿干什么?"

方怡慢慢开着车,"没看错你,能一心十八用,快成精了,电脑价格大战也没跑出你的视野。"

"你来得真及时。"

"我去车站接你,路上堵车,才让 C 师先接走了。又去了一趟'陆院',所以比你晚到半个小时。"

"是不是又让我当义务救火队队长?"

"佩服,真佩服你没有好奇心。一不问我怎么会知道你的行程;二呢,搅得一个集团军上下不安宁,也不向我打听红墙内对你的态度。"

"你会说的。"

方怡叹一声:"这叫一物降一物,没法。你这次弄险,时候赶巧了,我老爸跟起码五个核心人物夸你有超前意识,和军委建军思想正好一致。"

朱海鹏淡淡地说:"你老爸做得对。"

方怡猛一踩刹车,扭头道:"还有呢! 你还得收获个记过处分。"

朱海鹏道:"也在预料之中。我身为军区演习观察组副组长,搅黄了一个皆大欢喜的演习。"

方怡长吁一口气,"下午我还有个谈判,不和你磨嘴了。你这些品性,怕是你妈遗传的。"

朱海鹏直起身子问:"你究竟想干什么?"

方怡得意地一笑，"你终于起了好奇心。我要不要告诉你呢？"

朱海鹏拉开车门说："我不听了。"

方怡伸手把朱海鹏拽住，"好好好，我斗不过你。我派人给你带了三万块钱，想让你好好尽尽孝，谁知人到你家，你刚走。你老娘一分钱也没留。"

朱海鹏问："直说了吧，你想让我干什么？"

方怡道："你老家的不动产，价值不足一万元，留着修故居嫌早了些。我想让你借遭受非议的机会，脱掉军装，到我们公司当总经济师。要是受不了女人领导，做出公司董事会认可成绩，我当你的助手。"

朱海鹏认真打量了方怡，"我承认这是个很有诱惑力的建议。恐怕有不菲的待遇吧？"

方怡说："四室一厅房子，迁移老太太户口，小丫丫进最好的小学读书，一辆六缸皇冠或者奥迪，年薪第一年十万，正式签合同后二十万。"

朱海鹏拍拍脑门，"我值这么高的价吗？"

方怡说："房子不是送，车子是配的，第一年加年薪加迁移户口等，公司付出二十万。董事会采纳过你去年提出的救火方案，对你的评估是：如由朱海鹏出任总经济师，本公司纯利润可望净增一到两个百分点。本公司去年利税后纯收入为八千二百万。就按一个百分点算，这是拿二十万买八十万的交易。很合算。"

朱海鹏沉思良久道："方总，真心实意地说，这是一个能彻底把我从俗务中解救出来的一揽子计划。不谦虚地说，本人入贵公司，公司纯利肯定能净增三个百分点以上。但坦白地说，我感到有点突然，不敢贸然答复，请你给我一个月考虑时间。"

方怡意味深长地说："我们是婚前好友，以后一起走的路会很长。只要你离开部队后第一选择是昌达公司,你可以考虑三年。"

朱海鹏说:"谢谢贵公司信任。"

方怡伸出手道:"握个手吧。没记错的话,我们有十年没握过手了。"

朱海鹏看着白奔驰渐渐远去,心里后悔道:"该劝劝她不要轻易放弃范英明。"

江月蓉穿着一件火红的毛衣,出现在常少乐面前,发现朱海鹏不在,心里多少有点怅然。

常少乐笑嘻嘻道:"军装这次没有脏嘛。"

江月蓉已经发现了白色奔驰,没接常少乐的话,问道:"来了贵客,你也不去迎接?"

常少乐说:"是方家小三,不知来找朱海鹏密谈什么事,神神秘秘的。"

江月蓉问:"谁是方家小三?"

常少乐道:"方副司令当军长时,三个女儿都跟着他。老伴'文革'中死了,几个女儿都有点野小子气。"

江月蓉冷笑一声,"早不是野小子了。如今是 C 市商界女强人。和总裁一起接儿子,蛮有女明星的味道嘛,样子挺风流的。"

常少乐顺嘴说道:"十五六岁就不野了。风流嘛,也倒真风流。二十四五岁时,迷得范英明、朱海鹏这种数量级的人物都五迷三道。"

江月蓉边开一个箱子,边说:"朱海鹏还有这种经历?"眼睛不时朝车里甩出眼风。

常少乐也不知江月蓉为啥要开箱子,过来帮着忙说:"海鹏在家娶媳妇,恐怕与方小三选了范英明有关。"

江月蓉清清楚楚看见方怡拉了朱海鹏一把,强笑了笑,说:

"到底是女强人,什么事都敢干。"又把箱子封好,一捂头说:"常师长,我有点头疼,回去吃点药。"

常少乐看看白奔驰,看看地上的微机,看看江月蓉的背影,猛拍一下脑袋,嘟囔道:"真糊涂!说这些陈谷子烂芝麻干什么!"

"师长,"一个参谋从楼里跑出来,"方副司令员电话。"

常少乐忙跑了过去。

参谋说:"他已经挂了。"

"为什么挂了?"

"方副司令发了脾气。"

"为啥发脾气?"

"我说朱主任不在,他就发了脾气。"

常少乐吼一声:"立正!你连这个事都复述不清吗?从头说,简单点说。"

参谋立正站好:"九点二十分,梁秘书打电话到值班室问朱主任在不在,我按你的指示,告诉他说朱主任不在。十点钟,方副司令亲自打电话让找朱主任,我刚说不在,他就说让你挖地三尺也要找到朱主任。"

常少乐一跺脚,大步走进办公楼。

朱海鹏返回来看见大楼前空无一人,自己一个人上山去了。方怡的一番话,确实不能等闲视之。是走是留,该考虑了。若留在部队,以眼下中国的物质基础,很多计划只能是纸上谈兵,自生自灭。美国一架 B—2 战略隐形轰炸机,造价高达五亿美元,有了这种飞行半径达两万公里的战略性武器,才有美国现代高科技战争理论的高度。在这方面,根本无法与美国同行公平竞争。留下来,实际上等于放弃了在商场上一搏的绝高起点,昌达的总经济师宝座,决不会空着等他三年。但走?容易吗?朱海鹏需要认真想想。

方英达急于找到朱海鹏，是因为秦司令员和周政委回军区后，第一个常委会就是要听他汇报集团军演习的情况，他想在开会前听听朱海鹏的意见。十点多，他走出办公室，对梁平说："你等常少乐的电话，不要打给他。演习的事还没个结论，他竟敢这样干！"

军区在家的常委已到了六个。方英达坐下后，会议就算开始了。

一头花白的秦司令员说道："老方，听说你最近晕了两回，你也太玩命了。"

周政委接道："老方，我和秦司令来这里时间不长，形势逼人，咱们军区工作上不能落后，你的身体就显得更加重要。"

方英达说："暂时还见不了马克思，不过是血糖低点，胃炎犯了，这最后一班岗，我还能顶下来，请你们两位班长放心。"

秦司令员道："我和周政委在北京，就听说集团军的演习出了点问题，这到底是怎么回事？你还让 A 师立一个耻辱碑？"

周政委补充说："还有违抗演习命令的事。"

方英达说："事情说简单很简单，一个乙种师的加强团，装备一个全军一流的战场微波监视系统，没按演习计划，竟把一个甲种师当猴耍了，吃掉 A 师一个营，打掉了师指挥部。"

秦司令员问："A 师这次演习，是不是带了全部先进的装备？这些年在 A 师身上，投入可不小哇。"

魏参谋长道："微波监视系统甲种师今年才开始陆续装备，C 师怎么会有这种东西？"

方英达说："朱海鹏主持设计，钱是 C 师用菜和猪羊鸡换来的。违抗演习命令是实，但若没这个高科技的监视系统，想违抗命令也不能。"

秦司令员眼睛炯炯放光："用南泥湾精神自觉搞科技强军，思路不错,效果也有了,这也符合初级阶段的中国国情、军情。"

周政委接道:"大方向是符合军委扩大会议精神的,应该充分肯定,引导得好,可以有力促进全区科技强军、质量建军的重点工作。但也不能不注意里面的自由主义和极端民主化倾向,违抗命令就是这种错误倾向的表现。对这件事要一分为二看待,主要责任人应该负责。"

方英达忧心忡忡地道:"A师暴露出的问题,更应该引起高度重视。几十年没打仗了,以往在训练上也表现得生龙活虎,可硬是对付不了一个犯规的团。所以,我认为处理这件事情要相当慎重。这个演习本来有做戏给我们这些人看、讨个欢喜的意图,从本质上与C师做的事有矛盾。深一点说,是新旧观念的冲突。若单从一场演习看,错在C师。若从如何才能打赢一场战争上看,错就在A师。"

秦司令员道:"分析得很有道理。"

梁平进来对方英达耳语一番,方英达站起来走出党委会议室,回到自己办公室拿起话筒说道:"你竟敢欺上了。我不听你解释,下午我要见到朱海鹏。你要做好挨板子的准备,同时,该干什么还干什么。"压了电话,神情肃然地走向会议室。

江月蓉因看见方怡拉扯了朱海鹏,看什么都觉得灰头灰脸起来。回到招待所自己的房间里,慵懒地朝床上一躺,辗转反侧的样子表现了情场失意时女人惯常呈现的风景。能眼睛盯住天花板思忖时,江月蓉苦笑了一下。这苦笑似乎解释着这样的心理活动:朱海鹏是你的谁?你犯的哪门子的酸!三年了,这么过不是很好吗?男人嘛,谁能抵挡得了方怡这种女人。这时候,她已经忽略了朱海鹏做出的是下车的姿态,只觉得一个刚刚忘情地拍了她肩膀的男人,转眼间就能和另一个女人打得火热,很跌份儿。躺了一会,江月蓉意识到这样思想都很无聊,站起来,准备以若无其事的姿态重新投入工作。这些年,她正是狂热地工作以填补丈夫去世留下的巨大空间。走到房间的一面穿衣镜前,上衣的火红狠狠地刺痛了她。她想起来自己三年都没有穿红衣服了,仿佛这时才明白自己已从内心背叛了在丈夫灵前的誓言。她极其厌恶地把红毛衣外套剥了下来,狠狠地摔到床上。这时,她听到了敲门声。

朱海鹏把江月蓉当成红颜知己期待已经有些时候了。江月蓉今天第一次叫他"海鹏",让他感到开端良好。放鸽子的一幕,让朱海鹏一步跨进江月蓉心灵的深层世界中了,再看这个女人身上保持的对男人世界的距离,就觉得如口嚼橄榄,回味无穷。忠诚、坚贞、赤诚、热烈,这些好女人的味道,纷纷涌向舌尖,争先恐后让他品尝。面对方怡大手一挥抛出的巨大的现实诱惑,朱海鹏心里多少有点乱,在山坡上走了好久,仍理不出个头绪。他来找江月蓉,目的就是想借这个女人如水的沉静,帮他作出取舍。但他万万没有想到江月蓉会给他一张冷冰冰的脸和如同陌路的眼神表情。

朱海鹏问:"你脸色不好,是不是病了?"

江月蓉没表示请朱海鹏坐下的意思,生硬地说:"谢谢,我很好。"

朱海鹏没太在意,不请自坐,仰脸看看江月蓉一身感受不到暖和的白套装,关切地说:"昨天下过雨,很阴冷,把外套穿上吧。"

江月蓉竟顺从地套上了红外套,一句话脱口而出:"你真是跟总理一样的大忙人呀!生意是一桩接着一桩,真替你累得慌。"

朱海鹏叹一声:"真是多事之秋,你还要讽刺挖苦,乱得很。"

江月蓉浅浅一笑,"保尔重会冬妮娅,心里自然是要乱一些的,我能理解。"

朱海鹏恍然大悟似的说:"这些老皇历你也翻到了。也用不着瞒你,当年我曾被动地做了几天备选驸马,后来在常人看是一败涂地。就按这种说法,我这个七尺男人总还知道个覆水难收吧?"

江月蓉心情突然莫名放晴,紧追不舍,"不是还有个破镜重圆吗?人家不嫌吃回头草,你还讲究什么?"

朱海鹏严肃起来,认真说:"这玩笑可开不得。我和范英明是对手,但更是淡如水的朋友,就是他后院红杏出墙,我也会视而不见。朋友妻,岂可戏?方怡找我,是谈一宗冰冷的交易。"

江月蓉给朱海鹏剥了个橘子,关切地问:"话别说得那么难听,到底是怎么回事?"

朱海鹏道:"她给我准备一个新空间,要我脱军装去当她的总经济师。铁算盘已经打出了结果,每年付我二十万,从我身上榨八十万。关键是她能把我老娘变成 C 市人。这恰恰是我最无能的地方。我若在部队,不足千元的工资也无法养活老娘和丫丫。可这么做了,我实在又不甘心。所以就想听听你的意见。"

江月蓉托着下巴想了一会,说道:"商品时代了,能做一个大商巨贾也不错。可是,你的生命最美好的部分不是已经融进了这身军装了吗?你心里乱,我能理解。五年前,有朋友劝我脱军装,开个计算机公司,主营软件,我也犹豫过。我看等一等再给方小三回话,如果你在部队上升空间不再存在,那就从商。"

朱海鹏兴奋地伸出手,"谢谢你的支持,就定下这个方针吧。"

江月蓉犹豫了一下,伸出了手放在朱海鹏张开的手里。

常少乐推开半掩的房门,正好看见两个人拉着手,知场面不免尴尬,干脆双手捂眼,大咧咧走进,嘴里道:"我可什么也没看见,什么也没听见。"

江月蓉脸颊绯红,说道:"你看见了就知道这不过是握个手而已。"

常少乐笑道:"头不疼了吧?一握手肯定就不疼了。你们快收拾东西,车已经备好了。"

朱海鹏问道："怎么回事？"

常少乐说："方副司令一定要在今天见到你，一个小时内打了仨电话。梁秘书说秦司令和周政委昨天一到家，就提出开常委会，专题研究演习风波。我看八成风向要变。"

江月蓉忙去卫生间把泡在盆子里的军服拎出来，找个塑料袋装好，手脚麻利地往箱子里装小东小西。

朱海鹏原地转着，一仰头说："常师长，一定要按那天说的方针办。力保你这杆大旗不倒。"看见江月蓉碰掉一包东西，弯腰一拣，看清是开了口的一包高级卫生巾，江月蓉忙夺了塞进衣服里，合上箱子。

常少乐说："海鹏，反正我的领导责任也跑不了。我也想通了，如果这样的事也不让干，我就早一点解甲归田。那方针改一改，把你洗干净留在部队更好。"

朱海鹏边下楼梯边说："可惜无法洗清楚天舒。你不要为我担心，方家三小姐已经为我留了后路。要是有调查组来，让楚天舒把责任都推给我。"

常少乐问："方小三给你一条羊肠小道？"

朱海鹏说："总经济师。干得好，方小三还准备禅让。转告楚团长，别为后路担心。"

江月蓉打开车门，刚要放鸽笼，只听空中传来一阵鸽哨声，抬头一看，只见一只白鸽子凌空飞来，叫一声："海鹏，像是那只鸽子。"话音刚落，白鸽子跌落车顶摔在地上。

朱海鹏抢先一步捧起鸽子，看见鸽子右翅膀上有伤，说："气枪打的。"

江月蓉慌忙找了绳子扎住鸽子的翅膀止血，抱着白鸽子，一脸悲伤地上了车。

常少乐拉开车门坐了上去。

朱海鹏说:"常师长,你就别送了。"

常少乐道:"政委不在,我也不敢不奉诏就闯宫。时间来得及,我送你们到县城,请你们吃顿饭。海鹏,吉凶未卜,你要见机行事。"

两辆轿车相跟着,驶向盘山公路。

第　四　章

　　军车在现代化都市的宽阔大道上奔驰。

　　江月蓉指着前面一个三岔路口说："小孙,你在前面路口停下,宠物医院就在那条街。"

　　司机小孙说："江姐,拐一下送你过去,等会儿我再来接你。"

　　江月蓉道："不行,军区早上班了。你用不着接我,把箱子和脏衣服放到我们研究所传达室就行了。"

　　红色桑塔纳紧贴着人行道停了下来。

　　江月蓉拎着鸽笼抱着伤鸽子下了车,走了两步,又扭头喊道:"等一下。"放下鸽笼,紧跑几步到一个售货亭买了两包口香糖,一杯菠萝味酸奶,隔窗递给朱海鹏。

　　朱海鹏说："你买这些干什么?"

　　江月蓉道："压压满身酒气。劝都劝不住,硬要喝白酒,惹事。"

　　朱海鹏感激地看着江月蓉,插了吸管喝口酸奶道："喝白酒?还不是为自己壮胆。一个戎马几十年的中将,火速召一个捅了娄子的上校,我只好向酒借个胆了。"

　　江月蓉叮咛着："忘年交归忘年交,你能分清中将和上校的区别,不算醉汉。走吧。"

看着融入车流的红色桑塔纳,江月蓉又为朱海鹏担心起来。想着朱海鹏八成要到方怡的公司,江月蓉心里又很不是滋味,轻叹一声,弯腰拎了鸽笼,折向窄街,去找宠物医院。

朱海鹏在军区司令部大楼前的台阶下碰见了腋下夹个文件夹的童爱国。

童爱国问:"到机关办事还是找首长?"

"见方副司令。"

"你是热点人物,别往枪口上撞,我刚挨了一顿剋,晾一晾再来吧。"

朱海鹏无奈地耸耸肩,"老人家十万火急召见,是麻是辣是烫,都得吃,晾不成。"

童爱国伸手拍拍朱海鹏的肩,没再说什么,匆匆走了。

梁平看见朱海鹏,马上把朱堵在走廊里,压低着嗓子说:"你可来了。上午会议于你不是十分有利,说话要当心。"

朱海鹏一连遭遇三次真诚的关心,心里不觉一热,说了声:"谢谢。"

梁平拉住朱海鹏的胳膊,伸鼻子嗅嗅,"别离太近说话,最近首长对酒特别反感,好在你喝得不算多。"

朱海鹏取下军帽,夹在左腋下,以手当梳理理头发,走进套间。

一面墙的防区地形图正中间,镶着石雕一样纹丝不动的中将方英达。地图两侧前,一边竖着国旗,一边竖着军旗。宽大乌紫的办公桌上,很显眼地摆放着一个古战车模型。整个房间呈现出庄重、肃穆、威严的气氛。

朱海鹏大声报告说:"副司令员同志,陆军学院战役教研室主任朱海鹏上校奉命赶到。"

方英达动也没动,入定般地站着。

朱海鹏喉结滚动一会,再次报告:"副司令员同志,陆军学院战役教研室主任朱海鹏上校奉命赶到。"

"听见了。"方英达慢慢转过身,冷峻的目光直射朱海鹏,"我没有听错,是朱海鹏上校,不是朱海鹏上将。一个中将,求见你这个上校可真难。"

朱海鹏张张嘴,没有说话。

方英达走到办公桌前,两手撑在桌上,身体微向前倾,用询问的目光看着朱海鹏,"知道我为什么找你吗?"

朱海鹏笔挺地昂首站着,不回答。

方英达冷笑一声,说:"以你的聪明,应该能想得到。"

朱海鹏倔强地沉默着,硬不开口。

方英达火了,"你好大的胆子,竟敢把军区批准的集团军演习计划视同儿戏。你说话呀!"

朱海鹏答道:"首长训示,我正在聆听,不能说话。"

方英达脸上掠过一丝笑容,"给你一个严重警告处分,不算莫须有吧?"

朱海鹏道:"首长量刑太轻。朱海鹏愿为演习事件承担一切责任。违抗命令,导致一个有光荣传统的甲种师丢尽面子,哪一项都该受到复员的处理。如在战时,该接受审判。"

方英达踱过来道:"你很理智,不像是一时冲动走了这步棋。"

朱海鹏道:"首长英明。这是朱海鹏处心积虑数年想做的一件事。看到演习方案,我就到 C 师进行了周密的策划。我的不可告人的目的 C 师师团领导始终未能察觉。出事头一天下午,我去煽动 C 师一团团长楚天舒实施这个计划。"

"你为什么要死保常少乐?"

"C 师今天的局面,寄托着海鹏对中国军队未来的希望。戏剧性的结局,证明我的判断没有错。常少乐留在 C 师,我到了地方后,这希望就不会破灭。"

"是不是小三找过你？"

"今天上午,她亲自去C师请我脱军装,任昌达公司总经济师,年薪二十万。"

方英达点点头道:"价码不菲呀！你真认为你在部队已经没了用武之地？"

朱海鹏答:"不是。"

方英达指着沙发说:"坐下。很高兴你有这个态度。这些年,我也有点官僚,对你面临的一些个人无法克服的困难缺乏了解。"

梁平走进来给朱海鹏沏了一杯茶。

方英达道:"我找你来,主要目的不是批评你犯了错误,而是想听听你对科技强军、质量建军的认识。我对你的实践能力低估了,你能拿一个甲种师开刀,证明这些年你思考了一些全局方面的问题。"

朱海鹏还不太适应这种促膝谈心般的气氛,说:"我是考虑了一些,毕竟站得太低。"

方英达笑道:"你急什么？每一个将军都是由士兵成长起来的。说说看。"

朱海鹏站起来,从办公桌上拿起一盒图钉,从一个盒子里抓一把红红绿绿的塑料牌,走到地图前,钉了七八个牌子,然后拿起识图棒说:"方副司令,这就是我区自八十年代中期以来建立起来的含有高科技成分部队的分布情况。电子对抗团、快速反应师、特种飞行大队、特种技术侦察大队、陆军航空团。可以说,最先进的兵种,我区都具备了。自九十年代以来,发展更为迅速。但是,它的总量还是太少了。你看它们整个像个什么形状？"

站在门口的梁平脱口说道:"一盘散沙。"

朱海鹏笑了一下,"言重了些,但形象。方副司令,恕我直言,我们在建立新型部队方面,存在着与经济建设上盲目引进类似的情况。"

方英达站了起来，"思路不错，讲下去。"

朱海鹏道："这里面有一大部分兵种，放在我区，形象尴尬，有些仅仅只是证明我们也已经拥有，但基本上是为了展览给上级首长看的。在实战中它们能起到什么作用，常常被遗忘。"

方英达道："提法很尖锐。"

朱海鹏继续说："不幸的是，这些部队中有相当一部分，还未显示出优劣，恐怕就要遭淘汰。这样，当初建它就没有意义。科技强军、质量建军的目的，无疑是让这支部队能在高科技条件下打赢局部战争。高科技的发展速度很快，跟人学步是要挨打的。"

方英达严肃地说："你在 C 师搞出那个监视系统，是不是已经自信能战胜 A 师？"

"就是 A 师动用了装备两年的自动化指挥系统，我也坚信 C 师一团必胜。"

"你把话说得太满了吧？我不是批评你武器决定论。我这些天也在考虑这方面的问题，希望能把坏事变好事，借这次演习事件促一促全区一线部队的进步。"

"如果这次演习没有出现这个必然的戏剧性的结果，谁也不会轻易相信战场监视系统有什么大威力。如果一个乙种师拥有全区这些特种部队，它能打赢所有甲种师。"

方英达眼睛一亮，"实践才能检验真理，你是不是个赵括，还需要打一仗才能定。"

朱海鹏大喜，"那太好了。"

方英达说："天不早了，你先回去想想，明天陪我到这些宝贝部队走一走。到底以什么方式进行对部队的全面检验，也不是我一个人能定的。"

朱海鹏走出办公楼，就看见拎着鸽笼在花坛边上踱步的江月蓉。天已是傍晚。

江月蓉迎上来关切地问："怎么样？"

朱海鹏说："看来暂时用不着脱军装了。方副司令要我陪他视察高科技部队。方中将心中怕是已有个大计划，想让我帮他论证论证。"

江月蓉大喜过望，连声说："太好了，太好了，真是太好了。"

朱海鹏问："你好像对军队有什么情结。"

江月蓉边走边说："我爸当了一辈子空军，离休前只是航校校长，空军大校。我哥在一次飞行事故中双腿致残。都没有圆将军梦。你过了这个坎儿……"突然住了口，低头走路。

这段话显然已经把朱海鹏当成自家人了。朱海鹏佯装没听明白，忙扯出另外的话题："鸽子的伤要不要紧？"

江月蓉道："医生说恢复一周就可以了。你一忙不知又要忙到啥时候，我先带回去养着。"

方怡的车悄然跟了朱海鹏和江月蓉一段，突然加速，一个急刹车停在路边。方怡喊道："朱海鹏——"

江月蓉淡淡地瞥了方怡一眼，拎着鸽子独自走了。

方怡问："你跑回来干什么？"

朱海鹏说："你爸召见，不敢不来。"

方怡盯着江月蓉的背影，说："女朋友？不错嘛。医院的？"

朱海鹏道："别瞎说。合作者，信息工程研究所的高级工程师，电脑专家。"

方怡说："好像还因为破译密码立过一等功。拎着鸽子散步，很浪漫嘛。"

朱海鹏说："没什么事，我走了。"

方怡道："你也没什么事嘛，我送你回'陆院'。"

朱海鹏说："不用了。"撒腿去追江月蓉。

方怡双手扶着方向盘,望着渐渐接近军区大门的两个背影,目光复杂。

方英达在童爱国、朱海鹏的陪同下,视察了电子对抗团、快速反应部队、陆航一团,最后一站安排在特种侦察大队。

单兵飞行表演结束后,方英达走下运动场主席台,摸着一个单兵飞行器问朱海鹏:"这个兵种你知道多少? 如果在战场上,你将怎样使用这支部队?"

大队长任建国说:"这可难不住朱海鹏。"

方英达瞪了任建国一眼。

朱海鹏道:"这是近距离侦察需要产生的一个兵种。它的作用是弥补卫星、电子侦察手段的不足,优点是飞行高度低,雷达不易发现,缺点是一次性飞行距离太短,对燃料的要求过高。在战场上,我只在近战时才会动用它,偷袭敌人重要目标。从发展前景上看,并不乐观,要不了多久,它的作用恐怕要表现在维护社会治安方面了。"

方英达背着手在小运动场上走着,像是自言自语,又像是在询问几个随行下属:"无论怎样看,像 A 师这样的部队,才能体现中国军队的现阶段水平。它真的就无法对付一个高科技装备武装起来的团吗? 不可能。不可能。"

朱海鹏偷偷观察了方英达,试着接道:"A 师也是一支现代化水平很高的劲旅。在局部战争中,A 师完全可以承担一个方面的作战任务。它潜在的作战能力,只有在剧烈的对抗中才能磨炼出来,才能充分展现出来。如果把我们军区高科技含量比较多的兵种,按一定的比例,配属一个乙种师,其战斗力应该不弱于军事强国现阶段的甲种陆战师。如果这样两支部队进行一场无导演部的模拟实战对抗演习,一方面可以全面检验出我们甲种师的综合作战能力,另一方面,有可能寻找到一条立足中国国情的强军之路。"发现方英达等都在倾听,适时打住了。

方英达说:"说下去,这些不像是你忽发奇想的灵感。你把我引到这些特种部队,不就是想说这些话吗?"

朱海鹏咧嘴笑笑,"是首长教导有方。海湾战争中,多国部队中的美军,损失最小。通常我们都只认为这是高科技因素的作用。高科技当然是决定性因素。我还发现一个重要的数字比,美军一年在训练中的死亡人数,是海湾战争的近八十倍。"

童爱国道:"比八十倍还要多吧。九四年,美军训练中死亡人数接近三千。"

朱海鹏道:"安全不是不用讲,但许多年里,在训练中,我们把安全已经当成了目的。我们的训练动员,频率最高的四个字是:不准出事。出事自然是指伤亡人员,损伤装备。这次演习体现得很充分。一个甲种师演习,让一个乙种师的团配合,强度不够,伤亡事件也就避免了。A师因怕这样一个演习会损害自动化指挥系统,'师指'进行的基本上还是地图作业。演习强度不够,问题也就不会暴露,遇上真正的战争,一切都晚了。"

方英达没作评价,说:"回军区。"

车上,似睡非睡的方英达问:"朱海鹏,你讲的可以在这种对抗演习中引入电子战、信息战,是纸上谈谈兵呀,还是有把握在无导演部的演习中表现出来? 如果能,这种演习对科技强军、质量建军方针的贯彻,就会产生重要影响。C^3I、精密制导、电子战,被称为高技术战争的三大支柱,你要是能在一场演习中,充分展示 C^3I 指挥系统和电子战的巨大威力,你就是人民的大功臣。"

朱海鹏回答:"我知道立个军令状也没用,就看首长敢不敢下这个决心了。这几年,我的理论研究基本上都想伴着实践进行。说句吹牛的话,在思维上,我和美军的军事理论家比已经不差什么了。前年我开始进行中国式的数字化士兵试验,同年,美军也把数字化作为十九项优先发展的高技术中的重点。说到实践,我的物质基础就太差了。"

方英达说:"你急什么?综合国力增强后,你的基础也就会好起来。"

朱海鹏道:"我只是感到等不得了。"

方英达道:"紧迫感来自于对与先进部队存在巨大差距的认识。只要是好的建议,军区党委肯定会采纳。给你三天时间,写出一个基于我军区实际的可行性报告,童部长用两天时间加上补充意见直接交给我。停车。朱海鹏你下去,这离'陆院'很近,给你节约点时间。"

朱海鹏下了车,敬礼向方英达告别。

方英达道:"这个报告如果真的可行,我就推荐你担任合成蓝军司令。"

朱海鹏看着眼前这个城市,心里鼓荡着金戈铁马般的豪情。他走到一个公用电话旁,拨通了江月蓉,对着话筒说:"方大将军果真有大计划,我有幸成了这个计划的起草人。七十二个小时内,我不会打搅你。"

江月蓉在那边说:"祝贺你。周六下午,我们到中心广场放鸽子。"

朱海鹏一拍脑袋说:"鸽子伤了,丫丫会为我担心的。"

江月蓉道:"我第二天就给丫丫发了电报,还讲了鸽子的伤情呢。你放心当大秘书吧。"

朱海鹏兴奋异常,放下电话,吹着口哨,沿着一条田间小道,朝陆军学院走去。

方英达回到家里,心情格外地好,叫小保姆给他倒了一杯干白葡萄酒,小口抿着,低声哼唱苏联歌曲《喀秋莎》。正唱着,方怡回来了。

方怡听父亲用俄语唱歌,抿嘴一笑,"爸,今天遇到什么喜事了?"

方英达孩子气地笑笑,"中将方英达,在与女儿小三争夺朱海鹏的战役中,已彻底取得战场主动权。你说该不该唱支歌庆贺庆贺?"

方怡脱了外套,走到方英达身边问:"你那些不知能不能兑现的支票,竟能说动朱海鹏?"

方英达得意地说:"一个信誉卓著的人,开出的支票完全可以作为现金进行流通。这个朱海鹏,值得下大本钱和你争一争。这几天,他帮助我下了一个重大决心。"

方怡看见半杯葡萄酒,端起来说:"爸,你这个人好了伤疤忘了疼,怎么又偷喝酒。"

方英达央求着:"小三,就这半杯,我那点胃炎,早好了。老爸高兴,赏我喝了吧。"

方怡摇摇头说:"那你答应明天上午到总医院去查体。你已经超两天了。"

方英达说:"三天前不是下部队了嘛。好,我答应你。"夺过酒杯,一饮而尽。

方怡用抹布仔细揩揩茶几,咕哝一句:"农民就是农民,连个茶几都擦不干净。"

方英达把脸拉长了,"小三,你这种毛病就是改不了。你老爷也是农民,辛亥革命才进城做丝绸商人。你爷爷不是遇上军阀混战,咬牙当了兵,最后当了将军,还不得回去当农民!不要认为咱家就高人一等,这不好。"

方怡赔着笑说:"爸,我错了,改还不行?"

方英达叹了一声道:"龙龙可是有一段没回来了。你跟你公公婆婆的关系还很紧张吧?"

方怡支吾说:"最近公司事太多,我看你也太忙,就没去接龙龙回来。小市民嘛,给点甜头,关系还能处不好?"

方英达摇摇头说:"你哪来这么些毛病,这很不好,你要注意!英明和你的关系,早不如前几年了,你以为我看不出来?你要反省反省自己。你能在商界走得这么顺,那是靠你爷爷和昌达老掌柜的交情,不要以为自己了不起,那样的话,早晚会成孤家寡人的。"

方怡换了一张笑脸,"爸,你批评得很对,就要吃饭了,你消消气。"

方英达只好坐下,说:"小三,英明是有血性的人,心伤不得。这两天你让他回来一趟。我要和他谈谈。我六十三了,马上就退了。陈皓若五十五,常少乐五十三,黄兴安四十九,二十年内都得退。"

方怡说:"这世界离了谁,地球都照样转。你还是珍惜自己的身体,少操点心。"

方英达眼一瞪,"胡说!我能不操心吗?二十年后,这部队就是范英明、朱海鹏这一代人掌握了,不看着他们成熟起来,能放心?"

小英喊道:"爷爷、姑姑,开饭了。"

方怡搀了方英达说:"爸爸,今天日子不好,咱爷俩谈什么都没共同语言。咱们不如今晚都装哑巴吧。"

方英达终于笑了起来。

外面,已经夜暗。

江月蓉如约带着鸽子来到 C 市中心广场,等了很久不见朱海鹏。因广场新扩建不久,加上前些年环境污染严重,偌大的广场,看不见自由飞翔的任何鸟类。江月蓉拎的两只鸽子就格外引人注目。一个牵着五六岁小男孩的老者,被男孩拉着,一直若即若离追随着江月蓉。

小男孩忍不住地说:"爷爷,我可以和鸽子玩一会儿吗?"

老者道:"要是阿姨愿意,你当然可以和它玩。"

小男孩仰脸问:"爷爷,把我的蛋糕分一点给鸽子吃好吗?"

老者从手提兜里拿出一块蛋糕递给小男孩。小男孩紧跑几步,追上慢慢走着的江月蓉,怯生生地仰脸喊一声:"阿姨——"

江月蓉转过身,目光扫了几扫,终于找到了小不点,笑吟吟地弯腰问:"小朋友,你喊阿姨有什么事?"

小男孩举着蛋糕说:"我喂鸽子行吗? 我看它们饿了。"

江月蓉蹲下来,放好鸽笼,伸手拍拍小男孩的头,"你喂吧,它们真的饿了。"

老者拄着拐杖走过来,慈眉善目地看着喂鸽子的孙子,感叹一声:"不用笼子装就好了。这么大个广场,应该有成群的鸽子。"

江月蓉站起来,溜了一眼广场,"老伯,听说这个城市从前还有鹭鸶,吃饱了,也会飞到老广场上来。"

老者悠悠地叹道:"不怕人的鹭鸶,我只是像他这么大时在锦江边上见过。成群的鸽子在巴黎留学时倒是常见。不知这辈子还能不能见得上。"

小男孩问:"阿姨,你这鸽子会飞吗?"

江月蓉说:"当然会飞,它们不是一般的鸽子,能飞回几千里外的家。"

小男孩说:"你让它们飞飞好吗?"

江月蓉看看挤在高楼缝缝中的夕阳,说:"当然可以。"蹲下来,托出一只鸽子。

鸽子咕咕叫两声,两翅一振飞了起来,鸽哨声引得小男孩拍着手直跳。另一只鸽子自己跑出笼子,跟着飞了出去。

江月蓉叫一声:"糟糕。"

这时朱海鹏喘着气跑过来接道:"没关系,这样它们路上好有个伴儿。"

江月蓉拎上空笼子,扬扬手和小男孩告别,边走边说:"你一向很守时,出什么事了?"

朱海鹏道:"下午听说方副司令喝酒喝住了院,赶到医院看他,耽误了。"

江月蓉忙问:"要紧不要紧?"

朱海鹏说:"人没见到,估计问题不大。他的胃前一段不太好。"

"你的报告上面有没有反应?"

"护士说,方副司令上午还在病房看材料,我估计就是这个东西。如果军区下决心搞这次大演习,我想请你做我的助手。"

江月蓉笑道:"还没当司令,就开始组阁了?我能帮你干什么?打仗的事我可一窍不通。"

"我想把信息战引入这次演习,这可是你这个计算机软件专家的拿手戏。如果演习中能出现信息大战,意义就大了。"

"这可能需要奇才、怪才,我恐怕只能编编加密程序。你别说,还真有这样的人。"

朱海鹏眼睛一亮,"是谁?我把他借过来。"

江月蓉说:"晚了。所里前一段出了一件事。一个叫程东明的年轻人,搞密码的,和在银行工作的妻子打赌,说他一周内可以把省工行自动取款机的软件密码破出来。"

"破出来没有?"

"你听我说嘛。没破出来怎么能用一张只有三百元余款的卡取了五万块?小两口看着五万元一夜没睡,第二天去投案,银行的人还认为程东明是说疯话。程东明只好当场试验。"

"他现在在哪里？"

"能在哪里？等待军事法庭审判。"

"这个人我要了。"

"你开什么玩笑！"

朱海鹏笑道："试试总行吧。他的犯罪动机不恶，事后又自首了。给他提供个立功赎罪的机会，立了功，还能为部队留个怪才。"

江月蓉叹一句："你这是什么脑袋。"

他们谁也没有注意到一脸怒容的方怡从后面大步赶来了。

方怡在朱海鹏背上拍一掌，大声说："你比兔子跑得还快。"转身笑着对江月蓉说："江小姐，我想借用朱海鹏一个小时，可以吗？"

江月蓉错愕地看着方怡，没说话。

朱海鹏说："方总，有话你尽管说。"

方怡说："这笔账得单独找你算。"

江月蓉勉强笑笑，说："我还有事，先走了，你们谈吧。"说着，急急地低头走了。

朱海鹏气得原地打了一转，"三小姐，我躲也躲不掉，你不在医院侍候老爸，找我算什么账。我不记得欠你什么。"

方怡指指马路对面的咖啡馆道："我不是来和你吵架的，找个安静地方再说。"

朱海鹏只好跟着方怡去了咖啡馆。天还没黑，咖啡馆里冷冷清清，只有他们两个顾客。朱海鹏知道军装太扎眼，脱了上衣放在条椅里边。

方怡冷笑道："穿着军装陪女朋友在市中心广场放鸽子招摇，就不怕人说了？"

朱海鹏说："这么说你在跟踪我？"

方怡说:"在军区总医院,我就发现了你那辆破车,一直追到中心广场。我爸总把你视作忘年交,可惜他还不知道你重色轻友。"

"你——"朱海鹏长吁一口气,身子朝后仰着,眯着眼盯着方怡看。

方怡用怨中带恨的目光迎上去,"重色轻友还太轻了,我看你是谋官害命。"

朱海鹏正要发作,小姐把咖啡端了上来。

方怡眼含泪光,"你不该煽动一个即将离休的老人做一件他力所不及的事。再搞一次大演习,你不过只是一个当配角的蓝军司令。我真不明白,在你眼里,松下幸之助、比尔·盖茨竟比不上一个一辈子打不上一仗的将军。"

朱海鹏说:"眼下我只是军人,我只能做一个军人应该做的工作。"

方怡说:"你知道我爸为什么住院吗?"

朱海鹏说:"喝酒把胃病喝犯了。"

方怡说:"那杯酒是因你喝的! 胃病? 他是肝癌晚期!"

朱海鹏惊问道:"你说什么?"

方怡流泪重复道:"肝癌晚期。"

朱海鹏听呆了,喃喃道:"不可能。"

方怡擦擦眼泪,"确诊了。上午他看了你的什么报告,下午就吵着要出院。朱海鹏,你应该明白,只要演习被批准,我爸这条命就算交代了。"

朱海鹏说:"能不能手术?"

方怡说:"只有让这个演习流产了,才能让他多活两年。"她拿出一百块钱放在桌上,"我见你就是给你说这事,你看着办好了。"站起来独自走了。

朱海鹏望着一盏雕花吊灯,心中一片茫然。第二天一大早,他驱车去了军区总医院。方英达已不在病房。朱海鹏赶到方家,保姆小英说方英达上班去了。再到办公大楼,发现方英达并不在办公室。

梁平拿着一叠文件走进来,看见是朱海鹏,说道:"你也太性急了,这种耗费上千万的大演习,几天时间定不下来。"

朱海鹏悔恨地说:"都是我的错。你们为什么不劝他住院治疗呢?"

"我们?"梁平道,"你的消息蛮快。住院治疗?专家会诊的结果,无法手术,只能保守治疗。我能劝他住到医院去?他说他没病,又不好把病说破。只好由着他。"

朱海鹏说:"这可怎么办?"

梁平说:"秦司令让他住院,刚才他还跟秦司令发了脾气。秦司令都没办法,只好让他参加上午的常委会,汇报大演习的设想。"

朱海鹏走到党委会议室门口,伫立倾听,只听方英达洪亮的声音响着:"不能等,不能靠。我不看到A师真正的作战能力,死不瞑目。该到下决心的时候了。"朱海鹏含着眼泪从虚掩的门缝看一眼,只见一团雪白在屋内跳动着,跳动着。他迈着有力的步伐,穿过走廊,走出办公大楼,心里只有一个愿望:不能让他死不瞑目。

范英明回部队后,心境越发变坏。方怡身上表现出的让他不可捉摸的复杂或者丰富,让他感到震惊。他无法想象一对爱情已死的夫妻还维持打牙祭一样的性生活将会对他的性格产生什么影响。在他看来,正在详细商谈离婚事宜的夫妻,再滚到一张床上,比现今流行起来的找情人更加污秽。这些天,他想得最多的,还是如何设法尽快结束自己的婚姻。借助和方怡婚姻的庇护才混到A

师主力团团长位置的流言,已经伤及他的自尊,如果日后再传出他为了爬到师级位置,不惜流泪下跪,央求方怡把婚姻维持到方英达下野,那就无法昂着男人的头颅在这世界上行走了。至于方怡提到方英达的绝症,范英明已经认为是方怡捏造的。捏造出这个病的目的,自然是不想承受对范英明落井下石的流言。他不相信身体强壮,一个月前还能喝半斤五粮液的方英达会得什么肝癌。如果这个绝症不存在,再在方英达面前装什么恩爱夫妻,就毫无意思了。为了彻底把自己洗个清白,他在一天上午,伴着窗外战士们的喊杀声,起草了一份离婚协议书和一份检查。写完这两个东西,范英明决定这个星期回 C 市,把自己和方怡关系的真相告诉方英达。

范英明走到训练场,看了特务连操练,不时纠正战士们不规范的动作。看见刘东旭政委和唐龙一起下车走了过来,范英明迎上去给刘东旭敬过礼后,眼睛仍朝路上看。

刘东旭问:"你看什么?"

范英明说:"军里来不来人?"

刘东旭说:"军里来人干什么?"

范英明道:"处理演习的事呀。"

刘东旭说:"军区没有进一步指示,师常委会就事论事搞了个处理意见,指定我找你谈一谈。事情就那点事情,准备给你一个行政严重警告处分。我知道演习的问题很复杂,可是,能摆到桌面上的,只有一团的冒进。"

范英明无奈地笑笑,"太轻了,降职、撤职都不过分。"

刘东旭说:"你能这样想,我就放心了。我今天来找你,是为另一件事。军区下一步可能要组织一次甲种师和一个新编合成师的对抗军事演习。唐参谋,你把你知道的情况讲讲。"

唐龙道:"这个演习构思,是朱海鹏陪方副司令视察军区特种部队后形成的……"

范英明打断道："又是这个朱海鹏。上次屁股还没擦净，又折腾起来了。"

唐龙笑道："已经擦干净了，朱海鹏自己要了个行政记过处分，楚天舒也停职反省了。"

范英明用明显讥讽的口气说："唐参谋挺清闲，从哪儿弄到这么多重要情报。"

唐龙低垂着眼，继续说道："我有个同学在'陆院'战役室，另一个同学在 C 师司令部。这次演习，目的是在一场模拟现代局部战争中，检验一个甲种师的综合作战能力。听说这回不再设导演部，对抗会很激烈。"

范英明眼睛倏地一亮，接着又变得黯淡起来，"谢谢你告诉我这么多内幕。要争这个任务，也是刘政委和黄师长的事。"

刘东旭说："范团长，军事我不大懂，但我感觉到这会是 A 师一个机会。上次演习伤了 A 师元气。咱们要齐心协力，争到这个任务。这个演习是方副司令抓的。"

范英明说："政委，你要是命令我去找方副司令，我不敢不去。我自己是不会去的。请原谅我现在无法解释为什么。"举手给刘东旭敬个礼道："政委，要是就这两件事，我就不陪你了，十一点三营搞实弹演练，我得去看看。"

刘东旭说："我是顺路来看看，你忙去吧。"

范英明说走，真走了。

唐龙人一下就蔫了，叹道："听说朱海鹏要出任蓝军司令，能和他唱对手戏的人，咱们师我只看好范团长。他提不起精神，我看咱们还是用不着争了，争来也是白搭。"

上次演习，是刘东旭来 A 师后参与的最主要的工作，结局却是大败。作为师党委书记，刘东旭心情很沉重。按照一般规律，这种大挫折,只有大胜才能消除它的负面影响。从这一点看,下一步大演习,A师必须争到一个主要角色。唐龙这么悲观,有点出乎刘东旭的意外,他认真说道:"唐龙,没这么严重吧?"

唐龙自信地说:"政委,信不信由你。演习不设导演部,与实战已经没什么两样。说句不该说的话,咱们师师团一级军事主官,除了范英明勉强能跟朱海鹏过着外,其他的都无法同场较量了。"

刘东旭将信将疑地看着唐龙道:"你没提供有说服力的证据。还是要努力把演习任务争过来。走,回师部。"拉开车门又说:"范团长最近好像不正常,该找他谈谈。"

这时,黄兴安和高军谊也得到了军区要搞大规模演习的消息。

高军谊放下赵中荣的电话,走出参谋长办公室,去了黄兴安的办公室。上次演习,黄兴安叫他去导演部,高军谊心中很不高兴。种桃树的过程,大家吃住都在桃园,摘桃子的时候却被支走了,当然不会高兴,但还是二话没说就服从了。演习的结果让高军谊暗自庆幸过。接着他又为自己庆幸A师失败暗暗自责。作为一个自当士兵开始,没离开过A师一步的老兵,高军谊很珍惜A师的荣誉。两年前,军里搞一次比武,高军谊和B师参谋长较劲比赛军事五项,甩手榴弹把胳膊都摔脱臼了。可两年后他竟能面对A师失败感到高兴。这巨大的反差,让高军谊自己都害怕起来。他承认自妻女以随军的名义,从陕北小镇曲线迁入C市后,自己对个人得失考虑太多了。可不考虑能行吗?女儿初中毕业没考上高中,在社会上已闲逛一年多了。妻子桂玲所在的轴承厂,这几年每况愈下,已经开始靠贷款给下岗职工发生活费了。桂玲作为军属,自然还在岗位上,但工资还不够开支娘俩在C市的基本生活。高军谊想升成正师职,说不上有什么野心,恐怕更多的是考虑正师比副师每月多出的几十元钱。黄兴安不动,他就动不了。A师不打个翻身仗,黄兴安就没法动。这个账,高军谊很快就算清了,也很明白赵中荣这么快就把消息告诉他的用意。范英明挨了处分,赵中荣升任 A 师参谋长的机会就多了一些。

高军谊说:"老黄,军区还要搞演习的事你听说了没有?"

黄兴安道:"我正想找你商量这件事。朱海鹏和常少乐把我们逼到绝路上了,这个机会不好好抓住,想翻身可难。咱关住门说,毕竟人家把装甲车开到了咱的指挥部。这口气不能咽下去。"

高军谊道:"B 师钱师长已经给赵处长打了招呼,也要争这个任务,还说了很多不中听的话。全区有八个甲种师,都知道这是个露脸的机会,咱们刚刚败过,要尽早做准备呀。"

黄兴安叹了一声,"军中无小事,这话真不假,一个闪失,干啥都硬不起来。"

刘东旭走进来道:"哪个地方硬不起来了?"

黄兴安站起来,迎上去道:"刘政委,还要演习的事你知道吗?"

刘东旭说:"我正想找你们说这件事。咱们师争不到这个任务,三年翻不过来身。"

黄兴安一拍巴掌道:"打好了,马上就能翻过来。你围着首长转的时间长,点子多,你看咱们该用啥法子要来这个任务?"

刘东旭道:"攻心为上。一旦演习的事确定下来,我们就先造声势,把士气先鼓起来。方副司令、陈军长都是 A 师的老师长,心里肯定希望 A 师能从失败中尽快走出来。要从这里做文章。"

下班的军号响了。

黄兴安说:"吃饭去,咱们边吃边谈。"

范英明正端着饭碗,在三营训练场地和战士们一起吃饭。边吃,边用筷子另一端在地上画出几个三角图形,对几个中尉少尉讲着:"步坦协同作战,不能硬搬教科书训练。如平地推进,步兵应在三十度小扇面内跟进。坡度越大,扇面越大,但不能大于六十度。培养出这种意识,战时就可以减少百分之十五的伤亡。"

一堆嘻嘻哈哈吃饭的战士发现了一辆白色小车向这边驶来。

一个中士手搭凉篷看着,嘴里说:"乖乖,还是个奔驰,我的乖乖,还是个女的。"

一个下士说:"靓,还是个靓妹子。"

中士拍拍一个上等兵,"是不是你那个歌手小蜜来找你呀。"

下士说:"下来了下来了,哪个狗日的,艳福不浅呀。"

三营长认识方怡,快步走过去,朝下士屁股上踢一脚,恶声骂道:"混账! 都给我闭嘴。"扔下饭碗迎了过去。

范英明站了起来,嚼着饭,看着和三营长说笑的方怡,心里想:她来这里干吗?

三营长大声喊:"周班长,来份饭。"转身对方怡说:"嫂子,将就吃点吧。"

一个上士报告说:"营长,饭、菜都吃光了。"

方怡笑道:"不用客气,我和你们范团长说几句话就走。脚下有四个轮子,还能饿着了。"

范英明放下饭碗,转身朝树林那边走,走了两步,停了下来,等方怡赶上。

下士一屁股蹲到地上,哀叹一声,"完了,干了两年,一句话全完了。"

中士安慰道:"别怕,刮的西北风,团长不一定能听到。"

下士说:"团长听不到,营长咋就听到了?"

三营长吃着剩下的饭,边嚼边骂:"瞧你们没出息的熊样! 一句玩笑都听不得,能当团长? 听见了,或许就把你这个下士记住了。"

几个战士吐舌头的吐舌头,挠头的挠头,都压低了嗓子嘻嘻地笑,目光又都小心谨慎地朝小树林溜一下溜一下。

方怡有些不屑地看看一身尘土、满脸污垢的范英明,说:"当了团长再干连排长的活,而且乐此不疲,恐怕难成大器。毛泽东戎马大半生,可没摸过几回枪。"

范英明道:"十个将军十种带兵方法。我也没想成多大气候。你大老远跑来,恐怕不是来看我如何带兵吧? 要么就是改变了主意?"

方怡说:"爸爸的病确诊了,肝癌晚期。我到卧佛山去找一种石头,顺便来告诉你一声。这里离 C 市不过一百二十公里,你自己又会开车,希望你能每周回去一趟。"

范英明踢踢脚下的石头,"这里也叫卧佛山,这种石头也能治癌。我早听说过。"

方怡拉下脸,"你这是什么意思? 我没事干了,咒我爸早死呀?"

范英明说:"好好好,我们别争吵,我信还不行吗? 肝癌晚期,肝癌晚期。"

方怡噙着眼泪说:"范英明,真看不出来你的心是石头长的。爸顶多还有一年时间了……"

范英明央求道:"你别这样,战士们看见了不好。你要我怎么办吧。"

方怡说:"明天是星期六,你回去把我爸的病告诉你爸你妈,把龙龙带回去,以后每个星期六,龙龙都在我家过。"

范英明说:"以后我每周往家里打个电话问候问候爸行不行? 你不觉得再待在一起已经很不合适,相,相当别扭了吗?"

方怡没明白范英明的意思,说道:"这有什么不合适? 你我一天不解除婚约,你就是方家的女婿,女婿到岳父家度周末,有什么?"

范英明发急了,打着手势比画道:"你知道,我这个人太正统,思想一点也不解放。我回去不合适,晚上走吧,爸要起疑心,不走吧,又怕你抹鼻涕掉眼泪,心一软又要做那种事。我,我怎么说呢,我觉得这跟偷人一样,你能习惯,我不习惯。"

方怡怔住了,脸青一阵白一阵,嘴唇哆嗦着,指着范英明,半天说不出话,眼泪无声地流着,终于出声了,"好,好,范英明,我明白了,"突然间怪笑起来,笑得浑身直颤,"闹了半天,我在你眼里已经是个偷人养汉的女人了。"

范英明忙解释说:"我不是这个意思,你千万别误会了。"

方怡大声说:"你不要解释了。算我瞎了眼。"

那边,几个战士又在小声嘀咕。

"像是吵起来了。"

"团长也真是的,娶了这么好的老婆……"

三营长大喊一声:"集合——"

战士们纷纷跃起,迅速在营长面前排成四行。三营长又喊:"向右转,跑步走。"

方怡一扭头,转身走了。范英明悔恨地望着方怡的背影,张张嘴,扬了一下手,最后什么也没做,慢慢转过身,向训练场走去。方怡红杏出墙的传言,他早听妹妹讲过多次,他一直认为自己是不信的。今天说出这种话,他感到吃惊。这不是表示他已经信了这种传言了吗?

范英明度过一个辗转反侧之夜,决定回 C 市看看方英达。如果方英达真的病重,为了回避方怡,不去看老岳父,就太自私了。

范英明叫过来参谋长焦守志,说道:"老岳父病了,我得回去看看。你要钉紧点,节假日容易出问题。"

焦守志说:"你昨天都该和嫂子一起回。老爷子膝下无儿,身边只有一个女儿,有个病灾全依靠你呢。看你黑着脸,昨天下午也不敢劝你。"

范英明问:"你消息挺灵嘛。谁说的?"

焦守志笑道:"一个团不就一个团长?团长夫人大老远来看团长,饭没吃上一口,临走还抹了眼泪,这不是天大的事?"

范英明没再追问,打开车门拿了抹布擦着挡风玻璃说:"城市兵多,离县城又近,以后各连节假日外出人员再减少两个。发现谁到发廊洗头,半年内不准外出。都是寸头,用得着到发廊洗吗? 发廊可是事故高发区。"

焦守志说:"憋紧了也不好。城市兵难管理是不假,可这五年,没弄出一个大肚子也是真的。我当连排长那些年,这种事一个营每年都有一起两起。"

范英明瞪着眼说:"那是谈婚嫁,真真假假也有点情。现在要出,就是一手交钱一手交人的丑闻。军区可能要搞大演习,紧点好。"

焦守志忙问:"多大?"

范英明上了车,关上车门道:"一个甲种师对一个混编师。甲种师肯定要 A 师上。"

焦守志说:"咱们师刚吃了亏丢了人。"

范英明高深莫测地一笑,"正是因为吃了亏丢了人,这任务才跑不掉。正是我们挨了处分挨了批,主攻团才非一团莫属。"

焦守志两眼放光:"咱就先搞封闭式训练。"

范英明把车发动起来,沉默了好一会儿才说:"基本功用不着再练了。朱海鹏这次是踩到鼓点上了,各领风骚三五年呢。听唐龙说这次不再设导演部,这肯定是朱海鹏出的主意,他这是欺野战部队无人!"

焦守志惊得张着嘴,"没有导演部,那不是和打仗一个样了?"

范英明叹道:"可惜咱们只是一个机械化步兵团。这两天照常休息,我回来后再商量。总不能让朱海鹏把风光全占了吧。"

范英明赶到方家,方英达正满面红光坐在客厅的沙发上看报纸。

方英达问道:"部队不正在搞整顿吗?"

范英明说:"爸爸,工作都安排了。听说你病了,我抽空回来看看你,好点了吗?"

方英达哼一声,"一点小病,吵嚷得满军区都知道。我的身体我知道。这些小事,不要整天老放在心上。人吃五谷杂粮,哪能没个病? 医生总是爱小题大做。"

范英明观察了一会儿,确信方怡说了谎,过去坐在方英达对面,点头说:"是,是。"

方英达放下报纸,"你回来得正好。前一段演习的事,听说给你记个警告处分?"

范英明说:"是的。"

方英达说:"不要觉得是受了委屈。上次演习,暴露了许多问题。暴露了问题不可怕,解决就是了。朱海鹏提了个思路,准备把全区尖端部队抽一部分装备一个乙种师,和一个甲种师对抗一下。昨天常委会定下来做这件事,已经安排训练部、作战部搞方案了。你觉得哪一方胜算大一些?"

范英明谨慎地说:"那要看是个什么方案。"

方英达说:"这次不设导演部,双方都可以拼出全力。一个武装了许多高科技武器的乙种师,突然侵入一个甲种师的防区,引发一场局部战争。基本思路就是这个。"

范英明说:"如果是这样,我还是投甲种师一票。"

方英达说:"说说理由。"

范英明道:"一个甲种师的防区,面积有几千平方公里,地形有山地有丘陵有平原。拿 A 师来说,有三个步兵团,一个坦克团,一个高炮团,一个摩步团。这些主干部队,完全可以构成梯次防御。如果这些主力部队在战略性空中打击阶段没受重大损失,有一半的制空权,在防御战中,还是有实力和任何一个师对抗的。"

方英达点点头道:"它的指挥系统、通信系统,这些年也有大的变化,战斗力和反应能力应该不错。我同意你的判断。这样一场演习,指挥员就显得至关重要了。英明,你认为黄兴安指挥 A 师与朱海鹏指挥的合成师作战,胜算有多大?"

范英明道:"原谅我不能回答。"

方英达笑了起来,"是我不该这样问。这场演习,实际上是一次考试,目的是发现十年以后军队核心的指挥员,应该把最优秀的选拔出来。这事就不说了。英明,这一年多你好像变化很大,话也不多了,劲头也不足了,到底是怎么回事?"

范英明支支吾吾:"爸,你,我没什么变化,和往常一个样。"

方英达叹道:"你瞒不了我。你和小三之间恐怕存在着大危机了。是不是呀?"

范英明嗫嚅着:"这,这……"

方英达大声说:"你给我站起来! 一个上校团长,连面对家庭危机的勇气都没有,能带好部队吗?"

范英明牙一咬,心一横,看着方英达说:"爸,一年前,小怡就提出分手的问题。"

方英达说:"你的意见呢?"

范英明说:"开始我感到意外,不同意。过了一年,我想明白了。我们已经没有多少共同语言了。最近我们正在商量分手的事儿,因为你的身体,小怡说等一等再说。"

方英达背朝范英明站着,望着窗外的一双老眼一片迷茫。感情上,他无法接受这个委实有点残酷的事实。过了很久,他用发颤的声音说道:"龙龙怎么办?"

范英明答道:"小怡坚持由她带。"

方英达猛地转过身,冷冷说道:"他是个有残疾的孩子,你们不知道?"

范英明狠着心道:"我和小怡都不想再维持下去了。我想我知道怎样做父亲。"

方英达坐下来,右手下意识地摸着茶杯盖子,低头了好一会儿,抬起头说:"好样的,你有勇气接受我的女儿的挑战,证明我没有看错你。婚姻失败了,也是败仗。希望你还是一个成功的军人。"

范英明说:"爸,我取点东西就回部队。"

方英达摆摆手,没有说话。小夫妻走到这一步,肯定有其必然的原因,方英达也不愿细问。可是,他实在又不想看到他们分手。方怡的婚姻,毕竟浸透着方英达的许多心血和十分隐秘的希冀。妻子淑娟临终前还把没和方英达生个儿子看作一生最大的遗憾。方英达也不是没有这种感受。让三个女儿都当兵,都嫁给军人,不正是方英达希望家族里军人血统能延续下去的委婉表达吗?十多年了,方英达已经习惯了把范英明当儿子看。这个婚姻一解体,方英达不是要饱尝愿望落空的失败么?

方英达没有说什么,并非是对最钟爱的三女儿的婚姻听之任之。只是他心存希冀,愿意把小两口的矛盾,看成是牙和舌头间出现的免不了的碰撞。他怎么也想不到,十几分钟后,局势就急转直下了。

方怡带着碾好的石粉回家,发现院子里停着范英明的车,满腹狐疑地迈上台阶。走到门口,她停下来想着怎样在家里面对范英明。保姆小英跑出来给方怡开门。

方怡问:"爷爷在不在?"

小英没回答，自言自语说："爷爷的车开回来就更威风了。菊子在的那家，只有一辆车，她还回去嚷嚷得全村人都知道。"

方怡说："问你爷爷在不在，说这些干什么。"

小英闪到一边，连声说："在哩，在哩。刚才还和姑夫说话哩。"

方怡把石粉拎进客厅，装着笑脸问："是不是英明回来了？"

方英达把报纸放低了点，"在楼上收拾。你拎的这是什么东西。"

方怡找个水果箱子放好石粉，"我给你找的治胃病的石头。一天泡三道，要不了仨月，就能把你的病治去根。"

方英达放下报纸，霍地站起来，"不喝，不喝，我没有病，喝什么喝。以后你们的事我不管，我的事你们也不要过问。"

方怡慢慢直起身子，"爸，你这是怎么了？早上还好好的，是不是生我的气？"

方英达冷笑一声，"我敢生谁的气？你是跨国公司的大老板，他是……"

父女俩都看到了拎个旅行包下楼梯的范英明，三个人都僵在那儿。

方怡问："你这是要到哪儿去？"

范英明没有回答，看着方英达说："爸，我回团里，你要多保重。"

方英达不耐烦似的摆摆手。

方怡闪过去，伸手拦住了范英明，"你和爸说了什么？你怎么能这样呢？"

范英明横下一条心说："长痛不如短痛。报告放在床头柜上，你签完了通知我一下。"

方怡咬着牙说："小范，你胡说什么……"

方英达抓起茶杯摔在地上,"让他走!我不想听这些。"终于抑制不住,大喝一声:"滚——"

范英明拎着包,拉开门大步走出。

客厅内静极了,门晃出的轻微的吱呀声显得分外刺耳。方怡盯着门呆了好一会儿,慢慢转过身去。方英达像塔一样站在客厅中央,已经老泪纵横了。

方怡惊得身子朝后一仰,疾走两步,扑通跪在地板上,抱住方英达的腿,仰着泪流满面的脸,哭喊一声:"爸——"

方英达微低着头,颤着手指,擦着方怡脸上的泪水,捋着方怡散乱的刘海儿,沉重而缓慢地说:"我方英达一生不轻言失败,在这件事上,爸败了。你们都没错,错在老爸。"

方怡颤着声说:"爸,别说了。"

方英达固执地说:"不,该说说。"

方怡站起来,扶着方英达坐在沙发上,就势跪在地上伸手抹去父亲脸上的泪珠,"你坐下说吧,千万别生气。"

方英达说:"仗打败了,不找出原因,再打还要败。你妈死得太早,我又无儿,一直把你当儿看。你小时候越野爸越高兴。所以,长成大姑娘,小三就少了那些温柔。爸不该让你嫁个优秀的带兵人。你们太像,太像就相克。"

方怡说:"爸,我不后悔,也从未埋怨过你。本来,我也不想惊动你,可你突然就病了。"

方英达拍着方怡的头,感叹道:"你的孝心爸领了。你是不想让爸亲眼看见你的婚姻失败了。爸谢谢你。我知道我的时间不多了。"

方怡忙说:"在位的时间不多了。"

方英达捧着女儿的脸说:"三儿,我戎马一生,难道还怕听到个绝症?小三,看着爸爸的眼睛,告诉爸,我这是什么癌!"

方怡惊得身体朝后一仰,盯着父亲自信而刚毅的脸看了好一会儿,不由问道:"你都知道了?你怎么会……"

方英达微笑着说:"我的身体我还不知道?不病则已,一病吓人。北京犯病,我就感到痛得异常。半杯葡萄酒能把我送进了医院,我就知道逃不过这一劫了。告诉我,医生说我还有多少时间?"

方怡眼睛里又涌出两串不断线的泪珠,"肝癌晚期,还不能手术,少则半年,多则一年,除非奇迹……啊呜……"

方英达厉声说:"不许哭!方英达的女儿叫个肝癌吓哭了,传出去像什么话?老爸最发愁到干休所那些日子。现在好了,不用去了,有这一年,看着部队大变样了,走了多干脆?不要对人说爸自己知道啥病,我命令你严守秘密。"

方怡擦了眼泪,"那你也要答应吃药。"

方英达说:"我答应你。还能指挥这么一场大演习,真好啊。小范要离开,就让他走吧。"

方怡长吁一口气,善解人意地说:"可惜我不是个男的,让你失望了。我要能替你指挥演习多好。"

方英达摇摇头,"你爷爷带兵与日军作战,战死沙场,我戎马一生,有这个结局也好。你能在商场做出成就,爸已经心满意足了。"

小心过来打扫碎杯子的小英自言自语接一句:"烧香都烧不来。一家就爷俩,房有一个楼,小轿车都有俩,有啥不好,还把饭都哭凉了。"

说得爷俩笑了起来。

第 五 章

　　刘东旭想不到范英明拿给他看的竟是一份盖着一团大印,同意团长范英明与妻子方怡离婚的意见。他已经得到可靠消息,军区党委倾向选拔更年轻的师团级干部任红、蓝军司令进行演习。蓝军主力部队由 C 师担任已基本成定局,因为其他乙种师目前都没有装备自动化指挥系统和战场微波监视系统。红军由哪个甲种师担任,则取决于由谁担任红军司令。红、蓝两军司令,将在各集团军推荐的备选人员中经过考核择优任命。A 师能参加红军司令竞争并有取胜把握的,只有范英明一人。因为这次考核,有一关是被推荐人详细向评委会阐述自己的演习方案,黄兴安怕无法过这一关。在这个时候,范英明和方怡离婚,于个人前途极不明智,而且要直接影响 A 师的整体利益。

　　刘东旭用埋怨的口气说:"范团长,这种非常时期,你怎么能出此下策。"走过去把门锁上。

　　范英明道:"本来,拿团里出的意见,也可以去办了。可我不想再违反组织纪律,这才来请师里签个意见。"

　　刘东旭背朝范英明站着,想了好一会儿才说:"能不能迟一段再说。这次演习,红军司令也可以由团级军官担任,你不知道?"

　　范英明冷冰冰地说:"知道不知道没什么关系,我只知道这与我关系不大。在一团一日,我保证一团不给师里丢脸就是了。"

刘东旭强压着火气说:"你和方怡的事,方副司令知不知道?"

范英明带着玩世不恭的口气说:"他已经恩准了,赏我一个'滚'字。"

刘东旭哀叹一声,"A师没希望了。"

范英明讥嘲道:"想不到我的婚姻竟有改变A师命运的巨大力量。"

刘东旭咬着牙,掏出钢笔,在一团意见后面写下"同意一团意见刘东旭"几个字,叭一声把证明拍在桌子上,忍无可忍地说道:"拿去吧,拿去换你的自由吧!《婚姻法》是国家大法,我这个小小师政委惹不起,只能开绿灯。这件事你也用不着吵得满世界都知道。我还要告诉你,这是一种不顾全局、极端自私的行为。你让我失望,也让全师一万二千官兵失望。"

范英明没有走,默默地站着。

刘东旭不客气地说:"你不要耽误你的时间也耽误我的时间了。这次机会千载难逢,我要倾尽全力让A师抓住它。你走吧。"

范英明悻悻地拉门出去了。在停车场,他恶狠狠地把车倒出来,上路时,把路上残存的一摊摊雨水溅出一片片水泥浆子。他根本没有考虑开这种出气车在别人会说出什么三道出什么四,甚至没有注意迎面开过来的同一型号的越野车上可能坐着某一位重要人物。

和赵中荣并排坐在三菱越野吉普上的高军谊,看见有车在他的辖区撒野,自然要显出他参谋长的权威。

高军谊大喊一声:"停车!我看看是哪个龟孙子敢这样撒野。"车没停稳,他就把车门打开,探出头去。

赵中荣把高军谊拉进去,"老高,别管了,那是范英明开的车。这种开法,可见心事重重呀。后院的火烧的吧。"

高军谊小眼珠子一转,"赵老弟,你看走眼了吧?"

赵中荣自信地说:"你别看我戴个眼镜,视力二点〇,错不了。"

高军谊道:"你说这回竞选红军司令,优秀的团长也可以参加竞争是什么意思?你不是说过,军区领导的子弟,只有范英明在这个线内吗?别走了眼,事后可有擦不清的屁股。"

赵中荣道:"只管把黄师长抬出去就行了。一个师,总该分个上下级吧?反正你们师里要是报了范英明,对谁都不利。我今天专程来,就是帮你把黄师长说动了心。"

两人到了黄兴安的办公室。

范英明出了师部,直接开车回 C 市找方怡。

方怡和范英明从街道办事处走出来,各人手里都多了一个小黄本本。

方怡像是有些伤感,下意识地在手掌上拍打着离婚证书,停下来朝范英明嫣然一笑,"就这么闭幕,总觉得心里空得慌。你是不是觉得鸟出了牢笼,一下子海阔天空了?"

范英明难为情地一笑,"小怡,别把我想得太糟糕。说话没注意,伤你的地方,只能请你包涵了。每月给小龙一百元生活费,是必须的,我请求你不要拒绝。"

方怡低头想想,说:"我退让一步,你千万不要得寸进尺。十年后,如果我们还算朋友,你就一次性支付吧。每月从你那里接一百块,感觉太不好了,像是我们母子在靠你的施舍生活。我这么说,没伤着你吧?"

范英明只好说:"好吧。"

方怡用目光追随着一对办结婚手续的青年,又感叹一句:"就这么各奔东西,总感到少了点什么。用什么续个貂尾呢?"

范英明诚恳地说:"我请你吃顿饭吧。"

方怡摇摇头:"在月季皇后你已经把那顿饭定性为最后的晚餐。这样做你就食言了。如果你真有这个心,我们就去凤凰山来一次故地重游吧。"

范英明愣了一下,没说话。

方怡说:"你不是请了一天的假吗? 中午我们去野餐,所有食物、饮料实行 AA 制,各开各的车。你看怎么样?"

范英明知道凤凰山是他们热恋的首页。从心情上,他一辈子都不想再去那个地方了。在潜意识里,范英明是把婚姻的失败归为方怡对爱情的背叛。方怡的用意是什么? 是重温一下过去那份纯真痴情? 是想唤起对她少女时代留下的美好回忆? 或许是兼而有之? 范英明想不出所以然,却又无法拒绝方怡的提议,说:"是个好主意。不过那个地方很荒凉了。通信分队已撤销很久了。"

方怡说:"可以说只剩下点烂砖头了。前天我已经去过了,还掉了一回眼泪。那天我就想,我们在哪里开始,就在哪里结束吧!"

范英明感到头皮一麻,苦笑一下,"这个节目是你深思熟虑编排的吧。"

方怡站到自己的车前,"女士优先,我在前面带路吧。"

范英明忐忑不安地跟着方怡重游热恋故地的时候,黄兴安作出了竞争红军司令的决定。送走赵中荣,他把作战科长和唐龙召到自己办公室。

黄兴安道:"演习的事你们都清楚了。A 师能不能争到扮演红军的任务,关系到 A 师的前途。你们俩从今天起,把其他事情都先放放,集中精力,力争在两周时间搞个演习方案出来。"

作战科长和唐龙像是等更细的指示,站在那里没有反应。

黄兴安呷口茶水,吐出一片茶叶,"就这个事,你们去忙去吧。"

几天前,唐龙就知道了这次演习要选拔司令的消息,同时,焦守志又告诉他范英明就要离婚了。黄兴安要参加红军司令的竞选,证明范英明确实已经开始失宠,唐龙感到很失望。但黄兴安点名让他参与演习方案的起草,又出了唐龙的意外,似乎又让他感觉到一点希望。

唐龙问道:"师长,演习区域、指导方针、拟投入兵力数额、是否考虑空战因素、有没有第二后方依托,这些怎么考虑?"

黄兴安点着头道:"怪不得刘政委说你是个有头脑的人才。这一回,情况有些特别,只给了指导方针,任务给谁,要看演习方案,主要是防守一方的。指导方针通俗一点讲,就是检验一下我们这样的师能不能打赢以 C 师为班底组成的杂牌军。你们考虑得越细越好,省得我取舍时嫌材料太少。"

两人回到作战科值班室,张科长就对唐龙说:"给你十天时间,写个初稿。这几天你就不用来上班了。"

唐龙说:"科长,总该商量个思路吧?"

值班员拿着值班记录报告说:"科长,军作训处来电话,说方副司令员一周内要到师里检查整顿情况。"

张科长一把夺过值班记录,"这么大的事,为什么不早报告?你刚分来,也不怪你。以后你要记住:凡有上级首长,特别是军区首长要来视察这种事,应该放下电话就挨个向师首长报告。"走到门口,又扭头说:"唐参谋,你就按师长的指示写就是了。"

唐龙懒洋洋地朝椅子上一躺,呆坐一会儿,拎了两张报纸出了办公楼,朝几拢竹子掩映的两层白色小楼走去。他要找邱洁如商量商量。

一条贴着小楼斜向东南的小溪上,漂着一阵又一阵女兵的说笑声。这无忧无虑的青春的笑声,随着唐龙的靠近,神奇地把唐龙萎靡不振的样子改变了。

两个挽着裤管站在水里洗红地毯的女兵,老远就和唐龙招呼起来。

下士说:"唐大参谋,是不是闻到了肉香? 我们中午吃粉蒸肉。"

中士嘻嘻笑着,"肯定是邱队长电话通知。邱队长,首长视察来了,快点迎接——"

唐龙在裸出水面的石头上几个跳跃,到了小溪对面,看着挽着裤管衣袖的邱洁如,大声说:"已经霜降了,寒气能侵到骨头里,快上来!"

一个长相俏皮的上等兵捏着鼻子学道:"已经霜降了,寒气入骨,快上来!"引得一群女兵笑成一拢风中摇曳的楠竹。

邱洁如弯腰穿着鞋子,仰脸嗔怪道:"大呼小叫的,也不注意个影响。你呀,怎么女兵都不怕你!"

唐龙笑着说:"你们为什么要大扫除?"

邱洁如说:"你又不是不知道,我们分队升格成信息处理中心了。站长要求有新气象。你不在班上,跑来干什么?"

唐龙一脸愁容,"摊上个苦差事,可能是个苦差事,已经推不掉,心里烦。"

邱洁如也严肃起来,"什么事?"

唐龙说:"范英明闹离婚真不是时候,消息一传出,这不,连竞争红军司令的报名资格也没有了。"

邱洁如说:"问你什么事,你扯人家离婚干吗? 也不是他闹,我看八成是方小三出了问题。前些日子我去找她落实集资股的事,见到了昌达公司的总裁申昌达,这申昌达倒像是给方小三打工一样。方小三说这个申昌达还没结婚。"

唐龙说:"你扯得更远。怎么连方姐也不叫了?"

邱洁如霸道地说:"我是借这事给你提个醒,我看呢,这个例子就叫男人有钱变坏女人变坏有钱。范英明有什么错?当不了就不当,靠女人,靠一个可能红杏过墙头的女人当了司令,又有什么意思?"

"洁如,积点口德好不好。可这件事影响了我。"

"怎么就影响你了?"

"我不大喜欢范英明,可这次演习,除了范英明,没人是朱海鹏的对手。"

"还是没影响到你嘛。"

"为了和范英明接近,我费过不少心,可他就是没友好的表示。"

"你直说什么事吧。"

"黄师长要竞争红军司令,让我给他搞布防方案。"

"这不是在重用你吗?"

"我们张科长还要分七成功劳。这我倒不在乎。问题是,这次演习,目的是摸索科技强军之路,要动真格的。黄师长哪是朱海鹏的对手?在观念上,他们相差一百年。"

"你把方案搞得天衣无缝,不什么都解决了?别总是怀才不遇。"

"我不可能在现在这个体制下进入演习核心,方案再好,也是死的。只要一败,我就是替罪羊。可不干又不行,干不好更不行,所以我烦得很。没有导演部的演习,这可是几十年不遇的机会呀!我又想在这种演习中证明一下自己的实力。"

"队长,"一个女上士跑来报告说:"司令部通知,方副司令员要来师里视察,星期六、星期天不休息,训练照常进行。"

女兵们一片怨声载道。

邱洁如站在岸上说:"不准瞎议论。周六周日进行打字速度比赛。"

唐龙说:"又做过头了。"

下班号响了。

邱洁如说:"中午有粉蒸肉,在这儿吃吧。"

范英明和方怡在半山腰的一棵大银杏树下平静地吃完 AA 制野餐,说的都是关于山脚下那片废墟处曾经存在过的通信部队的话题。范英明知道方怡肯定又要演什么节目,可观察了两个多小时,又没发现方怡表现任何异常,心里不免有点毛焦火燎了。

方怡扯了一截餐巾纸擦着嘴道:"兵流水一样去了,营盘也不是铁打的。我们不说这些了,等会儿,我让你猜猜这支部队最高首长方怡中队长的房间在哪里。"又是纯粹的怀旧。

范英明笑了一下没有回答。

方怡从小皮包里掏出一个信封递给范英明,"你把这个交给你妹妹。"

范英明问:"这是什么?"

方怡道:"昌达公司一万股基金股。你不要替她拒绝。如果唐龙的估计不错,上市后它值十万元以上,可以买一套小两居。我知道,这两年她没说过我一句好话。我不计较了。"

范英明说:"她换了四个工作都不如意,挣的工资还不够几次送礼的钱。不太懂事,可能对你有误解。"

"已经很懂事了,"方怡站了起来,"跟踪我不下十次,你不会不知道。不说这些了。英明,你知道我为什么选在这棵树下进餐吗?"

范英明迷惑地看看银杏树,摇摇头。

方怡说:"你再想想。"

范英明说："它是最大的树吧。"

方怡极其失望地说："我知道你记不得。你不可能记得。那时候的你，很有点小于连的劲儿。在这棵树下，我第一次被一个男人吻了。你站着干什么，想起来了吧？第二天，我给一个叫朱海鹏的写了一封信，告诉他，我正式和那个人确立了恋爱关系。从那时开始，我……"

范英明脸色苍白，跟着方怡下山。

方怡慢慢走着，"今天带你来这里，并不是想让你一辈子一想起我都愧疚，只是想让你学会怎样对待一个女人。"她站在一个小土包上，"我的初吻是被动的。你该想起来我脚下在十年前的一个秋天的下午发生过什么事吧？"

范英明脸色铁青，一言不发。

方怡不依不饶，富有金属质感的声音响着："一个正连职女军官在这里失去了童贞。她不完全是自觉自愿，但她并没有后悔过。那个后来成为伟丈夫的小男人不会不记得那张结婚证四十天之后才拿到吧？十年后，他……他……"

范英明此一刻才真的明白了无地自容的含义，他没有力量阻止方怡说下去，甚至隐隐期待着这些如刀似剑的言语更加尖利些，一下子就把他刺死。

方怡背过身抹了一把眼泪，看看她非常熟悉的凤凰山，平静地说："我们一起生活了十年，相互并不真正了解。我失去了一个有着让我的自尊无法忍受的缺点的丈夫，可我不想再失去一个高质量的异性朋友。来，我们握手说声再见吧。"她伸出了手。

范英明僵尸一样与方怡握了手。

方怡风情万种地笑着，"凤凰山可以作证，到今天为止，我的身体只属于一个男人。"扭头看着范英明，"今晚上谁的床，与贞节无关了。"说罢，像一团红云一样飘向白色奔驰。

范英明感到自己脚下像生出了无数的根须,在朝土里扎去,就要变成一棵树了。他突然间像狼一样嗥叫起来,叫得地动山摇。

凤凰山故地重游,对范英明生命的意义,他当时并没有感觉到。他只是觉得第一次看到心灵皱褶里那些污垢的狰狞可怖。一年多来,在挣脱和方怡这个强有力的婚姻过程中,获得的超凡脱俗、阳春白雪的自我评价彻底崩塌了。一切行为都像是自欺欺人的做戏。用尽全部心力证明自己从未把方家作为自己的政治靠山,与事实相符吗?在那棵银杏树下,冲动地吻了方怡,在山脚那间小屋扯烂了方怡的内衣,难道就没有丝毫不可告人的目的?这种行为除了能解释范英明的阴谋家嘴脸,还有别的高尚的动机吗?在这种急速的心灵跌落中,范英明无力进行理性的思考。他无法这样为自己开脱:人首先是社会的人,一切行为的产生都有复杂的因素。

他驾车疯跑了两个多小时,于当晚赶回卧佛山团部,鞋子都没脱,抖开被子,躺在了床上。

参谋长焦守志推门进来,拉开灯,"八点不到,就睡了?鞋还没脱?又出岔子了?"

范英明翻身坐在床上,"只要手续齐备,交一百块钱,三分钟就解决了。"

焦守志问:"为什么还心事重重?"

范英明苦笑道:"觉得没劲,一切都无意义。"

焦守志道:"这种话,可第一次听你说。"

范英明站起来理着被子,"以后你就能经常听到了。"

焦守志说:"你回来了,这件事得给你汇报汇报。你的前岳父大人要以突然袭击方式来视察老部队,看整顿效果。师里已做了安排,明后天不放假,搞全训。"

范英明说:"这么做老爷子未必就满意,还不如整块大理石,把战败纪念碑刻出来效果好。"

焦守志说:"我已布置各营明天继续全训。下午,唐参谋来电话,说你失去了机会,他正在给黄师长搞演习计划。"

范英明道:"全区人才济济,你们也太高看了我。唐龙,书可能读了不少,会用吗?黄师长要想万无一失,应该从各团抽个团长或参谋长组成一个班子搞。"

一个中尉进来报告说:"团长,参谋长,师作战科通知,方副司令已到军部,很可能在明后天来师里,要求报首长值班安排。"

焦守志说:"老范,明天你值,后天我值,你看行吗?"

范英明说:"明天一早我还去三营,这里由你对付吧。"

焦守志对参谋说:"我值两天吧。"挠头笑道:"这时候你是不该见老爷子。还是你周到。"

范英明叹道:"我让他很失望。真的太让他失望了。可惜一切都无法更改了。这时候见他,还不如杀了我。这次离婚,毫无意义。"

这个时候,方英达正在集团军军部操场上散步,陈皓若陪同。是夜月色如水。

方英达借着月光看着四周熟悉的景色,感慨道:"军部设在这里有四十几年了吧?"

陈皓若道:"五〇年正式把军部设在这里。那时我只有十几岁,这个城只有四条街,两南两北,像个井字,如今已是五十万人口的中等城市了。这几年更是一年变个样。"

方英达道:"这种局面来之不易。经济持续发展,必须以一支强大的军队做基础。可是,这个军有四十多年没打仗了。"

陈皓若道:"六二年底刚搞了山地训练,仗就打完了。南线作战的几年,它一直是作为预备队屯在这里。"

方英达说:"A师的黄兴安到底行不行?你给我透个底。"

陈皓若说："维持正常的战备、训练,他应该算是一个称职的师长。带一个师搞这种演习,他恐怕不行。"

方英达问："那为什么 A 师只报他一个人竞争红军司令? A 师就没人了吗?"

陈皓若道："按我的理解,军区这次采取这种方式选拔红、蓝军司令,是为了在演习中检验最有实力的甲种师的作战能力。B 师士气也起来了,我这个当军长的,不能管得过细。"

方英达不客气地说："你就是太软! 你这个理解是不错的。蓝军的骨架基本搭起来了,作战能力决不能低估。朱海鹏连一个犯了罪的计算机软件怪才也要挖,我也支持了。从感情上讲,我希望红军司令能被 A 师的候选人争到。"

陈皓若道："A 师如果能在这样一场演习中磨炼出来,自然是最好的。"

方英达说："范英明怎么样? 是不是听到了他和小三闹离婚的消息,把他冷冻了?"

陈皓若说："怪我错误领会了军区意图,想让 B 师锻炼锻炼。明天再把他补报上去。"

梁平走过来道："首长,天不早了,该休息了。"

方英达说："知道了。明早去 A 师。"

到目前为止,集团军上上下下对于将要进行的演习的意义的理解,和军区的指导思想尚有不小的距离。方英达敏锐地捕捉到了这一点。他清楚在很多人眼里,演习就是演习,战争就是战争,本来就是两个完全不同的概念。你叫着狼来了狼来了,可谁都明白那只狼是绵羊披了狼皮扮演的。这里面不仅有个观念问题,也有个心态问题。方英达无法把这个问题解释清楚,但作为一个打了许多恶仗的老战士,他知道如果只把演习当作舞台剧,进入战争是要吃大亏的。第二天上午,方英达到 A 师一看,感到相当失望。

方英达先到 A 师几个直属队看了,环境卫生无可挑剔,朝窗玻璃上一抹,手上没丝毫尘土,计算机都亮着,屏幕上显示着洋文和中文,红地毯也干干净净。

方英达走到师部大楼前的广场上,自言自语说:"今天是星期几?"

有人答道:"星期六。"

方英达问:"师参谋长在不在?"

高军谊跑两步,立正答道:"副司令员同志:我是 A 师参谋长高军谊。"

方英达点点头:"你们师是不是从来都不过双休日呀?"

高军谊答道:"全师在搞整顿,自上周开始搞封闭式训练,双休日不过了。"

方英达说:"回答得很得体。到底是主力甲种师的参谋长,对答如流。黄师长在吗?"

黄兴安迎面跑两步,大声道:"在。"

方英达嘲讽道:"条例规定该答'到'。"

黄兴安又出汗了,一挺胸脯,"到。"

方英达问:"那个碑立了没有?"

黄兴安像是早知有这一问,随口答道:"我们和大理石场联系过,准备在整顿结束后,举行一个仪式,团以上干部全部参加。"

方英达说:"很好。我这个就要下台的副司令,说话还顶点用,已经传达到大理石场了,一个多月,不算慢。陈军长,陪我到一团看看这种封闭式训练。"

师部发生的事情,一团参谋长焦守志很快就知道了。焦守志不敢大意,忙和范英明通了电话。

焦守志说:"骂人倒是没骂,可比骂人还让人难受,黄师长、高参谋长都吓出汗了。"

方英达在假日来 A 师视察,可见他对这支部队的感情有多深。范英明马上做出这样的判断:老人家确实想把演习的任务交给 A 师,只是不大放心。师首长太不了解方英达了。这时,范英明已经暗下决心,在这场演习中,做出让方英达满意的成绩。

范英明问:"师里怎么指示的?"

"没指示,只说设法让方副司令笑起来,怎么办都行。你还是回来吧,我这心里直打鼓。"

"让团里安排饭了吗?"

"说有可能在一团吃饭,都不敢问。你说这该怎么办?"

"把他们留在团部,让特务连食堂中午多做够二十人吃的猪肉炖粉条,多用五花肉,多放胡椒粉。他最爱吃这个菜。"

"他们要下营我可管不了啦。"

"你让李铁特务连和通信分队在靶场搞个对抗赛,有几个女兵枪法不错,擒拿格斗也行,组个女队。剩下的,你让李铁他们自由发挥吧。"

"这能留住吗? 我干什么?"

"你要怕挨训,就去特务连食堂帮厨去。靶场训练场离团部有一公里,他们到团部路过那里。打过仗的人,都喜欢打靶。"

焦守志放下电话马上做了安排,不一会儿,他就听到了零星的枪响。

方英达压了一肚子火上了越野吉普。陈皓若为 A 师迟迟不立战败纪念碑做了解释工作,并揽下了部分责任。方英达只是听着,没表态。一阵阵枪响引得方英达眼中放出光来。走到去靶场的岔道附近,方英达说:"去靶场。"车队拐进一个土丘遮掩的靶场。用望远镜朝这边观察的焦守志翻身躺在地上,长吁一口气。

方英达看见靶场有女兵,脸色好看了许多,又接过八十倍望远镜直接看了靶子,不由得夸奖道:"这些女娃子机枪也打得不错。

你们这是在搞什么训练?"

李铁立正答道:"中将同志,A 师一团特务连一班与司令部长话班正在进行五项对抗比赛,现已进行到第三项,还有手枪和擒拿对练尚未进行。报告人,一团特务连中尉连长李铁。"

方英达很感兴趣地问道:"前三项比赛结果如何?"

李铁答道:"特务连一班暂以二比一领先,已基本稳操胜券。"

一个假小子似的女上士过来说:"李连长,别高兴得太早了,当心吹破牛皮,让首先笑话。"

李铁说:"枪由你们先挑,报靶员各队出俩,你可别说比赛不公平。"

方英达笑看着女上士说:"你们现在一比二落后,比完手枪最多追成二比二,你怎么说李连长吹牛?"

女上士道:"首长,咱不吹牛,还是让事实说话吧。"

方英达禁不住叫一声:"好。"

陈皓若也笑着说:"多像你家小三小时候。"

方英达说:"小三更野,常把些男娃子打得直掉泪,告状的人不断呢。"

那边,特务连队的手枪响了。

一个男上士报告着:"四十八、四十八、四十五、四十七、四十九、四十六、四十七、四十五。一班总成绩三百七十五环。"

李铁笑着对女上士说:"丁班长,四十发子弹,你们能打这个数?认输吧。"

女上士不说话,自己跑过去,替下中间一个上等兵。说话间,枪又响了。

上士报告着:"四十八、四十八、五十、四十九、四十五、四十四、四十九、四十八。长话班总成绩三百八十一环。"

方英达感叹道:"长话班女娃娃能打出这个水平,证明一团都是战斗员。"

女上士过来说："首长，听说你当年能使双枪，能不能让我们见识见识。"

陈皓若忙说："方副司令……"

方英达摆手道："手生了，也该练练。"说着，走到靶位前，左右手各拿一把枪，很快打完了十发子弹，报靶员凑着靶看一会，大喊一声："八十一环，脱靶一发。"

众人惊叫起来。

方英达活动着左腕道："左手不行了，还飞了一发。陈军长，你和 A 师的首长们不露一手给娃娃们看看？"

陈皓若、黄兴安、刘东旭、高军谊各打了五发子弹，陈皓若、黄兴安打了四十七环，高军谊打了五十环，只有刘东旭打了三十七环。

方英达说："不错，不错。这样一支部队，应该打胜仗。小鬼，你们第五场比赛该开始了吧？"

擒拿对练每队各出五名队员，结果竟是长话班以三比二险胜。

女上士走过来擦着汗说："首长，到底是谁吹了牛？"

方英达说："小鬼，你们赢了有什么奖励？"

女上士说："奖励是这样的，我们输了，给他们班拆洗一次被子，我们赢了，中午去特务连吃一顿猪肉炖粉条。"

方英达对李铁说："把我们几个也算作赢家怎么样？吃不穷你吧？"

李铁答道："首长不嫌弃我们连的猪肉炖粉条，是我们连的光荣。"

范英明与方怡已经离婚，这在集团军和 A 师决策阶层已经不是什么新闻。在这个时候，方英达却提名让范英明参加红军司令竞争,这不能不让人思想这其中的原因。范英明接到师部通知后,明确表示自己能力有限,每日蹲在三营,这更让人觉得耐人寻味。

这一天上午,A师定做的一块大理石被运回了师部。黄兴安和高军谊围着拉石头的卡车转了一圈,还是没有做出找石匠的决定。

高军谊道:"我看先放一放再找石匠刻字,拖一拖,也许就拖过去了。"

黄兴安说:"这样也好。方副司令总不能老来 A 师巡视吧?"低头托腮思想一会儿,"他要是再催,也用不着石匠刻字,买桶红油漆写几个字就是了。"

高军谊听得暗自佩服,讨好地说:"军里突然又提出个范英明,到底是什么意思。步兵团长,一个师都有仨,谁行谁不行,说不清楚。这不是给下边制造矛盾吗?"

黄兴安淡淡笑着:"光凭个通知,吃不透上边的精神。老高,我看你去军部一趟,一呢,汇报一下这块碑的落实情况;二呢,摸一下突然提范英明的背景。如今世界的主题是和平与发展,别让把演习的精神领悟错了。"

高军谊说:"这种做法很反常。"

黄兴安道:"也没啥反常。什么事都能变得合情合理又合法。如今假离婚也多,反正各有各的目的吧。如果上边的意思是把范英明扶上马再送一程,又要举贤还避亲,我就退出竞选。"

高军谊听得心惊肉跳,连忙叫车去军部。晚上,赵中荣设家宴招待高军谊。

赵中荣边倒酒边说:"办公室说话很不方便。如今呢,有些话让个列兵听到了都可能坏事。来,为前一段传言成为现实干一杯。"

高军谊说:"老黄担心那是假离婚,让我来摸摸上头的底牌,要是最终还要推范英明,他就退出,还说这是曲线的扶上马送一程。"

赵中荣扑哧一声笑呛了,咳了两声道:"都说黄师长性子直,我看弯弯还怪多。这个事可能他想多了。如不出意外,演习任务肯定是你们师的。"

高军谊道:"那要是这样,不也是要扶范英明上来吗?"

赵中荣说:"我对这件事有另外的看法。范英明在团长中,在全区是响当当的。同时,他又是方副司令多年培养的后备人才。你想想,可以让团长参加的竞选,突然没了最红的范英明,会有什么后果?"

高军谊摇摇头说:"我看不出有什么后果。"

赵中荣说:"这就太让方副司令难堪了。方副司令亲自提出让范英明参加进去,实在是高明。这个举动的意思就是我看中的是范英明的才,而不是和我关系是亲是疏。至于最后没选上你范英明,那是因为你的实力还不够。范英明倒是很乖,采取的是个拖字。你听我的没错,范英明是完了。"

高军谊嚼着菜说:"有道理。军里的老人,谁不知道方小三是老军长的掌上明珠。听说又是范英明先提出的离婚,老军长能不生气?"

赵中荣举着酒杯道:"只要黄师长装糊涂,参加各项考核,一切都会很顺利。"

高军谊道:"范英明可不是个直筒子。前几天我可是见识过他的功夫。那一场男兵女兵比赛的戏,还有那大盆大盆装的猪肉炖粉条,可不是一般人能想到的。"

赵中荣冷笑道:"这事我也听说了。照你这么说,什么事都该听其自然了?"

高军谊一天内连遇两个高人,把一件本来可能没什么弯弯绕的事，分析出个七折八弯、九曲回肠，心里不免又灰了一层，抬手指指自己的肩章，"有这个我就满意了。换个金星星，谈何容易。"

　　范英明这几天一直处在犹豫不决的状态中。他无法判断出军区以考核方式产生红蓝军司令的真实意图。是不拘一格降人才吗？如果真是这样，那就是对现行体制的重大改革。这种事情在地方早几年已司空见惯了。可部队毕竟是部队。让一个团长去指挥一个师参加演习，有点像个玩笑。一个大军区党委，不可能做出这种让人当玩笑看的决定。那么，剩下的就只有一个可能，那就是借机检验一下几个突出的团长对打赢一场现代局部战争的构想力。如果是这样，就没必要出这个风头，使自己已经有些恶化的生存空间雪上加霜。在他闭门思想的时候，范英明耳边总要响着方英达咬牙吐出的那个"滚"字。对他说出"滚"字的方英达，一周后又亲自提出把他增补成候选人，让范英明多想了很多。他自谦地考虑到：方英达如果对他彻底失望，这样做，双方都有台阶可下。

　　焦守志又一次以一个朋友的身份劝范英明了："我真不知道你到底在犹豫什么。你从来不是个拖泥带水的人！"

　　范英明道："你我合作多年，你该明白我从不做没把握的事。如果上级任命我当红军司令，我硬着头皮也要把它做好。让我争这个司令，太不合我的个性了。"

　　焦守志道："唐龙几次给我说，如果你不放弃这个机会，他愿意把自己的货全部掏出来。"

　　范英明不屑地说："我看你是把自己等同一个中尉了。一个整天想着转业、琢磨着挣大钱的唐龙，就把你弄成这样！朱海鹏那两下子，我还不知道？"

　　焦守志说："好好好。你一出手就能把朱海鹏打个落花流水，我信。可总得同台比画吧？"

范英明道:"你以为朱海鹏能当蓝军司令?他顶多当个蓝军的高级幕僚。你想想,让一营长或者三营长指挥全团参加演习,你我只当顾问,可能吗?中国军队再发展十年,朱海鹏才有当主角的机会。"

外面传来急刹车的声音。

范英明开门一看,愣住了。

朱海鹏说:"看什么看?装作不认识呀还是不欢迎?"

范英明把门开大一些,"风云人物朱海鹏,多少人想瞻仰还买不到门票呢!送上门的珍奇动物,早通知一声,我集合全团看稀奇。"

朱海鹏并不进屋,眼睛四下抢抢,"和四年前没什么本质变化。言辞还挺扎人,可惜该硬的没硬。离一场婚,跟遭阉了一般。"

焦守志挺身而出,笑着说:"朱教官这话可不大友好啊。"

朱海鹏说:"有的人就是爱敬酒不吃吃罚酒。"

范英明讥讽道:"军区那些高精尖部队,我又不是没见识过。你以为你手一捏,那就是所向披靡的铁军?偷袭偶然得回手,就不知道吃几碗干饭了。"

朱海鹏笑道:"留点精神演习中用吧。把我看成一个下战书的人太不友好了吧?我是受人所托,才来这儿走一遭。"

范英明说:"你总是废话太多。"

朱海鹏道:"那我就捞稠的说吧。军区第一副司令方英达让我通知你,他希望在四十八小时内见你一次。我已经用掉了三个小时,你自己选个时段去吧。"

范英明正色道:"你不是开玩笑吧?"

朱海鹏冷冷说道:"焦参谋长,请你回避一下。范英明,你太多疑了。你疑心这疑心那,我都无权指责。可你不该怀疑方副司令的病。"

范英明忙问:"他真有病?"

朱海鹏火了,大骂道:"你他妈的还有没有点人情味儿?肝癌晚期,现在他还不知道。如果你继续当缩头乌龟,做不出一点配得上他曾经最钟爱女婿的成绩,你就不配称作男人。告辞了。"

范英明张口结舌,眼睁睁看着朱海鹏拂袖而去,自言自语说:"难道我全错了?"

范英明的顾虑当然不是毫无根据,毫无道理。即使是在战争状态中,如果一个师长在指挥上没有出现重大失误,一个团长也不可能统领全师作战。团长行使师长的职权,一定是在师长被解除职务之后。在演习中,个体的命运实际上没有生死存亡的选择,所以再优秀的团长,指挥一个师会比在战争中更加艰难。范英明去军区找方英达的时候,军区常委也在研究如何解决这个问题。

周政委先表达了自己的忧虑:"老方,对于这次演习,我没有意见。我觉得在选拔年轻干部方面,步子是不是迈得太快一些?"

张主任附和道:"周政委的担心有道理。让正团职战役教研室主任担任蓝军司令,指挥和隶属关系不顺畅。我看要先把他调到 C 师任职。"

周政委道:"党委领导下的首长分工制度,在这次演习中不能有丝毫改变。两军军事指挥权,应在这样一个前提下行使。建制上,也该保持完整性。配属部队的职责也应明确。"

秦司令说道:"人员定下来后,如果任命团一级干部担任两军司令,应该让他们先进入师一级领导班子。在其位才能谋其政。"

方英达道:"我完全同意。眼下演习的重点工作是迅速确定演习指挥员的人选。"

秦司令道:"既然大家取得了一致意见,今天的会就到这里吧。老方,你要多保重身体。"

周政委站起来走到方英达面前,"不能急于求成。你呀,就是不爱惜身体。"

方英达走进办公室,看见范英明正坐在梁平对面,也不打招呼,折身进了套间。

梁平探着身子说:"进去吧。有啥说啥,他发脾气你听着就是,不要硬顶。"

范英明站在门口,看着埋头看文件的方英达,久久说不出话来。

方英达签了一份文件,抬头说一句:"哑巴了?"

范英明喉结上下滚动着,只觉心头一热,动情地喊了一声:"爸爸——"

方英达身体明显地一颤,和范英明闪着泪光的眼睛对视一会儿,说道:"我不再是你的岳父了,叫我方副司令。"

范英明又固执地叫一声:"爸爸——"

方英达没再纠正,"坐下吧。我不请你来,我看你是准备躲一辈子了。难为你为我安排一场打靶,一顿加胡椒猪肉炖粉条,你能记得这些,我很高兴。你能在这些细小事中表现出一团的素质,不简单。"

范英明艰难地说:"你上次住院,我没能回来看你……"

方英达粗暴地打断道:"够了!我叫你来,不是听你说这些的。你这个人,小事清楚,大事糊涂,太琐碎了。你说说你不愿竞争红军司令的理由!"

范英明张了几次嘴,没有回答。

方英达踱着步子冷笑一声,"我替你说吧。你觉得我让你滚是和你割袍断义,你觉得有我方英达主持考核,你就是构想出比诺曼底登陆更伟大的计划,也无出头之日。范英明,你太让我失望了。"

范英明哽咽着又叫了一声："爸爸——"

方英达盯住范英明看着，"当年我选你做女婿是觉得你是一个可造之才。你不再是方家的女婿，在我眼里就成了白痴、臭狗屎了？说你琐碎，亏说你了吗？"

范英明说："你听我解释一下。"

方英达一挥手，"我不听！你考虑得很细致，这我知道。你怕出头的椽子先烂，你怕黄兴安、刘东旭不合作，你了解师团干部的心理，你怕演习结束后无法和他们相处。你想得太周到了。你就是缺乏一点敢为天下先的勇气。"

范英明见方英达道破了自己的心事，只能恭恭敬敬坐着听。

方英达道："务实是你一大优点，可变成世故就成了缺点；仔细、周到本来也是你的优点，可现在已经变得琐碎了。你该给我个态度了。"

范英明站起来答道："我决不辜负你的希望。"

方英达摆摆手说："是军队对你们这代人的厚望。只剩下一周时间了，要不要我代你请几天假？"

范英明自信地答道："不用。爸爸，这些天我这脑子也没闲着。再说，这也不是临时抱佛脚就能做成的事。"

方英达满意地点点头："只许成功，不准失败。你回去吧。"

这次独对，A师很快有了反应。方英达在这种时候力荐范英明，谁都有过肃然起敬的感受。然而这种敬意是表示给方英达的，当然拒绝范英明分享。黄兴安得知常少乐根本没有报名参加蓝军司令竞选后，用一句自嘲表达了他退出竞争的意思，他说："我老了，还是让他们年轻人登台比画吧。"做出了这个决定，A师带长的几位，都没想起通知正在单身宿舍为布防方案点灯熬油的唐龙。

几天后,唐龙带着自己撰写的演习计划走进张科长的办公室,打着哈欠说:"初稿整出来了,这几天连食堂都没去。"

张科长随便翻了几页,把稿子朝桌子角上一放,淡淡说道:"已经用不着了。"

唐龙大声问:"怎么回事?"

张科长无奈地一摊手,"你是老参谋了,应该知道计划总赶不上变化。黄师长正式退出了竞选,所以就用不着了。"

唐龙说:"这是为什么?"

张科长道:"常师长不参加蓝军司令的竞选,黄师长当然要退出来。黄师长带咱们师和朱海鹏带的 C 师作战,打赢了也是输。范英明已经在搞方案。团长对教研室主任,这才是一个数量级。"

唐龙生气地道:"那我不是白干了?"

张科长笑道:"也不是白干。黄师长交代了,让你补休一个星期。看你小脸瘦的,给你十天假,回 C 市家里养养身体。"

唐龙悲哀地叹一声,拿了稿子慢慢走出。一个小小上尉,此时除了叹气,实在无法有别的作为了。

傍晚,邱洁如拎了一个饭盒去唐龙住的筒子楼。隔老远,她就看见唐龙在筒子楼拐角处烧什么东西。走过去把饭盒背到身后,天真地一笑,"大功臣,你猜我给你带了什么东西?"

唐龙痴痴地望着地上的一团火,没说话。

邱洁如伸手晃晃唐龙,"你烧的什么?"

唐龙说:"十天心血,化作一团火。"

邱洁如忙蹲下去抢稿子,已经迟了,"到底发生了什么事?"

唐龙擤擤鼻子,"兵家常事。黄师长退出比赛,这些就成了一堆废纸。如今又换成范英明上场了。"

邱洁如说:"你不是说这个结果更好吗? 你该让范团长看看,或许他用得着。"

唐龙摇摇头，"下午让焦守志说了，热脸亲个凉屁股。范团长是天才，一个人就能包打天下。"

邱洁如举着饭盒说："我专门炖只乌鸡，准备庆祝一下的，这下好，变成灰了。"

唐龙接过饭盒，"也该庆祝。它为我换了十天假。我回去炒几天短线，投八万，六个交易日能稳赚两万。下午我已经研究了近期行情，有黑马可骑。走，喝鸡汤去。"

邱洁如换了一张灿烂的笑脸，挽了唐龙的胳膊说："就是，干吗要吊死一棵歪脖树呀。"

最后一轮口试，红、蓝两军司令的候选人各剩下两个。口试计划用一整天时间，上午蓝军司令候选人陈述自己的作战方案，并接受评审委员会的提问。

朱海鹏踌躇满志地走出军区机要区，碰上的第一个人竟是方怡，不免有点惊讶。

方怡笑着伸出手道："看你的神色，就知道该向你表示祝贺。"

朱海鹏迟疑一下，和方怡握了手，"谢谢！你应该盼我失败才对呀。"

方怡说："我可能没机会赢了，我爸又加了赌注。怎么样，中午到我家坐坐，我的川菜近两年进步很快。"

朱海鹏连忙摆手，"以后再说吧，中午我有饭局。再说，你爸是评委会主任，中午我去见他，有走后门嫌疑，有累你爸清誉。"

方怡眯着眼，有些失望地说："怕是急于向某位女士报喜吧？这种时候，还能抽出空闲陪女人逛街，真不得了。"

朱海鹏愣了一下，"你是说昨天下午的事吧？我们是为了引进一个特殊人才做准备工作。这个软件怪才要和怀了孕的妻子离婚，带个女同志好做他妻子的工作。嗨，解释这些干什么！我孤男，她寡女，一起逛逛街，不合适吗？"

方怡咬咬嘴唇道："天作之合，很合适。你别走！某女士的家宴就那么诱人？"

朱海鹏疾走两步，"是常师长设宴，当然也会有某位女士作陪。"

方怡停了脚步说："你对这个江小姐可能缺乏了解，她是一只荆棘鸟，想让她梅开二度，难！"

朱海鹏说："真对不起，改天再聊吧。"

方怡恨恨地望着朱海鹏的背影，捋了一把树叶，愤愤地走了。

下午，红军司令候选人答辩，范英明第一个出场。朱海鹏匆匆赶回来，范英明已经入场了。

范英明进入考场，发现军区秦司令和周政委也坐在评委席上，心里有点紧张。

方英达扭头看看秦司令，问道："是不是可以进行了？"

秦司令道："我和周政委只是旁听，主考官是你。他的方案思路很清楚，用不着再复述了。主要向他提些问题。"

方英达说："开始吧。"

两个女战士把一个很大的活动沙盘推到范英明面前。

方英达说："这是这次演习区域的实际地形模型。最后四个人的演习方案，恰好都选择了这一区域。这也是你们能进入决赛的理由。中午，童部长已按你的方案，把你的部队都运动到位了，你再看看有什么差错。"

范英明仔细看了一遍沙盘，说："完全准确。"

方英达道："我提第一个问题，在你这个方案中，为什么要设三个指挥所，而又没注明哪个是实际指挥所？"

范英明答道："这三个指挥所，如在实战中，每一个都可以当实际指挥所用。因为现代局部战争最突出的特点之一，就是它的突发性。除这三个指挥所外,还应该设置两到三个伪装指挥所。在这次演习中,红军只能布置一个实际指挥所。因为我们没有第二套备用的自动化指挥系统,电脑还缺五十到八十台。"

秦司令道:"这个问题可由军区解决。如果你的坦克团和高炮团遭到毁灭性空中打击,你将用什么阻挡蓝军由二号、三号地区各地突进?"

范英明低头想了一会儿,说:"这个防御体系,是依靠我师建制构想的。如果在实战中,应该有坦克、高炮伪装部队布防,这样才能减少部队遭到毁灭性打击的可能性。"

周政委问方英达:"我们不是有坦克和高炮伪装部队吗?可以配属给红军嘛。"

方英达道:"范团长,军区可以有一个伪装坦克营、伪装高炮营归你使用了。请你解释一下,你为什么要做出梯次防御部署?你的防区,一线和二线距离有三十公里,预备队距二线有五十公里远,理由是什么?"

范英明答道:"现代局部战争,前线后方的界线日趋模糊,一旦战争爆发,在战区将无前线、后方区别。作为防御的一方,采取大间隙梯次防御,可以避免一线崩溃、全盘皆输的局面。三十公里、五十公里间距,我师步兵可用两到三个小时赶至,战机不至丧失。这样做,还可以避免兵力过于集中,遭到敌战术导弹的强袭。"

秦司令员紧接着说:"你想得很缜密。作为全区第一次不设导演部的大规模演习,你认为会不会出现一边倒的局面?"

范英明道:"以 C 师的攻击力,他们恐怕无力突破我们第一道防线。我指的是全线突破。有可能在战争前期,他们会借电子通信的优势,在个别地段有所作为。如果我们可以反击,一边倒的局面可能会出现。"

方英达道:"上校同志,你太乐观了点。可以告诉你的是,这次演习将调快反师一个加强营配属蓝军。再问你一个问题:如果任命你做这次演习的红军司令,你感到最困难的问题是哪些?"

范英明答道:"第一,内部指挥关系的磨合;第二,如何赢得一个师官兵的全力支持;第三,有多大的演习时期人事权。"

周政委道:"可以明确告诉你:红、蓝军司令,在党委领导下行使指挥权。对你提出的困难,军区已经在考虑解决。"

方英达问道:"秦司令,你看是不是可以进行下一个?"

秦司令道:"我看就让这个范英明……哦,我表这个态作废。你们继续考试,四点钟我和周政委还要接待总部一个检查团。"

正在树下和梁平交谈的朱海鹏看见秦司令和周政委走出,说一声:"这么快,不可能吧?"

梁平道:"八成已经定下来了。一号、二号最关心红军司令的归属,如果不放心,不会中途退场。"

那边,B师几个人也看出了名堂。

上校说:"秦司令、周政委都走了。"

胖大校说:"又让A师把任务抢去了。"

瘦大校说:"林团长,认真对待口试。A师如果再扶不起来,以后就没戏了。"

正说着,范英明和童爱国一起出来了。

童爱国喊道:"林团长,该你了。"

朱海鹏把手伸给范英明,"祝贺你打了一个漂亮的速决战。"

范英明矜持地说道:"黄鼠狼跟鸡拜年,没安什么好心。你巴不得我名落孙山后吧?"

朱海鹏道:"终于能和你正面干一场了。真开心呀。晚上找个地方喝几盅怎么样?"

范英明道："喝酒你作弊也没赢过,喝就喝,我还怕你不成。"

梁平说："提前干起来了。晚上到我家去,有五粮液。"

朱海鹏忽然想起了什么,"咦,贵师连个壮胆的都没有哇? 英明兄,当心后院起火呀。"

范英明笑道："你这三流离间计不灵。师党委书记刘东旭亲自送我上考场,规格低吗?"

朱海鹏摇摇头,"远远不够。你至少需要把一半精力用于整理内部。"

范英明苦笑道："摸着石头总能过河吧。谢谢你朋友式的忠言。"

当晚,A师师团级干部都知道了范英明获胜的消息。黄兴安家热闹起来。高军谊赶到时,看到的是满桌杯盘狼藉景象,黄兴安在专心剔牙,简凡正打着手势说什么,一见进来的是高军谊,只用微醺的目光看,张着嘴没了声音。

高军谊马上表明了自己的立场："军区还真这么干呀? 一个团长,指挥自己的师演习,把师长、政委往哪里摆?"

简凡说："还有你这个参谋长往哪里放? 让你高参谋长反过来给一个团长当参谋长? 这不是天大的笑话!"

高军谊叹道："黄师长,你正处在关键时期,这个结果很不利呀。"

简凡气鼓鼓地道："前些天我听说范英明和方小三是搞假离婚,还不信。这真是大玩家。"

高军谊道："有什么办法,做得天衣无缝,毫无破绽。军队也这么搞,这还得了!"

简凡说："凭他一个团长,也能玩得转一个师?"

黄兴安修着手指甲道："你准备怎么干?"

简凡说:"他是团长,我也是团长,他凭什么指挥我?我自有办法。"

黄兴安一拍沙发扶手,大喝道:"简团长,你好大胆子!军人的天职是什么?执行命令。上级任命一个排长当红军司令,我们都应该无条件听从他的指挥。"

高军谊忙打圆场说:"黄师长,何必发这么大火嘛。简团长心里有气,你还能不叫放放?"

黄兴安伸出手慢慢敲打着桌子,意味深长地说:"这不过是一次演习,你们也太小题大做了。演习时范英明是红军司令,演习结束,他还是 A 师一团团长。"

熄灯号响了,营区安静了下来。

第 六 章

在这个风和日丽的下午,大演习拉开了帷幕,一切角色就要各就各位了。集团军 A、C 两师团以上干部和军区配合演习各部队主官,黑压压一片坐在集团军小礼堂里,静候军区、集团军首长出现。仔细看去,那种一触即发的战争状态已清晰可见。红蓝两军分别占了半个礼堂,也不知是有意安排还是出于某种心态,所有各排一、二号座位都空着,形成一条楚河汉界似的隔离带。所有军官都像兵马俑一样沉稳地、纹丝不动地端坐着,两个集团射出的眼的余光,仿佛能撞出千万道电闪。大灯突然开启,几百副肩章反射出的金光,才把已经开始聚集的敌意遮掩住了。方英达、军区梁副参谋长、童爱国以及陈皓若为首的集团军首长,按职务步入主席台就座。

陈皓若用冷峻的目光朝会场扫一遍,用洪亮的声音说道:"现在开会。会议第一项,请军区梁副参谋长宣布命令。"

梁副参谋长站起来宣布道:"兹任命:某集团军陆军第 A 师参谋长高军谊任 A 师副师长;某集团军陆军第 A 师一团团长范英明任 A 师参谋长;军区陆军学院战役教研室主任朱海鹏任某集团军陆军第 C 师参谋长。"

这几项任命出乎很多人意外,在他们心中掀起的波澜,眼下只能从他们的眼神和面部表情中嗅到些许消息。高军谊脸色由枣红朝桃红变化,仿佛他的血液的浓度突然间降低了几十个百分点,眼里的光渐渐微弱了。范英明面露惊讶,眼神似乎在说:是在动真的了。朱海鹏面部表情毫无变化,眼睛一直盯在通常开会挂会标的地方,似乎是在寻思这究竟是个疏忽还是这类会议本来就不该挂会标,对自己升任师参谋长充耳不闻。黄兴安的表情和眼神里泄露着零星的痛苦,似又在强行遮掩这些痛苦。刘东旭嘴角有几丝笑意在跳动,眼神渐渐变亮,似乎正在充电。常少乐的表情和眼神只能读出喜出望外。简凡紧闭双目,嘴在无节律地动着,像是进入了梦中磨牙的状态。楚天舒这时候的状态恰好能解释如释重负这个成语,朱海鹏可以高升,那么他的复职怕也指日可待了。一直躲在侧幕处倾听的赵中荣慢慢朝小角门踱去,他看见 A 师的唐龙正抻着脖子,坐在一辆越野吉普里,像是聆听神谕一般虔诚。

陈皓若道:"会议第二项,请梁副参谋长宣布'二○○○对抗演习'有关命令。"

梁副参谋长道:"为了贯彻军委科技强军、质量建军方针,为了全面展示我区部队的训练成果,全面检验我区部队的作战能力,经军区党委研究并报总部批准,定于××年×月至××年×月,在我区防区 Y 省西南部举行'二○○○对抗军事演习',自即日起,某集团军暨全区所有配合演习部队进入二级战备状态。经军区党委研究决定:任命某集团军 A 师参谋长范英明担任演习部队红军司令;任命某集团军 C 师参谋长朱海鹏担任演习部队蓝军司令。"

这项命令不过是把在弦之箭正式送了出去,并没引起更深层次的剧烈反应。

陈皓若道:"会议第三项,请军区训练部部长童爱国宣布有关演习的辅助命令和有关规定。"

童爱国道:"第一,此次演习代号为'二○○○对抗演习',演习任务由某集团军 A 师、C 师及军区有关部队共同承担,红军主要以陆军第 A 师为主体组建,蓝军主要以陆军第 C 师为主体组建。第二,演习在 Y 省东起清凉江、西到沧浪河,南起五龙山、北到饮马岭之间山地、丘陵、平原约十万平方公里地域进行;红、蓝两军防区以小凉河为界,河东约八万平方公里属红军防区,河西约两万平方公里属蓝军防区;实际地面作战区域限定在以红土岭为中心两百公里见方的四万平方公里内。第三,为保证这次演习能真正体现我军自改革开放以来的训练成果,真正体现我区部队现阶段的综合作战能力,这次演习不设导演部。第四,为使演习能顺利进行,军区成立演习指导委员会,组织、领导这次演习,军区副司令方英达中将任主任;某集团军成立演习协调委员会,集团军军长陈皓若少将任主任。第五,限两军于十五日内,上报详细布防方案。第六,红蓝两军司令,在 A 师、C 师党委领导下行使军事指挥权,各军可依照自己实际,成立相应机构,组织、领导演习。"

赵中荣把第四、第六项内容牢牢记住后,从角门踱了出去,掏支烟点燃了。

唐龙见有人走出,忙拉开车门喊一声:"赵处长。"

赵中荣说:"小唐,你敢逃会呀!"

唐龙指指肩章道:"可惜没有资格。"

赵中荣说:"快了。你小子聪明,把军区空军邱参谋长的宝贝女儿绑在你的战车上,还怕飞不起来?邱参是少壮派,四十八岁的少将,进军区甚至进京都有可能。"

唐龙叹道:"没意思,我都准备向后转了。我和洁如,如今可是冰清玉洁,走不走到一起,还两可呢。"

赵中荣暧昧地笑笑,"胆子再大一点,思想再解放一点嘛。没听过这话吗?见了将军的儿媳要藏,见了将军的女儿硬上。你小子年轻啊,年轻真是买不来的财富哇。"

唐龙嗅出这种话的邪气,不敢再纠缠,换个话题说:"赵处长,有没有什么新闻?"

　　赵中荣踩死了烟头道:"范英明、朱海鹏都升成师参谋长了。全区同年兵,他们算是放了卫星。一个呢,和将军的女儿睡了十年;一个呢,十年前……嗨,说这些就俗了。"

　　唐龙感到意外,说道:"这么说,这一回要动真的了?"看出赵中荣情绪不太高,又说:"赵处长,像你这种身居要职的少壮派,早晚能放大卫星。你看上去比他们都年轻。"

　　赵中荣又掏出一支烟递给唐龙,自己也燃了,猛吞一口,对着一片云吐几个圈,"看上去不到三十又有什么用?档案里,朱海鹏比我大四个月,范英明比我小一年零仨月。升正团,我比范英明早仨月,比朱海鹏早半年。三等功我立了四个,连点名批评都没受过。朱海鹏两个月前还挨个记过处分。真是重大改革呀。"

　　唐龙说:"这是长跑,领跑的常常拿不到奖牌。你也不要多想。这次演习,不设导演部,够他们喝一壶的。"

　　赵中荣哪里不知言多必失,只是觉得唐龙属小辈,才憋不住吐吐怨气,一听唐龙说话有板有眼,颇有城府,不禁又低头看看唐龙,改了口:"我是为他们高兴,也为部队出现新气象高兴。听说方副司令还重病在身哩。他一个要退二线的人,还舍了命干,咱还有啥说。小唐,该方副司令作动员了,想不想听听?"

　　唐龙摆摆手说:"我还是等传达吧。"

　　赵中荣打开车门,拉出唐龙道:"会议是我组织的,咱们去后台。"

　　两个人走进后台,方英达的动员已经开始一会儿了。

　　方英达喝一口茶水,站了起来,"演习的意义我就不多讲了,中央和中央军委的文件已经把科技强军、质量建军的迫切性、必要性讲得很深、很透。我从来不低估部下的能力。部队传统,我也不讲了。为什么？任何一个团政委，都会比我讲得清楚。我在这里想表扬一个人。这个人就是常少乐师长。表扬他，并不仅仅是因为C师在他的领导下，只用几年工夫靠自己的双手搞了两套现代化的装备，更重要的是他这个人脱胎换骨了。我还想讲讲我自己。再有两个月零十天，我就要退居二线了，通俗地说，就是要下台了。一个就要下台的人，为什么还要冒着风险力主搞这次演习呢？我想你们会明白。不久以前，在一次演习中，一个甲种师被一个配备了高科技装备的团，搞得非常狼狈。这件事我也不想再提了。我等着这个师用实际战果，证明它仍是一支常胜之师。"停了好一会儿，他又说："我想当众披露一个事实：范英明同志已经与我的三女儿方怡同志正式解除了婚姻关系。他不再是我的女婿了，但他依然是我的部下，是一个人才，我不能不支持他，不能不提名让他参加红军司令的竞选。希望大家都能支持他的工作。总之，我希望这次演习能成为我军区军史上的一块纪念碑！"

与会的几百名团以上军官有秩序地退出小礼堂，停车场开始热闹起来。

黄兴安一言不发，钻进自己的桑塔纳，马不停蹄回A师。

刘东旭一看，忙找到范英明说："英明，你还是直接回师部吧，东西让团里派人送去。"

焦守志道："政委，你总该给点时间让一团搞个欢送会吧。范团长高升，一团该表示表示。"

刘东旭说："非常时期，这就免了吧。英明，明天上午开个常委会，你就算报到了。老师长的担忧有道理，是有点突然。"

范英明拉开车门，对司机说："坐到后头。"熟练地发动了车子，扭头对刘东旭道："党领导枪，有你这个党委书记支持，我这个参谋长就没什么后顾之忧了。"

此时，赵中荣正在安慰鼓动高军谊。

赵中荣说:"老高,别泄气。从编制上说,参谋长是部门首长,副师长是师首长,应该算是高升了。"

高军谊说:"是啊,高升了,再升就升到干休所去了。从我到A师算起,二十五年有六任副师长,五个直接去了干休所,一个高升了,升到一个边远军分区当司令,前年得尿毒症死了。还是实际一点吧。年龄不小了,文凭是个函授大专,没法和你比呀。"

赵中荣说:"四十五岁,副师就干三年了。这种无导演部的演习,说出事就是大事……哎,你干吗急着回去,帮人抬轿啊?晚上到家里坐坐。"

高军谊苦笑道:"中将都帮他抬轿子,我敢不抬?我是要回趟家。你嫂子的厂搞优化,把她优化去看仓库了,库里的产品又卖不出去,工资每月又少三十。小兰也不争气,如今竟学着泡舞厅了。你嫂子又管不了她。如今这社会,嗨,难呢。"丢下赵中荣,急急走了。

C师返回的车队,又是另一番景象。几个车空着,两个车挤得满满当当。

当晚,常少乐设家宴欢迎朱海鹏。菜没齐,几个人闲扯起来。

常少乐感叹道:"让你朱海鹏来当我的参谋长,想得深远啊!出乎我的预料。"

朱海鹏说:"很正常。"

常少乐道:"这样才真成一家人了。去年我就想把你要来当参谋长,可又怕你不肯屈就。洪政委上任三年,住院住了二十八个月。政治部副主任以副代正两年多,硬是扶不了正。想不到我竟能撑了下来。"

朱海鹏笑道:"是不是受到表扬,有些飘飘然了?"

常少乐捅了朱海鹏一下,"要是飘飘然了,能叫脱胎换骨?在A师当参谋长时,听到这种评价,我会不知常二哥贵姓的。"

朱海鹏道:"向你请示一件事,用人之际,该恢复天舒的职务了。师党委应该马上写个报告。"

楚天舒道:"不着急。我虽下野了,一团的事交代给我,都能办。"

常少乐笑骂道:"看你能的。海鹏,你也别打这官腔。C师这小庙,也盛不下你。演习的事,我还是只当后勤部长。你有组阁权、人事调配权。总之,你按你的构想干。上面既然要求成立个机构,咱就成立个演习顾问委员会,我当主任。你就把手脚放开了干吧。"

朱海鹏问:"你好像还担心点什么?"

常少乐摇头叹气道:"老实说吧,我怕这回又弄成陪太子读书。范英明口试,司令员、政委义务当主考官,你口试规格就低多了;今天方副司令一不留神,又只说希望A师是常胜之师。虽然说手心手背都是肉,可他们心里肯定是希望A师赢。C师输不起,我常少乐也输不起呀。你说能完全放心吗?"

朱海鹏道:"那咱们就破釜沉舟,让爹妈承认手心手背都是肉。你让我组阁,我也就不客气了。C师现在的硬件在全军数一数二,可软件太差。营、连干部懂养猪养鸡种菜的多,对高科技战争,可以说连一知半解都谈不上,这方面的素质,无法和A师相比。"

常少乐一拍朱海鹏的腿,"对呀!再学三年,我的营、连级干部,还会有一大半跟不上。可马上就要开仗,我能不犯愁?你有什么着,尽管在C师施展。几千人几年的心血,养不养得出一个果子,就看这一回了。"

朱海鹏道:"我准备建一个能配得上硬件的软件指挥中枢系统,对C师强行输血。楚团长当我的参谋长,其他团营主官实际作用也是参谋长。我想把战役教研室和战术教研室的八个教官借过来,一半留在司令部组成指挥核心,一半分到 C 师各团,以副职名分,实际指挥各团作战。另外,我和齐院长商定,从'陆院'毕业班抽五十名学员,到 C 师各营、连代职实习。"

这一番话出口,听得常少乐好一会儿没反应。朱海鹏赶忙解释说:"这只是我的一个初步设想。我是太想打赢这场演习了,所有计划都是按最优设计,对现实情况考虑不足。"

常少乐大笑起来,"好你个朱海鹏,你该早给我说说,省得我少睡多少觉。我完全同意。"

楚天舒道:"师长,你得做做各级干部的思想工作,要不,可能有人会误解是'陆院'来争功。"

常少乐看看楚天舒又看看朱海鹏,骂道:"狗日的你个楚天舒,你早知这个方案为什么不向我报告?"

楚天舒装出一脸委屈,"师长,你别忘了我在停职反省呀。"

朱海鹏道:"是我不让说的。这个方案,不上报,不公布,只对外说是'陆院'教员带学生随 C 师实习。陆军学院这些人,也不列入蓝军序列。"

常少乐道:"你小子花花肠子可真不少。"

朱海鹏说:"兵者,诡道也。如果没有八分把握打垮 A 师,我也不会鼓动搞这种演习。"

常少乐朝厨房喊道:"先把凉菜端上来。"

黄兴安自然不会坐视范英明占尽演习的全部风光。回到师部,他已经确定了自己的行动方针。他做的第一件事就是叫来营房科科长,严令营房科在晚上六点钟以前,腾出一套三室一厅的团干住房,把房门钥匙交给他。至于这套房子做什么用,营房科暂时用不着知道。吃过晚饭,黄兴安洗个澡,带着房门钥匙去师招待所,看望已成为师参谋长的范英明。

看到刘东旭也在房内，黄兴安就开玩笑说："刘政委，英明今天身份不一样，你怎么能把他当客人安排呢？"

刘东旭道："他的细软还在一团，命令宣布得也太突然。"

范英明忙说："我光棍一条，好对付。"

黄兴安掏出一把钥匙，"搬到你家里住吧。三号楼三单元六号。我刚刚让营房科把它打整出来。"

范英明和刘东旭正在说黄兴安可能会有些抵触情绪，没想到人家把房子都准备好了，一时间都愣住了。

黄兴安笑道："师职房也有，你光棍一条，眼下还住不上。走吧。"

三个人一起去了三号楼。

黄兴安带着范英明看了三个房间，看了厨房，看了卫生间，指着杂木褐黄色圆餐桌道："师里配发的，土气，你一个人将就着先用。政委家属在Ｃ市，在这里也用这桌子。"

范英明客气道："师长，真太感谢了。"

黄兴安正色道："可别说这个谢字。你们接着聊。任务争来了，忙也跟来了，我得回去喂喂肚子。"拉开房门，又扭头道："政委，明天下午三点，开个科、团以上干部会，欢迎英明，晚上聚个餐，这个事我已经布置了。英明，聚餐时你得发表个就职演说。"

黄兴安走后，两个人呆站一会儿，竟找不到任何话题。黄兴安这样热情，大大出乎了范英明预料，刘东旭也颇感意外。刘东旭、范英明也称不上熟悉，分析黄兴安此举动因的话题根本无法引出来，只能谈谈演习。

刘东旭说："下一步，你要全力以赴考虑演习的事，你觉得什么是关键问题，尽管指出。"

范英明说："政委，最难的怕是全师的心态调整。上次演习失利的原因，我们并没有花大气力去挖掘。"

刘东旭问:"你认为哪里是突破口?"

范英明想了一下说:"方副司令要立那块碑,事隔一个多月来A师,还是提这件事,是有道理的。我想,是到了该立那块碑的时候了。A师必须承认上次演习的失利。从鼓舞士气的角度考虑,这是最佳突破口。但我一上任就提出这事,不太合适吧?"

范英明不是不知道这块碑敏感,办起来会很棘手,说给刘东旭听,是想看看刘东旭的态度。如果刘东旭满口答应,就可以和刘东旭合力驱走在A师弥漫的洋洋得意的浮躁之气。如果刘东旭说要瞅机会,那就说明刘对立碑的事也有所保留。

刘东旭道:"这件事确实拖不得了。开常委会,我再正式提一次。"

进入梦乡前,范英明对走马上任第一天的评价是:开局不错。

第二天一上班,黄兴安走出了第二步棋。他向刘东旭提议成立师演习指导委员会,他任主任,刘东旭任政委。也就是说,范英明无论是作为红军司令还是作为A师参谋长,都要在黄兴安的领导下开展工作。这个提议符合军区演习指导方针,刘东旭只能同意。

下午,在欢迎会结束后,黄兴安又给范英明出了一道难题,也算是一种试探。

黄兴安说:"师演习指导委员会也算成立了。这次演习,师里每项工作都该按照军区指示精神开展。英明,我给你这个司令提个建议,演习司令部参谋长,也用选拔方式产生,你看怎么样?"

范英明已经清楚黄兴安是在准备操纵、指挥这场演习了,可黄兴安所做的事都在法度、规矩中,连批评都不能,只好采取防御的姿态笑笑道:"师长,你对全师团、营级军事干部最熟悉,参谋长就由你推荐好了。"

黄兴安道:"简团长自荐做参谋长,我这就算正式向你推荐了。"

范英明看看恰到好处出现在面前的简凡,咳了一声道:"实际上,简团长当这个参谋长太屈才了,如果二团能保证在演习中不会因简团长不在位出现疏漏,我当然是求之不得。"

简凡忙接道:"我敢打包票二团不会出任何问题。我主要是想向你多学习学习。"

这种言不由衷的话,把范英明激怒了。

范英明突然间换副面孔,严肃地说道:"我同意由你担任红军参谋长。给你三天时间熟悉一下布防方案,然后带个参谋再去 Y 省演习区域进行实地勘查,做出演习部队开赴演习地区的计划。你只有十天时间。同时,你要记住你今天对二团作出的承诺。"

简凡不由地答了一声:"是。"

黄兴安面无表情地站着,没说话。

范英明说:"师长,一团把我的东西拉来了,我先回去看看。"

黄兴安叮嘱道:"别忘了六点钟吃饭的事。"

范英明答应一声,匆匆走了。一直在远处观察的三团长王仲民马上跟了过去。

简凡气哼哼地道:"神气什么呀神气。"

黄兴安瞪着眼说:"先接受现实吧。你这种一点就着的脾气得改一改。"若有所思地望着范英明的背影,咕哝一句:"他仿佛已经胸有成竹了。"

实际上,范英明是想找个地方清静一会儿。他很难想象出黄兴安过于充沛的权力欲对这次演习会造成什么样的影响。过了小溪,他对着一拢葱郁的楠竹发起呆来。单凭一团的支持,无法打赢这场演习,他需要更多的支持者。

王仲民这个四十多岁的山东汉子近两年处在一种很尴尬的状况中。在他看来,这都是黄兴安的"恩赐"。四年前,他还是副团长时,在训练科目安排上,和当时任参谋长的黄兴安发生了一次冲撞,过后他很快忘了这件事。当年,转业便转不了了,失去了四十岁前回青岛的机会。升任团长后,他决定在部队拼一拼,把妻小从青岛办了随军,把家安在团部附近的小县城里。刚办完这件事,师里又开始动员他转业了。等他明白这些事都是黄兴安暗中操纵后,他的名字已上了干部科拟转业干部的名单。如果不是这次演习冻结了转业工作,王仲民就得踏上举家再度北迁的漫漫征程。因此,这次无导演部的演习,便成了王仲民摆脱这种命运的惟一机会。只要参加演习,王仲民自信能寻到展示自己才华的机会。然而,他已听到可靠消息:黄兴安认为和一个乙种师搞对抗演习,步兵用不着全部投入,准备让三团主力在演习期间在原驻地留守。

王仲民开门见山地说:"英明,恕我直言,你的处境相当不妙。"

范英明当副连长时,王仲民是连长,两人有过一段愉快的合作。一听王仲民说中了自己的心事,也不遮掩,"说说看。"

王仲民道:"打好了,你没有功;打砸了,黑锅由你背。"

范英明问:"你认为有打砸的可能吗?"

王仲民道:"我给你透点情况,你就明白你太轻敌了。所有配属 C 师的部队,都是尽出精华。特种侦察大队任建国亲自带一个中队,陆航团钱团长亲自带一个大队,电子对抗团干脆全体出动。都看中无导演这一点。"

范英明神色凝重起来,"你说得对,都想在这次演习中充分证实自己的价值。"

王仲民说:"有人做惯了家长,听惯了臣民山呼万岁,还以为这次演习是为 A 师找回面子呢。如果你不提早做些准备,后果不堪设想。无论如何,你要设法把三个团全部拉出去。有一团、三团撑着,A 师就不至于垮掉。"

范英明道："我答应你。可三团暂时只能放在预备队的位置上。要不，我没把握说服他们。简团长已经是演习参谋长了。"

两人正在说话，刘东旭来了。

刘东旭边走边说："英明，你怎么跑到这里来了，找你找了一大圈。高副师长刚才对我说，最近他的胃病犯了，到一线怕身体吃不消，又耽误事，提出想在演习中负责后勤保障工作，你看行不行。后勤邹部长是个病秧子。"

范英明带点情绪说道："我完全同意。有高副师长当粮草官，我这个司令可以高枕无忧了。"

刘东旭有些诧异地看看范英明。

餐厅里已是一片人头攒动的景象。

朱海鹏担心战场微波监视系统和 C^3I 指挥系统入战区太晚，没有充分时间仔细调试，决定提前把 C 师这两个宝贝运到 Y 省演习区域。

这天上午，朱海鹏、常少乐正在指挥战士拆卸十米口径的微波接收天线，楚天舒把陆军学院的八名教官和五十名学员用大交通车接来了。

楚天舒老远就打招呼："老朱，我给你带喜讯回来了。"

朱海鹏说："别开玩笑，没看忙成什么样了。"

楚天舒道："你让我去看看方副司令，我去办公室看了，他的身体看上去不错，感觉瘦了些。他让你这两天抽时间去一下他家，他给你准备了一个意外的惊喜。"

朱海鹏将信将疑地问："真的？"

楚天舒道："我怎么敢假传圣旨？"

常少乐说："收拾一下去看看，用不着急着回来，顺便把攻击江小姐的战役也进行一个阶段。见到她，替我问候问候，还有她那只亲爱的银燕。"

当天下午,朱海鹏去了C市。

朱海鹏走近方家有卫兵站岗的院子,看见有几只小鸽子从院子内飞出,接着,一个女孩和一个左脚有点拐的小男孩从大门里跑了出来。朱海鹏怔住了,迟疑地叫一声:"丫丫? 丫丫——"

小女孩停住步子,抬头看看朱海鹏,张开双臂奔跑过去,喊着:"爸爸,爸爸——"

朱海鹏蹲在地上,揽着丫丫问:"你,你怎么会在这里?"

丫丫说:"有两个解放军叔叔去把咱们家搬过来了。"

朱海鹏吃惊地问:"奶奶呢? 你不上学了?"

丫丫说:"奶奶也来了。我和龙龙一起上学,上一个星期了。这里的学校都是楼房。"

朱海鹏说:"你们住在哪里?"

丫丫说:"方阿姨说,她家房子多,我和龙龙住在楼里,奶奶和小英姐姐住院子里的平房。"

龙龙拐几步说:"丫丫姐姐,我只看见两只小鸽子,另外两只不见了。"

丫丫认真地纠正道:"给你说了多少遍,我们这些鸽子不是一般鸽子,是信鸽,长大了要参加比赛,不能说几只,只能说几羽。"

龙龙笑笑说:"这回我记住了。"

朱海鹏迟迟疑疑走进院子,看见一个正在收孩子衣服的老太太,紧走几步,喊了一声:"娘——"

老太太转过身,看着朱海鹏,"咋,仗可打完了?"朝朱海鹏走两步,伸鼻子嗅嗅,"咋闻不见硝子味?"

朱海鹏说:"娘,我没有打仗。"

老太太严肃地说:"你当司令了,也不能躲在后头。国民党的司令才这么干,你看你的衣裳干净的,哪里像个带兵打仗的人? 你看你这皮鞋,亮的,这不好。这裤缝恁直,打仗还要带熨斗呀?当年陈赓陈司令带陈谢大军打咱们县城,棉袄都烧几个鸡蛋大的洞,我亲眼看见过。你要冲上去,你不冲,你的兵也不冲,咋能打胜仗?"

方怡正好回家了,听得忍俊不禁,扑哧一声笑了,打开车门下了车,"大娘,这仗正在准备,还没打。你们海鹏可勇敢了,要不怎么能当司令。你都来十来天了,他不是才抽空回来看你嘛。"

老太太再用狐疑的目光打量打量朱海鹏,"没打就好,这是大节,当娘的不敲打,谁敲打。我和丫丫都好,看一眼也就是了。"说罢,夹着衣服进了楼。

朱海鹏急得团团转,"瞧你干的这叫什么事!"

方怡正色道:"我可不敢掠我老爸之美,是他一手办的这件事,说是要彻底解决你的后顾之忧,让你不再三心二意。"

朱海鹏道:"那也不能住在你们家呀。"

方怡说:"这个主意倒是我出的,我爸定的。一呢,龙龙和丫丫也有个伴;二呢,自从你娘住下后,我爸对治疗也积极了,管它什么偏方,只要是你娘整好的,他都吃。说不定……"

老太太在里面喊:"小英,二遍药该倒出来了。"自己拿了个锅盖,蹲在门口用布条做提拉手,"好好的一口锅,少个把儿就扔了不用,多可惜。"

朱海鹏看见方怡去和两个孩子喂鸽子,走过去低声说:"娘,你和丫丫住这儿不合适,我另给你们找个房子搬出去住好不好?"

老太太说:"按说,你说得有理。可现在搬不得。为啥?老司令得了绝症,又在指挥打大仗,煮个汤熬个药我在行。这闺女又说,老司令脾气倔,别人煎药他还不吃。等把这仗打完再说吧。"说着又进了楼里。

方怡似笑非笑地歪头看着朱海鹏道:"这叫一物降一物。老太太最信我的话,你有什么办法? 想躲开,没那么容易吧。"

朱海鹏狠狠地盯了方怡一眼,"我不明白你这是什么意思。"

方怡说:"意思多了。一呢,是感情投资,当然有目的,都是过来人,这个目的你该明白。你看丫丫和龙龙处得多像亲姐弟? 二呢,也想让我爸弥留之际充分享受一下天伦之乐,这些天他的笑声多多啦。实话对你说,我爸知道自己是什么病,他在憋着劲让生命有个最后的辉煌。我想这都算不得不可告人吧?"

朱海鹏叹一句:"你太咄咄逼人了。"

方怡道:"你觉得怎样做才合你的意? 我一定努力去做。"

老太太走出来说:"鹏儿,老司令来了电话,要你在家吃饭,等他回来。这仗果真还没打。"

丫丫和龙龙看着小鸽子回了窝,这才想起来和大人亲热亲热。

丫丫说:"阿姨,这鸽子再长两个月就能比赛了,你前天已经答应找个比赛的,可别忘了。"

方怡把两个孩子都揽在怀里说:"我正要告诉你们一个好消息。市里组织一千九百九十七只鸽子带到香港放飞,我给你们俩各报了两只。"

丫丫说:"阿姨,是两羽赛鸽,不是两只。我一定会帮助龙龙把鸽子养好。"

方怡说:"两羽两羽。"

小英出来喊道:"姑姑,吃饭了。"

夜暗了。

方英达走进客厅,眼睛四下看看,"孩子们都睡了? 是啊,该睡了,都是小学生了。"

朱老太太不吱声地去了厨房。方怡接过方英达的军帽挂在衣帽架上,"晚上没喝酒吧?"

方英达说:"滴酒没沾,口水倒流了不少。坐坐,坐下,海鹏,准备得怎么样了?"

朱海鹏直着身子答道:"基本准备就绪,只等你的命令了。"

方英达说:"总部对这次演习相当重视,今天又来了一个部长听了汇报。他们对你的蓝军从建制到作战方案很感兴趣,认为这是一个立足实际的大胆改革,如果实战证明它有战斗力,下一步可以考虑组建这种部队。你的担子很重啊。"

朱老太太端一碗中药过来,"电话是个好东西,以后你回来前,通个话,我把药热上,回来就能吃了。"

方英达说:"好,好。"接了碗一口气喝了下去,"好苦呀!"

朱老太太丢一句:"药嘛,能不苦,苦才能治病。"

方怡偷偷掩口笑了。

方英达说:"你要的那个程东明,检察院同意让他参加行动,但要求你保证他还能回来。我再加一条,不准他接触核心机密。"

朱海鹏答道:"我会严密布置的。"抬头看了看电子钟,"首长,没别的事,我就回部队了。"

方怡忙说:"别走了,我让小英把房间给你准备了。"

朱海鹏站起来说:"方副司令,你把我娘和丫丫接来,又住在家里,我不知该说什么好。实在太麻烦了。"

方英达说:"别学得婆婆妈妈的。想不麻烦我,就漂漂亮亮把演习搞好,找个女主人理家,在大院分套房子,完全安定下来。"

方怡说:"海鹏,你这一走,不知什么时候才能回来,留下和大娘说说话吧。"

朱老太太说:"让他走。把仗打好了,比说啥都中听。吃一顿大鱼大肉就行了,他的兵怕没有这种东西吃。"

方怡说:"大娘,他要开车走夜路,不安全。"

朱老太太说:"夜路难不住他,小时候上学,走了十来年。走吧,别挂念我和丫丫。"

朱海鹏走出院子，方怡也追了出来。

方怡问："你是真回部队还是躲我？"

朱海鹏道："是真回部队。我干吗要躲你？"

方怡说："你别在某位女士身上白费功夫，她的单身女人卧室不会再为男人开了。她在那个飞行团，是块纯洁的贞节牌坊，每年她去扫墓，试飞大队像是在接待一位天使。"

朱海鹏打开车门，"我也没有深夜去敲单身女人卧室门的爱好。我是回部队。"

方怡冷笑一声，"你越这样，我反倒越来越对你感兴趣了。我不是一个随便的人。你回你的部队吧。"抬脚踢了一下朱海鹏的车。

朱海鹏沿着一条大干道慢慢开着车，看着不夜城的街景，心中一片惘然。对方怡，他曾经有过已接近爱情的那种好感。方怡当年没选择他，他也承认对他是一个不大不小的挫折。后来，他把那种好感成功地融入了与方怡又建立起来的友谊之中。如果能与方怡这样的异性交一生的朋友，朱海鹏会感到愉悦。方怡对他的感情显然已经发生了重大变化。问题是他也从这种感情中感到了满足和欢愉。方怡是范英明的前妻，真的能成为一堵阻止他走近方怡的墙吗？这堵用什么朋友妻不可戏这种材料做成的墙究竟能抗击多大力量的击打呢？人到中年了，理性早已成为决定性的因素。接住方怡抛来的绣球，后半生的道路几乎可以一眼望到尽头，沿途的可以想见的风光，朱海鹏并不是不愿去仔细观赏。如果在半年前遇到这种情况，他可能比现在容易处理得多。如今，江月蓉的风景也正在逐步向他展开，事情就变得复杂了。这是一片他更希望把全部身心都融入进去的风景。娶一个可能已经成为一块牌坊的试飞英雄的遗孀，会给正变得宽阔的仕途带来什么副作用，朱海鹏还没来得及多想。从他的本性来讲，他宁愿为得到可以存放心灵的风景,而在身外之物上付出一些代价。这也是他在江月蓉心扉朝他半遮半开的时候,不敢进入方怡那个游戏程序的潜在原因。

看见路边一个公用电话招牌,朱海鹏把车停下了。这时候,他感到心里鼓荡着一种强烈的冲动:真想见见她。

朱海鹏拨了一个号码,"我是朱海鹏,我在市里给你打电话。"

江月蓉道:"你是来逼债呀,还是问候问候?"

朱海鹏犹豫良久,"我,我有点情况想给你报告报告。"又停了下来。

江月蓉说:"银燕刚睡着,又翻身了。情况很重要吗?你说吧。"

朱海鹏感到太想倾诉的话倏地滑走了,比如想商量一下如何设法把母亲和女儿从方家那个危险区域搬出来,嘴里变成了另外的声音:"也不是多重要的事。军事检察院同意程东明参加行动。你方便时,告诉他爱人一声,别让她改变主意把孩子刮了。"

江月蓉道:"你在哪里?"

朱海鹏斜一眼大街对面一个有持枪门卫的大门,支吾说:"很近,我要连夜回部队。"

江月蓉道:"是不是出了事?"

朱海鹏说:"没事没事,还是见了面详细给你说吧。"

挂了电话,朱海鹏在车上呆坐了好一会儿,见无法理出自己在这件事上为什么会这般犹豫的头绪,心一横,开着飞车冲出 C 市。

范英明也有范英明的作难处。黄兴安咄咄逼人的战略战术,已经让他感到这个红军司令太寡淡无味了。接着,他就闻到了浓烈的失败气息。也许是为了和命运抗争吧,范英明把能想到的可以改变自己在即将开始的演习中处境的办法都想到了。这一天,他甚至决定去求方怡帮他一个忙。

范英明踩着红地毯,盯着写着"总经理室"的牌子走着,步子明显地慢了下来,到了门口几乎要停住了。年轻漂亮的女秘书显然认识范英明,忙站起来笑着道:"范团长请。"

范英明只好硬着头皮走了进去。

女秘书似乎对某种场面很感兴趣,有些慌张地去开紧闭的套间门,"我喊总经理。"

方怡身子朝椅子靠背上一靠,"你这是什么意思?连电话也不会打了吗?你这么慌里慌张,人家还以为我们多渴望见他们呢!"

女秘书红着脸低头道:"是,是范团长……"

范英明大步走到门口。

方怡感到意外,站起来道:"请进。今天是怎么了,尽是你们A师的人。"

范英明看见坐在沙发上的唐龙和邱洁如,也感到了意外。

唐龙忙站起来说:"参谋长,我们跟高副师长来买通信器材,顺便来看看方姐。"

范英明哦了一声。

邱洁如说:"你们聊,你们聊,我们先走了。"

唐龙走到门口,又折转身,"参谋长,有个情况想给你报告一下。"

范英明耷拉着眼皮道:"说吧。"

唐龙说:"陆军学院有八个教员和五十名毕业班学员到了C师。名义上是观摩实习,实际上恐怕是直接参加演习。"

范英明问:"你以为C师多了五十八个人很重要吗?"

唐龙道:"这很有可能是朱海鹏的一步重要的棋。他要干什么,我还没想出来。"

范英明说:"知道了。唐参谋,军人是不允许炒股的,现在是战备期间,还是把精力多花在熟悉演习方案上。"

唐龙答道:"是。"

两个人到了走廊,唐龙叹道:"邪!每次都让他碰到了。五十八个人,这五十八个人可不是半个连的兵。刚愎自用,必遭大败。"

邱洁如说:"你发点好心吧。咱们确实是为股票的事来的,他又没批评错。哎,你说他们有没有复婚的可能?"

唐龙狠巴巴地说:"复婚了还得离。"

邱洁如瞪了唐龙一眼,没说话。

方怡慢慢地坐下来,看着范英明说:"坐,那天在凤凰山,我说了不少过分的话,请你原谅。很高兴你还能主动踏进昌达公司的大门。不过,我猜不出大战在即,你找我办什么事。"

范英明没有坐下,从公文包里掏出一叠钱放在方怡的大办公桌上,"这是小妹买原始股的钱。她觉得对不起你,没脸自己把钱送来。"

方怡拿起那叠钱,笑道:"只准参谋长放火,不许小参谋点灯。你总不是专门送这一万块钱的吧?当了参谋长,感觉如何?"

"很不好。"范英明坐在沙发上,"也不瞒你,可以说步履维艰。我总觉得这次演习,凶多吉少,参谋长干不长。"

方怡深感意外,"这可是十多年来,从你嘴里听到的最悲观的话。有那么严重吗?"

范英明说:"还没到演习区域,我就基本上成个光杆司令了。朱海鹏又在磨刀霍霍,A师这么下去恐怕难逃这一劫。问题是这一切,都无可挑剔。我已经被架在火上了。"

方怡说:"很感谢你能给我说这些心里话,我不知道有没有能力帮你的忙。退缩恐怕你不屑做,对抗又觉得犯不上。"

范英明道:"我想请你通过你们香港总公司,帮我搞几个微波跟踪仪。"

方怡道:"这是什么东西?"

范英明说:"外形像一只超大男型手表,最早是美国中央情报局装备给情报人员的一种联络工具。后来被广泛用于毒品交易。在香港不难搞到。资料上说,在三十公里内,两只跟踪仪不用任何通信手段就可以相互找到。"

方怡说:"我尽力去做。你什么时候要?"

范英明说:"一个月内搞到就行。估计演习还得准备一个月。"站起来道:"先谢谢你了。"

本来,这次会面,应该成为他们两位再次成为好朋友的首页,但因为范英明的疏忽,方怡又要攻击了。作为方怡的前夫,不过问一下公司的经营情况,已经失礼,再把儿子遗忘掉又该算什么呢?

方怡低头用指头敲敲桌子,"你就这么走了? 也不问问龙龙是死是活?"

范英明转过身,很难堪地笑了笑,自责道:"我这个父亲太差劲了。龙龙还好吧?"

方怡显出很开心的样子,"很好,他现在变得有自信了,还要和丫丫比赛养信鸽呢!"

范英明说:"养信鸽?"

方怡道:"丫丫是朱海鹏的女儿。我爸把朱海鹏的妈和女儿从北方迁来了,暂时住在我们家。没想到朱海鹏的老妈身体很好,还不到六十,跟我爸还挺合得来。"

范英明嘴扯着笑了两笑,"很好。很好。"

方怡站起来说:"听说朱海鹏正在追求一个试飞员的遗孀。不知这个女人知道朱海鹏的母女住在我家里会怎么想,该不会以为我对朱海鹏有什么吧?"

范英明再扯着嘴笑两笑,"这也没有什么。告辞了。"拉开门大步走了。

方怡这才意识到又做过分了,张张嘴,像是要喊范英明,说的却是:"我怎么变得这样尖刻了,到底是怎么回事!"踱了一会儿步,拿起电话说:"还有没有要见的人。上午别再打搅我,我想静一静。"

唐龙和邱洁如帮助几名战士把买好的器材装上大卡车,高军谊和军需科王科长从商店里出来了。

高军谊和蔼地对邱洁如说:"小邱,部队就要开拔了,你今晚回去陪陪你爸妈。王科长押车回去。小唐,你负责把小邱送回去,天要黑了,城市治安差。小邱,明早八点,我到空军大院门口接你们。"

小车和卡车开走后,邱洁如问:"今天让我们来,到底是为什么?这店早就选好了嘛。"

唐龙摇摇头,"同一型号的机器,这家比我选那家每台贵一千二百元。王科长侃了价,每台还贵五百。"

邱洁如说:"还是你心细,我还觉得王科长会和这些个体老板打交道呢。"

唐龙说:"如果我没算错,王科长至少吃了两万四千块回扣。这小子胆子也太大了。"

邱洁如惊得张大了嘴,"咱们把他揭发了,这可不是个小事。"

唐龙冷冷说道:"店主决不会作证,你告他什么,告他每台机器少花七百块吗?再说,高副师长跟着,他没看出来,你看出来了,你比高副师长高明?算了吧。"

高军谊回到轴承厂两间平房的家,发现家里竟装了一部电话。

高军谊说:"你整天吵吵着没钱没钱,装个电话干什么。"

女人摆着菜,抬头说:"跟你联系着方便。"

高军谊开了一瓶酒,发现是瓶剑南春,"桂玲,这酒又是怎么回事?装电话要三四千,你能舍得?"

桂玲说:"你喝吧,又不是偷的抢的。电话是人赞助的,怕啥。我看你当副师长好。你一当副师长,日子就好过了。"

高军谊拉着脸说:"说!是谁装的电话?"

桂玲一听这口气,小心说道:"小王的小舅子开个时装公司,他给装的。"

高军谊问:"哪个小王?"

桂玲说:"就是你们师的王科长。"

正说着,女儿小兰哼着流行歌进来了。夫妻不好当着女儿面再谈论电话,一家三口就开始吃饭。没吃两口,小兰的 BP 机响了。她起身过去回电话。一听女儿嗲声嗲气的声音,高军谊脸就青了。

小兰说:"明天百乐门吧,今天不行,我爹爹在家。"

高军谊站起身,一掌把女儿扇倒在床上,拽了电话线,"我就不信治不了你。说,你的呼机从哪里得的。"

桂玲去护了女儿,"你看你打的,不会说!"

小兰倔强地昂着头说:"我没干不要脸的事。你也别逼我。逼急了我就离开这个家,到社会上闯去。呼机是王叔叔王科长送的,不信你回部队问他。"

桂玲说:"人家小王还让小兰到他小舅子的公司上班去,月薪五百,顶我俩月。"

小兰很轻蔑地看了高军谊一眼,"你到王叔叔家看看,三室两厅。你可以把电话退了,把呼机还了。我和妈总得吃饭吧?你也别把 KTV 小姐都看成野鸡,那也要分荤台素台。"

高军谊恶狠狠道:"再提舞厅,我打断你的腿。桂玲,小王弄这些想干啥?"

桂玲一听口气松动了,忙堆出笑脸,扶高军谊坐下,"你消消气。到服装公司上班了,小兰还去舞厅干啥。小王倒啥也没说,他屋里人提说了两回,说你们后勤部的邹部长今年要转业,叫你帮忙让小王动动。这也是求上进,又不是搞反党活动。你当副师长,主管后勤,说你这一票最关键。"

高军谊无奈地叹口气,指着女儿说:"叫你好好读书你不听,你让老子多作难呢。"

桂玲说:"都是这样了。你又不是没给人送过礼。你喝他瓶酒,帮他说句话,多大的事!"

高军谊倒了一杯酒,一口闷下,满脸的无可奈何。小兰忙又把酒杯斟满了。

范英明万万没有料到方怡还会和朱海鹏之间生出情感故事。不管他在离婚的问题上表现出了多少主动、果决,都因为两人家庭背景相差悬殊,舆论肯定要把他推到弃夫怨男的位置上加以同情。如果方怡和朱海鹏最终走到一起,朱海鹏就会是笑在最后的人。朱海鹏的母女已经作为先头部队进占了方家,这件事很快会在舆论中有个评价。这个评价,必然要拿范英明作参照物。军区的舞台虽大,师级以上的人物也是屈指可数的,如果朱海鹏完全占领了方府,而又在大演习中出尽风头,范英明日后还怎么能挺直了腰杆在舞台上行走?方英达为留下朱海鹏走出的这步棋,已经危及范英明做人的根基。范英明再也无法以防守的姿态或后发制人的方略走进这场演习了。必须以红军第一号主角的身份在演习中完胜朱海鹏。这是一条别无选择的路。

第三天上午,范英明特意穿了一身迷彩作战服,头戴钢盔,出现在军区办公楼里。

梁平看见范英明这身装束,迎上来问道:"不是还有五天才开拔吗？"

范英明道："部队士气不振，我来借大神给 A 师打打气，等会儿给你细说。"

范英明走进方英达的办公室，方英达正在朝大地形图上做标记。

范英明报告说："副司令员同志，'二〇〇〇对抗演习'红军司令有急事请示。"

方英达略感惊讶，旋即笑了，"看来你是完全准备好了。有什么事？说吧。"

范英明道："你多次指示要把那块碑立起来，我师迟迟没有执行。我们没有执行，有我们的考虑，我们想围绕这块碑，做一篇文章，把部队带进战争状态。"

方英达道："很好。你们准备怎么做？"

范英明道："部队已集结完毕，先头部队一团已运动到上次演习红军防区内。我们准备在该地区七号高地举行个誓师大会，第一项内容就是立这块碑。计划后天下午三点举行，希望你能到场，给 A 师鼓鼓劲。"

方英达道："这个想法很好。我一定去。"

范英明走到外间，给梁平个手势，梁平跟了出去。

范英明走到楼外，站下说："请老兄帮个忙，明天下午从你这里通知到 A 师，事情你也听到了。是个好事，可只好采取非常手段。"

梁平道："看了你们两个师的方案，我就知道你不好施展拳脚。你上头是个指导委员会，朱海鹏上头只是个顾问委员会，属不公平竞争，你的婆婆要指导，他的婆婆顾上了才问问。我替你扫扫路吧。"

范英明说："我最担心的是部队现在还心不在焉，还是传统的思维方式。”

梁平问：“早点通知不好吗？”

范英明道：“早了怕有变，迟了我又准备不及。只有一天时间，想变也变不了。”

梁平笑道：“仗让你越打越精了。不过，这么做在有的人眼里，可是有抢班夺权的意思啊。”

范英明把心一横，“总目标是正确的，操作上也不好太讲究了。太琐碎了，什么事也做不成。”

誓师会的布置，又让范英明煞费苦心。让全师万名官兵都参加，劳力伤财，成了形式主义；参加的人太少，又造不出气氛。再说，这件事对全师是大好事，对个别核心人物却是大坏事，未必都会出来抬轿。三团离七号高地太远，只能抽少数官兵参加，二团离七号高地最近，但恐怕连一个连都调不动。回师部前，范英明又拐到了一团。

范英明对焦守志解释了事情原委后，说：“通知只能一个营参加，但这个场面至少需要一个团。”

焦守志道：“一团已准备完毕，随时都可以出发，干脆提前两天开拔，就赶到那个地区了。”

范英明说：“军令如山，不能这么办。这样吧，一营本来就该今夜开拔，没问题。二营三营搞一次模拟开拔演练，正好赶上了。”

焦守志一拍手说：“啥事一经你手，就变得艺术了。上次打靶，我可是领教过了。”

第二天上午，范英明又找了刘东旭。

范英明开宗明义道：“刘政委，昨天我把开誓师大会的事向方副司令报告了，在七号高地开，把碑立了，把心态调整到战时状态。方副司令明天下午三点到会。”

刘东旭颇感为难地说:"没有通知,上午的会上怕不好直接说方副司令出席的事。"

范英明道:"政委,我需要你的支持。上午会上你我都坚持在七号高地开会立碑,估计形成不了决议。通知到了,就好办了。"

刘东旭说:"我也刚从下边回来,准备得都很好,但总是感到有什么不对劲。黄师长顾虑太多,高副师长态度含糊,做不通他们的工作,提也白提。事到如今,也只好如此了。"

上午的师常委扩大会,果真没形成决议。黄师长也不想让矛盾激化,只是说等上级通知,然后按通知精神办,显然不相信范英明专门为这事见了方副司令,认为范在耍小聪明,影响高军谊这种中间派。

下午,范英明和简凡在作战室一边商量部队开拔途中日程安排,一边等军区的电话。

熬到五点多,军部的通知到了,并说陈军长也要参加。

简凡拿起通知记录就往屋外走。

范英明严肃地喊:"简参谋长,你要干什么?"

简凡说:"告诉黄师长一声。"

范英明道:"黄师长不是指示按通知精神办吗?什么事都去请示他,还要你我干什么?"

简凡说:"会怎么开,碑怎么立,总该听听他的意见吧。"

范英明严厉地说:"我这个红军司令没有决定一个誓师会规模的权力吗?你的身份是红军参谋长,而不是 A 师参谋长。这件事也该我这个师参谋长向师长报告。你说对不对?"

简凡身不由己,立正答道:"是的。"

范英明道:"那你记一下。通知步兵一团、二团各一个营,三团一个连,坦克团一个连,摩步团一个连,自带干粮,于明日下午一时前赶到七号高地地区;通知政治部宣传科连夜布置会场。"

简凡问:"还有吗?"

范英明道:"各团营军事、政治主官必须有一人参加。至于师首长谁参加,由黄师长安排。"说罢自己出去了。

晚上,简凡还是赶紧抽空去了黄兴安的家。

简凡说:"黄师长,他这是阴谋夺权呀! 我要向你报告,他还对我发脾气。我们要准备准备,不然的话,就来不及了。"

黄兴安生气地道:"你这种思想要不得。范参谋长做这一切,都是为了 A 师能打个翻身仗。方副司令和陈军长能出席 A 师的誓师大会,是对 A 师最大的支持。"

简凡说:"那就眼睁睁地看着他这样胡闹?"

黄兴安道:"新官上任三把火,不能不让他烧吧。英明想尽快把我这一页翻过去,做得太急躁了。"他站起来踱几步,"谁都会老,谁的一页都会被翻过去。可就是没有小范这种翻法。他能把一个中将一个少将请到,是他的本事。可是,一个甲种师的誓师大会,如果只有一个多营参加,不是显得太草率了吗?"

简凡恍然大悟,"我怎么就没想到呢? 部队都要开拔,可以只派几个代表参加。"

黄兴安若有所思地看着窗外,突然自言自语道:"智者千虑,必有一失。你帮他通知的单位,是不是没有工兵连呀?"

简凡红着脸说:"师长,我,他逼着让我通知,我也没有办法。"

黄兴安冷笑道:"我并没批评你。小范没有想到那块碑还没刻。我已经替他想到了,已经派人拉着石头去找人刻字了。总不能立个无字碑吧。"

简凡急了,站起来道:"师长,这不是帮他抬轿子吗?"

黄兴安道:"人是去了,刻不刻得成就另说了。事情突然、匆忙,出点意外情况,也是难免的嘛。小简啊,明天我和小范他们一起去,你呢,负责把碑准时运到。一定要一块有字碑,方副司令的指示一定要落实。"

简凡知道黄兴安已做了周密安排,心里虽有点犯嘀咕,也不好再问,起身告辞了。

到了第二天下午一点钟,会场上只有一团一营的几百人组成了一个方队。二团、坦克团、摩步团都只来了三两个人。主官都解释了部队无法赶到的原因。

一点半钟,简凡亲自带车,把大理石碑运到了。范英明一看,顿时傻了,红油漆写的"常胜军Ａ师首败于此"几个字还没有干透。

黄兴安大骂道:"李连长,给你二十个小时,你只写了这几个字?"

李连长一脸委屈道:"找了三家石刻厂,都要价太高,再找呢,车又坏了。"

简凡抱着一叠白布说:"有个字总比没字强。时间太紧,我写了这几个臭字。反正这是个仪式,用白布一蒙,还庄重些。"

正说着,军首长的车子到了,简凡赶忙用白布把大理石碑蒙上了。

陈皓若一见到会人数太少,眉头紧蹙,对范英明和黄兴安说:"你们是怎么搞的?这像一个师的誓师大会吗?"

话音刚落,几十辆军车出现在盘山公路上。

焦守志跑过来向黄兴安报告:"师长同志,一团二营三营正在进行模拟开拔演练,我们请求参加全师誓师大会。"

黄兴安脸色铁青,没有回答。

陈皓若看见一团的主力部队已到,面露笑容,"把车都开过来,排成两个方队。这才像那么回事。"

两点五十分,方英达乘直升飞机到达。他看了看颇为壮观的会场,走到被白布蒙着的石碑前,一只脚踏上去,挥着手说:"知耻而后勇。希望你们能从前一次失败出发，走向 A 师新的辉煌。"

范英明跑步过来报告："副司令员同志，'二〇〇〇对抗军事演习'红军誓师大会已经准备完毕，请你指示。"

方英达看着陈皓若说："陈军长，先把这块碑立起来，这一页就算翻过去了。站在这块碑前开这个誓师大会，意义深远。你看呢？"

陈皓若对范英明道："开始吧。"

范英明跳上一块大石头，大声喊："全体 A 师官兵都有了——脱帽——送石碑——"

八个抬碑士兵手戴白手套，分立石碑两旁，抬起蒙着白布的石碑，缓慢向土岗半腰走去。太阳钻出了云层，照耀着在微风中岿然不动的兵林。那块刺眼的惨白跳着跳着，终于在兵阵中引出了一片低沉的叹息。

这次立碑事件，实际上已经把黄兴安和范英明之间的矛盾公开化了。这件事将会带来什么后果，尚难预料。

第 七 章

　　西南的暮秋依然是骄阳似火。红蓝两军在这样的好天气里同时按预定计划向演习规定区域开拔了。因为 A 师机械化程度很高，范英明在起草开进方案时，提出运输问题全由 A 师自行解决的思路，想借此检验一下甲种师作长距离战略移动的综合能力，黄兴安也极力赞成。这样，A 师就决定沿 121 战备公路南下。A 师计划用五天时间实现近千公里的战略性跃进。C 师因为是乙种师，机械化程度较低，不可能借这次开进再锻炼一次部队，那样的话非要把部队拖垮不可。因此，C 师采取的运动方法只能是依靠铁路运送。这就需要 C 师先到一个火车站附近集结，然后乘铁路部门安排的军列南下。

　　这样，红蓝两军的较量便提前开始了。

　　C 师先头一团一营刚刚由东向西沿一条三级公路越过 121 战备公路，A 师的钢铁长龙便沿着 121 战备公路滚滚南进了。

　　A 师一团代理团长焦守志发现车队停下来了，从安了伪装网的越野吉普中探出头，朝前面喊道："怎么回事？为什么不走了？"

　　一个中尉从前面跑过来道："焦参谋长，C 师不让道，走不成了。"

　　焦守志跳下车，朝前面一望，只见一条蠕动的绿色长龙横在他的车队前。

中尉急得一头汗，"C师太不像话，看车队过来，故意放慢速度。咱们可耽误不起呀。"

焦守志再用望远镜观察一会，说："你通知一连各车司机，不要熄火，瞅准他们排与排之间的空隙，把道抢下来。"

中尉举手敬礼，"是!"转身跑走了。

十字路口上，两支部队终于冲突起来。

C师的战士被A师车队强行抢道激怒了，奋不顾身冲上公路，再次把车队掐断。一个上士喊一声："一班全体都有了! 成两列纵队，跑步走。卧倒!"十个战士分两行卧倒在121战备公路上。A师的战士呼啦啦跳下来几十个，冲到路口处。有人喊道："把他们抬起来!"两个师的战士撕扯起来，吵闹成一片。

兼任集团军演习协调处作战室主任的赵中荣得到报告，马上驱车赶到现场。这时，部队都停止了运动，A师士兵切断了东西道路，C师士兵切断了南北道路，十字路口成了方方正正的空地。A师一团代团长焦守志和C师一团的一个少校正在中间商量。

赵中荣一路呵斥着："让开让开，这像什么话，像什么话! 焦参谋长，这是怎么搞的?"

焦守志道："赵处长，我们团正在通过，他们突然就把我们的路切断了。这种机械化运动，这么耽误可耽误不起。"

少校说："我们团正在通过路口，是他们先抢了我们的道。我们要乘军列南下，时间更耽误不起。"

赵中荣不耐烦地摆摆手说："知道了，知道了。A师向演习区域运动，本身就是训练的一部分。军列什么时候开，我不知道? 少校同志，让你的人把道让开。地下走路，时间来不及可以搞急行军嘛。"

少校一声不吭地站着。

赵中荣火了，"我以军演习协调处的名义命令你，马上把路让开！"

少校强忍着怒火，后退几步，"三营注意了！向左向右转！跑步走——"

C师的士兵眼里喷着火，把道路让出来。一个战士说："不公平！"几十个战士一齐喊："不公平。"赵中荣也不计较，身子靠在自己的车上，掏出一支烟点着了。

常少乐一听赵中荣这样偏袒A师，把训练软军帽抓下来朝桌子上一甩，喊一声："给我接陈军长。赵中荣这种势利小人，欠修理。"

朱海鹏过去夺过参谋手中的话筒，放到电话机上，"常师长，用不着惊动陈军长。"

常少乐道："这口气我咽不下。同样参加演习，同样是军区、集团军的部队，为什么总搞这种厚此薄彼？"

朱海鹏叹一句："我们不是还没有拿出响当当的成绩嘛。包括方副司令在内，恐怕内心都未必承认上次我们是赢了。急也没有用。"

常少乐气得在原地直转，"他们一个誓师会，中将少将去了一堆，我们开誓师会，最高首长只来个童爱国大校。名义上叫对抗演习，实际上是把咱们当敌人看哩。这个小小的赵中荣也竟敢骑到咱们头上屙屎屙尿。不行，这件事不能算完。"

朱海鹏深知两军在军区决策层的分量有天壤之别。传统和历史这两个词，真是有千钧之重。包括方英达在内的军区高级将领，潜意识里恐怕都希望这次演习结果，能再次证明A师是不可战胜的，起码是处在世界军事潮流前沿的。虽然他们也都清醒地意识到了危机的存在，但危机没在自己身上爆发，幻想就依然存在着。海湾战争，吃亏的只是伊拉克，别的国家不过是从中感受到了战争观念的根本变化。第四、第五次中东战争,已初步显示出了电子战的威力,因为伊拉克那时是局外人,十几年后,他们还是在电子战中吃了大亏。看来,必须在这次演习中舍得一身剐,用残酷的现实把那些将来只会导致民族灾难的幻想粉碎。想到这里,他的眉宇间逐渐聚集起一股凛然的杀气,"当敌人更好,我还担心部队不能很快进入状态呢。我们得好好用用这件事。"

常少乐道:"怎么个用法?"

朱海鹏道:"把战士们逼出点狠劲儿。憋他们,一直憋到开战,个个都有了恶虎之气。给我接楚团长。"

常少乐问:"你要让他干什么? 这要一打架就是大事了。"

朱海鹏笑着摇摇头,"一打架,气就泄了。楚团长吗,我是朱海鹏,前面的事我和常师长都知道了。命令过了121公路的部队也停止前进。命令一团就地埋锅做饭。离公路较远的营、连,每个排抽五名正副班长,强行军赶赴路口,沿121公路两侧,列队观摩A师开进。"

楚天舒问:"目的是什么?"

朱海鹏道:"给部队打气。就说演习打赢了,下次就轮到我们坐车了;打不赢,就只能站着看人家先走。"

楚天舒问:"可不可以在A师车队间隙把部队运动过去? 我怕赶不上军列通行时间。"

朱海鹏道:"顶多等到明天清晨,军列推迟一整天,铁路客货运每天时间基本不变,不必担心给铁路上增加负担。在A师没全部通过路口前,严令不准一兵一卒过121公路。"

楚天舒问:"晚上怎么办?"

朱海鹏道:"就地搭帐篷宿营。"

常少乐打了朱海鹏一拳,"没想到你的着也挺狠。"

虽是暮秋的太阳,晒上半小时以上,也不会有人向它唱赞美诗。楚天舒显然又把朱海鹏的命令进行了发挥。C师靠近121公路的士兵，都背着背包握着枪，笔直地站立在路两旁，在十字路口南边和北边栽出两行兵林。这阵势倒像是C师在护卫A师前去军事奥林匹克运动会上领取金牌。

唐龙在检查一团开拔情况时，路过这一地段，看见这种情况，不禁倒吸一口凉气。他从C师士兵的眼神中听到了仇恨的磨牙声。一辆军车开过，车后面丢下A师士兵即兴表演的节目。一个模仿老者的声音响一声："同志们辛苦了!"一片夹杂着笑的回响紧跟着炸出："为人民服务。"唐龙调转车头，加速朝师部方向开去。

A师师部车队正准备开拔。黄兴安背着手一个车一个车查看。

看见简凡从前边赶回，黄兴安问："路口抢道的事怎么样了?迟点就迟点，不能出事。"

简凡道："早处理了。赵处长这回够意思，让常麻秆稍息了。我刚从那里经过，看见C师正在埋锅做午饭。"

唐龙赶回来报告说："师长，C师有几百士兵立在路旁，看样子是有组织的。朱海鹏已经在打心理战了。演习中一般不加入这方面内容，这要生恨的。还是和C师轮换着过路口好。"

简凡笑道："唐参谋，你这是草木皆兵了。军里让我们先通过是为了省点油钱。他们看是看个稀奇。C师那些战士，大部分是从菜棚、养猪场拉上来的，哪里见过咱们这种装备。"

黄兴安道："唐参谋，这是军里决定的事，你就少操点心吧。"

这时，几个战士抱了几台步话机往车上装。

简凡拦住说："要去打现代化战争，你们带这些老古董干什么? 拿回去，拿回去。让人看见，丢人现眼。"

一个中士说："这是范司令专门交代要带的，刚才又从坦克团打来了电话。"

黄兴安意味深长地笑笑,"都说小范全面,真全面呀！占不了多大地方,带上吧。"

简凡闪到一边,教训道:"别一口一个范司令,在 A 师,从前有个范团长,现在有个范参谋长。"

唐龙听不下去,开着车到通信站那边一看,只剩下几个留守女战士在清扫马路。

一个女中士说:"来迟了一步,邱队长中午在白马镇就餐。"

唐龙车一开走,女上等兵就笑道:"这个唐参谋真是心细,搞得跟十八相送一样。"

中士道:"这种男人好,做饭干家务肯定卖力气。邱队长多有福气呀。"

唐龙的心细马上又以行动验证了。他跑到县城一家妇女用品专卖店,在几个女服务员纵横交错的怪异目光和意味深长的笑容的包围下,从容地花了五百块钱,买了两打内裤和文胸,而且各种型号都有。然后,他开着车沿路追了过去。赶到白马镇,邱洁如的小分队刚刚吃完午餐,正准备上路。

唐龙抱下一个箱子,正抱第二个箱子,几个女兵吵吵着,就把地上的箱子打开了,都哇的一声呆住了。邱洁如满脸通红,恶狠狠地盯着唐龙。

唐龙急中生智,大咧咧地挥挥手,"去去去,害什么羞啊？战场上没有性别。我这是来给你们送配发战备物资。美国女军人,在野外工作的,都发这些东西。演习地区非常潮湿,想洗个澡可没那么方便。你们不怕得皮肤病,这些东西我就拿回去了。"

邱洁如愠怒地盯了唐龙一眼,说道:"小娜,把组织的关怀搬到车上去。"

卡车开动了,邱洁如抓着车篷支架站着,黑亮的眼睛深情地望着在视野里渐渐变小的唐龙,一只手轻轻地挥着,嘴里禁不住轻轻地哼着著名的战地爱情歌曲《丽莉·玛莲》。刚刚唱出一句,女战士们就齐声跟唱起来。悠扬动听、略略有些伤感的歌声飘出去,绕着长蛇阵一样向南滚动的钢铁热流,渐渐地,那些隆隆向前的坦克上,那些在拖车后面默不作语的高炮上,那些刚毅的、唇边刚刚生出茸毛的男兵的脸上,似乎都有了这种动情音符的跳动……

还在当排长的时候,朱海鹏就仔细读了克劳塞维茨的《战争论》。那时,他立志想成为一名能用自己的战争理论改变一个时代战争格局的军事家。克劳塞维茨对于炮兵作用的推崇和研究,影响了整个二十世纪战争观念。如果把二十世纪后半叶出现的导弹看成是炮弹光宗耀祖的后代,克劳塞维茨在今天的影响只能是更大了。随着岁月的流逝和对现实认识的深入,朱海鹏也知道以前的憧憬只能作为今生今世的梦在独自一人时细加品尝了。世界军事领域近二十年发生的巨大革命,在海湾战争中以有形的结果展示了出来。朱海鹏彻底绝了成为一个大军事理论家的念想。中国的战争观念和武器的先进程度,和发达国家相比,其差距至少和经济水平的差距一样的大。常规武器时代,克劳塞维茨没有出现在中国,高科技武器时代,中国也不可能出现可以影响整个世界战争观念的当代克劳塞维茨。进入九十年代后,朱海鹏清醒地意识到,当前,中国可能更需要一批军事领域的改革家,需要一批面对各种深厚传统敢于吃螃蟹的人。他没有想到机会会在他尚不到四十的时候就降临了。方英达等高级将领对他的支持,让他看到了中国快速赶上世界先进水平的希望。同时,又是方英达等高级将领对 A 师这样的部队表现出的让人一言难尽的情感,又让他感到这条道路可能荆棘丛生。朱海鹏深深理解方英达为什么对 A 师这样的部队一往情深。这样的部队就像现在困难重重而过去曾为国家和民族做出过重大贡献的国有大型企业一样，其前途命运、其改良与改革的成与败，更容易让高层领导者们牵肠挂肚。军队又与企业存在巨大的不同。对企业前途决策上的失误，可能会导致亏损和工人失业。但如果对军队的发展前途产生错误判断，一旦爆发战争，那便是亡党亡国了。正是基于这种认识，他才在个人前途上取浅层的非此即彼的选择：要么彻底脱离部队，不在其位，不为之忧心；要么就要杀出一条血路，以无可争辩的事实，让方英达等决策人下定决心。科技强军、质量建军，是战略性决策，它的意义如同改革开放实行以经济建设为中心的指导方针一样。虽然它肯定会在实际执行中，出现这样那样的曲折。

演习日期渐渐逼近，朱海鹏才深深地感到肩上的担子之重。他明白，如果要把军区这个局部变成一个军事上的经济发达地区，这次演习蓝军就必须大胜。蓝军就是军区搞的特区，如果在这次演习中不搞出一些类似于深圳奇迹之类的效应，后果不堪设想。因此，一入演习区域，他就接二连三地采取了非常手段。

这一天，朱海鹏趁演习命令尚未下达之际，拉上常少乐乘直升飞机，亲自到红军防区进行侦察。这时候，红军的很多部队尚在朝指定位置运动途中。

朱海鹏指着下面一条山谷说："这就是二号地区和三号地区的分界线。山谷实际宽度比地图上标的要窄至少十五米，横向只能展开一个坦克营的攻击方阵。超过一个营就是兵力浪费。"

常少乐说："这个地方可以设个前线指挥所，两面环山，有一个营把守，可以高枕无忧。当年这里剿匪，可费劲了。"

朱海鹏道："但这里面有地方实施空降，如果它右翼无高炮阵地，还是容易被突破。再说，如果没有制空权，躲在这里就是死路一条。"

飞机沿着一条河作低空飞行。红军的坦克部队正在沿着河边的公路向前开进。坦克兵不知飞机里坐的是朱海鹏和常少乐,纷纷向飞机招手致意。

朱海鹏说:"惭愧! 如果是战争,你我早叫击落十回了。"

常少乐说:"我心里有点底了。他们一线纵深三十公里,山地较多,咱们的兵吃不了亏。"

飞机转来转去,从正在为指挥部选址的红军几个首脑和参谋头顶飞了过去。

范英明要来望远镜,飞机已无法看见。他说:"唐参谋,你查一下今天我们有没有直升机出动,问问军协调处,看他们有没有飞机来这一地区。"

唐龙马上道:"我们今天没有飞机出动。"

范英明又道:"你立即报告给协调处,要求作出规定,禁止蓝军飞机在演习前经过我们防区上空。"

黄兴安不以为然地说:"你也太小心了。我们把部队亮给他们,他们能打得动吗? 他们这么做,只能证明他们心虚了。"

范英明指着一片空地说:"那里设个备用预警雷达站,加强空中监视。"

一个少校参谋拿个本子跑过来报告:"坦克团二营在四号公路 188 公里碑处受到村民阻拦,无法前进。周营长请示如何处理。"

范英明问:"怎么回事?"

少校说:"按计划,这个营应该于明天到达四号五号地区结合部,从 188 公里碑右拐,有十公里柏油路是那里的四个村集资修建,这几年他们都在收过路费。他们说坦克部队通过一次,路面损失太大,提出要收损失费五万元。"

刘东旭说:"他们不知道军车一律免收路桥费的规定?"

少校说:"知道,他们只让车过,不让坦克过。师坦克团从这里通过,可以节约一天的路程。"

唐龙说:"强行过去,善后工作让地方政府处理就行了。"

黄兴安道:"胡说!这又不是打仗,不过是演习嘛。小范,要不,就把这个营换个地方布防?五万块钱,不是个小数目,演习预算中也没有这笔开支。"

范英明道:"黄师长,选这个地方是经过论证的。我看这样吧,五万块钱太多了,三万以内,让高副师长去和他们谈谈。这个环节耽搁了时间,恐怕要影响全局。"

黄兴安道:"就这么办吧。告诉高副师长,以尽快让部队通过为目的,也不要显得我们太小气了。再把这件事写个报告上报军部。"

高军谊和王科长很快就报告说部队已开始通过,支付了四万五千元。范英明感叹如今办事太难,也就没有再想这件事。他们万万没有料到,集资修路的农民本来只期望拿到万把块钱,更想不到这四万五千元实际只付了三万五。

蓝军在修筑工事时,也遇到了类似的麻烦。楚天舒正在团指挥所布置工作,准备去蓝军司令部就任参谋长,三营长带着一个四十来岁的农民走了进来。

三营长说:"尖鹰嘴右边一百亩荒山,这位铁锁兄弟承包了,他不让挖工事。"

楚天舒问道:"你知不知道这是军事行动?"

铁锁说:"我们知道大军要在这里搞演习。乡政府已经通知过了。"

楚天舒道:"那你为什么还不让挖?"

铁锁说:"这山我家承包了五十年,去年刚刚种了果树……政府通知是通知了,可是没说这损失……首长,我们一家六口人,指望这片山吃饭呢。这枪炮一响,果树就完了。"

楚天舒说:"老乡,演习打的都是空爆弹,伤不了你的果树。"

铁锁说:"我知道这是演戏,可硝烟一熏,挂果就要迟一年。到时你们一开走……"

楚天舒道:"你的觉悟哪里去了?说吧,你要赔多少损失?"

铁锁流了几滴眼泪,"首长,这要是打外国兵,大军没柴烧,我们敢把树全砍了拉来。可是,可是你们这是自己人打自己人……总得给一年果子收入吧?当年红军从这里过,我爷爷还为红军……"

楚天舒说:"别提你爷爷了。你说个数,我们决不还价,可你也要摸着良心开口。明给你说了,我们没带着银行来,只能先欠着。"

铁锁说:"只要给个凭据就行。按说这头年挂果最少能收入一万,你们给五千吧。"

楚天舒拿过一个本子,写上一张五千元的欠条递过去。铁锁看看,还没有走的意思。

楚天舒生气了,"是不是嫌少啊?"

铁锁指指欠条,"首长,你看能不能给盖个红戳戳?"

楚天舒火了,"我一个上校写的欠条,能不算数?我们是来这里打仗,没有带公章。你拿不到钱,我把家里锅碗瓢盆卖了还你。"

铁锁这才将信将疑地走了。

楚天舒长叹一口气,自言自语道:"这叫什么事呀!王参谋长,一团就交给你了。以后凡遇这种情况,都这么处理。总之,不能让布防计划受到影响。"说完,自己开着车沿着一条高低不平的山路走了。

朱海鹏为了使战士克服临战恐惧心理,煞费心机。多少年来,这支和平时期的军队对真正枪林弹雨的感觉已经很陌生了。C师作为一个乙种师,大部分战士,入伍三年,顶多打过几次靶,甩过几颗手榴弹,临战恐惧心理普遍存在。这几年,少数参加过常规演习的士兵,因都是扮演必败的角色,对空爆弹的体验,也说不上过了关。这一次,C师扮演的是攻击部队,如果听到空爆弹响就头朝地屁股朝天,再好的战役部署也无法实现。这天上午,朱海鹏叫常少乐陪他去训练警卫连的士兵。

朱海鹏从弹药箱里拿出一排锃黄锃黄的子弹,在队列前走着说:"这是真正的子弹。今天的训练科目就是体验真正的子弹从头顶嗖嗖飞过的感觉。"用手朝七八十米开外的一个不足一米高的黄土堆一指,"你们的位置就在土堆后面,两个人一组,隐蔽到土堆后面,我在这里射击。谁来试第一组?"

四五十个战士面露惧色,都盯着土堆死看,没有一个人走出队列。

朱海鹏道:"赵连长,你们搞过这种训练吗?"

赵连长额头上渗出汗珠,口吃地答道:"只,只是打过靶,报过靶,这,这个土堆……"

朱海鹏道:"十几年前那场南线战争,有上万士兵要是知道这样一个土堆可以躲藏三个人,就不会阵亡。当年我在前线整容室搞过调查,百分之六十的战士是头部和胸部正面中的弹。"他用手摸了一个上等兵的胸部,上等兵竟站立不稳了。"那是因为听见枪响就乱跑。"他定睛一看,喊一声:"上等兵,出列。"

常少乐走过来说:"换成空爆弹吧,这样搞是有点危险。别说他们没搞过,我当了三十年兵,真子弹也没有从我头顶飞过。"

这时江月蓉带着一个穿着军服却没戴领花、肩章的低个子黑瘦青年走了过来,被警戒员拦住了。警戒员小声说:"枪里是实弹。"

朱海鹏把枪朝常师长手里一塞,对上等兵说:"跟着我,跑步走——"

朱海鹏带上等兵跑到土堆后面趴好，大声喊道："常师长，先打几个点射。"

常少乐用跪姿举着冲锋枪，没扣扳机。

朱海鹏又喊："你打呀！"

一个点射打了出去，击落了几片橙黄的树叶。朱海鹏道："你连土堆都打不中吗？"

常少乐又朝土堆前边打了两个点射，关好保险喊道："我信了，你们过来吧。"

朱海鹏黑着脸过来，从常少乐手里拿过冲锋枪，看了汗水湿透了衣服、脸色却变得红润起来的上等兵一眼，喊道："赵连长，你再带上等兵过去。"

赵连长带着上等兵跑过去。

朱海鹏问也不问，举枪对着土堆打了几个点射，最后一个连发，打得土堆冒起一大团烟尘。战士们看得目瞪口呆，江月蓉用手紧紧捂住嘴，眼睛里充满着担忧和恐惧。

朱海鹏喊道："过来吧。"

赵连长和上等兵抖着浑身土，奔跑过来。

朱海鹏说："上等兵，你说说你有什么感觉。"

上等兵笑嘻嘻地说："要说不怕，那是假的。感觉嘛，走过去时腿发软。第一次那个点射一响，只想尿。第二次、第三次，想着妈的该死毯朝上。这回过去，一点也不怕了。"

朱海鹏把枪交给赵连长道："你射击，别不心疼子弹，一组打两三个点射就够了。记住，一个也不要漏掉。过了这一关，在战场上，生还的可能要增加两成。"

常少乐赞叹道："你的鬼名堂可真多。哎，你看谁来了。"

江月蓉轻轻拍着胸口，喘着气说："朱海鹏你胆子可真大，这要是伤着一个,可不是个小事。怪不得人家说你崇洋媚外。"

常少乐笑道:"我也算开了眼。出了事我兜着。吓尿了裤子事小,攻不上去可是要死人的。这是不是那个和银行开玩笑的小伙子?"

黑瘦小伙子勾了头,不敢看常少乐。

朱海鹏严肃地说:"程东明,机会给你了,看你抓不抓得住。我也不派人专门监视你,你应该明白怎么做。要做父亲的人了,你该懂得哪轻哪重。"

程东明立正答道:"我一定努力做。"垂手站在一边。

朱海鹏不再理睬程东明,淡淡一笑,"这完全是土办法。要真是崇洋媚外,我就建一个对练场。欧美的警察都这样练。"

几个人正说着话,枪声停了。赵连长跑来报告说:"警卫连训练完毕,请指示。"

常少乐问:"有没有尿裤子的?"

赵连长说:"你也太小瞧警卫连了,出点虚汗已经够丢人了。主要是练得太少。"

朱海鹏说:"你去土堆里把那块弧形铁板挖出来,比着做八个,然后把你的人分成八组,到各个团去。给你三天时间,把全部步兵都训练一遍。记着,钢板的事要保密。"

常少乐道:"你采取了措施,也不早告诉我一声。光一个土堆可能不行。"

朱海鹏说:"理论上说,子弹根本穿不透土堆,可保不准哪一颗子弹中了邪。这是训练,用了钢板就把百万分之一的危险消除了。"

训练中确实出了中了邪的子弹,这颗子弹碰到钢板后改变了方向,竟又飞了一百来米,咬了三营一个炊事班长的屁股。当时,炊事班长正弯着腰给一口肥猪放血,只觉得屁股一阵热痛,扔了杀猪刀伸手朝后面一拍一抠,嘴里还说"狗日的牛虻咬人真是疼",松开手一看,掌中竟是一颗沾了血的子弹。惊叫一阵后,脱了裤子并排贴了两贴创可贴,继续拾了杀猪刀杀猪。这个把子弹当牛虻的笑话还是传出了蓝军防区,各方面人士反应各不相同。

　　范英明知道朱海鹏用这种办法强行解决士兵恐惧心理后,心中暗暗佩服朱海鹏的胆识和心计。十多年前,他和朱海鹏都在 A 师一团三连当排长。有一天,朱海鹏带着几十发子弹,拉他一起搞了用坟包当掩体的试验。事后,朱海鹏想把这个方法用于实际训练中,范英明好意劝阻了,认为这是在拿自己的政治生命赌,犯不上。没想到十几年后,朱海鹏为了能打赢他,竟敢在一个师搞了这种训练。几千人的实弹训练,只出一起流弹伤人的事,应该说是很成功的。这样,蓝军的士兵在心态上就比红军士兵离战争更近了一步。范英明正在琢磨想点什么办法让红军的士兵也能走进实战,黄兴安迅速作出反应,要求部队再搞一次点验。刘东旭这回明确支持黄兴安,范英明只好签发了进行点验的命令。

　　范英明从两军对待演习的差异上,感到一种实实在在的危险正在步步逼近,这天下午他突然间提出了再建一个备用指挥所的建议。

　　黄兴安当即反对,"已经有两个伪装指挥所,一个二线备用指挥所了,用不着再建。这次空军只是象征性地参加,还怕他们抢去了制空权搞地毯式轰炸?"

　　唐龙又多嘴了:"如果我们在电子战阶段失利,制空权很容易丢掉的。"

　　黄兴安威严地瞪了唐龙一眼,"这是你能决定的事吗?你这个人,聪明是聪明,可你不觉得过分了吗?你不要动不动就说西方,说海湾战争!这是中国的一次很平常的演习。一个备用指挥所需要多少台电脑,你不清楚?"

简凡早就觉得唐龙抢戏,讲什么都一套一套的,顺手丢了几块小石头:"唐参谋从学校毕业就到了师一级指挥机关,对部队的实情缺乏了解,到下边锻炼锻炼,就不会有这么多书生气了。"

黄兴安马上说:"唐参谋,你看你是到一团呀还是到二团? 两个团都没有团长,人手正缺。你去了,一呢,能协助他们指挥作战;二呢,也能接触点实际。"

刘东旭在这种事上不好表态,觉得黄兴安和简凡有点小题大做,便走过去安慰道:"小唐,黄师长、简团长都是为你好,你别背什么包袱。"

唐龙不亢不卑地说:"我只不过是在尽一个普通作战参谋的责任。在哪里工作,向来都是由组织安排的。我们都是螺丝钉嘛。"

简凡生气道:"你这是什么态度!"

这些天,范英明对唐龙的看法刚刚有点改变。唐龙刚才帮腔,范英明倒没觉得是参谋越位。但事情已经到了这一步,他也犯不上为了唐龙和黄、简二人冲突。想起一团如今只剩下焦守志在唱独角戏,范英明就说:"你去一团吧,你们张科长已经去了二团,你再去那里,二团的领导不好开展工作。"

唐龙梗着脖子道:"我什么时候去报到?"

范英明对唐龙的语气和态度厌烦了,"你不会站在参谋的位置说话吗?"

唐龙打个立正,仰脸道:"司令同志,我什么时候到一团报到,请指示。"

范英明强压着一肚子火道:"你把工作交接一下,马上可以去,越快越好。"

唐龙说:"司令部作战室还没分工,我没有工作需要移交。"

范英明大声说:"我命令你今晚八点以前到一团报到,协助焦代团长指挥作战。"

唐龙答一声"是",取了自己的军帽,迈开大步走出指挥所。

简凡马上评论说:"如今各级,都有这种难剃的刺头,有点小聪明小才气,恃才傲物,又不愁到地方找工作,吹不得打不得。军队这些年风气大变,等级不清,都是这种人闹的。"

黄兴安说:"他去年就想走,演习结束,就让他转业吧。这种人留在身边有什么用!"

简凡说:"师长,定他走不走,怕是还得看一看再说。听说他正在追邱参谋长的女儿。聪明人如今是越来越多呀。"

范英明道:"还是把邱参谋长女儿的事放一放吧。我还是觉得应该再建一个指挥所。我算了一下,大头只是三十几台电脑。"

黄兴安说:"那也得三十几万。打完这场演习,留着这些东西下蛋啦?"

刘东旭害怕顶起来,忙说道:"你们争的不就是个钱的问题嘛。我觉得多这几十台电脑,将来不会派不上用场,可以拿来办训练班,一方面可以提高战士的素质,另一方面,战士也可以学个一技之长,回到地方也用得着。"

黄兴安看刘东旭态度明朗,就说:"小范,我可把丑话说在前头,这个指挥所没报计划,军区不可能再拨一分钱。你要建,我不反对,但是这笔钱师里不出,演习后这些电脑都归你们司令部,你签字报账。"

刘东旭笑道:"英明,你别叫吓住了。老黄的考虑也很有道理,演习毕竟是打牙祭,太奢侈,印板日子就清汤寡水难熬难过了。我呢,投了赞成票,当然也要放放血。这笔钱,我用政工费给你报一半。"

范英明也笑了,"我也不领你这个情,反正这电脑日后你又要拿走一半。"

说得大家都笑了。刘东旭是开怀大笑,黄兴安是矜持淡笑,简凡是莫名假笑。

刘东旭到底是老政工干部,谈笑间化解了范英明和黄兴安可能发生的一场冲突后,又细心地想到该给唐龙一点安慰。这一次演习,他这个政委的角色真不好当。立碑的事,双方已斗了一场,谁是谁非,刘东旭也不好评价。这场演习能给 A 师带来什么,确实还不好估计,但这种内耗决不会带来好结果则是肯定的。他和黄兴安共过一段事了,知道以柔克刚是对付黄兴安的正道,前一段也就很希望范英明能一直忍让下去。然而,他们毕竟冲突起来了。这时候,刘东旭才觉得自己这个角色扮演起来难度大了几倍。为了 A 师的整体利益,他必须把自己的个性深藏起来,以和事佬的身分,把黄兴安和范英明尽可能说合到一起,共同领导 A 师把这次演习打下来。

刘东旭走出指挥所,看见唐龙已经背着背包,下了指挥所前面的平台,忙喊一声:"小唐,唐参谋——"

唐龙停住脚步,回头望着刘东旭。

刘东旭关切地说:"我派辆车送你过去吧。"

唐龙说:"政委,谢谢你。路上便车很多,我搭一辆过去就是了。"走了几步,又停下来,慢慢扭过头,看见刘东旭还在平台上站着,又说道:"政委,你要多保重。"

这地方本来就人烟稀少,前一段为演习需要,又通过地方政府动员重点演习区域几十户人家进行疏散和搬迁,路上几乎遇不到老百姓了。偶尔路上驶过一辆军车,闪过一支小股部队,为这片山地平添了一些压抑而紧张的战争气氛。间或还能看见山坡上有一两处农舍,有顽童倚树向路上窥视,接着便有吆喝孩童回家的声音响了。声音有些颤抖。

唐龙没想到会在这条路上遇到邱洁如。

邱洁如到演习区域后，随即同A师副参谋长回C市联系空军参加演习的事。她的任务其实只是把副参谋长带到她家见她爸。

邱洁如从车上跳下来，看唐龙背着背包，忙问："你这是要到哪里去？"

唐龙说："今天进忠言，老少皇帝都龙颜大怒，发配我到一团充军。你去当公关小姐，怎么去了这么多天？"

邱洁如说："范司令让我去方小三那里取东西，东西还没弄到，就等了几天。"

唐龙说："想不到一本正经的范英明也会藕断丝连。"

邱洁如从口袋里掏出两个精致的盒子，"范司令要我取这两个微波跟踪仪。你想到哪里去了。噢，离了婚就不能成为好朋友？"

司机喊道："邱队长，我去前面加点水。"

唐龙打开盒子看看，"这个玩意儿好干什么？"

邱洁如说："方小三说在三十公里范围内，不用任何联络，一个能找到另一个。"

唐龙阴阳怪气地说："范英明准备奇袭蓝军指挥部，真是高着呀。可总得派个女间谍把这个东西当定情物送给朱海鹏。"

邱洁如收好跟踪仪，嗔怪道："你就吃了这张嘴的亏！你再不注意，下一回怕是要发配到连里当战士了。"掏出手帕，帮唐龙擦擦汗。

唐龙说："三个自以为是的井底之蛙，外加一个好好先生，能打赢这场演习，我唐字倒着写。当兵才好呢，战败了不用负责任。唉，当年毕业分配，我真该留校。如果现在我在朱海鹏手下，肯定被尊为军师了。"

邱洁如说："你应该坐在A师的板凳上。朱海鹏如今情场得意,再让他赢这场演习,上帝就太不公平了。你猜猜导致范司令和方小三离婚的男人是谁?"

唐龙说:"都说是昌达公司的总裁。"

邱洁如鼻子哼哼,"朱海鹏! 方小三已经把朱海鹏的妈和女儿都接到家里住了。也不知道范司令知不知道这件事。这种时候方小三实在不应该这么干。"

唐龙也有点意外,"真有这种事?"

邱洁如道:"我去方小三家见了,这还有假? 你可不要乱说,影响不好。"

唐龙道:"'女想男,隔层板',真不假。你将来不会上演这种小插曲吧?"

邱洁如揪住唐龙的耳朵,另一只手去撕唐龙的嘴。两人滚在一起。

热吻了一会,邱洁如推开唐龙道:"我得赶快把这两个东西送给范司令。说不定他真要依靠这两个秘密武器打败朱海鹏哩。"

唐龙疑惑地看着邱洁如,"不对呀,你对这个范英明是不是关心过了头? 方小三,方小三,连声姐也不肯喊了。"

邱洁如怔了一下,站起来道:"你这话是什么意思? 我想喊她什么就喊她什么。瞧她做出的事,叫她姐我觉着丢人。看什么看,我就是这个脾气,看不惯拜拜就是了。你没别的事,就快去一团报到吧。我也得去交差。"说罢,一个人飞快地奔下山坡。

唐龙又坐了很久,搬起一块石头扔下山坡,对着血色夕阳莫名其妙地骂一声:"操你奶奶!"

唐龙走后,范英明提出改变一线兵力部署,具体原因,他也说不清楚,似乎只是一种失败的预感导致的。

范英明说:"鉴于蓝军最近出现异常,我们需要从一线再撤下来三个营,加强第二道防线。"

简凡不解地问:"这时候变更部署,不太合适吧?我看蓝军除了实弹训练打中一个人的屁股外,没什么地方异常。"

黄兴安冷笑道:"小范,你不要忘记这次演习的前提是一支装备有高科技武器的部队,突然入侵由我们这样一个甲种师守卫的疆域。你把一线抽得只剩下两个营,人家一个团就能突进来。我们守的是国土,这是大是大非。"

范英明说:"我这个司令的权力是哪些,我不是很清楚了。"

黄兴安不冷不热地说:"你这个司令当然是负全责。可我们总该保留一点建议权吧?如果你的决策明显于A师不利,指导委员会应该还能行使否决权吧?朱海鹏给他的士兵发实弹,军部也不会不管吧?"

刘东旭知道不发言不行了。军史上五次反围剿作战那一段,御敌于国门之外和诱敌深入的争论,刘东旭很熟悉。当然,事实证明毛泽东的诱敌深入战术是正确的。可眼下的情况是A师在总兵力上大大超过C师,还没交战就示弱总是不大好吧?

刘东旭道:"你们争论的目的是一样的,都是为了打赢演习。不要说气话,这个方案在家已论证过多次,我看暂时不要动。打一打,如果确实有漏洞,我们再改变。A师是一支机动性很强的师,根本用不着怕。"

范英明没说话,独自出了指挥所。

邱洁如迈上平台,一抬头看见了范英明,细看就看出范英明眉头紧蹙,她的脸兀自发热,声音颤了,心慌了,敬礼时竟把帽子碰到了地上。范英明弯腰捡起帽子,给邱洁如戴上,"已经当中队长了,还这么冒失。交给你的任务完成了没有?"

邱洁如红着脸举手敬礼道:"报告范司令,东西拿到了。"

范英明接过两个盒子,想到这两个跟踪仪的用途,脸上不觉露出了让人很容易辨认的苦笑。这一连串的表情,在邱洁如眼里,都有了一种解释:这个被不忠妻子背叛的男人现在依然在饱受非人的煎熬。

邱洁如有点伤感、有点动情地看着正低着头看跟踪仪的范英明,急急地说:"不管发生了什么事,你,你肯定不会孤立。"

范英明抬起头,看看邱洁如,笑了笑,伸手拍拍邱洁如的肩,"谢谢你。你可以回去了。"

邱洁如走到通信站的车前,脸上的红潮还没有退去。这个一向敢作敢为、从不知愁滋味的少女,忽然间领悟了什么叫作牵挂了。一想到那不可知的未来,她的眼神又迷惘起来。犹豫和彷徨看来要伴她度过一段时光了。

范英明胡乱吃了点饭,到作战室写了一个手令,自己开车去一团。远远地,他看见一个背着背包的人在路上行走,近了,才看清是唐龙,汗水已经把唐龙的上衣浸透了。

范英明把车刹在根本没有招呼车辆意思的唐龙的前头,探出头说道:"上来吧,我带你去一团。"

唐龙看清是范英明,下意识地后退一步,问道:"这算不算命令?"

范英明怔了一会儿,"不算。"

唐龙说:"我会在八点钟以前走到,还是各走各的吧。"说走就走,大步流星地走。

范英明隔着挡风玻璃疑惑地看了一会儿,一踩油门,很快超过了唐龙。赶到特务连,李铁正在领着战士们吼军歌,把一首《东西南北兵》吼得山摇地动。

范英明跳下车道:"吃饱了没事干,喊山呀?"

李铁看见是范英明,兴奋地说:"团长,司令,是你来了。战士们都吵吵着憋闷,吼一吼,放放气。这演习什么时候开始呀?我们可都憋不住了。解散,自由活动吧。"

范英明看看天看看夜幕中远处的山峰,"这要看朱海鹏什么时候把刀磨利了。李铁呀李铁,如果这次演习我用不上你,那该多好。"

李铁早已摸清了范英明的脾气,知道这时候不该插话,静静地等着下文。

范英明拿出一只跟踪仪,抓住李铁的右手戴在腕上,打开开关道:"你骑个摩托随便往哪里跑上五分钟,然后在那里等我。"

李铁奔向简易车棚,骑上摩托眨眼就不见了。范英明上了车,等了一会,看着自己手腕上的跟踪仪,慢慢找了过去。

李铁从一块大石头后面走出来,"这是什么东西,真神了。"

范英明把早写好的手令交给李铁,"从现在起,你选五十名战士,组建狐狸部队,带一台步话机在指挥所三十公里以内区域活动。凭这份手令,到各个部队领取你们需要的物资。需要你们干什么,我用步话机和你联系。你回去吧。管好部队,有几个兵爱和姑娘套近乎,给我盯着点。但愿演习中你这只狐狸闲着。"

范英明站在昏暗的夜幕里。天很大很大,人很小很小。

军区演习指导委员会和集团军协调委员会设在离演习地区约一百公里的一座旧军营里。这里原是一个山地师的师部所在地,八五年大裁军,这个师撤销了番号。后来,这里变成了军区体工队田径、足球队的高原训练基地。演习领导机关的到来,使这个地方空前地热闹起来,四五架直升飞机和几十辆各种车辆停放在一起,看上去十分壮观。

作战指挥室、信息处理中心设在原来宽大的干部食堂内。从大门走进,便是由几十台电脑和一些现代化通信设备组成的演习信息处理中心。再进一道门,就是有一两百平米大小的作战指挥室。三米宽四米长的巨型液晶显示屏上,演习地区的地形图清晰得连一条公路都可以看清。

方英达在演习指挥系统调试完毕的第二天上午由军区飞抵这里,坐镇指挥这场演习。上午十一点来钟,方英达在陈皓若等集团军首长的陪同下,走进了作战指挥室。

方英达看了看作战室的主要设施,满意地笑了,"这才体现了一个集团军指挥部的水准。"

陈皓若说:"老军长,我们这回可是把最值钱的家当全部搬来了。"

方英达开玩笑道:"是不是心疼了? 好钢就得用到刀刃上。前边准备得怎么样了?"

赵中荣报告说:"今天零时,协调处与红蓝两军指挥所所有信息终端都一次性对接完毕。红蓝两军的任何部署和行动,在这里都可以得到同步显示。这标志着我们军通信手段完全进入到自动化阶段。"

方英达说:"我看看红军的布防情况。"

赵中荣对一个操作员一挥手,显示屏出现红军防区全图,营以上建制部队在上边都可以显示出来。

方英达仔细看了一遍,"不错,牛头山一线是这个防区的关键。当年我们来剿匪,就是从这里突破的。A师一团二团,两个门神一左一右,常麻秆、朱海鹏想进门怕没那么容易。看看蓝军摆的是什么架势。"

屏幕又换成蓝军的兵力部署图。从图上看,蓝军一线部队兵力很分散,而且只有几个营,二线倒是有两个重兵集结区,军区配属的尖端部队,都集中在指挥所的附近,从布阵上确实看不出什么过人之处。

方英达自言自语说:"拳头打人才能把人打倒,伸出指头戳,恐怕不行。红军要是先发动攻击,蓝军的前景我看不妙。"

赵中荣道:"朱海鹏最爱标新立异,前些天搞什么战场心理实弹过关训练,伤了一个人。"

方英达说:"有这回事?"

赵中荣道:"事后也不上报,打电话问情况,朱海鹏还认为是小题大做。弄不好,朱海鹏这次就是开了个国际玩笑。"

陈皓若拉着脸道:"有多大事报告多大事,说那么多干什么!架势摆得再好,也得经过实战检验。定下来的事,就不要再争论。"

方英达没再问伤人的事,"部队开始行动,这里能不能看得见?"

赵中荣又挥下手,屏幕上开始出现可移动的红、蓝两种可粗可细的线,"经过技术人员努力,这个难关也攻破了。如果知道行动线路和行动时间,从这里可以监视每个战场的实际进程。除了看不见人,其他参数,这上面都可以同步、准确显示。这个难题一解决,可以避免很多演习纠纷。你看这个放大图。红军三个营包围蓝军一个营,清清楚楚,协调处可以立即判蓝军这个营退出演习。"

方英达走过去坐在窗户下的一个沙发上,"陈军长,下午总部和兄弟军区的观摩团要来,新闻采访团可能也该到了。"

陈皓若道:"这里房子不缺,我们已经准备了几十个床位,伙食也安排了。北方的同志冬天用惯了暖气,这些房间都配了电加热器。"

方英达点着头说:"也就半个月二十天,还不到真正的冬季,不要搞得太特殊,战士们不是还在帐篷里睡木板嘛。给空军说一声,如果演习期间天气不好,就不要来,毁了飞机代价就太大了。"

陈皓若说:"都是按一个月时间准备的。这要看战场变化。

这种新型演习,没搞过,时间上恐怕不好规定死了。"

方英达道:"晚上搞个鸡尾酒会,一呢,对客人表示欢迎;二呢,给这次演习增加点轻松气氛。就是打仗,也要有个张弛。毛主席当年在西柏坡指挥三大战役,来了外国朋友、重要客人,也要举行个欢迎仪式嘛。"

陈皓若说:"这个事先倒没考虑到。赵处长,你安排一下。"

赵中荣停下手中的笔,"用不用通知红蓝两军派人参加?"

方英达道:"算了吧。如今双方都憋着劲儿,这里一见面,不定会出现什么情况,要是两个司令在舞场打起架来,可不好看了。"

说得一屋人都笑了起来。

赵中荣说:"这里离 T 市不远,用不用去借点舞伴来。T 市的歌舞团在西南很有名气。"

方英达站起来,黑着脸道:"过犹不及。"说着,独自走了出去。

做迎来送往的场面文章,赵中荣早具备了炉火纯青的功力。鸡尾酒会和舞会办在大演习即将开始的时候,那是要让参加者记忆很久的。可是,如果场面上女性太少,大部分来观摩的军官都像电线杆子一样戳一晚上,日后回想起来肯定又觉得味同嚼蜡。真正的战争无法体验,这对中国的军人都是无法弥补的缺憾。这就需要造些幻景来弥补。赵中荣这样吃透了方英达办鸡尾酒会的精神:给观摩团绝对耳目一新的演习感受。请舞蹈演员来帮衬是过犹不及,那么挖掘自身潜力,给舞会增添一些女军人的青春活力,应该是恰到好处了。只要观摩团的男性成员跳得尽兴,这种急就章的捉笔人的能力,总会被上级首长看到的。吃过午饭,赵中荣到军报女记者秦亚男少校下榻处进行了短暂的拜访。这么及时地进行这次拜访,并不是因为这个一身阳刚气的美丽年轻的女记者以一种特别的女性味道吸引住了赵中荣,赵中荣也不是急于感受品味一番这个气质高贵女人谈吐中的独特韵致。赵中荣是对她的姓氏感了兴趣。军区司令员姓秦,这个女记者也姓秦,听说秦司令有个小女儿在美国留学,这就够了。大军区司令员的女儿,摇身从留美学生变成军报少校记者,在赵中荣看来太稀松平常了。十年前的方怡上尉如今不是大公司的总经理了吗?

问了些必要的寒暄后,赵中荣问道:"秦小姐对我们军区应该不陌生吧?听宣传部白干事介绍说,你有个叔叔就在我们军区。"

秦亚男的表情淡然,礼节性地说:"十年前,我作为见习记者来过你们军区,这是第二次以记者身份来西南。我父亲弟兄一个,白干事的介绍有误。"

赵中荣哦哦着,"有人还认为你是秦司令的女儿,刚从美国回来呢。"

秦亚男问道:"有个姓范的营长,不知还在不在你们军区。那一次我们是来采访大比武,这个营长带队拿了所有的第一名。"

赵中荣说:"你要只说姓范的营长,我们军区没有十个也有八个。你说这个营长,那就只有一个了。如今是这次演习的红军司令。秦小姐原来认识他?"

秦亚男道:"要认识还用打听吗?想不到他已经升到正师了。不过,也应该。那一次他可是把我镇住了。"

赵中荣道:"军区方副司令的三驸马,当然升得快些,是副师。如今又离婚了。好好,秦小姐,你休息。晚上有个舞会,请你一定出席。"

判断出这个女记者不是秦司令的小女儿,已经达到目的,至于这个女记者与范英明有什么关系,眼下不是赵中荣关心的问题。他开车去后勤,打借条领了二十套女干作战服和二十副少尉中尉软肩章,驱车去了配合这次演习的通信营。一见面就对女教导员说:"找二十个模样俊俏的、会跳舞的、女的,今晚到军指挥部捧捧场,还是娃娃脸的不要。"

女教导员道："全营有几个女干部,你这个大处长不会不知道。我到哪里给你拉二十个女舞伴?"

赵中荣把衣服抱下来,"你也别说你的兵不会跳舞,也别说不准战士跳舞,要把它当作一个特殊的政治任务完成了。道具我已经带来了,清一色少尉中尉。说话时口径要统一,中尉说是信息处理中心的,少尉就说是通信营的。"

女教导员说："我可把丑话说前头,上头不高兴了,你可别推。这点道具就不还了,再给我们解决两千块训练费。"

赵中荣笑道："又不是第一次合作了,哪一回亏待过你们? 你的条件我都答应。四点钟你的人要到那里布置会场。把车停远一点,三三两两进去。"

女教导员脸如满月地笑道："哪一回也没让你难堪呀。我的兵,这点事还办不了!"

欢迎仪式很简短,方英达代表军区、代表演习指导委员会致了一个欢迎词,很快舞会就开始了。二十个女少尉女中尉一出场,又都是崭新的作战服,舞会的别样味道一下子就出来了。四周墙壁上装饰着墨绿色的伪装网,再有十几支各式各样的枪随意一挂,四个角两角堆些空弹药箱,一角停一辆敞篷越野吉普,一角摆着两把重机枪,置身其中,战地感觉浓得扑鼻。赵中荣一直在一旁偷眼看陪同主要客人的方英达和陈皓若,看见他们说笑着,随后一个个被女军官拉去跳舞,这才瘫靠在角落里一个弹药箱上长吁了一口气。

秦亚男拍了十几张照片,凑到赵中荣身边说："创意很好,赵处长,你们的女中尉女少尉是不是太漂亮了些?"

赵中荣道："过奖了,公事公办说,南国出佳丽;实话实说嘛,有些实话道不得。大家都满意,我也就知足了。"

秦亚男抿着嘴道:"是挺感染人的。要是这些女孩穿着时装,男人们穿脏兮兮的作战服,味道就更足了。能不能帮我找一套作战服?"

赵中荣道:"你是不是现在就要?"

秦亚男道:"不急。我想随你们红军一起行动,不知赵处长能不能帮这个忙?"

赵中荣说:"我人微言轻,这事你还是去找方副司令。他只要发话说你可以随军采访,怎么安排你的行程,就属我的职权范围了。"

秦亚男理理头发,去请方英达跳舞。

夜来了。

朱海鹏命令利用一切可以利用的通信手段,尽可能多地截获红军各个级别的加密电报后,披着毛呢大衣出了指挥所。

江月蓉正立在朱海鹏住处的门口,看挂在一棵小香樟树上的空鸽子笼。

朱海鹏走过去说:"我刚下了命令,二十四小时值班,全方位搜集红军的来往电报,能不能打一场信息战,全靠你和程东明了。"

江月蓉取下鸽笼,"你什么时候又回家了?"

朱海鹏没弄明白,"我没回家呀!"

江月蓉用手指指鸽笼,"你最近好像有什么心事。那天晚上电话里吞吞吐吐,像是出了点什么事。这次见面,除了作战,你还是作战。别把弦绷太紧了。'军指'今晚不是搞鸡尾酒会嘛。要说操心程度,方副司令不比你低吧?"

朱海鹏在昏暗里龇出一口白牙,"一个中将,一个上校,能比吗?事,确实有作难的事。那天就想请你帮我出个主意。后来我想还是处理完了再对你说。"

江月蓉关切地说："什么事？你这个人，总是爱吐一半留一半的。我可不想破这种密码。"

朱海鹏叹口气，"这事本来不该让你知道，你既然要问，我就说了。说了，你可别怪我说了。本来我是不想说的。"

江月蓉急了，"你就说吧。"

朱海鹏道："丫丫和我娘已经来了C市，方副司令要我一心一意，不要三心二意。"

江月蓉说："这么好的事，你为什么不早告诉我？我早就想见见大娘和丫丫了。"

朱海鹏说："他们住在方副司令家里。"

江月蓉猛地一抬头，没做任何表示低着头走开。

朱海鹏追上去说："这件事事先我根本不知道。我想先租个房把他们接出来，住在那里太不合适了。可眼下还不能办。一是因为演习没时间办，二是方副司令病重，我娘又以为我真的是去打仗，硬要留下照顾方副司令。"

江月蓉一直不说话。

朱海鹏急了，追两步，拉了江月蓉一下，"我说不能说，你偏要我说，说了你又这样，真让人猜不透。"

江月蓉猛地一扭头，"我这样不对吗？我不这样又能怎么样？作为你的朋友和部下，我应该为你高兴。"

朱海鹏说："我说不告诉你更好。一说，你还是生气了，真不该说。"

江月蓉认真起来，"我生什么气？真是的。你有三喜，我高兴还来不及呢。与方大经理破镜重圆是一喜；彻底解决了大娘和丫丫这两个后顾之忧，可以安心做将军梦是二喜；心理上终于占了范英明一回上风是三喜。吃喜糖的时候可别忘了通知一声。"说着，转身回去了。

　　朱海鹏只好眼睁睁看着江月蓉走了。一个人独自走了好一会儿，满脑子只有一个疑问："这个事怎么比打仗还要难？"

第 八 章

　　秦亚男得到特别通行证,用的时间比一首《多瑙河之波圆舞曲》还要短。那个悠长舒缓的前奏刚刚开了头,她就感觉到方英达的快三舞步沾染着鲜明的俄罗斯气息,踮脚有点夸张,身体有明显向上快冲的过程。作为职业新闻记者,她很快就找出了话题。

　　秦亚男说:"方副司令,你的华尔兹老师,肯定是五十年代那些高鼻子的苏联军官。"

　　方英达笑道:"老了,这种特点也不明显了。我的老师是纯粹的俄罗斯姑娘,当然也有乌克兰和哥萨克姑娘。在伏龙芝军事学院头一年,扫舞盲就把我扫到了。"

　　这又是一个可以引申开去的话题。秦亚男道:"刘伯承元帅是你的校友,那个学院盛产儒将。方副司令这步棋,在北京反响很大。我争到这个任务,可费劲了。"

　　方英达道:"我只不过还有点吃螃蟹的勇气,大气候、小气候催逼,不做不行啊。对全局来讲,这种演习,不过是一个卒子过了河。"

　　秦亚男要直奔主题了,"来这里不到一天,感受良多。这鸡尾酒会和战地舞会,可以说是耳目一新。别的嘛……"

　　方英达笑道:"我们最缺的就是批评家。"

秦亚男道："有点犹抱琵琶半遮面,另外还有职业歧视。"

方英达道："请明说。"

秦亚男道："部队改革,小的讲,是全军将士每个人的责任和义务;大的讲,应该是全民族的大事,至少和国有大中型企业一样,应受到全方位关注。可眼下承认部队也应做深度改革的不多。听说你们这次演习,我们记者还是只能在二线三线看看热闹,好像我们一动笔,泄出的都是机密。"

方英达说："有些道理。这毕竟是军事行动。"

秦亚男道："我这次来,实际上是想写一写基层干部战士在你主持的超前性演习中的心灵历程。你以为这一点不重要吗?"

方英达道："实话对你说,低调处理,不做宣传报道的规定是我定的。"

秦亚男道："是怕出问题吧?"

方英达说："我有点累,抱歉了。不过,你说服我改变了主意。我可以给你们记者签发特别通行证,可以自由出入演习区域。只有一个限制,任何文字,都要报协调处审查。"

秦亚男扶方英达坐下,关切地问:"你是不是不舒服? 要不要喊个医生来。"

方英达强忍着癌细胞活跃时的阵痛,摆摆手说:"构思你的当代军人心灵史吧。"

第三天早上,秦亚男和军区报社的王记者一起,乘坐赵中荣派的专车去红军防区。车进入山地,秦亚男才又一次想起十年前那个把全部第一都拿走的范营长。

秦亚男说:"听说这个范司令刚刚和方副司令的三女儿离了婚? 你知道这事不?"

王记者是那种地上的事全部知晓,天上的事也敢乱说八九的人,话匣子自然就打开了:"前一段这可是军区的头五号新闻之一……"

　　专车进入一团防区,秦亚男已经谙熟了范英明的历史和现状的重要情况。她很想马上见见这个范英明了。因此,秦亚男更改了在一团待三天,从基层摸索起的原定计划,决定直接去红军指挥所。

　　这一改变,让一团、电子对抗营、通信站的充满期待的安排布置,都变成了无用功。

　　唐龙在一团沉寂了几天,向焦守志请了假,骑着一个摩托早早地离开了团指挥所。他的计划是去找李铁喝酒。到了特务连驻地,才知李铁带领大部分人去执行秘密任务了。又骑了一会儿,竟看见不远处邱洁如正在撤什么横幅。唐龙这才承认本意是想来看看邱洁如的。

　　邱洁如见唐龙走近了,把笑脸藏下,故意刺他道:"不是拜拜了吗? 又来干什么? 视察吧,可惜我们又不归一团管。"

　　唐龙恨得直咬牙,却笑着说:"想你了,看看你不行吗? 只准你使性子,我就不能有点小脾气?"

　　邱洁如一抿嘴,"谁让你比我大呢! 怎么样,到一团还过得惯吧?"

　　唐龙说:"婆婆没了,自由自在。你们这是在干什么? 像是有什么要人要来。"

　　邱洁如说:"说是有两个记者要来,上边通知要表示热烈欢迎。忽然间,又说直接去师指挥所。又过一会儿,通知又来了,让我晚上带几个女战士去参加什么战地露天舞会。"

　　唐龙道:"真是糊涂! 这些记者算不算我们师的随军记者? 如果是的,也不该搞这些名堂。要是走马观花看一看就走,会发生什么事就难预料了。"

　　邱洁如问:"你是什么意思?"

唐龙说:"这和打仗没什么两样!算了,我操这些心干什么。晚上回来,让你们司机开慢一点,有几个急弯。"

邱洁如很感动,站在那里望了好一会儿。

范英明在备用指挥所得知师指挥所要为两个记者举行露天野战舞会的消息,马上往回赶。在山脚下,他就听到了悠扬的舞曲。来到一排简易房前,他强压一肚子火,说:"曹参谋,你去把刘政委找来,就说我有急事找他。"

刘东旭慌慌张张跑过来,"出什么事了?"

范英明道:"这是谁的主意?怎么能这样干呢!九十年代的战争,一个指挥所外边挂了那么多灯,同步卫星拍几张照片,至少能分析出这是一个重要的攻击目标。"

刘东旭多少放心了,"这事我也同意。军里搞了舞会,赵处长又通知说方副司令对记者的采访很重视,要求全力配合。所以……"

范英明打断道:"军里?军里是裁判。这两个记者晚上走不走?"

刘东旭说:"可能不会走。军报的秦记者似乎是你的一个熟人,一直在打听你什么时候回来。"

范英明说:"我不认识什么秦记者。政委,现在只能做些防范工作。朱海鹏早准备好了,可一直没动,肯定有什么图谋。我们必须做到万无一失。这两个记者,在演习结束前,不能离开防区。"

刘东旭也受到了感染,"你说他们可能无意泄密吧?你说该怎么办?"

范英明道:"先留他们在这住一天,我让警卫连给他们腾一间房,劝他们留下的工作由我来做。"

刘东旭说:"不行啊,他们是一男一女。"

范英明说:"那就再挤一间。你去设法拖住他们。我明天早上回来处理这件事。"

刘东旭又慌里慌张走了。

第二天早上,秦亚男和王记者吃过早饭,准备再去指挥所等范英明。

一个上士走过来行个持枪礼,"首长,你们不能随便走动。"

王记者掏出特别通行证说道:"我们是记者,是来采访的。这是干什么?"

上士说:"我们在执行命令,首长。"

王记者道:"我们要是硬闯呢?"

秦亚男拉住王记者,笑着说:"我们要到指挥所发报,还要见你们范司令。上士,昨晚我们还在你们指挥所跳过舞,怎么睡了一觉你们就不认了呢?"

上士说:"首长,我们确实在执行命令。"

王记者火了,"谁的命令?"

上士说:"范司令的命令。"

正在争执,黄兴安堆着笑脸跑了过来,"昨晚两位睡得可好?条件简陋,委屈了。"

王记者掏出连夜赶写的稿子晃晃,"黄师长,我们点灯熬夜为你们吹喇叭,一觉醒来我们倒变成不受欢迎的人了。这叫什么事!"

黄师长连忙解释说:"误会,误会。是这样的,昨晚舞会结束,出了点小事,范参谋长就下了限制人员流动的命令。现在基本上快查清楚了,再委屈两位两个小时。"

秦亚男也把稿子掏出来道:"没关系。临来贵部之前,我和我们主编通了电话,商定开一个战地日记的栏目。我们急于找你们,是怕耽误了发稿时间。稿子由协调处审查后发回。这是写昨天见闻的一篇。"

黄师长接过两篇稿子，"我马上去处理这两篇稿子，等事情查清楚，我亲自来接你们。"

王记者跑遍全区部队，还没受过这种冷遇，不咸不淡地说一句："这笔，是可以画圆也可以画方。以往我们合作，都很愉快。"

黄师长再次赔笑道："请相信我们绝没有怠慢的意思。你们这些无冕之王，有时候想请还请不到呢。"

秦亚男心里想：那就等等看吧。

黄兴安沉着脸回到指挥所，把两篇稿子交给简凡，"你看看这两篇稿子。老刘，小范也太不给人面子了！三个卫兵对付两个文人，有个还是女的。"

刘东旭感到为难，说："等小范回来再商量商量。他也有他的道理。"

黄兴安气鼓鼓地坐下，"演习就这么几天，以后日子还长，且不说秦记者的能力，就是王眼镜睁一只眼盯着咱们裤裆看，就有我们擦不完的屁股。"

简凡拿着稿子道："多好的文章！看样子这个秦记者是准备连续报道。全部是写咱们师的精神风貌的。政委，你站得高，你再看看，看看有没有范参谋长担心的问题。"

刘东旭说："我不看了，我再去给他通个话，让他尽快回来。"

黄兴安道："我已经替他圆了谎，两小时后，我还要亲自去把两个记者请来。"

简凡看刘东旭去了机房，骂道："得给他动点硬的，方副司令他也敢不放在眼里。你看这两篇稿子怎么办？"

黄兴安说："你马上安排发给协调委。"

简凡说："都不短，加密太耽搁时间了。"

黄兴安道："不就是两篇新闻稿？常麻秆收到又能怎么样？"

范英明熬了一个通宵，看到备用指挥所正常运转了，这才想到去处理两个记者的问题。赶到警卫连驻地，看见三个流动哨正围着房子转。

范英明叫过来上士，压低声音说道："你这是看犯人呢！"

上士道："后面有窗户，所以……"

范英明自言自语说："只能这么办了。"径直去敲一扇门。

秦亚男打开门，见是范英明，半带惊讶半带喜悦地直盯住范英明看，却忘了让开房门了。范英明下意识地低头看看自己的装束，开玩笑道："是不是哪里不对，吓着了你？"

秦亚男莞尔一笑，"我是在想十年前见过的范营长和你有什么不同。"

范英明确实想不起来见过秦亚男，就说："你就是那个三言两语能让一个中将改变主意的秦大记者吧，幸会幸会。"

秦亚男伸出手道："我们已经幸会过了，不过那个时候你是大明星，我只是个还没走出追星族队伍的见习记者。"

王记者蹿过来打了范英明一拳，"你太不够意思了，竟敢关我们禁闭。"

范英明笑道："我知道王大笔杆来了战区，怕有闪失，专门派一个班保护，你还不领情！"

王记者说："算了吧。一场演习，至于搞得周吴郑王的！我们有特别通行证，不是什么间谍！"

范英明暧昧地一笑，伸出手道："我是司令，责任重大，谁知道你们是不是假传圣旨。如果真是上级派来，我中午设宴给你们压惊。"

王记者掏出特别通行证，拍在范英明手里，"小秦，你的也给他。这小子原来把我们看成冒牌货了。"

范英明接过通行证，揣到自己兜里，"我知道这是真的，不过，这是我的防区，我得给你们换两张。"说着从口袋里又掏出两张通行证，"演习期间，你们可以带着它们，自由出入红军任何一个地方。"

王记者有些火了，"你这是什么意思？"

范英明道："曹参谋，从现在起，你负责照顾两位记者的生活、工作。他们写的批评稿、表扬稿，你都要拿给我亲自过目。王大记者，秦小姐，这是一次特殊的演习，请你们接受这特殊的规矩。中午本司令设宴为你们洗尘。"说罢，独自一个人走了。

王记者跺脚骂道："你狗日的搞阴谋，存心要把我们困死在这里呀。"

秦亚男的目光一直追着范英明，喃喃道："有意思，困在这里有什么不好？"

江月蓉、程东明破译密码没有丝毫进展。这天早上，朱海鹏按捺不住，又跑去催问。

朱海鹏迈进门，开门见山地说："到底有没有希望，你们尽快给个回话。"

江月蓉一推桌上成堆的报文，"早给你报告过，这是在猜另一个人或者是好几个人的思想，有很大偶然性。"

朱海鹏道："你们不是说中国人猜中国人的思想很容易吗？难道银行的密码系统……"

江月蓉腾地站起来，"你怎么能这么说话？你完全可以把我们俩当作废人看待嘛，我什么时候给你打过包票？你要是把希望寄托在我们身上，干脆投降了算了。"

朱海鹏自知理亏，叹口气道："我心里着急，你们也应该体谅。信息战在海湾战争中……"

江月蓉说："能比吗？海湾战争爆发一年前，美国就派间谍把伊拉克将要进口的一批电脑打印机，在法国电脑公司里装上带病毒的芯片。人家为研制这种技术，耗资几亿美元。你呢，只是在依靠我们两个脑袋。我们相互体谅吧。我们一直在做，请你别再打扰了。"

朱海鹏悻悻地走了出去。海湾战争高技术背后强大的物质基础，他不是没注意到。他也没想在这次演习中，创造出信息战和电子战奇迹般的战例。他的期望值只是在这次演习中展示一些电子战、信息战的威力，让更多的人重视。除了物质因素外，人还是起着决定作用。中国研制核武器时，国力贫弱，但都成功了。如今，中国综合国力已居世界第五位，还有什么事情办不成？

朱海鹏在指挥所外冥想的时候，蓝军信息处理中心的一台电脑显示屏上突然出现了秦亚男写的战地日记。

一个女少尉看了一会儿，不由得读出了声音："部队确实在发生变化。我从一个鸡尾酒会和一个战地舞会中深刻地感受到了这一点。演习参谋长是个精力充沛的人，说话充满自信。他认为这次演习将会以无可争辩的事实证明，这支部队可以和世界上任何部队进行全方位的对抗。据我所知，演习蓝军一方，汇集了该军区最精锐的高技术部队，其战斗力不弱。到底最后鹿死谁手，尚未可知。遗憾的是，今天没有见到那位在选拔中击败所有竞争对手的红军司令。但愿明天能见到他……"

常少乐看看朱海鹏："这是怎么回事？怎么会出现明码电报？"

朱海鹏说："打出来。查查是他们哪个区域发的。去把江工程师和程东明叫来。"

江月蓉和程东明过来仔仔细细看打出来的电文，两人脸上都露出了喜色。

朱海鹏急忙问："是不是很重要？"

江月蓉道："有时候我们为破一种密码，等他们这种疏忽，需要等好几年。"

程东明指着下边几排数字道:"这是他们二号机群发出的。如果这不是他们为更换密码故意露的破绽,很快就能找到规律。"

朱海鹏道:"还需要多长时间?"

江月蓉道:"或许是一分钟,或许是十年八载。还是让小程一个人去想吧。"

正在说着,一个上尉参谋过来报告说:"军协调处来电,昌达公司总经理方怡带着二十台电脑和一些慰问品已经出发,赵处长叫我们认真接待。"

朱海鹏看看停在门口的江月蓉的后背,说道:"添乱。一场演习,怎么也要搞这种事。军部拒绝了不就行了。"

常少乐道:"这可是打着灯笼都难找的好事。你看是谁出面接待一下? 我看还是我去吧。"

朱海鹏道:"那就当好事看吧。你用飞机去把他们的人直接接到备用指挥所。我通知那边搞个仪式。走的时候还用飞机送。非常时期,保密工作一定要慎之又慎。"

常少乐答应着出去了。

江月蓉又拿了一叠东西返回作战室,对一个参谋交代了几句,过去对朱海鹏说:"你这种口气不太合你师参谋长的身份。常师长出去,你连送都不送一下。这司令没当几天,架子端得比真司令还要大。"

朱海鹏慌忙跑出去,只来得及伸出手摆了摆,飞机已经起飞了。

江月蓉迷蒙着眼睛看着渐渐远去的飞机,"还有你从'陆院'带来的一群助手,都太抢镜头了。算了,我操这些心干吗?"

朱海鹏感激地看着江月蓉,"谢谢你的提醒。有你在身边,我会少走很多弯路。我一定注意给 C 师的人留下足够大的舞台。"

江月蓉冷笑道:"我能有多大能力?不过是说了几句话。哼,我的感觉没错的话,方大经理不见到你是不会走的。你自己也明白。"

朱海鹏刚想说点什么,江月蓉已经低头走了。他确实感到这个问题棘手。

方怡确实是为了见见朱海鹏,才想出了这个主意。然而她的主要目的却不是要用这二十台加了防震外套的电脑向朱海鹏表示爱情,要是这样,她就用不着同时也给红军捐同样多的电脑了。她只是希望这场演习能尽快结束,好让父亲能放心进行治疗。人只有一个父亲。

方怡带着三辆车走到蓝军防区第一道关卡前,就被一个上尉热情地接住了。上尉让自己的几个兵把三辆车开走,笑着说:"方总,你们先到接待室喝杯茶,一会儿常师长亲自带飞机来接你们。"

方怡看见这里竟然还有巡逻队,忍不住抿嘴笑了,"你们搞得跟真的似的。茶就不喝了。"

上尉陪着方怡站在路障前,"以前我也参加过演习,感觉是不一样,这些形式一搞,我们就觉得跟真的一样了,"手搭凉篷一看,"方总,飞机已经到了。"

常少乐下了飞机,过来握住方怡的手说:"小三呀,没想到你有这种觉悟,给部队捐物资,昌达公司算是全国第一份。你看什么?"

方怡说:"朱海鹏怎么没来呀?"

常少乐道:"常叔叔这个一师之长,演习蓝军太上皇前来接驾,你还觉着规格低呀?"

方怡指着一个职员手中的鸽笼说:"他女儿和我儿子,要我一定要把这四羽鸽子交给他。"说着往直升飞机那边走。

常少乐问:"他女儿你啥时见了?"

方怡说:"他没对你说呀?他妈和女儿在我家住一个多月了。"

常少乐微微一怔,支吾道:"是呀,他,他好像说过,我怕是没听明白。"

飞机一到备用指挥所,方怡就问前来迎接她的楚天舒:"朱海鹏呢?"

楚天舒道:"真不凑巧,朱司令早上下部队视察防务了。有常师长和我这个演习参谋长在,也就能代表全体蓝军将士了。"

方怡看看没几个人的指挥所,问道:"他什么时候能回来?"

楚天舒道:"说不准,或许今天回来,或许明天回来。方总,你看,我们已经准备了简单的仪式……"

方怡说:"你先别说。"转过身盯住常少乐道:"常叔叔,小三可是诚心诚意支持这次演习的。我带了二三十万块来这里,想见见朱海鹏这个司令,不过分吧?"

常少乐道:"看你说的。他要事先知道你来,肯定早在这里等着了。"

方怡笑道:"常叔叔,我好歹也当过七八年兵。一看这里,就知道是个假指挥所。保密的重要性我也知道,在这儿接待我也很满意。我看就不要说什么朱海鹏下部队视察了。演习还在准备阶段,也别说工作忙。你告诉他,我也不会耽搁他和什么江小姐谈情说爱,我是要和他谈谈我爸的病。"说着,眼圈就红了。

常少乐忙道:"我们都不好劝他,你知道……"

方怡咬咬牙,"算了,早晚你们会明白的。我爸的命,如今捏在你们手里。你们早点了了他的心愿,他这病或许能治。一个多星期没见他,他又瘦了。"

常少乐说:"小三,我这就去把朱海鹏叫来。"

飞机刚刚降落，朱海鹏、江月蓉都一脸兴奋地迎过来。

朱海鹏小声道："报告你个喜讯，红军的密码，已经叫我们破了。"

常少乐喜出望外，"这么说，这次演习咱们就稳操胜券了。"

江月蓉道："不能这么说。这件事只能限于我们少数几个人知道。如果对方知道这个消息，把密码一更换，破这个密什么用也没有。"

常少乐道："海鹏，那可得好好谋划谋划。"

朱海鹏道："这不是正等着给你汇报嘛。其实，这只能在战役的开始起点作用。换个密码，A师用不了一天时间。我们必须好好利用好这一天。"

常少乐说："别说汇报不汇报。我这个人说当顾问就是只当顾问，军事上的最后决心，都由你来下。天塌下来了，咱俩共同顶着。咱们个头差不多，谁也不吃亏。"

朱海鹏和江月蓉都笑了起来。

常少乐道："你们先别笑，方小三非要见到司令，搞不见鬼子不挂弦。你们看，我都没让飞机熄火。海鹏，你去见见吧，说是要和你谈方副司令的病。遇到一个这样的父亲，当儿女的也作难。"

朱海鹏看了江月蓉一眼，"这都火烧眉毛了，我给她通个电话吧。"

江月蓉道："你这么做，人家怎么看？你真是的，看我干什么？你从来都不是个缺少主意的人。常师长都不敢领导你，谁敢替你做主。"

朱海鹏道："我去去就回。下午，不，我争取中午赶回来吃饭。"

江月蓉强笑道："你是司令，什么时候变得这么婆婆妈妈、口齿不清了。"

常少乐看着朱海鹏上了飞机,故意自言自语着:"男人女人,一优秀麻烦事就多。海鹏是个吃软不吃硬的主儿……"

江月蓉接一句:"那要看程度,天上掉下来一颗流星,先把他砸成肉饼了,就是人家吃了。"

常少乐纳罕江月蓉的见识,心中一凛,转过身要劝劝江月蓉,一看,江月蓉已心事重重勾着头走了,不禁低声吟出一个字:"难!"

作难的男人还不止朱海鹏一个。

范英明思前想后,不知该用什么方式来处理和黄兴安的关系。这天下午,他一个人踱出指挥所,想到一个清静处认真想一想,就沿着一条崎岖的羊肠山道,往山上走。几天前,他已经把戒了很久的香烟又拣了起来。走到半山腰,他坐在一块大石头上把烟点上了。

秦亚男在红军警卫连住了两天,一直在暗中观察范英明,心里渐渐生出了单独见见范英明、说点战争以外话题的企盼。作为一个职业意识很强的女人,特别是作为一个有过短暂婚史的熟透了的单身女人,她很快就判断出这种企盼存在着一定的危险性,并开始有意识地抑制自己的思维不要过分活跃。然而,当她发现范英明郁郁寡欢地一人上山后,却又不由自主地跟了上去。这两天嗅到的弥漫在红军指挥所上层指挥员中间的紧张空气,和这个男人不久前的婚变插曲,确实都是一个思维敏捷、并有一些文学抱负的记者无法拒绝的诱惑。

"范司令,"秦亚男在范英明背后十几米远喊一声,"果真是你。有点怪,大战在即,你竟然还有闲心观风景。"

范英明欠欠身子,"松弛松弛嘛。给你们提供的报道线索都摸清楚了?有没有些有用的材料?上次演习我们意外地失利了,基层干部战士的心理有很大变化,还是可以做些文章嘛。"

秦亚男道:"这些题目我的兴趣不大,都给老王做了。"

范英明道:"A 师再没更有意思的线索了。"

秦亚男抿嘴笑道:"你本身就是线索,可能还是最有意思的线索,只是这条线索不好抓。"

范英明笑道:"我是最没写头的一个人,入伍、上学,然后一直从排长干到师参谋长,可以说淡而乏味,你有生花妙笔,怕是也难做无米之炊。A 师的其他人都可以写,我都会尽最大努力给予支持。"

秦亚男道:"一个特别的新单身族,一个婆婆太多的小媳妇,还没什么写头?"

范英明吃了一惊,站起来道:"到底是大记者,消息灵通。新单身族倒不假,可一点也不特别。婆婆多也是实情,可婆媳关系都处得很好。等会儿还要开作战会,你慢慢看风景,咱们抽时间再聊。"

秦亚男一脸坏模坏样地笑,直看到范英明拐进指挥所掩体里,才把手里的一把树叶抛撒到空中。

范英明回到指挥所,决定对黄兴安采取以退为进的方针。这个方针的前提,自然是认为 A 师不管采用哪种防御,最终肯定是这次演习的胜利者。当然,这是一次对现实的妥协。

范英明在演习前最后一次高层军事会议上,变得激进起来,"我考虑了几天,认为黄师长御敌于国门之外的防御方针是正确的。一线部队兵力还需要加强。可以考虑先把二线的四个独立营顶到一线的薄弱环节上。预备队三团一个半营前推到防区后腰部位的五号地区。"

黄兴安、刘东旭和简凡在范英明说话时都面带惊讶。

黄兴安见范英明已经作了让步,便说:"我和刘政委只是帮你参谋参谋,你能下这个决心,我们当然很高兴。那就这么办吧。"

红军临战前防御思想突然变得激进,正是蓝军所期望的。

在这天下午,演习的最高决策者方英达也在两难中做出了一种选择。

赵中荣在作战室用显示屏显示出了红蓝两军五天前和现在的布防情况,然后对方英达和陈皓若说:"蓝军五天来,部队没作任何调整。现在,演习区域有部队两万二千人,耽误一天,就是浪费三十万。应该给蓝军规定一个最后攻击期限。虽然现在还在计划时间内,但应该提醒他们注意。"

方英达沉思良久,说道:"提醒他们,不允许超过规定时间。"

一个参谋进来报告说:"蓝军来电:他们将于二十四小时内发起攻击。"

漫长的等待终于要结束了。

方英达道:"我命令:自现在开始,演习指挥部所属各部队,进入一级战备状态。赵处长,你要安排好总部和兄弟部队观摩时间,特别注意记录他们提出的批评意见。"

演习指挥部忙碌起来。

傍晚,朱海鹏下达了第一项作战命令:"命一团、三团全部,向小凉河西我二号结合地区隐蔽集结;命二团、摩步营、坦克营向小凉河四号结合地区隐蔽集结;命陆航大队、特种侦察中队进入一级战备状态;命电子对抗团自晚十时起,对敌进行二十分钟电子干扰,间隔十分钟,十一点半停止;命空军一大队、三大队进入一级战备状态。"

楚天舒问:"要不要告诉部队攻击时间?"

朱海鹏道:"这要看我们子夜能否把他们一线部队调动出来一部分。如果过早暴露我们实际意图,可能会引起敌人警觉。"

这一系列决定,很快在协调处大显示屏上得到有形的显示。

方英达道："让我看看蓝军集结完毕后的情况。"

画面上，蓝军在小凉河一侧集中成两个大蓝点。河的对面红军防区，正是主力防守的地域。

方英达仔细看了，说："看来朱海鹏是准备后半夜动作了。部队突然集结发动，这种思路是对头的。只是这种伸出两只拳头打人的战法实在不可取。"

陈皓若道："蓝军突破红军第一道防线的可能，只能是以突然袭击方式，由中部三号地区突进去。只要他们空中打击能够奏效，可以做到这一点。"

方英达说："我去睡一会儿。小赵，演习开始，别忘了去叫我起来。"

方英达和陈皓若得出蓝军这次战前集结不属上策的结论后，都表现出了如释重负的心理。

十点钟，红军几巨头直接从自动化指挥系统上，看到了蓝军电子干扰的威力。

黄兴安看见一切通信联络都不能进行，心里有点发慌，说道："小范，咱们的电子对抗营应该进行反干扰。"

范英明盯着全黑的显示屏道："电子对抗营有自动反干扰装置。看来电子战上我们已陷入了被动。不过，这种时候，他们也无法进行联络。"

简凡道："他们把军区的电子对抗团都拉来了，这方面输一着半式也不丢人嘛。"

王记者冒冒失失撞进来问："是不是已经打进来了？"

简凡说："打进来？没那么容易吧？"

范英明严肃地说："老王，请你回避一下。"

忽然间，电子干扰停止了。

范英明马上道："简参谋长，以最快速度命令各部队：敌可能于今夜来犯,各部进入战争状态,以寸土必争的姿态投入演习。令独一、二、三、四营按昨日预备令连夜向指定地区运动。令三团一营及二营一部于明早六点接替四个独立营防务。"

红军指挥所一片忙碌。蓝军指挥所也忙碌起来。

常少乐从江月蓉手里接过破译的红军电令,扫了一眼,便大笑起来,"咱们要睡觉,黄兴安马上又铺床又递枕头。不过这老小子权术玩得精,生生把范英明吞了。"

朱海鹏看看电报,"侥幸,侥幸。多么可怕的心态呀。寸土必争?那就好好利用一下这个寸土必争吧。几点了?"

楚天舒说:"十一点四十。"

朱海鹏问常师长:"师长,你看还用不用再逗他们一会儿?"

常少乐说:"迟则生变,你下决心吧。"

朱海鹏取了大衣,"楚参谋长,你记录一下,我客串一下红军司令范英明。坦克团:敌已向二号、四号地区集结,有从两翼发起攻击企图,为贯彻寸土必争的作战方针,令你部一营、三营分别向以上两地区运动,限于明晨三点半以前,分别隐蔽于黑龙潭、白玉滩小凉河一线。怎么样,像不像?"

常少乐道:"我学着黄师长的口气加一句:望你们珍惜荣誉,御敌于国门之外。"

朱海鹏说:"加得好!老楚,照这个格式,再拟几份,把他们炮团两个营调到四号地区;把他们的主力一团两个营比炮兵早调到该地区半个小时;让他们右翼二团向三号地区漂移二十公里,我们用两个团在结合部吃掉他们。再专门给他们空军发一电:明天有雷雨。"

常少乐道:"要是真能这样,只用两天时间,他们就瘦得连个乙种师都不如了。"

朱海鹏道:"只要把他们的中枢神经破坏了,拖也能把他们拖死。六七年初夏,第三次中东战争,以色列就是以这种办法赢得了胜利。他们用假命令把埃及的油料车队引入雷区,埃及死海南部的装甲部队全部成了以色列的战利品。明天如果他们不能及时更换密码,部队就会收到真假难辨的电报,战斗力会丧失大半。"

江月蓉说道:"先别这么乐观。你还是把部队调动好了再说吧。"

朱海鹏又道:"命我军左翼集团两个团趁夜渡河,于明晨三点前赶至三号地区摆出口袋阵,聚歼敌二团于运动中。命我军右翼集团横移到三号地区渡河,由一团三团右翼攻敌一道防线。命反坦克部队两个营,赶赴黑龙潭、白玉滩渡小凉河,必须于两点钟以前渡河完毕。还有没有遗漏?"

常少乐提醒道:"咱们恐怕得留一个营佯攻敌四号地区〇八号高地,这样,他们一团才会挨自己的炮火。"

朱海鹏道:"命电子对抗团停止电子干扰十分钟,以最快速度把电报全部发出。通知各部队,上报演习开始时间为明晨四时。命电子对抗团,在我电令发出后,开始实施间隔五分钟的电子干扰,每次四十分钟,明晨六点停止。"

常少乐问:"完了没有?"

朱海鹏打个长哈欠,"这三天没睡够十个小时,今天终于可以睡六个钟头了。常师长,月蓉,你们也该睡了。"

常少乐说:"别急,等天舒把命令都发了,我还有个小节目。演完了再睡不迟。"

江月蓉问:"可别是逗笑的,我一笑就睡不着。我还是先去睡吧。"

常少乐笑道:"别怕。我让炊事班整了几个小菜,咱们喝几两小酒庆贺庆贺。"

在这个已有些寒冷的深夜，很多人的命运悄然发生了变化。

A师二团接到假命令后，经过紧张的准备，由二号地区向三号地区前方突进。A师坦克团分兵两路，直扑二号地区的黑龙潭和四号地区的白玉滩。

负责防守三号地区左翼的A师一团，收到向四号地区突进的假命令后，所有的对外联络，除直接向协调处报告行踪的专用线路尚可使用，其余的全部中断了。焦守志看了几遍电令，没有细想真假，只是觉得周身寒冷。计算机自动指挥系统出故障后的情景如此可怕，他事先根本没有想到。这时候，焦守志做出了惟一正确的选择，走出团指挥所作战室，叫醒了正在熟睡的唐龙。

焦守志道："唐参谋，部队要行动了。"

唐龙说："朱海鹏终于动手了。怎么没听见枪炮声？"

焦守志道："命令我们到四号地区设伏，御敌于国门之外。"

唐龙接过命令，迈进作战室，直奔放在角落里的沙盘。对照命令看了一会儿，唐龙说："指挥部搞错了没有哇，朱海鹏就那么点部队，怎么会用全线突破的方法。"

焦守志道："他可能有什么秘密武器吧。"

唐龙用手指指三号、四号地区的结合部，"他们肯定会集中优势兵力，从这里突破。我们一走，这一线不是彻底空虚了？这个命令不能执行，你应该马上请示。"

焦守志指指几台电脑，"过了十二点，干扰一次都没停。要我们三点半以前赶到，只剩下三个小时了。"

唐龙道："这种长时间不间断的电子干扰，目的就是让我们无法联络。为什么这个命令能发出来？我感觉这个命令有问题，至少是上面判断有误。我看等他们电子干扰停下来后，陈述我们的理由再说，现在最好是一兵一卒都不动。"

焦守志担心道："这样做不是违抗命令吗？你知道，范司令和黄师长……这个,一团不执行命令,要是引起严重后果,事就大了。"

唐龙道:"决定权在你。我反正是来这里改造的,演习一结束恐怕就得脱军装。"

焦守志说:"命令也得执行,先派一个加强连到那里,主力还留在这里不动。"

唐龙摇摇头道:"你呀,要是这命令真有问题,这不是白送人家一个加强连? 算了,就这样吧。"

此时,协调处作战室已经注意到战场上发生的异常。

赵中荣盯着看了红蓝两军一线部队运动态势图,颤着声道:"叫醒军长,快叫醒军长。"

一个参谋说:"红军这是在干什么? 二团放弃了四号地区,坦克团去两个没有步兵的地方,炮团也不集中守中部,全乱了。"

陈皓若披着大衣走进来,看着看着,脸色就不好看了。

赵中荣说:"范英明这种干法也太过分了,他这不是要先发制人吗? 把演习的前提都忘了。"

陈皓若甩掉大衣,"看看蓝军在干什么!"

这一看,全都傻眼了。

陈皓若大声骂道:"乱弹琴! 范英明这是怎么搞的? 这要是一打起来,一个团、两个坦克营不是一下子都完了吗?"

一个参谋跑进来,"报告! 蓝军司令部来电。"

陈皓若黑着脸道:"念!"

参谋念道:"军演习协调委员会:我破译红军密码已获证实,现红军二团、坦克团大部、一团大部已被我调动;我军拟于凌晨四点向红军防区发动进攻。"

陈皓若抢过电报一看,走了几步,瘫坐在一个沙发上,苦笑道:"A 师又要吃大亏了。一个装备精良的甲种师,怎么会屡屡犯如此低等的错误！真是不可思议。"

赵中荣也过去坐下说："军长，A师可是咱们军的门面啊！这一次又不同上一次，上一次是自己军内搞的内部演习。"

陈皓若闭着眼睛听着。他们都没注意到方英达已经进了作战室。

赵中荣继续说："军长，该给A师提个醒，这样下去，A师的战斗力要损失一半，演习结果也就无法改变了。"

"胡说！"方英达手里拿着蓝军的报告电，猛地一转身，"你这种山头主义思想要不得！如果这是战争，你能知道敌人的部署吗？这次演习开端很好，电子战、信息战一起发动。"

陈皓若道："赵处长也是太爱这个军了。别说他，我在感情上一下子也难以接受。A师怎么事先一点防范措施都没采取呢！"

方英达感叹道："这要比什么理论都有说服力。我们想给红军提个醒，能办到吗？他们现在恐怕已经无法掌握部队了。赵处长，你去通知一下观摩团，请他们也来感受一下中国军队自己发动的电子战和信息战。"

赵中荣走后，一个中将一个少将并排坐在沙发上，眼睛满含焦虑，盯着大屏幕。方英达自言自语道："进入地面战，红军或许还有机会。"

屏幕上，几条红线逐渐接近着一个个蓝色的陷阱。

这个黑夜，在红军几个指挥员眼里实在是过于漫长了。四点钟，他们接到协调处演习开始的通令后，再无任何外界消息。他们伴着隐隐可以听到的炮声，无言地坐着、坐着，直到坐成几尊双眼空洞无神的泥塑。参谋人员和微机操作员，眼睁睁地看着一个又一个五分钟的电子干扰间隙从指尖流过，无法和一支部队取得联系。

五点多钟,参谋慌慌张张进来报告:"军协调处通报第一份战报。"

范英明站起来道:"念念吧。"

参谋道:"你部二团在三号地区遭蓝军两个团伏击,一个半营被歼;你部坦克团一营、三营分别在黑龙潭、白玉滩两地被蓝军反坦克部队围歼……"

黄兴安冲过去夺过电报,"搞错了吧? 二团在二号地区,坦克团在三号地区,怎么可能被歼灭?"

范英明托着下巴来回走着,突然对还在纠缠电报对错的黄兴安和简凡大声说:"你们还是面对现实吧! 曹参谋,上报军协调委,我因在电子战中彻底失利,已令空军于五时二十分转场。"

简凡惊叫着:"这样做,等于把三天制空权送给了蓝军,怎么能这样干?"

范英明厉声喝道:"不要再争了! 空军不转场,这次演习我们将丧失全部制空权。"他从作战室的角落里把步话机搬到桌上,拿起受话器喊道:"狐狸狐狸,我是雄鹰,狐狸狐狸,我是雄鹰,请回答。"

传话器传出李铁的声音:"我是狐狸,我是狐狸,好像有些不对,出了什么事?"

范英明道:"设法以最快速度通知各部队,自今天八点,启用二号密码进行联络,命令各部队,迅速向第二道防线撤退。"

黄兴安道:"一线不能放弃,你怎么能作出这种决定? 这是守卫国土!"

范英明强硬起来了,"我是红军司令,我要对一切军事行动负责,错了,我可以上军事法庭。我们不能再争吵了。"

刘东旭瞪了范英明一眼,"小范! 你不能耍态度嘛。战事不利,大家心情都不好。"

范英明道:"政委,密码肯定被破译了,再不给我点机断权,眼看就要全线崩溃了。"

此时,指挥所上空响起巨大的轰鸣声。

黄兴安、简凡都朝门口跑去。

范英明苦笑道:"这是去炸我们的机场。我们事先准备了两套备用密码系统,却没有更换密码,这个责任在我。主要原因还是轻敌。"

刘东旭心里还存有一些幻想,劝道:"你不是说过,演习前期我们肯定要吃点亏吗?不要急,这只是个开始。"

范英明叹道:"朱海鹏他们已经完全占据了战场主动,这是我们的失误造成的。不知他们在怎样笑话我们呢!"

朱海鹏这个时候还笑不起来,战果并不像他预料的那样。

他对着显示屏,说道:"四号地区果真只有他们一个加强连?"

楚天舒道:"已经核实几次了。"

朱海鹏转过身道:"到底是著名的甲种师,人才济济,A师一团是范英明的嫡系部队,没有无条件执行我们的命令,有点意外。"

常少乐道:"不要急。"

朱海鹏道:"我不是急,他们竟能在战役刚刚发动,无法与部队联络的情况下,上报飞机转场,二团遭我们包围,竟也能逃出一半,实在不能小看了。"

常少乐说:"那就一鼓作气,趁乱再干掉他们几个营,这样就能达到兵力平衡,下一步我们也不会吃大亏。"

朱海鹏道:"如果他们布置好第二道防线,再想突破就难了。命令空军中途返航,只派三架轰炸机执行炸机场任务,其余全部马上投入三号地区作战。命令停止电子干扰,一团、三团留两个连对敌二团残部警戒,其余全部投入三号地区,围歼敌主力一团。"

蓝军地面部队和空军在黎明时分,分几路直扑红军三号地区。

唐龙在蓝军战斗、轰炸机群飞过之后,一直在看沙盘。焦守志因为亲眼看到唐龙救了一团的事实,心中就有了依靠心理,也陪着唐龙看沙盘。

焦守志道:"这密码叫人破了,下一步我们该怎么办?"

唐龙道:"必须彻底放弃一线,靠我们师机动性好的优势和蓝军拉开一段距离,在二线构成新的防御体系。我的意见是,再牺牲一个连,掩护全团主力迅速从三号地区退到一号地区。"

焦守志迟迟疑疑说:"如果师里没这个考虑,这可怎么办?"

唐龙道:"等空军挨了炸,下一回就轮到你的一团了。朱海鹏已经把二团打散了,肯定会集中力量吃掉你这个团。把一团吃掉了,这个仗就没法再打了。听我一回吧。"

焦守志道:"那咱们赶紧撤。"

唐龙说:"再不撤就只能当俘虏了。尽快把这个撤退计划报到军部。"

一团主力刚刚撤出原阵地,蓝军黑压压的轰炸机群已经超低空飞临了原阵地上空。焦守志在一片树林里用望远镜看着已被硝烟完全笼罩住的阵地,嘴里说:"狗日的,你还真成了料事如神的诸葛亮了。"

唐龙坐在地上,用刀子切开一听黄桃罐头,大口大口吃着,十分自信地说:"范英明早和我合作,也不会有今天的大败。现代局部战争,防御只重视一线,绝对要吃亏。朱海鹏还算客气,打早了,要是现在发动,趁咱们指挥系统瘫痪,派空降兵去把咱们几个油库一炸,困都能困死咱们。"

焦守志说:"说你胖,你就喘。你看下一步咱们该怎么办?是不是先和司令部联络上?"

唐龙说:"这片林子不错,我看咱们先在这里猫半天。天大亮了,再往后撤,只能等着挨炸了。制空权一丧失,能躲着不挨炸,那就是大胜利。海湾战争后期,萨达姆不是把坦克、飞机都埋了吗?"

焦守志道:"你尽说些丧气话。萨达姆算什么?战败国的元首。咱们现在还不至于惨到这种程度。"

唐龙抱住盒子咕咕喝几口,"这军用黄桃罐头味道真好。可惜咱们连个像样的开罐头的工具都没有,吃罐头多用一两分钟,或许就能导致一场战争的胜负。你太小瞧萨达姆了,这叫能屈能伸。假以时日,他又会是海湾地区一只虎。如果不是怕他再出来伤人,制裁他们干吗?"

焦守志叹道:"不知老范现在怎么样?"

范英明这个时候的感觉更糟。

李铁来指挥所报告说:"除一团不知去向,无法通知外,其余各一线部队都通知到了。"

接着,因为蓝军停止电子干扰,红军指挥系统恢复了正常。指挥系统一恢复,黄兴安很快把自己的家底摸清楚了。

黄兴安拿着一叠电报,走到范英明面前说道:"小范,你刚才的估计悲观了一点,蓝军使出了吃奶的劲,可我们的损失并不算大。这一线地区,我们还不能放弃。"

范英明很干脆地说:"一线必须放弃。"

刘东旭也认为就这样放弃一线太丢面子,劝道:"英明,你听听黄师长的意见再决定。三个臭皮匠,顶个诸葛亮嘛。"

黄兴安道:"我们不能被他们三板斧吓破了胆。蓝军已经尽全力攻击了近四个小时,我们除二团和坦克团有较大损失,其余各部队基本上都完好无损。从战场总兵力来看,我们虽然损失了近两千人,仍比蓝军多出近两千。如今一线的情况是,除四号地区、三号地区部分阵地被突破外,其余一线阵地都在我们掌握中。"

范英明争辩道:"从现在开始,近七十个小时我们无法获得制空权,如果坚守一线,我们只能被动挨打。三天过去,情况就不同了。"

简凡接道:"你要相信咱们师的近战能力,二团虽然损失较大,可蓝军动用两个半团,也没伤到它的筋骨。再说,现在这个作战计划,还是你前天才定下来的。"

黄兴安紧接道:"制空权是很重要,可也不能迷信制空权。现在已经进入地面作战阶段,只要和他们紧紧扭住,制空权不是关键。"

刘东旭也表达了自己的意见:"小范,演习只开始几个小时,这么快就撤出一线,对部队士气影响太大了。"

红军指挥所四巨头共同指挥演习的弊端已经暴露无遗。如果简凡仍留在指挥所,范英明就是争得刘东旭的支持,也无法利用组织原则贯彻自己的作战思想。局势正在渐渐恶化,不能再退守了。

范英明艰难地说:"我保留意见,按组织原则,执行指委会的决定,坚守一线。"眼光一抡,就把简凡捉住了,"简团长,你还记不记得你自荐当参谋长那天做的保证?"

简凡愣怔住了,"你,你说什么保证?"

范英明看着黄兴安说:"师长,简团长那天是不是保证过二团绝对不会出问题?二团参谋长和作战科张科长显然没有指挥我右翼集团作战的能力。我想让简团长以红军参谋长的身份,去二团统一指挥二团和三个独立营,你看行吗?"

简凡看着黄兴安。

黄兴安迟疑了一会儿,看着刘东旭说:"政委,你看呢?"

刘东旭说:"具体军事工作我不懂,可也能感觉到二团指挥力量不足,一团昨晚同样接到了假命令,但他们没有盲目执行。"

黄兴安对简凡说:"右翼就交给你了,把工作移交一下,吃了午饭就去。我们把命令马上下到有关部队。"

范英明紧接道:"战局随时都有恶化的可能,你还是在二团吃午饭吧。"

简凡走出指挥所,气鼓鼓地骂道:"奶奶的,卸磨杀驴。都玩吧,谁不会玩!"

秦亚男看见简凡出来,马上迎上去问:"简参谋长,听说战局不利,是真的吗?"

简凡放慢了脚步,怪笑着:"好着呢。四个小时,损失近一个团,能好吗? 就这还要死守一线。"

秦亚男追着问:"你这是去哪里?"

简凡抬腿上了吉普车,"带领敢死队,往石头上撞呗。我帮腔反倒帮坏了。"

秦亚男看着吉普车横冲直撞下了山,心里不觉为范英明担心起来。正在胡乱想着,猛然间就看见胡子拉碴的范英明从掩体里拱了出来,纵然曾经沧海,脸也兀自红了,笑问道:"听说局势不妙,你这个司令感受如何?"

范英明压抑太久,憋不住喷发出来:"一言难尽。司令? 很多时候,我只是签发命令的一只手。"

秦亚男跟着范英明走着,关切地问:"刚才听简参谋长说,一线根本守不住,却硬要守,还派他去带敢死队。"

范英明略感意外,旋即笑了,"真是聪明人呀! 能把心计耍到战场上,了不得。实在抱歉,把你强行留在了这里。这时候,你们记者应该和胜利者站在一起。"

秦亚男道:"留下来更有意思。你们一个甲种师,不至于败到不可收拾的地步。"

范英明道:"说不定还要把你当作战利品搭上送给人家。"

蓝军又一轮空中打击开始了。

第 九 章

东边日出西边雨。

蓝军指挥所的情形完全是另一种样子。常少乐端一碗稀饭，手夹一只馒头一棵大葱，蹲在指挥所门前一块大青石上，吃得吸溜咔嚓的，边哼着豫剧《定军山》的一个唱段。这别样的唱，先把江月蓉和刚换班下来吃饭的几个女兵吸引过来了。她们看着一手多用一嘴多能的常少乐吃得这样熟练，都撑不住笑将起来。

常少乐把碗朝地上一放，说念白一样拖着长音道："何人在此喧哗——"

江月蓉笑得只好把碗一扔，一手指着常少乐，张着口却说不出话来。

朱海鹏擦着嘴从作战室走出来，"你们还乐，你们还是少乐点，得了阑尾炎，可不得了。常师长，他们一团滑得像条泥鳅，扔下不到一个连，主力又溜走了。"

常少乐严肃起来，"这么说，他们真要放弃一线？黄兴安让咱们长驱直入？太阳从西边出来了。"

朱海鹏道："他们恐怕真的不愿丢这个人。二号地区，他们还有一个多团在死守。你在唱戏的时候，我给他们准备了一道菜，留一个团守住三号地区的几个高地，其他主力现在都在向二号地区挺进。空中嘛,那里他们连高炮部队都没有,轰炸机可以随便炸。能咬住他们右翼,他们就进退两难了。"

常少乐道:"可惜咱们那些尖端部队还都在闲着。"

朱海鹏道:"我正要和你商量一下,走不走这步奇着。"

两人回到作战室,朱海鹏拿起一份电文道:"这是军区王记者第一天写的那篇文章。这老兄的文章历来很八股,新闻五要素向来清清楚楚。"

常少乐说:"你是什么意思?"

朱海鹏指着沙盘道:"我对照他的文章,画出了他们当天的行动路线,终点就在玉泉峰附近,在那里,他们参加了秦记者文章里写的战地舞会。你想,谁有权开战地舞会?"

常少乐说:"你说他们的指挥所在玉泉峰?"

朱海鹏道:"还不能确定,我已经安排人专门证实这个判断。"

常少乐用手在沙盘上量量,"离咱们占领的三号地区不足三十公里。给他们来个地毯式轰炸不就解决问题了?"

朱海鹏道:"咱们的轰炸机太少,已经投入到二号地区了。咱们不是有特种侦察部队吗?让他们去露一手。是敌人指挥所,那就会是意外收获。如果不是,派架轰炸机,空投点汽油,他们也能全身而退。"

常少乐一拍巴掌,"就这么办吧。"

朱海鹏又说:"前线离我们已有几十公里,有些事情需要机断处理。我看在那里组织一个'前指',让楚天舒去统一指挥。"

常少乐道:"你决定不就行了。"

朱海鹏说:"这个命令应该由你来下。让一个团长直接指挥另外两个团长,你下的命令更有力量。再说,咱们现在……"

常少乐摆摆手,"你不用说了。中国人的臭毛病,只能同艰苦,不能共欢乐。顺风船有时候更难开。你想得真细。"

朱海鹏笑道："实话实说,这是月蓉提的醒。"

常少乐说："已经负起贤内助的责了,看来你这个战役也该发起总攻了。一鼓作气拿下来,省得别的人还日夜惦记。"

朱海鹏叹道："这可是没把握之仗啊!"

江月蓉走了进来,疑惑地看着两个窃窃私语的男人。

范英明发现有几架战斗机在附近像在做空中表演,心里不觉一紧,对秦亚男道："你和王记者还是搬上来吧,那几架飞机有点不对头。"

秦亚男笑道："那是战斗机! 难道你们这次演习连空对地导弹也动用了?"

范英明说："我很相信我的直觉。朱海鹏肯定嗅到点什么了。你们还是搬上来吧。在这一号地区,我们根本无法对付轰炸机。"

秦亚男说："不就是丢几颗只会冒股烟的空爆弹吗? 我不怕。"

范英明说："那可别怪我没提醒你。"转身进了指挥所。

范英明面对一排电脑站一会儿,突然问："曹参谋,一团有没有消息?"

曹参谋说："军部刚刚发来第二份战报,蓝军已占领我三号地区一线阵地,一团只有不到一个连损失。刚才焦参谋长报告说,他已带主力右后撤二十几里,现在白马岭一带隐蔽待机。他还建议趁蓝军疲惫,赶快下令撤出一线。"

范英明厉声喝道："为什么不报告?"

曹参谋支吾着："看你心情不好……这也是刚刚收到。"

范英明接过电报,瞪了曹参谋一眼,转身进了作战室,把电报交给黄兴安道："情况发生了变化,只能彻底放弃一线阵地。"

黄兴安把电报朝桌子上一拍,"这个焦守志好大胆子! 竟敢擅自放弃一线阵地。给他发个报,让他给我夺回来。"

范英明指着军部战报说:"蓝军两个半团外加一个坦克营一个摩步营从地面攻击,空中有一个轰炸机大队,当时他们又无法和上级联络,我以为他们这种处置是妥当的。很显然,蓝军当时的意图是合力全歼一团。"

黄兴安余怒未消,"他们如果能紧紧咬住敌人,我们就可以集中兵力和他们在三号地区进行决战。至于他们该负什么责任,演习之后再说。目前,他们必须马上把阵地夺回来。"

范英明忍无可忍,态度强硬地说:"我认为眼下我们不应该再考虑一城一地的得失。我们必须面对现实。我们已经完全丧失了战场主动权和制空权。你说的与敌决战,只是一种美好的梦想。如果我们把主力全部投入三号地区,蓝军只需以空中力量切断我们的后勤补给线,这场演习的胜负就决定了。"

黄兴安恼羞成怒,解开衣服扣子,又腰盯着范英明说:"好哇,我们都是过了时的老古董,该入土了,这天下是你们的天下了。你不就是说我影响了你的布防决心吗?可密码被破译该不是我的责任吧?我就是不明白,这战争已经新潮到一个甲种师无法和一个乙种师交手的地步了。"

范英明不亢不卑地道:"该谁负责任,日后会清楚的。我……"

刘东旭把帽子一摔,"小范! 不要说了。现在不是讨论该谁负责的问题。你作为主帅,已经怯战了,三军将士还有盼头吗? 至于眼下的体制适不适应战争,现在也用不着讨论。我们应该想办法,尽快摆脱困境。"

范英明低头沉思一会,看着黄兴安道:"师长,我说话态度不好,请你原谅。"

黄兴安也说:"都是正常争论,也没什么。"

屋内安静了下来,时间静悄悄地走着、走着、走着,就把一个个战机带走了。

刘东旭见两个人都成了哑巴,担心这样下去后果不堪设想,忙主动说:"小范,你说说你的想法,老黄,你也耐心地听一听。"

范英明用悲哀的目光看着刘东旭,"必须撤到二线,趁蓝军主力在三号地区扑空之机,迅速把两翼部队撤出来。眼下,我们左翼四号地区有炮团,可兵力有限;我们右翼有一个半团,可没有火力支援。我刚才看见有战斗机在这一带低空飞行。这绝不是一次无意义的飞行。我的意见是:部队在天黑前迅速撤出一线,路上挨点炸都没关系,然后趁夜重新组织二线防御;同时,我们撤出这个指挥所,马上转移到备用指挥所。"

黄兴安以极大的耐心听着,"你说完了没有?"

范英明道:"说完了。"

黄兴安说:"那我说一说吧。两翼兵力配备不合理是实,这是密码出了问题导致的。现在最关键的问题,是组织力量把一团丢失的阵地夺回来。三团已有一个半营在二线一带布防,赶到那里用不了三个小时。飞机问题,我看是多虑了。被几架飞机吓得转移指挥所,日后会让人笑掉大牙。"

范英明说:"这是战争,什么事都可能发生。如果这是必要的,面子并不重要。电子战、信息战,我们是彻底失败了。这种失败实际上已经暴露了我们所有重要设施的具体位置。我们还能在演习中支撑,只是因为蓝军还没有精确制导战略性武器装备。我提出趁夜撤出一线,也是基于蓝军没有夜视技术高超的部队这个前提。刘政委,说句泄气的却很真实的话,蓝军若是有几年前多国部队的战斗力,我们早就失去在这里争论的前提,早该承认战败了。"

黄兴安冷笑着,"范司令,你的假设也太多了!演习的实情是,蓝军已经黔驴技穷。我们是主力甲种师,当然要讲究个面子。"

刘东旭道:"现在的指挥所非常隐蔽,这里距一线有三十多公里,就是迁移,也用不着这样匆忙。目前是该下决心的时候了,A师的前途和命运,都在你们二位手中捏着,还是尽快想点办法吧!"

范英明道:"再签坚守一线的命令,我负不起这个责。"

黄兴安火了:"我是一师之长,这个责任由我来负。我还没把这顶乌纱看得比命还贵。"

范英明正要说出辞职的话,曹参谋进来报告:"二团急电,他们正面和右侧面发现蓝军主力,现在蓝军已开始对一线阵地实施地毯式轰炸,他们请求增援,特别是炮火增援。"

范英明几乎用哀求的口吻说:"黄师长,这是最后的机会了,还是下令撤吧,等蓝军对右翼形成包围,一切都来不及了。"

黄兴安不客气地说:"我说过由我负这个责。你的想法是不对的,又没有时间争论,你又不愿负责,这个决心就由我来下吧。曹参谋,你记一下:命令二团和独一、二、三营坚守阵地,等待援军,把敌主力拖在二号地区;命令三团二营三营,迅速向二号地区赶进;命令四号地区炮团两个营后撤,由三号公路向二号地区转移;命摩步团两个营,也由三号公路向二号地区赶进;命后勤运输队,作好与敌在二号地区决战准备;严令一团趁敌主力攻我右翼,于天黑前夺回阵地,伺机与左翼部队会合,切断敌退路。"

毫无疑问,仅从地面两军态势上看,这是一个计划周密的大构想,充分表现出了一个甲种师师长的气魄和素养。这个计划很快在演习指挥部有了评价。

赵中荣长出了一口气,"再不反应,就来不及了。看样子A师气势还在。"

陈皓若感到满意,点着头道:"这场大战的胜败,基本上决定了这次演习的骨骼,A师的形势会逐渐变好。"

方英达则表示了担忧:"这要看A师能不能构成决战的基本态势。如果蓝军先用空中优势,突袭A师后勤运输线,如果他们能在援军赶到以前,吃掉A师右翼⋯⋯情况不容乐观呀!"

一参谋进来报告:"蓝军陆航大队已起飞准备空降至红军五号地区三号公路附近;摩步营已准备由二号地区五号公路迂回到二号地区与五号地区交界处;工兵营已赶赴二号三号结合部布置雷区。"

方英达用手捂着肝部,艰难地笑笑,"蓝军胃口不小,准备利用⋯⋯"

赵中荣赶快过去扶住方英达,喊道:"快,止痛片。"

方英达摆摆手道:"不要紧,就一阵,挺过去就好了。你们要密切注意战场变化。"强撑着出了作战室。

蓝军确实下决心要在红军恢复制空权前,彻底解决红军右翼集团。从中午开始,蓝军空军对红军二号地区主要阵地实施地毯轰炸。按演习规则,这种地毯轰炸进行后,如不注入新的兵力,这一地区守军将作全部阵亡论。一号高地在受到三次地毯式轰炸后,简凡实在派不出兵力支援了。这次轰炸后,C师炮团的火力又在一号高地后面布了一道火力网。按演习规则,在这种情况下,作无法增援论。这样,一号高地上就阵亡了红军差不多一个营。朱海鹏为了把制空权的重要性特别强调出来,定下了以这种方法昼夜不停逐个占领各制高点的方案。这种方案可以使蓝军只用炸弹和炮弹,就可以全歼红军守军。

蓝军一个班到一号高地打扫战场时,看到的场面让他们感到震惊,甚至忘了这是一场演习。红军两三百具"尸体"以各种姿势躺在这面积顶多有两三个足球场大小的高地上。不知出于什么心理,这些红军官兵把各种各样的"死"扮得非常逼真。

蓝军上士看见自己的两个上等兵面露惧色,说:"别怕,这是演习,都是假的。"

一个小个子上等兵说:"我的妈,战争真他妈的吓人,这人说死就死呀,成片成片。"

上士喊道:"都起来吧,结束了。"

大个子上等兵道:"红军阵亡的将士们,你们辛苦,我们连长指示今晚专门为你们杀头猪。"

一坡阵亡的红军官兵都慢慢坐了起来。开始,没人说话,都用木然的神色看着十一个显得特别孤单的蓝军战士。这么看着看着,把几个蓝军战士看得心里发毛,有几个下意识地把冲锋枪端平了,几个人背靠背站在那里。

一个蓝军下士可能是为了尽快结束这种太过于逼真的假死的折磨,大喊道:"都站起来。死都死过了,装得也怪像,排成队,从这边下山,向右,那里有我们一个接待站。"

红军官兵开始五花八门地动起来,几个中尉上尉点着烟抽起来。

蓝军上士走到一个红军中尉跟前说:"首长,带个头吧,你看,那边也在炸第二遍,我们班还要去接收那个高地呢。"

中尉恨恨地盯了上士一眼,把烟朝山坡上一扔,站起来道:"他娘的,这仗打得真窝囊。"

一个红军中士带着哭声说:"连一个人都没看到,一枪没开,就叫炸死了。这样退出演习实在太丢人了。"

有人喊:"他们凭什么用一个班来押我们?我们差不多有一个营。"

蓝军上士道:"按规定你们都算死了,我们来只是喊你们吃饭,来一个就够了。"

红军中尉一把抓住蓝军上士,"谁死了? 你们神气个毬! 靠飞机炸的,算什么本事?"

蓝军上士也不示弱,抖掉胳膊,退一步,"你们不是也有飞机吗? 你们连俘虏都不是。又不是导演部让你们阵亡的,怪谁?"

红军中尉气得浑身哆嗦,大喝一声:"把他们的枪下了!"

几十个红军"阵亡"战士扑上去,三下五除二就把蓝军十一个人缴了械。

蓝军士兵并不惧怕,大声叫嚷起来:"犯规犯规。""死人抓活人,真是见鬼了!"

一个一直躺在山坡上看天的红军少校一个鲤鱼打挺跳起来,呵斥道:"三连长,反了你啦! 你想干什么?"

中尉道:"营长,我咽不下这口气。"

少校喝道:"放开他们。全体都有了,整理军容,按一二三连顺序,成三列纵队下山,枪口都要朝下。输都输了,有气都憋住。"走过去对蓝军上士说:"班长,他们觉得输得冤,能撤不叫撤,硬要叫与阵地共存亡,你要多多体谅。"

蓝军上士笑道:"首长,俺们能理解。你们还好,算是战死的。我们连前两年更窝囊,硬是连当两回俘虏。"

红军中尉一把扯掉阵亡标志,骂道:"瞎毬指挥,头一天就让人毁了飞机场。毁就毁了,又拉硬屎,逼着我们当炮灰。"

少校说:"你少说几句好不好。他奶奶的。"

一营红军低着头,沉闷地往山下走。远处,蓝军的轰炸机群正在炸另一个高地。

红军指挥所里,失败的空气已经郁积得无法化解了。

曹参谋进来报告:"蓝军仍在进行地毯式轰炸,简团长请求突围。炮团、摩步团遭到蓝军空降部队阻击,无法过沅水大桥。三团增援部队被蓝军摩步营阻于青树坪一线。"

黄兴安气得团团转,大骂道:"常麻秆真他娘的不是人,他这是泄私愤!演习哪有这种打法?他的人不露面,只用飞机和大炮。有能耐组织几次冲锋试试!混账,真混账!"

范英明讥讽道:"这就是现代战争。他们有绝对制空权嘛。再不撤,右翼顶多能撑到明天中午。他们不用伤亡一兵一卒。"

黄兴安说:"熬到天黑,局势肯定会有变化。"

刘东旭问范英明:"现在再撤,是不是晚了?"

范英明说:"晚是晚了,可还是比死守好。我们炮团主力现在都挤在沅水大桥一边的三号公路上,他们空军要是能腾出手,很快会去那里轰炸。到那个时候,大局就定了。"

刘东旭又转过身对黄兴安道:"老黄,咱们就不要硬撑了。我看他们是存心先消耗我们的兵力。右翼打烂了,我们就没有优势可言了。"

黄兴安也知道这样下去不得了,可不硬撑下去,演习结束后更不得了,他把希望寄托在慢慢走来的这个黑夜,"现在不能撤,一撤就全线崩溃。夜战飞机的作用不大。命令简团长一定要坚守,并准备组织夜间反击。现在蓝军已倾巢出动,打到他们背后,就可能扭转局势。命令摩步团林团长,限他一个小时内拿下沅水大桥。两个摩步营,对付不了一个空降大队,实在太丢人。命令一团不惜任何代价,把三号地区的高地给我拿下来。蓝军只有一个营守在那里,一个团攻了四个小时竟攻不下来?告诉焦守志,两个小时内再拿不下一个高地,就撤了他。"

黄兴安的估计并没有错,一团在夺回三号地区高地时并没真正用力。

焦守志拿着一纸电令对唐龙说:"不动真格的不行了,再磨洋工这乌纱帽就不保了。我倒不在乎正团不正团的,日后要是因为不执行命令挨个处分,这黑锅就要背一辈子了。"

唐龙看看电令，"是啊，在地方，不执行命令和不听领导招呼是同义词，这口锅可太沉了点，一般人可背不起。想不到上头竟是这样固执和愚蠢。让我们突出去，恐怕是右翼不行了。"

焦守志叹道："不管你的主意再好，这一回我是不敢听了。你是铁了心要脱军装的人，我可是还要再干几年的。"

唐龙说："你知道我这次要给你出什么主意？"

焦守志道："还不是避其锋芒，保存实力，在演习下个阶段大放光芒。"

唐龙道："错了！再保存实力，战争中你就该上军事法庭了。你看，连撤职这种字都在命令中出现了，这演习还能撑多久？咱们发动了三次反击，每次都只投入大半个营，他们肯定以为我们也只有这点本钱了。我的意见是把吃奶的劲都使出来，一举从这里突过去。是胜是败，不敢说，至少总结时用不着背'一再违抗命令'这口锅。你还要在部队干，不听上边招呼，就干不成了。他奶奶的，我的命真不好。"

焦守志道："就这么干吧。丁参谋，把所有的重武器都配给一营，全团准备半小时，给我杀出一条血路，钻到蓝军的肚子里去。"

一团开始紧张的战前准备。

蓝军确实低估了三号地区红军的兵力，几个主要高地分别留下不足一个连的防守兵力。红军一团正在准备反击作战时，蓝军的单兵飞行部队则在几个高地蓝军一侧山脚下做好了奇袭红军指挥所的准备。

前敌总指挥楚天舒亲自驾车来为单兵飞行部队送行。

楚天舒跳下车，走到已经钻入飞行器的任建国面前，"你要亲自去呀？"

任建国道："这支部队组建两年，除了训练还是训练。这次是第一次执行作战任务，要是露不伸展，我这老脸往哪搁？"

楚天舒道:"A 师这回是栽定了。你们什么时候出发?"

任建国指指天,"轰炸机一飞过,我们就出发。他们先去炸他们的雷达站和外部设施,给我们开个路。"

楚天舒道:"指挥所到底在不在玉泉峰?"

任建国道:"海鹏专门派了飞机到那里侦察过,那里无线信号很强,不是指挥所,也是个要害地方。"

正说着,前面几个高地枪炮声大作,有几颗迫击炮炮弹已经落在这面山坡上。

楚天舒一听就知道对手不止一个营,喊过一个少校说:"二营长,你不是说对面只有一个营吗?"

二营长疑惑地说:"怪了,他们发动三次攻击,每次顶多有一个营。另外的是从哪里来的?"

楚天舒黑着脸道:"你至少要顶两个小时,我给你再派一个营来。老任,你要多保重。"

五架轰炸机超低空从三号地区上空掠过。任建国戴好头盔,第一个飞了起来。接着,一百多个单兵飞行器像一群变种的蜻蜓一样,从正在激战着的高地上空飞了过去。

焦守志在林子里抬眼朝天上望望,"这是什么新式武器?飞得这么低。"

唐龙大叫:"单兵飞行器,快组织火力拦住它们。"

已经来不及了。单兵飞行器伴着一阵枪声,渐渐消失在灰蒙蒙的天空里。

唐龙狐疑地放下望远镜,自言自语说:"他们这是去干什么?那几架轰炸机为什么朝那边飞去了?战场的焦点不在那边呀……"

焦守志兴奋地道:"已经拿下一个高地了。唐龙,你管它们干吗?先把咱们的这碗热稀饭吹凉了再说吧。"

秦亚男和王记者正在洗衣服,五架飞机已经到了头顶,几颗带着哨声的黑物件已经对着两排简易房子屙了下来。

这时候谁都忘了这是空爆弹。秦亚男丢下脸盆里的衣服就往指挥所方向跑。王记者跑两步,又掉头朝房子奔去。

秦亚男喊:"你快过来,危险!"

王记者应一声:"我去拿采访本。"

有几颗炸弹已经爆炸了,火光几闪,几棵烟柱像栽出的几个硕大蘑菇,渐渐把房子遮蔽了。王记者从烟雾中穿出,一张脸已经变成了酱色。

指挥所里乱作一团。

刘东旭大声喊:"大家不要惊慌,沉着点。"

曹参谋闪进作战室。

黄兴安大声说:"妈的太猖狂了。曹参谋,你去组织警卫连,打打它个狗日的。"

范英明面对露在地面的半截窗子,背对着黄兴安说:"按演习规定,警卫连阵地已经不存在了。挨炸的就是警卫连。"

曹参谋道:"一团报告,蓝军约有一百二十个单兵飞行器朝我们这个方向飞来。"

范英明失态地惊叫一声:"糟糕,你说多少飞行器?"

曹参谋重复说:"一百二十个。"

范英明怔了良久。朱海鹏连个还手的机会都没有留给他。猛然间,他就想起了住在方家的一老一小,悲观的情绪一下子浸透了骨髓。事已至此,再和黄兴安争个长短高低已经毫无意义,不管是谁的过错,A师的败局已定,作为红军司令,应该把责任承担下来。他苦笑了一下,"这也是天意。黄师长,刘政委,请允许我最后一次以红军司令名义作出一项决定。"

刘东旭道:"这是什么话?你一直在履行红军司令的职责。"

黄兴安说:"我们只是你的参谋和顾问。"

范英明鄙夷地扫一眼黄兴安,"不是我不愿干了,而是无法再当这个司令了。曹参谋,上报'军指'并通知各部队,从现在起,我的职务由三团长王仲民代理,让他迅速赶到二号备用指挥所继续指挥作战。建议他彻底放弃右翼,以其他部队组织新的防御体系。"

黄兴安道:"你这是什么意思?"

范英明打开步话机,"没什么意思,因为你我可能要退出演习了,A师还没有完全失败,还应做些布置。狐狸狐狸,我是雄鹰,请回答。"

秦亚男和王记者张皇地冲进作战室。秦亚男喘着气断断续续说:"不,不好了,敌人来了空降部队。"

黄兴安说:"不可能,航空兵不可能……"

一声清脆的碎玻璃声响,两支黑洞洞的枪口从半截窗那里伸了进来。只听见一个声音响着:"不要做抵抗,当心损坏了设备,我们来了一百四十人,都是全副武装。"

任建国手提折叠冲锋枪,腰挂一圈手雷,随着两个开路的战士走进作战室。

任建国举手敬个礼道:"黄师长,刘政委,范司令,承让承让。"

静极了,静得谁都能听见李铁的呼叫声:"雄鹰雄鹰,我是狐狸,请回答。雄鹰雄鹰,你那里是不是出事了,我距你有二十公里,正在帮助炮团作战。雄鹰雄鹰,请回答。"

任建国拿起受话器,"狐狸,我不是雄鹰,你的雄鹰只怕飞不成了。出了大事,你们的司令和师长现在都在我的掌握中。"放下受话器,转身说:"这就是朱司令一直没找到的狐狸部队。告诉部队,不要松懈,这是在敌人腹地,任何事情都可能发生。你们都坐吧。"

范英明抖抖袖子,瞥了一眼腕上的微波跟踪仪,"任大队长,你是准备把我们就地正法呀,还是准备带我们回去请赏?"

　　任建国大笑道:"都是好朋友,当然不会搞得太残酷了。再说,你另外一些朋友还在等着见你们呢。我们部队是第一次出手,一出手就是个满堂红,求个赏也是人之常情。"

　　范英明道:"按规定,我们现在只是被扣压,不知你们用什么办法把我们带到小凉河岸。"

　　任建国狡黠地一笑道:"要是你的什么狐狸、猫头鹰叫得让我不耐烦,我当然也敢先斩后奏。放虎归山,总算是兵家大忌。"

　　范英明无奈地说:"成者王侯败者贼,你们赢了。"

　　任建国道:"用用你们的线路报报战果,可以吗?"

　　范英明道:"全是你的战利品,当然可以。曹参谋,你带任大队长报喜去。"

　　秦亚男恢复了常态,心满意足地说:"真是太刺激了,这次真没白来。"

　　范英明叹道:"真的很抱歉,把你强留在这里。等会儿让曹参谋把特别通行证还给你们,不能让你们的清誉受污。"

　　秦亚男说:"我不换。我真想尝尝当俘虏的滋味呢! 我这个人喜欢冒险。"

　　黄兴安和刘东旭像两堆烂土豆一样,瘫坐在椅子上,勾着头一言不发。

　　作为这次演习的策划者、组织者、领导者,方英达最不愿意看到的结果出现了。在消息传来最初的一刻,他多么希望是自己的眼睛和耳朵出了毛病啊。曾有过辉煌历史和骄人战绩的 A 师,可以说是他作为一个杰出男人成就感的基石。正是由 A 师这样的部队组成的军队,赢得了民族独立和民族解放战争,从而中国历史翻开了崭新的一页。建国后的几十年里，虽然中国曾经经历了几个不能让人满意的历史时期，但在方英达看来，像Ａ师这样的部队，依然可以算得上是功勋卓著。直到中国以完全开放的姿态与这个世界发生广泛对话接触的十几年，方英达再审视这支部队，渐渐地就发现了许多不如意的地方。譬如在观念的更换上，它没有了那种经常开一代社会风气之先的朝气，但在社会世俗化的大潮之中，它却也没有表现出傲世独立的对抗姿态。在社会的整体构成中，若用经济发展的术语来为军队定位，它不是特区不是沿海区域，只能算是中部区域。中央出台的大力扶持中西部经济发展的战略和科技强军、质量建军方针几乎是在同一年提出，也可以证明中国军队的存在境况。方英达绝不是孩子是自己的好那种井底之蛙式的母亲。他竭尽全力甚至不惜以生命为代价搞这次演习，目的就是检验自己这个孩子的整体素质到底处在一个什么水平线上。Ａ师在二十四个小时不到的时间里，损失一个步兵团、大半个坦克团，已经算不上及格的成绩了，眼下指挥所被毁，只能算零分了。Ａ师这种表现，太让他失望了。作为一名熟悉中外战争史的高级将领，方英达对Ａ师在这场演习的前途还没有彻底绝望。战场无疑是奇迹出现频率最高的区域，君士坦丁堡的陷落、拿破仑滑铁卢的失败不都是瞬间就由一极变到另一极了吗？在Ａ师辉煌的军史上，五次反围剿、长征、抗日战争、解放战争，反败为胜的战例也数不胜数。处在一言九鼎的职位上，还是稍安勿躁，还是不要轻易下什么结论，还是不要随便骂娘。

方英达看作战室气氛过于压抑，笑道："如果是实战，这种战例可以说是不可多得。它是由我们的军队创造的。十几个小时，战场形势几经变化，扑朔迷离，很耐看嘛。"

陈皓若强笑道："是的是的。"

赵中荣也笑着说："我看用不了太久，这场演习就结束了。观摩团对今天的演习评价很高。”

方英达拉下脸道：“小赵，你太小看了Ａ师的抗打击能力了。你看，现在Ａ师的建制基本没乱。右翼虽然苦一点，可改变战场格局的新的变化已经出现。这里，一团突破基本已成定局。只要它突出来，就能牵制蓝军一半兵力。”

陈皓若道：“一团在前一段演习中，表现最好。赵处长，事后记着查查是谁组织指挥的。范英明最后的安排还可圈可点，如果不指定个指挥员，非乱不可。蓝军单兵飞行部队想把黄师长他们带出来，也不容易。”

方英达无奈地坐在沙发上，“咱们就在这等待奇迹吧。Ａ师怎么会这样，真是想不到。它不该是这样子。它怎么会一点也发挥不出来呢？如果这样，这场演习……我们还是看看有没有奇迹吧。”

方英达希望看到的奇迹，就是一团跳到蓝军背后，范英明重新回到指挥岗位。如果范英明退出演习，方英达认为Ａ师没有第二个人可以和朱海鹏对抗。

正当方英达等待奇迹的时候，朱海鹏已经决定搭建胜利的凯旋门了。演习进展得如此顺利，单兵飞行部队一出手就生擒了红军三巨头，也出乎朱海鹏的意料。在他看来，这场演习已经到了闭幕的时候了。从伏牛山区一个放牛娃能走到今天，难道不该为自己建一座凯旋门吗？建国几十年来，有哪个军人在不到四十岁时，能在一场和实战差不太多的无导演部的演习中，把现代战争的特点表现到这种淋漓尽致的程度？有这样浓墨重彩的一笔，继续留在军中或者脱掉军服，对前半生应该无憾了。一股成就感在朱海鹏身体里放肆地鼓荡着，一个个超常的思路如雨后春笋批量冒出，顷刻间就把朱海鹏淹没了。建这样一座凯旋门，穹顶最好用范英明的身体雕出来。这个念头一出现，朱海鹏马上作出决定：亲自带两架直升机去把范英明等人押回来。常少乐也处在生命的一种癫狂状态，自然支持朱海鹏去进行这次英雄的浪漫旅行。

常少乐说："海鹏，回来可别忘了给我说说黄兴安第一眼看见你的表情。也不瞒你说，这仗大势已定，我多少有点私心了。当年我从 A 师到 C 师，他可以说是第一大功臣呀！"

江月蓉很严肃地说："你们真是疯了，范进中举也没有这样癫狂！海鹏亲自去押几个战俘不合适，太没风度了。"

常少乐打岔道："男人们，谁没点血性？张狂一下，孟浪一次，也不算什么。"

江月蓉摇摇头，"朱海鹏，你就这么急不可耐吗？"

朱海鹏根本听不进去，"制空权在我们手里，按演习规则，我现在去哪里都可以。我确实特别想见见他们。反正来回要不了一个半小时。"

江月蓉看着飞机慢慢飞起，气得一跺脚，"跟小孩子过家家一样，逞什么强。常师长，你还笑！狗尾续貂你还笑？"

常少乐仍笑着，"斯大林见到毛泽东，第一句话就是：胜利者是不该受到指责的。或许我站得低，反正我看不出这有什么不妥。日后听听方副司令这种高人如何评价吧。"

江月蓉看出了朱海鹏的病根，却不能打醒朱海鹏的那只沾满生猪油的屠夫的手，只能眼睁睁看着他癫狂去了。

朱海鹏走下飞机，看见黄兴安、刘东旭、范英明鱼贯从指挥所走了出来。

任建国跑过来说："这就算移交给你们警卫连了。油已经空投来了，再耽搁一会儿，天就黑了，晚上我们很少在山地飞行。"

朱海鹏道："你们辛苦了。"

任建国说："这周围好像有他们的狐狸部队，你得小心点。"

朱海鹏大咧咧道："老虎部队也不怕了。我们马上就走。"

此时,李铁已经带二十来个人隐蔽在离平台约有两百米远的一片草丛中,两个火箭弹指向两架直升飞机。

一个战士说:"好像要把范司令他们用飞机带走。连长,咱们干吧。"

李铁说:"这不是连范司令也干掉了吗？如果他们真要这么干,咱们就干。反正朱海鹏也来了,最多判个两军司令同归于尽。"

范英明偷眼看了跟踪仪,知道李铁就在附近,看着朱海鹏面带胜利者的笑容迎面走来,范英明真想大喊一声:李铁,你快毁了他们的飞机呀。只有与朱海鹏同时退出演习,才能多少冲淡一些已经挥之不去的人生失败感。这个时候,他已经丧失了和朱海鹏同场竞技的资格,哪怕朱海鹏一个征服者的眼风,也能刺得他内出血。朱海鹏没在黄兴安、刘东旭面前停留,也没有在范英明面前停留,甚至连看都没看范英明,直接走到秦亚男面前停下了。范英明敏感的心反倒感觉到这是朱海鹏对他的蔑视,喊李铁的念头又一次攫住了他。

朱海鹏微笑着伸出手,"秦记者,亚男小姐,认识一下吧。蓝军司令朱海鹏。"

秦亚男迟疑地伸出手,"你怎么知道我的名字？你为什么先给我打招呼？"眼睛看到朱海鹏笔挺的裤线和锃亮的皮鞋,点点头,"学西方的鹰派人物,搞女士优先吧。"

朱海鹏笑道:"这只是微不足道的原因。作为蓝军司令,我知道应该先跟引导我军走向胜利坦途的伟大功臣握手。"

秦亚男听得一脸莫名其妙,问:"我不懂你是什么意思,我只是你的阶下囚,什么功臣？"

朱海鹏又把手伸给王记者,"正是你们两位第一篇讴歌红军将士的妙文,让我们奇迹般地破译了你们的密码。正是王大记者忠实可靠的文章,帮助我们确定出红军指挥所的所在地。你们不是大功臣,谁是大功臣?"

这几句话让 A 师三巨头和两个记者惊呆了。

朱海鹏这才面对范英明道:"我不明白你为什么不加密就发了这两篇文章。没想到这么快就要结束了,不知英明兄有何感想?"

范英明充满敌意地看着朱海鹏,尖冷地说道:"世无英雄,竟使竖子成名。"

朱海鹏万万没有料到范英明会说出这种话,讪讪地搓搓手,尴尬地笑笑,"我没有别的意思,只是想早点让你知道原因。A 师没有发挥……算了,也只好如此了。赵连长——"

红军曹参谋跑出来喊:"朱司令,方副司令员要和你通话。"

方英达得到朱海鹏亲自带直升机去押解红军高级将领的消息,再也无法沉默下去等待奇迹了。他抓起只能下达仲裁结果的专线电话,要通了红军指挥所。

听到朱海鹏的声音,方英达劈头盖脸骂了起来:"朱海鹏,真有你的,把小儿过家家的把戏搬到两军演习中了! 你以为你把范英明他们带回来,你就成了世界名将? 你说话呀!"

朱海鹏嗫嚅道:"方副司令,我,我……"

方英达狠狠地挖苦道:"你有制空权,你的主力正在围歼敌人的右翼集团,你觉得就要功成名就了。是啊,你是该得意一下,张狂一下。你是不是这样想的?"

朱海鹏笔直地站着,额头上开始渗出汗珠子,"我,我……"

方英达声音大了许多,"整个战场都是空爆弹,所以你的直升飞机可以随便出入。从玉泉峰到你们占领的地区,空中距离有五十公里。我的大理论家,你算算,一个只损失了一个半连的甲种师主力一团,能够用多少种武器把你的专机击落几回?"

朱海鹏说:"我错了。"

方英达道:"我告诉你,你可以用飞机把他们带回去,那就只能算你们一起阵亡了。战场态势已经发生了变化。你的空降部队因为缺少弹药补给,已经撤出了沅水桥头阵地;红军一团已经打到你的身后。红军代司令王仲民正在指挥部队作战。你的全局意识哪里去了? 我看只剩下一点小农意识了! 用不到三十个小时打败了一个甲种师,创造了战争奇迹嘛! 是该自足一下了。你忘了演习的目的! 你太让我失望了! 你给我牢牢记住:这上千万人民的血汗钱换你创造的这个神话太不值得了! 演习远远没到结束的时候。"

朱海鹏擦了一把羞惭的冷汗,央求道:"请你允许我返回指挥位置。"

方英达道:"算你到前线视察一回。我提醒你记住:湘江之战中,这个师在三天内战死两任师长,有四次指挥所被炸毁,可是,这个师没有垮掉,它永远也不会垮掉。"猛地砸了电话,一手捂住肝部,身子朝一边歪去。

朱海鹏回到平台上,不再看红军三巨头,对一个中尉说:"赵连长,范司令他们由你带一个班押回去。"走到飞机附近,又扭头叮嘱道:"这里距我们占领区有五十公里,你要小心。特别要小心范司令的狐狸部队。万不得已时……"

赵连长接道:"就算我们这个班与范司令他们同归于尽。你就放心地走吧。"

李铁看着飞机起飞了,这才长出了一口气,伸手抹了一把冷汗。赵连长带一个班押着范英明等五个人分别上了两辆越野吉普车。

李铁身边的一个上士道:"连长,咱们去把他们抢回来,快一点,要来不及了。"

李铁骂道:"蠢货!我们一动,范司令他们就真没救了。五十公里内,到处都是我们的人,他们肯定不敢一直走大路。"看看微波跟踪仪,"这是解救人质,只能智取。咱们远远地跟上,机会总会有的。"

狐狸部队跑向山脚下林子边的几辆摩托。

天渐渐暗了下来,枪炮声也变得零星冷落,激战了一天的二号地区沉寂了下来。在二团指挥所支撑了大半天的简凡,此时正在一棵香樟树下为自己在 A 师的前途处心积虑。这终归只是一场演习而不是实实在在的战争。简凡再一次清醒地看到了问题的实质。黄兴安和范英明暂时做了俘虏,不管怎么说,这对于一个军人来说,都算不上是光彩照人的一页。但是,这毕竟只是演习中出现的非常事件,对 A 师未来的大格局的影响力可以说微乎其微。即便这次演习 A 师大败而返,黄兴安照样会是 A 师的师长,佩戴○○一号工作证,坐在 A 师办公大楼采光通风最好的房间里。远在预备队位置的王仲民被指定为红军代司令,深深地刺痛了简凡。在他看来,黄兴安不同意,这个命令根本不可能下发到各个部队。这也就是说,黄兴安和王仲民的矛盾,并非是不可调和的。如果王仲民在演习的后半程能小有作为,在以后漫长的和平日子里,他的名字就会像一只酒壶一样,被军、师首长常常挂在嘴上。简凡思考的焦点,便是如何避免这样一个结果。

团参谋长出来报告说:"王仲民代司令来电,摩步团两个营、高炮团两个营已过沅水大桥,一团已经在三号地区吸引了蓝军两个营,他要我们加强戒备,一定要支撑到明天早上。"

简凡极不耐烦地说:"知道了,知道了。这些情况我们都无法证实。"

A 师作战科张科长一直对派他来二团协助指挥作战感到不

满。演习前一团和二团都没有团长，可一团的团长是真的空缺，二团的团长只是抽到'师指'去了。所以，在演习的准备阶段和演习开始后，张科长采取的态度就只是观望。有功，不可能到二团当团长，有过，则定遭实力派人物简凡的忌恨。二团损失一个半营后，张科长才感到事后再怎么解释，都无法把自己洗得清白了。他也希望做点什么实际的事，改变一下可能要面临的不利局面。

张科长走过去说："要是把二团都打光了，也不是个事。就是局面能翻过来，二团全军覆没也是个事实。"

简凡道："蓝军一鼓作气，二团一个半营和一个半独立营根本撑不到天亮。王仲民闹了几年转业，能支撑住大局？这个不利局面，还只能依靠黄师长和刘政委来扭转。"

张科长道："指挥所不是出了事吗？"

简凡道："只要他们还在红军防区，按规定就不算退出演习。现在，只有右后面留了五公里宽的缺口，山那边就是蓝军带黄师长他们出我们防区的必经之路。"

张科长说："对呀，我们得去把他们营救出来。要是师长被俘，演习赢了也是败了。"

简凡说："老张，谢谢你的支持。咱们就带一个半营去救人。"

两人回到指挥所，简凡喊过来参谋长说："白参谋长，命令独二营、独三营一部，趁夜撤出原阵地，在十点以前完全接替我团一营和二营防务。我带一营和二营一部，趁敌不备，去把黄师长他们营救出来。"

白参谋长听得目瞪口呆，口吃地说："团，团长，不到两个营，怕坚持不住吧？再说，这时候移防也不合适，一旦敌人攻来，要崩溃的。"

简凡道："用兵之道在于虚实搭配得当。蓝军从昨天傍晚运动，二十多个小时没得到休息，今晚没有什么力量攻击。他们的优

261

势在空中，夜战他们不行。就是营救不出来黄师长他们，也可以把援军接迎过来。执行吧。"

白参谋长没说什么，转身去了作战室。

战场形势再一次发生了变化。

李铁率狐狸部队跟踪到一个弯道处，前边响起一阵激烈的枪声。李铁叫一声"糟糕"，一踩油门，蹿了过去。前面，二团的先头部队正在徒步沿公路追赶两辆吉普车。

李铁大喊着："别开枪，别开枪，那上边是范司令和黄师长。"

一个上尉说："我们知道。"

李铁刹了车，"那你们为什么要开枪？"

上尉道："中尉，你是哪一部分的？黄师长被蓝军抓了，你为什么不让开枪？"

李铁傲然答道："我们是哪一部分的，用不着你管。你们一开枪，只会把事情弄糟。你们把路让开。救人的事交给我们。"

上尉上下打量打量李铁，"一开枪就会把事情弄糟？这话听着怎么别扭呢？你们到底是哪一部分的，说。"

李铁急了，"你们让不让？出了问题你负不起这个责。"

上尉一挥手，"把他们拿下，我看他们像是蓝军。"

李铁大叫着："别误会，别误会。"

二团的几十个战士已经和李铁的人扭在一起。李铁一个擒拿动作制住了上尉，他的手下已把二团的战士打倒了一片。

李铁掏出范英明的手令道："别再闹了。这是范司令的手令，我们原来是一团特务连的，现在是狐狸部队。来不及了，咱们走。"

一扭头，发现已经走不成了。简凡带的几百人已经赶到。

李铁急出一头汗，在几道手电光的照射下喊道："再迟就来不及了,你们看看这手令。"

简凡和张科长走过来,认出了李铁。简凡接过手令一看,嘴里说:"怎么闹的?你们下手也太狠了些。"

上尉活动着手腕道:"团长,押黄师长的车刚从这里过去,我们开枪拦没拦住,正在追,他们就来闹事了。"

简凡抓住上尉的衣领厉声说:"你看清楚了?他们过去多久?"

李铁看看微波跟踪仪,"简团长,简参谋长,确实是黄师长他们,离这儿至少三公里了,我们从玉泉峰一直跟到这里,目的就是救他们。你快让我们去追吧,再迟就来不及了。"

简凡说:"我们正是来营救黄师长和刘政委。李铁同志,我以红军参谋长的名义命令你,不惜一切代价,也要把黄师长救出来。如果你们成功了,你就报告黄师长和范参谋长,说我正带领部队去接迎摩步营。"

李铁没再说什么,带着摩托队向前追去。绕过一个山口,发现两辆吉普停在路边上。李铁跳下车,看看微波跟踪仪,自言自语道:"真是万幸,他们上了山。"转身道:"都把火熄了,轻装上山。"

赵连长已经带着范英明他们爬上了半山腰。秦亚男、王记者和刘东旭平时缺少锻炼,都各被两个蓝军战士架着、拉着往上爬,显得十分狼狈。刚爬到山顶,王记者像一摊泥一样出溜在一块石头旁边,喘着气央求着:"赵连长,求求你歇一会儿吧。"

赵连长掏出指北针看看,又观察一下四周的地势,"只能歇三分钟。我总觉得好像有什么人在跟踪我们。你们给两位记者喝点水,别光顾自己喝。"

范英明点燃一支烟,吸了一口,顺便看了一眼跟踪仪。赵连长说:"范司令,请你把烟掐了吧。还有十来公里,周围可都是你的人。"

范英明把烟扔了,说:"不错,细致。你觉得从玉泉峰到这儿,你的错误有几处?"

赵连长摸着头想想,龇牙一笑,"请范司令指点。我们师长和朱司令都很佩服你。"

范英明也不谦虚,"你的错误有三处。第一,你应该在指挥所带十一个演习红军标志;第二,刚才在路上遇人拦截,你没有做出可以一击置我于死地的任何动作,那时我完全可以跳车。这两处错都算小失误,另一个错使你失去了一个立大功的机会。"

赵连长道:"我想不起来。"

范英明道:"你弃车走小路,选择正确,可你没有把车处理掉。如果当时你把两辆车推到山涧去,你们师长肯定会重用你。"

赵连长叹道:"想到了,可狠不下心。二十多万呢,都是一支部队,毁了多心疼人。"

范英明说:"这是战争,而你又负有重大责任,做事就不该拖泥带水。刚才又无追兵,你可以把油放掉再推车,损失顶多万把块。"

秦亚男站起来,捶着腰道:"败军之将,还要当人老师。真佩服你的适应能力。"

范英明道:"都是一支部队嘛。赵连长,你既然感觉有人跟踪,就该马上走。有时候感觉很准。譬如我今天上午就感觉指挥所不安全,可惜没能及时转移。"

一行人又跌跌撞撞下了山。看到山脚下一排简易房子,赵连长指示两个战士先去侦察一下。不一时,战士回来报告说:"看样子像是红军一个指挥所,有四间小房子和两间大房子,小房子里面有床板,一间大房子里还有一些吃的东西,还有一瓶多白酒。"

范英明一听就知道是一团的原指挥所,再往前翻两座山岗,应该是蓝军的防区了,急中生智,准备利用一下赵连长对他的信任,忙说:"赵连长,这地方已接近最复杂的地区。应该在这里等到黎明前。因为那个时候,人睡得最熟,很容易从这里穿过。到了这个地方,再抱着和我们同归于尽的态度就不对了。"

赵连长说:"我听你的。"

一行人走到一团原指挥所。赵连长指着四间小房子道:"范司令、秦记者、刘政委各占一间休息,黄师长、王记者一间。十个人分成两班,一班五人,房子四角各设一个固定哨,另一个游动,一个半小时换一班。"

范英明道:"你们不捆我们,也应该把门从外面锁死,或用铁丝扭牢。"

赵连长打个哈欠道:"谢谢。你们是师首长、大记者,实在不好意思捆你们。天太冷,你们小心受凉了。"

夜真的睡熟了。

李铁在草丛中收起红外望远镜,压低了声音道:"他们有四个固定哨一个游动哨,出手要准,不能让叫出来,但也不能伤人。一班长,你们班两人一组,分五组,一个制敌,一个当哨兵,范司令在第一间,二班跟我救人。"

蓝军四个哨兵站在房子四个角跺着脚。游动哨不停地在房前走,嘴里嘟囔着:"这地方真他娘的阴冷。"左边一个哨兵接道:"人是铁,饭是钢,一顿不吃饿得慌。晚饭没吃嘛。"右边一个哨兵接道:"上飞机时,我还在想押了他们几个大首长,兴许晚上能有点酒喝呢。"

赵连长出来走一圈,吩咐道:"眼睛大点,耳朵支高点,我这眼皮直跳。"

游动哨说:"没问题。连长,刚才说有点吃的,是真是假呀?"

赵连长说:"给你们留着呢!"打个哈欠,"静得有点不对头。少歇一会儿,还是早点走。"晃着进了大房间。

李铁学一声虫叫，几组战士几乎同时出击，一下子制服了五个哨兵。李铁刚带人朝房子跟前冲，只听吱一声，门开了，连忙都卧倒了，只见一个蓝军士兵走出来，掏出家伙尿了起来。

蓝军士兵打着寒噤，抖着家伙说道："这一尿，就抱不住劲儿了。班长，刚才喝酒，我给你藏了小半瓶，入党那个事……"

红军士兵压着嗓子，"知道了。"

蓝军士兵系着裤子又说："也不瞒你，班长，今年入不成，明年回去就不是正式的，没有选举权。"

红军士兵狠巴巴道："啰嗦！就这一批。"

蓝军士兵龇牙一笑，"班长，等我当支书，一定重谢。"转身进了屋。

李铁几大步跃过去，撬开了范英明的房门。

范英明朝隔壁房间一指，李铁又用工具把门撬开了。秦亚男迷迷糊糊睁眼一看，一个男人正向自己摸来，本能地叫出声来。范英明情急之下，扑过去，用嘴堵住了这声尖叫。李铁没想到会看到这种场景，也在门口呆住了。

范英明看秦亚男还在挣扎，忙用手捂住秦亚男的嘴，狠巴巴地低声说："别叫！"

秦亚男显然错解了范英明的意思，仍挣扎着把声音叫了出来。李铁和两个战士也闪了进来，彻底把秦亚男制住。只听外面门吱呀一声，"哪里来的叫声？"一个红军哨兵慌忙答道："没有事。"

范英明低声说："隔壁是刘政委。"

秦亚男这才明白是怎么回事，低声埋怨："也不说一声。"

几个人又把刘东旭解救出来。范英明朝最后一间房看一眼，扯了一把李铁，朝林子里跑去。八九个黑影也跟着他蹿入林子。一口气跑到半山腰，范英明才把步子放慢了。

李铁松了秦亚男的胳膊，长出一口气说："总算把你们救出来了。这个跟踪仪还真管用。"

突然间,远处又传来了成片的炮弹爆炸声。

范英明停住脚步听了一会儿,"朱海鹏逼得太紧了。"

刘东旭终于开口了:"我有重大责任,不该迁就黄师长。"

范英明道:"只要能熬过这一夜,结局可能不会太糟。一团看来已经插到他们背后了。"

秦亚男看看人群里没有黄师长和王记者,急忙说:"你们怎么没把黄师长和王记者救出来?"

范英明支吾道:"你没看当时多紧张。"

李铁说:"你再叫几声,全完。"

秦亚男道:"谁让你们事先不说一声。你们破门而入,我能不叫? 哪个女人都要叫。"

范英明干笑几声,"当时的情况……实在抱歉。这,这……咱们赶快走吧。"

这件事做得不太光明磊落,范英明使劲揪自己的大腿,在黑夜里直摇头。

第 十 章

黎明时分,蓝军警卫连赵连长带一辆车把黄兴安和王记者押回蓝军指挥所。常少乐和朱海鹏事先已经知道范英明等被红军狐狸部队救走的消息,正在布置对红军一团实施聚歼。因为简凡带走了红军二团一个半营,红军二号地区不到两个小时全部被蓝军占领了。

常少乐看见赵连长,瞪起牛眼讥讽道:"年纪轻轻,还很会保养身体嘛。押战俘的路上也忘不了喝二两小酒,眯瞪一会儿。"

赵连长噙着眼泪,立正说道:"我们没有完成任务,特来请求处分。"

常少乐一拍桌子,"处分?处分能解决什么问题。五个哨兵同时遭人暗算,传出去要让人笑掉大牙的。平日里叫你们练点武,只当耳旁风。怎么样,草鸡了吧?"

朱海鹏过来劝道:"常师长,别批评小赵了,要批还不如直接批我,这事是我弄糟的。能把黄兴安带回来,也不容易。小赵,这件事你一点都没察觉?"

赵连长道:"范司令范英明一路都很正常,还几次提醒我注意这注意那。我也就相信他了,他提出在那里歇歇,我也没想到这是个计。到现在我也想不明白,他们的人是怎么找到我们的。"

常少乐仍气呼呼地说:"越说越丢人。不明白的是他们为什么给你留个黄兴安,要不然,你现在就该进禁闭室了。这个范英明,还真是个人物,靠什么秘密武器联系部队?想不通。"

朱海鹏道:"单单把黄兴安丢下,耐人寻味。难道这次演习范英明根本插不上手?"

常少乐笑道:"你别猜了,人家黄师长大老远来了,咱们把人家晾在外面也不合适。你有什么疑问,当面问问他不就行了?"

两个人走出指挥所。看见四个持枪的士兵如临大敌一般,分立在汽车两旁,常少乐疾走两步,呵斥道:"走开走开,搞什么名堂。"过去亲自打开车门,赔着笑说:"黄师长,大驾光临,有失远迎,愚兄已备了点压惊酒菜。"

黄兴安坐在车里,一动不动,一言不发。

王记者跳下车舒展舒展筋骨,打了一个响亮的喷嚏,"朱海鹏,你算把老哥折腾惨了,害得我走了几十里山路。"

朱海鹏拍拍王记者的肚子,"免费减肥,你应该感谢我才对。"

王记者由衷地说道:"你这回可是一举成了大名,把个甲种师打得毫无还手之力。我得好好给你写一笔。"

朱海鹏看那边场面有些尴尬,忙走过去也赔着笑道:"黄师长,常师长知道你们饿了一顿,把饭菜早准备好了。"

黄兴安端坐不动,阴冷的目光直视前方。

常少乐爽朗地大笑几声,"兴安老弟,胜败乃兵家常事,何况这只是一场演习。给点薄面,下来喝几盅暖暖身子。"

朱海鹏接道:"我还想请教几个问题。"

黄兴安冷笑道:"别再假惺惺了。我只知道胜者王侯败者贼。你们那饭不好吃,我也没兴趣吃。A师起码还有七千人能战斗,鹿死谁手,也还难说。请你们把我押到该去的地方。"

常少乐不冷不热地说:"是呀,瘦死的骆驼比马大。诚心诚意请你们喝酒,你说是羞辱。这真是好人难做。你……"

朱海鹏拉拉常少乐的后衣襟,"黄师长,你别误会,从前线到军协调委,正好路过这里。赵连长,你带两个人,把黄师长护送到军协调委。"

王记者跑到车边对黄兴安说:"黄师长,麻烦你告诉赵处长,不用再派记者到蓝军了,我会好好给蓝军大书一笔。"

黄兴安倔傲地带着一只咕咕叫的肚子上路了。

常少乐愤愤地说:"倒驴不倒架,硬充汉子。好,咱就看看这只鹿最终变成谁桌子上的菜吧。丁参谋,你记一下。命令:一团、三团由二号地区向三号地区挤压,二团两个营先放掉敌左翼向三号地区迫击,全力聚歼敌一团主力。令空军轰炸机大队全部出动,趁敌炮团、摩步团在运动状态,用车轮战法炸烂它们。"走到门口,忽然扭过头对朱海鹏说:"抓没抓住主要矛盾?"

朱海鹏哦哦应两声,眼睛一直看着林子那边。常少乐眯眼朝那边一看,江月蓉又在那里对树抒情,忙把王记者拉过去,"海鹏,你休息休息吧。"

江月蓉这些天表现出来的细腻、沉着、镇静,使朱海鹏产生了一种依恋的情愫。这种感觉在朱海鹏和别的女性交往中,还没有出现过。战局逐步明朗了,朱海鹏可以分出一些精力考虑一下个人生活了。发现了对江月蓉的依恋,他很快作出了这样一个判断:错过了江月蓉这个女人,会是终身憾事。基于这种判断,朱海鹏下决心尽快捅破那层窗户纸。

朱海鹏陪着江月蓉走了一段,憋了一肚子的话,重要的一句还没挤出,嘴唇一抖,又是关于女儿的话:"是不是想银燕了?"

江月蓉仰着被初冬的冷气冻得粉红的脸,眯着的眼睛上沾着雾气的长长的睫毛一眨一眨,语气悠悠地道:"想,真想,一个月零三天没听见妈妈两个字,这心里只感到空,空了好大一块。"

朱海鹏看呆了,只是呆呆地把目光追着那张脸看,看,看。

江月蓉像是感觉到了某种异样,猛地一扭头,"你怎么了? 怎,怎么不说话?"

朱海鹏下意识地把目光躲闪了,"说话? 昨天半夜我从'前指'回来,我就想说。"

江月蓉说:"说你挨方副司令的骂,说他也骂你玩过家家?"

朱海鹏惊奇地问:"你怎么会知道? 我昨晚回来,你已经睡了。这话我都不好意思告诉常师长。你,你有特异功能?"

江月蓉笑笑,"直感。我想会是这样的。我为银燕想得很多,对她,我也常有这种直感,很准的。所以……"

朱海鹏终于获得了直视江月蓉眼睛的勇气,急急地说:"我,我想给你说别的,与演习没什么关系,我早就想对你说,可,可我一直怕你,怕你……"

江月蓉害怕似的急忙打断道:"你别说,你别说,你真的别说。我,我不想听,其实你用不着说,我,我……演习大局已定,我,三周年,我下周要去飞行团。我想先走几天。"

朱海鹏站住了,咬着牙说:"三个月前已过了三周年了。"

江月蓉脸色大变,"你记得真清楚。朱海鹏,你不觉得这个时候谈这些事不合适? 演习还没有结束!"急匆匆地踩着荒草枯叶走远了。

朱海鹏木桩一样站在那里,失了魂一样。

范英明、刘东旭、秦亚男、李铁在黎明时分,赶到了红军备用指挥所。

一下车,范英明就急忙奔向作战室。

王仲民一见到范英明,惊喜之状溢于言表,迎上去抓住范英明的手使劲摇着,连声说:"奇迹奇迹。政委,你们真的回来了。"

范英明翻看着一叠电文,嘴里说:"快说说战况,先说不好的。"

王仲民道:"没什么好消息。简团长搞将在外君令有所不受,昨天晚上带二团一个半营脱离了二号地区。"

范英明把电文一扔,"他敢临阵脱逃!"

王仲民苦笑道:"事实是这样,可没法这么定性。他走之前来电陈述理由,一是设法营救你们,二是趁敌包围圈没形成,出来接应援军。"

范英明说:"右翼不是完了?"

王仲民道:"已经完了。简团长率二团的人一撤,独立营人心涣散。三点二十,协调委已来了战报,右翼全部被占。"说着,眼圈红了。

范英明像个木偶一样僵出三四个动作,才坐在椅子上。

刘东旭一看范英明的表情,忙打气道:"英明,千万不要灰心,你要把这副担子挑起来。A师能不能走出低谷,全指望你了。你站起来,你站起来呀。"

范英明真的站了起来,"上报协调委,我与刘政委今晨三点被狐狸部队救回,现已回到指挥岗位。仲民,一团、炮团和摩步团情况怎么样?"

王仲民道:"情况十分严重。炮团、摩步团主力滞留在二号与五号结合部地区,我已命他们抢占有利地形防敌空袭。那一带没有理想的地形构成炮兵阵地,只怕难以支撑太久。"

范英明看看沙盘,"这样不行。必须把摩步团主力推到炮团前边。如果炮团主力被歼,根本无法防御空中打击。把预备队全部推到茅草岭一线,全力保炮团不失,等待恢复部分制空权。如果一团能从三号地区突出来……"

王仲民递过来一份电报,"焦守志刚来的请示电,一团要想避免被聚歼,只有强渡小凉河,突到蓝军防区,可他们没有舟桥部队……"

范英明又坐下了,喃喃道:"如果一团全部被歼,这场演习也该结束了。"

刘东旭问道:"一点转机都没有了?"

范英明痛苦地摇摇头,"没有空中优势,越境作战根本不可能,过了小凉河,也要被困死饿死。眼下只能等待奇迹了。命令:一团拼死由三号地区向五号、一号地区突围,牵制蓝军对五号地区的进攻;预备队必须在中午十二点以前进至茅草岭一线;左翼两个独立营、一个炮营、一个摩步营完全放弃四号地区,运动至玉泉峰以北地区,构成新的左翼,坦克营向三团二营靠拢,构成新的右翼。"

王仲民道:"没有空中掩护,这太冒险了吧?"

范英明朝指挥所门口走去,"所以说,只能寄希望于奇迹了。"

坐镇指挥这次演习的方英达和陈皓若,此时完全放弃了仲裁人的立场,情绪完全被红军的战场形势所左右。范英明重新掌握了部队,并作出了一系列新的部署,又一次点燃了他们对 A 师的希望。

陈皓若盯着显示屏说:"如果红军能够构成这样一个新的防御体系,支撑到明天傍晚,等制空权恢复一半,可能会出现转机。"

方英达露出了难得一见的笑容,"这虽是个被动挨打的防御体系,目前也算上策了。"

正在说着,一个参谋进来报告:"蓝军出动五架轰炸机,前去轰炸沅水大桥。"

方英达看看屏幕上一闪一闪的沅水大桥,喃喃道:"朱海鹏和常麻秆没有睡觉呀。红军的左翼暂时运动不过来了。"

又一个参谋报告："蓝军六架轰炸机分两组刚刚轰炸了红军一号、二号油库。"

方英达又坐不住了,走到屏幕前仔细看了看,奇怪地笑了一下,"奇迹恐怕很难出现了。"

朱海鹏因为早晨在江月蓉那里碰了钉子,心里不舒展,得知炸掉了沅水大桥、炸掉了红军两座油库,眼睛喷着火,禁不住大声说:"炸得好,炸得好。"

常少乐发现朱海鹏一脸杀气,不由得吃了一惊,劝道:"海鹏,我看还是给老军长留点面子吧。等他们重新布好防,咱们再动手。要不然,他们真的就无法还手了。"

朱海鹏道:"你忘了黄师长留了什么话? 不彻底把 A 师打垮,这场演习日后怎么评价就难说了。留点面子,打个平手? 这要是真的战争,谁给他们留面子?"踱了两步,缓和一下语气又说:"只有把 A 师打痛了,存在的主要问题打出来了,咱们这个角色才算扮成功了。"

常少乐道:"道理我都懂。可别忘了,人心都是肉长的。部队的主体,毕竟是 A 师这样的部队。方副司令的时间不多了,让他看到 A 师彻底垮掉,实在于心不忍。再说,有些问题积重难返,一下子都解决掉,恐怕也是一厢情愿。"

朱海鹏说:"那你说该怎么办? 如今箭在弦上,能硬收回来吗?"

常少乐艰难地说:"这两天战场上出现的很多问题,都不是纯军事的问题。我们这种组合,相比起来就比较单纯。这里面的关键问题,我还没想明白。我只是觉得,单靠军事,也无法从根本上解决。"

朱海鹏道:"我没考虑这么多。我想,必须把 A 师打疼,必须把上边也打疼了。如果不打疼了，也就不会引起更多人的注意。一下子把 A 师打垮了，方副司令感情上可能一时难以接受，但我想他最终会认为这是必须的。或许我这种想法太理想主义了。"

常少乐笑道："你我也别争了，不是什么原则问题嘛。你看这样好不好，如果打到一眼就能看出输赢的程度，上面还让继续打，咱们的任务也就完成了，该糊涂就糊涂一下吧。"

朱海鹏说："好，咱们就再打一路组合拳，打完了，咱们再看。说实在话，如果上面还是搞犹抱琵琶半遮面，硬要为 A 师找回面子，演习过后，我还是要到地方。"

常少乐说："我已经五十出头了，只能在部队干下去。想得多些，有点犹豫，我想你能体谅我的苦衷的。你想咋打这路组合拳，你就放开手打吧。只能打这一轮。"

朱海鹏喊道："丁参谋，记录命令。第一，因敌一团自昨天下午开始已脱离其后方，所留弹药、粮食有限，令我二团全部和一个独立营将其困在三号地区至小凉河之间，其余围歼敌一团的部队，迅速由敌三号地区左侧，插入敌五号地区；第二，命空军轰炸机大队，寻找敌左翼运动中的部队，全力炸毁它的炮兵营，并负责监视沅水大桥；第三，令在敌五号地区隐蔽待机的摩步营，突然发动，彻底捣毁敌正在茅草岭布置的高炮阵地；第四，令航空兵大队趁敌预备队前移，空降到敌六号地区，彻底破坏敌运输线；第五，在摩步营得手后，空军全力打击敌摩步团主力；第六，在各部队接到命令后，对敌实施三个小时无间隙电子干扰，以隐蔽我作战意图。"

常少乐道："好家伙，你把家底全用上了。"

方英达看了蓝军上报下一轮攻击计划的图像显示，沉默良久，独自出了作战指挥室。陈皓若等了一下，披上自己的大衣，取了方英达的大衣，跟了出去。

天空晴朗无云,太阳刚刚越过东面一片树林的树梢。方英达踩着有些枯黄的草地,迎着太阳走着,雪白的头发在清冷的风中舞着。陈皓若紧跑几步,把大衣披在方英达的肩上。方英达慢慢停住脚步,低沉地说道:"皓若,你对这个演习结果怎么看?"

陈皓若皱着眉头,走到方英达前面,转过身说道:"不尽人意,A师,红军根本没发挥。因为A师没有发挥,蓝军的作战就显得太完美无缺了。"

方英达点点头,"应该说是很不尽人意。蓝军还是以我们军区现有部队组成的,C师作为蓝军的主干,兵员素质、武器装备,很低、很落后。可是,它的战斗力在一种新的指导思想下边,强大得让人不可思议。一方面,它证明科技强军、质量建军势在必行;另一方面,它暴露出了部队的很多问题。我说的不尽人意,指的是胜负的结果。"

陈皓若道:"如果就这样结束这次演习,我们的目的就无法达到。好像这只是在演示高科技的无所不能。这对全军今后的训练,是不利的。如果A师也能正常发挥,收获就要大得多。"

方英达叹道:"A师为什么发挥不出来,这个问题很关键。我感到这不是一个简单的问题。蓝军这回算是超水平发挥了,在实战中把战略性空中打击、制空权的争夺、电子战、信息战等诸多现代局部战争的重要特征,都充分表现出来了。而且,这都是在一场无导演的对抗演习中表现出来的。这方面的收获,必须充分加以肯定。A师如何发挥的问题,也必须在这种激烈的对抗中加以解决。"

陈皓若问:"你是不是想把演习继续搞下去?"

方英达道:"这件事事关重大,必须经过充分酝酿、讨论后,才能决定。"

两个人边谈边走,走着走着,就走到公路边上了。不知不觉,两人又走到了路中间。押送黄兴安的四个人,都是两顿没吃饭了,又饿又气又乏,只想马上把黄兴安送到军演习协调委,根本没有想到离大院几百米远会遇上这次演习的最高指挥官。赵连长看前面两个人听到几声喇叭还不让路,打个哈欠,伸出手重重压在方向盘中间的电喇叭按钮上。

方英达和陈皓若同时转过身,三菱越野吉普急刹在离他们几步远的地方。

赵连长惊得连滚带爬下了车,垂手立在车前等着挨训。司机也从另一侧跳下来,仰着吓得惨白的脸,笔直地站着。

方英达一看他们俩肮脏的衣服和蓝军标记,笑道:"从前线下来的英雄,怪不得这么神气。你们有什么急事吧?"

赵连长答道:"报告首长,我们奉朱司令、常师长之命,押,押,送黄师长来协调委。"

方英达和陈皓若走近汽车,看见两个蓝军战士怀抱冲锋枪,把黄兴安紧紧夹在中间。黄兴安还在酣睡,脖子的姿势不对,把一声声鼾响挤得奇奇怪怪。

陈皓若勃然大怒,伸手拉开车门,大喝一声:"黄兴安,你给我下来!"

黄兴安万万没想到会在这里以这种方式遇见方英达和陈皓若,慌忙爬出汽车,低着头立正站着。

陈皓若锐利的目光上下扫扫黄兴安,"把头抬起来,说说你现在来这儿做什么。"

黄兴安抬头说:"我,我,我有责任。"

陈皓若在黄兴安面前走动着,"你说说看,一个甲种师怎么这样不经打?你不是经常自诩是全区第一师的师长吗?说说看,说呀!"

方英达冷冷地扫了黄兴安一眼,"不要现在说。黄师长,你到作战室看看,让那个屏幕帮你回忆回忆,你们这个仗是怎么打的。下午我想听你一个专题汇报。"

黄兴安垂头丧气地跑步走了。

方英达对赵连长说:"你们的任务已经完成,去后勤让他们做顿热饭吃吃,再让他们给你们找个地方睡一觉。"

赵连长一听这话,如遇大赦一般,举手敬个礼,上了汽车。

红军备用指挥所建在一个大坝子边缘的一片松林里。因为蓝军正在进行电子干扰,指挥所的参谋和操作员都闲了下来。邱洁如昨天深夜奉命带八个女兵来指挥所值班,才知道范英明被俘的消息。范英明奇迹般地回到备用指挥所后,邱洁如一直在寻找机会接近范英明,最好还能单独见面。因为范英明一直待在作战室,机会就没有找到。电子干扰开始后,邱洁如就选了一个可以看见作战室的位置,托着香腮,继续等待那个机会。在她眼里,范英明这个男人因为再次饱受炼狱之苦,反倒显得更加魅力四溢了。她认定范英明的人生跌落起因是方怡对他的背叛,仿佛觉得自己作为女人该分担因一个同类有眼无珠产生的愧疚。一个强烈的愿望牢牢地攫住了这个二十一岁的少女:我要尽一切努力,让这个男人重新像塔一样耸立起来。终于,她看见范英明一个人走了出来,满怀心事地朝坝子走去。

邱洁如赶忙跑到后窗前,把窗子打开,却发现范英明身边已经出现了个女人。邱洁如发现那个女人在笑,而范英明好像还在为什么事央求那个女人,心里就郁积了无名火。

邱洁如恨恨地咕哝一句:"这个扫帚星!"

一听邱洁如竟说与演习无关的话题,几个女兵就围了过去。

一个女中士问:"队长,谁是扫帚星?"

邱洁如伸一下指头,"就在那儿。"

上等兵说:"听曹参谋说,这是军报的秦记者,你怎么说是扫帚星?"

邱洁如说:"不是她和那个王记者来咱们师,咱们能败?唐龙那天就说他们来肯定要出事。果真就出事了。"

中士大着胆子笑着道:"队长是在想唐参谋吧?想知道他的消息还不简单,往一团发报时多输入一句话,一团回电后,咱再把这回话贪污了不就行了。"

邱洁如用指头一点中士的额头,"就你鬼点子多!我才不想他呢!一个小气鬼。"

中士道:"咱也是有对象的,你能瞒我?肯定是想男人了。"

邱洁如脸色绯红,严肃地说:"别打胡乱说!平日里对你们宽松惯了,没上没下的。"瞪了女中士一眼,转身离开窗台。

中士做个鬼脸吐下舌头。几个女战士都小心回到机位前,正襟危坐。这时,电子干扰结束了。

刘东旭在作战室说道:"快去叫范司令。"

范英明一脚跨进门,急忙说:"赶快让各部报告情况。"

一个上尉参谋道:"已收到摩步团一营报告,他们和炮团三营在沅水大桥三号公路上遭到持续一个小时的空中打击,炮营全完了,摩步营一部和独五营大部正准备泅渡沅水,向五号地区靠拢。"

范英明追问:"舟桥营呢?没有赶到?"

参谋说:"舟桥营两个小时前就……"

王仲民拿着一份电报走过来,"完了。摩步团来电,炮团阵地突然间遭到蓝军摩步营偷袭,蓝军对摩步团已进行过第一轮空中打击。高副师长、邹部长来电,六号地区发现蓝军航空兵,请求至少派一个半营退守该地区。"

范英明闭了一会儿眼睛,缓慢地说:"告诉独五营和摩步一营,不用再泅渡沅水了,天太冷。"抬头长叹一声:"朱海鹏没给我们一点机会。"

刘东旭到 A 师不到一年,赶上两次演习,第一次被蓝军的装甲车包围了指挥所,第二次又当了近八个小时俘虏,好不容易返回指挥位置,战场局势已不可收拾。他实在不甘心,情绪失去了控制,又像是央求又像是商量又像是命令,对范英明说:"小范,让他们泅渡吧,演习不能就这样结束了。我们师还有六千多人,难道就翻不过来? 让他们泅渡吧。"

范英明生气地把刘东旭拉到沙盘前面,"你看看我们六千人现在都在哪里! 一团还剩一千二百人,被困在三号地区和小凉河之间,再支持一天就弹尽粮绝了。左翼部队剩下不到一千人,前有沅江天险,上有敌人车轮轰炸,基本上已彻底丧失战斗力。五号地区四千多人,如今挤在不到两百平方公里的狭窄地区,撤不能撤,一撤就崩溃,战不能战,没有制空权,只能挨打。政委,我们必须面对现实。"

刘东旭说:"真的就没有别的路了?"

范英明道:"没有了,只有马上承认战败。再撑下去,就是做无谓的牺牲。在这种情况下,再让战士泅渡五十多米宽的沅水,指挥员该上军事法庭。可以做个记录,我愿负承认战败的一切责任。"

刘东旭沉默地坐着。

范英明急了,"如果你要以党委书记、师演习指导委员会政委的名义命令我继续撑下去,我只能辞去红军司令的职务。"

刘东旭发火了,"我并没说你的决定是错误的。我这个师政委也懂得随时随地都要珍惜战士的生命。这个责,还是由我们共同来负吧。马上承认战败,请演习指导委员会裁决,如果他们不准停,我们只能服从命令,继续打下去。"

范英明紧紧抓住刘东旭的双手,苦笑着说:"我实在不忍心让部队打出白旗。不能让基层干部战士承受本不该承受的耻辱。"说着说着,眼泪无声地流了下来,松开刘东旭,抹一把鼻涕眼泪,吼一样说道:"命令与敌接触部队,马上进行全线反击。"

刘东旭惊得张开大嘴,伸手指着范英明,却说不出话。

范英明抽咽一声:"耻辱由我们承受吧,让战士们认为,演习结束时,他们每个人都在冲锋,都在战斗……呜呀啊嗯……"禁不住哭出声来。

这一哭,又有几个参谋哭将起来。

刘东旭不敢看范英明,对王仲明说:"王团长,你去草拟一个命令和请示电。"

范英明戛然止住哭声,"不,不要哭了,由我来起草吧。"说罢,走到一张桌子前写了起来。

指挥所上上下下都知道红军就要承认战败的决定,参谋和操作人员都无声地围到作战室门口,默默地看着正在起草电文的范英明。

范英明在两份文稿后面签上自己的名字,拿起来对王仲民说:"接到协调委回电,马上通知独立营以上主官来指挥所开检讨会,让他们自带帐篷。你拿去发了吧。"

刘东旭截过电文,掏出自己的签字笔,就要往上面写字。范英明抓住刘东旭的手说:"这是演习红军司令的职责,你不能签。"

刘东旭挣脱出右手,"你就让我以Ａ师党委书记的身份签一次字吧。演习失利,我也负有重大责任。"

范英明默默地看着刘东旭签了字,转过身迈着沉重的步子走出作战室。围在门口的人向两边闪过,女兵的脸上都挂着泪珠,看着范英明远去。

高军谊在后勤指挥所过了一段相对单纯和平静的日子。A师在演习中陷入苦战的原因，高军谊猜到了七八分。得到范英明和刘东旭被狐狸部队救回的消息，高军谊大吃一惊。他惊讶的倒不是狐狸部队虎口拔牙在自己防区救出几个俘虏，因为在他看来这次演习终归只是一次演习，同是少壮派的朱海鹏和范英明演出一场双簧轻而易举。他惊讶范英明的狠，竟把黄兴安巧妙地留在虎口里。演习结束后，黄兴安和范英明在A师肯定要势同水火。想想自己要和这些如狼似虎的狠角一起共事，高军谊心里就有点灰。如果黄兴安不是在演习前期把范英明的权力吃干拿尽，范英明决不会做得这么绝。演习这些日子，和王科长王思平接触自然多了起来，高军谊对军队外边的世界的了解深入了许多，实实在在接受了有权不用过期作废的思想。在这一个多月里，高军谊仔仔细细考虑了自己后半生。范英明和刘东旭为A师的前途担负起责任的时候，高军谊也在指挥所边的田野里想出了一条退路：演习结束后一定要设法到地方。

王科长在后勤指挥所看到范英明和刘东旭签发的命令，知道演习就要结束了。演习结束后，必然要经历一段混乱时期，浑水摸鱼的机会也就出现了。他急忙走出指挥所，找到了高军谊，老远就喊了起来："高师长，高师长，演习要结束了。"

高军谊嗔怪道："要叫高副师长，这样称呼别人听见了会误解的。"

王科长赔笑道："这些年和地方同志接触多，叫习惯了。地方上职务不分正副，叫起来都是书记、市长、县长的。"

高军谊也不再纠正，说道："结束就结束吧，如今强调科技，还是高科技，演习结果自然是这种样子了。不要大惊小怪的。"

王科长说："我是找你商量和地方接触的事。"

高军谊问："商量什么？"

王科长一脸媚笑道:"高师长,前些日子,听你露了点想到地方的意思,这一段就留心摸了点情况,想给你汇报汇报。是这样的,C市工商局和国税局如今都缺个副职,我想先帮你去有关地方做点铺垫工作。你也知道,不疏通疏通,转业干部一般都要降一职两职使用。"

高军谊眼睛亮了一下,又摇头叹道:"这种关键位置,哪里能轮到我们这种人。"

王科长凑近了,探着上半身道:"功夫下到家,地方单位都愿意用转业干部。部队相对单纯,用部队干部,一般不会有后遗症。只要舍得下功夫,说不定你还能挑挑拣拣呢。"

高军谊还是直摇头,"思平啊,你的好意我只能心领了。我也确实想向后转。我的家境你都清楚,不是你小舅子帮忙安排了小兰,更糟。师里的情况你也知道,范英明刚上来一个月,就敢和老黄较劲儿,我还有什么前途?舍得下功夫,其实就是舍得花钱。一个副厅级的肥缺,没十万八万功夫钱,谁敢想?"

王科长接道:"高师长,你能记住我办的一点小事,我王思平还有什么说的?下功夫的事不用你亲自办。至于那点功夫钱,我小舅子还拿得出,先替你垫上。日后你不管到工商局还是到国税局,都能管住他,那时再还他就是了。"

高军谊淡淡说道:"那你就多费心了。"

王科长掏出一张纸,"这件事你就放心吧。演习已经结束,我已经把一号油库、二号油库库存的汽油、柴油清理了出来,你签个字吧。"

高军谊接过单子细看一遍,"思平,一号库不是还有四十几吨吗?你这八吨不对吧?二号库好像也不对。"

王科长眯了一下眼道:"空袭时不是失过火嘛,上报时,上边不会有人细查。又是打个败仗,谁会想这么细。一离开演习区域,这个表和十几吨油一入库，事情也就过去了。在大城市生活，用钱的地方很多。这油嘛，烧完了不也是烧完了，烧在这种演习中，不是和扔了没两样吗？"

高军谊拿着单子走了几步，"你的仔细我是知道的。可是，这相差……"

王科长紧接道："这一点请你放心，我已经作了周密安排。你只用签个字就行了。"

高军谊蹲下来，把单子放在膝盖上写了"已阅。高军谊"几个字，递给王科长说："小王，这演习场如同战场，出了问题可不是闹着玩的。这件事我可只负官僚主义的责任呀。"

王科长笑道："如果演习还在继续，我再长仨胆，也不敢做这种事。我是这样处理……"

高军谊连忙说："我不想知道，你也别说。你去忙你的吧，我得去和邹部长商量商量善后工作。他的心脏这几天又出了情况。"

王科长心满意足地走了。高军谊抬头看看灰蒙蒙的天，长出了一口气。

蓝军指挥所被红军突然发动的全线反击搞得非常紧张，一时竟判断不出红军的用意。

常少乐从参谋手中接过一叠电文，一页一页看着，嘴里说着："这个范英明看来是发疯了。难道他是在搞以攻为守？攻击也不是这种攻击法呀！"

朱海鹏仔细看了战场态势，来回踱着步，没有马上表态。

常少乐又道："他们来势凶猛，应该把他们这股气打下去。"

朱海鹏摇摇头道："以范英明的判断力，不会看不出红军已经没有机会了。他搞这种自杀性冲锋，肯定有别的用意。他要是我们真正的敌人,很可怕。常师长,我猜想他们这样做,就是要为 A 师保留一股气。"

常少乐想了想说:"他们没制空权,后勤运输线不畅,兵力已不占优,早露败象了。你分析得有道理。咱也不能太本位主义,还是要给 A 师留点回旋余地。"

朱海鹏道:"演习到这种程度,我们的任务已经圆满完成了。是该考虑到全局了。A 师存在的问题,该暴露出的也都暴露了,要是一味争胜斗狠,伤了 A 师的元气,反倒过了。"

常少乐道:"我们该表明一下态度,不能让方副司令和陈军长认为我们小家子气了。怎么做,还是由你定吧。"

朱海鹏喊道:"丁参谋,命令各与敌接触部队,避其锋芒,向后撤出五公里,继续保持进攻态势。命令空军,出动五架轰炸机,去炸红军运输线上的清衣江大桥。"

两人走出指挥所,看见江月蓉已收拾好行装在门外站着。

常少乐问道:"小江,真的不等喝庆功酒了?你这个大功臣可不能缺席呀。"

江月蓉说:"我的任务算是勉强完成了。下周我确实有重要的事情。如果你们硬是不同意,我也只好服从命令。正好后勤有个便车……"

常少乐笑道:"你看我们俩像是那种不近人情的人吗?我派个车,直接把你送到 K 市。"

江月蓉忙道:"不用不用,搭个便车就可以了。演习还在进行,这么做我可担待不起。"

常少乐就说:"海鹏,你送送小江。我在这儿钉着。"

朱海鹏弯腰拎着箱子,慢慢走着。

江月蓉跟着走几步,主动问道:"你还有什么事要交代的吗?"

朱海鹏停下来,转过身叹口气,"你就不能考虑考虑那件事?"

江月蓉勾着头道："我一直在考虑，请你相信我会给你一个满意的回答，但你一定要给我足够的时间。"

朱海鹏带着气说："三年？五年？"

江月蓉用恳切的目光看着朱海鹏，"你别逼我。等演习结束，我会给你个答复。"从朱海鹏手里夺过箱子，快步走向一辆大卡车。

朱海鹏一直等到卡车驶出视线，才转身朝作战室走去。

方英达、陈皓若知道红军发起全线反击后，一直站在大屏幕前看。一个参谋悄悄拉住赵中荣，把一页电文递给他，伸手点点电文，表情神秘。赵中荣很快读完电文，瞥了一眼立在角落里的黄兴安，很僵硬地往前走两步，声音有点发颤地说："红军来了请示电。"

方英达说："念！"身体一动不动。

赵中荣念道："军区演习指导委员会并军演习协调委员会：鉴于我军已全部丧失战场主动权，再作抵抗已毫无意义，现已令所属各部作最后一次攻击，恳请适时中止演习。此次演习，我军暴露诸多问题，战败的结果是必然的……"

方英达大吼一声："够了！给我接范英明。他，他好大的胆子！黄兴安，瞧你们干的好事！一个甲种师，居然连四十八小时都没撑到。"接了话筒喊道："是范英明吗？你是真的要打白旗投降了？"

范英明在那边沉默着。

方英达说："你可要考虑清楚了！红军现在还有六千人，与蓝军的总兵力相差无几。你真的准备要负这个责？"

范英明说话了："我是红军司令，我不下地狱谁下地狱？再打下去，就是对我的士兵的生命极端不负责任。说投降就算投降吧。"

方英达有些失态地拎起电话机座扔在桌上，"你的士兵不是正在反击吗？"

范英明一点也不遮掩："方副司令，这是一次自杀性冲锋。一团已基本上弹尽粮绝，我们的坦克车装甲车再开二十里就成一堆堆废铁。我请求中止演习，再打已经毫无意义。"

方英达冷静下来了，"你说，停下来你准备怎么办？就这样灰溜溜返回原驻地吗？一个甲种师，耗资上千万，来这里只是为了证明一下高科技部队不可战胜的神话吗？"

范英明道："我们已经布置了一个军事检讨会，会后要上报一个关于这次演习的详细的材料。我个人认为，演习不能到此结束。A师发挥出来，结果绝对不是这个样子。"

方英达说："知道了。我们马上考虑你们的请求。"砸了电话，来回在作战室走着。

偌大的屋子鸦雀无声，一个参谋拿着一份电文进来，也不敢开口说话。

陈皓若说："又是什么消息？念念吧。"

参谋说道："是蓝军的最新命令，五架轰炸机前去轰炸清衣江大桥，所有一线部队后撤五公里。"

方英达看看屏幕显示，对陈皓若说："常麻秆和朱海鹏也太有眼色了，把球踢到裁判的脚下了。演习决不能这样结束掉，陈军长，命令两军原地休整三天，你在这里钉着，我马上回军区汇报。"

陈皓若道："午饭已热两次了，吃了饭再走吧。你早饭都没吃多少。"

方英达穿着大衣道："没有胃口。秦司令和周政委后天要到北京开会。他们走之前，要把这件事定下来。"一眼看见立在墙角处的黄兴安，很厌恶地说："你怎么还在这里待着？"

黄兴安嗫嚅道："我,我等着给你汇报。"

方英达摆摆手道："用不着了。回你的部队参加军事检讨会吧。陈军长,让红军被俘、阵亡营以上主官都去参加那个军事检讨会吧。"

赵中荣陪陈皓若送方英达上了飞机,回到大院门口,看见黄兴安在一棵雪松后向他招手。

赵中荣走过去,"老黄,你怎么还不走? 陈军长不发火则已,一发火又够你受的。"

黄兴安哭丧着脸道："你给我找几个馒头带上,我已经一整天没吃没喝了。"

赵中荣笑着埋怨道："又不是生人冷面,你去食堂,还找不来几个馒头。"

黄兴安哀叹一声,"丢不起这个人。想不到在一场演习里,会栽这么大一个跟头。"

赵中荣道："你又不是司令,怕什么。出头的椽子先烂,这话真不假。我看范英明这一关怎么过。你等着,我让司机把吃的带上,整点热汤热菜。"朝远处散步的陈皓若一指,"可别让他看见了。"

黄兴安道："你快一点。没热的冷的也行。"

简凡在离红军备用指挥所不远的一个三岔口上,遇上了一团来参加军事检讨会的焦守志和唐龙。

焦守志心里有气,摇下车窗探出头说道："简团长,你可真不够意思,我带一团去给你解围,你却溜了,害得我差一点全军覆没。"

简凡跳下车招着手道："下来说,下来说。你可别误会了。当时的情况你们也清楚,我不去接援军,也早完了。"

288

焦守志道："都说你老简是属泥鳅的,果真不假呀。你到二团,你还有一个半营,打到最后,我都快打光了,你还有一个半营。"

唐龙冷言冷语道："你们俩也别争吵了,这次检讨会可能都是靶子。"

简凡眼睛一眯,"唐参谋说得对。咱们两个团都犯了独断专行的错,尽管这独断专行是正确的,现在只能是错了。老焦,这个会咱们可得相互支持。"

焦守志道："怎么个支持法?"

简凡说："坚持咱们的决定是正确的。唐参谋,你说呢?"

唐龙道："我无所谓,这都是你们这些大人物考虑的问题。我在一团是接受改造。"

简凡怔了一下说："唐参谋,当时那种情况,我自然不好替你说话,我想你会理解的。"

唐龙笑一下道："不是到一团去,我不是也当了俘虏吗? 谢你们还来不及呢! 你们商量吧,我先走了。"

简凡看再没旁人,叹口气说："老焦,这种大败,可不敢当替罪羊呀。你的代字这回是无法摘了,可要是硬给你安个处分,几年都翻不过来身。一口咬定没错,谁也没法。"

焦守志模棱两可地说："看看再说吧。"

指挥所外面围了不少人,都在看范英明用一大堆沙子在做大沙盘。邱洁如和几个女兵正在用很原始的工具从两三百米远的河里往指挥所门前运沙子。河滩里,七八个战士正在用铁锹往一辆卡车上装沙子。

唐龙看见正抬着箩筐的邱洁如,跑几步迎了过去,情不自禁地拦住邱洁如说："有车装,你干吗要抬,快放下。"

邱洁如并不放下肩上的木棍,瞪了唐龙一眼,"我们愿意。

让开。"

唐龙无奈，只能过去夺了木棍扛在自己肩上。这一扛，箩筐向女中士那边一滑，中士下意识地一躲，一筐沙子就全撒在地上了。

邱洁如推了唐龙一把，蹲下来用手捧沙子。

唐龙也蹲下来道："你这是怎么了？我也不是存心的，生什么气。这几天，你好像哪个地方不对？"

邱洁如道："打了大败仗，你让我笑呀？你不是自称是地形专家吗？还不赶快去帮范司令打个下手。"

唐龙道："有必要做这个大沙盘吗？打过败仗的人，谁都能把地形记得清清楚楚。开检讨会，把小沙盘搬出来不就行了。"

邱洁如说："几十个人开会，小沙盘看不清。"推着唐龙说："去吧去吧。"

唐龙极不情愿地往回走。那边，简凡和范英明已经吵了起来。

范英明指着已经大概成型的一片沙盘说："请求停止演习的责任，自然该由我来承担。但你不能推脱你自己的责任。正是二团突然间从这里撤出，我们的防御体系才崩溃的。"

简凡也不示弱，蹲下来说："范司令，且不说我们三个多营能不能在二号地区死守。三团先头营能不能在一夜间突破蓝军阻击部队，你比谁都清楚。后来打掉咱们炮团主力的蓝军摩步营，在我们出动前已运动到这个地方了。"

范英明说："简团长，你的出发点是错的。你们要在二号地区坚持下来，他们的摩步营就不敢向五号地区冒进。布置开这个检讨会，目的只是找到这次失利的主要原因。"

简凡冷笑道："二号地区早不该守了。独一营、独二营是遵你们的命令死守两个高地才全军覆没的。你们被俘后，我们当然可以选择我们认为正确的方法进行战斗。"

刘东旭忍无可忍，"简团长，你这是什么态度？这样争吵能解决问题吗?"

简凡说:"我也不是争吵。错就错在当初轻敌,采取的作战方针不对。搞寸土必争,搞御敌于国门之外。"

黄兴安突然间说话了:"简团长,你还不如直接说该由我负责。大家都是党员,都是负有一定责任的领导干部。该是谁的责任,该负什么责任,要在党性的高度认识。"

黄兴安突然出现,大家都感到意外,一时间,没人再说话了。黄兴安看看眼前做了一大半的沙盘,抬脚就踩了起来,嘴里说:"丢人还没丢够是不是? 这是谁做的?"

范英明蹲下来,修着被黄兴安踩坏的一座山头,不亢不卑地说:"黄师长,做这个大沙盘是为了开检讨会方便。"

简凡不失时机地接道:"前天晚上,我们得到你们被俘的消息,马上决定派一个营去堵截,范参谋长竟然说这是个无法弥补的错误。我们又不知道范司令自己还掌握一支狐狸部队。早知他们那么能干,我们当然就放心守二号地区了。"

黄兴安哼了一声,"亏得你没截住,截住了,我们都成烈士了。"说着,气鼓鼓地朝指挥所走去,嘴里说着:"狐狸部队确实很能干。"

刘东旭和简凡忙跟了进去。范英明气得一脚踩扁一个山头。唐龙忍不住发出了像是低笑的声音。

范英明冷冷地转过身盯住唐龙看,"你笑什么? 这有什么好笑的? 你觉得特别好笑是吧?"

唐龙辩解道:"我并没有笑。是压缩饼干吃多了,肚子里胀气。"

范英明憋了一肚子火正没处发泄,逼问道:"你不在一团,跑到这里干什么? 开会吗? 知道这是一次什么会吗?"

唐龙硬着头皮答道:"知道。是焦参谋长硬拉我来的。他让我来我不敢不来,你让我走,我也不敢不走。"说走就走,直奔停车场而去。

邱洁如夹在中间不知所措起来。范英明受了一肚子委屈,心里有气,她不但理解,而且口无遮拦地表示过不平,可范英明这样对待唐龙,她也觉得有点过分了。正在犹豫,秦亚男端了一盆水笑着过来了,往范英明面前一放,"你这个人,脾气还蛮大,洗洗吧。洗完了再多喝点水,我看这个会不开个通宵下不来。"

邱洁如咬咬嘴唇,拔腿去追唐龙。

范英明蹲下来洗着手,摇着头说:"我是跳到黄河也洗不清了。谁都不会相信当时偏偏就没时间救黄师长。"

秦亚男也蹲下来,意味深长地笑着,"我这下才明白你为什么不冒险救黄师长了。可惜你还是没有挽救 A 师的命运。"

范英明愣了好一会儿,不自然地笑笑,"你也这么看这件事?太不幸了。"

秦亚男道:"至少是你潜意识不想救他。我这个人说话直些。如今,想做件事可真难。走走可以吗?"

范英明擦擦手道:"当然可以。"

那边,唐龙已经把车发动起来了。

邱洁如本想安慰安慰唐龙,一张嘴却说的是:"范司令这一阵走背运,你要多体谅他。"

唐龙怪怪地看着邱洁如,狠巴巴地说:"谁爱怎么体谅就怎么体谅吧,我认了替罪羊的命就是了。"

邱洁如红着脸说:"你怎么不听劝呢!"

唐龙握着方向盘道:"我认识你的时候,并不知道你爸是少将。你也不要把我看得太小肚鸡肠了。愿意看看风景,你尽管看。"

邱洁如问:"你这话是什么意思?"

唐龙拢拢头发，"这么下去，再打十次范英明还得败。败了好哇，败了体谅的人就多了。我对你怎么样，你心里清楚。你什么都是自由的，想怎么飞，就怎么飞吧。就是这个意思。"一踩油门，吉普车蹿了出去。

邱洁如在后面喊："你站住，你给我站住，你到底是什么意思？"

吉普车渐渐远去了。邱洁如拾起一块石头用力朝吉普车扔过去。呆立了一会儿，范英明和秦亚男就远远地出现在邱洁如的视野里了。夕照的橙光在两个人身上衍射出一层淡黄的光晕，秦亚男的头发不时飞起，远远看去，似乎能撩到范英明的脸上。邱洁如看了好一会儿，紧紧地咬咬嘴唇，似乎在下什么决心。

夕照下的军区大院，因为方英达直接从演习前线飞回，显出了不常见的紧张和骚动。A师战败的消息正以几何级增长速度，迅速从办公大楼向外扩散。

梁平走进方家的院子，方怡正在和保姆英子一起擦洗白色奔驰。

梁平笑道："方大经理要变成葛朗台了，洗车的钱都舍不得花呀。"

方怡忙迎上前急急地问："是不是我爸回来了？他这些天身体怎么样？瘦了没有？药吃得及时不及时？"显然，她还不知道演习的最新消息。

梁平说："你别急。五天前，我回来办事，遇到老岳母住院，耽搁几天没去。我走时首长的身体还算好。今天你爸确实回来了，我来就是让你们准备晚饭。"

方怡说："我爸他人在哪里？"

梁平道："下午三点，在家常委开始听首长关于演习情况的汇报。"看看表又说:"下班时估计就能回来。唉,他又瘦了一些。"

方怡忙对小英说:"你快去看看冰箱里有什么菜。去买四个猪蹄、一斤卤肥肠、半斤酱牛肉回来,顺便再买几把小白菜。"

正说着话,朱老太太带着两个孩子回来了。

方怡忙叫了一声:"大娘,我爸回来了,晚上要在家吃饭,你看怎么安排一下。"

朱老太太忙问:"老司令这两天身体咋样?是不是已经打了胜仗了?海鹏还勇敢吧?"

方怡笑道:"大娘,回来你问他吧。小英,你骑上自行车,快些。"

朱老太太接了两个孩子的书包,自言自语说:"我得先把药煎上。闺女,我让你找的屎壳郎你找到没有?"

方怡说:"正在找,你知道这东西难找呀。"

朱老太太拎着书包往楼里走,边走边说:"这城里的屎尿都不知存在哪里,连个屎壳郎都找不到。花一块多进六个茅房,连堆屎都没看见。"

梁平好奇地问:"朱大娘找屎壳郎干什么?"

方怡说:"说是治癌症的偏方,用百年陈瓦把屎壳郎焙干碾碎,用黄酒冲了喝。朱大娘说她们村有个食道癌病人,吃了二百多只屎壳郎,硬是把病吃好了。演习结束了就好了,说不定哪个偏方就能把我爸治好了。"

梁平犹豫了一会儿,说道:"小三,你要有点思想准备,这演习的事还难说什么时候结束。"

方怡惊问道:"什么意思?你不是说我爸已经回来汇报演习情况了?"

梁平道:"也用不着对你保密了。也不知道 A 师是真不经打呀,还是朱海鹏太厉害了,不到两天,红军就垮掉了。这个结果很难让人接受。你爸的意思恐怕是想再来一次。"

方怡呆立片刻,眼睛喷出了火苗,咬着牙说道:"他妈的这个朱海鹏,真是想出名想疯了。我专门去找他谈过,怎么能说话不算话?!我去找秦司令、周政委,不能总依着我爸。再不治,他怕连年都过不去。"

梁平劝道:"你冷静点!我看这事也只能依着他,不依着他,他一下子就会垮掉。"

方怡眼含泪光,又骂道:"范英明这个王八蛋也太没用了!一万多人,连两天都坚持不了。"

梁平说:"你还是别让首长生气。我回去看看情况,或许这会就结束了。"

方怡看见两个孩子在院里院外疯跑,厉声喝道:"都给我回去做作业去。"跑到院门口张望好一会儿,回屋又给梁平打电话,梁平说这个会还没有要完的意思。

方英达的汇报在傍晚已变成一次常委会。会场气氛肃穆压抑,空气似乎都凝固了。

秦司令脸色很难看,看看坐在对面的方英达,"这次演习仅达到这样一个目的是不行的。老方,你认为 A 师这回败这么惨的主要原因有哪些?有没有目前条件下根本无法克服的?"

方英达道:"客观原因也有一些,电子部队,红军根本无法和蓝军抗衡,战场主动性也就无法谈起了。"

周政委接道:"这个问题好解决,可以把电子对抗二团配属 A 师。我认为该进行第二阶段演习。第一阶段的演习结果表明,我们对一些特殊部队的性能认识不足嘛。"

方英达接着说:"客观原因不是主要的。主要的是主观原因。从目前指委会掌握的情况看,红军演习指导思想很混乱。黄兴安实际上改变了范英明上次答辩时的作战方针。"

政治部张主任道:"这不是多头指挥吗?"

方英达道:"A师成立的也是演习指导委员会,现在还无法认定黄兴安属不属于越权。轻敌也是一个原因。"

秦司令道:"一个甲种师,面对再强的敌人,也不该是这种表现。密码被破,指挥所被人捣毁,这些事件的直接责任人,一定要严肃处理。"

周政委说:"老方,那个范英明到底行不行? 不行就换人。"

方英达道:"这要等研究完他们司令部演习备忘录后才能确定。从他返回指挥位置后面的情况看,还没发现处置严重失当的地方。"

秦司令道:"演习人事问题,今天就不讨论了。主要议一下进行第二阶段演习的可能性,还有费用问题。"

周政委接道:"第一阶段演习,也该有个评价。蓝军的表现相当让人振奋,应该马上通令嘉奖。C师奋发图强,走科技强军之路,取得了成果,要及时总结经验。费用问题,我看用不着讨论,砸锅卖铁也要搞。一个甲种师表现这样,是让人睡不着觉的严重问题。"

秦司令说:"我们今天要想细一些。"

会议一直在进行着,不知不觉,天就黑透了。方家三个大人两个小孩对着一桌子菜默默地坐着。龙龙试几试,终于伸手去抓了几片牛肉大口大口吃起来。

方怡一巴掌把龙龙打翻在沙发上,瞪着眼说:"吃,吃,你就知道吃。"

朱老太太忙走过去把龙龙揽在怀里,数落着:"闺女,他才几岁,懂个啥? 没轻没重往头上打,打坏了咋办? 要打就打屁股。"

龙龙这才哇地一声哭了起来。

方怡站起来喝道:"哭,你再哭。"

龙龙果真就不敢哭了。

朱老太太看着方怡道："闺女,你今天这是咋回事? 老司令打仗回来,你咋不高兴?"

方怡顾不了太多了,对朱老太太说："还不是你那个好儿子干的好事!"

朱老太太站了起来,"海鹏做啥错事了? 闺女,你给我说说。"

方怡冷笑道："海鹏好得很! 用两天,就把我爸手下一万多人打败了。"

朱老太太顶真起来,"不对呀,你不是说老司令管着海鹏吗? 咋会自己打自己?"

方怡气笑了,比画着说："我,我怎么对你说呢! 反正,你儿子打赢了,我爸就不能回来治病……"

电话铃儿响了。

方怡拿起听了一会儿,脸就青了。

朱老太太问："闺女,出啥事了?"

方怡取了外套,"你们吃吧。我爸在会议室晕倒了。"话音刚落,人就不见了。

朱老太太自语道："肯定是海鹏犯了错。这闺女还没这个样子过。金窝银窝,不如自己的狗窝呀——"

第十一章

演习停止后，蓝军司令部在第三天傍晚接到继续原地休整的命令。命令强调各级指挥员一定要严格掌握部队，要特别重视部队御寒问题。又过了两天，没有任何新的消息，协调委和指导委对演习中蓝军的表现也不置可否。种种异常，让蓝军的指挥员们忐忑不安起来。原来定下的在返回原驻地前搞的庆功会，也变得遥遥无期了。这天一大早，楚天舒驱车来到蓝军指挥所。离老远，他就看见常少乐一个人在树林里打二十四式太极拳。白鹤亮翅、双风灌耳……一招一式，都像模像样。

楚天舒等常少乐做个收式吐一口长气，说道："师长，你还有闲心练拳。"

常少乐穿着衣服说："练太极拳有好处，可以化解浮躁之气。高尔夫球也能解决这个问题，可惜现在咱还消费不起。大清早跑来干什么？"

楚天舒说："五天了，干部战士都闲得筋疼。是让哭是让笑，总该给个说法吧？"

常少乐嘿嘿笑着："说法？没有说法也就是说法，等呗。"

楚天舒说："师长，我可是给下边许过愿的，打赢了，该有什么奖励，红口白牙说了。下边找我兑现，我怎么办？"

常少乐说:"君子一言,快马一鞭。堂堂上校团长,当然要兑现。只是眼下得闷几天。"

楚天舒道:"输了还好办点,一级训一级,列兵流眼泪鼻涕,气一放,也就通泰了。这赢了又不叫乐,事就难办。再憋就憋出毛病了。"

常少乐说:"唱军歌呀。唱,一首接一首唱,唱一天,气也就泄了。"

楚天舒说:"上边老不发话,心里总不踏实。我是来吃定心丸的。"

说话间,两人走到一排木板房前。

常少乐道:"你没底,我就有底了? 我有底还练太极拳干什么?"扬手擂了两下门,"太阳照住屁股了,还在睡。"

朱海鹏打开房门,睡眼惺忪地看着两个搭档,"我正在做梦,你们来得真不是时候。"

常少乐从简易小桌上拿起一封封好的信,笑呵呵地说:"江月蓉女士收,两枚邮票,这梦恐怕与媳妇有关吧。"

朱海鹏伸手抢过信,"战役是你鼓动发起的,你又来冷嘲热讽。"

楚天舒问道:"战场形势如何?"

朱海鹏掂掂信说道:"情况扑朔迷离,只好孤注一掷。昨晚搜肠刮肚集结五千余兵马,准备作最后一次冲击,不是鱼死,就是网破。"

常少乐伸出鼻子嗅嗅,把窗子打开了,"皮鞋一个钟头擦一次,你这袜子怕是十来天没洗了,能熏死蚊子。"

朱海鹏扔掉鞋刷子,"二十天没洗。两位大清早进宅,准没啥好事。"

常少乐说:"楚团长心里没底,来吃定心丸,我这儿没有,看看你这儿有没有现成的。"

朱海鹏走到门外,伸个懒腰,"一点消息没有,要有消息,不是大好,就是大坏。等着就是了。"

楚天舒说:"你这是江湖骗子开的药方,吃了不治病。你到底是怎么看的?"

朱海鹏看看远处正在练拳的警卫连战士,"给我们的政策是特区政策,我们要是干砸了,当然要挨板子。我们没干砸,本来应该得到奖励,问题是我们用三十四个小时把一个甲种师打垮了,事情就复杂起来了。"

常少乐叹口气道:"他们要能支撑五天以上,哪怕结果还是这个结果,那就可以接受。我到 C 师四年半,军领导来 C 师六次,到 A 师十八次;军区领导来 C 师两次半,半次是秦司令路过 C 师,打个尖,看了一眼师养殖场,到 A 师十一次。"

朱海鹏道:"这数字很有说服力。这恐怕是问题的症结。"

楚天舒实际上已经很悲观,大清早赶来本是想听几句提劲的话,一听常少乐和朱海鹏都不乐观,悲叹一声,"上头要是叶公好龙,这可怎么办?"

正在说着,丁参谋跑步过来报告:"军协调委赵处长电话通知。"

常少乐伸出手说:"动用特急电话,会是什么事? 电话记录呢?"

丁参谋道:"赵处长不让记录,他说是陈军长的意思。秦司令、周政委和方副司令正在飞往 K 市,军部已派两架直升机去接。三位首长只说看看演习部队。赵处长让我们做点准备。"

常少乐问:"没有了?"

丁参谋答:"没有了。"

常少乐又问:"没说先看他们先看我们?"

丁参谋说："我问了，军部也不知道。"

事情变得更加复杂起来。军区一、二、三号首长一起出巡，十分罕见。三位首长先到哪里，将直接影响到对这次演习的结论。几个人匆匆来到作战室，盯着红色电话机看了好一会儿，没人去动。

常少乐看看表，"时间不多了，得赶快准备准备。"

楚天舒依然很悲观，"怎么准备？战士们都在休息，组织他们搞训练，肯定都心不在焉。再说，来不来咱们这边，还难说。"

常少乐不高兴地说："谁说搞训练了？现在部队在休整嘛。来不来都得准备准备。海鹏，你不能闷着头不吭声呀。"

朱海鹏道："来肯定要来。如果先到那边，到我们这里就是象征性地看一眼，他们的主要目的就是解决Ａ师的问题。如果先到这边……"

常少乐急忙说："你快说呀！"

朱海鹏道："那就和小平同志南巡的意义相近了。我感觉应该按这个思路这样准备。"

常少乐笑道："那我们就想到一起了。兵不能练，练是弄虚作假。不组织也不行，看出有组织更不行。海鹏，我给你安排个活，给蓝军营以上军事主官讲解一天这次战役的总体构想。"

朱海鹏眼睛亮了，"是个绝妙主意。时间来得及吗？"

常少乐道："马上出动直升机，把他们都接过来，上午九点，可以准时开始。政治主官留在家，搞外松内紧的各种文体娱乐活动。"

朱海鹏问："你用什么办法让人看不出我们事先知道这件事？"

常少乐诡秘地说："山人自有妙计。这件事我亲自到各部队安排。你们在这里布置布置。"

上午九点多钟,秦司令、周政委和方英达出现在协调委作战指挥室。

秦司令也不坐,也不喝饮料、茶水,盯着大显示屏看着,说:"把演习过程放一遍。"

赵中荣亲自操作,把演习主要过程显示了一遍。

周政委说:"不错。陈军长,陪我们到部队看看吧。"说着就往外走。

陈军长给赵中荣使个眼色,跟了出去。

赵中荣忙拉住梁平问道:"先去哪里?"

梁平说:"去蓝军。秦司令和周政委下午还要回军区,晚上飞北京开会。"

赵中荣又问:"A师呢?还去不去?"

梁平说:"可能也要去吧。"跟着人群走了。

赵中荣对一个参谋道:"通知蓝军,军区首长已飞他们防区,第一站到哪里不详,让他们小心。通知红军,军区首长随时可能到达,让他们更要小心。记着,不能让他们记录。"说罢,跑步追了出去。

四架直升飞机相继降落在一片草地上。山脚的林子里,错落着一片又一片帐篷。士兵们仨一群五一伙各干各的事情,有的在唱歌,有的在借助简易的自制器械进行体育锻炼,似乎对几架直升机的到来没任何兴趣。

一个左臂带着值日袖标的中尉跑步迎过去举手敬礼报告:"报告首长,'二〇〇〇对抗演习'蓝军步兵一团一营正在休整,请指示。"

秦司令举手还礼,"继续休整,不要打搅他们。我们只是走走看看。"

一行十几个人走到一片帐篷中间。三位军区首长分别进了三个帐篷。每个帐篷里都有一个值班员，一片帐篷设有一个游动哨，一切都显得井然有序。

周政委走出帐篷道："陈军长，战士们一床被褥不行。天马上要冷了，再给每人配一床被褥，要预防流行性疾病。"

陈皓若明白演习还要进行了，一时竟没反应过来。

周政委道："别怕，这些被褥由军区配发。"

秦司令和方英达朝围成一个圈正在喊着"加油"的一群士兵走去。圈内，两个士兵正扭在一起摔跤，背上有粉笔写出的"一排"、"三排"字样。

秦司令看见一排的瘦子竟把三排的胖子摔倒了，忍不住拍着巴掌走了进去，抓住瘦子的肩膀对地上的胖子说："你败在放弃了自己的长处上。你要把马步扎稳了，就这个样子，然后再寻找机会。你总想用腿，这是不对的。"放开瘦子问道："你们是不是在搞比赛呀？"

一个中尉走出来答道："中将同志，一营二连一排三排正在举行摔跤比赛，现已赛过五场，一排暂以五比二领先，比赛是否继续，请指示。"

秦司令看看两队的队员，笑着说："团体赛要讲究个排兵布阵，田忌赛马的故事知道吧？我看一排要胜。当然，赛场如战场，意外情况也会发生的。你们继续比赛吧。"

周政委走过来道："没有发紧的感觉，挺好。一个乙种师，有这种素质，难得。"

方英达问："值日中尉，你们营首长呢？"

中尉笑道："营长在司令部开会，副营长在指挥所值班。刚才教导员和几个连首长在玩拱猪，不知散了没有。"

秦司令眼睛一亮，"拱猪很有意思，带我们看看去。"

一行人走到一个大帐篷门口，立即被里面的场景逗笑了。一个上尉脸上贴着两张纸,每张纸上都画了两个猪头,站在中央说:"不行不行,还得爬半圈。"

赵中荣喊了一声:"搞什么名堂!"

几个人慌忙站起来。

秦司令收住笑,忙说道:"不要取,走出来让大家看看。"

一个少校四个上尉相跟着走出帐篷,排成一排。

周政委忍住笑,佯装严肃地说:"报报姓名。"

几个人脸都白了,按次序报着:"一营教导员童小林";"一连连长赵乐";"二连连长钱涛";"一连指导员王大鹏";"三连指导员钟来柱"。

方英达道:"你们紧张什么! 把脸上的东西取掉吧。"

周政委说:"缺点只有一个,应该把帐篷的门帘放下来。战士看见你们这样,有损威信。"

秦司令笑着说:"这是真正的休整,很好。文武之道,都讲究个一张一弛。前一段你们打赢了,证明你们前几年的工作有成绩。但不要骄傲。"扭头对周政委和方英达说:"时间不早了,直接去见见蓝军的指挥官吧。"

军区首长刚走远,教导员童小林伸手打了一连长一拳,"你个狗日的出的好主意,害得我差点得了心脏病。"

赵乐挠着头说:"担惊受怕一回,军区首长不是把咱们几个名字记一次不是? 全区上千个营连干部,有几个能赶上这种巧宗儿?"

钱涛说:"三个中将一个少将,金星闪得我这眼现在还是花的。这一辈子不知能不能戴个一颗两颗金豆豆。"

钟来柱道:"别想那美事了,能升个一格两格,能把老婆娃子带出来,也就行了。"

钱涛嘲笑道:"谁让你没出息,一个山妹子瞄你两眼,你就走不动路了。"

童小林说:"谁能看得了那么远。你没遇上来柱的老婆,遇上了你也腿肚子转筋。每回来柱家属来队打牙祭,我这心里就捏一把汗。"

赵乐说:"童教导,你眼还怪把细。全营一二十个家属,确实还是人家来柱的像个美人胚子。可我不知童教导你为什么要捏一把汗。"

童小林说:"我就知你小子狗嘴里吐不出象牙。且不说什么朋友妻不可戏,就我那口子那种吨位,整天守住我,我敢胡乱看风景? 不过呢,家有丑妻是福分。"

钟来柱自信地说:"美妻也不会是祸。"

钱涛说:"如今你是深山藏娇妻,你当然不用操心。等你把她带出来,你就知道了。就你这个头儿,她也会说你半残废。女人的心,天上的云,城里人稠风多,三吹两挤,心就飞走了。操他奶奶的。"

钟来柱说:"人跟人不一样。小时候在村里看大人抓破鞋,最骚的长一脸黑麻子。你是不是已经吃了亏了?"

钱涛骂道:"你可别胡说。我们温州,破坏军婚罪加三等。"

赵乐仍惦记着"捏一把汗","童教导,那个问题你还没正面回答。"

童小林说:"出早操,营长一喊向右看齐,只要我发现百分之七十的战士摆头慢半拍,我就知道是来柱家属来队了,正立在队伍左边看出操。你说我当教导员的能不绷根弦?"

赵乐就说:"老钟,害怕了吧?"

钟来柱笑道:"咱自己的战士还不了解? 每次我家属来队,连里出操没一个泡过病号,训练起来都嗷嗷叫。"

正在说笑,一个上士跑过来说:"教导员,副营长让我问咋对常师长报告。"

童小林从地上爬起来,"糟了糟了,师长特别交代,好歹要给他打个电话。"拔腿朝营指挥所跑去。

军区首长走进蓝军指挥所前面的小坝子,常少乐才恰到好处地跑步迎了上去,精精神神敬个礼报告:"司令员同志,蓝军正在进行演习疑难点研讨,请指示。"

秦司令看看常少乐,笑着对方英达说:"你抓他的特点很准嘛,果真是根长麻秆。"

常少乐说:"最近又瘦了十几斤,这才像个麻秆了。"

周政委道:"要注意身体,也不能松劲。想不到你还真把 C 师带了出来。用对一个人,活了一个师,这话不假。"

常少乐道:"这是全师官兵努力的结果。"

秦司令问道:"朱海鹏呢?"

常少乐朝作战室一指,"正在讲课。"

方英达说道:"让朱海鹏把人都带出来。"

朱海鹏带着二十来个团长营长跑过来。

秦司令围着朱海鹏转一圈,"皮鞋怪亮,可惜胡子长了些。我们今天来,一是向你们表示祝贺,因为你们刚刚打了一个内容丰富的大胜仗;二是向你们表示感谢,因为你们以一场近似实战的演习,为我区部队依照科技强军、质量建军的方针进行训练,开了一个好头。方副司令提出的特区思想,你们已经用行动开始体现了。现在,请军区周政委宣读嘉奖令。"

周政委接过秘书递来的文件夹,翻开念道:"某集团军陆军第 C 师、军区电子对抗团、军区陆航一团二大队、军区特种侦察大队一中队:鉴于你们组成的蓝军在代号为二〇〇〇对抗的军事演习的第一阶段中的出色表现,给予通令嘉奖一次。望你们再接再厉,再创佳绩。"

这个嘉奖令,无论对蓝军营以上军官还是对集团军的随从人员来说,都有些突然。人群静极了,静极了,仿佛能听到作战服和山风轻微的摩擦声。朱海鹏已经敏锐地捕捉到了"第一阶段"这四个字,眼的余光朝右边扫过,很快就和常少乐的余光撞在一起。

秦司令又道:"我和周政委晚上还要赶到北京去。为什么要来看看大家,而且在这个时候来看看大家呢?目的只有一个,希望你们能通过这次演习,摸索出一条可行的道路。俗话说,是骡子是马,得拉出来遛遛。我们的一个装备精良的甲种师,在不到三十四个小时内,就被你们打个落花流水,这很不正常,也很发人深省。观念陈旧、老气横秋、老子天下第一、不思进取,这个师存在的这些触目惊心的问题,如今都暴露出来了。怎么办?只有一个办法,那就是让他们在这种激烈的对抗演习中,找出解决问题的办法。实在解决不了,那就会被淘汰出局。第二阶段演习如何进行,由方副司令和集团军安排布置。现在请周政委讲话。"

周政委笑道:"我已经闻到肉香了。不知你们管不管得起我们这几个人的饭。本人饭量不大。常师长上任后,我就没再去过C师。吃你们一顿饭,也算找个改正我这官僚主义错误的机会。常师长,给不给这个机会呀?"

常少乐即兴发挥道:"这事我不敢独断,还是民主表决一下吧。"扭头问道:"管不管得起?"

二十来人齐声答道:"管得起。"

周政委说:"那就解散,等饭。"

陈皓若小心地问秦司令:"秦司令,这次不去A师了?"

秦司令大声说道:"没有安排。打成这种样子,去了还不得骂娘啊?他们是得好好反省反省了。"

周政委接道:"那个黄兴安,不见也好。上次专门到我家,拍着胸脯说上次演习是遭人暗算了。这次不又当了俘虏？"

方英达走到朱海鹏面前说："算是没错看你。你也清楚，下一阶段可能要困难得多。"

朱海鹏望着方英达苍白消瘦的脸，哽咽一样地说："你的身体……"

方英达挥挥手，"别跟娘们儿一样，一见面就身体身体。我问你，如果 A 师完全发挥，你有几成取胜的把握？"

朱海鹏道："只要给政策，最少有七成。"

秦司令也踱了过来，"你是不是太自信了？你要什么政策，都给你。你说说你的理由。"

朱海鹏道："A 师存在的问题，不是短时间就能解决的。它的历史太深厚了，背的包袱也比我们重得多。更具体的，我也说不清楚，或许正是这些理由才促使你们做出进行演习第二阶段的决定。"

秦司令道："你是一个有想法的人。真正能把 A 师这样的部队锤炼出来，你就是人民的大功臣。不要背什么包袱。军区领导都很清楚，A 师失败也有必然因素。"

方英达伸手拍拍朱海鹏的肩，"你的担子不轻啊！大胆地干吧。"

赵中荣一直在远处看着处在核心位置的朱海鹏，目光复杂，并不时地叹气。

开饭了。

太阳很偏西了，A 师一团的士兵还在顶着烈日进行各种训练。

唐龙躺在山坡上，用嘲讽的目光看着懒洋洋训练的士兵们。焦守志带他来一营组织训练，他没发一言，一直在这里躺着。

焦守志走到唐龙身边坐下，点了一根烟道："别生范司令的气了,他那脾气,你还不知道?"

唐龙一言不发。

焦守志又说:"你也不问问我军事检讨会的情况?"

唐龙打个哈欠道:"黄师长踩几脚,就把调子定了。各说各的理由,各念各的经。顶多追究一下是谁发了两份明码电稿。黄师长跳出来指挥,是体制问题,他个人很容易开脱。"

焦守志眼就绿了,"你小子长的什么脑袋,跟你参加过会一样。黄师长倒是把发记者稿子的事全揽了下来。"

唐龙接道:"简团长肯定说黄师长的用意是好的,谁能想到朱海鹏能挖来一个犯了罪的密码怪才。于是乎,这个事也就不了了之了。"

焦守志道:"真是神了。确实没再多议。"

唐龙说:"败得太快,所以天才和蠢才也分辨不清,一切都只能照旧。我看该吃午饭了。"

焦守志道:"要是正吃饭,军区首长来了呢?"

唐龙冷笑道:"谁都吃喝拉撒,来就来呗。要是有个别体质差的晕倒在训练场上,那可就是大事了。"

焦守志咬咬牙说:"吃饭。不训练就得闲着,闲着也得挨骂。英明这个角色难当啊。回到驻地就好了。"

唐龙走几步,"斗得更厉害。"

两个人跟着队伍,听着军歌往住地走。

红军指挥所上上下下也都没吃午饭,仍在等待军区首长。两个馋嘴的女兵从炊事班拿了馒头和咸菜,躲在信息处理中心微机房偷吃。

邱洁如扭头看看几个部下,挖苦道:"多能干呀! 也不怕噎死了。"

中士伸伸脖子,抹抹嘴,用手按按胸部,伸着脸问道:"有没有痕迹？"

上等兵嚼着馒头，摇着头，突然又指着中士的脸，含糊出一串声音。

中士说："怎么回事？"又用手擦几下，把脸上擦出几道淡红。

上等兵终于咽下那口馒头，吃惊地说："班副，你，你抹口红了。"

中士下意识地转一下头，瞪了上等兵一眼，"谁抹口红了，谁抹口红了，我这是涂的防裂唇膏，什么眼色！"

上等兵捂了一下嘴，又弯腰捂住肚子，哎哟、哎哟叫了两声。

中士幸灾乐祸地说："叫你慢点，你不听，顶住胃了吧。吃一个就行了，贪！"

上等兵说："这什么鬼地方！弄得倒霉时间提前了好几天。来就来吧，还一阵一阵疼。这个该死的演习。"

中士不怀好意地笑笑，"提前了好哇，要是推迟了来，更急死你。刚到演习区，你那个白脸小连副可是约你出去过。"

上等兵正色道："班副，这事可不能瞎说。"端起一个缸子，咕咕地喝着凉开水。

邱洁如依旧看着窗外，狠巴巴地说："喝吧喝吧，倒了霉又吃凉馒头又喝凉水，疼死了也不屈你。"

中士笑着凑过去道："队长，你耳朵真好使，喝水都能听到。你说，军区首长不来，咱们是不是就不能吃饭了。哇，范司令又在那里一个人玩沙子了。"

邱洁如扭过头，恶狠狠地说："给你教过多少遍，这是做沙盘。沙盘叫作沙盘，就是因为最早的沙盘是用沙子做的。"

中士说："这回我一定记住。队长，这两天你的脾气也太大了，饭也不好好吃，这样会伤身体的。哎，你看，那个女记者又去了。你说她会不会看上范司令了？"

上等兵也过来探头凑热闹，嘴里说："明摆着的事。范司令要啥有啥，左看右看都像一座山，怎么靠都靠不倒。男人这种年龄最有魅力，事业事业有成，经济也有基础，还知道心疼人。人家秦记者是北京人，当然……"

邱洁如转过身子，红着脸看着上等兵，"你小小年纪，懂得不少哇！"伸手关了窗子，"以后再这样议论首长，小心我处分你。记者来采访演习，这演习完了，不知糗在这里干什么。"径直走出了屋子。

秦亚男滞留在这里不走，至少有一半原因是为了陪陪范英明。身为大报记者，身居北京这种大都市，秦亚男见过的优秀男人早可以以营为单位计算了。自从和拿到美国绿卡的前夫分手后，秦亚男很少像现在这样以一个女人的身份去观察了解一个男人。范英明突然间对一堆无生命的沙子这样着迷，秦亚男有点吃惊。她很自然地把范英明做大沙盘看成是这个深藏不露的男人排泄心中大苦闷的一种方式。秦亚男走过去一看，大沙盘又比两小时前多了十几个山头，山头间环着的一个平坝也清晰可辨了。

秦亚男问道："演习已经结束了，你做出这个东西有什么用？"

范英明道："我有一个预感，早晚还要在这里进行一场演习，区域应该像我做的这么大。这支部队恐怕只能到这块平原的边缘，才真正感到危险。"

秦亚男不客气地说："那时候，你恐怕早不是红军司令了。"

范英明指着指挥所所在的位置道："这支部队被群山、河流重重包围着，从哪个角度突出去都很难。但它不能就待在这里老死。不管是谁带领这支部队，必须把它带出去。我终于真正明白了这一点。"

秦亚男道："你能不能解释清楚点？"

范英明搓搓手道："我必须面对这个现实。譬如说，我以一个助手的身份,把我做沙盘的所得贡献出去。"

秦亚男无可奈何地说:"和你谈话真累人。我这么问问你吧,如果军区首长永远不来,你们这顿午饭是不是打算不吃了?"

范英明说:"骑虎难下。这顿饭现在不能吃,"抬腕看看表,"如果正在吃,军区首长飞来了,你怎么解释两点半才开午饭这件事?所以只能等下去。你是不是饿了?我这个司令还是有权让你先吃这顿饭的。"

秦亚男道:"你也太小瞧我的忍耐力了。这么等下去,也真没意思。"

范英明道:"你要回北京,我马上可以给你派车。这些天实在太委屈你了。"

秦亚男说:"演习结果都不知道,我回去怎么好交差。"

范英明道:"实话实说。一个满编甲种师,只支撑了三十三小时四十二分,就打白旗投降了。担任败方司令的人叫范英明。"

秦亚男生气道:"你就不能正正经经说句话?何必非要打碎了牙齿朝肚里咽不可?"扭头走了。

这时候空中终于传来了直升机的引擎声。指挥所像被注入了一针强心剂,顿时活了起来。黄兴安、刘东旭都强打着精神,走出来迎接军区首长。飞机里只走下来赵中荣一个人。黄兴安、刘东旭和赵中荣握了手,继续朝空中张望。

赵中荣说:"别看了,就来我一个。秦司令、周政委已经回军区了。方副司令和陈军长回了'军指'。这架飞机还是朱海鹏给我派的。"

黄兴安忙问:"出了什么事?"

赵中荣边走边说:"没有来你们师的安排。进屋再说吧。"

一进作战室,黄兴安就拉把靠椅放到屋子中央,把赵中荣拉过去坐下。

赵中荣打开文件夹,取出一叠纸朝黄兴安手里一塞,"这是你们发过去的演习情况汇报。方副司令有个评价:A师失败像是天意。军里派工作组来帮你们总结演习情况,我今天来打前站。"

范英明拿着毛巾擦着手道:"搞完总结呢?"

赵中荣说:"三天后,也就是二十二号,团以上军官到'军指'开会,方副司令作动员,开始准备第二阶段演习。"

黄兴安马上拍了一下巴掌,"英明,英明,决策太英明了。我们一定要紧紧抓住这个机会,打个翻身仗。"

赵中荣伸手扶正了眼镜道:"黄师长,蓝军可不是从前说的那种蓝军了,谁是太子谁是书童,难分难辨了。你们师可得小心呀。"

范英明走到门外喊道:"开饭吧。"

黄兴安匆匆吃了两口饭,单独约了赵中荣出去散步。

黄兴安刚一出指挥所,急忙问道:"赵老弟,上头的意思是什么,你先给我透个底。"

赵中荣道:"看你想听什么话了。"

黄兴安说:"当然是想听有用的话。"

"这回看来是动真的了。军区首长对蓝军评价之高,连军长都没想到。所以,跟上形势发展就特别重要了。"

"你别扯太远了。我现在的处境不太好,你要拉我一把。"

"你的处境不是一般的差。"

"你听到上边说我什么?"

赵中荣道:"你想继续指挥 A 师演习的可能已经不存在了。你还得把属于你的责任都承担下来。再洗下去,恐怕更糟。话,我只能说到这种程度。"在河堤上坐了下来,掏出烟点上,"你是该下蹲下蹲了。"

黄兴安挨住赵中荣蹲了下来,拣起身边的小石头朝河滩里扔着,自言自语道:"真没想到会在一场演习中出大事,在这个位置上辛辛苦苦干三年多,都白干了。"

赵中荣叹道:"如今能干还不行,还得会干,还得巧干。朱海鹏赶上了科技强军这个潮头,踩着你们师,一下子成了大明星。以后他只要不经常上错床,谁也挡不住他了。"

黄兴安不无忌妒地说:"常少乐也算歪打正着,他那两把刷子,主要是早过了时的两用人才的办法。你说过时了吧,一遇朱海鹏这种能人点化,又成了香饽饽。亏得他是五十二三的人,没了年龄优势。"

赵中荣意味深长地说:"你把这个问题绝对化了,对你自己面临的危机估计不足。如果范英明下一阶段打了胜仗,你想保这个位置,怕难了。"

黄兴安怔了一会儿,"上边还会让他继续当司令?这次失利的过失也有他的份儿,上边会考虑的。"

赵中荣站起来,一侧身便看见了正和几个人围着大沙盘指指点点的范英明,兀自笑了,"黄师长,那个大沙盘你不会看不见吧?如果不派人来当司令,上面只能用他,用他就得牺牲你。说不上你死我活,也差不多吧。这话,咱们就哪儿说哪儿了,听不听在你。"

黄兴安问道:"你愿不愿意来?"

赵中荣笑了起来,"我能来吗?蓝军的什么秘密我不清楚?不过,也不是没有合适的人选。"

黄兴安问:"谁?"

赵中荣说:"训练部长童爱国。演习还没开始,他就去参加了训练部长研究班,这两天就回来了。他来了,你和范都当他的助手,问题不都解决了?"

黄兴安问:"这种大事,都是上头定的呀?"

赵中荣道:"谋事在人,成事在天。刚才就算是我以工作组成员的身份找你摸情况。我得去找刘政委谈谈了。"走了一段，又扭头道："下一阶段演习，按现在态势继续，你们得把一团撤回来。明天，两军'被俘'、'阵亡'的人员归建。"

黄兴安跳下河堤，漫无目的地在河滩上走。天阴了下来。

黄兴安辗转反侧大半夜，决定再搏一搏。如果就这样眼睁睁等着这次演习成为自己军旅生涯的滑铁卢，就太嫌懦弱了。如果真是战争，黄兴安如今只能待在一座战俘营，或者是战犯管理所里，军旅生涯也就戛然而止了。可这终归只是一场演习，黄兴安回到了A师师长的位置上，那些"阵亡"的人也都"复活"了。也就是说，真正的实战，是任何形式的演习都无法彻头彻尾彻里彻外模拟的。演习可以把激烈的实战外在形式惟妙惟肖地表现出来，但无法真正显示战争中的利害关系和利益分配方式。既然演习的规则能让黄兴安再回A师，他就不能以默尔而息的雅量，把自己由鲜花变成一片绿叶来衬托另一朵鲜花的娇艳动人。第二天早上，黄兴安以巡视各团防务的名义，带车出发了。师长这两个字的全部内涵，有时候就存在于这种天马行空、随心所欲式的出巡上。路过几支独立部队，黄兴安都停车做了短暂停留。干部、战士看他的眼睛依然充满着艳羡和敬畏。他仍是师长，而不是被释放回的战俘。部队的心态又给了黄兴安几多自信。到达他此行的真正目的地二团，黄兴安完全找回了往日做师长的那种感觉。

简凡忙不迭地迎了过来，拉车门的时候，也没有忘了把手伸在车门框上方，以防碰了黄兴安的头，亲昵的话语伴着这些动作响着："师长，你该事先打个电话，你看，一点都没有准备。你慢点，这点路很不好走。"

黄兴安微笑着，伸手随意拍拍简凡的肩，"到了你这里，就跟在自己家里一样，还要准备什么。不经点事，不知道哪是真情哪是假意。"

到一间简易房里坐下，黄兴安看看伫立两旁等着侍候他的两个战士，没有说话。

简凡心领神会，摆摆手说："你们出去吧，我和师长要谈重要事情。在外面盯着，闲杂人不要来中途打搅。"

战士跑步出去，随手掩了门。

黄兴安呷口茶水，说："这演习还要搞下去。"

简凡说："昨天下午已经通知了。不搞，谁也下不了台。"

黄兴安道："我昨天晚上又向赵处长说明了你那天行动的必要性。还是有人揪住不放啊。"

简凡道："范英明也太仗势欺人了，想不好过，大家都不好过。人嘛，是感情动物，谁都讲究个远近亲疏。实话实说，那天要是只抓了范英明，我也不会带人去救。"

黄兴安站起来走动着，"这些我都记着呢。问题是下一步该怎么办。我呢，一个泄密，一个限制红军司令行使职权，一线是待不下去了。上边又暂时挑不出范英明什么大过错，大不了提提他设机动部队，救人挑挑拣拣，不过这只是个道德、人品问题，战争又不讲这种道德。"

简凡也忙站了起来，"再打一回，不就是让咱们师翻身吗？这个大桃子让他一个人摘去了？!"

黄兴安道："我倒没什么，我是师长他是参谋长，他也伤不到我。我只是担心像你这样平时和我接触多的人。你在检讨会上，几次和他吵起来，他恐怕忘不了。"

简凡长吁短叹一阵，"他妈的，偌大一个军区，难道就没人了？他要只挑小鞋给我，我还只能穿上。"

"也不是没有人，训练部童部长就是个人选。也不瞒你说，要是不派下来个司令，要不了多久，范英明就要设法把我挤走了。我们得想点办法。"

"师长,只要不是违法乱纪的事,你说句话就是了。"

"这也不是搞什么阴谋,通过各种渠道,让上边知道知道基层干部战士是怎么看范英明就行了。也不搞人身攻击,也不夸大事实,实事求是反映反映。"

"要是反对无效,他不是更恨了?"

"也就是造点舆论,用不着站出来大喊大叫。这是军队,凡事要注意分寸。"

"我明白了。"

黄兴安走到屋外,看看满天浓云,"看来是要下雨了,一定要注意战士的生活问题。要是在这次演习中,战士落下毛病,那就太对不起他们了。"

简凡说:"师长,这点请你放心。我们已经做了周密的安排。"

黄兴安说要到其他部队再看看。出了二团防区,他只是去一个坦克营转了一会儿,急忙回指挥所了。

A师一团的新防区,仍然在指挥所与蓝军占领区的正面。古今中外用兵之道不变之处恐怕都有好钢用在刀刃上。

邱洁如带领通信站长话班来一团架电话线时,一团指挥所刚刚搭建了一半。焦守志领着一干人正在热火朝天地干着。邱洁如留心察看几遍,竟没发现唐龙的踪影,不免又为唐龙担心起来,凑到焦守志身边问道:"唐龙这几天情绪怎么样?"

焦守志钉着木板,故意编排着:"糟透了,饭吃不香,人也瘦了,不过觉还能睡。他巴不得现在就脱了军装。"

邱洁如担心地说:"怎么没见他?可别干出什么傻事。"

焦守志说:"他不是干这种粗活的人,昨天帮我搞了个布防计划,在那边睡觉呢。你不去见见他?"

邱洁如道:"一个男人,心如发丝,我可不敢去惊了人家的好梦。这种活儿,你当代团长的能干,他一个小参谋为什么就不能干? 你可不要惯他,越惯越懒。"

焦守志从木椅子上跳下,"他睡觉是我批准的。唐龙留在一团,确实有点屈才了。找机会我再给范司令推荐推荐。"

邱洁如说:"他这个人太傲了,你还捧他。"

邱洁如嘴上说不愿见唐龙,眼睛却在到处寻找,不一会儿就把唐龙找到了。唐龙确实在睡觉,四脚朝天,头枕一块青石头,脸扣一顶软军帽,在一棵松树下正在微微打鼾。邱洁如围着唐龙转了半圈,抬脚朝唐龙的屁股上轻轻踢去。

唐龙惊坐起来看见是邱洁如,把头勾了下去。邱洁如真的又踢了一脚,"你说,你说我什么都是自由的,是什么意思?"

唐龙装疯卖傻道:"我说过这话吗? 这话也没有什么不对呀。没别的意思,就是说说。"

邱洁如道:"你这个人也太自私了,又自以为是,又爱胡思乱想。"背着唐龙坐下来,胡乱揪着地上的荒草,"我可告诉你,我也不是好惹的。不是到一团执行任务,我打算一辈子都不理你了。"

唐龙心情好了许多,"我正准备去看你呢,想了一天,又怕撞到什么人的枪口上。"

邱洁如转过身道:"你是不是认为我关心范司令关心过头了?"

"优秀男人倒了霉,一般总是容易得到善解人意的女人的关心,这很正常。没什么过头不过头的。"

"范司令这种男人,还觉得小女孩寡淡无味呢。那个秦记者早把关心范司令的事承包了。算了,别谈这事了,烦人。唐龙,你说再打,咱们师能赢吗?"

"八成还要输。"

"你怎么一点集体荣誉感也没有。这次大败,你心里就好受？"

"差一天就做俘虏了，我现在还是个军人，能好受？可这是打仗。不是一个数量级的选手，根本没法打。两支部队好比是大田和实验田，产量没法比。大田是为了饱肚子，实验田是为了育良种。"

"把大田也变成实验田不就行了？"

"演习的方针就有点暧昧。他们只看到 C 师是一个乙种师，就是没看到朱海鹏已经把它改造了。前几年，中国有很多大饭店都亏损，希尔顿派人一接管，又都赢利了。咱们师不动大手术，还得输，不信你看。"

"你找范司令谈谈去。再输了你不是也跟着丢人？"

唐龙站起来说："丢人？我一个落魄小上尉再丢人能丢到哪儿？我没找过他？我不正是提建议才被他们撵出来的吗？"

邱洁如情不自禁地说："你就不能委屈一下自己？要是再败，范英明可真的要完了。方小三倒向朱海鹏，这次他又败给朱海鹏，要是再败……"

唐龙气得脸色铁青，"你一点也不寡淡无味！他完不完关我屁事。好好好，我们不要争吵了。还是那句话，我尊重你的自由，尊重你的选择。我只是个废物，行了吧？想看风景你只管看，我没兴趣陪你研究范英明。"说罢，转身跑下河滩。

邱洁如无声地流了一会儿眼泪，擦了两把，怒气冲冲回到工地上，看见几个女战士已经在和男兵们说笑，喊一声："通信站的，上车。"

焦守志一看邱洁如的脸，就知道这事儿不便细问，忙搬了一箱黄桃罐头放到吉普车上，赔着笑把女兵们送走了。站了一会儿，焦守志慌忙朝河边跑去。

唐龙正在河里冬泳，看见焦守志跑来，就上来穿衣服。

焦守志陪了一会儿,问:"闹别扭了?"

唐龙平静地说:"结束了,再没别扭可闹了。"

焦守志急个团团转,"谈几年了,你也该珍惜。小三十的人了,别犯糊涂。大老爷们儿,你也该让着点。"

唐龙系着裤子道:"天要下雨,娘要嫁人,人家要攀高枝,我有什么办法?"

焦守志哀叹一声:"唉,算毬了。这样吧,过几天师里要各团派人跟高副师长回 C 市买器材,你就回去散几天心吧。我听说这回要派个司令指挥,你回来或许就有转机了。"

唐龙道:"别人恐怕更不行。"

焦守志哑哑嘴道:"范司令和你真是命里相克,这几个月你露脸的事,他一件也没看见。"

唐龙苦笑道:"或许是吧。"

第二阶段演习,范英明再当红军司令合不合适,也是演习决策层关注的焦点问题。蓝军要的政策已经给足给够了,这块特区的前景已经可以预见。在这个前提下,红军司令的担子就更重了。如果红军在演习第二阶段,仍是因为指挥不当,导致甲种师无法发挥再次失利,那就非常难堪了。决策正确是个前提,起决定性作用的就是人。秦司令和周政委临上飞机前专门叮嘱要重视红军司令的问题,也是想避免两次踏进同一条河流的尴尬局面。

演习动员会前一天傍晚,方英达和陈皓若来到老军营靠小凉河的一个土包上,专门谈这个问题。

方英达说:"部队有人提出更换红军司令,你听说了没有?"

陈皓若道:"黄兴安就持这种态度,说这一战是关系 A 师前途的背水之战,他和范英明都没能力把 A 师带出低谷。我批评了他。"

方英达不置可否，换个话题说："朱海鹏昨天向我要蓝军的内部建制调整权，我同意了。他想把导弹也引入演习，我也同意了。他有很多想法虽然与现实有些距离，但代表着军队的发展方向。我们没有理由不支持。"

陈皓若道："冷战时期，我们的赶超意识要强得多，核力量和航空航天技术的底子都是那些年打下的。这些年，和平与发展说多了，潜移默化影响了我们的观念。"

方英达忧虑道："如果 A 师发挥出来了，还是不敌蓝军，情况就更急迫了。这是下一步考虑的问题。现在的焦点是让 A 师发挥出来。这些年，我们在它身上投入了很多人力物力，差距应该不会太大。范英明能让它发挥出来吗？"

陈皓若道："临阵换将，兵家之大忌。"

方英达道："我曾考虑过让童爱国接替范英明指挥，后来我打消了这个念头。这种甲种师，我们有近百个，一旦战争爆发，不可能都按蓝军的方式重新组合。即便事实证明蓝军的组合是优越的，全面改造到这一步也还需要个过程。"

陈皓若道："我不主张换将。就是 A 师再一次被打烂了，问题暴露出来总比捂着好。"

方英达突然用手捂住肝部，趔趔趄趄跑过去，坐在一块大青石上，掏出药瓶，倒了两粒干咽了下去。

陈皓若追过去小心问道："是不是胃病又犯了？"

方英达举着药瓶说："用不着再说善良的谎言了。"看着脚下一泻东南的小凉河，"前两天我已经对秦司令和周政委捅破了这层纸。我是自觉自愿选择这种方式的。不知我能不能熬到那个时候。"

陈皓若垂手立着，用钦佩的目光看着方英达。

方英达笑着伸手指指河两边，"一边红军，一边蓝军，又要在这里决战了。我想我会等到那一天的。"

陈皓若颤着声道:"一定会。"

方英达开始下土岗,下了一截,扭头指着土岗说:"你看这像个什么?"

陈皓若没有回答,因为这个土岗样子太像一个坟了。

方英达说:"像个坟。我要死了,真想睡这样一个地方。"

两个人刚走到操场,赵中荣慌慌张张跑了过来,大老远就说:"出事了,出事了。"

陈皓若问道:"出什么事了? 你不是在 A 师蹲点吗? 是不是那里出了事?"

赵中荣把一张打印有几行大字的纸递给陈皓若道:"'军指'好几个地方都发现了这种传单。这种事'文化大革命'结束以来,从未发生过。"

陈皓若把所谓的传单还给赵中荣,"小题大做。不就是一部分官兵要求换红军司令吗? 扯什么'文化大革命'! 把发现的都收起来,不要扩散这件事。打了败仗,基层有点意见,很正常嘛。方式不对,动机也是好的嘛。你回去吧。"

方英达神色凝重,迎着夕阳慢慢走着。这件事可不是件小事,它说明 A 师还存在某种深层的痼疾尚未暴露。他等了一下跟过来的陈皓若,问道:"这件事情,你认为捂着好吗?"

陈皓若道:"性质十分恶劣。根子在 A 师中上层。查,恐怕也查不出是谁搞的。动员会后,一定要在小范围内讲讲这个问题。"

方英达点点头,自言自语道:"看来,十五天准备时间还不够。不骂骂娘,就有人上头上脸了。这是军队,对这样的事决不能姑息迁就。不震慑一下,非得闹民主投票选司令了!"

演习动员会开得很短。

散会后,方英达把范英明、黄兴安、刘东旭和高军谊四个人留下了。

方英达背着手在草地上来回走着，突然间停下来问道："知道我为什么把你们留下吗？"

四个人都不敢回答，高军谊躲闪着方英达锐利的目光，不知不觉就把头勾下了。

方英达又问："为什么给你们十八天准备时间？因为你们师最近出了一件恶性事件。"

高军谊身子猛地一晃。

方英达道："多让你们准备三天，就是想让你们对照这件事，好好反省反省。昨天，'军指'出现了小字报，署名是 A 师部分官兵，内容是要求军区另派人员指挥 A 师进行下一阶段演习。你们师又创下一个第一！"

陈皓若插话道："给你们说清这件事，不是让你们追查这是什么人干的。不是团以上领导，也没这个胆量做这种事。这是极其严重的无组织无纪律行为。同时，这也表明部队存在一种不满情绪。高军谊，你怎么了？"

高军谊擦着汗支吾说："我，我胃疼病犯了。"

方英达掏出止痛药，倒出一粒，递过去，"把它吞下去。你可以蹲下来。部队，决不允许存在无政府主义思想。大败之后，部队出现一些对指挥员的不满情绪，是可以理解的。但以这种方式表达，是绝对不允许的。'三大民主'，不是还有个军事民主吗？'四大'，大鸣放，大字报，已经早从宪法中删除了。九十年代的军队出现这种事，让人痛心。"

刘东旭道："我们一定认真对待这件事。"

方英达道："这件事情不是偶然的。在第一阶段的演习中，你们师表现出了山头主义、小圈子主义的危险倾向。二号地区在很危机的时候调换过防御区域，这正常吗？解救被俘指挥员，接应援军,表面上看都堂堂正正,可为什么带部队时舍近求远呢? 狐狸部队解救被俘人员的过程,也让人感到疑窦丛生。这是党的军队,是人民的军队。A师不是你黄兴安的,也不是你范英明的。你们要牢牢记住这一点。"

陈皓若也动了气,"这些情况,在你们上报的备忘录当中,有的只字不提,有的轻描淡写。你们究竟想干什么? 刘东旭,你这个党委书记的眼是个树窟窿? 太过软弱了。你们以为耗费上千万,只是为了在你们的功劳簿上光光彩彩写一笔吗?"

方英达又用恨铁不成钢的目光扫了扫几员部将,"有句很尖锐的名言,我想讲给你们听听。自由啊,自由,有多少罪恶是假你的名行世。你们每一个人,包括营团级主要领导,回去都给我仔细地想一想,在这次演习前后,哪一件纯属为自己私欲的事是假崇高之名做下的。本来,我不准备把这些问题点透了。你们都是受党教育多年的同志,甄别是非对错的能力是有的。可是,大战在即,你们竟有人以这种方式,企图动摇指挥部的决心。只好触及触及你们的灵魂了。"

四个人都羞愧得出汗了。

陈皓若说:"方副司令的病你们谁不知道? 你们……"

方英达打断道:"不要说我的病。我算什么? 不过是一个还长有卵子的男人! 我告诉你们,不要心存幻想,认为继续演习是为了给一个甲种师找回面子。如果是指挥员不称职,就撤了指挥员。如果真是这支部队垮了,变成了太平盛世养出的一支八旗兵,那就裁了它。泱泱十二亿人的大国,难道还找不出敢为国家民族前途命运献出生命、长着卵子的男子汉吗?"说罢,扔下四个大汗淋漓的部将走了。

陈皓若补了一句:"这对你们,是个机遇,也是个挑战,你们好自为之吧。"也走了。走了两步,扭头补充道:"由谁组成什么样的班子指挥下阶段的演习,应该由军区党委决定。你们的任务,就是做好一切准备,让这支部队能够打胜仗。"

两个将军触及灵魂的轮番轰炸,把 A 师的四员大将炸得呆若木鸡。过了很久,才一个个朝路旁跑道上停的"坐骑"走去。

高军谊回到后勤指挥所,做的第一件事就是把军需科王科长叫到自己的房间,关了门关了窗,压低嗓子说道:"我给你三天时间,你必须把运走的油给我运回来。"

王科长说:"高师长,我办事你还不放心?听上边的口气,这回是要换人指挥了。这一乱,谁还有心管这些事。我已经和军后勤的老乡说好了……"

高军谊敲敲桌子说:"王胖子,我可把丑话说到前头。演习时这些油没到位,我可要向上边报告了。"

王科长拍着胸脯说:"绝对误不了事。钱虽是个好东西,可命更重要。出了事,那是要杀头的。"

高军谊道:"你知道就行。反正你记住了,出了问题你一个人兜着。"转身脱了衣服换衬衣。

王科长道:"规矩我懂,什么行当都讲个丢卒保车,丢车保帅。你这是怎么了?大冷的天,衬衣都能拧出水。"

高军谊赤着上身,呆坐在床边,"日他妈,我这回才知道真会吓尿裤子。方副司令骂人我见过,陈军长骂人,连地缝都不给一个。我劝你也是为你好,还是见好就收吧。"

王科长说:"我派人采购了一些菜。我去让他们做了给你送来。"掩上门出去了。

范英明度过了一个不眠之夜。天亮时分,他把辞职报告誊清后,坐在昏暗的灯光里发起呆来。

秦亚男背着牛仔包,敲开范英明的房间,一只脚刚踏进去,就剧烈地咳嗽起来,忙退回去挥手驱赶着烟雾。

范英明瞪着布满血丝的眼睛，不解地问："一大早，你这是准备干什么？"

秦亚男又进了屋子，看看一地烟头，"你真是贵人多忘事，去'军指'搭观摩团的便机回北京呀。送我的车不是你昨晚派的吗？还说一定要亲自送送我。早知你忘了，我就自己走了。"

范英明打打脑袋，"该挨板子。"

秦亚男看见了小桌上的辞职报告，"咦！你一夜没睡，就炮制了这个东西呀？"

范英明默默点点头。

秦亚男抿着嘴，摇摇头道："这可不合你的个性。你是很能忍的一个人，不该做出这种激烈的事。"

范英明指指两边的房间，先走了出去，走到已经快看不出形状的大沙盘前，说道："昨天挨了一顿骂，觉得只有这样做，才像个男人。当然，这么说没有贬低女性的意思。"

秦亚男道："能扯得上吗？"

范英明扳着指头说着："作为红军司令，我有三方面不称职。第一，对现代局部战争的认识肤浅，缺乏把握全局的能力；第二，考虑了很多个人得失，在关键问题上做无原则的让步，心胸狭窄，没救黄师长实际上是为了自己出风头；第三，在战役失利后，一味强调客观因素，过多指责别人的过失，没有承担起应负的责任。眼下，我只能以这种方式，表明我对自己能力的评价。"

秦亚男惊讶地看着范英明，"你好像终于把紧闭的心门打开了。"

范英明道："可惜你一走，就不知什么时候还能再见面了。"

秦亚男问道："是不是有点依依不舍了？"

范英明笑笑，"你是一个让人愉快的人。我会记住你的。"

秦亚男伸出手说："司机已经在按喇叭了，握个手表示再见吧。我们很快会再见面的。"

范英明说："你还要来？"

秦亚男诡秘地一笑，"一对十年前的情敌兼朋友，一对现在的情敌兼对手，就要再次交手。女人都同情弱者，你失去了妻子又败一阵，难道不需要个拉拉队员？"

范英明吃惊地说："这些你是从哪里知道的？"

秦亚男道："一个好心人。不过她的目的是劝我远离你。因为她觉得我会再度伤害你。我就想检验一下，你是不是真的那么容易被伤害。"

范英明看着秦亚男走远，没说出一个字，等到秦亚男拉开车门，才慢慢挥了挥手。

第 十 二 章

　　红蓝两军暗中的较量分陆空两路开始了,战场是 C 市这个驻有军区机关的大都会。红军从陆路向 C 市开进的部队由副师长高军谊率领,阵容庞大,每个团都有两三个人参加,加上"师指"四五个人,有十五人之众。他们此行的目的主要是再挖掘一下 A 师的自身潜力,增加 A 师战场实力;同时,组织一次和新配属 A 师的作战部队全方位的感情沟通活动。在这支队伍中,只有唐龙没有具体任务。唐龙一上硬卧车厢,便和负责这次公关工作的邱洁如不期而遇,两人的铺位仅隔一张小茶桌。两人对视了一会儿,唐龙退缩了。来回走两趟,唐龙的硬卧乘车牌就换成了一张软卧车票。他无声地拎了自己铺位上的军用挂包,连看也没看邱洁如一眼,疾步走了。邱洁如的自尊心无法承受这种无言的蔑视。她的第一个行动就是跟踪,确定了唐龙包厢号码后,她去了列车长办公席。

　　邱洁如把军官证和硬卧票亮了出来,微笑着说道:"我有夜游症,想换个软卧,有吗?"

　　列车员翻了翻本子,"小姐运气不错。你要不是军官,这个十号上空着,我也不敢卖。"低头开着票,"是不是搞什么行动?三号包厢有个身份特殊的军人,所以,空位我只好卖给军人。再交一百零八块。"

邱洁如拿了车票换了车牌，并不急于去三号包厢，取了随身听，坐在走廊里听 CD。

蓝军走陆路去 C 市的部队只有两个人，一个是蓝军司令朱海鹏，另一个就是身份确实有点特殊的程东明。唐龙没想到会在这样一个特殊的地方遇见朱海鹏，沉郁的心情开始变好起来。

朱海鹏把削好的苹果递给唐龙，"小唐，你好像情绪不高。"

唐龙咬了一口，"憋气。去年要是听你的劝，调到'陆院'去，这回也能痛痛快快干一场。"

朱海鹏道："黄兴安不识才，范英明总是识货的。不要急，演习不是没结束吗？"

唐龙掏出烟让了两个人，都不抽，自己点了深嘬一口，"别提了，演习前，就把我发配到一团去了。不瞒你说，我是回去联系工作。此处不留爷，自有留爷处，处处不留爷，爷爷家里住。我准备回家了。"

朱海鹏吃了一惊，"怪不得你们一团叫我捉摸不透。焦守志我了解，当过我的副连长，人是个好人，义气，可他没这种才能。我还以为我把他看走眼了呢。"

唐龙道："老焦的毛病就是犹豫，最后还是送给你一个加强连。我只是直觉好些，半瓶子水吧。"

朱海鹏说："你别谦虚。你要能当范英明的参谋长，A 师的局面会大为改观的。第一阶段，也就是你们一团让我操点心。"

唐龙摆摆手道："你可别拿我寻开心。你们是特区，我们连中原都算不上。不变变，再打十次，也是败。"

朱海鹏走过去拉开了门："理由呢？我想听听。你肯定想了很多。"

邱洁如认出朱海鹏，下意识地站了起来。

唐龙说："那我就班门弄斧一次了。你能把 C 师点石成金，主要是你巧妙地把一套新机制注入了 C 师的体内。你带去的五六十人，实际上已经形成了你的可以独立运行的指挥网络。C 师受压多年，也奋斗多年，你让他们充分享受付出之后的成就感，他们也就自觉自愿接受你指挥网络的指挥了。其他部队都是第一次在实战中露面，都会倾尽全力。你们现在这种组合只是暂时的，不用背历史的包袱，最重要的，谁也不用考虑演习结束后的利益分配问题。"

朱海鹏赞许地点着头，"非常好，你认为它的弊端在什么地方？"

唐龙说："你的指挥网络毕竟不是 C 师自身生长出来的。"

朱海鹏说道："有道理。蓝军的目的就是摸索出一条可行的路。你们呢？"

唐龙很不客气地说："我们连改良都称不上。大部分人都在考虑演习结束后怎么办，譬如我自己吧。如今范英明已经写出辞呈……"

邱洁如闪了进去，正色道："唐参谋，你不觉得你的话太多了？你对蓝军司令讲这些是什么意思？"

唐龙张张嘴，却说不出任何话。

朱海鹏笑道："少尉同志，你的保密意识很强。我和唐参谋讨论的是很抽象的问题。演习的胜负不是目的，主要是为了解决部队存在的问题。"

邱洁如冷笑道："你是赢家，当然是站着说话腰不疼。我不知道范司令写辞呈的事是算具体呀还是算抽象。"

气氛顿时有点尴尬。

唐龙生气了，"我会对自己的言行负责的。你可以向上边汇报，可以说我通敌求荣。我和朱司令坐在一个包厢，总有谈话的自由吧？"

邱洁如淡淡地说:"别的事你只管谈,涉及演习的事,我会提醒你的。"

唐龙火了,"这里不欢迎密探,请你出去。"

邱洁如掏出乘车牌道:"只怕你没这个权力。在到达 C 市前,本人也是这个包厢的主人。"

唐龙站起来,点了一支烟。

邱洁如说:"请你抬头看看,不识字我可以读给你听听,请勿吸烟。"

唐龙把烟掐灭,气鼓鼓地出去了。

朱海鹏笑道:"少尉同志,你把战火烧到火车上了。"

邱洁如道:"演习还在继续,上校同志,我做错了吗?"

朱海鹏连声说:"没错没错。范英明应该让你负责红军的保密工作。"

邱洁如探头看看在车厢连接处吸烟的唐龙,得意地说:"看谁能怄过谁。这个世界,谁怕谁呀。"爬到上铺,继续听随身听。

朱海鹏已感觉出这两个人关系不一般,站起来往外走,想去找唐龙问问。

邱洁如说道:"上校同志,给你提个醒,列车是公共场所,不该谈的问题不要谈。"

显然,这已经称不上是一次愉快的旅行了。

车到 C 市,常少乐已经带着吉普车在站台上等着了。

朱海鹏和程东明上了车,常少乐扭头说道:"海鹏,告诉你个好消息。童爱国在全军训练部长学习班上,讲了这次演习的事,引起了轰动。中午他在中兴宾馆设宴为你接风,要和你商量再给演习注入点新东西。"

朱海鹏对司机说:"绕到罗锅巷,先把小程送回去。"转身看着程东明道:"给你一百二十小时,对外只能说是保外就医。演习的事，一个字都不要提。"

程东明答应着："我知道，我知道。"

常少乐补充道："奖励你五天假，是朱司令和我擅自决定的。和家人团聚团聚就是了，不要嚷嚷得满世界人都知道。这对你也是个考验。"

车到罗锅巷口，程东明含着眼泪下了车。

"等等！"常少乐摇下车窗探出头叮嘱道："你老婆怀着娃，做那事要悠着点，流产了我可要找你算账。回去吧。"

车上大道，朱海鹏忍不住笑道："老常，你也太无微不至了，连床上的事都想到了。是不是想嫂子了？"

常少乐捣了朱海鹏一拳，"胡扯淡！男人过了五十，也到更年期了，你以为我还是小伙子，喜那个小别胜新婚？这个程东明，毕竟是有罪之人，让他回家打打牙祭，是希望他能立功，不小心把娃弄掉了，不定会出什么事，这才为他定个特别纪律。"

朱海鹏叹道："还是你仔细。这几天，你我可没有精力顾到程东明，定这条纪律好哇。"

到中兴宾馆见到童爱国，常少乐马上说："海鹏已经夸了海口，能在演习中用出更新的着儿。"

童爱国拍着巴掌说："这下好了。我也在北京夸了海口，说我们军区还有更前沿的东西没用出来，有几个大区的训练部长要亲自来观摩。"

朱海鹏埋怨道："常师长，你不能信口开河，我往哪里掏新着呀！"

常少乐狡黠地说："我知道，你当我的参谋长也当不长了，不抓紧时间把你的油多榨一点，亏得慌。你在军区通信团，不是也搞了一小块试验田吗？把你那些二十一世纪士兵拉出来亮亮相。"

童爱国一拍脑袋道："我怎么把这碴儿忘了呢！海鹏，你这个计划,我可是出了好几股血的,分点红利吧。"

海湾战争结束后,朱海鹏很快注意到美国陆军的一个当时很不起眼的举措:成立了数字化办公室。他当然也把美陆军一个大人物的宣言记到了自己的笔记本上:"我们要把下一世纪作战胜利的赌注压在数字化技术上"。当时,他就敏锐地感觉到,随着部队数字化程度的提高和最小作战单位数字化可能性的存在,将会导致战争观念的又一次革命。因为人微言轻和财力的限制,那几年,朱海鹏只重点进行了新概念单兵武器装备的探索、研制。没过多久,美国二十一世纪陆战勇士计划和英国未来战斗士兵系统计划的主要内容被披露了出来,朱海鹏又泄气了。因为在美军的计划里,到一九九八年初,就将有二十四至三十六套新型的士兵综合装备系统问世并供部队演示选择。就是经历了社会大动荡的俄罗斯,也将在一九九七年底研制出带有夜视镜及通信装置的头盔。朱海鹏身在陆军学院,不可能了解中国军队这方面的长远计划,可又不想等靠,三年前,在童爱国经济上的支持下,开始自己数字化班武器装备的摸索。三年过去了,他为这个数字化班配置了夜视、微波通信、计算机、电台、武器、生存防护等多个子系统,多半器材都取自民用,功能是大都有了。可是,他还从来没有想过把这样的部队拿到实战中演练一番。今天经常少乐一提,他马上也有了跃跃欲试的冲动。

朱海鹏摆摆手说:"我搞那套东西,目的只是为了研究和教学方便,恐怕无法用于演习。"

童爱国道:"记得你说过眼下这可能是全世界独一份。你好像还说过,如果从单个班战力计算可顶一个普通连,如果有几个班进行协作,威力可能更大。这不是说笑。这次演习,如果它能发挥,意义可就大了。"

常少乐敲边鼓道:"你别犹豫了。"

朱海鹏道:"说句实话,我对它的战斗力是有信心的。可我也清楚,它早落后了。美英等国,已经开始把一个单兵当作一个武器平台了,我只是把一个班当个武器平台。美国正在研制的单兵武器系统,有综合性头盔,可防弹、可夜视、可显示电子信号、可摄像、可防毒,重量只有四斤多,我的这个班,这一部分装备就重达一百公斤。再加上计算机、电台、微波天线、武器、服装、动力装置的重量,这个班总负重近三百六十公斤。可以吹一下牛的是,直到今天为止,我还没看到外军已经全部把这些装备研制完毕的报道。我这个班如果和他们一个士兵相比,要全面得多。要真想在第二阶段演习中让它露露脸,难关恐怕还在钱上。"

常少乐急忙问:"装备一个班,需要多少钱? 有钱,十天内能不能装备好?"

朱海鹏道:"我们的对手是 A 师,武器不用花钱,需要买的只是笔记本电脑、两米口径微波天线等十几种东西。一个班大约需要十万块。技术问题不大,到前线用一两天就可解决。"

常少乐一咬牙,"海鹏,我把家底都压上,给我武装二十个班。"

童爱国开玩笑道:"老常,你的腰可真粗。"

常少乐笑道:"只要打赢了,这笔钱 C 师一个子儿也用不着出,军区会报销的。这二百万,由我来想办法。海鹏,这一回,我可是真压上身家性命了。"

朱海鹏道:"我是 C 师参谋长,这钱由 C 师垫付,我也得压上身家性命了。"

常少乐道:"C 师的家底,早换成那两个系统了! 我是准备找朋友化缘。"

朱海鹏吃惊道:"两百万呢! 你要考虑好。"

童爱国说:"我看老常压这一宝是有惊无险,只要你能保证让这二十个班发挥前所未见的威力,一个师买两套,还不够全区分呢。武器和电台,由我承包了。"

朱海鹏叹道:"你们这是赶鸭子上架呀。"

三个人大笑起来。

高军谊的妻子桂玲因厂里搞优化组合,仗着军属的身份,才没成下岗女工,被分配到仓库当保管员。干了两月,桂玲自动下岗,在厂门口卖酿皮这种陕西小吃。在岗一个月领二百四十元工资,需要一天上八小时班,下岗每月领一百六十块生活费,可以再做其他事情。桂玲卖了二十来天酿皮,毛收入已经有近千元,纯利起码也有三百块。这天下午,桂玲数完钱正准备收摊,两辆张篷军车贴住她的摊位停下了。

军需科长王胖子从司机房跳下,朝车上喊:"每样卸下来一筐。"

几个战士一阵忙碌,一筐柿子椒、一筐四季豆、一筐西红柿、一筐大白菜就摆在桂玲的摊位前了。

桂玲忙问:"小王,你这是弄啥哩?"

王科长解释说:"在家的部队也要开拔,种菜的人手不够。这些东西是拉去送给兄弟部队的,给你留点自己吃。"

桂玲说:"就俩人,留得太多了,这一筐怕有四五十斤,哪能吃得完?"

只听一声猪哼哼,一头用绳子网着的大白猪被战士抬着扔了下来。

王科长小声对桂玲说:"我和高师长又做了点小生意,他的那份我交给小兰了。嫂子,我们有任务,先走了。"

军车开走了,桂玲对着四筐菜和一头猪作难起来,转一圈,又一圈,不知如何是好。这时,一辆出租车悄然在路边停下了。

小兰穿一身时装从车上下来,看看几筐菜和一头猪,问道:"妈,你买这么多菜干什么?"

桂玲说:"哪是买的,是你王叔叔留给咱们吃的,我正不知道该怎么办才好。你这个妮子,出租车也敢坐?!"

小兰拍拍怀里的黑皮包,"我是为它才坐的,公共汽车不安全。三轮,三轮。先把东西拉回家,明天早上拉去卖了。"

三轮车夫刚把菜装上车,一个骑着板车的汉子老远就喊了起来:"慢着,慢着。"跳下车赔着笑脸说:"大姐,大姐,盘回去麻烦,又是单元房,地场又小,不如作个价给我吧。"

桂玲说:"你咋知道这不是自己吃的?"

汉子擦着汗笑道:"我刚才看见大军在卸车,估摸着你们吃不完,这不,回去取钱了,总算赶上了。"

小兰紧紧护着包,说:"你又没带秤,我们又不知价钱,你说怎么作价?"

汉子说:"都是街坊,熟人熟面的,我会坑你们?猪肉,精肉十块,带骨肉六块五,西红柿一斤一块八,四季豆一斤两块,白菜一斤五毛,柿子椒一斤两块五。大姐,菜市场零售是不是这个价?"

桂玲说:"是这个价。"

汉子又说:"这毛猪一斤能杀七两肉,毛猪收购价是四块,西红柿我出一块五,四季豆出一块六,白菜出三毛,柿子椒出两块。大姐,小姐,你们要是觉得这价合适,剩下的就是估斤两了。"

小兰不耐烦了,"就这样吧。"

汉子说:"白菜柿子椒轻,西红柿四季豆重,均拉一筐算五十斤,怎么样?"

小兰说:"算钱吧。"

汉子又说:"这头猪,我看差不多有二百来斤。大姐,这人的眼,差不远,你说说。"

桂玲说:"怕不止两百斤。"

汉子拉住三轮车夫道:"大哥,你估估。"挤眼递过去一个眼色。

三轮车夫围着白猪转转,用脚踩踩,"有二百斤开外,多也多不过二百二十斤。"

汉子就说:"算二百二,你们看呢?"

小兰说:"你算算多少钱。"

汉子扳着指头说:"猪,八百八,白菜十五块,西红柿七十五,四季豆八十,柿子椒整一百,一共一千一百五十。对不对?"

桂玲掐指头算算,"对。"

汉子忙掏了钱出来,数了递给桂玲。

桂玲数了钱,装好,推着酿皮车就走。

三轮车夫喊道:"小姐,我站了半天,不能白站吧?车可是你喊的。"

小兰掏出一张拾块钱,拍到三轮车夫手里,很潇洒地说:"全是你的。"

母女俩推着小车进了厂大门。

汉子把菜一筐一筐从三轮车上往平板车上挪。剩下一筐四季豆,三轮车夫拦住说:"给我剩下一筐吧。"

汉子说:"你,她不是给你钱了吗?"

车夫笑道:"有财大家发。毛猪四块五一斤,这头猪起码有二百八十斤,白菜轻,柿子椒可不轻。我少说六十斤,不该留这筐豆?要是你不同意……"

汉子也笑了,"反正都跟拣的一样。这筐豆是你的。帮我把猪抬上来。"

皆大欢喜,两个人各奔东西了。

母女俩回到家里,小兰从冰箱里取出一个汉堡包,放进了微波炉。

桂玲坐在小椅子上数着钱,嘴里念叨着:"你爸要是早两年当副师长,掏钱也能供你把高中读下来。"

小兰取出汉堡包,把黑皮包扔给桂玲,"妈,你看看这是什么。读书有什么用?你们厂的大学生还少吗?这才是真有用。"

桂玲拉开皮包,伸手刚一掏,立马如炮烙一般缩回来,嘴里叫一声:"我的妈——"又很快伸进去,把一扎一百元一扎五十元的钞票掏出来,举着喝问:"这是哪儿来的?"

小兰接过钱,在手里拍打着,"不是偷的,也不是抢的,是王叔叔让他小舅子给我的。爸帮他们介绍一笔大生意,这是给爸的信息费。"

桂玲忙把钱又夺回来,捶着胸口说:"大半辈子也没见过这么多钱。这得攒着点,厂里吵吵着要集资建房。"顿了好一会儿,问道:"小兰,这钱,他们就这样交给你了?"

小兰说:"你数数,我可没贪污。我们经理说生意还在做,做成了还有。"

桂玲说:"我是问你给他们留什么东西没有。"

小兰说:"连多少都没说,留什么东西。"

桂玲把一万块钱放在桌上,扬着五千块钱说:"你爸是个热肠子,帮人办了事恐怕不愿收钱。记着,你爸要是问起这事,你要咬死就这五千。给个三五百他可能会收,这么多,他肯定会退的。"

小兰说:"知道。你翻床底干什么?都是家里的烂鞋子。"

桂玲拎出一只军用大头靴,把五千块钱用纸裹裹塞了进去,看看表说道:"你爸要是问这钱,拿着方便。我去把这一万块存起来。"

昌达公司近一段运转良好,生产的电脑在西部几个省区市场占有率都超过了百分之二十五。如何能在这个区域保住优势,让方怡绞尽了脑汁。中央制定了向中西部倾斜的经济发展战略,按一般规律,在今后的两三年内,西部地区的电脑需求量将会大大提高。这几天,方怡向董事会提出了两个战略性的方案:一是再次降低昌达电脑的西部地区零售价,确保市场占有率不跌;二是一次性同时买断五年七省区电视台黄金时段一分钟的广告播放权。这两个方案如果同时进行,在近一年里,昌达公司在西部地区的利润肯定出现负增长。正因为如此,方怡有点举棋不定,连续几个晚上,都是依靠安眠药入睡。这天下午,方怡终于下定决心,在打印好的两个提案上签上了自己的名字。做完这件事,方怡感到特别疲惫,仰在高背靠椅上闭目养神。她的身体虽然困倦,脑子却异常清醒。这种事情,如果有朱海鹏在身边,那就容易处理得多。一年前,公司产品面临被挤出北京、上海、广州三大市场的困境时,朱海鹏仅用三天时间,就分析清楚了几个国内竞争对手的情况,提出降价五分之一的冒险计划,挑起了一场电脑价格大战,使昌达公司走出了困境。爱情必须生长在肥沃丰富的土壤里才会苗壮,才会长青不死。一个智慧的、理智的、希望梅开二度的男人或女人,都笃信爱情上物质第一精神第二的真理性。这个时候,方怡思念朱海鹏,虽然不能用纯抒情诗加以讴歌,但也绝不卑俗。

电话铃声打断了方怡的思绪,她拿起话筒厉声说道:"我说过不接电话不会客,没听清?"

秘书小姐怯怯的声音响着:"总经理,邱洁如小姐执意要见你,她说有十万火急的事情。"

方怡迟疑了一下,"好吧,让她进来。"

邱洁如一进门就说:"方姐,如今见你真比见总理还难。"

方怡困倦地笑笑,"这几天特别累,一般的应酬都推掉了。一听见你的芳名,这不就芝麻开门了。"

邱洁如走到方怡跟前，"你要不见我，别想我以后管你叫姐了。"

方怡伸手捏捏邱洁如的脸蛋，"你不知道我多想听你叫声姐呀。有这么一个漂亮的妹妹，说起来都提精神。告诉你这个本公司不大不小的股东，证监会对我们的业绩有不错的评价。你那个唐龙眼力真不错。你回去告诉他，本公司愿意给他留一个中层经理职位。"

邱洁如说："还是你亲自告诉他吧。"

方怡问："什么意思？"

邱洁如轻描淡写地说："吹了呗。"

方怡也没再问，说道："你们不是还要继续演习吗？你怎么会出现在这里？"

邱洁如说："我们不是败了嘛。又决定给我们配属一些部队。怕人家不敢压输家，不派精锐参战，来 C 市和人家沟通感情。今天搞了点变相送礼，给每个合作部队送了几车猪和菜。明天晚上还要在'红玫瑰'歌舞厅搞个联谊活动。唉，怪不得人说落地的凤凰不如鸡。"

动作、表情、言语都惟妙惟肖，把方怡逗笑了，"是来搞公关的呀。牛气十足的甲种师，竟让朱海鹏逼到这步田地。"

邱洁如很认真地说："方姐，我说的这事可是军事秘密，千万不要给方伯伯说。"

方怡说："知道。范英明可真狼狈，听说他当了几个小时俘虏，是用那次给你的两只跟踪仪才逃回去的吧？"

"方姐！"邱洁如郑重其事地喊道，"你怎么能这么说话？范英明可是当过你近十年的丈夫。"

方怡诧异地望着邱洁如，"我也没怎么他呀！"

邱洁如道："还没怎么他，还怎么得不够？"

方怡站了起来:"你到底想说什么?"

邱洁如道:"我是一直把你当个姐,才来给你说这些。你做得有点过分了。范英明有哪点不好,你死活要和他离婚?离了也就罢了,你爱上朱海鹏也罢了,可你不该在演习的时候把朱海鹏的妈和女儿接到家里住。"

方怡的脸变得又青又白,强忍着问:"这很过分吗?有些事情你并不清楚,我也不怪你说了这些过头话。"

邱洁如冷笑一声,"这还不过分?你总是爱过他吧?爱过他就不该做这么绝!"

方怡居高临下地问:"那你说我该怎么做?"

邱洁如道:"他已经提出辞呈,不想当这个红军司令了。这是被逼的。你至少该在这个时候支持他一把。譬如假复婚什么的,最少也该把朱海鹏他妈和女儿从你家里请出去。这样对范英明太不公平。他差不多是怀着夺妻之恨,能把仗打好吗?"

方怡再也忍不下去了,"小妹妹,用不着你来教训我怎么做人。看来你是爱上了范英明。你已经是个女人了,能发现一个三四十岁男人的痛苦,当然是个女人了。我能给他的,你都能给他,而且更诱人。年轻美貌、家庭背景……"

邱洁如说:"方小三,你以为我做不出来?我就做给你看看。"拉开门走了出去。

方怡又在椅子上呆坐一会儿,看看天色已暗,无精打采地出了办公室。

方怡到家时,方英达正大马金刀坐在沙发上,给盘脚坐在地毯上的两个孩子讲战斗故事。

方英达抑扬顿挫,伴着手势讲着:"忽然间,无名川下起了瓢泼大雨,美国兵的枪声稀少了下来。我一看,心里就想:老天助我。马上叫过来一个班,对他们说,趁着大雨天黑,摸到美国兵背后去。"

丫丫接道:"爷爷,你们可别忘了带上那两颗手榴弹。美国兵有卡宾枪,还有小炮。"

龙龙说:"外公,把大刀也带上,美国兵还有八十多个,下午你们打死了二十多。"

方英达说:"没有忘。小时候放过羊的小柱子还拣了一口袋枣大的石头。我们摸了过去,我喊一声'打——',就把一颗手榴弹扔了过去,把美国鬼子的小炮炸上了天。"

龙龙说:"外公,这回他们该投降了吧?"

方英达脸色阴沉了下来,"他们的武器很厉害,小柱子扔石头很准,第一个就打在一个美国兵的头上。"

丫丫忙问:"打死没有?"

方英达叹口气,"没有。只听当一声,正好打在钢盔上。接着,敌人的枪就向我们扫来,小柱子当场就牺牲了。我只好命令部队抬着小柱子的尸体撤退。"

丫丫擦擦眼睛,"多可惜,小柱子叔叔还会唱山歌呢。爷爷,你们很勇敢,可为什么打不过美国兵呢?"

方英达说:"问得好。那一天爷爷就明白武器也很重要。"

龙龙说:"后来呢,外公?"

方英达说:"外公累了,下次再给你们讲。"

方怡从朱老太太手里接过一碗药,走过去递给方英达,"刚好能喝。"

方英达说:"不是说不能喝酒吗?"

朱老太太说:"这是偏方,偏方治大病,快喝了吧。饭也快好了。"

方英达顺从地喝了药。

方怡拍拍两个孩子的头,"出去活动活动,准备吃饭。爸,你搞这次演习可以入吉尼斯大全了,中间还歇歇,还可以休假。"

方英达道:"水无常形,兵无常法。只要能把部队练出来,这有什么不可以?"

方怡问:"听说范英明递了辞呈,有没有这回事?"

方英达说:"上午我收到电传过来的辞呈。"

方怡又问:"你们是不是打算换掉他?"

方英达道:"这个位置很重要。它的重要性我也是逐步认识到的。战争年代,一个团长指挥一个师作战,一个电话通知,问题全解决了。用不用英明,有些分歧。我只是没有想到他会打退堂鼓。"

小英在餐厅门口喊道:"爷爷,姑姑,吃饭了。"

方英达接着说:"朱海鹏所处的环境要单纯得多。如果把他放到 A 师,他可能一点都发挥不出来。"

方怡洗着手问道:"朱海鹏回来没有?"

方英达擦着手道:"昨天就回来了。"

方怡带点气说道:"这个朱海鹏也太不近人情了。回来两天,也不来看看他老妈。"

方英达道:"他总得先把正经事办了吧?"

方怡拉出一把椅子,"爸,你这话可不对,噢,看老母亲就不是正经事?大妈,你们海鹏回来两天了,也不来看看你和丫丫。"

朱老太太盛着饭说:"他在干大事。我在这儿天天像过年,他有啥不放心的。"

方怡给丫丫夹了一只鸡翅,咕哝一句:"我看他未必在干什么大事。"

朱老太太看看丫丫,丫丫忙把鸡翅夹到龙龙碗里。两家人安安静静吃了起来。

第二天上午,方怡处理完几件急事,想找朱海鹏咨询一下,没想到又来了一位不速之客。

范英明很坦然地走进了昌达公司的大楼,在大正衣镜前,作了几秒钟的停留,然后迈着标准军人的步子走过铺着地毯的走廊,进了总经理办公室,声音洪亮地对女秘书说:"我来还东西,麻烦你通报一声。最多占用十分钟。"

方怡听说范英明来了,亲自开门迎了出来,一见范英明精神抖擞的样子,微微感到意外。

范英明道:"是在外边谈,还是到里边谈?"

方怡笑了一下,"请进吧。如果我事先没获得足够准确的情报,我肯定会祝贺你凯旋了。"

范英明把两只微波跟踪仪放在方怡的办公桌上,"完璧归赵。我们重新成为朋友后,这次合作让我终生难忘。没有你的支持,我就要当一次货真价实的俘虏了。"

方怡略带惊讶地道:"你好像变了很多。从前,你一般会把走麦城的事当作隐私珍藏着。难道虚假的战争也能洗礼灵魂?不可思议。"

范英明说:"长话短说,九点钟你爸爸,当然也是我爸爸要和我谈话。"

方怡说:"你竟写了辞呈,这是我没有想到的。一般来说,这种辞职的事在军队都不会有太好的结局。要么会认为辞职人是个懦夫,要么会认为辞职人在持什么要挟什么,都不怎么讨人喜欢,都要被打入冷宫。"

范英明道:"我不是个爱冲动的人,这点没有改变。你爸爸骂我们蝇营狗苟,裆里没长卵子,我觉得必须这么做,就做了。"

方怡味味笑着,"我爸能骂出这种粗话,可见他是真生气了。挨了这样的骂,倒把你骂精神了,真是个奇迹。恐怕是爱情的力量吧。"

范英明问道:"我不懂?"

方怡叹口气:"或许我们离婚真的不是时候。如果能让你继续当司令,复婚也不是不可以考虑,可惜的是怕来不及。"

范英明愣怔住了,"怎么会有这话? 我更不懂了。"

方怡叹道:"我为你背了很大一口黑锅。昨天,一个爱着你的小姑娘,就在这间房内,把我批个体无完肤。把你现在面临的困境,一一说了。我是个恶人,对你不忠,不合时宜地抹掉了你的靠山背景……"

范英明打断道:"这是怎么一回事?"

方怡微微耸耸肩道:"我想想她说的确实有道理,这口黑锅我也只能背着。小姑娘要把你从火坑中拯救出来,要给你一个可以更加持久依靠的靠山,给你年轻美貌。人挪活,爱情可能也这样。你遭遇爱情了,就是这么回事。"

范英明看方怡不像在说笑,认真起来,"你越说越玄了。这个姑娘是谁? 替我想了这么多,我怎么一点都没感觉到?"

方怡暧昧地笑笑,"咱们从前是夫妻,现在是朋友,你的性格我总能把握吧? 如果你周围没出现一个你看得上的女人,在这种时候你不可能这么自信。你就是坦白了,我能坏了你的好事?"

范英明道:"我当然没准备做单身贵族。你的眼光也不错。是遇上一个挺投机的女人,可一个三十出头的上校记者,怎么说也不是一个小姑娘了。再说,也只是她回北京那天早晨,我才感觉到点什么。"

方怡继续笑着,"战场失意,情场很得意嘛。这个小姑娘,也不是我捏造出来的。她就是刚刚升任军区空军司令的邱将军的女儿邱洁如。"

范英明惊得退了一步,"这算什么事,她不正和我们师的唐参谋谈吗?"

方怡说："吹了。昨天下午,她就站在这里告诉我,她要马上做给我看看。这个邱洁如,可是那种说得到做得到的女孩子。她说不定会给你闹出点战场绯闻。"

范英明也感到事态严重,"我想起来了,她好像一直在找机会接近我。这,这,我一直把她当个小孩来看哩。"

方怡说:"要是早婚,你是能把她生出来。可她不是小女孩了。你大她十几岁,也不算大。"

范英明火了,"你这是什么话!一个师参谋长,和一个师作战参谋的女朋友扯不清楚,算什么?我得马上把这件事处理了。"

方怡抬头看看墙上的电子钟,"你满桌子都是烫稀饭,还是一碗一碗吹吧。我爸一向是个守时的人。"

范英明拿起自己的黑皮包,匆匆下了楼。

开车到军区门口,朱海鹏用车把范英明拦住了,探出头说:"看来你是成心要成全我了。"

范英明说:"让开,我现在不想和你啰唆。"

朱海鹏道:"你这时候写辞呈,是对整个演习不负责任。A师的情况你不是不了解。"

范英明看一眼手表,"你开什么玩笑,快点让开,要赶不上了。"

朱海鹏说:"缩头乌龟都敢当,迟到几分钟怕什么?我刚从方副司令那里出来。你认为除了你之外,A师还有人能和我交手吗?"

范英明骂道:"我就是看不惯你这副嘴脸。我知道该怎么做。"

朱海鹏倒着车说:"收回辞呈,回到你的位置上。我不会对你手软的。"

范英明踩一下油门又踩一下刹车,脸几乎贴着朱海鹏的脸说:

"走着瞧吧。"

朱海鹏说："你应该把唐龙任命为你的参谋长。我觉得你们俩可以互补。"

范英明说："你操心操太多了。"

猛一踩油门，吉普车蹿了过去。朱海鹏气得捶了一下方向盘，摇摇头开车走了。

方英达看看办公桌上的方形小闹钟，翻了范英明一眼，"真像是要撂挑子不干了。在我的记忆里，这是你第一次迟到。"

范英明答道："我一直在履行红军司令的职责，未敢有丝毫松懈。"

方英达猛地站了起来，"就是布置那个什么联谊会吗？你们搞的什么名堂！你是不是要解释你投了反对票？"

范英明道："恰恰相反，这是我最先提出来的。形式虽然不好，可它是必须的。"

方英达问："理由呢？"

范英明说："A 师在演习中暴露出的问题，不是偶然的，也不是孤立的。整个军队在社会中也不是孤立的。每年全国吃掉一千多亿，谁都知道这不仅仅只是个浪费问题，可还在吃。A 师刚刚大败，如果仅靠命令，谁愿意把自己的全部压在它能重新站起来上？我知道这么做是一种妥协。可是，就现在这种状况，不妥协情况可能更糟。要改变现实，前提是必须先正视它，而且不能急于求成。"

方英达用手梳了梳头发，"你基本上说服了我，这也是我知道了这件事没有制止的理由。国情、民情、大环境，军队都在其中。该说说你这份辞呈了。"

范英明道："请你相信它不是心血来潮，也不是怕承担责任。"

方英达说："现在它还在我手里，还没有到军区常委会上。你考虑没考虑过从我这里把它收回去？朱海鹏刚才还劝我让你收回辞呈。"

范英明很果决地回答："我不收回。"

方英达沉默了一会儿，"它在常委会上，可能会引起一些误解。我仔细读了它之后，我觉得你能在这种时候写出这样一个东西，是一次飞跃。但这种形式，容易让人想到推卸责任。"

范英明道："红军这次失败，应该说每个人都负有一定的责任。我作为红军司令，必须向上至军区党委下到普通士兵表明我的态度。这种公开表达，可能会成为全军反省的起点。"

方英达接道："所以，你就不惜把你可能是无意识做的事，都写成是有动机的。如果军区接受了你的辞呈，甚至于拒绝你的辞呈而做出把你免职的决定呢？你准备怎么办？"

范英明回答："我可以做参谋长、作战科长，甚至一名普通的作战参谋。"

方英达道："如果拒绝你的辞呈，继续让你当红军司令，你有多大把握把 A 师带到它应该到达的地方？"

范英明说："蓝军会更强，我想不管出现任何结局，都会有利于 A 师将来的发展。"

方英达道："你可以走了。我会把你的这些思想，转达给每个常委。决议，最终只会有一个。你已有所准备，很好。"

范英明敬个礼，转身往外走。

方英达又叮嘱道："选个部队办的娱乐场所，不要喝烈性酒。"

范英明总算把这一碗稀饭吹凉了，喝下去会是什么感觉，眼下还顾不上想，因为邱洁如添加的这碗热稀饭弄不好就要烫着了。

邱洁如遭方怡一番抢白，决心在 C 市就向范英明求爱。她甚至已经想象出一出戏：挽着范英明的胳膊，步入方怡的办公室，恶毒的话也用不着说，只用笑着说声拜拜，当然还要加一句：我们要出征了。为了坚决和方怡这种同时踩几只船的女人区别开来，邱洁如决定先要把和唐龙的关系作个彻底了断。邱洁如出现在西南证券交易厅门口的时候，唐龙正在买进股票。

唐龙拿起一个话筒，输进一个密码，说："买进天龙五千股，买进蓝田一万股，买进稀土五千股，都按现时卖出价。"

一个穿着十分考究、丰满性感、很漂亮的少妇跟在唐龙后面，马上输进一个密码，说："买进天龙三万股，买进蓝田六万股，买进稀土三万股，都按现时卖出价。"

唐龙有些惊讶，不觉看了看这个少妇。

少妇很甜地朝唐龙笑笑，正要说话，邱洁如风风火火闯到两人中间，郑重其事地说："唐龙，我想和你谈谈。"

唐龙说："你没看我正忙着吗？"

邱洁如扯着唐龙的西服袖子，不由分说，把唐龙拉出交易厅。

少妇看看显示屏，一拍手道："真神，又涨了。"马上跟了出去。

唐龙说："你要说什么，快点说。"

邱洁如说："这几年我们没闹什么别扭，对吧？"

唐龙说："除了最近一段，无可挑剔。"

邱洁如说："如果我提出正式分手，你还会把我当成好朋友看吗？"

唐龙不说话，掏出烟点上了。

邱洁如说："我不是闹着玩的。你说呀！"

唐龙说："当然是好朋友。我们的合作也不会受到影响，法拉利跑车将来还是你的。"

邱洁如说："够意思。那从现在起，咱们就算解除恋爱关系了。昨天我还在犹豫，可我总不能同时爱两个人吧？虽然你最近屡次伤害我，可我也恨不起来你。所以，我们起码还可以做好朋友。"

唐龙说:"我说过,你想看风景,尽管出去看,我对你的态度永远也不会改变。其实你对这风景一无所知,去看什么看。我很可怜你。"

邱洁如平静地说:"别说这种伤朋友感情的话。快二十一世纪了,你也想开点。书上说,七步之内必有芳草。"

唐龙说:"书上还说,弱水三千,我只取一瓢饮。你是我二十九年来,惟一爱的女人。我看你这次旅游,凶多吉少。碰得头破血流,千万别想不开,回到我这里,你仍然是我的惟一。"

邱洁如扑哧一声笑了,"这话有点酸,几天前听到,我还会感动感动,现在听,我只是可怜你。我知道你心里苦,就别再提这虚劲了。我说过话,发过誓,我总要做,而且一定要做成。"

唐龙一直忍耐着,"那就祝你好运了。"

邱洁如走了一段又扭头说:"晚上你可要去'红玫瑰'呀。你不露一面,你就说不清你这几天在干什么。对了,方怡让我告诉你,她的公司愿意聘你当一个部门经理。"

唐龙看着邱洁如上了出租车,终于爆发了,一脚朝一个电线杆踢过去,骂一声:"操你奶奶!"

性感少妇走上来说:"唐龙,小心崴脚。"

唐龙面部肌肉扯一下,"是你。你怎么会知道我的名字?"

少妇有点挑逗性地笑笑,"先不给你说。那个兵妹子是你的女朋友吧? 好凶!"

唐龙心里苦不堪言,忍不住说道:"飞了,要飞高枝了。"

少妇道:"什么年月了,还为失恋烦恼! 不值得。你去看看大盘情况,再有半个钟头就收盘了。昨天的你出不出手?"

唐龙说:"谢谢你提醒。今天必须出手。"

两人回到交易厅,大盘显示屏上,两人买到的三种股票仍在上涨,半个小时已经涨了百分之七左右。昨天买的一种股票快涨停了。

唐龙马上到边上自动交割台,输入密码后拿起话筒说:"天南一万股全卖出,按现时最低买入价。"

少妇说:"快涨停了,一般涨停,第二天都要再涨个百分之二三,明天卖不是赚了手续费吗?"

唐龙说:"你卖了吧。"又输了一次密码,"白金五千股,现时最高卖出价买进。"

少妇迟疑道:"白金正在跌。"

唐龙说:"小姐,决定权在你。"

少妇马上抢占一个位置,敲一阵键盘,"天南六万股,按最低买入价全卖出;按最高卖出价,买进白金三万股。"放下电话,"唐龙,你先别走。你不想知道我为什么老跟着你买卖?"

唐龙确实憋闷得不行,本来打算出去找个小酒馆喝点酒解解,见一个美貌少妇有心搭讪,潜意识已经开始左右行动了,脱口说道:"我是今天才发现的。从你今天的交易量可以判断出,你的资金至少在一百二十万以上。我不明白你为什么不到大户室去。那里机会总是多些。"

少妇又是那么耐人寻味地笑笑,"我家在'锦绣花园',不远。想不想到家里喝杯咖啡?"

唐龙想都没想就说:"可以。"

两人相跟着进了一套四室两厅的单元房。唐龙看看有点过分奢侈的大客厅,盘脚坐在铺着真丝地毯的日式榻榻米上。少妇拿来一瓶路易十六,放下两个高脚酒杯,歪头说:"咖啡还是煮的好。酒是加冰加水?"

唐龙说:"冰,加小块。"发现少妇已经脱了外套,线条原形毕露,没有多看。

少妇举着酒杯说:"我得敬你一杯,表示我的感谢。"

唐龙不解地问:"你为什么要谢我?"

少妇说:"是你救了我呀。我嫁过一个日本老板,实际是做小,我不干了,他给我留了一个儿子、这套房子和五十万人民币。"

唐龙说:"你很直率。"

少妇又是那么笑一下,这回又加了些形体内容,"那要看对谁了。富日子过惯了,就特别怕受穷。想着要坐吃山空,就带着五十万去了大户室。不到仨月,净赔二十万。"

唐龙说:"常见的悲剧。"

少妇说:"有一天,手又痒了,我想到散户厅碰运气。那次看见你,心里一动。我想就跟着你吧。快两年了吧,你总共来做了二十八次,失手六次,我的三十万就变成了现在的近一百五十万。"

唐龙大吃一惊,"我有时可是几个月不来一回呀,你不也在做?"

少妇拎了咖啡壶过来,"加不加方糖。"

唐龙说:"不加了。"

少妇说:"我单独做过三回,赔了七万多。后来我就认准跟你做。每次大盘振荡,我都望穿秋水一样,每个交易日都去盼你。没想到你今天能坐在这里。我想这种场面想了不下一百回了。"

唐龙端起酒一饮而尽,"那我就坦坦然然喝你这酒了。真是无奇不有。"

少妇无声无息地又把唐龙的酒杯加了大半杯,"我这个人相信缘分。你看,你救了我一命,我正愁这辈子无法还你这份情,今天就碰上你女朋友把你甩了。这么看,我说不定也会是你的福星呢!"

唐龙叹了一口气,又喝一大口酒,"我也该谢谢你。这些日子可真难熬哇。"

少妇不失时机地说:"凭你那脑子,还愁发达不了? 以后回市里,常来家里坐坐。天下好女人多的是,也别想不开。"

唐龙头有点发晕,看到少妇又要倒酒,站起身说道:"晚上还有事,不能再喝了。谢谢你的酒和咖啡。"

少妇有些失望地说:"什么时候还能见面?你再来,我给你做生鱼片吃。"

唐龙拉开门,推开防盗铁门,扬扬手道:"明天交易厅见吧。"

唐龙沿着锦江漫无目的地走着,天色渐渐黑了下来。

"红玫瑰"歌舞厅已经成为兵的世界。冷餐杯酒会和舞会合在一起进行着。

刘东旭举起酒杯,站在麦克风前大声说道:"战友们,朋友们:很高兴大家来出席本师今晚举办的酒会。现在请我师参谋长、演习红军司令范英明致祝酒词。"

范英明新刮的脸在灯光的照射下泛着紫青色的光,侧面看去很像一尊青铜雕像。邱洁如独自一人坐在角落,目光一直落在范英明身上。

范英明微笑着环视一下来宾席,"这个祝酒词很不好说。俗话说,败军之将,不可言勇。各位都是配合我军下一阶段演习的兄弟部队的主官。我衷心地希望你们能亲自带部队参加演习,因为我们需要你们的精锐部队。我丝毫不想回避我军现在面临的困难。对手非常强大,荟萃了全军区最尖端的部队和出类拔萃的人才。下一阶段演习,仍将非常艰苦。"

偌大舞厅早变得鸦雀无声,很显然,谁都没料到范英明会讲出这番话。刘东旭有些尴尬,有些焦急,不停地对范英明使着眼色。

范英明略作停顿,神色越发凝重起来,"我也不想隐瞒我自己的处境,几天前,我因为在演习第一阶段指挥不力,向军区提出了辞呈。也就是说,这可能是我最后一次以红军司令的身份和诸位说话了。在这种情况下,谁都会考虑周全一些。诸位所率领的部队,都像 A 师一样,是军区的精锐主力。大家都清楚,主力应该是能打胜仗的部队。A 师输不起了,你们也输不起。"

空气像是完全凝固住了。

范英明举起酒杯,"怎么办?喝下这杯酒,精诚团结,尽遣主力,打赢演习。我们别无选择,你们同样别无选择。干!"扬起脖子干了。

"干!"几十个人齐声喊着,碰出一片脆响。

邱洁如轻提雪白长裙走到小舞台旁边,朝一个身穿演出服、高大丰满的女人挤了挤眼睛。女人同谋一样心领神会,同样挤挤眼睛。邱洁如咬咬嘴唇,像一条小鱼一样穿过人群,向正在举着酒杯和几个上校、中校谈笑的范英明游过去。

刘东旭又一次站在麦克风面前,"诸位,今晚我们荣幸地请来了军区歌舞团的歌唱家、舞蹈家、演奏家为大家助兴。下面请著名女高音歌唱家董娜小姐为大家唱一首老歌,《血染的风采》,大家欢迎。"

掌声过后,董娜拿起话筒说道:"刚才,范司令作了一个别开生面的祝酒词。他和邱洁如小姐还为大家准备了一段双人舞。大家欢迎。"

又一阵掌声响过,乐曲的前奏跟着响了。邱洁如一个闪身,扯起裙裾,微笑着向范英明做出一个邀请的姿势。这种突然袭击,让范英明不知所措。在此之前,他一直幻想着方怡讲的事只是她个人的杜撰。当他近在咫尺面对邱洁如时,他发现姑娘眼中盛满的确实是爱情,下意识地后退了一小步。如果这时候他拒绝邱洁如的邀请,今天所有良苦用心,都将付之东流了。范英明只能向前走一步,把邱洁如拥入了舞池。邱洁如在用全部身心投入到舞蹈中,范英明身板僵直,面部毫无表情,一副视死如归的架势,这种极度的不和谐,和《血染的风采》这首歌融在一起,竟达到了近乎完美的和谐。他们俩在舞池走了两个来回,掌声就雷鸣般地响起了,里面还夹杂着一些情不自禁的叫好声。范英明忽然就想起那个背着背包走在山路上的孤傲难驯的上尉,目光不停地朝人群里扫着,手心不觉渗出汗来,确信唐龙不在舞厅里,才渐渐坦然一些。

此时,唐龙正在门外,隔着玻璃目不转睛地盯着像一只白精灵在舞池中飘来飘去的邱洁如,面部表情充满着悲苦和绝望。

朱海鹏走上楼梯,看见一身西服、独自站在门外的唐龙,兀自一愣,"小唐,你怎么不进去呀?"

唐龙很难看地笑笑,指指门里面的两个卫兵,"我忘了穿军装了。你怎么来了? 你出现在这里不太合适吧。"

朱海鹏饶有兴趣地盯着舞池中的范英明看了一会,"我是来看看范英明是不是草鸡了。看来这小子活过来了。那位小姐是谁呀? 想不到范英明英雄加美人的戏也演得不错嘛。"

唐龙拉着朱海鹏往楼下走,"你别让他们看见了。多事。上次在车上身边有克格勃,没谈尽兴,我请你到对面喝杯咖啡,再聊聊。"

朱海鹏抬腕看看表,"我只有二十分钟时间,常师长和童部长已经约好了。那个女克格勃和你的关系好像不同一般呀,伶牙俐齿,不像是个寻常人物。"

唐龙叹息一声:"那都是历史了。"

两人走进"苦咖啡"咖啡屋。小店内西洋装潢,桌子是用原木拼成,只有七八张,一个长发披肩的姑娘正用安了弱音器的小提琴在拉一首如泣如诉的曲子。

朱海鹏看没几个顾客,又都是孤男寡女,自言自语说:"咖啡本来就苦,前面再加一苦字,立意不俗。环境优雅,却太过伤感了些。顾客不多,只怕价格不菲。"

唐龙拍出两百元,又添二十元,放在桌子上,"百元一杯,再加百分之十小费。不过,你可以坐上一个通宵。这是本市白领以上阶层孤男怨女的一个好去处。"

朱海鹏受环境感染,不觉就想到了和江月蓉那种剪不断理还乱的关系,叹了一声:"是一个绝点子。我也得记住这个地方。"

唐龙淡淡一笑,"听说方家小三有意要和你结秦晋之好,把你妈和女儿都接家里了,是不是真的?"

朱海鹏苦笑着摇摇头,心里猛地一沉。唐龙这种提法,恐怕已经广为流传了。他咳一声道:"表面是这样一个表面,外人哪里知道里面包的是苦水呀。方副司令要断我到地方后路,接来了老母和小女。我又不能把她们接到 C 师山沟里去。害得我这几天是三过方府门,也不敢去看老母。"

唐龙呷了一口咖啡,咂嘴说:"苦啊——你总算比我强些。我是梧桐枝叶稀,挡不住俊鸟飞高枝。"

朱海鹏也呷了一口,也咂嘴说:"真苦!小唐,不瞒你说,情场上的事,我是一塌糊涂。这几天我一直在给自己打气,要打一场攻坚战,可一直信心不足。"

唐龙恍然大悟,"我想起来了。是那个江月蓉。怪不得你说苦。我有个朋友在试飞团,江月蓉可是试飞团的模范妻子。她立志守节,是块大牌坊呀。"

朱海鹏怔了怔,问道:"你的消息可靠吗?"

唐龙说:"敌情不明,你这攻坚战怎么打?江月蓉要算是个新闻人物,我说这些已经算不上什么情报。这个仗可不好打。"

朱海鹏自言自语道:"怪不得她总是吞吞吐吐。"

唐龙呷口苦咖啡,"要是陷得不深,我劝你撤了算了,爱一个人而不能得,那才是最苦的事。如今,你如日中天,和江月蓉恋爱恐怕弊多利少。"

朱海鹏嘿嘿笑道:"方中将前些天说我有小农意识,可能真有吧。实话实说，我还是把幸福看得比较重要。只要她能同意，我不过是多承受点舆论攻击。这些话，切忌外传。"

唐龙说："放心吧。我祝你成功。看来你是爱上了。爱上了，就拔不出来了，我理解，太理解了。"

朱海鹏看看表，起身说道："或许演习结束，我也是这里的常客了。不过，我不会放弃。"

朱海鹏走后，唐龙一个人又呆坐一会儿，出了"苦咖啡"，去了"红玫瑰"。刚刚踏上直通二楼的楼梯，唐龙就看见邱洁如一脸灿烂的绯红，和范英明一起走出舞厅，闪进一间休息室。唐龙向上跨了几步，身子渐渐软在扶手上，眼里燃起了火苗，猛一转身，噔噔跑出"红玫瑰"，冲到马路边，扬扬手。一辆出租停了下来。

唐龙一脸怒容坐上去，"'锦绣花园'。"

出租车载着一团烈火一样燃烧的唐龙，驶入霓虹灯诡秘闪烁着的不可知的都市夜景里。

"红玫瑰"歌舞厅的休息室里，一场还无法预料结果的男女独对刚刚拉开了帷幕。

范英明一脸怒容，严厉地说："邱洁如同志，你太过分了！你这是什么意思？"

邱洁如一派天真地仰着桃花灿烂的脸，"范司令，我做错了吗？我陪你连着跳了几曲，难道你没看到效果多好？"

范英明托着下巴原地转着，"你今天的任务是负责服务接待，应该去请那些兄弟部队的同志跳舞。谁让你穿了这身衣服？"

邱洁如大胆地盯着范英明说："服务和接待组织得不好吗？歌舞团全部精英出动，来为一个战败者的酒会义务捧场，做错了吗？也没有谁规定今天必须穿军装呀？"

范英明不由地提高了嗓门："你这么做后果是严重的！"

邱洁如嘻嘻笑起来，"不就是有人认为我是你的女朋友吗？

值得你发这么大火。没人疼、少人爱、灰头土脸的司令引人注意呀,还是这种无限风光的司令引人注意? 这次活动目的不就是让人家在演习中动真格的吗? 我的功劳至少有一小半,你应该表扬我才对。"

范英明急得有点语无伦次了:"你这都是诡辩! 你并不是我的女朋友。"

邱洁如紧接道:"这不是演戏给他们看。从此以后,我就是你的女朋友了。我这种方式选择得还不错吧?"突然间深情地望着范英明,干脆利落地说:"我爱你。我想借这个机会让全世界都知道这件事。"

范英明惊得身子朝后一仰,黑着脸说道:"邱洁如同志! 你这些话是不负责任的,也是危险的!"抖着手点了一支烟。

邱洁如很坦然地说:"这话是我深思熟虑的结晶,它一点也不危险。你单身,我也单身,法律保护,有什么危险?"

范英明吐了一口烟,彻底冷静了,指着对面的沙发说:"邱洁如同志,我命令你坐到那边去。你既然很尖锐地提出了这个问题,咱们今天就得把它彻底解决了。"

邱洁如答道:"是。"过去坐在沙发上。

范英明问:"你对我了解多少?"

邱洁如说:"不少吧,剩下的以后慢慢了解。"

范英明说:"我脾气古怪,喜怒无常,生活恶习很多,这些你知道吗?"

邱洁如说:"我都可以适应。"

范英明急了,"咱们长话短说吧。爱情是相互的,不能剃头匠的挑子一头热,对吧?"

邱洁如说:"感情是可以培养的。"

范英明不敢再耽搁了,"你对我产生这种不正常的感情,方怡都对我说了。我也可以负责地告诉你，我永远只会把你当个小妹妹看，永远也不会爱上你的。"

邱洁如惊讶地站起来，"你和方怡还有来往？"

范英明说："有些事，你这种年纪根本无法理解。你是因为觉得我被方怡无情地抛弃了，出于一种义愤和同情，才产生了这种虚幻的感觉。你想拯救我。你看我真的像是一个可怜虫吗？"

邱洁如说："你在骗我！"

范英明咬咬牙说道："我和方怡不仅有来往，而且正在商谈复婚问题。这个问题是她提出的，我还在犹豫。什么原因你可能也知道，那个秦记者和我也正在谈这个问题。所以，我觉得你必须马上斩断这种不正常的感情。你这么做，对唐龙也是个伤害。你要珍惜他。"

邱洁如早泪流满面了，突然间歇斯底里地叫着："你住口！住口！你这个骗子，骗子——"掩着面，提着裙裾，狂奔而去。

范英明两腿一软，朝沙发上一坐，如释重负地长呼一口气。方法虽然粗暴无礼，但总算把这碗滚烫的稀饭吹凉了。

唐龙这时已经到了下午刚刚邂逅的性感少妇楼下。他坐在车里，迷茫的目光直射一个亮着灯的窗户。透光的白窗帘上，不时出现一个女性线条清楚的剪影。

出租司机小心地看了唐龙一眼，怯怯地问道："到了，下车不？"

唐龙又看一眼那个动人的剪影，摇摇头，懒心无肠地说："走吧。"

出租司机调转车头，扭头问道："先生，这回去哪里？"

唐龙瘫在椅子上，无力地抬抬手，"随便。在城里随便转转吧。"

城市的夜，悄然迈入纯私人生活的时区。

刘东旭和高军谊坐的吉普车在电缆厂门口停了下来。

刘东旭说:"老高,还是回去看看吧。"

高军谊说:"政委,忙成啥样了,我还是回招待所看看还有什么没安排好。"

刘东旭推了高军谊一把,"你这几天只睡了几个小时? 别让胃病又厉害了。事儿也办得差不多了,明后天就得走,你不回去看看,嫂子说不定还有别的想法呢!"

高军谊不再推辞,开门下了车。

母女俩正准备睡觉,一见高军谊回来,小兰便懂事地挪过饭桌,在空地方支钢丝折叠床。

桂玲帮高军谊脱着军装,"说是还得去? 要多长时间?"

高军谊坐到一个矮小凳子上,"多久打赢了,多久回来吧。真是累呀!"伸个懒腰,便看见了破旧碗柜上放的微波炉,腾地站起来,"这又是谁给的?"

桂玲嗔怪地剜了高军谊一眼,"那可是小兰挣的。她们经理说她这个月贡献大,奖励的。不信你再问问小兰。"

高军谊将信将疑地看看微波炉,看着小兰问道:"是真的吗?"

小兰眼含惊惧地看了高军谊一下,低头小声说:"是。"

桂玲接道:"小兰这一段表现可好了。还准备攒钱自己当老板呢!"

高军谊慈爱地看着小兰,伸出手在女儿的头上轻轻地拍打着,动情地说:"兰子呀,爸如今操的心都是为了你呀。你可一定要争气。"

小兰身子一抽一抽,呜咽起来。

高军谊说:"好端端的,哭啥?"

小兰忍着哭,断断续续说:"上,上初中后,你,你除了打我,再,再没这样拍过我的头,呜呜呜——"扑在小床上小声抽泣。

高军谊看看自己的右手,"是这样吗?"

桂玲一看高军谊情绪不错,就从床底下把五千块钱拿出来,"军谊,这是小王给的五千,说是你帮他做生意该得的信息费。"

高军谊面露惊惧,一把夺过钱,"这种钱你们也敢收?你们,你们胆子太大了。"

桂玲忙说:"人家扔下就走,我追不上。你一回来,不就给你说了吗?你想还,就还了。"

高军谊摇晃着走到墙角一个箱子前,打开箱子取出一个破军用挂包,从中间掏出四五枚军功章,几个小红本,嘴里说:"王胖子呀王胖子——"

桂玲说:"你翻这些东西干啥?"

高军谊把五千块钱和那些东西一起放进挂包,说:"老娘们儿懂啥?我要把这带上,这记载着我的光荣历史。"摸起两个黄锃锃的子弹,"第一次立功是射击比赛拿了奖。这两颗子弹是我藏起来作纪念的。那时我是个班长,却在手枪比赛中得了第一。我就想这回能提干了。"举着一颗子弹对着灯看看,"就是这手枪子弹改变了我的命运。提不了干你们能进城?"

桂玲说:"神经病。我们娘儿俩沾了你的光,都记着呢!用得着三天一提两天一说。"

高军谊又把钱掏出来,"你们娘俩听着,这钱我要还给他。他们再给什么东西,你们一定不要接。听清了吗?老子辛辛苦苦干了二十几年,不能毁在这钱上。"

桂玲捣了高军谊一拳,"听清了。啥时候了,睡吧。这一走,又不知啥时才回。"

高军谊收好东西,不留神溜了一句:"一个人睡真不好受。"

桂玲掐了高军谊一把,脸红了。

小兰适时地把屋内的布帘拉上了,躺在小床上,大眼睛睁着,一眨一眨,一眨一眨,眨了一会儿,就来回翻身。

真是家经都难念呀!

第 十 三 章

朱海鹏在打响对江月蓉情感攻坚战之前,算定方怡不在家,驱车去方家探望自己的老母亲。他实在不想在这个时候和方怡搞出节外生枝的故事。朱老太太照例在洗衣服。朱海鹏在大门口和卫兵敬礼还礼时,看见母亲搭晒衣服时,被风吹起的头发在太阳的照射下竟也衍出很纯正的银白了,心里不禁一颤。自记事以来,他每次见母亲,年轻年老的她无一例外地都在做着这样那样的事情,便是在北方滴水成冰的寒冬里,母亲蹲在向阳的墙根下借着太阳取暖,手里从来也没有少过针和线。这种瞬间的联想接着就在他心中形成一股感觉起来十分复杂的暖流。他来不及细想这股暖流包容着什么样的情感,就冲动地奔跑几步,站在离老太太很近的地方动情地喊了一声:"妈——"

老太太身子微微一抖,转过身就是一巴掌,骂道:"爹都当十来年了,还像小时候一样费事。要回来,咋不先挂个电话哩?"

朱海鹏笑着说:"我待不了多长时间,部队事儿忙,走不开。我一会儿就走。"

老太太说:"连丫丫也不见见?也不赶个吃饭时间回来,连妈做的一口热汤也喝不成。你是干大事的,小事也顾不到了。听方姑娘说这仗还要打下去?"

朱海鹏点点头，"是要打下去。"

小英又端出一盆衣服，猛见是朱海鹏，兀自一惊一笑，"朱叔叔回来了，中午在家吃饭吗？"

朱海鹏说："我待不了多久的。"

小英一听，慌忙放下衣服，跑到客厅拨了一个号码，警觉地看着门口，"急呼15184，留言朱已回来，不是猪肉的猪，是姓朱的朱，他是男的他，他说过一会儿就走，我想法留他。没有了，不用回话。"

朱老太太弯腰拎件衣服，"鹏儿，我有点犯糊涂，方姑娘咋说你们是自己人打自己人，你还把老司令的啥子老部队打败了？这到底是咋回事？"

朱海鹏说："妈，这事三言两语也说不清楚，是和打仗不一样，是练兵的一种方法，也不会死人。你弄明白不弄明白都没关系。"

老太太瞪了朱海鹏一眼，"屁话！你妈一辈子都是一个明白人，啥事都是要弄个一清二白的。练兵我咋不懂？端着带尖刀的枪，一个弓步，张大嘴，这样把枪往前一送，杀——你以为你妈啥都没见过？"

老太太连说带比画，把朱海鹏和刚跑出来的小英都逗笑了。

朱海鹏说："对对对，就是搞这种训练。"

老太太突然把脸拉了下来，"对个屁！早知道是搞这种训练，该早给你说一声。老司令比你爹还大一岁，又得了绝症，咋能和你比？你争强好胜惯了，就不知道让着点？"

朱海鹏苦笑着说："妈，这要比你说的复杂得多。我，我咋对你说哩。"

老太太说："这忠孝节义仁，做人不可不讲。不是我说你，你这方面太差把火。这老司令和方姑娘，那是咱家的大恩人。以后凡遇事，都要让他们。听见没有？"

朱海鹏说:"听见了。"

老太太继续教子:"我和丫丫住人家家里俩月零一天了。吃人家喝人家用人家,你也不给人家钱。不是看你干着大事,我早叫你邮点钱回来了。"

朱海鹏登时觉得脸热辣辣的,忙从兜里掏出一叠钱,递过去说:"我身上就带了这个月的工资,你先拿着。"

老太太取了一小半,把剩下的还过去,"你爹死后,这家该你当,夫死从子,不能乱了纲常。我带个小钱,有时带两个娃出去,也好给人家外孙买上个冰糖葫芦的还人个榆钱儿大的人情。"

小英过来帮忙说:"朱奶奶说这也是学问。"

老太太说:"咋不是学问?海鹏已经是当了司令的男人,出门免不了要有些应酬,布袋里就不能空,空了就会丢人出丑。小英,你以后嫁了人,也要想到这一层。"

小英笑道:"朱奶奶,我记住了。"端了几个空盆子,"朱奶奶,咱们回屋里说吧。"

朱老太太说:"鹏儿,进去坐会儿吧。人家不把咱当外人,可别冷丁提出来给人家这钱那钱,丑气。人情要暗里还,明里做那叫买卖。"握着拳头捶着腰,"老了,不中用了,搓了两个床单,腰就酸得折了一般。"

朱海鹏扶老太太坐下,"有洗衣机,又没停电,用手洗干什么。"

小英沏着茶说:"朱奶奶嫌洗衣机洗得不干净,又说闲着也是闲着,还不如省点电。"说着话又给朱海鹏开了一个易拉罐。

老太太说:"居家过日子,省一个是一个。"

小英说:"朱奶奶,你陪儿子说会儿话,那屎壳郎我去焙。"

老太太看小英进了厨房,说道:"不干活,这心里不平呀。这样住人家家里,日子长了也不是个事儿。不沾亲不带故,咱凭啥?

再说呢,眼下是在打仗,我在这儿是照顾老司令家事,于理于情都站得住。可要是不打仗了,这方家我就不能住了。于情,我该照顾这个家,于理就大错了。老司令没老伴,我又是个寡妇,给人添闲言碎语,又坏我一辈子的清白。"

朱海鹏感到很难过,老人的尴尬心情他是没有考虑到。可眼下又只能维持这种现实,这很无奈。他喊一声:"妈——"又无话了。

老太太按照自己的思路说着:"梅兰也死了快两年,你也该再成个家。方姑娘对丫丫真像亲妈一样,对你像是也有意思。"

朱海鹏刚一张嘴,小英拿着一只削好的苹果走了过来,"朱叔叔,你吃苹果。"

老太太忙说:"小英,你忙你的,他这一走,又不知啥时回来,得商量点家务事。"看到小英退出了客厅,接着说:"她要是对你没意思,也不会天天顿顿给我和丫丫夹菜了。你要也有意,我就想个法子问问她。"

朱海鹏连忙说:"妈,我和她不合适。"

老太太愣了愣,"你是不是心里有人了?"

朱海鹏点点头。小英又拿个削好的梨走了进来,"朱叔叔,你再吃个梨吧。"

老太太不高兴地咂咂嘴,"喝茶吃梨,要闹肚子的。"

小英是铁了心要把朱海鹏多留一会儿,把梨递给老太太说:"又长学问了,你吃了吧。"

老太太迫不及待地探身子伸脖子小声问:"是个啥样的? 有没有方姑娘年轻? 长得好不好?"

朱海鹏说:"她男人三年前死了,如今和女儿过。比方怡年轻个四五岁。长得也好。"

老太太又问:"和方姑娘比一比呢?"

朱海鹏说："方姑娘是火，她是水。"

老太太一拍大腿，"对呀！你是水命，水火相克，怪不得你不常来。方姑娘还说你是在躲她。把照片拿来我看看。"

小英又拎了一串香蕉走进来，剥了一只递给朱海鹏，"梨不敢吃，吃个香蕉吧。"

老太太动气了，倚老卖老说："小英啊，这主人不在家，你做主拿这么多东西待客，主人会不高兴的。"

小英笑了，"朱奶奶，你看平日里我是不是这样？这些事我懂，找到这样的人家，不容易。朱叔叔把全家的东西都吃光了，姑姑只会夸我呢。"车转身走了。

老太太伸手道："快把照片给我看看。"

朱海鹏站起来说："妈，没有照片。我今天要去见她。要是顺利的话，这两天我就可以让你和丫丫都见到她。"

老太太忙说："那你快点去吧。不过，这方姑娘也是个好姑娘啊。"

朱海鹏说："她确实是个好姑娘。我上午已经跟人家约好了。"

小英从厨房闪了出来，"朱叔叔，你再等一会儿……中午在家吃饭吧。"

朱海鹏走出小楼，"小英，我上午确实有事，改天我再来。"

方怡路过广场边上，看着停放的车都不是 C 师的车牌，左转弯上了一条林荫道。

小英看见方怡的车，忙跑着迎了上去，"姑姑，朱叔叔刚走。"

方怡问道："你没说我要见他？"

小英说："他上午好像要见个什么人，可能还是个女的。"

方怡说："你怎么知道是个女的？"

小英说:"他们娘俩说了不少话,我拾着听到几句,都是说这个好姑娘那个好姑娘,朱奶奶还夸了你。朱叔叔说上午跟谁约好了。我想他肯定是去见个女的了。"

方怡敲敲方向盘,"你做得很好,回去吧。"

朱海鹏有意识的躲避,深深地刺伤了方怡的自尊心。方怡调转车头,很快冲出军区大院。方怡把车停在信息工程研究所大门对面的林荫道上,观察对面的动静。过了一会儿,江月蓉牵着小女儿从院中走出来了。方怡悄悄地在后面跟着,看见江月蓉在一家鲜花店买了一束白色马蹄莲,拦了一辆出租车坐上走了。方怡跟踪出租车出了城,看到出租车拐向烈士陵园,她放弃了跟踪,驶向另一条公路。她要去试飞团。江月蓉这个时候带马蹄莲去看望长眠在烈士陵园的丈夫,已经很能说明她和朱海鹏现在的关系处在一种什么样的阶段上。彻底断了朱海鹏对江月蓉的念想,在方怡看来已经不是件太难的事。

江月蓉确实处在犹豫不决的状态当中。朱海鹏那封长信她已经不知读了多少遍。知道朱海鹏回到 C 市后,江月蓉的矛盾心情已经达到了极致。谎称没有收到朱海鹏那封长达五千字的长信显然是不行的,因为那里面很多句子已经在江月蓉心里打上了抹不去的印痕。那么再见面,江月蓉就必须回答朱海鹏在信中提出的全部问题。几天来,江月蓉一直在等朱海鹏的电话。但当昨天晚上朱海鹏的电话终于打来时,江月蓉却以今天是丈夫三周年忌日,拒绝和朱海鹏见面了。早上一起床,江月蓉又一次陷入对朱海鹏声音的期待中。吃早饭的时候,江月蓉知道必须和过去的生活告别了。江月蓉带马蹄莲去烈士陵园的用意,显然不是方怡判断出的是对过去生活态度的一种坚守,具体是为了什么,江月蓉自己也不是很清楚,她只是强烈地感受到必须这么做。江月蓉牵着女儿的手,怀抱白色马蹄莲踩着依山而建的烈士陵园的台阶向上而行的时候,她终于明白了此行的目的只是为了告诉丈夫:她准备接受另外一个男人的爱情了。不是清明前后,也不是鬼节的时令,偌大的烈士陵园,看不见几个祭奠的人。兀自响一两声鸟叫,反倒更显出了空寂。

小银燕显然有些害怕了,黑眼珠子左右乱转,怯生生地说:"妈妈,咱们把爸爸接回去好不好?"

江月蓉猛地一怔,停下来问道:"为什么?"

小银燕道:"我想让他到幼儿园接我。爸爸离家太远了。"

江月蓉动情地把女儿揽在怀里,贴着脸说道:"你还小,还不知道死是怎么回事。"

小银燕用手指指身边的墓碑,"是不是睡在地下? 死不好,地下太冷了。妈妈,咱们把爸爸接回去吧!"

江月蓉无声地流了几滴眼泪,"银燕,人死了,就再也回不了家了。咱们没有办法把爸爸接回家了。你没有爸爸了。"

小银燕用小手擦着江月蓉的眼泪,"妈妈,你别生气,我不要爸爸了。"

江月蓉仰起脸叹口气说:"咱们再找个爸爸你要不要?"

小银燕说:"他会去幼儿园接我吗?"

江月蓉道:"会的。"

小银燕说:"那我要,下星期就要。"

江月蓉站起来说:"走,咱们给你爸爸说说,看他同意不同意给你找个新爸爸。他肯定会同意的,你说呢?"

小银燕拍着手向上奔跑着,"我有爸爸了,我有爸爸了——"

江月蓉和女儿折向一条石板小径,走了一段,都呆住了。刻有"试飞英雄陈天雄之墓"的石碑前拥着一片雪白的马蹄莲。朱海鹏正蹲在那里仔细地拔那些已经枯了的荒草。

朱海鹏从电话里听到江月蓉谎称今天是陈天雄三周年忌日

后,考虑大半夜,才决定走这步险棋。江月蓉会不会在今天来烈士陵园,朱海鹏不敢肯定,但他认为自己必须来这里和长眠在地下的陈天雄谈谈。如果江月蓉也来了,那就证明他们有走到一起的缘分,可以用行动逼迫江月蓉面对现实,给他一个明确的回答。如果江月蓉不来呢? 朱海鹏就不知道该怎么办了。从方家出来,他就把身上的钱全部买了人工培植的马蹄莲,驱车来了烈士陵园。

两个人站在那里默默地对视着,一切似乎都不用再说,都多余了。

小银燕小声嘟囔一句:"爸爸,你是爸爸吗?"

朱海鹏走过来,抱住银燕说:"你问问你妈妈,看她愿不愿意我是你爸爸。"

江月蓉弯腰把马蹄莲放好,伸手抚摸着石碑说:"天雄,你说呢?"眼泪又流了出来。

朱海鹏走过去,扶着墓碑,看着江月蓉说:"我和天雄已经谈了两个小时,他完全同意。我对他发过誓,我会向他学习,做一个好丈夫,好父亲。相信我,我一定能做到。"

江月蓉猛地转身向山下跑去。

朱海鹏抱着银燕跟了下去。

C师驻C市办事处在三年时间里已经发展成为一个颇具规模的经济实体。仅那个十八层三星级宾馆,每年就可以为C师创造三百多万的利润。当然,它现在名义上归集团军所有了,利润每年要分给集团军百分之四十。这倒不是常少乐为了某种个人目的讨好军首长,而是两年前军委已做出明文规定:禁止师以下部队直接搞生产经营。两年前,常少乐为了争得这百分之六十的利润,几乎得罪了所有军首长。那时,陈皓若等人都觉得这棵摇钱树应该完全归军部所有了。没想到常少乐并不要那笔一次性付给的固定资产折价的钱，硬要搞这种名义上属军部而实际上仍是属于 C 师的合作。常少乐不是不知道这样做的结果，会使全体军首长感到不快，并使自己失去一次和军首长走近的机会。他是想用这个有形的东西来证明自己的眼光。再说，他早已绝了把肩上四颗铝星星换成一颗金豆豆的念头。每当他路过 A 师那个十几年来越发显得破败寒酸的招待所时，他的心里就会涌出难以形容的快意。四年前，C 市的地价是每亩八万，现在同一地段的地价已涨至每亩一百二十万。他到 C 师后，独断的第一件事就是倾 C 师当时的全部余钱，买了七十亩地。同时，他又冒着可能上断头台的危险，通过在市工商行当行长的同学贷款一千二百万，使 C 师在四年前拥有了二百二十亩当时看来还很偏僻的土地。第二年，因为 C 市二环路的动工修建，这块地价突然就涨到每亩四十万。当时，他又忍痛转让了一百五十亩，还清了贷款，为修这个宾馆和启动 C 师的养殖和蔬菜工程准备了足够的资金。不管别人怎么议论他，他都一直认为这是一次成功的战役。常见的提法是商场如战场，常少乐以为这句话也可以反过来说：战场也如商场。

朱海鹏开车回到 C 师这个对外称作银河宾馆的办事处时，常少乐和训练部长童爱国正在打网球等他。

常少乐一见朱海鹏开车进来，招呼童爱国一起从铁丝网封闭的网球场里走出来。

常少乐笑呵呵地责怪说："你昨晚就失踪了，害得童部长上午等了你一个小时。"

童爱国道："昨晚海鹏在忙公务，我可以作证，至于今天他干了什么，让他汇报吧。"

朱海鹏说："数字化部队准备工作进展顺利，当然是指我承包那部分，我已经可以保证它能投入实战了。我上午去看看老娘，不可以吗？"

常少乐忙说:"所需资金也已经全部到位,剩下的工作还是你朱海鹏的。你去方家,见没见到方副司令?范英明的命运怎么样?"

朱海鹏说:"没见到。昨晚我去后勤金晶宾馆'红玫瑰'歌舞厅侦察了一下,范英明正和一位天使一样的小姑娘表演舞蹈。看样子是胸有成竹呀。"

童爱国说:"军区下午开常委会,主题还是演习。范英明当不当司令,晚上就揭晓了。那个小姑娘是空军邱司令的小女儿。都在说这个姑娘好像和范英明有点什么。"

常少乐笑道:"这个范英明还真有点桃花运,刚刚失去个方小三,这又来个邱小二。早知道他们要搞活动,应该请他们来咱们这里,一切费用全免。"

童爱国说:"老常,你该知足了,得饶人处且饶人吧。谁不知道你是校官里的首富。你后边这块地恐怕能顶 A 师的全部家当了。"

朱海鹏道:"常师长要是五年前杀入房地产界,如今肯定又多个亿万富翁。"

常少乐摆摆手说:"不行不行,我要存心为自己挣钱,肯定赔得裤子都穿不上了。我在 A 师的时候,机动资金至少有五六百万。不过,上次只是个千载难逢的机遇,全民经商热嘛。"

三个人回到三号小楼,朱海鹏马上脱了军装,换上了皮夹克。

童爱国走进朱海鹏的房间,"你们还挺腐败的嘛,一人住一个套间。"

常少乐跟进来说:"首长,请说这是勤劳致富。海鹏,你这是要干什么?童部长好不容易来一趟,你怎么像是要走呀?"

童爱国说:"观摩人员增加的事,昨晚已经给他说了。看样子这是个重要约会,连发蜡都打上了。男人也为悦己者容啊!"

朱海鹏拉上茄克，"中午确实要请人吃饭。下午我还得请个假，带女儿去游乐场玩玩，这是上次许的愿。"

常少乐一拍脑袋道："看我这记性！需要什么，你尽管提，一鼓作气，把这场战役拿下。"

朱海鹏伸出手道："借点活动经费。昨天发的工资，一小半留给老娘了，一大半交给鲜花店了。给顿饭钱。"

常少乐把一叠钱放到朱海鹏手里，"你等一等，我屋里还有两千。"

朱海鹏忙喊："用不了那么多。"

童爱国也掏出五百块钱说："喝喜酒时我可不带随喜了。是那个工程师吧？"

朱海鹏接了钱说："打赢了，请你喝酒，打输了，连本带息还你。"

常少乐拿一叠钱进来说："别说丧气话，光吃顿饭可不行。下午把订婚戒指也买了。"

朱海鹏接了钱，信心十足地走了出去。

阳光很好。朱海鹏吹着口哨，开着越野吉普，沿着人民大道，去接江月蓉。坚冰已经打破，接着就是水到渠成了。他这样想着。

方怡用了一个上午，到空军试飞团和信息工程研究所详细了解了江月蓉和陈天雄婚前婚后的情况，结果让她十分满意。陈天雄遇难之后，试飞团每逢有重大活动，都要邀请江月蓉参加，团里还将陈天雄的遇难日定为家庭节。试飞团领导的良苦用心，方怡自然非常理解。一个爱英雄的时代过去了，这一点试飞团感受最深。十年前，试飞员平均结婚年龄刚刚二十三岁，也就是说试飞员们在达到军队规定晚婚年龄之前，爱情之树都挂满了果实。现在，试飞员的平均结婚年龄已升到二十八点七岁。试飞员这一风险性极高的职业，已经贬值。研究所也要把江月蓉塑造成一位道德典型,做法和理由都出乎了方怡的预料。研究所的政委告诉方怡,所里近十年来,离婚率由不到百分之一,达到了现在的百分之十五。榜样的力量是无穷的。两个单位同时看重江月蓉这个曾明确表示过终身不再嫁人的最后一个浪漫主义者,让方怡感到有几分悲壮的滑稽。一年前,江月蓉曾联系往北京调动,想就近照顾年迈离休的父亲,未获成功。方怡记得不知谁说的这样一句话:任何历史都是当代史。江月蓉想走出自己这段历史和朱海鹏走到一起,谈何容易! 开车从研究所出来,方怡哼起了流行歌曲。

回家吃过午饭,方怡和朱老太太谈了很久。当她意外地得知这一天正是老太太六十岁旧历的生日时,方怡简直是喜出望外了。她马上决定在家为朱老太太祝寿,暗中吩咐小英去菜市场采购,自己驱车到一家蛋糕店定做生日蛋糕。

方怡捧着大蛋糕回到家,看到小英已经在准备晚宴的菜了,正琢磨如何把朱海鹏从这个城市挖出来时,方英达端着茶杯回来了。

方英达盯着大蛋糕看看,"小三,今天是谁过生日呀? 蛋糕也太大了吧。"

方怡说:"今天是朱大妈六十岁生日,我想应该让她感到家庭的温暖。"

方英达情绪很好,夸奖道:"小三大事清楚,小事也不糊涂了,有长进。正好朱海鹏也在,很好嘛。"

方怡关切地问道:"爸,这几天疼过没有?"

方英达道:"自然规律不可抗拒。我强忍了几次,以为把它打败了,谁知道它改变了战术,每天早上进攻一次,火力越来越猛,吃药竟拦不住了。我看,这回到前边去,恐怕得带上杜冷丁了。"

方怡神色黯然,没有说话,坐在沙发扶手上轻轻地给方英达捶背。

方英达说:"朱海鹏和常麻秆打垮了 A 师,轰动全军,各大军区这回都要来人观摩了。不知道范英明这次有没有把握。"

方怡问道:"还是让他打?"

方英达说:"别无选择。不但还让他当司令,而且决定不再给他们配备非常规部队。A师这样的部队是眼下部队的主体,还是让他们依靠自身的力量打。"

方怡说:"那要是再败了呢?"

方英达沉思片刻,"这种可能不是没有,但他们必须突出来。"

正说着,朱老太太带着龙龙回来了。

龙龙跑过去取蛋糕盒子,方怡扬起手就是一巴掌,"晚上再吃。丫丫姐姐呢?"

龙龙说:"今天是星期五,只有一节兴趣活动。朱叔叔把她接走了。"

方怡说:"什么时候接走的?"

朱老太太说:"老师说是海鹏给丫丫请了半天假。上午他来,没见到丫丫,怕是想了。"

方怡自言自语道:"忙成这种样子,他接女儿出去干什么? 这可不是朱海鹏干的事。"

方英达说:"无情未必真豪杰,怜子如何不丈夫! 他这时候能想到天伦之乐,证明他的心理素质不错,演习已经准备得很充分了。"

方怡也不争辩,穿上外套说:"小英,你先准备着。我出去一下。牛肉要炖烂一点。"

第六感觉告诉方怡:朱海鹏现在肯定和江月蓉在一起,而且都带着自己的女儿。出了军区大院,方怡用手机拨了今天在研究所只看一眼就记清楚的一个电话号码。没有人接。方怡判断出朱海鹏不在江月蓉家后,心里莫名地感到一种轻松。接着,她又推翻了自己的第六感觉导致的结论,驱车去了银河宾馆。在三号楼门口,方怡被一个持枪的中士拦住了。

方怡说："我找你们朱司令或者朱参谋长。"

中士冷冰冰地答道："这幢楼现在是军事禁区，请你离开。"

方怡说："你们常师长在不在。"

中士道："我没有权力回答你。"

方怡索性后退一步，大声叫着："朱海鹏，常师长——朱海鹏，常麻秆叔叔——"

中士绷着脸走过来，"你听见没有？你还在这里大喊大叫！"

方怡刚要发作，看见常少乐笑着从里面走了出来，伸手把卫兵推到一边道："常叔叔，就是中南海，卫兵也负责指个进门的方法吧？到底是打了胜仗的部队。"

常少乐赔着笑脸说："虚心接受三小姐的批评。一听你喊，我不是马上出来迎接了吗？"

方怡说："我现在是老百姓，不敢进你们的军事禁区。朱海鹏在不在？"

常少乐说："他不在。"

方怡说："这个朱海鹏，躲了初一能躲得了十五？常叔叔，他现在在哪儿？这个你总知道吧？"

常少乐眼珠子一转，心里道：海鹏那边刚有突破，还是帮他一把，说道："我俩回来后各分管一摊，中午我和他陪童部长吃过饭，他就出去了，现在他在哪里，我确实不知道。"

方怡冷冷地看了常少乐一眼，"常叔叔，你猜我来还有什么别的目的？"

常少乐说："不知道。"

方怡说："范英明继任红军司令。知道我为什么先告诉你这个消息吗？"

常少乐说："小三，你别再卖关子了。"

方怡说:"我老爸要我请你和朱海鹏今天晚上到我家吃饭,说是还要问你们几个问题。你相信不相信?"

常少乐将信将疑地看着方怡,"小三,这可不是开玩笑的事。"

方怡说:"我知道你还是不信。告诉你吧,今天是朱海鹏他妈六十岁生日,我爸指示要搞个家宴祝贺一下。我只好跑一趟。你找不找得着朱海鹏是你的事。一个人只有一个妈,一个妈只有一个六十岁。我可把信儿传到了。这就回去准备侍候你们。"转身要走。

常少乐已经确信这事属实,忙喊道:"小三,我突然想起来了,海鹏说他下午想带女儿到游乐园玩玩,去没去就不知道了。我这就派人去通知他。"

方怡也说:"我刚才也记错了,我爸只说让朱海鹏回去给他妈祝寿。演习还没结束,你去了,我爸这个总指挥就要让人说三道四。谢谢你最后总算说了真话。"

常少乐摇摇头自言自语说:"真厉害。"

方怡走了两步,又转过身,很伤感地看着常少乐,"常叔叔,我是不是真的配不上朱海鹏?你不觉得我比那个什么江月蓉能给朱海鹏更全面的支持?我真有点看不起你们。"

常少乐不知该说什么,愣愣地看着眼里分明噙着泪水的方怡怒气冲冲开着白色奔驰走了。

朱海鹏和江月蓉带着两个孩子过早地拉开了新生活的序幕。这个序幕选择在儿童是主角的游乐园上演,免不了沾染上了一些天真和幻想的音符。他们脸上还挂着开怀大笑的遗韵走出高空列车的游乐场地,方怡已经微笑着举着两串冰糖葫芦在迎接他们了。

方怡弯腰亲亲小银燕的脸,递过去一串冰糖葫芦,夸奖道:"好漂亮的小银燕,把你爸你妈的优点都集中起来了。"

江月蓉也笑着说:"银燕,快谢谢方阿姨。"

银燕脆脆地说道:"谢谢方阿姨。"

方怡一只手亲昵地拍着小银燕的头,另一只手把冰糖葫芦递给丫丫,弯腰问道:"丫丫,是城里好玩还是乡下好玩?"

丫丫说:"城里好玩的东西多些。只是多些。"

方怡拍着丫丫的头说:"小小年纪,什么事都有自己的看法。"

朱海鹏也强笑着说:"丫丫,快谢谢方阿姨。"

丫丫说:"我以前说谢谢,可方阿姨总是批评我不该谢谢她。"

方怡笑道:"这孩子。是这么回事,海鹏,今天是农历十月初二,是你老妈的生日。又是六十大寿,我爸说要祝贺一下。另外,我爸也想找你谈谈下阶段演习的事。"

朱海鹏情不自禁地说道:"我只记得她的生日,可从来没给她过过生日。真不应该。"

方怡又说:"下午刚开过会,范英明继续当红军司令。听我爸的口气,好像还通知了常师长去见他,不知是不是有什么新情况。"转过身对江月蓉说:"扫了你们的兴,真不好意思。"

江月蓉也笑道:"也正要回去呢。海鹏,你还不赶快过去。"

方怡道:"我负责送她们娘俩,你先去谈正事去。要不,月蓉,你们也一起去热闹热闹?"

江月蓉连声说:"不用不用。我们打个的回去。海鹏,见了你妈给我带个好。"

朱海鹏急匆匆地走了。

方怡拉着丫丫说:"小江,我还是送你们回去吧。"

江月蓉苦笑一下,"不用了,真是赶得巧。"

方怡说:"是啊。不知江小姐愿不愿意和我交个朋友?"

江月蓉矜持地说:"无论从哪个方面说,我都不配做你的朋友。既然方总看得起,那就算我高攀了吧。"

两个人各拉一个小孩,向游乐园门口走。

方怡说:"明天是周六,不知江小姐愿不愿意明天上午再单独见见面,我想和你谈谈,相互增加点了解。"

江月蓉浅浅一笑,"我很愿意,只是觉得和你这种叱咤风云的人物相距太远,能不能先透露点内容,我好事先做点准备。"

方怡道:"怪不得这么多人都看重你。随便谈谈,也用不着多郑重其事。当然是你我目前都比较关心的问题。明天早上我到你们门口接你,到了我给你打电话。先走一步。"

江月蓉说:"明天见。"

方怡扬扬手,也说:"明天见。"没有回头。

江月蓉站下来,久久地凝视着方怡渐渐远去、渐渐模糊的背影,抿嘴笑了。

夜晚来临了。

常少乐对方怡那种霸道的直率心有余悸,整个晚上都有点忐忑不安,设身处地为朱海鹏想了很多办法,都无法和平解决眼前的难题。九点多钟,常少乐独自出了三号小楼,在外面等候朱海鹏。不大一会儿,朱海鹏回来了。

常少乐看见朱海鹏很平静,松了一口气,解释说:"方小三太聪明,只好出卖你一回。没影响到大局吧?"

朱海鹏边走边说:"这怎么能叫出卖? 她要找我,挖地三尺也要找到。"

常少乐不踏实,跟进朱海鹏的房间追问:"方小三碰没碰到江小姐?"

朱海鹏说:"见到了。"

常少乐马上说:"糟糕。"

朱海鹏抛出去一只皮鞋,"这种场面能难得住方大老板? 搞得我都误以为自己多心了。整个像个大姐嘛,分寸拿捏得恰到好处。江月蓉就是我老婆,怕是也挑剔不出什么。"

常少乐自言自语说:"不对吧?"

朱海鹏朝床上一躺,"你没见她对我妈和丫丫那个好,能评上模范儿媳模范后妈了。江月蓉绝顶聪明……真难呀!"

常少乐笑道:"你命里有好妻呀。方小三看来也是动了真情。你就让她们争吧。"

朱海鹏两眼望着天花板,"方怡是两代将门之后,已有王气,做个朋友很好,娶她做妻,只怕消受不起。不瞒你说,当年我也挺喜欢她。现在嘛,理智上是把她当朋友看的,情感上还是很复杂呀。今天,战役进展顺利,基本上已经挨到婚姻问题了。你知道,我这种山里人,心底里还是有点畏惧方小三这种方式。难呢!"

常少乐意味深长地说:"月蓉这种女人,难得呀,动了情,肯定是一心一意,能把你的后院整个清清爽爽。方小三呢,那可是个打江山的好帮手。都不错,看你想取什么了。"

朱海鹏自言自语道:"月蓉已经做过一次好妻子了。她会不会……嗨!江山毕竟只是身外物。"

常少乐说:"你快点给江小姐打个电话,巩固一下占领的阵地。"

朱海鹏翻身坐起来,"打了,一出军区大门就打了,一切都平安无事,她还一个劲儿夸方怡心善。人到中年,实在没力气在这种事情里周旋了。"

常少乐道:"车到山前必有路。明天换换脑子,准备对付范英明吧。"

一宿无语。

江月蓉被方怡的咄咄逼人激怒了。如果她还没有下决心接受朱海鹏,还可以相对超脱一些,把选择的难题交给朱海鹏。既然已经谈到了婚嫁,那就必须站在一个未婚妻的立场上承担一切、捍卫一切。度过一个难眠之夜，江月蓉也没有想出方怡有任何在心理上占上风的资本。为了全力对付方怡的攻击，从游乐园回到家，她就把银燕送到公公婆婆家里。第二天一大早，她起来做必要的准备。淡妆总是要化的，衣服也应该穿精神一些。打开衣柜，江月蓉才发现自己鲜艳的衣服实在少得可怜。她很后悔昨天拒绝了朱海鹏逛逛商场的建议，如果在这种较量中，能带上朱海鹏买的一根针一条线，关键时候完全可以当作核武器使用。最后，她还是选择了那套白色的西式毛料套裙。方怡的电话比江月蓉预想的要来得早许多。江月蓉放下电话，看见外面起了风，又去打开柜子，拿上一条蓝黑色的羊绒披肩，匆匆出了门。走到楼下，她忽然想起来这条披肩是丈夫四年前从俄罗斯带回来的，心里禁不住咯噔一下。

方怡仔细看了江月蓉的服饰，怪怪地笑了一下，由衷地赞叹一句："你很漂亮，主要是气质好。"伸出手亲自为江月蓉打开了车门。

江月蓉说："谢谢，你也不像一个大老板，一副名模派头。能不能告诉一下上午的安排？"

方怡发动了汽车，"先去碧香居吃早茶，然后去稻香园度假村坐坐。"

早茶两个人都没怎么动筷子，剩了满满的一桌子，该客套的都客套过了，场面冷得有些尴尬起来。方怡结了账，两人又一起出了碧香居大酒楼。

方怡开着车说道："你真沉得住气，你就没点好奇的问题要问一问？"

江月蓉说："没这个爱好。"

方怡说："譬如我怎么知道你的详细情况，包括你女儿，你那位高大英俊的飞行大队长，甚至你家的电话号码。"

江月蓉淡淡地说："你自己会说的。"

方怡微微一怔，"这一点，你很像朱海鹏。"

江月蓉道："是吗?"

方怡像是很随意地说："你这条披肩是正宗俄国货。它一定很珍贵，你在飞行团留下的照片，有一大半都有这条披肩。"

江月蓉这回沉默不下去了，扭头说道："没想到方大经理有这种爱好，我的服装能被你仔细研究，实在不胜荣幸。"

方怡说："马上就到。我只做那些值得做和应该做的事。昨天上午，你带着银燕带着马蹄莲去看陈天雄，我忽然间对这个飞行英雄产生了兴趣，就去看了一下英雄所在的飞行团。"

江月蓉问："还有一个人也带了马蹄莲去看天雄，这个细节被你忽略了。他带了一百八十只马蹄莲。"

这时，白色奔驰已经驶进一幢豪华别墅的小游泳池旁。方怡踩住刹车，好一会儿没做第二个动作。

江月蓉乜斜一眼方怡："我不太清楚你约我出来的用意。不过我想改变一个男人的誓言，特别是对一个死者发出的誓言，很不容易，也有些残酷。我就是为他的赤诚感动，才下了最后的决心。"

方怡下了车，"誓言和决心都可以改变，我们还是可以谈谈。你看这房子怎么样?"

江月蓉说："很漂亮。这可能是你新买的吧？看样子也不准备转手卖掉。准备的新房吧?"

一个侍者搬来两把沙滩椅，"总经理，你们喝点什么?"

方怡问："江小姐，你说呢?"

江月蓉说："茶。"

方怡坐下来，开门见山说道："月蓉，咱们也用不着兜圈子了。我认为你和朱海鹏在 C 市结合，弊多利少。今天请你来，就是想帮你分析分析。"

江月蓉淡淡道："十分感谢。有人说恋爱中的男人和女人都有点弱智嘛。我洗耳恭听。"

方怡道："朱海鹏今年三十八岁,面前有两条坦途可走。一是继续从军。他作为三十八岁的师参谋长,又在这次演习中大出风头,这样走下去,最终有可能走到大区副职的位置上。"

江月蓉接道："第二条肯定是从商,将来极有可能步入亿万富翁的行列。"

方怡看了看江月蓉："对。这两条路走起来都不容易。而你,如果成为他的妻子,对他帮不了任何忙,反而对他不利。你很爱他,这也用不着证实。爱,意味着牺牲,你同意吗?"

"你说说不利在哪儿。"

"他如果和你结合,就只能在军界发展。在军界发展,仅有才华是远远不够的,还需要背景,才华加背景,是必不可少的两个要素。在军界,想步入上层,还必须有良好的名声。他娶了你,一放弃了背景,二损坏了名声。"

"这个二,我不大明白。"

方怡笑笑道："你可能认为我要和他结合,更损他的清名吧?你完全可以把我当作一个风流女人来看。但风流不会伤害到他的名声的根本。一个将军爱一个风流女人,甚至在有的历史时期哪怕风流成性,有时候效果和美谈相近。可是,一个军人要是毁了一座圣洁偶像,他从此就有了永远无法洗掉的污点。"

江月蓉确实没有想到这一层,忍不住说："你用不着找什么比喻,直白一点好了,拿出一点商人本色。"

方怡说："你在飞行团,已经物化成一座牌坊了。你在陈天雄的葬礼上,就是穿着这身衣服,发誓终身不改嫁的。你在你们研究所,也是一面圣洁的旗帜。你在 C 市的大众传媒上,不止一次以一个烈士遗孀的身份,对商品社会里家庭中存在的尖锐问题进行批评。你在 C 市和整个军区的形象已经定型,而且一天比一天光辉。这个形象的骨架,就是你在你丈夫葬礼上的誓言。从某种意义上说,社会已经彻底剥夺了你的恋爱、婚姻自由。"

江月蓉脸色煞白,抗争道:"我要是不想再演这个角色呢?"

方怡冷酷地说道:"阮玲玉的名言你不会不记得吧?你演的属于社会上的名角儿,不想演了,又不伤人伤己的办法,只有两个,一是像电影明星嘉宝那样隐居,一是嫁一个普通得再也不能普通的男人。我可以和你打个赌,只要你和朱海鹏公开恋爱关系,朱海鹏的价值最少要衰减三成以上,说不定就此被打入另册。或许因此原地踏步直到离职休养。"

江月蓉笑了起来,"朱海鹏和范英明的前妻结婚,声誉也不会鹊起。"

方怡说:"错了。只有范英明的支持者会诋毁这种重组。随着范英明的高升,普遍的舆论只会承认朱海鹏牛×。"

江月蓉摇摇头道:"你真有点……"

方怡坦然道:"无耻。要把问题说清楚,有时很需要这种赤裸裸。社会对你是太残忍了一些。陈天雄不是孙中山,不是鲁迅,你学习宋庆龄、许广平,实在不值得。"

江月蓉站了起来,"我可能会让你失望了。如果没有别的事,请你把我送回去吧。"

方怡笑道:"你急什么。中午饭我已经让人准备了。我们的谈话才刚刚开始。即使你和朱海鹏结了婚,你们也没法离开 C 市和军区这个大环境。我要是以朱海鹏的老朋友和你的新朋友身份不时单独访问一下你的先生,恐怕也会是 C 市广大市民喜爱看的所谓明星绯闻吧?"

江月蓉无可奈何地说:"人要是不要脸了,什么事做不出来。"

方怡说:"你这么说就太不友好了。你和朱海鹏的关系到底怎么处，从法律上讲，完全是你们两个人的事。我只是帮你参谋参谋。确实没什么恶意。作为朱海鹏的老朋友，我当然希望他能步入高级将领或者亿万富豪的行列。"

江月蓉问："完了吗？我实在听不下去了。"

方怡继续说："你哥是坐在轮椅上的残疾人，你妈三年前病故了。你家现在只剩下你爸和你哥两人相依为命。去年，你曾做过调回北京的努力，最后失败了。"

江月蓉瞪大眼睛看看方怡，"你这个人实在太可怕了。"

方怡道："你为了爱情可以违背誓言，我只不过是做了必须做的事。我想帮你调到总参九院。"

江月蓉半天没有说话。

方怡道："我想你不会怀疑我能办这件事。你到北京的好处，我也不用多说了。你只要同意，我会不惜一切代价以最快的速度办成这件事。你可以认真考虑考虑。"

江月蓉怪怪地笑着，"朱海鹏真的有这么大的魅力？你到底爱不爱他？我很怀疑。"

方怡道："该说的我都说了。至于爱情这个问题，每个人有每个人的看法，每个人有每个人的表达方式。朱海鹏对我的惟一性，我也可以坦白地告诉你。他留在军界的前程前面我讲过了，将来他可以在政治上，强有力地支持我的事业。如果他也想进入商海，他的智慧加上我的操作经验，在当今中国的商场，可以迅速建立起一个巨型建筑。你可能会讥讽这里面没有爱情。我先回答你：他是我情窦初开后，真心喜欢过的两个男人之一，我想我在他的爱情史上，也不会是早被遗忘不值一谈的一章。"

江月蓉竭力使自己平静着，"方总经理，谢谢你的早茶，谢谢你让我看到这样一套豪华的私人别墅，谢谢你的肺腑之言。我很快会以我自己的方式回答你。送我回去。"转身走向汽车。

方怡跟了过去,上了车,充满敌意地看了江月蓉一眼,"你准备怎么做?"

江月蓉说:"你别生气。我一不能给他钱,二不能给他权,三不能给他准备这种豪华的别墅,我只是一个平常的女人,只能以平常女人常用的方式来做。"

方怡再不说话,一路开着飞车返回 C 市。

朱海鹏这一天和童爱国一起在军区通信团训练场,待了差不多一天。他在利用通信团的 C^3I 系统,做指挥数字化班作战的模拟实验。

朱海鹏在通信团指挥中心得到三个班的报告后,如释重负地出口长气,"终于行了。它们的作用到底有多大,还不好估计。可惜它太笨重了。"

童爱国说:"你呀,总是想一口吃个胖子。"

朱海鹏直接走向吉普车。

一位上校说:"吃了晚饭再回去吧。"

童爱国说:"他们明天就走,回去还得准备准备。郭团长,你们通信团今年的冬训可要抓紧呀。"

两人回到银河宾馆三号楼,常少乐已经在外面候着。

朱海鹏关了车门,对童爱国说:"今天总算能陪你喝两杯了。"

童爱国道:"你是不是又用老白干练过?"

常少乐诡秘地说道:"有紧急军情,今晚朱司令又不能陪你喝酒了。"

童爱国说:"真的假的?"

常少乐说:"有位女士今晚要宴请海鹏,下午亲自来送了两回鸡毛信,像是十万火急。叮嘱我一有朱司令行踪,立即让他拨打电话通知她。"

童爱国打了朱海鹏一拳，"嗨！没想到是一场漂亮的速决战。愣着干什么？还不快去！"

常少乐开玩笑道："开拔前夜，良辰美景，可是扩大战果的好机会。"

朱海鹏不好意思地说："老童，真是对不住，咱们确实好久没在一起喝酒了。"

童爱国又推了朱海鹏一把，"别假惺惺了，又没人说你重色轻友。"

朱海鹏怀着难以抑制的愉快心情，开着车，吹着几年前流行的《月亮走我也走》，准备去摘桃子了。

上午在稻香园的对话，在江月蓉身上产生了双向的影响力。整个下午，江月蓉完全被一种不可扼制的激情攫住了，恨不得马上和朱海鹏一起走到相爱男女灵与肉完全结合的终极。她把两室一厅的房子彻底清扫了一遍，甚至换了床罩。她要用一种激烈的行动，让过去几年的生活戛然而止。厨房的冰锅冷碗无言地证明着请朱海鹏来家吃饭只是一种托词。两次亲临银河宾馆，只能证明她心情的急迫。随着夜幕的降临，江月蓉吃惊地发现体内的那股充盈得让她感到要爆炸的献身激情开始衰竭了，方怡那些像巫师咒语一样的话，不时地在耳边像一只只鬼精灵一样跳一句，又跳一句。两股力量开始在她体内较量了。

朱海鹏打来电话的时候，她甚至有些吃惊，仿佛已经把下午的急不可耐彻底遗忘了，话音里也没有多少感情色彩，有些吞吐结巴地说："好，好，三号楼二门六号。"

接完这个电话，江月蓉又像是被充了一次电，思维又回到了下午的轨道上。认真涂好了口红，像是又觉得嘴唇太红，又用餐巾纸仔细揩去。仔细做了做刘海儿，像是又觉得太过，又用梳子把它梳直了。关掉卧室的大灯，似乎又觉得这样只剩下客厅这一方活动空间,又把床头那盏奶白色小灯拧亮了。关掉了电视,似乎又觉得屋里太静了,又打开音响设备,放出一段克莱德曼浪漫的钢琴独奏。江月蓉刚到沙发上坐好,一眼就看见了放在沙发转角平台上的小相框,一个高大魁梧的飞行员正站在他的飞机前朝她微笑。她微微怔了一下,下意识地拿起了相框,忍不住和相片上的男人对视。门铃响了。这一声清脆的浮在钢琴音符上面的响动,仿佛具备某种魔力,飞行员再回到他占据三年的位置时,面朝墙站下了,为这间客厅平添了一方黑暗。

朱海鹏进门扫一眼客厅,伸着鼻子嗅嗅,很遗憾地说:"我刚刚从通信团回来,迟到了。"

江月蓉倚在卧室的门框上,抿嘴一笑,"本来也只有方便面。"

朱海鹏探头朝卧室里扫一眼,"我洗个手,银燕呢?是不是已经睡了?"

江月蓉又跟到厨房的门框上倚着,"我把她送走了,就我一个人在家。"

朱海鹏在客厅走了一圈,"和我想象的差不了太多,就是这种调子,主色调是蓝和白,摆设以西式为主。"

江月蓉冲动地说:"你看看别的房间是不是有别的味道。"看见朱海鹏就要毫无顾忌地迈进卧室,忙道:"站住,那里现在还是军事禁区。"

朱海鹏顺从地退了一步,"好久没有闻到这种迷人的味道了。"

江月蓉又后悔地说道:"给你开玩笑呢,既然这扇门向你打开了,任何地方你都可以自由出入。"

朱海鹏朝三人沙发上一坐,感叹道:"总算找到了家里才有的感觉,像是丢了一辈子似的。"

江月蓉给朱海鹏倒了一杯茶,顺势也在沙发上坐下了,坐下了,又紧张地看了朱海鹏一眼,朝另外一边挪挪,"海鹏,要是下午就见到你该有多好哇。"

朱海鹏本来是觉得这句话有点怪,侧身想问问为什么,不想一下子就被江月蓉动人的侧面线条改变了思维方向,忘情地盯着江月蓉线条分明的脸,紧张地说:"我,我们好像连手也没有握过。已经谈了婚姻的男女,像这种情况的可能不多。"

江月蓉身子兀地一动,像是受了传染,声音发僵起来,伸出手说,"那你就握握吧,省得你,你觉得少了什么过程。哪,哪有你这,这样握手的。"

朱海鹏轻轻一拉,江月蓉灯草一样轻地倒在朱海鹏怀里了,茶杯随着江月蓉做出投降一样姿势的运动,砰的一声,碎在地板上。久旱逢甘雨和洞房花烛夜这人生四喜中的二喜,完全左右了朱海鹏的行动。江月蓉也无法抑制,开始在朱海鹏施予的同时回报起来。墙角的那方黑慢慢地浸开了江月蓉微闭着的双眼,当她的意识把那一方黑辨别出来后,她惊叫一声:"不——"用力从朱海鹏的怀里挣扎出来,喘着气整理着头发说:"太过分了,太过分了。"跪在沙发上,把相框又正了过来。

朱海鹏站起来,红着脸讪讪地搓着手,说:"我,我还是回去吧。再待下去……"迈腿就朝门口走。

江月蓉动情地喊了一声:"海鹏——别——"

朱海鹏慢慢地转过身,蹭过来,瘫软在沙发上。

江月蓉把地上的碎玻璃打扫了,搬把靠椅坐在茶几对面,几乎是在央求着:"你别走,陪我坐一会儿,说说话吧?"

朱海鹏直起身子看看江月蓉,把头埋了下去,喃喃道:"何必自己折磨自己,还嫌不够苦?"

江月蓉看了看相框,走过去,又把相框反转过去,坐在沙发上说:"对不起,我很矛盾很矛盾。我是真想啊——"

朱海鹏猛地抬起头，"我们马上结婚吧。什么话我都说了，请你相信我。我是一个三十八岁的男人，这是我深思熟虑的选择……你是不是要我给你发个誓？"

江月蓉伸手捂住了朱海鹏的嘴，"你别傻了。"

朱海鹏紧紧抓住江月蓉的手说："那你还怕什么？票已经买了，明天上午我、你还有程东明坐火车走，演习一结束就结婚。"

江月蓉摇摇头说："海鹏，今天情况变了，变了，变了……"

朱海鹏说："出了什么事？"

江月蓉苦笑着说："今，今天我去找了一个瞎子老尼姑算了命，她，她说我命硬，要克你。我们还像从前那样做个朋友吧。"

朱海鹏笑了起来，伸手拍拍江月蓉的脸，"这种胡言乱语你也信。命硬就硬吧，我不怕。"

江月蓉说："你不怕我怕。我不能害你，决不能。我实在觉得配不上你。我想了想，你还是娶了方怡比较合适。"

朱海鹏警觉地问道："方怡对你做了什么？"

江月蓉说："她对我很好，什么都帮我考虑了。我，我很庆幸你能交上她这个朋友。"

朱海鹏说："可我爱的是你呀！这一年多，我们接触了多少次，你难道还看不出我是哪种人？如果真的需要承受什么，我会无怨无悔地承受。你走出这一步，也不容易，我很能理解。你并不想以这种态度对待我。肯定是出了什么事，你说说呀。"

江月蓉彻底冷静了下来，站起来说："你爱我，我不是不知道。你是什么人，我早就判断出来了。是我这个人有毛病，我有点神经质，不像你总是一诺千金。"停顿了一会又说："既然你知道我迈出这一步不容易，那就应该以你的宽容允许我再任性一次吧。婚姻大事，又是二次婚姻，总该慎重一些吧。我们应该分开一段，认认真真考虑考虑。我认为这很有必要。"

朱海鹏默默地站了起来,疑惑地看着江月蓉,严肃地问:"演习你也不参加了?"

江月蓉说:"你回去吧,我想一个人静静。事情太多太乱,得好好想想。"

朱海鹏怒气冲冲地拉开门走了。

江月蓉独自坐着,泪水无声地滚落下来。突然,她发疯一样冲上阳台,看着朱海鹏穿过一团灯光进入黑暗里,咬着手指呜咽起来。

朱海鹏饿着肚子回到银河宾馆三号楼,方怡已经在常少乐的房间里等他多时了。

常少乐和方怡跟着进了朱海鹏的房间。常少乐先开口说道:"是价格问题呀还是质量问题没有谈成?"

朱海鹏生气地说:"反复无常,简直不可理喻,真搞不懂。"

方怡笑道:"这些小公司,交道难打。以后你们有什么项目,还是和我们合作吧。"

朱海鹏看看方怡手中的鸽笼,问道:"还是带到那里放飞?"

方怡说:"你可要多操点心,这四羽鸽子是丫丫和龙龙准备参加香港飞回活动的,下个月六号运到香港。"打开小皮包,拿出一条红绸带,"这是你妈给你做的避邪腰带。"

朱海鹏接过腰带说:"我是坐火车,也没忘带鸽子的事,准备明早顺路去取。"

方怡又把鸽子笼拎起来,"明天正好是星期天,我带两个孩子去送你。注意事项让你女儿亲自给你交待。"

朱海鹏说:"你放这儿吧,不就是放鸽子吗?你这段很忙,还是多考虑考虑公司的事。就别送了。"

方怡说:"这可不是小事。丫丫说,要是她和龙龙的鸽子都能从香港飞回来,那香港就会顺利回归。我走了,你早点休息吧。"

常少乐看方怡走了，又从自己的房间闪到朱海鹏的房间，"怎么回事？像是出师不利。"

朱海鹏说："连口水都没喝上，说是婚姻大事，不可草率。走，陪我去夜市吃碗面。"

常少乐咂咂嘴，"风云突变，这情场竟也如战场。"

朱海鹏说："比战场还复杂。看来，那个试飞员确实有过人之处，一张照片，就把我打得无力还手。"

常少乐问道："是准备撤下来，还是继续冲上去？"

朱海鹏叹道："人这个东西，真说不清，这翻来覆去，反倒觉得更有味道了。"

第二天上午，方怡带着两个孩子，和程东明的妻子一起，把朱海鹏和程东明送上火车。少妇的肚子微微隆起，看样子没出什么事，从车窗内外小两口的亲昵来看，这些日子两人也没闲着。

方怡催促道："别等了。"

丫丫说："爸爸，车要开了。"

龙龙喊："叔叔，叔叔，要关车门了。"

朱海鹏说："方怡，你快点再去候车室看一眼。"

方怡笑道："上天桥也要三分钟，这张车票，你还是留着做个纪念吧。"

车开动了，江月蓉没有出现。朱海鹏把车票撕成碎片，朝窗外扔去。

风很冷很冷，已经是冬天了。

第 十 四 章

　　黄兴安意识到自己已经踏进职业军人生涯险象环生、危机四伏的地段,一不留神,大半生心血就会付之东流。承认这一点,对黄兴安来说非常痛苦。从战士迈上团长这一台阶,黄兴安都是靠扎实功夫结结实实走过的。他的将军梦开始于当团长当得游刃有余的时候。二十世纪的中国,县和团才真正算得上革命家和政治家的摇篮,只有站在这样一个宽大的平台上,人才能凝神静气考虑发展的大事,县团以下的阶段,只能解决人生的生存和温饱这些十分形而下的问题。拿破仑号召全体士兵都瞄着元帅的位置奋斗,只能理解为法兰西皇帝的一种激发民众斗志的策略。一个随时都可能复员的士兵,一个为家属随军问题终日小心翼翼、处心积虑的连长、指导员,甚至包括刚刚完成家庭由村镇向军营迁徙的营长和教导员,便是在梦里当了一回将军,清晨醒来,多半都会摇摇头,说一声"扯淡"。是的,在条令里,班长和团长都可以喊:全班、全团注意了。但同样的喊,内涵却有云泥之隔。一个团长在大操场上,一嗓子喊出"全团注意了",听这声号令的不仅仅有三个营和几个直属队的官兵,而且也有司政后三大机关的同僚和战士。同时,他的谋略也只能在团长的位置上才可以运用到实际操作中。黄兴安的第一个谋略,就是在常少乐尚在国防大学学习时,让陈皓若和方英达确信他更适合做 A 师的参谋长。那一次,他成功了。

　　然而,关于这次演习的谋略,黄兴安一开始就出现了方向性的失误。离将军只有一步之遥了,却犯了急于求成的错误。在他看来,如果不是常少乐年龄过了线,关于演习的绝妙谋略,足以把常少乐推到将官的平台上。在第二阶段演习的准备阶段,黄兴安是这样认识自己面临的现实的:错误已经犯下,必须以行动消除错误的不利影响。因此,师党委开会研究演习准备工作时,黄兴安主动要求在演习区域负责指导各团的工事修建工作,把抛头露面的机会让给刘东旭、范英明。

　　这一天中午,赵中荣奉陈皓若之命,来到红军防区察看准备情况。此时,赵中荣已经得知军区不准范英明辞职的决定。这个决定大大出乎赵中荣的预料。拿到范英明措辞恳切、像用小手术刀割自己肉一样的辞呈,赵中荣大喜过望。他很快就作出这样一个判断:这个愚蠢的举动,用不了很久就会动摇范英明已经获得的 A 师参谋长的位置。一个萝卜松动了,它就不再生长,被拔掉的事情迟早会发生。然而,军区却做出了不准范英明辞职的选择。赵中荣收获的落寞和空寂实在太多,多得也需要向人倾诉了。黄兴安的表现,也出乎赵中荣的意外。已经在 A 师师长的位置上稳坐了三年零四个半月,养尊处优、颐指气使惯了的黄兴安,竟出现在寒风瑟瑟的山半腰,赤脚挽袖子和战士们一起干着修工事的粗活。

　　赵中荣一脚深一脚浅跟着一个少尉爬上半山坡,用手扶扶眼镜脚,说道:“黄师长亲自督战参战,A 师胜利已是指日可待了。”

　　焦守志放下铁锹,忙迎上来说道:“你让通信员通知一声就行,你看把鞋子搞的。”

　　赵中荣抬起一只脚,笑道:“军长命令我一定要察看仔细。我下午回去,一定把你们上下一齐修工事的事告诉军长,争取请他来再给你们鼓鼓劲儿。”

唐龙在不远处的战壕里，眼风淡淡地朝这边一瞟一瞟，背靠在湿漉漉的红土上，点支烟嘬了一口。

黄兴安穿好解放鞋，吩咐说："小焦，保持这种弧度，战时可以减少伤亡。我下去给赵处长汇报，让炊事班把各连的饭都送上山。中午气温高，出活儿。凉气上来就收工吧。"

黄兴安和赵中荣一起下了山。

焦守志感叹道："黄师长还真是个内行。他在一团当团长时，我在三营当副营长，接触他少些，没学到多少东西。"

唐龙冷不丁地评价说："他是一个八十年代很称职的步兵团团长，也只能做好一个团长。"

焦守志看见不远处都挤着成堆的战士，大声说："都过去干活吧，中午送饭上来。"跳到战壕里说："唐龙呀唐龙，你吃这张嘴的亏吃少了？不该说的事情就不要议论。"

唐龙说："我说错了吗？这是事实。一个人该在哪个位置只能在哪个位置。事实已经证明他带不了一个师。九十年代的团长他能不能当好，也难说。"

焦守志说："你少说两句。你心情不好，就太尖刻。军人这一行，尖刻了不好。干活吧。"

唐龙抡起大镐用力挖了一下，"又不是实弹演习，硬逼着挖一米五，太教条了。"

起风了。黄兴安从通信员手中接过大衣披上，和赵中荣肩并肩沿着小路朝河边走着。

赵中荣说："取消了你们的指导委员会，实际上是彻底剥夺了你对演习的指导权。看来，上边对你前一段的工作已经有个说法了。"

黄兴安很干脆地回答："这个结果也算符合实际。范英明以退为进，押对了，就该他赢。他搞一次辞职，支持者也多了。再说，

A 师这种状况,也必须万众一心。"

赵中荣马上换了一种口气说:"上上下下都希望 A 师能尽早走出低谷。早上军长还在担心下一段你和范英明的配合问题。表面上看,你必须退到二线上去。"

黄兴安道:"我想了好几天,想通了。哪里跌倒,还得在哪里爬起来。赵老弟,我很清楚,如果我在下一段演习中没有作为,我这一页很快就要被翻过去了。"盯着碧绿的河水看看,叹道:"形势逼人呀。"

赵中荣不太明白黄兴安说的是什么,从铝烟盒里取出一支烟,静静地候着。

黄兴安叹一句:"我辜负了军长的厚爱,再不干出点成绩,以后真无脸见他了。那天他骂人,还是给我黄兴安留够了面子的。"

赵中荣耐心地等待着。

黄兴安道:"赵老弟,也用不着瞒你。让你今天多跑了路,也是想能让军长来看看,看看我黄兴安没有趴下。这件事你一定要费心帮助促成了。"

赵中荣听到这话的一瞬间,有点小瞧这个在集团军一直威风八面的人物,如果这个人升任军参谋长的可能在赵中荣的判断中已不存在,他就懒得再和这种人周旋了。他笑笑说:"前些天军长、包括方副司令不来,是有一些恨铁不成钢的心理。可这种恨,是老子对儿女的恨,根子里还是爱。这件事包在我身上。"

黄兴安道:"这个道理我懂。开拔前誓师大会,方副司令不是带病飞去了吗?可首长老不来,也就是个事了。"

赵中荣问:"黄师长,问句不该问的话,你是不是认为军长看一眼你在和战士一起修战壕非常重要?"

黄兴安露出了颇有算计的眼神,"一个营长都不会用这种办法了。我有个请求,需要在这种环境中和军长说。"

赵中荣来了兴趣,"能不能先给我透个底?"

黄兴安不经意地叹一声:"唉,这也是不得已。我想来一团当团长。"

这种以退为进,比范英明搞辞职更彻底。黄兴安到底是黄兴安呀!赵中荣马上由衷地赞叹道:"高,实在是高。这一步棋太深奥了。自愿降了两职,谁还能再说什么。"

黄兴安连忙解释说:"你想错了。从班长到师长,正职我都干过,仔细琢磨,还是当团长时最得心应手。"

赵中荣笑了,"我想多了想多了。我会尽一切办法,明天让陈军长在这里听到你这些话。我需要学习的东西实在太多了。"

黄兴安哈哈大笑起来,"谁都需要学习,毛主席还说活到老学到老呢。走,吃饭去。战地午餐分外香啊。"

两人说笑着朝营地走去。

这天下午,红蓝军首脑同时到达协调委,几个人从两架直升机上下来,就开始斗嘴。

常少乐看看没有黄兴安,笑着迎过去伸出手说:"范司令、刘政委、高副师长,赶紧握个手吧,请你们手下留情。"

刘东旭握住常少乐的手说:"留情不留情,过几天就知道了。"

范英明看看蓝军的飞机上只剩一个女的,说道:"朱海鹏这个不知天高地厚的,躲到哪里去了?"

朱海鹏正好乘车赶到,跳下车接道:"刚刚活过来,就敢出这种狂言!城墙有多厚你知道吗?摸摸你的脸。"

范英明说:"看谁笑到最后吧。哎,你往哪里看?"

朱海鹏发现还坐在飞机上的江月蓉,感到有些意外,转过脸说:"你敢击掌打赌吗?"

范英明说:"赌什么?"

朱海鹏道："你们这回只要能坚持一百二十小时，就算我们输了。"

范英明不屑地说："狂得没边了。用不着打赌，咱们走着瞧。"

正说着，方英达的飞机到了。大家看见一个背着药箱的女军官跟着梁平下了飞机，都安静了下来，眼睛都充满了肃穆和崇敬。

方英达朝人群扫扫，问出来迎接的陈皓若："不是开两军联席会吧？"

陈皓若道："没有这个安排。"

方英达威严地说道："不知道明天降温吗？都回到自己的岗位上去。"

一群人鸦雀无声，各自寻各自的交通工具去了。

方英达回到作战指挥室，往沙发上一坐，开口就问："红军的地面防御搞得怎么样？"

陈皓若说："昨天我去看了，搞得不错。"

方英达又问："士兵的士气如何？"

陈皓若道："都憋着一股劲儿。前几天的整顿，效果明显，从黄兴安开始，A师对严峻的形势，都认识到了。黄兴安还提了个要求……"

方英达说："什么要求？"

陈皓若道："他认为他应为A师前一段失利负主要责任。为了让全师将士都负起自己的责任，他想到一团代理团长职务，一方面算他对前一段所犯错误对全师的一个态度，另一方面也能加强一下一团的指挥力量。"

方英达说："黄兴安能走这一步，不易，应该支持他，给他一个机会。一团打得不错嘛，该加强指挥力量的，是二团。那个团政委软弱无力，那个团长又精明过分。"

陈皓若顿了一会儿说："一团团长是参谋长代理，政委是政治部主任代理。二团这一段的工作也不错。"

方英达说:"这是他们师自己的事,让他们自己处理吧。"

陈皓若过了一会儿又说:"黄兴安毕竟是一师之长,他向师里提出到团里代职,太伤威信。我想以军部或是指委会名义发个文,这样就委婉一些。"

方英达说:"周到是周到,可我觉得味道不对了。算了,依你,照顾一下大师长的薄面,发个文。但要把原因说清楚。这样吧,既然黄兴安提出这个要求,就再给他加点压,把他任命成演习红军第一团团长。"

陈皓若觉得这么一来味道又不对了,但也觉得这又是考验一个干部的好办法,转身对赵中荣说:"你按方副司令的指示,写个电文发给红军。"

这样,就把黄兴安的指挥位置定在了一团指挥所。黄兴安的意愿和这种安排有本质的差异。他说的代职,是以师长的身份代理一团团长职务,师长才是他真正的指挥位置。一旦打起来,他可以在红军指挥所,也可以在一团指挥所,进退自如。正式被任命为红军一团团长后,全局的胜败得失就与黄兴安无关了。

这一纸命令注定要影响到红军的方方面面。

这天傍晚,李铁骑着摩托来到一团团部找唐龙。他是来传递邱洁如的最新消息的。唐龙从 C 市回到演习区后变成一只瞌睡虫,一头沉默的羔羊,一只充满攻击欲望的猛兽了。李铁作为范英明的爱将,自然也参加了"红玫瑰"的联谊会,目睹了邱洁如和范英明在舞厅的全部表演。当他看到范英明和邱洁如双双出了歌舞厅的时候,已经替好友唐龙心疼了好一会儿。他当时能做的,只是愤然离开了"红玫瑰"。返回演习区后,他每天都要来陪唐龙坐一会儿,讲一些荤的素的笑话以求博得一笑解千愁的奇效,让唐龙离大悲苦远一些。可效果并不明显。

李铁撩开帐篷,唐龙果然还在睡觉。李铁掀开被子,推推唐龙,"起来起来"。

唐龙坐起来说:"明天零时一级战备,你还跑什么跑。"

李铁夺下唐龙的军服,"我有重要情况告诉你,一旦战备就没机会了。跟我走。"

两个人同骑一辆摩托,从大路拐向一条小路,朝一个山口奔去。

唐龙在后面喊:"你要干什么?"

李铁扭头也喊:"找个地方喝两杯,再告诉你一个不大不小的好消息。"

两人从山谷蹿出去,下边就是一条公路,往远处一看,一片灯光。

唐龙说:"你小子真能钻,原来你是要冒一次险呀,怪不得不让我穿军装。"

李铁说:"这才有味道。从战区突然进入正常生活,再连夜回战区,想一想就让我激动。这个县城很有点异国情调,昨天我已经来侦察了一遍,满城都是漂亮姑娘。"

说着话已经到了城外。李铁把摩托车的军牌取下来,放到一棵大桉树下面,叮嘱道:"听说这个地方治安不太好,可别惹事,目的是带你出来散心。"

唐龙早来了兴致,说道:"走吧。这一带近两年毒品交易很多,已有团伙味道。你倒是该管好自己。"

两个人骑着摩托大街小巷看了市容,一起走进一家泰国风味餐厅。李铁要了两份套餐,两人听着节奏鲜明的音乐,看着四不像的所谓时装表演,边吃边说。

李铁说:"你我都误会了范司令。"

唐龙愣了一下,"你小子什么都知道,一直给我装糊涂。物竞天择,弱肉强食,谈不上什么误会不误会的。"

李铁说:"洁如毕竟年轻,又是读港台言情小说长大的一代人,感情上突然摇摆一下,你也应该允许嘛。"

唐龙苦笑道:"她走出这一步,我的责任很大,基本上是把她激将成这样的。我很后悔。事到如今,也只有接受这个现实了。"

李铁抬眼看看横着进门的四个高矮胖瘦差异很大的男子,说道:"你还是放不下她,希望她只是胡闹一次,对吧?"

唐龙说:"放下? 从她十八岁到现在,三年了。我没爱过别人,想她在遇到我之前也没爱过别人,能放得下?"

李铁说:"你们缘分未尽。邱洁如比你我都早回来一天,这三四天,基本上没吃粮食,也不和人说话……"

唐龙急忙问:"是不是病了?"

李铁说:"这两天缓过来了,只是身体弱些,昨天还睡了一天。骂了三天伪君子、暴君,今天上午别人才知道骂的是范英明。"

唐龙有些将信将疑起来,"这么有鼻子有眼的情报,你从哪里弄来的?"

李铁笑了,"你还记得通信站那个很恶的中士吧? 去年和她吵了一架,竟忘不了她了。一回生,二回熟,也定下了。邱洁如又回了通信站,领导我那个小中士。"

唐龙叹了一口气,"我又能做什么? 恐怕得遇个机会……"

只听一个女人尖叫一声,两个人一扭头,发现店里已没有其他顾客,四个男人把两个又像是模特又像是舞女的姑娘围在中间。

一个秃头说:"四哥看上你们俩也不是一天两天了,识相的,乖乖跟我们走。"

一个老板模样的中年人赔着笑脸说:"八爷,这俩确实只卖艺不卖身,别把事闹大了。"

秃头一脚踢翻一张桌子，"烂货四哥还看不上呢！不是四哥吩咐，我在……"

唐龙一膀子把秃子扛到一张桌子上，"你们也太没王法了，放了她们。"

李铁朝一个瘦高个面前一挡，伸手一拉，两个姑娘叫唤一声跑掉了。

秃头一伙打量着唐龙和李铁，把他们围住了。秃头说："面很生啊。报个字号。"

李铁抬起手说："别急，我先把账结了。"掏出一百元扔给老板，"也别在这儿动手，城北有个河滩，到那儿练练怎么样？"

秃子笑了起来，"像是一条道上的。不练练，你们不知道怎么做人。请吧。"

李铁拉住唐龙走出门，骑上摩托就走。

秃子带着几个人也骑着摩托追上去。

出城之后，李铁松了一口气，"治安果真不怎么样，逼良为娼都敢干。"

唐龙说："快一点，追上来了。"

李铁放慢了速度，"奶奶的，又喊俩帮手，不知道他们带着什么家伙。二比六，可得当心点。"停下来问："是八哥的人吗？"

一个矮子比画着匕首说："北河滩到了，八哥怕你们不认路。"

李铁一提车把，从慢坡冲到河滩上，对唐龙说："你控制住车。只能智取。"

六辆摩托车跟着冲下河滩。

秃子拍拍巴掌道："有种。冲着这一点，留你们两条命。"

李铁对唐龙说："大哥，你先歇着，我和八哥他们先练练，是六个一起上啊，还是……"

秃子说："你牛×得很，瘦子，你上。"

瘦子朝李铁扑过去,没等其他人看清怎么回事,瘦子一下子栽倒在沙滩上,连点声音都没发出来。

李铁说:"八哥,还是一对二吧。"

秃子一挥手,两个人拔了匕首从两面夹击李铁。李铁跳跃几下,三四个照面,又打趴下两个,手握匕首,突然蹿过来,只用了一着就把秃子制住了,伸手从秃子腰里摸出一把自制火枪,"老八,让他们俩把家伙都掏出来。"

两个小喽啰一看首领被制服,都把火枪和匕首掏出来扔到地上。

唐龙捡起两把枪朝河水里一扔,说:"你们是倒腾白货的吧?"

秃头忙央求说:"都是一条道上的,今天是个误会。"

唐龙说:"你们俩,把你们这几辆摩托推到河里。谁跟你们是一条道?人手一把火枪,下一步怕是要武装真家伙了,可怕。不把你们送进去可不行。看看他身上有没有手机。"

李铁说:"还是你仔细。"又摸摸秃子的口袋,摸出一只手机,"就报两伙毒贩在北河滩火并。老八,你们一人背一个。他们的下巴和胳膊都不好使唤了。"

唐龙拨通匪警台,说:"282公里碑北河滩有两伙毒品贩子正在交易,有火枪匕首。"随手把手机也扔到河里。

两人骑上摩托上了公路。

唐龙感慨道:"好险。出了一身冷汗。亏得你那两下子还行。"

李铁说:"侥幸。和第一个交手,我以为他们带着真家伙,出手没敢留情。"

唐龙说:"别弄出人命了。"

李铁说:"死不了,只是疼昏了。至少半个月内害不成人了。"

两个人路过后勤指挥所附近,遇上了后勤所游动哨。

这个时候,高军谊又一次把王科长叫到自己的小屋。

高军谊指着小桌上的五千块钱说:"王胖子,这些钱你还拿回去。我再给你两天时间,你把油给我弄回来。"

王科长擦着汗道:"我再催催,只是今晚就要一级战备,里面已禁止民用车通行了。我写了个报告,你签个字,就好派军车去拉了。"

高军谊说:"什么报告?"

王科长掏出一张纸说:"是这样的,上次油库不是着火了吗?报告上说为了防止这类事故,把油存到附近两个地方加油站。你日期可别签错了。"

高军谊摇摇头说:"我再给你包这最后一回。"签上自己的名字道:"两天后,油要运不回来,可要出大事。黄师长只是无意识泄了密,只能当团长用了。"

王科长收了报告说:"你放心,库里的油打上五七天不要紧。出高价买,我也得把油买回来。还是那句话,出了事,我一人兜着。"

高军谊自言自语说:"日他妈,我怎么就……你把钱带上走吧。"

王科长说:"我可没有送过钱。你肯定是记错了。"拉开门出去了。

高军谊盯着钱看一会儿,下意识地把军用挂包从床头边拿起来,伸手一掏,手里抓出一枚军功章和一颗子弹。他叹口气,直挺挺朝行军床上一躺,眼睛瞪着,一眨也不眨。

第二天上午,王科长在282公里碑北边见了一个戴墨镜理板寸的中年人。

王科长说:"后天以前,你无论如何也要让我拉回去十吨油。老四,我不是开玩笑的。"

老四说:"这两天手头紧,剩下的百分之六十,十天内我一定付清。"

王科长急了,"我不要钱,我要油!这要是因为油出了问题,你也跑不了。"

老四说:"我知道这是大事。油,我有的是。不过,你得帮我点小忙。"

王科长说:"什么忙?你尽管说。"

老四说:"昨天晚上,我的六个人,竟被两个人放翻了,三个人脱了臼掉了下巴。这两个人毁了我六辆摩托,又报了警。如果不是我这块地盘踩得熟,这回栽到家了。我猜肯定是俩特种军爷干的。"

王科长说:"估计是一团特务连干的。你找到他们准备干什么?"

老四说:"你们是钢铁长城,我能干什么?找到人,你们自己修理修理他们。我呢,敢和你们部队叫板,下边的办事就更卖力了。你们不是很重视军民鱼水关系吗?帮个忙。"

王科长犹犹豫豫说:"已经一级战备了,你们不好进去。"

老四说:"这个忙你要不帮的话……"

王科长无奈,只好说:"下午你把人拉来,人从青树桠那边进,我只帮你们到一团,找不到人,可别怪我没帮你。"

老四说:"错不了。这方圆百里,一个人能整翻我六个人,只能是特种兵。"

这天上午,方英达在演习指挥部作战室主持审核两军第二阶段演习方案。显示屏依次序显示出两军布防图后,方英达说道:"你们看这一次会有什么结果?"

童爱国打出两军布防全图道:"从战场总的态势来看,红军的布防是成功的,基本上体现了我军立足防御的方针。炮团和坦克团兵力分散了,位置也靠后了,表面上看对第一道防线支持不力,但它很有弹性。如果蓝军采取中间突破,红军可以放敌进来,把战线拉长。如果蓝军全面进攻,只要形成接触,红军便可展开反击作战。"

陈皓若问道:"如果蓝军采取闪击作战方针,红军的兵力是不是过于分散了?"

童爱国道:"我也这样问过范英明。他认为,现代局部战争,作为防守的一方,不宜把兵力过于集中。理由是,防守一方很难在战争爆发第一时段取得制空权。这次又引入了地对地、空对地导弹,如兵力集中,主力极易在丧失制空权的时段遭受毁灭性打击。演习第一阶段,A师因为轻敌,留下一千五百多人留守。这次又多投入了一千人。加上两支伪装部队配属,A师在兵力上已足够。"

方英达道:"这种方案对部队运动的机动性要求极高。如果把敌人放进来,又不能及时组织局部战役,战场形势更容易恶化。这种布置,对A师的各个环节的配合,是个考验。蓝军这一次上报的方案,新鲜东西不是很多。"

童爱国道:"他们还是搞了很新的东西,只是朱海鹏对这二十个班在演习中有多大作为心里没底,才在作战方案里作了低调处理。建国以后,我军的编制体制的发展变化,基本上依据两个参照进行,一是我军的编制传统,一是对外军的借鉴。可是,这种体制到底适不适合现代局部战争的需要,只能在理论上证明。在第一阶段演习中,蓝军在利用高技术方面是成功的,这一点已引起总部高度重视。前些天,我在通信团看了这种数字化班的实战演练,很受震动。说不定,它会成为第二阶段演习的明星。"

方英达道:"缩小部队规模,最大限度提高单兵作战能力,是一个世界性大趋势。海鹏这些年做这种摸索,方向是对的。至于它是明星还是流星,过两天就知道了。"

赵中荣当然不会放过展示自己声音的机会,清清嗓子说:"蓝军现在的做法,基本上是在走全盘西化的道路,已经完全脱离了军队的现实。朱海鹏不但彻底打乱了 C 师的建制,而且把摩步团这样极有整体作战能力的部队也改造了。政策对他们放得也太宽了。"

陈皓若道:"小赵的看法也有一定的道理。"

方英达道:"军队也有个持续发展问题。朱海鹏的做法有点超前,军区也注意到了。为什么还要放手让他们做呢?就是为了军队能够健康有力地持续发展下去。他搞士兵武器平台,很可能会失败,但要允许他失败。和平的环境,永远是各方势力取得均衡的结果。和平的背后是实力,这个本质,永远不会改变。如果你们没别的意见,可以下达演习预备令了。"

几个人都同意下达命令。

两军接到预备令后,战时气氛陡然浓烈起来。

吃过中午饭,黄兴安在刘东旭的陪同下,到一团上任了。车到一团防区,黄兴安看到了欢迎他到一团指导工作的标语,脸上终于浮出了一抹笑意,嘴上却说:"这个焦守志,也学会做表面文章了。"

刘东旭说:"形式有时候就是内容,也很重要。这是全师万众一心的表现嘛。"

车到团指挥所,黄兴安又发现一片草地上站着一个一两百人组成的方阵。

焦守志跑步迎过来报告说:"政委同志,一团班长以上指挥人员列队完毕,欢迎黄师长到一团指导演习,请你讲话。"

刘东旭走到方阵前,举手敬礼道:"根据黄师长的请求,演习指委会同意黄师长在演习第二阶段亲自指挥你们团作战。第二阶段演习,关系重大。我相信你们团会在黄师长的指挥下,成为这次演习的中坚力量。下面,请黄师长讲话。"

刘东旭的周到和一团的尊敬,黄兴安相当满意。一团可以说是他的一块福地。他选择一团作为重新站立起来的地方,就有点讨个吉利的意思。面对黑压压一片的方阵,黄兴安的自信完全恢复了。他朝正中一站,眼光从右至左慢慢扫过,在每一列的排头都作了必要的停留。眼神这种无声的交流,黄兴安向来十分重视,一个首长看没看部下,对部下的心理影响甚大。坐机关坐了二十几年的刘东旭到现在为止,还没有明白眼神交流的奥妙,朝中间一站,眼睛只看着中间的三五排人,在稍息前面还加一个"请"字,威从何讲起?没进入他视线的人,会觉得受了冷落,一直被他注视的人,又生怕风纪扣、裤扣什么的出现违规,被看得心猿意马,整个队伍在精神上实际已是松松垮垮了。黄兴安眼光这么一扫,仿佛给方阵注入了什么药剂,所有人都精神了几分。看完了,黄兴安朝后退了一小步,上半身微微朝后一仰,底气十足地喊一嗓子:"全团都有了——"再把头向后拗拗,"立正——"

站在一旁的刘东旭也感受到了眼前的队伍和刚才有了很大不同,身子不由地挺直了。

黄兴安道:"在演习期间,我是在一团任职,而不是兼职,没有黄师长,只有黄团长,如果谁喊错了,可别怪我翻脸不认人。"再把队伍用眼光仔细扫一遍,"第一阶段演习,我们失败了。眼前只有一条路:走向胜利。解散后,你们要以最快的速度,返回各自的指挥岗位。解散。"

方阵迅速有秩序地散去了。

刘东旭和黄兴安握了手,返回红军指挥所。黄兴安看着刘东旭的车彻底在视野里消失了,才改变一下姿势。刚刚转过身子,黄兴安就看见了简凡。

黄兴安明知故问道:"你来干什么?"

简凡没直接回答:"刘政委到底是大机关出来的,还知道个礼节。"

黄兴安走了两步,才说:"你要全力支持范英明的工作。没把你降成营长使用,已经够宽容了。"

简凡说:"我全力支持了你的工作,也就是支持了师里的工作。师长请放心,二团一千多号人,也不是吃干饭的。"

黄兴安看看远处山上的工事,说道:"不管什么战争,最终还是要控制地盘。海湾战争,伊拉克没失一城一地,也不好评价胜败。"

两人正说着,焦守志慌慌张张跑过来说:"师长,有几个老百姓,开一辆救护车和一辆卡车,哭闹着要给他们安下巴安胳膊。"

黄兴安说:"你慌什么? 他们是怎么进来的? 到底是怎么回事?"

焦守志说:"他们有三个人叫人打了,他们硬说是一团特务连的人打的。"

黄兴安道:"让他们到特务连认人。是我们的人打的,一定要严肃处理。不是我们的责任,就把他们扣下来,通知地方政府。你去处理。"

焦守志把人带到特务连。过了一会儿,就把电话打到团指挥所。

焦守志在那边喊道:"师长,情况有些复杂。人确实是李铁打的,不过,李铁说他们在一家饭店调戏妇女,还有可能是个贩毒团伙。"

黄兴安说:"李铁承认了吗?"

焦守志说:"李铁给他们安上了下巴和胳膊,提出要把他们扣下来,送交公安机关。那几个人还有家属要让部队替他们做主。"

黄兴安说:"你认为责任在谁?"

焦守志说:"李铁说他们都带有自制火枪。我看他们确实是恶人先告状。"

简凡说:"这个李铁不就是那个狐狸部队长吗?怎么会跑到演习区外打了人呢?"

黄兴安对着话筒说:"你等着,我去处理。"

黄兴安和简凡赶到特务连,三四个老太太和小媳妇还在地上跪着哭喊。老四戴着墨镜坐在救护车里,冷冷地看着这个场面。

黄兴安走过去问李铁:"人是不是你打的?"

李铁说:"是的。不过有原因。"

黄兴安说:"我不听原因。你在哪儿打的?"

李铁说:"清江县城北一个河滩。"

黄兴安挥挥手道:"把李铁的枪下了,扣起来。无组织无纪律,演习期间跑到县城打人。"

李铁大喊:"师长,他们确实在犯罪呀。我们,我怎么能不管呢?师长,你可别放了他们。"

黄兴安说:"焦参谋长,派个车把李铁送到范司令那里。他是狐狸部队部队长,一团无权处理他。"

李铁被两个战士押走了。

黄兴安走过去对几个女人说:"这里马上要举行演习,你们回去吧。"

秃头几个人也要上车,黄兴安拦住了他们,"你们留下两个。我们的人犯了群众纪律已经处理了。你们到底有没有错,也该查一查吧?"

秃头苦笑着说:"首长,我们只是要求安个下巴。我,我们也有错误,不该影响大军演习,你就让我们走吧。"

黄兴安说:"好吧,就留下来你一个。有什么话,你到我们演习地方工作处再说吧。"

秃头看见老四已经把车开走,垂头丧气地说:"我说惹不得,偏偏不信,这下好了。"

两个战士推着他,朝一辆三轮摩托走去。

唐龙从阵地下来,看见李铁正被一个战士押向一辆吉普车,忙跑过去拦住说:"这是怎么回事?"

李铁说:"昨天那几个王八蛋,恶人先告状,黄师长要把我押到范司令那里去。"

唐龙说:"黄兴安怎么能这样呢?我们已经报过案,清江县公安局怎么不抓他们?"

简凡恰好听到了这话,拉开车门跳下来,"唐参谋,黄师长处理得不对吗?李铁在演习期间到外边打了人,闹出军民纠纷,你说该怎么处理?"

黄兴安走过来说:"我已经扣了一个人,李铁反映的情况,地方公安机关会查清的,用不着你们操心了。唐参谋,看来这件事也有你的份吧?"

唐龙昂着头说:"是的。"

黄兴安冷笑道:"你的身份是师参谋,一团也不好处理你。详细情况你们俩去跟范司令和刘政委说吧,我懒得听。"说罢,和简凡一起进了指挥所。

唐龙默默取下自己的枪,递给焦守志。

焦守志低着嗓子说:"看你们干的什么事!去跟范司令好好解释解释。马上就要打起来了,你们,嘻!"

唐龙说:"老焦,很感谢你这一段的照顾。临走前,想送你几个字:多执行命令,少参与决策,当心当替罪羊。"

两个患难兄弟被两个战士押着上路了。吉普车穿过一个坝子,唐龙听到一阵飞机的轰鸣,探头一看,有两架轰炸机正在前面一个更大的坝子上空盘旋。唐龙说："小皮,把车开到前面那片灌木丛边上隐蔽起来。"

李铁指着前面,"飞机在空投什么东西。"

只见两个庞大的黑东西,各坠着四五个降落伞徐徐向山林与坝子交界的地方落下。

李铁说："我们去看看去。"

唐龙说："等一下。如果他们发现了我们,他们恐怕还要到别的地方再投。空中预警雷达,一个甲种师起码要配备二十台。这不,又让朱海鹏钻空子了。装备不行,一个师根本守不住四千平方公里。"

轰炸机超低空在这一带盘旋很久,才飞走了。显然,飞行员是在观察空投是否被人察觉。

四个人到林子里一看,发现空投下来的竟是几十桶飞行用汽油。

唐龙叹道："朱海鹏真算把兵不厌诈学到家了。这个地区是我们的通信中枢,方圆十四公里,没有战斗部队。"掏出一张自绘地图一看,神色紧张起来,"他们空投航空汽油干什么?是不是又要使用单兵飞行器?"

一个中士拔出匕首说："把他们这油都放掉,看他们怎么飞。"

李铁说："说不定今晚就开战了。唉,这回是参加不成了。"

唐龙说："中士,耽搁你们一会儿行吗?"

中士说："唐参谋,不是师长下了命令,打死我也不会干这个活。连长,唐参谋,你们想咋耽搁就咋耽搁。"

唐龙道："通信站离这儿十五公里,电子对抗营离这儿十七公里。咱们先去通信站,组织女兵们来打一次埋伏。"

四个人到了通信站驻地,唐龙才想起来邱洁如已经从"师指"回来了,心里一乱,脚步就慢了下来。

李铁一拍脑门，"多好的机会。你就让洁如带女兵去设伏，打个胜仗，也就破镜重圆了。我去帮你侦察一下。"

唐龙迟疑地说："现在见面恐怕不合适。不如你去说说算了。"

李铁说："她的脾气你还不清楚？误会不解，说不定又干出什么傻事，后悔就来不及了。这事你听我的吧。"

过了一会儿，李铁带着一个漂亮的女中士回来了。李铁道："正病倒在屋里，你去看看她吧。"

唐龙淡淡问道："什么病？不要紧吧？"

女中士做着鬼脸笑道："昨天又感冒了，身体弱，感冒基本上好了。"

几个人走进邱洁如住的小简易房，挤得房子要炸了。唐龙看着邱洁如憔悴苍白的脸，冲动地伸手摸了一下。

邱洁如睁眼一看是唐龙，惊得坐了起来。

女中士说："队长，唐参谋知道你病了，专门来看你了。"

邱洁如羞愧地看着唐龙，眼泪无声地流了下来。唐龙眨着眼，爱怜地看着邱洁如，抖着手，轻轻地抹掉两颗泪珠儿，"你瘦多了。"

女中士拽拽李铁，两人退出小屋。

邱洁如张张嘴："我……"

唐龙伸出一根手指，压住邱洁如的嘴唇，摇摇头，"你什么也别说，不要说。不就是风景不好看嘛，有什么了不起的。"

邱洁如猛地扑到唐龙肩上，抽咽起来。

唐龙捋捋邱洁如的头发，"别哭了。我送你一件礼物，你一看准会喜欢。"

邱洁如仰着脸问道："你真的能原谅我？"

唐龙站起来道："别说傻话了，快起来带着你的中队去取礼物,要不就来不及了。"

两人走出屋子,女站长跑过来道:"唐参谋,演习不是还没开始吗? 哪里来的蓝军?"

唐龙说:"朱海鹏诡计多端,不得不防。齐站长,这事也没有百分之百的把握。你们去不去,你快点定下来。打了胜仗,功劳全归你们通信站。"

齐站长问:"他们是什么部队呀?"

李铁说:"就是上次抓了黄师长他们的单兵飞行部队。"

齐站长惊叫一声:"这种先进部队,我的这些兵能行吗? 还是赶快报告吧。"

唐龙说:"齐站长,你别担心。你们只用派一个中队就行。你得派一辆卡车把你的兵运过去。报告上去,一来不及,二可能走漏消息。"

齐站长说:"我听你的。小邱,你带二中队跟唐参谋去执行任务,真立了功,也给咱们女兵争口气。"

唐龙叮咛道:"齐站长,事后上面问起来,千万别提我和李连长来过。"

邱洁如在那边已吹响了集合哨子。二三十个女兵紧张地忙碌起来。

齐站长跟着唐龙和李铁朝吉普车走着,"这要是真打了个大胜仗,不提你们太不好意思了。"

唐龙说:"解释也解释不清,这么说吧,你要是说了,等于害了我们。"

已是傍晚时分,两辆车沿着河边的公路朝大坝子西南角开去。

找到空投汽油,唐龙指着林子外面一块有三四百平米大小的空地说:"洁如,你把主要兵力埋伏在那块空地周围,派几个胆子大的守住这些油。记着,按规定,他们都是全副武装,一定要等到他们打开飞行器的时候再喊话。我们该走了。"

邱洁如看看黑暗下来的山野,有些胆怯了,颤着声音说:"你们也留下来吧。"

李铁道:"实话说吧,我们俩如今已经没资格参加演习了。我这两个兵奉黄师长之命,押我们到司令部,听候处理。"

女中士说:"你们犯了什么错?"

李铁说:"昨天我带唐龙到清江县城喝酒解闷,打了几个坏人。今天被人告了。"

唐龙说:"你们快布置吧,不要怕。"

邱洁如看唐龙真的走了,又拽住唐龙问道:"他们什么时候来?"

唐龙说:"可能前半夜,可能后半夜,也可能马上就来了。祝你们好运。"

二十几个女兵在树林和灌木丛中埋伏起来,密切注视着空中和空地的动静。天黑透了,四周是死一般的寂静。

"队长,我有点紧张。"

"别怕,这只是演习。"

"我知道,可就是有点怕。"

一个女兵弯腰朝后面移动着。

邱洁如喝道:"那是谁,快趴下。"

"我,我要小便。"

"你就不能憋一会儿?"

"我,我憋不住了。"

邱洁如说:"都听着,这是我们中队第一次执行作战任务,谁要是出了问题,处分谁。大小便都在原地解决。"

"邱少云火烧着了,还一动不动,连泡尿都憋不住,真没出息。"一个声音接道。

邱洁如说："小龙,你去告诉守油的人,想法把油都放了,一起来守这里。没有了油,看他们往哪儿飞。"

一个黑影猫腰穿过灌木丛,蹿入林子。大半个月亮从云层里露了出来。

秦亚男背着牛仔包走进红军指挥所,看见刘东旭正蹲在一扇门前借助屋内的光亮喝稀饭,忍不住扑哧一声笑了,"不是还没打起来嘛,就紧张成这个样子。"

刘东旭因在亮处,辨认了好一会儿,才把秦亚男认出来,"是小秦呀,又来了?"

秦亚男走近了说道:"不欢迎吗?"

刘东旭扔下饭碗,"欢迎欢迎。蓝军下午突然飞过来一架轰炸机,在防区内逗留了四十分钟才离开。到现在还没查清它飞过来的目的,范司令还在查呢。"

范英明骂骂咧咧从作战室走出来,"朱海鹏这个混账,还很有理,说这种战前侦察司空见惯。哎,你真回来了!"

秦亚男道:"关于红军的命运,关于你这位倒霉的司令的命运,都是一个谜。不看看谜底可不得安宁。"

范英明问:"你吃饭了没有,要是没吃,就一起吃吧。馒头,稀饭加大葱。"

秦亚男说:"也蹲这里吃吧,挺有味道的。"

刘东旭喊:"李班长,把范司令和秦记者的饭送过来。朱海鹏分明有意图嘛。"

范英明道:"这肯定不是一次侦察。问题是到现在为止,这架飞机有十五分钟在干什么没有得到证明。"

秦亚男接了馒头和大葱说:"你们这次演习,在北京成了一个话题,把蓝军司令传得神乎其神。你范英明的形象可不怎么样。"

范英明闷头吃着,没接腔。

两个战士把唐龙和李铁押了进来。

中士向范英明行个持枪礼,"报告范司令,奉黄师长命令,把唐参谋和李连长带到。"

范英明瞪着眼睛看着李铁,"六十公里路,走了四个多小时,是不是又去见义勇为了?"

李铁嘻嘻笑道:"司令,车在路上抛锚了。"

范英明吼道:"还笑,你太让我失望了。很能干呢!两个人对付六个带火枪带匕首的痞子,下人家三个下巴,卸人家三条胳膊!"

唐龙接道:"确切地说,是一个人。"

范英明瞪了唐龙一眼,"很英雄是吧?今天没去替你们收尸,已经够幸运了。违反战场纪律,重伤三人,你知道这是什么性质的问题?"

唐龙辩解道:"违反纪律是实,下巴安上,胳膊对上,什么伤也没有了。如果我们不出……"

范英明冷冷说道:"你们救了两个舞女,帮助公安局抓住了一个流氓犯罪团伙的狐狸尾巴,是不是还想记个功啊?"

唐龙说:"没这个奢望。"

刘东旭严肃地呵斥道:"唐龙,你觉得你的错误还不够严重?胆子也太大了。"

一个参谋到门口报告:"二号雷达站报告,十分钟前有不明飞行物超低空飞过五号地区右侧,很难辨别是什么。"

范英明说:"命令部队加强戒备,雷达站集中搜索五号地区上空。李铁呀李铁,你让我怎么说你呢!"

李铁打个立正,"请允许我们参加演习,戴罪立功。"

范英明喊一声:"白连长,把他们押下去,先关三天禁闭。"

一个中尉跑过来,把唐龙和李铁带走了。

秦亚男咂着嘴说:"好厉害!他们打的是地痞,不说有功,你这么处理是不是太重了。战争时期也允许戴罪立功呀!"

范英明说:"你不知道,情况很复杂。这件事不得不这样处理。"

秦亚男说:"连黄师长都下去当了团长,A师变化很大嘛,还有什么复杂?"

范英明道:"以后再解释吧,可能是因为变化太大了吧。用了一间房做禁闭室,只好委屈你和女兵们住一起了。我得去看看朱海鹏又搞了什么鬼。"

刘东旭带两个战士,把稀饭、馒头送到禁闭室。唐龙和李铁多少有点意外,都怔怔地看着刘东旭。

刘东旭说:"看什么看?快吃吧。怎么会是你们俩出事!这事又牵扯军民关系。小唐,你们怎么能在这种时候去那种地方!"

李铁咬一口大葱道:"政委,你劝劝范司令,放我们出去吧,我们总是有些特长吧?"

刘东旭说:"待三天再说吧。"

李铁央求说:"政委,关我可以,把唐龙放了吧。朱海鹏都很看重唐龙,说他能胜任参谋长,今天……"

唐龙咽口稀饭,"你胡说什么!"

刘东旭认真看了唐龙一眼,"找个机会再说吧。你们的错误确实严重。"转身往外走。

唐龙喊道:"政委,谢谢你的关心。朱海鹏是个志向高远的人,常少乐是个超脱了得失的人,他们不会只看重输赢。这一回合,一定要注意他们行动的超常规性。"

刘东旭又看看唐龙,转身走了。

秦亚男换了一个新环境,一时无法入睡,一个人到指挥所外面漫无目的地走着。一辆吉普车从远处驶来。车停在一个大沙堆北面，从车里走下来一个端冲锋枪的女战士，接着从里面下来一个身材颀长的男人。女战士喊道："你先站住。"男人很听话地站住了，举手敬个礼道："长官，我并不想逃跑。"

邱洁如跳下车嬉笑道："任叔叔，真是委屈你了啊！"

任建国又敬个礼道："长官，我不委屈，你们打得很漂亮。"

秦亚男好奇地迎了过来，问道："你们这是干什么？"

任建国也给秦亚男敬个礼，"首长，本人被俘了。"

邱洁如带点敌意地看看秦亚男，"大记者又千里迢迢赶来了。"

秦亚男说："你们别慌，我去取一下相机。"

特务连的中士跑过来哭丧着脸说："我们连长和唐参谋都让关了禁闭。"

邱洁如急忙问："他们在哪里？"

中士朝一排房子一指，"在那边。"

邱洁如说："任叔叔，先去见被关禁闭的两个人。"

任建国说："洁如，还是先见范英明吧，我得要油哇。"

邱洁如道："你不想见见让你这个特级飞行员栽了大跟头的人？"

任建国问："不是你们设的伏？"

邱洁如先走几步，"我还不能从空投汽油推断出你们会大驾光临。"

负责看管唐龙和李铁的卫兵不同意开门。

邱洁如只好喊："唐龙，李铁，全歼单兵飞行一中队，生俘大队长任建国。"

唐龙在里面说："干得漂亮，你来这里干什么？小心感冒复发。"

任建国道："怪不得朱海鹏几次提到红军有个坐冷板凳的唐龙,怎么这回连冷板凳也坐不上了? 每况愈下,每况愈下。"

唐龙说："洁如,是不是你们把油倒了?"

邱洁如说："我怕打他们不过,只好先毁了他们的粮草。倒错了吗?"

唐龙说："你快带任大队长去见范英明,尽快把油送过去。一个飞行器几十万呢!"

任建国说："果然厉害。好在你连冷板凳也没坐的了。"

秦亚男举起相机照了一张。

邱洁如不客气地说："照什么照,明知道这是假的,还照。"

秦亚男索性又照了一张。

任建国说："等等,我做个投降姿势,你们把枪端好,来让这记者照一张。"

两个女兵果真摆了姿势,秦亚男笑着又照了一张。

卫兵蹭过来说："秦记者,能不能把俺也照进去? 这仗是捞不着打了,演习后俺就要退伍了,照个押俘虏的,回家能看一辈子。"

邱洁如说："去去去,只会对自己人耍横,你照什么照。"

唐龙在里面说："洁如,他是执行命令嘛。你和这个老兵合个影。老兵,你还没和女兵照过相吧?"

卫兵龇出一口白牙笑道："嘻嘻,俺连话都没跟女兵说过。俺们村出兵,老的少的出百八号,俺还没见过谁跟女兵照过相。"

邱洁如说："好好好,照吧。"

几个人又重新摆好姿势,又照了一张。

秦亚男说："太有意思了。"

几个人一起往指挥所走去。

卫兵追几步喊道："秦记者,照片洗出来别忘了给俺。俺叫王小柱,是警卫连一班班副。"

秦亚男扭头答道:"忘不了,王班长。"

卫兵又补一句:"是班副,不是班长。"

几个人进了作战室,范英明和刘东旭还在查不明飞行物。

邱洁如白了范英明一眼,多走一步,给刘东旭敬了个礼说:"报告政委,通信站一中队于今晚八点二十分,在石田坝全歼蓝军单兵飞行部队一个中队。"

范英明握住任建国的手说:"不明飞行物原来就是你们呀。这一下咱们扯平了。"

任建国笑道:"我们可没有狐狸部队。你赶快给我调点飞行汽油到石田坝。你们这些丫头厉害得很,把我们空投的油都倒掉了。"

范英明吃了一惊,"朱海鹏是不是今晚要动手呀?"

任建国微笑道:"我不想当叛徒。"

邱洁如挖苦道:"可别再坚持不到四十八小时。政委,我们该回去了。"

刘东旭还个礼说:"路上小心。"

邱洁如带着两个女兵上了吉普车走了。

月光如梦。

第 十 五 章

　　蓝军单兵飞行部队在石田坝意外失利,第二天清晨,航空兵大队又在六号地区白沙岭空降到红军伪装高炮营阵地,按规定算与伪装高炮营同归于尽了。这两支奇兵相继失败,削弱了蓝军的战斗力,对演习双方和演习指导机关的行动和心态都产生了微妙的影响。上午八点钟,蓝军中路混编主力从三号地区向红军一号地区攻击前进。电子战、信息战都没进行,甚至没有空战,演习的内容和第一阶段相比,至少要落后三十年。

　　战场上的种种情况反映到大屏幕上,寻常得有些乏味了。前来观摩的兄弟军区的人嘴上没说什么,可大都以行动来表明自己的不感兴趣:悄然离席。战况确实有点寡淡。前些天说得神乎其神的单兵飞行部队,竟然被通信站一个中队的女兵一网打尽了。在第一阶段演习中没什么作为的陆军航空兵,第一次露面,就落在对手一个伪装部队的陷阱中去了,可见蓝军的信息战水平很不怎么样。

　　赵中荣看作战室再无别的军区的人,小声对童爱国说:"童部长,你是不是觉得蓝军这一轮的打法有点反常?"

　　童爱国说:"眼下还不能下结论。单兵飞行部队失利有一定的偶然性,这种构思很精彩。"

方英达插话说:"朱海鹏是想派个孙猴子钻到牛魔王的肚子里闹。如果这支奇兵成功地在石田坝隐蔽到现在,范英明恐怕就得四处救火了。不能以成败看待这个问题。"

赵中荣说:"陆航部队空降到白沙岭,可太失算了。"

童爱国摇摇头道:"白沙岭在一线被突破后,战略地位非常重要,按常理,这个地方应该布置一个高炮营。"

陈皓若道:"范英明敢把一支伪装部队当主力布置在战略要地,很见胆识。我只是觉得蓝军这种中间突破有些问题。好像他们要一口吃掉红军主力一团。"

赵中荣笑道:"蓝军这个混编旅想吃掉红军一团,恐怕不容易。一团左边,有二团,以二团的机械化程度,赶到主战场,只需要四五个小时,右边有摩步团梯次布防的三个营,哪有什么便宜可占。"

战场形势于红军有利显而易见,演习决策层都感到了一种难以名状的轻松。

这时,演习指挥部所有的人都没有注意到显示屏上,有六个小米粒大小的蓝色光点,从蓝军主力两侧,悄然向红军防区飘动着。这种只能代表一个排兵力的小蓝点,在十几平米大的显示屏上,实在太微不足道了。上到方英达,下到普通作战参谋,谁也没有想到这些不起眼的小蓝点会是这次演习的焦点。

松了一口气的轻松感,也开始在红军指挥所弥漫。

刘东旭准备以这两次胜利把士气鼓起来。他以商量的口气对范英明说:"通信站一中队歼敌一个飞行中队,你看是不是利用这件事做点什么?"

范英明道:"政治工作,完全由你说了算。我不知道这件事如何利用。"

刘东旭道："给他们通令嘉奖,把嘉奖令传到各参战部队。这个头开得不错,应该利用这个契机把部队士气鼓起来。"

已经兼任红军参谋长的王仲民接道："还是政委考虑得仔细。特别是全歼了蓝军上次出尽风头的单兵飞行部队,意义更大。"

范英明道："这样做应该说很好。不过,我觉得这次小胜有很大偶然性,不宜过分宣扬。"

刘东旭道："大局方面由我们掌握,我们不沾沾自喜,也就没什么副作用了。再说,这样也可以冲淡一些对高技术的盲目迷信心理。"

范英明想了想说道："那就发个嘉奖令。蓝军这次一开始就摆出决战姿态,到底是什么意思?空军也不出动,也不利用电子战方面的优势,难以捉摸。"

王仲民道："朱海鹏手里的尖端东西不多,巧妇难做无米之炊。可能他在等待什么机会。"

范英明看了一会儿沙盘道："他肯定是在等我们变化,然后再捕捉战机。蓝军这种反常定有重大图谋,我们决不能因小胜而掉以轻心,落入他们的圈套中。严令各部,密切监视各自正面敌人动向,有情况随时报告。"

蓝军第二阶段演习方案,确定是围绕着二十个数字化班制定的。跟着美、英、俄、法等当代军事强国亦步亦趋,已经早让朱海鹏厌倦了。汉、唐和清康乾的辉煌历史的主要支柱之一,就是它们有一支在当时可以傲视整个地球的强大军队。从军史的角度去看大元帝国,它能在日后欧洲史书上留下"黄祸"一词,也是因为它有一支当时无人堪与争锋的军队。冷战结束后,美国在国际舞台上一枝独秀,也是因为它具有当今世界上最强大的一支军队。一九八二年英阿马岛之战,英国之所以能重占远离英本土一万多海里的马纳维纳斯群岛,也是因为英国有比阿根廷强大得多的军队。朱海鹏绝不是一个不懂政治或对政治毫无兴趣的军人,可他却一直固执地认为,南沙问题、西沙问题、钓鱼岛问题、麦克马洪线问题,甚至包括祖国统一的问题,从本质上来说,首先都是军事问题。因为国力的限制,朱海鹏并没幻想在他有生之年,中国的军队就能强大到能单独与美国分庭抗礼。但他心里确实存在着梦想,梦想着在某个领域,领一领世界潮流。

回到演习前线后,朱海鹏马上提出了以数字化部队为中心的作战思想,并让"陆院"院长再派一百二十名高级班学员随蓝军实习,以保证数字化班能迅速投入作战。朱海鹏是这样看待士兵数字化的世界性潮流的:这是冷兵器时代个体军人决定战场胜负神话以现代面貌复活的时代要求决定的。关云长千里走单骑、张翼德当阳桥一声吼喝退百万兵、赵子龙入百万兵阵取敌上将首级,这些神奇的故事里面其实蕴藏着深刻的军事学观点:对人的重视。当二十个数字化班在不同距离外,与 C 师的 C^3I 系统联网后,朱海鹏的战争观念又一次发生了重大变化。

朱海鹏兴奋地紧紧地拥抱着常少乐,连声说:"就从这里做文章,就从这里做文章!要把这当成实际的主角,对,一定要它当主角。"

常少乐笑着推开朱海鹏,"你是导演,谁当主角你说了算。看样子,我用不着为还那二百万发愁了。"

朱海鹏拍着巴掌道:"我们的 C^3I 系统,二级终端只有八个团级建制单位。现在,从理论上讲,我们已经拥有了二十八个团,演习我们必胜。"

常少乐惊得张大了嘴,结结巴巴说:"海,海鹏,你没有发烧吧?二十个班不过只有两百人,这个账你算不来?"

朱海鹏道:"你这是老观念了。我的意思是,我们可以通过这个自动化指挥系统，直接指挥二十八个作战单位作战。再让月蓉和小程编个班与班联络的程序，这二十个班分开是一片小刀，收拢就是一把大锤。小刀飞过敌人防线很容易，再合成一把锤子，什么都能被它砸个稀烂。"

常少乐挠着头说："你一会儿小刀一会儿锤子，我还是没听明白。你能不能说得雅俗共赏些？"

朱海鹏憨憨地一笑，"我高兴得有点忘乎所以了。你想想，咱们现在由团指挥到班，有多少环节？班里发现敌情报告给咱们又需要多长时间？在战役进行状态中，这些环节和时间，要丧失多少战机？"

常少乐一拍脑门道："可不是嘛！一个班目标很小，机动性很大，容易捕捉战机，又能直接与我们和其他作战单位联系，真是奇兵呀。你说美军从二〇〇二年就能实现单兵数字化，咱们不还是落后一大截？"

朱海鹏表情严肃起来，"我们这么大规模的演习，按说应该有五颗以上各类卫星专门配合，可我们半颗都没有。所以，我才想到用微波天线相互联络的土办法。二〇一〇年后，美国的每个士兵都是一个武器平台，从理论上讲，美国参谋长联席会议主席，可以坐在国防部大楼作战室，亲自指挥每一个士兵作战。所以，我才想在下一阶段让这二十个班当主角。"

常少乐道："我完全同意。你准备怎么用这支数字化部队呢？这恐怕对你也是一个新课题。"

朱海鹏道："如果这二十个班能穿过他们一线而不被他们察觉，战场主动权就会牢牢掌握在我们手里。他们的补给问题，可以用空投和自力更生两种办法解决。"

两天后，蓝军制定了甲、乙两套作战方案。甲案和乙案的区别只在第一阶段如何让二十个数字化班顺利通过红军一线防御体系。甲案第一阶段,拟由单兵飞行部队和空降部队,以奇袭方式发起攻击,期望敌方调动一线部队,数字化部队趁敌乱,采取分散方式穿过敌一线。乙案第一阶段在甲案无法收取预期效果后实施,数字化部队分由主力部队两翼外侧随第二阶段攻击部队,伺机突破敌一线。第二阶段,用整编的混成旅,采取常规战中间突破办法,紧紧抓住中部之敌,以期吸引敌两翼部队脱离一线,迫敌指挥部下在中部与我决战决心,数字化部队在敌后寻找各自目标。第三阶段,迫敌下决战决心后,用混编团接替混成旅位置与敌正面保持接触,主力混成旅以比敌更具机动性特长,迅速撤离主战场,数字化部队做好攻击敌重要目标准备。第四阶段,如数字化部队全面得手,已毁敌通信联络系统并断敌运输线,我主力与混编团内外夹攻,将敌全歼;如数字化部队无大作为,待敌合围我混编团态势形成后,用导弹歼敌主力。

这个庞大、周密计划的焦点问题有两个:一是红军能否被调动;二是数字化部队能否发挥。

因此,第二阶段演习开始后,尽管蓝军连折两支精锐,但对整体作战方案,没形成太大影响。这个方案的预期收益是巨大的,同时需要担的风险也很高。如果这真是战争,这个方案就是把全部家当压上轮盘的一场豪赌,任何一个环节出错,整个攻击体系就会崩溃。譬如,红军在蓝军攻击时,采用诱敌深入战术,让开中路,蓝军的全盘计划就无法运转,只能依靠数字化部队寻找新的战机。

演习一开始,朱海鹏的言语和行为、表情,要比他的真实思想轻松许多倍。他端着一杯茶水,躺在指挥所前面坝子里的一把躺椅上,翻着旧报纸晒太阳。心里却在想:特侦中队和空降大队接连失手,证明范英明这些日子动了很多心眼,把伪装部队纳入一线防御体系就是个证明,看来这是个难局呀。

常少乐在作战室钉了一会儿,心里忐忑不安,踱到朱海鹏身边，"海鹏，你真的有绝对把握了？"

朱海鹏站起来说："用这种传统得不能再传统，熟悉得不能再熟悉的打法开头，他们硬不上钩，我也没有办法了。不过，我坚信他们变不了这么快。你别忘了，我们现在打的是你的老对手黄兴安。这种局面他熟。"

常少乐道："他连团长都愿当，可见有长进。现在是你的老对手范英明当家，黄兴安不会不听话。"

朱海鹏自信地说："范英明要是明白了我们的用意，A 师也用不着再学新东西了。等吧。"

上午九时半，蓝军的主力部队已突破了红军一团设的一道警戒线。这种咄咄逼人的架势，逼得 A 师一团一线阵地上的指挥员纷纷拿起电话向团指挥所报告前沿情况。接着，蓝军混成旅在楚天舒的统一指挥下，井然有序地扮演第一个角色，开始向一个个高地发动攻击。

焦守志忠实地履行着参谋长或者干脆叫大参谋的义务，亲自接了几个前线打来的预警电话后，神色多少有点紧张地跑到黄兴安面前报告说："师长，二营、三营也来了电话，可以初步确定，敌人在我防区投入了至少一个半步兵团、大半个摩步团。他们怕是要先吃掉我们。"

黄兴安瞪了焦守志一眼，"慌什么慌？我一个满编甲种团，他想吃就能吃掉啊？开什么玩笑。你说是求援呀还是逃跑？"

焦守志嗫嚅道："我是说应该把这些，这些情况及时报告给范司令和刘政委。"

黄兴安已经在心里评估了来这里当团长的大概收益。因为蓝军采取这种中间突破的方针，让黄兴安提前嗅到了大丰收的五谷芳香。这种战场态势他太熟悉了。一个乙种师有多少兵力他了如指掌,蓝军投入到一团防区的兵力,至少要占它总兵力的百分之六十。这又不是三大战役式的大会战,蓝军没有援军,有那么一点孤苦伶仃。一团的情况就不同了,一边有二团,一边有摩步团,聚歼蓝军的主力,连个帮拳的都不用再找了。诱敌深入的念头在黄兴安心里连闪都没闪一下。他甚至觉得 A 师大胜的曙光,已经开始朝一号地区爬来。

黄兴安训斥道:"团是部队最基本的作战单元,一个团长,要胸中装有全局。一个团级作战单位,还有向上级提供作战方案的义务。对眼下的战局没有自己的看法,你报告什么?"

焦守志一脸委屈地说:"师长,我,我不是这个意思。蓝军一向狡猾,这种直来直去……"

黄兴安粗暴地打断道:"把敌人看成狐狸是对的,可有时候又必须把敌人看成驴。黔驴技穷正好可以形容蓝军的表现。你要学会分析。朱海鹏和常少乐那些撒手锏什么的不都已经完蛋了吗?一个女兵中队就可以制服一个单兵飞行中队,这就是辩证法。"

一个上尉跑来报告说:"师长,三营长报告,〇八号阵地失守。"

黄兴安甩掉大衣道:"混账,你告诉三营长,中午十二点以前,让他把阵地给我夺回来。夺不回来,他就去八连当连长吧。"

焦守志说:"师长,蓝军火力确实太猛。"

黄兴安道:"你该学学怎么当团长。你记录一下。我团自上午九时开始,遭到敌约两个团主力攻击,现战斗在进行中。我们认为,敌采取的仍是擒贼先擒王的策略,企图先打掉我团,以挫我军锐气。目前的一线态势是:敌主力都集结在我军原三号地区,我五、六号地区正面只是敌负责监视、打援的零星部队。我们认为,在一号、三号地区聚歼敌主力的条件已经存在。建议二团,坦克团一部,摩步团,独三营及坦克团一部,以迅雷不及掩耳之势,突破敌

四、二号地区显然已形同虚设的防线,从两侧向三号地区形成包围圈。战机稍纵即逝,请你们认真考虑。"

焦守志试着问道:"师长,这请示电,是不是考虑一下语气?"

黄兴安怔了一会儿,"什么语气?"

焦守志用笔杆点道:"譬如这最后一句,请字前面是不是加个恳字。是不是还应该表示一下等候电示。"

黄兴安冷笑一声,"很细嘛。"捡起笔在上面签上自己的名字,"你想添什么,就添吧。"

焦守志拿着请示电出去了。

黄兴安拿起电话说:"接二团简团长。"

红军指挥所收到一团请示电时,王仲民也提出了聚歼蓝军主力于三号、一号地区结合部的方案。理由和黄兴安的理由相差无几。

王仲民说:"黄师长这个请示电也证实了我刚才的判断。朱海鹏确实没有力量再玩出什么新花样了。这么轰轰烈烈打一仗,输了,蓝军上上下下也都能交代了。"

刘东旭说:"他们两个团攻一团,决心要快些下。如果一团有失,全局就被动了。"

范英明心里十分犹豫,走到沙盘前说:"在沙盘上看得清楚些。如果蓝军主力确实全部在一号和三号地区结合部,聚歼不是没有可能,我们只用投入百分之七十的兵力,就可以做到。"

刘东旭问:"那你还犹豫什么?"

范英明道:"如果是这样,那就是一场标准的古典战役。蓝军有必要在一次演习中扮演必败的角色吗? 仲民,你做蓝军司令,你会用这种笨办法吗?"

王仲民摇摇头说:"我不会。可你怎么解释目前这种战场态势呢？你不管他,他突然发力来个陆空配合,就能吃掉一团。"

范英明感叹道:"打仗,就是猜对手的心,有时候差之毫厘,谬以千里。如果我们把一线主力全部投入,敌人突然间不见了,会出现什么情况?"

王仲民笑道:"几千人呢,怎么可能突然从包围圈中消逝?想象,纯粹是想象。"

范英明道:"你们看,三号地区是整个演习区交通状况最好的地区。如果他们主力撤走了,我们的主力却突进这个河谷会师了,你用什么对抗来自空中的打击。"

王仲民说:"这只是一种假定。"

范英明道:"这是一种假定。这种情况也是我们失败的一种可能。把朱海鹏朝笨了想,他很可能想在那个地区动用导弹。"

刘东旭问:"总该有个对策吧?"

范英明说:"让一团退后二十里,看他跟进不跟进。"

王仲民道:"一团现在已经和蓝军正面接触,突然在白天撤退,要吃大亏的。"

范英明果断地说:"现在是不能撤。命令一团固守,但不要计较一山一丘得失,坚持到天黑后,主动后撤,静观蓝军动向。命令五、六号地区一线部队,严密监视敌动向。命令各雷达站,严密监视蓝军空军行动。等等看。"

刘东旭忍不住说道:"如果他们长驱直入,我们不还得跟着他们转?"

范英明没有表态。

刘东旭只好说:"最后决心由你下,这个原则不变。走,去看看午饭好了没有。"

两人走出作战室,便看见秦亚男和几个值夜班的女战士在打整一堆半斤来重的小鱼。

刘东旭说:"这是谁办的事,一次买得太多了,又没有冰箱存放。"

秦亚男双手都沾着鱼血,用衣服擦擦脸上的汗,笑道:"这是我们在沅水打的鱼,给你们补补脑子。"

范英明蹲下来,捡个木棍翻看着鱼,"野外吃鱼,这么整出来烧,又费事又不好吃。"

秦亚男翻个白眼,"有吃的就不错了,别挑肥拣瘦了,怎么做也比罐头好吃。"

范英明说:"谦虚一些嘛。剩下的只用取了内脏。再去河里挖些青泥来,把盐和调料放在鱼腹中,糊了青泥用火烧。"

秦亚男撇撇嘴说:"你们都是君子,只动口不动手。大司令是不是带头去挖点青泥,示范示范呀。"

范英明说:"那就教你学道名菜,在北京失业了也能有个糊口的手艺。"

秦亚男有些动情,突然伸手抓住了范英明的两只手,使动捏了捏,笑着跳起来,"先拉你下水再说。小姐们,跟范司令挖青泥去。"

范英明无奈而又满足地摇着头,跟了女兵们去挖青泥去了。

王仲民看见这个情景,诧异片刻,说:"英明还有这么听话的时候,真新鲜。"

刘东旭意味深长地笑道:"一物降一物,范英明怕是要双喜临门了。"

王仲民说:"这小秦要是媳妇,恐怕……"

刘东旭道:"媳妇倒是媳妇,不过,是可以自由恋爱的媳妇。没弄清这个关键,我一个师政委怎么能祝他双喜临门呢?"

王仲民笑道:"到底是政委,工作细致。他们要是成了,要算一段佳话。"

刘东旭道:"《战地浪漫曲》那个调子是怎么哼的?"

王仲民说:"一下想不起来,我倒是想起《魂断蓝桥》的调子了,是这样吧?"撅着嘴吹出了《一路平安》的旋律。

方英达已经在依靠杜冷丁止痛了。他靠在床头上,望着窗外远处那个依旧翠绿的土岗,举着手中的杜冷丁空瓶子,"现在两天就要用三支了。"

女医生收着针管,"首长,你早就该住院静养了。这杜冷丁含有毒品,用久了上瘾,越用剂量越大。"

方英达道:"也用不了多少支了。"

梁平扶方英达下床,"是啊,好了,还用这些干什么。"

方英达取下军帽戴上,"善良的谎言。你这个梁平呀,以后少给我说谎。我说过,演习不达到目的,我死不瞑目。所以我还得活,还得当瘾君子。"

女医生劝道:"首长,你要到哪里? 你应该休息一会儿。"

方英达笑道:"我是总指挥,能躺得住吗? 请批准我回到我的岗位上。"

女医生闪到一旁,含着眼泪看着方英达出了房门。

方英达走进作战室,开口问道:"僵局打开了没有?"

陈皓若道:"越来越僵了,像是两个生手。○八号阵地争来争去,已经四次易手。看这个局部,红军也是寸土必争。范英明刚才却报告说天黑后一团要撤退二十里。"

方英达盯着屏幕看看,"那几个小蓝点是蓝军的什么部队?"

赵中荣解释道:"是朱海鹏亲自指挥的二十个班。我看不出这二十个班二百多个人,在这种演习中能有多大作为。"

童爱国道:"这就是蓝军的数字化部队。"

方英达若有所思地说:"我想起来了。美军和英军如今都在耗巨资研究如何把单兵作战能力发挥到极致。朱海鹏这个思路不错，为什么在作战方案中他没有特别强调？"

童爱国道："他说这只是个尝试，作战计划上还是四个步兵排，屏幕上只能用排一级的小圆圈表示。"

方英达对这个问题发生了兴趣，"每一个班装备了什么？"

童爱国道："运输工具和补给由蓝军司令部根据要求尽量提供，或由数字化班自行解决。除常规武器外，每个班都带有一个和蓝军 C^3I 系统联网的终端，可随时和指挥所信息中心发生联系。另外，每个班带有一套夜视装置、一个传输距离不超过三公里的保密性极强的电台、一套探测装置。班与班之间可以相互联络，也可和坦克、装甲车和直升飞机直接通信。这都是前几天海鹏给我讲的，到底这种部队威力有多大，还不好预测，因为到现在为止，尚未看到有关它的战例报道。"

方英达又站起来，仔细看看屏幕，"看来范英明准备撤退是有道理的，中路全力突破，可能是个陷阱。这二十个班，眼下恐怕是作雷达使用的，负责监视红军左翼、右翼行动。"

童爱国钦佩地看了方英达一眼，"方副司令，确实如此。如果使用炮击，它现在就能引导炮兵精确射击。"

方英达笑了起来，"陈军长，这一阶段还是有新东西嘛。差一点被他们蒙住了。"

陈皓若跑到显示屏前仔细看看，"他们已经跑到红军左、右翼主力部队的眼皮下了。红军的大规模行动，蓝军马上就会知道。哎，它们可能不是作雷达用的，你看，有一个已经越过红军一线了。"

方英达道："红军不是准备让出中央了吗？如今处在斗智阶段。告诉蓝军每隔一个小时，要上报一次这二十支特殊部队的具体位置。"

陈皓若道："赵处长,你去通知后勤,中午给来观摩的同志加两个菜,顺便把演习的新内容给观摩团通报一下。"

天已过午,红军两翼仍没一点动静。红军两翼不动,蓝军的连环计就无从谈起。吃过午饭,朱海鹏一个人到小树林思想对策。江月蓉端了一盆衣服,在一条小溪里无精打采地洗着,不时地一眼又一眼看朱海鹏。朱海鹏回来后在学着抽烟。一个男人学习这种不良嗜好,一般都是在哪个方面特别地失落了。朱海鹏学习抽烟,可以说是苦不堪言,抽一口,要咳一串,每一声咳,都让江月蓉感到不安。朱海鹏在小树林发出的咳,声音空洞,带着山的回音。江月蓉放下衣服,站起来准备要去小树林的时候,丁参谋一路小跑去了小树林,接着,朱海鹏跟着丁参谋回了指挥所。江月蓉又蹲了下去,从水中捞出一个大鹅卵石,用力地捶打着衣服。

朱海鹏拿起一叠电文看看,黑着脸道："命令楚天舒,马上组织力量,把〇八、一一、一二、一五号阵地全部拿下来。"

常少乐问:"要是他们还不动呢?"

朱海鹏说:"那就尽快下决心把他们一团啃下来。命令混编步兵团,向混成旅靠近,准备打援。命令工兵营,准备去四、六号交界地区设置障碍。"

常少乐说:"黄兴安这小子真进步了。"

朱海鹏担忧道:"等到天黑,他们要是一撤,就把咱们的主力晾在半道上了。不做两手准备可不行。"

两人走进作战室,常少乐忙问:"咱们的宝贝,又有几个过河了?"

丁参谋答道:"已过去八个,报告说红军一线戒备森严,漏洞较少,耽误了时间。另外十二个还没有消息。"

朱海鹏叹道:"我们要有隐形轰炸机,只用二十分钟,就把这二十个班全部空投过去了。剩下的十二个只要能过去一大半,这台戏就能唱了。告诉楚天舒,把硬吃中部的戏做足了。"

蓝军对红军一团一线阵地发起了规模空前的攻击。一时间,横向四五公里,纵深两三公里的一团防区,山摇地动,狼烟四起。蓝军火力延伸后,步兵在坦克的掩护下,冲向一个个高地。

黄兴安在一团指挥所发火了,把红军指挥所的电令狠狠摔在地上,"中计中计,中他妈屁计,动不动就拿高科技吓唬自己。坚守三个半小时,损失两个连,等不到天黑,这个团就耗光了。"

焦守志小心捡起电报,"师长,看来你是对的,要不再发个请示电?"

黄兴安像一头愤怒的狮子一样,在作战室转了几个圈圈,"怕败怕败越怕越会败。焦守志,你再发一个电,重申上午电请,一团主力已被敌人缠住,后撤要遭重大损失。"坐下来做了几个深呼吸,声音低了下来:"再加上这层意思:同时,一团已在做撤退准备。按天黑撤离计划执行,一团在下午可能会有重大损失,建议提前撤出一线。"

焦守志拟电文时,黄兴安又拿起了电话,"接二团简团长。我是黄兴安。前两天接了这条电话线算是接对了。教条主义成风,高科技了,自动化了,连师与团的电话联系也不要了。蓝军又向一团攻击了,这回攻得很猛。"

简凡在那边说道:"师长,二团已经做好迂回包围蓝军主力的一切准备。范英明见死不救是什么意思?"

黄兴安叹道:"这些私人恩怨就不要提了,如今是范英明当家。我已经准备执行撤退命令。我们一撤,你们二团就处在正面了,你要早做准备。"

简凡一听黄兴安话里有话,思忖了片刻说道:"师长,谢谢你。可范英明离前线几十公里,总该听听前线指挥员的意见吧?演习过后，A师还是你黄师长的A师，我们总不能眼睁睁看着他这样胡闹吧？"

黄兴安说："还是忍一忍吧。前一段演习的事，抵制范英明当司令的事，说没了就没了。再让人抓住什么，就不好办了。你做好准备吧。这个仗，就范英明一个人看懂了，有什么办法。"

简凡心领神会地道："我明白了，这仗按他范英明的意思打吧。不过，二团也要把正确意见反映上去。摩步团林团长恐怕也看不懂这个仗吧。"

一团、二团和摩步团的三份请示电和建议电在下午两点钟前后，相继到了红军指挥所，都有坚决执行命令的保证，都有马上寻求决战的建议。范英明感到压力越来越大了。现代战争一个显著的特点就是整体性的增强，一个局部，甚至一个环节的失误，很可能就导致整个战场的崩溃。蓝军如果真以聚歼一团为目的，为什么没在占领〇八号阵地后迅速扩大战果呢？把黄兴安任命为演习一团团长的副作用，范英明已经实实在在感受到了。演习指委会做出这样一个决定，从部队长远的建设与发展来看，无疑是正确的。可是，黄兴安毕竟不是一个团长。这一点，从两份一团请示电的语气上，已经充分表露了出来。如今，二团和摩步团的建议电中也是不亢不卑建议与蓝军决战，逼得范英明不得不用十二分的力气来对付来自内外的影响。一团处境确实越来越严峻，被蓝军硬吃的危险已经存在，四点钟以前不撤，就必须用两翼救它了。可是，这肯定不是朱海鹏的真实作战意图。他究竟想干什么呢？

王仲民在范英明面前转着，"前线三员大将同时请求决战。我们总该有个明确态度。如果蓝军插到一团后面，再动就晚了。"

刘东旭也跟着说："小范，目前一线的态势，连我这个外行也能看出点眉目了。朱海鹏毕竟也是我们这支部队培养的，他会不会是在走一步险棋,本来就准备趁我们犹豫吃掉一团?"

范英明道:"蓝军要完成对一团的包围,至少需要四到六个小时。用两个半团吃掉一团,至少需要五个小时。在十个小时内,快反摩步团和二团想对敌实行反包围来不及吗?"

王仲民惊讶道:"你打算彻底牺牲一团?"

范英明站起来说:"如果实在需要,牺牲了一团而赢得整个演习,也不是不能考虑。蓝军的作战意图绝对不是进行这种决战。他们打这种消耗战,等于放弃了这场演习。即使一团被吃掉了,蓝军也要损失一个半营,我们以绝对优势兵力反包住他们主力,他们只能认输! 这笔账常少乐都能算清楚。我的意见是一团伺机撤出中部,把难题交给蓝军,并留两个连与敌保持接触,看他们如何行动。"

曹参谋跑过来报告说:"摩步团报告,他们在一、六号地区结合部,抓了蓝军一个班。"

王仲民有些不屑地说:"抓一个班也值得马上报过来。"

曹参谋道:"这一个班很特别,像是带有单独的联络工具,执行特别的任务。"

范英明自言自语说:"一个班到这样纵深的地方干什么? 他们是怎么通过警戒线的? 他们的目的是什么?"

王仲民道:"十来个人,过几十公里长的警戒线还不容易。"

范英明道:"曹参谋,你马上带直升飞机去摩步团,把他们这个班的全部装备拉过来。"

这个小插曲对红军决策层间的争论,没有产生多大影响。

刘东旭委婉地劝道:"事实可能证明你的直觉是准确的,但也不能对前线指挥人员的意见置之不理。小范,黄师长、简团长、林团长都是集团军很过硬的中层军事指挥官。演习第一阶段,黄师长和简团长已经犯过错误,应该相信他们这次不会再犯相同的错误。他们毕竟都是受党教育多年的同志。本来,我不准备说这些。我看他们这次确实是想让咱们师尽快打个翻身仗。英明,这一次,咱们可是把能动的部队全调来了。"

王仲民也附和道:"老范,说句实话,你提出的种种推断,连我也没有说服。"

两个人的劝说,把范英明说得心里乱极了。在中国,实在没有纯粹意义上的军事问题。我真的还在怀疑黄兴安和简凡的人格上有缺陷吗?我是不是过于自信了,看别人都是草包、笨蛋?黄兴安如果拒绝率一团在不明对手意图的情况下撤退,简凡和林团长如果再来一次机断处理,局面真的就会不可收拾吗?两翼以迅雷不及掩耳之势对蓝军形成合围的可能难道真的就不存在吗?如果最终仍免不了决战,演习结束后如何向上上下下解释这个白天的犹豫不决呢?是不是过高地估计了朱海鹏的智慧?

范英明连续抽了两支烟,艰难地说:"可能是肩上的担子太重了。前线来电,对战场形势分析得都很透彻。在三号地区进行决战的可能性确实已经存在,现在动手,我们的胜算也有六七成。以我们一线部队的机械化程度,只要通信和后勤环节不出灾难性的问题,蓝军即便有用导弹歼我主力的计划,也只会落空。可是,再用一千多万换这样一个结果划算吗?这个结果能证明我们师还处在世界军队中的前沿吗?好,不扯远了,也不争论了。做两手准备吧。令一团在晚六时前,仍不放弃撤退准备,如蓝军下围歼一团决心,我也决心与敌在三号地区决战。令二团、摩步团做好聚歼敌主力准备工作。令各预备队,做好投入三号地区战斗准备。"

在禁闭室苦熬的唐龙和李铁,一直在关注着已经开始的演习,然而,大半个白天过去了,除了看守他们的卫兵,他们没有遇到一个可以说话的人,心情沉闷极了。听到直升机降落的声音,两个人打开窗子朝外面招手。

唐龙大声喊："老曹,老曹,你过来一下。"

曹参谋和秦亚男走到禁闭室窗前。

唐龙问："情况怎么样?快说说,快说说。奶奶的,坐冷板凳上看人犯错误,也比蹲在小号里与世隔绝强。你们这是去了哪里?"

曹参谋隔着窗子打了唐龙一拳,"这种身份了,说起话来还是夹枪带棒的,本性难移,佩服佩服。"指指几个搬器械的战士说:"摩步团意外抓了蓝军一个班,范司令叫我去把他们的装备运回来。蓝军这一轮没什么新东西,连空军都没动用,现在正尽遣主力,从中路吃咱们一团。"

唐龙感到意外,"不可能吧?这种攻坚战马上就会变成消耗战,朱海鹏不会这么笨。"

曹参谋很洋派地一耸肩道:"敌人就是这么蠢笨,你有什么办法?黄师长、林团长和简团长已经在请示聚歼蓝军主力。我离开指挥所一个小时了,范司令说不定已下了决战决心了。"

唐龙道:"没用空军?不可能。朱海鹏是十九十八世纪的出土文物?连飞机也没见过?搞这种演习,可是变相贪污腐败。朱海鹏这狗日的也他奶奶的不是个东西,赢了一阵,也学会了见好就收,送给范大司令一个顺水人情。没劲,真太没劲了。"

曹参谋笑道:"你安心蹲你的小号吧。我得赶紧去交差。嘴巴里安排个游动哨,话太刺激。"

李铁伸出手央求道:"曹参谋,你给范司令递个话,把剩下的两天存着,演习结束后加十倍惩罚。"

曹参谋扬扬手走了。

卫兵笑嘻嘻地问秦亚男:"秦记者,不知昨晚俺照上没有?"

秦亚男拍拍相机说:"没问题,过不了几天就能洗出来了。"

唐龙看见警卫连的几个士兵还在从直升机上往下搬东西,心里咯噔一下,问道:"这是他们一个班的装备?"

秦亚男说:"这只是主要装备。每人都配有防弹衣和最先进的武器。他们还带有一台什么仪器,有这么大,差不多有五六十斤。对了,他们还带了一台笔记本电脑和一架微波天线。这个班有一半多是陆军学院的学员,个个谈吐不俗。不是想待在这个中枢神经里,我真想留在摩步团对他们进行深入采访。你们安心待着吧。"

唐龙发起呆来,突然从口袋里掏出自绘的地图,凑着窗口的光亮看了一会儿,喊道:"秦记者,秦记者——"

卫兵说:"已经走了。"

唐龙说:"老兵,你放我出去一下,我有重要情况报告。"

卫兵狡黠地笑笑,"唐参谋,我可不敢做这个主。还有人出来,我会给你喊。"

李铁说:"这是个榆木疙瘩脑袋。不是看他快要退伍了,我早出去了。你看出什么道道了?"

唐龙收起地图,垂头丧气道:"真是贱,我何必操这份闲心。朱海鹏在做数字化士兵试验,我怀疑这就是他的试验成果。"

李铁问:"这数字化部队,我记得好像只有几个国家在搞,都还没有装备到部队。"

唐龙朝行军床上一躺,"我有个预感,这一次恐怕还是凶多吉少。现代战争,打的都是钱。朱海鹏正是被钱束缚住了,他要有钱,你这个推理就不成立了。他做梦都想领潮流,世界潮流!看来刚才骂他骂错了。"

李铁笑道:"反正他又没听见。你是不是觉得朱海鹏是在做什么圈套?"

唐龙叹道:"可惜他没钱。这种班装备一个没十几万不行。

咱们不是已经抓住一个了,我想他手里没几个这样的班。钱呢,都是钱这个狗日的。挺尸睡觉吧,别再想遇什么英雄救主的巧宗了。赢和输,喝汤挨板子,小尉官能分多少?"

李铁也坐到床上,"老唐,我和范头儿投缘,并不影响你我的关系,别让我做取熊掌或取鱼的选择,我这人贪些。你的直觉向来很准,所以,我现在真想出去替范头儿分担点什么。这也是实话。"

唐龙看看李铁,没说话。

范英明在院子内仔细察看了运回来的装备,没发现什么过人之处。

王仲民问:"这是不是个移动雷达站、情报站?一个人至少要负重三十公斤。"

范英明道:"朱海鹏整天空想赶美超英。他这是在尝试直接指挥到班。中国指挥系统达到这一步,最少还需要三十年。没有几十颗军事通信卫星在天上,只是做个梦。"

刘东旭问:"这是什么部队?"

范英明说:"估计是朱海鹏的一个研究项目,像是在研究数字化战场在中国实现的可能性。这很不现实。对上,它要求极强大的综合国力,对下,它要求士兵至少应该有大专以上文化程度,对专业也有要求。我们的指导思想是打赢强加给我们的局部战争,眼下还用不着仔细考虑这些尖端问题。"

范英明的分析有条有理,引导整个红军决策阶层又一次忽略了蓝军这些数字化班的存在。

下午四点钟,蓝军指挥所最高决策层仍处在举棋不定的等待当中。红军中部仍在坚守,两翼仍无动静。这种态势完全出乎朱海鹏和常少乐的预料。强吃红军一团主力,必须从自己主力中分出一部,从两翼插到红军一团身后,形成包围态势。分兵之后,战场纵深至少会扩大二十公里,转进难度加大,即便把红军一线主力全部诱入三号地区,主力还能不能全身而退呢?舍娃子打狼并不是真舍娃子,娃子死了,打只狼有什么意义?不再投兵力进去,打的就是消耗战,吃掉红军一个团,自己也要赔进一个团,到那时,红军两翼主力逼过来,即便数字化部队把红军后方搅个狼烟四起、使其失去后方供给,但自己的全部主力被包了进去,也无后方供给,结果就是同归于尽。

四点十五分,第十八个数字化班通过红军一线防御体系,与指挥所取得了联系。憋了一个多小时的常少乐终于忍不住了,"海鹏,不能再等了。两条路都不好走,还是得选一条走。二十个班,一两个失手也在情理中,我看就不要追求完美了。"

朱海鹏叹了一声,"我倒是真希望有一两个班失手,这样他们或许能警觉起来。是不能再等了。一天要打掉几十万上百万,拖久了,是有点心痛。可又来个速胜,也并不是最善的结果。A 师别的人见了咱们这种班会不会迷糊不敢说,我想范英明和唐龙应该有这种眼力。"

常少乐意味深长地看着朱海鹏,"原来你已经有把握了。你能替 A 师考虑,胸襟气度不同凡响,但是,我反对你故意露出破绽,提醒他们注意。这样做对他们并没好处。范英明也好,黄兴安也好,心里未必真的认为前一局该咱们赢。他们一团不走,两翼也不来救,我们不动空军,他们也不动,意思很明白:我撑着你看你又能怎么样。"

朱海鹏听进去了,忙说道:"不可能吧?"

常少乐笑道:"实话对你说,我个人也认为咱们上次胜他们有很大偶然性。如果我处在黄兴安或者范英明的位置上,我也摆出这个架势给你看。电子战差不多势均力敌了,你的两支尖端部队也完了，我还怕什么？这里面确实有个观念难转变的深层问题。这两年，我的脑子洗得够勤了，还是这个样子呀！咱们老祖宗传下来一句话，叫只能再一再二，不能再三再四。你要真有把握又在一两天内把 A 师制住，那才真正能把人打醒，其中也包括庙堂里的人。"

朱海鹏思忖良久，默默点点头，"看来我还是书生气了一些，对人琢磨得不够。用两天时间打败他们，我没什么把握，用三到五天，我有九成胜算。"

常少乐将信将疑地道："你太自信了吧？我们原计划用六到八个小时完成狸猫换太子的戏，如今是要吃掉他们一团，再加上啃骨头的四五个小时，我们的后路还有吗？"

朱海鹏咬咬嘴唇道："我知道你不是在激将我，你是真的担忧同归于尽。既然知道他们一团是块没肉的骨头，做出个馋嘴的样子啃几口，用不了四五个小时，主力撤退的时间还有。"

常少乐眼睛一亮，"那你还犹豫什么？"

朱海鹏喊道："丁参谋，你记录一下。令混成旅、炮团一个营，尽全力投入围歼敌一团战斗；令战斗机中队、轰炸机中队，协助主力作战；令混编团迅速向前赶进，加入围歼……"

常少乐打断道："你怎么这时候就把狸猫送上去了？"

朱海鹏指指钟表，"再有两个小时天就黑了，用不着害怕他们空中侦察。狸猫和太子一起推上去，只要敌两翼动了，咱们就把太子抱回来，能省不少时间。令两翼警戒部队，分别沿四号与三号、二号与三号地区结合部六号、七号公路，构成五道梯式打援阵形，准备延缓从两翼对我进行包围敌主力速度；令预备队进至○一号高地一线，准备接应主力撤出主战场三号地区。"

趁朱海鹏停下来喝水的工夫，常少乐问道："咱们的撒手锏，你准备怎么用？二百来个人，在这种几万人的大演习中，实在太少了……"

朱海鹏打趣道："看看看看,观念又陈旧了。我也是第一次用这种部队,胆子可能大些。左翼、右翼各有九个班,这顿饭就能想丰盛一些了。命令左翼赵连长等六个班,沿四号公路,向敌六号心脏地区运动,在148公里猫儿山附近留下一个班,其余五个班由赵连长统一指挥,赶至沅水大桥一线,侦测敌重要目标;命令右翼乔营长等六个班,沿三号公路向敌八号地区运动,在164公里乌鸡岭附近留下一个班,其余五个班由乔营长统一指挥,赶至青衣江大桥一线,侦测敌重要目标;两翼各余下三个班,摆成三角阵形,间距一千五到两千米之间,随敌两翼部队移动,在五龙坝和白石沟一带定位,负责监视敌后援部队、后勤运输队运动情况。严令各班,胆大心细行事,设法于明零时至三时间到达指定位置。在接到下一次命令前,严禁任何暴露企图的行动,所遇困难,均由自己设法克服。"

常少乐在沙盘上指点比画着说："你这是在写神话吧?这十八个班有一半能到达这些地方,范英明连一分钟安宁也没有了。我以为你是让他们去炸桥呢。"

朱海鹏指着沙盘上的沅水大桥和青衣江大桥说："这里都有他们的舟桥部队,炸次桥最多能中断两个小时运输。这是古典战法,这样用就糟蹋了这种部队,敢死队只是它功能中的一种。在主战场局面不明朗的时候,他们就是一个个多功能雷达站,起的是信息战的作用。在我们高炮射程之内的几个点,主要作用是精密制导。高技术武器装备造价昂贵,必须有选择地使用。海湾战争中,美军曾发射几千枚导弹,但价格昂贵的战斧式巡航导弹只发射了二百八十八枚。这种导弹,一枚的造价顶三架半F—16战斗机。"

常少乐大笑一阵,"我不信你的能耐,怎么敢借二百万折腾?它们不显示点神威,军区首长不看上它们,把我这一百一十多斤,肉熬成油,骨头旋成扣子,能卖几文?看你刚才存了点妇人之仁,不得不激激你呀。这也算是我存的一点私心吧。"

朱海鹏无奈地摇摇头,"还是古话说得好,姜是老的辣,我又让你装进去了。"

江月蓉拿着一叠纸进来了,"正面久攻不下,你们还搞不团结,还这样轻敌,真是骄傲使人落后。"把纸朝朱海鹏手里一塞,"他们害怕两次踏进同一条河流,密码又换掉了。可见敌人也很狡猾。"

常少乐道:"小江啊,我把海鹏装进去,可是为他好哇。不激他下这种决心,他的将军梦怕实现不了。这下好了,海鹏已夸了口,三至五天再把一个甲种师搞定。你应该感谢我。"

江月蓉说:"关我什么事?"

常少乐瞪着眼说:"夫贵妻荣呀!"

江月蓉鼻子哼一声,"贵了就高了,高了就冷了,冷了就不是人是神了。"扔下两个男人,出去了。

两个男人你看看我,我看看你,什么也没说出口。

警卫连赵连长上次遭了范英明和李铁暗算,心里憋了一口气,这一次听说要建立数字化班,缠了常少乐和朱海鹏多次,死活要带一个班到敌后活动,用战功找回失去的面子。

接到指挥所命令后,赵连长用电台通知其他五个班拆掉微波天线,保持队形的距离,佩戴演习红军标识符,由红军二团防区上路了。蓝军轰炸机群在六架战斗机的护卫下,从他们头顶飞过,直扑一号地区主战场。

赵连长抬头看看天色,"测一下我们现在和三号公路之间的距离。"

一个佩戴上士软肩牌的"陆院"学员,熟练地摆弄着测距仪,报告说:"距北边黄土岭路段三至三点二公里,距东边望夫崖处二点四至二点五公里。"

赵连长果断地说:"通知各班,向东,由望夫崖上公路。"

一个下士说:"连长,大白天,还是走小路吧。你看,飞机都动起来了,三号公路肯定很忙乱,有危险。"

白脸少尉接道:"还是等天黑再上公路,抢车也方便。"

赵连长冷笑一声,"最危险的地方最安全。上万人在这一地区运动,我们十来个人一组,很不起眼。抢车? 不到万不得已,决不能出此下策。"指指臂上的徽标说:"我们和他们一样,是自己人。不想跑路,应该想法借车。就这么办,行动吧。"

黄兴安接到红军指挥所的回电,仔仔细细读了三遍,细想了半个多小时。他从电文里,感受到了自己的影响力依然存在,心里很满意。一团后撤二十公里的妙处,黄兴安不是不知道。在他看来,照这种打法,撤还是硬拼,最终都能取得胜利。既然范英明已经妥协,他也没有必要一定在撤与不撤的问题上过分坚持己见。接着,他以私人名义给范英明和刘东旭写了一封信,详细谈了自己对于在三号地区与蓝军决战的看法。

黄兴安把信交给焦守志道:"守志,你看看写这封信合不合适。我对小范一直很器重,近一段虽然出现一些小摩擦,但都无关大局。"

焦守志仔细看过信,说道:"还是师长想得周全。你在一团当团长时,英明当一营长,你们确实处得很好。演习毕竟有它的特殊性,争论一下也正常。"

黄兴安笑道:"人与人相处,还是要多沟通。上次失利,偶然因素太多。两封明码电文,能说明 A 师已经成了豆腐军? 常师长和朱海鹏三板斧也抢过了,真功夫不就这么一点? 我想请你走一趟,把这封信交给英明和政委。你呢,再请他们讲讲他们的详细考虑。"

一个参谋跑了进来，"报告！蓝军对我团发动全面攻击，陆军兵力超过两个团。据我两翼报告，敌有迂回包围我的企图。'师指'指示，敌空军轰炸机群已经起飞，我空军战斗机群已起飞准备拦截，让我们做好准备。"

黄兴安兴奋得满脸放光，"图穷匕首见！高科技、现代化喊破了嗓子，最终不还得在陆地战中一决高下？常麻秆这回不惜血本，不就是冲我来的吗？守志，你赶快出发去'师指'。凭 C 师的实力，我不要一兵一卒援军，三五天他也啃不下来。你对英明说，让他早下决心。战局已经明朗，拖一天，就要多花上百万。"

焦守志拿了信慌慌张张往外跑。

"守志，"黄兴安又喊道，"你告诉政委和英明，在'师指'决战决心未下之前，一团已经做好随时撤退的一切准备。"

战场态势确实已经趋于明朗。简凡与黄兴安通过电话后，又向"师指"发了一份请示电后，开始做大决战的准备工作。聚歼蓝军的战役发动后，二团的任务肯定是由七号公路插向西南，对蓝军主力进行包抄。在简凡看来，这一仗红军已经胜券在握了，在这个前提下，他仔细考虑了演习结束后的利益分配问题。黄兴安从这一仗中获得的利益，足以抵销他前一段的过失，师长的位置依然固若金汤。范英明刚刚升到副师，接替黄兴安的可能性不大。权衡再三，简凡决定还是紧紧追随黄兴安。一团已经与蓝军恶战一个白天，损失能算得出来，想在聚歼蓝军时有大的作为，必须依靠外力的坚强支持。

简凡默想良久，喊道："白参谋长，咱们团该动动了。"

白参谋长小心说道："'师指'还没命令，现在动是不是早了一点？"

简凡耷拉着眼皮说："这种局面，一个团级指挥官还在死等命令,和木偶有什么两样!先把准备工作做了。一营秘密向三号公路运动,先做预备队,伺机由三号公路支持一团作战。二营、三营组成主力集团,做好由七号公路向三号地区〇一号高地运动准备。"

白参谋长道:"团长,七号公路方面,可能会是我们团主要攻击方向,把主力一营做预备队用,主攻方向的力量就太弱了。再说……"

简凡摆摆手,"战场上的事,偶然性太多,一定要考虑周全。力量弱的问题好解决,再从后勤、三线部队中抽调人员,组织两三个连。演习就要结束了,接着恐怕就要补搞老兵退伍工作了。我看这样吧,专门把二线、三线和后勤部门的三年老兵组成一个老兵连,从司令部和政治处各抽一名参谋和干事任连长和指导员,随一线部队作战。"

白参谋长担心道:"望夫崖的后勤物资中转站,预警雷达站,按规定都是我们团负责警卫……"

简凡站起来道:"每个地方留一个班还不够吗? 现在是我们在进行大规模围歼战,这两个地方离前线有四十多公里,能出什么事? 就这么定了。"说罢,背着手出去了。

二团二线、三线部队很快动作起来。红军望夫崖物资中转站原由二团一个排负责警卫,接到团部命令后,少尉排长放下手中的扑克牌,带着一班、二班,还有三班的三个三年老兵,乘两辆车沿三号公路到前线报到了。剩下七个士兵和一个军士长,骂骂咧咧,唉声叹气。

这一幕被赵连长带的数字化班在不远处的一片竹林里看个真切。望夫崖离沅水大桥还有三十几公里的路程,每人负重三十公斤,在子夜前也可以赶到。可是,这三十几公里地处红军腹地,谁都不敢保证不会有意外情况发生。二十分钟前,赵连长已经在动抢两三辆卡车代步的念头了。

"连长,他们只剩下八个人了。"

赵连长道:"再数一遍,别数错了。"

"连长,绝对错不了。本来是一个排,刚才走了二十六个人。一对一咱们还富余仨,干了他们。"

赵连长冷冷说道:"让他们心甘情愿送!实在没办法,再制住他们。你们跟着我,看我的眼色行事。走,穿过公路过去。"

赵连长刚随两个战士爬上公路,一辆越野吉普由南向北开过来了。他压底嗓子说:"保持队形,黑子和小何留点神,他们要盘问,就制住他们。"

焦守志的车在他们身边减了速,慢慢超了过去。

赵连长带着十个人大摇大摆迎着卫兵走过去。

"你们的人呢?"赵连长先发问了。

红军上等兵晃着身子说道:"老兵和一班二班去前边了,剩下我们这些后娘养的在守摊子。"

"立正!"赵连长大声呵斥,"站没个站相,连个话也不会说,像什么样!"

卫兵忙挺直了身子,下意识地说:"我错了。"

看见有几个兵走出屋子,赵连长又喊道:"你们排长在不在?前面打了一天了,你看你们松垮成什么样了!"

一个红军中士堆着笑脸迎过来道:"首长,我们排长带人去前线了。你们是哪一部分的,装备可真好。"

赵连长拉着脸喊道:"都过来,都过来。"看见已经有七个人过来了,对自己的人使个眼色,"这里由谁负责?"

军士长出了屋子,疑惑地看看赵连长,不亢不卑地说:"中转站由我负责,警卫由田班长负责。首长有什么指示尽管说吧。"

赵连长凑近军士长道:"我们奉范司令之命,执行特殊任务,让你们这个站准备几辆车,你们……"

军士长说:"我们没有接到通知。"

赵连长逼近一步,指着军士长的裤裆说:"关上你的后门,破轮胎快露出来了。还有,风纪扣为什么没扣? 你是二团的?"

军士长红着脸扣好裤扣和风纪扣,声音有点怯了,"他们是二团的,我是师军需科的,负责物资发放。"

赵连长冷笑道:"怪不得这么牛气,是师里的人嘛。打仗期间,凡事都要通过你这个军士长批准,肯定能赢。你是不是还想查看一下我的身份证和路条哇?"

"我,我不是这个意思。"军士长解释说,"我也是按演习规矩办的。你一说就是用几辆车,我没接到通知,怎么敢让你们开走?"

赵连长伸手拍拍军士长的肩,"我要是告诉你我们是执行什么任务,怕你守不住这个秘密。算了,我不给你多说了。让不让用,是你的事。影响了我们执行任务,你吃不了兜着走! 范司令虽然是师参谋长……"

红军中士拽拽军士长的袖子,"老梁,范司令有支狐狸部队,上次救人质的事你听没听说?"抬头笑看着赵连长,"首长,不知我猜对了没有?"

赵连长喊道:"黑子,露一手给他们看看。"

话音刚落,黑子出手就把身边两个红军战士制住了。

军士长松了口,从口袋里摸出一个本子说:"救人质的事,我也听说过。你们要车做什么用,我也不问,你在这上面写个收条,我也好交差。"

赵连长掏出签字笔,在本子上写道:"执行范司令安排的秘密任务,从望夫崖中转站领走解放牌卡车三辆。经手人……"顿了好一会儿,眼里浸出一丝复仇的光亮,龙飞凤舞写了"一团特务连李铁"几个字,把本子递过去问道:"你们这些车该不会跑五六公里就抱窝吧?"

田班长咂咂嘴道:"果真是大名鼎鼎的狐狸部队。李队长,这些车保养得很好,出了问题,你找我田亮。"

赵连长亲昵地捣了田亮一拳,信口开河道:"真能干! 演习结束,我让范司令把你调到我手下当班长。你们从现在起,要安排双岗。虽说这是演习,可这是特殊演习,什么意外都会出现,要小心点。我们走了。"

军士长眼睁睁看着赵连长的人把三辆张了篷的卡车开走了,忍不住骂道:"操他妈真是憋气,仗着是范英明的亲信,横行霸道。翻车吧,翻吧翻吧。"

田亮笑着劝解道:"老梁,知足吧,你好歹这辈子用不着种地了,不像我,还得熬着等机会。"

军士长鼻子哼哼,"别想着他能记得你! 这种鸟人,我见多了,河一过就拆桥。"气鼓鼓地回了简易木板房。

傍黑,赵连长用三辆卡车把归自己负责指挥的五个数字化班运到沅水河边。

车到沅水边上的青龙崖,赵连长让停了车。跳下来看看右边的一个深沟,抿嘴笑笑道:"剩下的几里地,咱们还是走路吧。下车下车,一个班一个班上山。"

看着几个班相继进了山林,赵连长坐进驾驶室,掏出笔和纸写道:"范司令,谢谢贵军送的车代步。为防止悲剧重演,我就遵你的教导,把这三辆车暂藏在这沟里了。日后希望你不要太为难田亮班长和梁军士长。战争中,这种过错是难免的。赵东林。恕我不留日期了。"把便笺卡在遮阳板上,跳下车道:"把油放掉,再把这几辆车都推到沟里。"

战士们都站着没有动。

赵连长吼道:"没听见,是不是?"

"八成新的车,可惜了。"

"连长,一台车跑运输,养活了我们一家呀,留着吧。"

赵东林叹一声,"我比你们更心疼,我爸造了三十年这种车。可你们别忘了,咱们还没有发挥作用呢。"

一个学员道:"不用再讨论了,这是战争,赵连长的处置让人钦佩。"

赵东林嘿嘿笑道:"我吃过亏!执行吧。常师长和朱司令还在等我们的消息呢。望夫崖那个地方值得一打,准确方位确定没有?"

学员推着车答道:"我测过了。那地方有他们一个物资补给站,一个雷达站。如果有他们增援部队通过,用导弹把崖口炸塌,这些部队都成废物了。"

晚上七点钟,焦守志赶到了红军指挥所。范英明正盯着沙盘苦想。

范英明看见焦守志,硬邦邦地说:"你来干什么?"

焦守志忙把黄兴安的信递上,"黄师长让我来亲自向你和政委汇报汇报。"

范英明沉着脸把信浏览一遍,又把信交给刘东旭,一言不发地等着。

刘东旭看完信,先对焦守志道:"一团战事这么紧,还派你送信,真是不知轻重缓急。"转过身看着范英明,"黄师长这封信写得很恳切,同时又是两手准备,也没什么不妥之处。该下决心了,一团又顶了两个多小时了。"

王仲民也过来劝道:"英明,战机转瞬即逝,还是速作决断吧。等他们把一团吃掉,要是还免不了决战,真的就不好,不好……"

范英明苦笑一下，"不好收场，是吧？你们维护我的军事指挥权，用心良苦，我理解。黄师长，甚至包括简团长都在维护我的权威，更让我感动。眼下这种战场态势，一个上尉都能分析得丁是丁卯是卯。我只是觉得，如果强加给我们的局部战争发生，对手绝对不会用这种方法进攻。"

焦守志说："可他们分明在合力吃一团呀！"

刘东旭接道："你不是说，他们想变也不容易吗？"

范英明长吁一口气，"朱海鹏不就是想用一用导弹吗？这样赢了演习，也真是乏味。既然要走这一步，咱们就来个速决战吧。将来挨板子，也是他们先挨、挨得多。命令：一团依托原阵地坚守，力争把敌主力拖在一号地区至明晨六点，发现敌新动向，要及时上报；二团连夜沿七号公路向三号地区〇一号高地奔袭，切断敌右翼退路；摩步团连夜沿六号公路向三号地区〇一号高地奔袭，切断敌左翼退路。为防敌主力撤出三号地区，两翼包抄部队，应尽可能轻装。二线部队和预备队，必须在明晨六时前做好一切准备。后勤保障工作在这次作战中显得更加重要。为保证战役顺利进行，一团、二团、摩步团由黄师长统一协调作战；二线部队和预备队交由王仲民统一指挥。"

王仲民立正答道："是！"

范英明又说："政委，我们的战线太长，后勤线更是生命线。高副师长好像在闹情绪，邹部长身体又太差，这方面的事，你多操点心。"

红、蓝双方斗智斗了整整十二个小时，终于进入了斗力阶段。

高军谊在后勤指挥所接到总攻击电令，放心不下，忙带车赶到一号油库。几辆运油车正好开出油库，向前线方向开去。王思平科长站在油库门口发呆。

高军谊问："思平，油是不是都弄回来了？"

王思平愣一下，看清是高军谊，忙说："都，都，都取回来了，昨晚我亲自看着入的库。"

高军谊半信半疑地说："你可别哄我！这可开不得半点玩笑！总攻已经开始了。"

王思平支吾着："你放宽心吧。"

天冷了，天暗了。

第 十 六 章

　　整整十二个小时,专程前来观摩演习的兄弟军区的几位训练部部长,都是在寡淡无味的等待中熬过的。他们都是在童爱国的煽动下,放下正在进行的工作,嘴上说是来取经的,实际上是来摸水深、比高低的。范英明签发的一揽子作战命令,在大液晶显示屏上以有形的图像显示出来后,这些少壮派的不满和失望,先从表情上表现出来了。开始的一两分钟里,还都控制在嘴角上的一抹冷笑,或是撇撇嘴的限度内,仿佛还都记挂着主人的面子。差不多三分钟的时候,一个理着寸头的红脸大校,忍无可忍似的把一个喷薄出眼泪的哈欠打将出来了。陪同观摩的童爱国已经读懂了这个哈欠的意思:观摩这种演习还不如睡上一个好觉。

　　童爱国站了起来,多少有点羞涩地笑笑,装作大大咧咧的样子说:"诸位,序幕是长了一点。小饭厅已为各位准备了小型舞会,是不是去活动活动再来看?"

　　话音刚落,刷刷刷站起了七八个人,有的说着,有的一言不发,走出大作战室。

　　寸头红脸大校可能觉得那个哈欠打得有些放肆,走到门口,又扭头找补一句话:"皮厚才能包大馅包子。老童,吃到馅了,别忘了去叫一声,我可是来打牙祭的。"

屋内只剩下主人,什么话都可以说了。

陈皓若先定了个调子:"A师犹豫了一整天,我以为有什么石破天惊的奇着,最终还是想包饺子。早上一开战就包,如今饺子也能下锅了。"

赵中荣跟着唱一嗓子:"前一段,朱海鹏弄得咱们军、军区名声在外,这回来了这么多客人,这次丑可丢大了。数字化部队,数字化部队是用钱堆出来的! 看了一天,除了一个班被红军抓了俘虏外,其他的都泥牛入海了。"

童爱国很有些自责地说:"都怪我这张嘴,不该把没做成的事情张扬出去,这也算个教训吧。"

方英达迈步走了进来,一眼看到空空如也的观摩席,怔了一下,问道:"什么教训? 客人们呢? 不是说红军已经开始反击了吗?"

赵中荣走过去,把一个操作员推到一旁,说道:"方副司令,你看看红军是怎么反击的。"说着,敲打键盘,把红军的战役目的用图演示一遍,又补几句:"蓝军准备舍娃子打狼,如今来了成群的狼。这演习已经变成重温古典战役的风光了。"

方英达眯着眼睛,冷冷地盯了赵中荣一眼。

陈皓若批评道:"小赵,你就不能厚道一点? 一直等他们有变化,谁知道又变到老路上了,连诱敌深入这种战术也没体现出来。"

方英达说:"不就是十二个小时吗? 要相信他们,相信他们不会拿上千万人民的血汗钱对十八世纪阵地战来一次鸳梦重温。红军作为被动一方,做出这种选择,也可以理解。战争,说直白一点,就是两个指挥部相互猜谜。哎,四五个小时了,蓝军的数字化班怎么还没动静,我不是让他们每个小时都报一次吗?"

赵中荣操作键盘,把红军两翼背后的六个小蓝点放大了一些说:"这六个班都在,只是太小了,看不清。四十分钟前,我还为这事和朱海鹏通过话。他也不知道另外十二个班是生是死。从红军的报告中分析,目前只能判定蓝军这十二个班还在某个地方。朱海鹏解释说,他这些班因没有通信卫星和他的指挥部联系,都是带的可拆装发射、接收两用天线,这种天线安装调试一次需要近一个小时。"

方英达点点头说:"原因很清楚了。以后我们会有很多这种通信卫星。兄弟部队的人是不是都感到乏味了?"

童爱国说:"人家看出瞌睡了,我不好劝他们睡觉去,请他们跳舞去了。我这步棋没走对。"

正说着,操作员报告说:"首长,蓝军报告数字化班最新位置。"

方英达急忙说:"快念。放大一点,换成个三角形。"

操作员念道:"左边,五个班在赵东林中尉带领下,已于晚六时四十分赶至沅水大桥西边,沿三号公路布下阵势;右边,四个班在乔全仲少校带领下,已于晚七时二十分,先后抵达清衣江大桥附近地区。另,猫儿山、鸡鸣岭两个中转班也已投入工作。"

童爱国大喜,下意识地一拍巴掌,叫道:"果然厉害! 这一下用不着担心丢军区的脸了。这两个地方,都在七寸位置。左边离红军通信中枢只有十几公里,右边离红军主油库和弹药库也只有二十来公里。厉害!"

方英达瞪了童爱国一眼,"什么厉害厉害! 怎么会出现这种情况呢! 怎么会是这样! 一万多人,都死绝了? 让人出入于无人之境!"

陈皓若叹了一声:"唉,这两个桥怕是不保了。"

赵中荣附和道:"A师也太大意了。桥是不保了。"

"你懂个屁!"方英达骂道,"你作为一个军的作训处长,难道不知道炸断这样一座桥并没有什么价值？一个舟桥营，一个小时内可以架三座这种长度的浮桥！你以为这只是什么敢死队吗？这个朱海鹏，还真要创造个奇迹呀！童爱国，他们哪儿来的钱搞这些装备，一次就搞了二十个？"

童爱国说："方副司令，除了电台和武器是我帮助解决的，其他的都是他们自己花钱买的。"

方英达拍着桌子问："钱从哪里来？"

童爱国说："常师长找朋友以个人名义借了二百万……"

方英达渐渐安静了下来，慢慢坐在一个沙发上，声音低沉地说道："我不该对你们发脾气，请你们原谅。朱海鹏这些部队绝不是来炸桥的。他们一发现红军的运输车队，几分钟内，蓝军指挥部就能推算出半小时、一小时后，这些物资、弹药能到达什么地方。如果制空权在握……不行，我得问问朱海鹏，到现在为止，红军对这种巨大的危险还一无所知。"跳起来，跑两步，拿起红机子说："要朱海鹏。"

朱海鹏在那边"喂"一声，问："是赵处长吗？你要的东西已经报上去了。"

方英达说："我是方英达。你知道我为什么找你吗？"

朱海鹏说："大概清楚。可我想告诉你，我可能会搞个将在外不受你命。方副司令，为了能让这种部队起到作用，我们费尽心机，一开始就抱着同归于尽的念头进行部署，如果看不到它们的威力，这个阶段的演习，不管谁赢，都白搞了。他们现在没发觉，很正常。十三个小时，我差不多可以把他们空投到南极去。可我没有隐形轰炸机。A师已经准备聚歼我们了，恕我不再做详细解释。我只想重申一点：它们发挥得越淋漓尽致，这场演习才越有价值。"

方英达这时已完全冷静了，哈哈大笑道："你太聪明了。你说服了我。我打这个电话,第一,是先向你预支个祝贺;第二,请你转告那个舍了身家性命、支持你胡搞的人,只要这个兵种能发挥,用不着为两百万睡不着觉;第三,我问个问题:你的这些人是靠什么在三个来小时赶到预定地点的。"

朱海鹏笑道:"右路详情我还不清楚,左路是向范司令的一个中转站借了三辆卡车,还留有借条,三辆车已按范司令二十几天前教导的办法,推到某一个沟里去了。关于借车的事,我同意你就事论事给他们提个醒儿。他们自上而下,都被一种旧框子框着,都准备摘桃子了,漏洞自然就暴露出来了。不知我的回答你是否满意。"

方英达道:"集中精力想你的主力如何跳到外围吧。如果他们连丢车的事也发现不了,证明他们太愚蠢了,我不准备转达。"啪一声放了电话。

陈皓若说:"只要红军能把蓝军主力包进去,说胜负还为时太早。"

方英达说:"晚上什么好戏也不会上演,我回去睡觉了。但愿你说的情况会出现。"走到门口又丢一句:"只怕是一种愿望而已。"

朱海鹏放下电话马上装出一副苦相,对常少乐直摇头叹气。

常少乐伸着长脖子,追着朱海鹏连声问:"有什么坏消息,有什么坏消息?你说说,快说说!"

朱海鹏摆摆手道:"不说也罢。反正你是赌,早看晚看底牌输赢都定了。"

常少乐严肃起来:"是不是对数字班有说法了?"

朱海鹏道:"早知道早安生。方老总说我们贪大,弄个两三个班就可以了,装备二十个班是浪费军费。"

常少乐瘫坐在椅子上,自言自语说:"完了,完了。我用什么还这两百万呀。"

江月蓉正好拾着听个尾巴,看见常少乐掏帕子擦汗,看着朱海鹏问:"是不是最后的结论? 你也是,为什么不劝劝常师长。这下可怎么办?"

朱海鹏撑不住,笑将起来,前仰后合说不成话。

江月蓉横眉冷对盯着朱海鹏,"有什么好笑的! 两百万可不是个小数目。"

朱海鹏硬收住笑,弯腰说道:"老常,你是真吓着了还是装的?"

常少乐感叹道:"一着不慎,满盘皆输。这辈子将军梦做得最多,到头来弄成,嗨,命啊!"

朱海鹏忙说:"老常,终于骗了你一回! 方副司令让我转告你,只要数字部队发挥了,你就不要为两百万心焦了。看来他已经知道是你借的钱。"

常少乐站起来,揪住朱海鹏的衣服,"你到底哪些话是真的? 你别再骗我了!"

朱海鹏说:"你这一把赌赢了。方副司令让我们全力以赴考虑如何把主力带出包围圈。"

常少乐重重地打了朱海鹏一拳,笑骂道:"你个狗日的开这种不知深浅的玩笑! 我要是有心脏病,今天肯定就交代了。"

江月蓉也埋怨道:"你也是的,这是多大的事,怎么敢这样说。"

朱海鹏揉着胸口说:"真对不起。我总以为老常是铁打的身体铁打的意志,没考虑到承受力也有个限度。"

常少乐说:"还不快安排狸猫换太子。"

朱海鹏道:"前半夜就看楚天舒跑得快不快了。我去睡几个小时,你先钉着。告诉赵连长和乔营长,每一辆输油车通过,都要及时报告。告诉几个当耳目的班,争取在天亮前把他们前线油库、弹药库的地点测量清楚。"

焦守志吃完晚饭,想起来应该去看看正在蹲禁闭的唐龙。走近那排简易房,一个精精干干的上等兵满脸堆笑迎上来,把枪一背,慌张着摸出一支烟,"参谋长,抽烟。"

焦守志接了烟说:"富贵,是你呀。唐参谋和李连长是不是关在这里?"

富贵忙说:"是的是的。"

焦守志点了烟,"听说你们连长不让任何人接近他们,有没有这回事呀?关了两个人禁闭,又派两个人看守,太不正常了。我想进去见见他们,行不行?"

富贵左右瞅瞅,压低了嗓子说:"你让我干什么,我一定不说二话。参谋长,关禁闭搞这么严,有原因呀!我们连长和黄师长是老乡,他当兵、上学、提干,都是黄师长一手办的。李连长上次带狐狸部队救了范司令,单单没救黄师长,我们连长可生气了,说了几次要找机会收拾李连长。这回,李连长和唐参谋撞到他的枪口上,你说能有个好。"

焦守志拍拍富贵,笑骂道:"小鸡巴兵蛋子,脑子还挺复杂的。我不是也给你要过上学名额吗?你考不上,那可怪不了我。开门开门,今晚我还要回去呢。"

富贵忙掏出钥匙开门,嘴里说着:"这警卫连的岗真不敢再站了,调一团的事,等不得。提干没戏了,转个志愿兵……"

焦守志说:"行了行了,别啰唆了,谁让我和你上过一个中学呢。春节后给你办。"闪进屋去。

一进屋子,一股尿臊味直冲鼻子,焦守志用打火机一照,唐龙和李铁都在小床上睡着,一只木制旧尿桶立在房子里。焦守志忍不住大声喊道:"富贵,这个尿桶从哪里弄来的？心也太黑了!"

富贵探头进来,"你问我,我不敢不说。我们连长昨晚上派了四个人,到老百姓家找老尿桶。他选中了这一只,出了十块钱买来的。"

唐龙翻身坐起来,点了蜡烛,掏出家伙尿一泡,"习惯了就好了。老焦,你小时候又不是没用过,看来你是腐败变质了。听说上海人晚上没这个味还睡不着觉。"

焦守志说:"我们那里用瓦罐,味道要淡得多。我只是觉得有点过分了。"

唐龙从焦守志手里夺过烟屁股,嘬了一口,"不过分,不过分,再住三天,说不定能把烟戒掉,又能变成老子天下第一的上海里弄人,出去该给范司令送块匾。"

李铁骂道:"他奶奶的,当了十来年兵,还没见过整人这种整法! 我和老唐都没得罪过这个连长,真是想不明白呀!"

焦守志给两人发了烟,叹道:"世上真是没有无缘无故的恨,原因总是有的。唐龙,别错怪了范司令。"

唐龙道:"我好赖也是大学文化,懂得经念坏都是因为下面的小和尚嘴是歪的。谢谢你冒着被株连的危险来送春天般的温暖。明年三月雷锋回来后,我和李铁一定冒死陈情,让范司令封你个雷锋二世。"

焦守志摇头咂嘴说:"嘴跟小刀一样! 你也不问问我为什么会出现在'师指'。"

唐龙吐着烟圈说:"太上皇怕新皇上不和他用一只老尿桶,派你当说客。"

焦守志说:"上午下午是这样,如今共用一个壶了。战场形势大好,一团、二团、摩步团,正在张网捕大鱼,二线部队和预备队明天早上也要投进去。"

李铁垂头丧气道："没想到伴着老尿桶演习一场，真是憋气呀！"

焦守志问："唐龙，你好像无动于衷？"

唐龙冷笑一声，"难道非要有动于衷才行吗？战败赔款用不着我签字，巴黎和会分赃，也没我一碗汤喝。冷热酸甜，与我无干。与我有干的只有这尿臊气。你是不是准备连夜上山去摘桃子呀？"

焦守志看看表站了起来，"事已办完，是吃仙桃是吃青杏，由不得我。反正用不了两天就再见面了。"

李铁说："别忙走！那几个王八蛋抓起来没有？"

焦守志说："忘了告诉你们了，地方公安局已给了回话，证明确实是他们先调戏妇女，你们是见义勇为。至于你们提出的贩毒嫌疑，从现场没找出证据，不好立案。总之，已经把你们洗清楚了。"

唐龙突然问道："你来'师指'后，范英明提没提过抓到的蓝军数字化部队？采取措施没有？"

焦守志愣住了，"你这话我听不懂。你是不是说摩步团抓的那十来个人？不是已经抓住了吗？"

唐龙道："没抓住的，也不用管了？"

焦守志说："我只听老范说，装备这样一个班，没十万八万下不来，朱海鹏往哪儿弄这些钱。老范判断这是朱海鹏在做实验，顶多有一两个班。"

唐龙扑哧笑了出来，"范英明应该写一本逻辑学的专著，推理得滴水不漏！照这样思想，战争肯定只能停留在冷兵器时代。即便只有两个班，也不能对那个班不管不问。如今这世界，什么奇迹不会发生？朱海鹏说不定从银行抢了几百万、几千万，已经把整个C师都武装到牙齿了。这种观念，真是不可理喻。"

焦守志说:"一两个班能闹腾出什么动静。我走了。"

焦守志回到作战室,二团刚好报告说也抓了蓝军一个装备奇怪的班。

范英明看看电报,抿嘴笑笑,"天线损坏了,朱海鹏怕是要心疼一阵子了。政委,夜里估计没突发情况,我先去睡一会儿,过了午夜大戏就开场了。"

刘东旭说:"你快去睡一会儿吧。"

范英明走到自己的房门口,一个人影跟了过来,"大司令,可不可以为你效次劳?"

范英明看看秦亚男手里端的盆子,笑道:"白天你怎么不说?傍晚我已经自力更生了。"

秦亚男叹一声,"话在嘴边转好久,可能是白天吧,差一把劲儿。听说已经稳操胜券了,有没有兴趣陪我去河边洗洗衣服?你看这月光怎么样?"

范英明迟疑着,没有马上答应。

曹参谋跑步过来道:"范司令,二团来电,要证实第二阶段还有没有狐狸部队,我们和政委都不清楚。"

范英明说:"李铁正在蹲禁闭,一团特务连正在一线作战,哪里有什么狐狸部队。"

曹参谋说:"下午四点多钟,有人以狐狸部队名义,从望夫崖物资中转站领走三辆卡车,一个小时前,二团去调用车辆,才发现这件事。"

范英明心里一紧,急匆匆返回作战室,"让二团再查实一下,他们有多少人。"

抽完一支烟,二团的回电到了。刘东旭拿起电文看看,"说是奉你之命完成特殊任务,签名人是李铁,去向不明。显然是他们的人,好在只有十一个人。"

焦守志忍不住说道:"唐龙这小子,脑袋就是不一样,他说朱海鹏还有这种班,果真又冒出来一个。"

范英明脸色很不好看,盯着焦守志说:"你怎么还没有走?!你去见唐龙干什么!"

焦守志嗫嚅着:"我,他前一段不是在一团待过嘛。"

范英明冷笑道:"礼节真周到。第一阶段演习,就你受到了上级表扬,是不是不准备回去了?把你前一段的灵光劲早表现表现,一团也不会死守。"

焦守志苦笑一下,"说句实话,这种演习我根本看不懂了。今天像是看懂了,恐怕还是个假看懂。第一阶段,受表扬的几步棋,都是唐龙支的着。听他的口气,他像是知道朱海鹏这种部队。前两天他在团里,好像还说朱海鹏失恋了,连原子弹都想用这种疯话。"

范英明若有所思地"噢"了一声。

刘东旭接道:"唐龙的毛病是太多,可真是个人才。是人才,都有毛病。这也是个普遍现象。我听几个女战士说,通信站昨天设伏,也是他安排的。用人之际,还是宽容一点吧。他们在清江县确实是见义勇为,违纪的事,关二十四小时禁闭,也算处罚过了。你看,是不是让他们都出来做点事?"

范英明说:"焦参谋长,你去通知他们来一趟。曹参谋,拟一个电报,发到电子对抗营、通信站和后勤,说已有敌小股部队潜入我腹地,可能会对我要害部门和要害设施进行攻击,让他们加强警卫。这个朱海鹏,难道不是在做试验?"

过了一会儿,李铁一个人跟着焦守志来了。

刘东旭问:"唐龙呢?"

李铁说:"他说,他说他没有功,不想提前释放。"

范英明说:"嘴可真硬,还是个上尉,架子就这么大。李铁,你马上带警卫连一个排,骑摩托到几个重要地段查看一下,看看有没有被遗弃的三辆解放牌卡车,发现之后,马上用步话机报告。"

李铁说:"范司令,你还是写个手令给我,这个警卫连,我可指挥不动。那个连长,让我们闻了一天老尿桶了,我出来就去指挥他的人……"

范英明说:"你也学会讨价还价了? 我不听你什么尿桶不尿桶,我只要求你完成这个任务!"

李铁悻悻地出了作战室。

刘东旭跟出来问道:"你说的是什么意思?"

李铁说:"政委,你去禁闭室看看那个连长花十块钱买来的尿桶,你就明白唐龙为什么不出来了。"

刘东旭赶到禁闭室,那只老尿桶已经不见了。

唐龙淡淡地说:"政委,你别找那只尿桶了,两分钟前人家已经拿走了,岗哨也撤了。我是自愿的,还想多回味回味这种气息。"

刘东旭说:"关于变相体罚的事,演习结束后再查实处理。我以一个师政委的身份来宣布解除你的禁闭,你还觉得受委屈吗? 你还是个军人,战场上出现一些难题,你就应该站出来尽心尽力想法解决它。"

唐龙冲动地说:"政委,是我不想承担吗? 是我不爱这支部队吗? 是这支部队不爱我! 我一个早入了另册的小参谋,出去了,不还是废人一个? 政委,你就成全我吧。演习结束我就要脱军装了,我不想出去背上战败之名。"

刘东旭严肃地说:"受了一点委屈,就想另谋高就,能成大器? 你怎么说又要战败这种话? 理由呢?"

唐龙说:"很感谢你没有给我定扰乱军心的罪名。我也不是个不识好歹的人。理由,是可以证实的东西。我这么说,不叫理由,只是一些判断。范司令确实是个非常难得的好军人。不过,他在 A 师待得太久了,不免在观念上过多认同了 A 师的世俗。不客气地说,范英明一半心思在考虑演习结束后如何和黄兴安等人相处。如果不是这样,就无法解释今天他为什么会妥协。这只是问题的一个方面。范司令的战争观念,直言吧,不新不旧,半土不洋,这也是他妥协的原因。蓝军呢?早就把演习当战争,而且还是现代战争来演练了。朱海鹏这种数字化班,肯定不止这三个……"

刘东旭说:"这种班就是有十个八个,能有多大作为?范司令已经作了周密安排布置,李铁已经去找他们了。"

唐龙说:"这种班有什么能耐,我猜不出来。不过,我相信他们绝对不是范司令那种狐狸部队,只能搞个偷袭,救个人质……"

刘东旭打断道:"小唐,这些话你对范司令说,直接对他说更好。"

唐龙道:"我是豁出去了,才对你说点真话。范司令才高十二斗,心比针尖细,我犯不着冒犯人家龙颜。"

在门外听了一会儿的范英明,迫不得已走了进来,"首先声明,本人没有听墙根的嗜好。我正是感觉到危险,专门来向你请教的。你很直率,我也用直率回报你。我想表达三点意思:第一,对你的处罚不属于冤假错案,量刑也基本准确;第二,我们在一个师待了近十年,我没能更早一些意识到你的才华,我任演习红军司令后,还是没能看到你的不寻常,甚至不如我的对手朱海鹏知道你的多,我感到很遗憾;第三,希望你回到作战参谋的岗位上,分担一些演习的责任。"

唐龙掏支烟点上,想了好一会儿,看着范英明说:"那我就再直率一点吧。当参谋,甚至当作战科长,我都没什么兴趣了。在这种体制下,到科长的位置,我还得苦熬四年。我也不说什么战争年代谁谁谁二十岁就当了师长、军长这种话。不在其位,不谋其政。

你们可能会认为我这是在向组织伸手要官吧？随便怎么理解。范司令，且不说我有没有什么能力，是不是个人才。你刚才一句回到作战参谋的岗位上，就把你和朱海鹏的距离、观念上的差异显示出来了。朱海鹏认为我是一个非常称职的参谋长。这就是红、蓝两军的差异！"

这番话把刘东旭和前来看新闻的秦亚男听得张口结舌。

唐龙说："能在离开部队前畅所欲言一次，真痛快。我会做一名合格的参谋，把首长的意图摸清楚，把电文起草得漂漂亮亮。别的心，操了也瞎操。"

范英明说："你的话说完没有？"

唐龙说："完了。"

范英明道："那我说两句。你看问题有深度，眼光独到。你的缺点是容易片面，把一件事，一个人看死了。现在，我任命你为红军司令助理，直接向我负责，组织指挥作战。不要这样看着我。这一任命，马上上报'军指'备案，并下达到各作战部队。如果你在演习中，确实证明你称职，我相信这支部队一定会为你提供一块足够大的舞台。"

唐龙怔了好一会儿，说道："先别急于任命。给我半个小时，我研究一下战场形势和蓝军数字化部队的装备后，谈一下我的意见，然后再定。"

半个小时后，唐龙拿着教鞭，对着沙盘说道："不管蓝军数字化部队数量有多大，我们都必须用全力对待。最主要的是要保证后勤运输线的畅通。为了防止他们破坏我后方运输，我建议从预备队再抽调一个营，负责三号、四号公路安全。作战区域有两千平方公里，找几十个人，确实太难了。不过，用各种侦测手段寻找他们，一点也不能放松。前线已经形成现在的局面，改变已不可能。最坏的结果是敌主力逃逸，而我后勤系统瘫痪。为防这种情况出现,应马上令包抄部队扩大包围圈。这样做,一线兵力可能不足,我认为预备队应提前投进去。我的总体判断是:敌是在设圈套,现在情况在朝他们有利处发展;他们的数字化班如果多于十个,又能及时与指挥部联络,后果很难预料。"说罢,看着范英明。

范英明说:"唐助理,你可以上任了。扩大包围和预备队提前投入,按你的意见办。"

曹参谋跑过来说:"出事了,一号油库起火,原因不明。"

范英明说:"让他们迅速查明原因上报……"

刚说半句话,蓝军的电子干扰开始了。

唐龙说:"这不大可能是蓝军干的,把胜利压在毁油库上面,太简单了。"

刘东旭担忧地说:"后勤可不能出事。小范,有唐龙在这里,有个事你们也能商量了。我去后勤看看。"

范英明说:"也好。你带一个班去,安全些。"

刘东旭笑道:"不至于草木皆兵吧! 带两三人够了。"

蓝军适时展开电子战,是担心红军突然间改变聚歼蓝军主力的决心。电子战一打响,演习就进入了单行道。

凌晨四点钟,蓝军撤出部队退至〇一号高地一线。

红军二团新组建老兵连随二营沿七号公路,经过大半夜激战,进抵〇一号高地一线,与蓝军陆续撤退的部队遭遇了。一交手,二团二营长就知道遇上了蓝军主力,忙用电话报告给随三营行动的简凡。简凡一听二营长描述,就知道那里确实是蓝军主力,冷汗当即出了一身。如果把这个情况报告上去,范英明肯定要让二团在这一带把蓝军拦住,一场恶战就无法避免。二团主力一营已经和一团一同作战,剩下这两个营,再加上直属队,如果遭到〇一号高地部队和撤退主力夹击,后果不堪设想。挡住了,最后取得了胜利,还好办,一旦垮掉,事后就无法解释为什么分兵两处了。

简凡斩钉截铁地说:"胡说! 一团和我们一营正在和敌人主力激战,这里有什么敌人的主力? 摩步团和你们会合没有?"

二营长说:"还没有。团长,这里确实是他们主力。我在这里顶一会儿,你跟进过来,估计能撑到天亮。老兵连已经看见他们大批坦克……"

简凡说:"一个连能看多大的天? 一个营敌人,对一个连就是绝对优势。二营长,这是在聚歼一个师,跑一个营两个营无碍大局。我命令你们向左边运动,遇到我们摩步团,再把口袋扎住。你记住:我们的作战任务只是对敌主力完成包围。执行吧。"

二营长答应一声:"是!"放下话筒,自言自语说:"这分明是他们的主力嘛。"

简凡又把电话打了过来:"你记住:把口袋扎住后,不要逞英雄,要和摩步团配合行动。遭遇蓝军主力的笑话就不要说了,传出去让人耻笑。刚才我忽略了你讲的一个细节,他们是不是不想和你们恋战?"

二营长说:"他们人虽多,火力却不强。我也纳闷。"

简凡笑道:"这就对了。只顾逃跑,谁有心恋战? 要学会用脑子打仗。"

红军二团没在这一线做更多纠缠,让朱海鹏彻底松了一口气。为了让混编团具备突围能力,朱海鹏临时决定,把主力携带的弹药基本上都留给混编团,混成旅在这一夜基本上在搞拉练,坦克和装甲车里已经没有弹药。

朱海鹏看着常少乐那双布满血丝的眼,"这回你该放心地去睡一会儿了。天亮之后,就该我们还手了。"

常少乐道:"好险! 你这一着空枪空炮计差一点弄个全军覆没。放几枪能把人吓跑,也奇了。"

朱海鹏道:"哪条计,不是踩着毫发走过去的? 空城计,诸葛亮弹琴也能吓退十万兵。"

常少乐说:"你真认为留足了弹药,咱们混编团将来还能生还?"

朱海鹏说:"你快去睡觉吧。留一种可能性,可以激励他们的斗志。"

常少乐说:"危险已经过去了,瞌睡还没有来。我还是留下来陪你吧。"

朱海鹏笑道:"还是不放心,对不对? 我知道,你是想看看咱们的数字化班到底管不管用。想等你尽管等,不过,什么时候出情况,我可不敢保证。要不,弄张床放在这里,指挥作战和睡觉两不误。"

常少乐和一名战士抬一张折叠行军床进来,就听见了参谋正在报告数字化班的进展情况:"乔营长所属四班报告,敌两辆十吨输油车刚刚通过青衣江大桥,时速四十公里,预计早五点四十分通过猫儿山地区,四班与六班暂时联系不上,四班请求我们直接与六班联系。赵连长所属十二班报告,敌六辆弹药车已过沅水大桥,时速三十五公里,预计六点钟通过乌鸡岭。乌鸡岭望夫崖十三班报告,半小时前,敌约一个坦克营沿三号公路向三号地区推进,不知何故,停了下来。五分钟前,一个五十辆运兵车队也赶到这一地区。"

朱海鹏大叫着:"老常,让你开开眼。令炮团一个营,五分钟后炮击望夫崖,上报对望夫崖发射导弹一枚;令六班做好在猫儿山炸敌输油车准备。"

滞留在望夫崖附近的坦克部队和步兵正是红军的预备队主力坦克团三营和三团主力两个营。

王仲民跳下指挥车问道："胡营长，你们不是早走了吗？怎么现在还在这里。"

胡营长苦笑道："王团长，这后勤是怎么搞的，我们已经等了一个小时，这油怎么还没有送到？剩这点油，顶多够到达三号地区。"

王仲民说："你们堵在这里，我们也过不去呀。"

胡营长说："你们一辆一辆错开了走。"

王仲民借着月光朝前边一看，几十辆坦克闪着寒光排在弯曲的山道上，"这要是一辆一辆挪过去，天就亮了。"

李铁带着几辆摩托赶了上来，看见王仲民的三团和坦克营被堵在这里，大吃一惊，"王团长，这要是白天不是等着挨炸吗？是不是坦克坏了？"

王仲民说："没油了。你们忙着干什么去？"

李铁道："到前面中转站了解情况。蓝军一个数字化班，以我的名义骗走了三辆车，范司令让我带人找这三辆车，找了大半夜，还没找到……"

话还没有讲完，只听前面响起一片炮弹破空的声音，接着，刺眼的火光伴着空爆弹的爆炸声响成一片了。望夫崖是这次炮击的重点，巨光闪过后，像一个女人的巨石依然耸立在灰暗微明的旷野里，附近一个预警雷达站和物资中转站，响过一阵人的尖叫后，也归于平静。他们心里都清楚，按规矩，两个站已经被毁，三号公路在三个小时内已经无法通行了。

王仲民哀叹一声，"天呢！他们怎么就算得这么准！"

胡营长说："真是幸运！要是过了望夫崖等油，我这个营说不定就要报销了。这一阵炮击有点怪，王团长，我的铁家伙问题不大，这炮火要是一延伸，你这两个营可就惨了。你快让人都下来吧。"

王仲民声音都变了,朝后面喊:"快下车隐蔽起来。"

三团的两个营乱成一团,往林子里乱窜。又是一阵炮弹破空声,十几发空爆弹沿着公路炸出十几团火光,正好把运兵车队包了进去。这种轰炸似乎在说:如果是实战,你这个车队已经完蛋了。

李铁大惊道:"数字化班肯定就在这附近。没有他们制导,炮兵不可能打这么准。要赶快报告给范司令,这种打击可能只是个开始。"

王仲民悲叹一声,"怎么联系?我的指挥位置在望夫崖那边呀!弄虚作假,赢了也不光彩。这种仗,在资料片里也没见过。怪不得范司令昨天一再犹豫。"

"我联系总不算作弊吧。"李铁从摩托车上搬下步话机,喊着:"雄鹰雄鹰,我是狐狸。"

范英明在那边说道:"全战区就我们这两台古董,侦听就让人家侦听吧。李铁,是不是车子找到了?"

李铁带着哭声道:"如果刚才的炮击是实弹,说不定我已经光荣了。"

范英明骂道:"你发什么神经病!到底是怎么回事?"

李铁说:"咱们的预备队一个坦克营、两个步兵营全部被困在望夫崖三号公路这一侧⋯⋯"

范英明一拍桌子,"你说什么?"

李铁说:"昨天丢车的中转站和预警雷达站也完了。这附近肯定有他们的数字化班。看来,蓝军玩的真是个大圈套,你们快想点办法吧。"

范英明失态地吼道:"他们不就在你附近吗?你快带人干掉他们!"

唐龙说:"范司令,你冷静点!这个任务李铁根本无法完成。夜里我把他们的装备研究了一下,他们可以直接和指挥部联络,指挥部再指挥炮兵。他们的夜视装置和测距装置,虽然笨重,但很管用,一两千米远,能准确到分米。以李铁为圆心,画个半径两千米的圆,面积有十二点五平方公里,藏十几个人,能找到吗?现在,恐怕需要考虑主力该怎么办了。"

范英明喃喃道:"我太轻视他了,我确实已经落伍了。我没有他那么自信,我上一次输得不服气。观念不变只能挨打呀。"

唐龙道:"范司令,预备队受挫在先,还没能影响到主战场的格局。你得想点办法。"

曹参谋喊道:"方副司令电话。"

范英明过去拿起红机子,只听一个熟悉的声音像雷一样在耳边滚过:"范司令,蓝军说他们十分钟前袭击了望夫崖,我想听听你报一报他们是不是有战果。"

范英明说:"一个物资中转站,一个预警雷达站被毁,三号公路中断,一个坦克营,两个步兵营受阻,步兵营受到零星炮击。"

方英达惊讶道:"朱海鹏真的没夸海口。告诉你,蓝军刚才已向望夫崖模拟发射一枚导弹,你的预备队实际上已经完了。你们有两辆十吨输油车,是不是要在四十分钟后到达猫儿山?"

范英明吃力地回答:"我无法立即回答你,我需要向后勤资料库查询。"

方英达问:"朱海鹏说,如果你认为有必要,现在可以告诉你,他的数字化班的数量和大概活动区域,你看呢?"

范英明面部肌肉一抽一搐,竭力用平静的口吻说:"谢谢他的好意。我认为战场形势还远远称不上明朗。虽然数字化班已让我们吃了苦头,但我们还没到山穷水尽的时候,用不着接受这种善意的馈赠。"

方英达道:"很高兴你能有这种态度。你一定要充分认识到,演习已经进入一个全新的领域了。祝你们胜利。"

范英明已经又一次嗅到了失败的气息,朱海鹏的咄咄逼人让他感到呼吸困难。他一拳砸在桌子上,大声骂道:"王八蛋!"

唐龙拿起步话机受话器喊道:"李铁,你和王团长一起回来。蓝军的数字化班至少还有两到三个,必须尽快把他们干掉。"

范英明扔掉半截烟道:"曹参谋,你起草一个请示电,就说,鉴于A师电子对抗营根本无力与一个电子对抗团打电子战,建议从现在起不再进行电子干扰。我们连上情下达都无法保证,这是靠A师现在的力量无法克服的问题。小唐,你起草这么几个电文:第一个,令一团、二团、摩步团做好撤围蓝军主力的准备;第二个,令后勤指挥所迅速拿出一个直接与团级作战单位配合作战的方案,你考虑细致一点;第三个,令后方各部队,把所有能抽调的人都抽调出来,以三团三营为主体,组成一个搜索集团,由王仲民为总指挥,调动一切侦测手段,挖地三尺,也要把蓝军这些数字化班干掉。"

唐龙说:"在一线部队撤出前,这支部队还应该负责后勤运输线的安全。对了,方副司令说的油车……"

范英明问:"你也听到了?"

唐龙点点头,"那可是二十吨油哇。"

范英明摇摇头,"派陆航大队去救,恐怕都来不及了。让后勤通知备用油库,马上运油过来。李铁回来后,就让他负责押运粮草吧。"

刘东旭赶到着火的一号油库,已近午夜。油库只有一个卫兵站在大门口,静得像个坟场一样。

刘东旭看见只有一个上尉在值班,顿时火冒三丈,大声喝道:"你们邹部长呢?出了这么大的事,为什么不在?"

上尉说:"邹部长赶来后,突发心脏病,协理员把他送到清江医院了。"

"高副师长呢？出这么大的事，他怎么没有来？"

"来了，查看完现场又去了二号库。"

"损失有多少？"

上尉谨慎地说："政委，油库好像是有人故意炸毁的。"

刘东旭厉声问道："你说什么！"

上尉说："实际上，油库的油只剩下四五吨了。今天上午入库的，都是水。你看，那没炸的油罐都装的是水。"

刘东旭说："一号库起码还有三十吨油，怎么说是水呢？"

上尉解释说："上次蓝军空袭，一号库房子着了一间。王科长说这里设施不好，说把油移走。今天又说把油拉回来了。油库不着火，我们也不知道这里面是水。"

刘东旭跑到油罐跟前，打开开关，伸鼻子一嗅，"王科长在哪里？你，你们为什么不报告？这是严重的渎职行为！"

上尉立正站好，"政委，一个半小时前，我已经向后勤指挥所值班室报告过了。他们说无法和'师指'联络。王思平可能已经跑了。着火的时候，他还在，救完火，电话联络也中断了。所以，王思平逃跑的事还没来得及报。一号库只有十四个人，去医院的去医院……"

刘东旭果断地说："够了！你守在这里还有什么意义？你快带车去备用油库，把油车全部装满，运到沅水大桥待命。看来，有线通信也不能完全放弃。这次通信上暴露的问题太多。但愿别的地方平安无事。"

上尉答应一声，跑步去了。

刘东旭匆忙赶到二号油库。一个少校哭丧着脸迎上去，"政委，这里也出事了。上午王科长带人取回的油都是水。"

刘东旭急出一头冷汗，慢慢坐在一把椅子上，"高副师长来过吗？他知不知道这里也出事了？"

少校说："他刚走。"

刘东旭说："他怎么说？"

少校道："他说他负有重大责任，应该给党和军队有个交代。他让我们一见到王科长，就把他抓了。"

刘东旭感到眼前一片漆黑，浑身发软，连说话的力气都没有了。作为一个资深政工干部，刘东旭凭直感就能判断出这一恶性事件对 A 师的整体的巨大破坏力。如果这次盗油事件也有高军谊的份儿，就变成了团伙，性质更加恶劣了。演习正在节骨眼上，还不能想这个问题！他强打精神站起来，对几个部下吼道："通信联络中断，你们只会等只会靠？简直是一群饭桶！四五个小时，你们做了什么弥补工作？演习就是战争，守在一个空油库干什么？保护现场吗？你们不知道备用油库在哪里？一点全局观念都没有！"

几个校官、尉官大梦方醒，匆忙开车去备用油库。

黎明前的黑暗来临了。

刘东旭坐在车里，心里七上八下。他已经感觉到后勤这个恶性事件对他个人的前途的破坏程度。如果这一事件直接导致了 A 师演习失利，他最好的结局，就是在师政委的位置上原地踏步，直到接到离职休养的命令。部队出现腐败分子、蜕化变质分子，一般都因为思想政治工作的软弱无力，作为党委书记，必须负责任。

车子驶入后勤指挥所前面的坝子，刘东旭就感到这里也出事了。四个持枪的卫兵分列在一个门口的两侧，几个军官神情昊惶地迎了过来，这种昊惶在一方橘黄的光线里，显得格外地刺目。

刘东旭禁不住问一句："出什么事了？"

一个中校答道："高副师长自杀了，他留得有遗书，基本事实已经写清楚了。十一点多，我已经安排两辆十吨油车沿四号公路送去了。十二点钟,我又把所有输油车都派到备用油库拉油。如果路上顺利,下午四点钟以前,这批油可以送到前线。不知我这种处置是否合适。"

刘东旭长出了一口气,"很好,很好。演习是现在的工作中心,一切别的工作都要围绕这个中心。他还有没有救?"

中校默默摇摇头,闪在一边。

刘东旭身子晃晃,疾步走进屋子。

高军谊身子俯在桌子上,子弹洞穿了他的太阳穴。桌上就要凝固的殷红拥着已洗得发白的军用挂包,挂包上整齐地摆放着五枚军功章,一个二等功,四个三等功,一颗子弹孤零零地立在军功章的上方。一把五四式手枪压在高军谊头的下面,枪口黑洞洞地指着木板墙。

刘东旭问道:"哪儿来的真子弹。"

中校走到床前,从一套叠放整齐的军装上拿起一张纸道:"上边都写着呢,他好像是早有准备。帽子里还放了五千块钱。"

刘东旭把遗书放进自己的口袋,"保护好现场,等保卫科来人查看后再处理尸体。再仔细查查,看有没有王思平的踪迹。"

中校说:"这件事我也做了安排。警卫排搜索了两个多小时,没发现王思平。我想这肯定是内外勾结作的案,已经派人去青江县公安局报案,请他们协助搜捕王思平。"

刘东旭朝指挥所走着,"小吴,你很细致。没你这个做事细致的副部长,恐怕要出更大的事了。"

吴副部长道:"逼到这一步,我只能把担子挑起来。"

刘东旭走进后勤指挥所,抓起一只太空杯灌一气凉茶,扯把椅子坐下了。

吴副部长一边为刘东旭泡热茶一边说:"'师指'和后勤,应该有一条电话专线。在这个问题上,一刀切不好。"

刘东旭说:"在探索阶段,暴露点问题并不可怕。以后数字化士兵成为作战主力,确实对有线通信破坏极大。你的优点是比较全面,爱动脑筋。"伸手去掏手帕,却把高军谊的遗书掏了出来,迟疑了一会,默念起来:

"黄师长、刘政委、范参谋长并请转呈集团军首长、军区首长:我只能用这种方式结束我的生命。子弹是我参加军区打靶时留下的,那次比赛我得了手枪组第一名,立了功,提了干。这件事过去二十七年了。把妻女迁到C市,我的光荣和清白历史也就结束了。我第一次行贿,送礼。以后,这心里就开始不平。小兰没考上高中,去舞厅当过舞女。桂玲她们厂基本上垮掉了,只发生活费。这个家遇到了难关。不说这些了。王思平利用我这些困难,很快就拖我下水了。小兰去了他小舅子开的服装公司,月薪五百。他帮我家安了程控电话,又送了一台微波炉。他想趁演习失败混乱之时,打油的主意,我是知道的。我曾劝他几次,想替他包住这事。可惜我拿了他的手短,没有向上级报告这一严重事件。我几次想退掉这五千块钱,可我没有做到。我实在害怕小兰当三陪小姐,甚至做了暗娼,我只有这一个独生女。今晚之前,我还对王思平抱有幻想,他说他已经把油拉回来入了库。一号油库一失火,我就知道我只能走这条路了。我知道,我的死不能弥补对部队造成的任何损失。我实在是没脸活下去了。我对不起党,对不起人民,更对不起培养我养育我多年的部队。人死了,也就不用操活人的心了,小兰爱干什么就干什么吧。高军谊绝笔。"

刘东旭看了一半,眼泪止不住流了出来,就这么流着泪把遗书看完了,也不擦拭,捶捶自己的脑袋说:"演习前,我接到一封匿名信,信中反映高军谊和王思平在购通信器材时可能吃回扣的问题。我想找高军谊谈谈,可一直没有谈。这件事我负有重大责任。"

吴副部长说:"看这个东西,我也流了泪。部队干部家中,有这种难念的经的太多太多。也不怕你批评我没是非观念,我读这个东西,心里没生出多少恨。我也有个女儿,小学是在山里上的,转到县城上,已经跟不上了。算了,不说了。政委,你就不要自责了。"

刘东旭看看一排雪花状的电脑显示器,"这件事演习结束后再说。小吴,你先起草个报告,等恢复联络后,报到'师指'。"

吴副部长犹豫一会儿,说道:"政委,有你在后勤坐镇指挥,我有信心了。这件事我看不要急于让范司令知道,以免他担心。报告我马上就起草。"

刘东旭认真看看吴副部长,"很好。前面不是很顺利,也不知道这一夜大局有没有改观。"

天大亮了。红军搜索蓝军数字化班的惟一收获,只是从沅水岸边一条山沟里发现了三辆卡车和赵东林留下的便条。"军指"下令停止电子战后,前线主战场报来的战况又很让人振奋:已将蓝军主力大部网进。

范英明心里直犯嘀咕:蓝军花血本组建数字化班,难道只是为了这次演习中显示一下这个新兵种的力量吗?它们和主战场到底有什么关系?如果真的把蓝军主力包围在三号地区中心谷地,即使这些数字化班把红军后勤运输线破坏殆尽,蓝军不还是要输掉吗?

范英明说:"唐龙,我觉得前方报来情况有误。马上命令空军到○一号高地一线进行侦察。"

唐龙道:"是有些怪。可是,一团和蓝军激战一夜,只向前推进了两公里。如果不是他们主力,不可能撑这么久。黄师长说他的正面至少有一个团,这个判断可能不会错。二团和摩步团,沿途遇到蓝军多次阻击,从他们的表现看,又像是打援,掩护主力吃掉一团。吃又没吃,跑又没跑,让人想不通。跑一半留一半,这种情况对我们最有利。"

范英明说:"还是摸清他们的真实意图再说。命令一团停止进攻,二团和摩步团放慢速度,坦克团主力和高炮团先不要移动。"

唐龙担忧地说:"二团和摩步团推进太快,与坦克团主力和炮团主阵地已有十几公里的距离。你看是不是让坦克团主力快速跟进上去,再让摩步团留一个营,照应炮团主阵地?"

范英明说:"就这样办吧。让空军看仔细一些,今天的能见度不错。"

这项命令对前线指挥官的约束力十分有限。推进速度放慢,多慢才叫慢呢?简凡此时想的只是尽快让二团主力会合一处,尽快取得有形的战果,一夜击溃敌人六次阻击,只能算是隐藏的战果。只要能与一团和摩步团把蓝军一部聚歼,日后总结,最多担待一个"天黑没判断清楚"就够了。接到命令后,简凡只让后队减慢了速度,主力反而加快速度向河谷地区扑去。受二团影响,摩步团先头一个营也加快了行进速度。七点半钟,红军二团、摩步团和一团,已经把蓝军混编团、一个坦克营、一个独立营压缩进十几平方公里的区域内。

朱海鹏得到报告后,放下稀饭碗,走进作战室说道:"常师长,现在可以说是胜券在握了吧?"

常少乐道:"还不能大意,他们的飞机已经来转了几圈了,范英明恐怕已经知道了咱们的用意。你还是多费点脑细胞,把活儿做细一点。"

朱海鹏说:"好好好,咱们还是分几步走。范英明的扫荡部队很厉害,我是怕拖久了数字化班不保。他知道了,可能已经晚了。先不动他的一线供给站和加油站,第一步先逼他们下决心吃咱们的混编团。第二步,按照一线六个数字化班提供的情况,把他们射程之内的给养点都打掉。第三步,用炮火封住他们一团的退路,彻底掐断他们的运输线,混编团来个中心开花,逼他们投降。"

接到侦察机的报告,范英明出了一头冷汗。河谷西面是蓝军〇一号高地,西北和西南都有蓝军主力运动,蓝军的战略意图已经暴露无遗。

唐龙有点不解地问:"朱海鹏在河谷中心留一个战斗力不弱的团,到底是什么用意?河谷已经是惟一的焦点,他有导弹也用不上,我们已经对这一地区有了防范嘛。他只能从外挤压我们,想反包围吃掉我们兵力又不够。我们吃掉他这一部分,对付他们这种松散的包围,还不是小菜一碟?"

范英明踱了一会儿步,停下来说:"你这种思维,还是受旧战争观念的制约。朱海鹏的用意,似乎就是针对这种旧观念的。从战役开始,他都是在用这种貌似陈旧的外形,诱导我们按照已有的模式思考。现在的情况还是这样。大局观,你我都无法和他比呀。四号公路,他用一个班与我们两辆油车同归于尽,一是向我们示威,二是提醒我们注意。如果我们的思维依旧迟钝、僵化,恐怕从此就失去和他同场竞技的资格了。他最终的作战意图,实际上已经暴露无遗。他不是想用导弹,至少在我们的 C^3I 系统完整的情况下用不成导弹,他是准备切断我们的生命线。这就需要诱饵!"

唐龙看范英明的眼神中有了显而易见的钦佩,"我感到你的思路已经十分接近某个东西了。你是说想一举困死我们三个主力团,必须用一个团做诱饵?即便我们现在的两条运输线都被制住,我们在一线各站库的库存,足以支撑我们吃掉这块肥大的诱饵,然后扬长而去。"

范英明说:"你说的有道理。现在战役战场纵深已经超过一千公里,战争面积也大得惊人,海湾战争面积就有一千四百万平方公里之巨。我们守卫的疆土有一万平方公里,演习作战区域也有两千平方公里。可是,这两次布防,我们都没有好好利用这巨大的空间。昨晚,他们的远程火炮在数字化班的制导下,成功地歼灭了我们的预备队,就是一个利用空间的战例。实际上,蓝军这些数字化班,起的作用就是拓展并利用战场空间。不能再犹豫了,必须把我们失去的空间夺回来。"

唐龙问道:"你的意思是不吃诱饵,先把他们的数字化班挤出去?"

范英明一拳擂在桌子上,"对!命令二团、摩步团立即停止向河谷中部逼压,如有可能,按原路返回,如走原路受阻,可在河谷南北,依山集结。命令一团,立即发动新一轮攻击,掩护我真正意图,待二团和摩步团撤出河谷后,按原路后退三十公里,令空军全部,做好掩护一团大踏步后撤准备。"

唐龙默默点点头道:"这可能是摆脱潜在巨大危机的上上之策。"托着腮帮思忖一会儿,"范司令,这种处置,三个主力团都要担风险,如果他们都拒绝执行该怎么办? 他们目前都没直接感受到蓝军数字化部队在空间上带来的强大压力,前面有唾手可得的利益,退回演习开始时区域白白遭受损失,当然都有拒绝执行命令的理由。再者,如果三个团有的执行,有的不执行,有的半执行不执行,情况会不会更糟?"

范英明被问住了,呆呆地看着唐龙。

唐龙又道:"昨天已经授权黄师长协调一线作战,也不能严令他们执行。你看这样好不好? 以这个命令为主,说明这是目前最上策,再附一补充命令,让他们商议后上报聚歼这个团的方案。我现在虽然有司令助理之名,但没进入实际的上层,想问题可能会超然一些。这样做,如果不可收拾,你我自然要担待一些责任。如果蓝军的数字化部队真的已经控制了我们的全部要害,黄师长他们因坚持吃诱饵战败了,印象也会深些。另外,这样做,一旦朱海鹏的三斧头已经抢过,我们也没放过吃掉诱饵的巧宗儿。不吃白不吃的事不做,人家要笑话你我是圣人蛋。这就好比炒股票……你看我这张嘴,该打。"

范英明早听进去了,默想了一会儿道:"你快去把这个命令起草了。一定要强调我们是主张不吃诱饵,让这块诱饵发馊发臭,让朱海鹏舔回这块臭肉。这个假洋鬼子,还真取了一点真经。"

命令刚发出去,二团的请示电到了,内容是二团先头部队已遭到蓝军主力猛烈反扑,请求下围歼令。

范英明仰起头长叹一声,"阳奉阴违!将在外君命有所不受!常有理呀!吃吧吃吧。"闷坐了一会儿,又说:"小唐,催催刘政委,让他在十点钟前,一定要把三十吨油运过沉水大桥。告诉李铁,等这批油过桥后,要他不惜身家性命,保证油在下午两点前运抵战场。"

不大一会儿,唐龙拿着一张电报回来了,面带惊惧地说:"王思平把油盗走,高军谊早晨已经自杀,下午四点前,我们没有一吨油运往战区。政委马上赶回来。"

范英明两眼发直,喃喃道:"祸不单行,真是天意。但愿他们能在中午十二点前吃掉那块臭肉。"

臭肉也不是那么容易就能吃到的。

红军三个团在两个坦克营的协助下,在两个小时内发动了三次攻击,只是突破了蓝军的两道外围防线,还没碰到蓝军品字形三个修有半永久性工事主阵地的毫毛。这场短兵相接的围歼战，真正把双方官兵都带进了惨烈凄苦的战争状态。

这时，简凡已经赶到黄兴安的移动指挥车边，把二团的指挥权也交到了黄兴安手中。

三次攻击未果，黄兴安觉得面子上很难看。他像一只受伤的狼一样在指挥车旁边跳着，大声说："简团长，把你的半个营预备队也拉上来，这次让你那个不要命的老兵连打头阵，谁第一个冲上去，记一次三等功。"

简凡说："大局已定，我什么都听你的。摩步团上一轮没怎么用力。老林这个人，吃独食可以，协作精神嘛，是差一些。师长，你说话，他还不敢不听。再不一鼓作气拿下来，他们援军一到，又是麻烦。"

黄兴安咳了一声说："焦参谋长，你亲自去见见林团长，就说我以一团代理团长的身份请他下一轮不要惜力气，再拿不下来，最丢人的是摩步团。上报'师指'，十一点钟，一团、二团、摩步团对敌发起最后总攻击，让他们把飞机派来，壮壮声势。"

焦守志答应一声，开着越野吉普去南面见林团长。

蓝军的数字化班在黎明前露过峥嵘后，再无消息，接着，又是连续上演一个上午的古典戏，看得那些挑剔的观摩人员又倒了胃口。昨晚首先用哈欠泄露了心音的红脸大校，又坐不住了，伸着脖子喊道："爱国爱国，你们蓝军的数字化部队，是不是睡着了。"

童爱国也开玩笑道："只有你老兄才会睡过头。误了前一场好戏，你自己负责。想补看一场，还是耐心等吧。"

红脸大校不好意思地笑笑，"还不是你安排的舞会太精彩了，这才睡过头的。二十个数字化班，还有十六个健在，还是有机会补看一场的。我只是不大明白，为什么中间要加演这种传统保留节目。"

正说着，大显示屏上出现了红军三个团围歼蓝军混编团的场面，蓝军主力部队仍是不紧不慢地，从西北、西南两个方向朝河谷挤压。蓝军主力部队的行动，从表面上看很有点隔岸观火的味道，似乎对河谷中心的激战兴趣不大。这一点很快成为演习指挥部关注的焦点。河谷正在上演的毕竟不是一出三国戏，这种见死不救的后娘式做派，顿时成了攻击目标。

方英达听了一会儿，坐不住了，抓起红机子喊："接蓝军朱海鹏。你们打的这叫什么仗？河谷那个加强团，你们是不是准备牺牲掉了？怎么不回答？"

常少乐在那边小心答道："要，这仗还是……"

方英达冷冷说道："来不及了吧，常师长。你不是当了婆婆了，让朱海鹏说，他这锅饭是怎么做的。"

朱海鹏接过话筒，说道："方副司令，战役进展十分顺利。最早的设想是彻底牺牲河谷这个团，现在已经用不着了，红军三个主力团合围迅速，我们已经提前占领了七号、八号公路山口处。几分钟后，战场形势就会改观。"

方英达忍不住冷笑道："你不是魔术师！这三个团吃掉你的养子，你在后面那个形同虚设的防线会不堪一击！"

朱海鹏道："方副司令，你听听我的布置。命令楚天舒，把坦克营拉出来，做足要突围的戏。命令炮兵，毁掉敌一线所有补给站库。命令敌后所有数字化班，严密监视敌给养车队。命空军歼击机大队做好战斗准备，阻击敌轰炸机空投物资。如果红军三个主力团得不到油料和弹药补给，他们最多还能攻击半小时。弹尽粮绝的几千人，想突破我们这个松散的包围圈，恐怕很难。我们河谷的作战部队，所存油料和弹药，还足以支撑到天黑。"

方英达脸色变了，声音变得有点怪："你这个狗东西，把我们也骗了。你，你真有把握一次性……昨晚你已经证明过了。这么说,A师又要……"

朱海鹏道:"不可能有变了。这是两种战争观念较量的必然结果。这个结果在演习中出现,总比……"

方英达失态地吼道:"用不着给我上课!你干得太漂亮了!"摔了电话,大步走出作战室。

下午一点钟,河谷红军弹药、油料告罄。指挥所尝试空投几次未果,油料、弹药补给车队全部被阻在望夫崖和猫儿山一带。一点二十分,蓝军河谷守军突然向一号地区突击,没等红军作出反应,已将红军向东退路切断。

范英明得到报告,无声地流下了眼泪。

刘东旭绝望地看着范英明,"没希望了?"

唐龙道:"油料被盗,副师长自杀谢罪,前线主力弹尽粮绝,空、陆补给都已绝望。这时不承认战败,只能让几千步兵徒手突围。很惨,很无奈,也只能服气。"

范英明无力地举一下手,"命令部队,停止一切军事行动。承认战败,请求中止演习。只支持了三十个小时,三十个小时呀!"

………

第 十 七 章

从本质上讲,组织一场大规模军事演习和在经济领域上一个大项目,没有根本区别,用掉的都是钱。效益毫无疑问是衡量演习成败的主要标准。第二阶段演习的主要目的是检验甲种师在现代局部战争中的抗打击能力,A师又一次在三十来个小时里承认失败,意味着演习主营项目出现了巨大亏损。

A师再次惨败后又该怎么办?一个甲种师真的已经这么脆弱了吗?方英达心里乱极了。这种乱,几年来中国政府的中高层决策者常常遭遇到。为社会主义中国立下汗马功劳的国有大中型企业,在进入市场经济后突然间大面积亏空、步履维艰,包括党和国家领导人,脑子里不都这么乱过吗?A师曾经有过多么辉煌的历史,解放战争中从山东临沂一路打到厦门,没败过一仗;抗美援朝战争,A师参加了第一到第五次战役,和从美国到土耳其八九个国家的军队直接交过手,最差的战绩也只是和敌人打个平手。它不可能一下子脆弱到这种程度。可是,它确实两次惨败在和世界最强大的军队尚有不小差距的蓝军手下了。

方英达仔细翻看着A师发来的长长的请示电,嘴里自言自语道:"这次它发挥了,中间出了恶性事件,也并没直接导致战局的逆转,这说明这次失败不是偶然。问题暴露了很多,太多了。"

陈皓若赶忙表明自己的态度："这些问题，恐怕只能在演习中才能解决。蓝军数字化班的威力是不能小视，可是，如果红军阻止它们深入腹地，情况不至于这么糟。"

其他军区的观摩人员，也七嘴八舌讲了自己的意见。焦点问题只有一个：Ａ师这种甲种师，像国有大中型企业是国民经济目前阶段的支柱一样，在目前的条件下，构成了这支军队的主体，演习不能这样就结束了。

方英达放下电文，忧心忡忡地说道："已经到了国歌里讲的最危险的关头了。如果这是一场敌方投入了数字化班的局部战争，我们已经败了一阵。演习这样结束弊多利少哇。皓若，命令两军停止一切军事行动，先进行检查总结，Ａ师更要对每个转折点进行仔细研究，看看军事的和非军事的因素各占多少。童部长，你尽快写出个报告，附上我们的建议和意见，上报军区党委，并请军区党委考虑是否上报总部。有好说好，有坏说坏。要把蓝军的数字化班的组建过程和在演习中的作用，做单列报告。这种部队的出现，会给战争带来什么，需要做仔细研究。"

下午三点，黄兴安从河谷出发，又要去参加军事检讨会了。此时，河谷地带的蓝军已经开始向〇一号高地回撤，凯旋曲的音符挂满了滚滚西去的车流、人流。几千红军不知该算"被俘"还是该算"阵亡"的官兵，表情木然，默默地看着蓝军远去。黄兴安不由自主地走到蓝军已经走了的空阵地前，呆呆地看了好一会儿。三十多个小时没有合眼，带领一团打了一天一夜零五个小时恶仗，眼看着就要摸到胜利女神的裙裾，突然间又成了阶下囚，这巨大的落差，几乎使黄兴安的心理无法承受。他在心底里已经痛苦地承认：这个仗，从头至尾我都没看懂过。

几百上千个红军干部战士无声地移动过来，把黄兴安围住了，吵嚷声、埋怨声和询问声，响成一片。黄兴安只能苦笑着面对部下一声紧一声的责问。

一个少校吼了一嗓子："吵什么吵？我一个人问还不行吗？师长，我们是不是又一次被俘或叫战死了。"

黄兴安沉痛地点点头，"是的。包括我在内。"

少校一把抓下软军帽，带着哭声说："这他娘的打的叫什么仗！后勤的人都他妈的是废物！"

黄兴安眨巴眨巴眼睛，干咽了一下，诚恳地说："同志们，不要埋怨后勤部队，也不要怪范司令他们指挥无方。你们都为咱们师尽了心尽了力。这次失败，我黄兴安负有重大责任。请你们让一下，我要去'师指'开检讨会。"

干部战士们都没有动。

少校哽咽着："师长，演习是不是要结束了？我们，我们真的不甘心呢！师长，你要求要求，再打一次吧……"

几百上千人跟着喊："再打一次，再打一次……"

黄兴安流下了眼泪，"同志们！你们的要求，我一定转达上去。我们都是军人，服从命令是我们的天职，你们在这里等候上级命令。我对不起大家，没有指挥你们打胜仗。"

干部、战士们让开一条路，含着眼泪，目送黄兴安的吉普车东去了。

黄兴安赶到师指挥所，简凡已经到了多时。简凡认为，在第二阶段演习中，他没遗下任何过失给人攻讦，底气很足，一到师指挥所就指责"师指"决心下得太迟，后勤部队是一群废物。

唐龙忍不住了，说："简团长，这个仗，你恐怕还没看清楚！如果详细追究，你的二团责任最大。都什么时候了！把自己洗得再干净，有什么意思。要是实战，你已经去了战俘营。去那里，你恐怕要受礼遇。有功之臣嘛。"

简凡盯着唐龙看看，"唐龙啊唐龙，人没阔，倒先变了！你个小上尉，还没资格给我说这些。"

唐龙笑了笑，"我知道我这个司令助理有职无权，你就是犯了叛国罪，我这个小上尉也无权指责。我不清楚，你们和一团之间私架电话线，算不算山头主义？或许你只是想用这个电话向黄师长问个寒暖。"

简凡大怒，指着唐龙的鼻子骂道："你他妈的血口喷人！一师之长在一团，我向他汇报情况，符合条例。"

范英明忍无可忍，慢慢走了过来，"我这个红军司令是个临时的，师参谋长总算个永久的吧？简团长，你至少犯了三次影响到全局的错误，还不包括唐龙指出的这一次。第一，改变主力一营攻击线路，事先事后都没报告，影响从七号公路迂回包抄的战略性行动；第二，在〇一号高地一线，你团绝对遭遇过蓝军主力，这一点已从蓝军上报的演习备忘录中得到证实，你也隐瞒了这一重要情报；第三，'师指'令你们放慢挤压速度，你团阳奉阴违，过早被敌人缠住，致使丧失最后改变全盘计划的机会。这三条错误，哪一条都能证明你实在不配再当团长。"

简凡怔了一会儿道："这完全属于一个独立作战团的机断处理权限。我当不当团长，恐怕需要总参说了才算数，你只是个师参谋长，而不是总参谋长。"

刘东旭一掌拍在桌面上，震掉两个茶杯，"简凡，A 师到了这种地步，你连该承担的责任都不去承担，证明你确实不配再当团长了。我现在以师党委书记的名义，建议撤销你二团团长职务，在你说的总参批复前，建议对你停职反省。"

简凡没想到刘东旭会发这样大的脾气，又第一个提出撤他的职，听呆了。

唐龙软软地接一句："要是某些人占住茅坑不拉屎，情况可能要好得多,拉的屎太臭……"

简凡白了唐龙一眼,一转脸,看见黄兴安立在门口,心里多少有点底,梗着脖子说:"刘政委,组织原则总是要讲吧? 做出停一个只有些莫须有错误的团长职务的建议,恐怕需要师党委常委举手表决一下吧? '三大民主'不是还有个政治民主? 李副政委在养病,田主任在留守,前线还有五个常委……"

刘东旭脸色铁青地坐在椅子上,"简凡,我现在就召集开这个常委会。后勤部邹部长心脏病突发,早上刚刚抢救过来,人住在清江县医院,没法参加会。高军谊因涉嫌特大战时盗油案,也失去了参加会的资格,何况,他已经于今天凌晨自杀谢罪了。剩下的三个常委都在,再吸收你这个师党委委员列席旁听一下。我再以党委书记的名义,任命正式党员唐龙同志做会议记录员。简凡同志,你认为还有哪一点不合组织原则,提出来。"

黄兴安口吃地说:"高,高军谊真的自杀了?"

范英明说:"高军谊的问题,等保卫部门查看完现场后再开会讨论处理意见。现在开会讨论简凡同志的问题。"

简凡这才感到事情的严重性,事已至此,后悔也来不及了,干脆把心一横,梗着脖子说:"黄师长,前线的情况,你比他们清楚。上一次败,把屎盆子扣在你头上。你躲了出去,又败了。我就是第一只替罪羊。黄师长,你可要当心点,快轮到你了。"

黄兴安毫无表情地看看简凡,"你摸摸裆里,看看那个玩意儿还在不在? 以前的一切都过去了。我很愿意参加这个常委会,先捅你这个所谓替罪羊一刀。你别用那样的眼神看我。这个仗我没看懂,却自以为是,几次影响'师指'下决心改变总体作战方案。我向师党委提出请求:解除我所兼一团团长职务,停止我的 A 师师长职务。"

四个人都愣住了。

黄兴安说:"唐助理,你怎么不记录?"

………

蓝军正准备会餐庆贺胜利,常少乐发现朱海鹏不见了。

看看江月蓉在女兵席坐着,常少乐从地上站起来说:"朱司令呢?你们谁见他了?"

江月蓉一看没人回答,慌忙站起来,给常少乐使个眼色,自己走到坝子边的一棵香樟树下,"常师长,上午他接了方副司令的电话,情绪就不大对。半个小时前,我看他还在树林里抽烟。"

常少乐说:"咱们找找去。情绪不好?没这个道理呀。是不是你们俩闹什么别扭了吧?"

江月蓉说:"我,我这次来还没单独和他说过话,闹,闹什么别扭。"

常少乐说:"这就对了。朱海鹏这些天是有些反常,学会了抽烟,皮鞋好几天都没擦了。月蓉,听老大哥一句话,海鹏这种男人,难遇。"

江月蓉说:"这种事比较复杂,三五句话解释不清楚,以后再说吧。庆功酒没他这个当司令的在场,多扫兴。"

两人穿过树林,走到小溪边上,仍没发现朱海鹏。常少乐刚要喊,忽然听到几块山石那边有男人低低的抽泣,低声对江月蓉说:"解铃还需系铃人,这个难题,留给你解决吧。"转身就走。

江月蓉心里一紧。什么事让他这样伤心?该不会因为我吧?不是因为我,又会为什么!我到底该怎么办?现在单独见他,能说什么?我这么做,也确实太伤他了。

江月蓉拉住常少乐的衣袖道:"我们,我们还是一起去吧。我还没见男人哭过。"

朱海鹏还在哭,抽得身子一抖一抖。

江月蓉感到心里发疼,跑两步,伸手拍拍朱海鹏的背,"海鹏,你在这儿干什么?快去会餐吧。这是整个蓝军的大事,没你这个司令,像什么样?事情总有大小轻重,发生一些你暂时不理解的事,肯定有原因。"

朱海鹏转过身子,难为情地笑笑,掏出手帕擦擦眼泪。

常少乐骂道:"真没出息!有什么过不去的坎儿?还掉眼泪。"

朱海鹏又掏出一支烟,刚叼到嘴上,江月蓉伸手拿了烟扔在地上,责怪道:"学了七八天都没学会,还抽。心里烦就不会跟常师长学学太极拳?"

朱海鹏把半盒烟一扔,"好,不学了。心里烦了就打打太极拳。接方副司令电话时,我就想哭。我变得太狠了,太像个军人了。"

常少乐道:"方副司令不会怪你的。"

朱海鹏叹道:"或许他动动手术能活到一百岁,是我害死了他。A师败成这样,他死也不会瞑目。这不就是一场演习吗?我怎么连睁只眼闭只眼都不会!我的心肠太硬了。我太狠了……"

常少乐眨眨眼睛,拍拍朱海鹏的肩,"这怎么能叫狠呢?老军长早看透了生死,只想放心地走。不过也是的,实际上,咱们是和老军长在打。"

江月蓉松了一口气,心里又多少有点空落落的,说道:"你们别在这里胡思乱想了,别弄得一老一少都哭起来,传出去可是头条新闻。你们让方副司令看个虚假的胜利,那才对不起他。"

常少乐笑道:"这话很对。"

江月蓉吁了一口气,心里又冒出一股怨恨,接着就冷笑一样哼出一声,"朱海鹏在你常师长的鼎力支持下,连赢两阵,这一下可出了大名。有个很有名堂的巫婆已经给朱海鹏算了命,他这一生可以升到中将。"

朱海鹏说:"你这话是什么意思?"

江月蓉说:"没什么意思。人家算出你会是党国的栋梁,就是这个意思。会餐去吧。你们两个首长不到场,谁敢动筷子。"说罢,转身飘走了。

两个男人你看看我,我看看你,都没明白江月蓉这个意思是个什么意思。

一个甲种师,在一场无导演部的对抗军事演习中,两次被以一个乙种师为基础组建的新型部队打败,在军界高层引起了极大的震动。个别蜕化变质分子的行为并不是导致第二次失败的根本原因,这一点,自范英明开始的军界中高级将领,都很清楚。这就好像一个大型主干企业突然间亏损了几个亿,而在这几个亿的亏损中,只有几十万或者几百万是被极个别的贪污分子据为己有一样,问题的症结虽与贪污腐败有关,但只把几个贪污犯处以极刑是无法使这个企业扭亏为盈的。

演习停止下来的第二天下午,军区的所有高级将领都赶到了演习指挥部。这种情形给人的感觉是,演习已经不再是一场演习,而真正要成一场战争了。实际上,演习的性质已经变了,已经不是单纯的军事训练了。它似乎变成了一种象征一种隐喻,阐释整个军队主干部分的实际生存境况的含义鲜明地凸现了出来。每一个高级将领自下飞机开始,都没露出一丝笑容,甚至一丝轻松。面部那种冷峻和严肃,目光里闪烁的深沉的忧患,给人的感觉是红军真的刚刚打输了一场局部战争。赶到演习指挥部准备伺机对高级将领进行采访的秦亚男在当天的日记里这样写道:"一天前,我还认为范英明把角色扮演得有点过头了,作为一个师参谋长,他对简团长甚至黄师长的态度太过严厉了。从他看简凡的眼神里,我确实读到过这样的字:老子毙了你!今天,我明白了,演习确实已经变成了战争。是的,战争。我再找不到别的词来形容我面对军区全部高级将领时的感觉。如果蓝军不是由自己的军队扮演,在二十四个小时内,共和国的领土已经被占领了近两千平方公里。我确信这才是问题的症结。军区常委会从下午三点一直开到晚上十点,一点也没有要结束的迹象。我有一个感觉:演习,不,战争还要继续下去。范英明的命运又将如何呢? 如果他继任红军司令,他会反败为胜吗? 要是三连败,他的军事前途也就到此为止了。我愿意在这里为他的胜利祈祷。为一个男人的命运这么操心,在我似乎还是第一次。如果,如果他突然间向我求婚,我该怎么办? 这个问题是该好好考虑了。”

秦亚男在记日记的时候,军区党委常委扩大会进入了得出结论的关键时段。

周政委开始做他的总结发言:“A师存在问题的严重程度,我是估计不足的。正如方副司令所说,叫自己人打出来,总比有一天叫真正的敌人打出来好。”

秦司令插道:“即便那时我们都作了古,那也是千古罪人。”

周政委继续说:“这种问题带有很大的普遍性。这一点,A师军事检讨会总结指出的几点很深刻。太注重个人利益分配问题,而少考虑全局的得失;太注重于眼前的得失,而少设想将来的发展大计;有过多的守成思想而少可贵的进取精神。”

方英达说:“这一次,不触及灵魂不行了。这个军事检讨会,开了十八个小时。有十几个人请求处分,有七八个提出离开军事指挥岗位。A师是已经处在重重包围当中,已经到了性命攸关的危急关头了。”

秦司令说:“说得好。战争的危险时刻都存在着。实事求是地说,至少有十支军队,能组织比我们的蓝军强得多的精锐之师。马岛之战、海湾战争告诉我们,夜郎自大要出大事。对外,有个突围的问题。对内,也有个突围的问题。体制和观念恐怕是最难突破的区域。"

张主任道:"社会大环境的包围也必须认真对待。那个高军谊,不就是面对万花筒一样的大社会,抵抗能力变差了,才蜕化变质的吗?思想政治工作,面临很多新的课题呀。社会分配不公,导致不少人心理失衡。一个副师长,薪水养活不了妻小,也是一个客观事实。"

周政委接道:"高军谊的问题,要另开一个会专门讨论。一个五次荣立战功,十数次受到嘉奖的人,几个月就走到人民的对立面,触目惊心。层层包围是现实,必须面对。对 A 师,我想存在着一个定位的问题。定位的问题很重要,不解决不行。我们国家解决了定位问题,提出初级阶段、发展中国家的准确坐标,就不会再走弯路了。这次演习,不能这样结束。"

秦司令道:"总部首长也很关注这场演习,表示在经费上给予必要的支持。问题是,花了钱,就必须把位置定准了。蓝军这一次依然打得很漂亮,这个朱海鹏是个难得的人才。在目前的条件下,搞数字化部队,可见他的胸襟和胆识。我们总不能永远只是追赶别人,那样的话,永远有挨打的危险。关键问题还是在 A 师身上。老方,你对 A 师很熟悉,这些人有没有能力杀出一条血路?"

方英达道:"部队的素质是不错的。如果从别的部队抽调各级指挥员指挥 A 师作战,效果自然会好一些。不过那样又不是 A 师了。我的意见是,只增加 A 师电子部队的数量,让他们能在这方面可以和蓝军对抗,其他的都依靠 A 师自身力量解决。这样更能检验出 A 师的实际能力。"

周政委接道:"我同意。中国足球,引入那么多外援,真去打世界杯预选赛,还得靠自己。蓝军这次的改革很有效果。自身潜力都不小,要想尽办法把它们挖掘出来。"

秦司令道:"要政策给政策,要基层人员给基层人员,要权给权,要钱给钱。如果用尽全力仍无法和蓝军交手,那就证明这支部队再没什么存在价值了。让 A 师的几员大将明天来一趟,我们见见他们。"

周政委说:"是不是把朱海鹏和常少乐也叫过来? 他们要是松了劲儿,打假球,到时候又是个定位不准。"

说得大家脸上终于挂上了些许笑容。

第二天一大早,红蓝两军五个高级指挥官乘直升飞机赶到演习指挥部。

赵中荣已在大门口守候多时,一见常少乐和朱海鹏,迎上去说:"两位辛苦,首长们正在吃早饭,上午都回军区,安排在走之前接见你们,请在这儿稍候。"

常少乐问道:"赵处长,是不是还有个第三阶段呀?"

赵中荣道:"详细情况不清楚。听梁秘书漏了一点点,对你们二位评价极高。海鹏兄这回是坐上了运载火箭,前途不可限量啊。搞一个三连胜,你常师长知天命之年变法,就能得正果了。早饭已经给你们备了,要不先喝点牛奶垫垫?"

朱海鹏说:"不用了。"

秦亚男走过来说:"可不可以给你们两位传奇人物照张相?"

朱海鹏开玩笑道:"大记者重返战区,也不到我们那里走动走动,太厚此薄彼了。"

常少乐举手给秦亚男敬个礼,"原来是秦大记者,失敬失敬。赵处长,劳驾你给我们仨照一张。吃水不忘挖井人,成正果不忘秦小姐。"

秦亚男把相机递给赵中荣,朝常少乐、朱海鹏中间一站,说:

"上次你们没把我这个俘虏带回去,是不是很遗憾?"

常少乐笑道:"遗憾倒是真遗憾,遗憾的是女人都同情弱者,不愿和我们坐一条板凳。"

一个上尉跑进来报告:"处长,范司令他们到了,让他们在哪里等?"

赵中荣朝门口一指,"你带他们到卫兵这边等着,不要让他们离开。我去看看军长吃完饭没有。"

常少乐看看大门口,看看自己站的位置,感叹道:"都是学问呀!这个赵中荣,自从我到C师,从来没有这般殷勤过。"

朱海鹏说:"你就要柳暗花明了。这类人,鼻子赛过狼狗。"

秦亚男丢下一句:"高智商的人,只会给胜利者鼓掌。"跑步去了大门口。

范英明、刘东旭和黄兴安跟着上尉走进院子。范英明本来走在最前面,走到指定的地点,放慢了一步,伸出手把刘东旭朝前一送,再停一步,自己站在最外边。刘东旭略一停顿,就把排头兵的位置留给了黄兴安。

朱海鹏正好捉住了这个细节,看看自己站在常少乐前边,朝前走一步,准备站到常少乐右边。常少乐原来也早看到了,一把抓住朱海鹏的胳膊,"站下!这是接见演习指挥人员,你是司令,这样站没错。"

朱海鹏叹道:"范英明比我周到,这种时候还能想这么细。"

常少乐说:"习惯了,也就周到了。"

赵中荣从楼里跑了出来,到朱海鹏、常少乐面前放慢了脚步,"首长马上就到!"又跑到大门口说道:"首长按蓝军、红军顺序接见。"说罢,看看黄兴安。

刘东旭把范英明朝右前边拉一把,范英明只好走过去挨着黄兴安站下了。赵中荣这才跑步迎了过去。军区首长按顺序从楼里出来了。

秦司令走过去和朱海鹏、常少乐握过手,朝后边退了一步,周政委、赵参谋长、张主任依次和两位蓝军指挥员握了手,都站下了。

秦司令道:"演习第二阶段,你们又考了个优秀,我代表军区党委向你们蓝军全体官兵表示祝贺。演习还要搞第三阶段,我希望你们再接再厉,打得更好。"

周政委接道:"我只表达一个意思,要是第三阶段你们不用全力,可要挨板子的。你这个朱海鹏,鬼点子不少,你还有什么新东西?"

朱海鹏挺直了身子答道:"报告政委,我们搞的这个数字化部队,和世界先进水平相比,差距还很大。不过,这样一个水平,也正合我们的军情,用于训练,对于提高军队对付这种新型部队的能力,会大有益处。我们目前没有什么新东西了。"

周政委笑了,"你很会说话,你担心的问题,会上已经解决了。让秦司令告诉你们。"

秦司令眯着眼看看常少乐,"比上一次见你,又瘦了一圈,成个衣服架子了。你这个婆婆当得很好嘛。我们准备把你们的二十个数字化班收编了。原价买进,没油给你们揩。"

常少乐开玩笑道:"我正在学习做好婆婆样板,不足之处,请首长批评。我虽然瘦些,只要从此能睡上安稳觉,四两五花油还能自生自长出来,不敢打揩油的主意。如果首长愿意赏二两吃吃,胖起来就快多了。"

说得大家都笑了起来。

挨着卫兵站着的红军将领,此时心里的滋味难以用言语形容。范英明站得笔直,眼睛盯着路对面的一棵雪松看,连眼睛的余光都没朝右前方的热闹泄去一丝半缕。刘东旭微闭着眼睛,像在学习高僧入定的功夫。站在中间的黄兴安,脸上开始冒汗了,喉结处不停地有明显的蠕动,生理学已经证明,这种现象是过于紧张、唾液分泌太多所致。军区首长终于走来了。

秦司令一直走在马路中间,站下的时候,离范英明三个人至少也有两三米的距离。于是,所有的军区首长都保持差不多的距离面对三个战败的部下站住了。

秦司令盯着三个人足足看了半分钟,才找到合适的词汇:"等你们胜利了,我再和你们握手,用双手握。今天,我也不接受你们敬礼。多的话。我也不想讲。范英明——"

范英明洪亮地答一声:"到!"

秦司令说:"很好,还没有变成娘娘腔。不是有人不把你这个军区任命的红军司令当回事吗? 好,我现在以军区党委的名义授予你一种特权,你可以根据战场需要,任免团以下军事指挥官,演习结束,军区和集团军再下命令给予确认。你还有什么要求吗?"

范英明答道:"没有别的要求。"

秦司令把眼一瞪,"如果因为你指挥不力,再次输掉,说明你只配当个营长。"

周政委朝刘东旭走近了一步,"刘东旭,你在宣传部的时候,谈起思想政治工作,都是一套一套的。可是,你来 A 师八个多月了,竟然没发现王思平和高军谊这两个败类的蛛丝马迹,让人不可理喻。"

刘东旭道:"这件事我负领导责任。"

周政委说:"演习中再出现任何政治事故,首先要撤你的职。一个甲种师,作为防守一方,两次惨败在一支以乙种师为基干组建的部队手下,这正常吗?!"

秦司令说:"该说的都说了。出路只有一条,舍了身家性命,把 A 师带出来。"

军区首长走后,方英达又把红蓝两军指挥官召集到作战指挥室,宣布了第三阶段演习计划。为了能在春节前结束演习,双方准备时间为二十天。朱海鹏发现方英达每隔两三分钟就要皱一次眉头,心里不禁一颤,意识到方英达的时间已经不多了。散会后,方英达马上离开了作战室。朱海鹏悄悄地跟了出去。

方英达回到自己的住处,慌忙吞下一大把药片,靠在床上说道:"是朱海鹏吧,进来吧。"

朱海鹏一脸沉重进了屋子。

方英达问:"有什么事?计划不清楚吗?"

朱海鹏嗫嚅着:"我,我就是想看看你。"

方英达强笑了一下,"是不是觉得再也见不到几回了?"

朱海鹏动情地喊一声:"方副司令,我,我,我没有这么想。"

方英达指指床头柜上的一片药瓶,又拉开抽屉,指指几盒杜冷丁和别的针剂,再打开柜门拎出一包中药,"你看看,难道你还要祝我长命百岁吗?死,已经是我必须随时面对的现实问题。你放心,十天半个月我还死不了。"

朱海鹏干咽几下,"你一定会看到 A 师重振雄风的一天。"

方英达道:"我很清楚,你们两次取胜,根本原因不是武器。武器很重要,更重要的是使用武器的人。再活两百年,我也不会变成一个唯武器论者。正因为如此,我对 A 师的前途仍充满信心。有些问题,在演习中解决了,一进入正常的生活秩序,老问题又出来了。所以,我很感谢你们在 C 师进行的深层改革。至少,它提供了一种新的组合样式。"

朱海鹏道:"能够把我多年的思考,以有形的方式表达出来,我很高兴。A 师要想取胜,还需要在编制、体制上面做点文章。"

方英达站起来道:"你成熟多了。战争是造就杰出军人最好的课堂。这种演习肯定能使一大批各种层次的军事指挥员成熟起来。你不要觉得对我有什么愧疚,放手干吧。"

朱海鹏道:"坦白地说,在现有的经济基础上,我们走不快。这次数字化班的试验,并不能算成功。因为这种部队的存在基础,是顽强的生存能力,这种班的生存能力很差。"

方英达叹息了一声,"所以,我并不反对小三经商。这几年,小三也成熟了。她对你娘和丫丫很不错,出我意料。你比较全面,以后要多帮帮小三。"

朱海鹏点点头,转身走了。

这一天,黄兴安真算是饱尝了如坐针毡的滋味。军区首长都无视他的存在,堂堂师长竟成了一个多余的人,这实在是一个军人莫大的悲哀。哪怕秦司令或是周政委当众宣布撤了他的职务,感觉也要好受得多了。自昨天深夜接到军部通知,黄兴安就做好了挨几顿急风暴雨般臭骂的一切准备,他就是没有想到所有的人对他都只字不提。散会后,黄兴安一直在寻找单独接近陈皓若的机会。陈皓若终于一个人从作战室走了出来,急匆匆沿着几个花坛切出的曲径,迎着阳光走去。黄兴安慌忙跟了上去,竟没注意陈军长此行的目的地是围墙角落的厕所,很不是时候地喊了一声:"军长……"

陈皓若转过身,看见是黄兴安,很不耐烦地说:"你怎么还不回去?跑什么跑。"

黄兴安瞥一眼厕所,"军长,你先方便。"

陈皓若骂道:"看你那个熊样!有什么事快说吧。"

黄兴安说:"我的问题怎么办?我到底还能不能参加下一阶段演习?军长——"

陈皓若道:"谁不让你参加演习了?你的意思我很清楚,想找回你师长的面子。面子是你自己丢的,谁也不能帮你找。事实证明,你黄兴安落伍了。不要再往上跑了。回去找一些你力所能及的实际工作干干吧。"不再理睬黄兴安,疾步钻进厕所。

黄兴安仰脸看看小米饼一样悬在半空上的太阳,出了一口长气,慢慢朝大门口走去。他知道必须接受这个现实:他这个师长下岗了。

邱洁如闹出的爱情小插曲,在范英明和唐龙之间形成了一道微妙而难以穿透的心理屏障。作为当事人之一的范英明,自然非常想知道这两个年轻人的关系处在一种什么样的状态。如果这两个人已彻底分手,注定会对范、唐合作产生不利的影响。范英明又不好直接问,只能想一些别的方法检验。

机会说来就来了。

讨论如何对付蓝军的数字化班的时候,唐龙认为不能被动防御,要采取积极的方法。

唐龙说:"数字化的基础是 C^3I 系统,而 C^3I 系统将来的天敌,可能会是计算机病毒。我们应该在这方面想点办法。"

范英明眼睛一亮,问道:"你是不是对病毒有研究?"

唐龙说:"也谈不上研究。计算机病毒现在已有几千上万种,能运用于战争的,只能是高等的、隐蔽性强的病毒。我所知道的有这么四类。第一,负荷过载类,这种病毒自身可无限止复制,最终能使敌计算机速度降低,不断进入死机状态;第二,强制隔离类,它能迫使敌控制中心与子系统隔离,导致敌指挥系统混乱;第三,刺客功能类,它侵入后,专门篡改、销毁一些特定的文件、指令,只要作案时没被发现,自己又可以藏匿;第四,定时或遥控起爆类,侵入敌系统后,可暂时或长时间潜伏,接到指令后,开始进行破坏。这四类中,实战价值最高的是第四类。美国已花了近两亿美元研制出来,已被列入战略武器库中。"

刘东旭说:"这种东西可不好找,找到了,你怎么放毒?派个女间谍去掉包?"

唐龙笑道:"这个办法也可以考虑。这种高级病毒由我来找,如何放毒,得多想点办法。如今已发现三种施毒方法,你说的是第一种。第二种是利用计算机网络中配套设备传播。我想试验的是第三种,利用电磁波传播。我需要挑上七八个女战士。"

刘东旭道:"有没有把握,都值得一试。"

范英明说:"你去通信站挑选。组成一个旋风纵队,人员多少,由你定,训练作战由你一人负责。"

唐龙没有推辞,当天就去了通信站组织女兵搞业务竞赛。业务竞赛,实际上就是打字比赛,本来是用不着搞的,哪些女兵业务水平高,只用问一声中队长邱洁如就够了。范英明一问,唐龙一答,说的是工作,都知道还有弦外之音。两个男人就以这种方式把两个人之间存在的情感上的疙瘩基本上解开了。邱洁如把女兵们组织起来开始比赛,指定了两个班长当裁判,自己就能和唐龙单独待在一起了。经历了这场感情风波,一对热恋的年轻人走在一起还有点不自然。像是都在寻找什么合适的话题,沉默着走了很久。

邱洁如先说话了:"天冷了,说冷就冷了。"

"天冷了,你要多加点衣裳。"

"这话应该我说。当了司令助理,责任很大,但烟不能突破一天一包。"

"不突破。"

"这一回你有多大把握?"

"我和范英明合作,胜算在七成。中国的兵法更强调哀兵的力量,A师只有破釜沉舟了。我想让你带几个兵去'师指',组成我们的旋风纵队。以后最杰出的军人,应该是综合朱海鹏和范英明优点的军人。两个人我都学。我提出搞这种病毒战,是想好好露露脸。我非常需要你全方位的支持。"

邱洁如沉默了很久才说:"你真的不怕我有什么反复?"

唐龙笑道:"快别说傻话了。下午你就去报到,把你们的战地简易房也拆了带过去。我还得回去安排明天的动员大会。"

邱洁如深情地望着唐龙,喊一声:"唐龙——"

唐龙问:"还有什么事不清楚?"

邱洁如一字一字说道:"我爱你!"

唐龙情不自禁地把邱洁如揽在怀里,吻了吻两片翕动着的红唇,颤着声说道:"你永远是我的惟一。"

演习第三阶段被规定为红军反击作战。这就意味着红军只能在演习第二阶段结束后的地域里,组织有效的第一轮攻击。一团原来防御的一号地区,将有一半划归蓝军占领区。如果蓝军以这一带丘陵地区组织防御体系,红军想强行突破,就要付出相当大的代价。红军在第三阶段取胜的标志,必须是突破小凉河。如果在一号、三号、二号、四号地区的作战中,打个两败俱伤,主力都消耗殆尽,结局注定是蓝军小胜。A师连败两阵,士气低落,在动硬件方面的手术前,最难的工作是如何把A师的悲愤在最短的时间里转化为强大的战斗意志和必胜信念。范英明煞费苦心,决定把动员会定在一团、二团全军覆没的三号地区河谷召开。一团、二团全体官兵都必须到会,其他部队每一个建制班都要派一名代表参加。

这天天一亮,突然下起了蒙蒙细雨。天气的变化,使这个悲壮的誓师会越发悲壮了。黑压压五六千人在雨中戳在一个坡度不大的土岗上,场面宏大壮观。

范英明站在土岗顶部一块像是天外飞来的青褐色巨石上,目光自左至右慢慢扫出一个一百二十度的扇面,成排成列的官兵像半坡松林沐浴了雨露阳光,顿时分外地显出了挺拔。"全师都有了——"范英明这一嗓子喊出去,震出满谷一波接一波的回声。

"立正!"范英明顿了好一会儿,低沉地说道:"三天前,我们三个主力团,就在这里全军覆没了。如果这不是一场演习,我们中间的绝大多数人的生命都结束了。这是 A 师六十多年历史上,最大的一次败仗。长征路上凄苦惨烈的湘江之战,我们师与敌激战三天四夜,减员六成,可这个师的建制没有散,每一个团,每一个营,甚至每一个连,都还能战斗。摆在我们面前的有两条路,一是胜利……"

讲到这里,河谷上空出现了一架直升机。飞机直飞土岗顶部。方英达看了一眼和四周的绿色融为一体的庞大的兵阵,飞机还没有停稳,他就拉开了舱门。

范英明走下石头,和唐龙、刘东旭一起迎了上去。方英达没作停顿,直接登上了巨石。

方英达用目光仔仔细细抚摸着这支有着辉煌历史的部队,颤着嗓音说话了:"知道你们租借了蓝军的占领地开这个会,我就赶来了。我很想在这个场合对你们说几句话。你们连败两阵,再也输不起了。你们每个士兵都是好样的。你们不是不能打胜仗,这一点我深信不疑。可是你们师败了,陷入重重包围之中。演习中,你们师出了不少问题,甚至出了蜕化变质的败类。这是你们必须正视的现实。我专程赶来,是想告诉你们,军区首长,甚至总部首长,是相信你们的。你们一定能克服一切困难,从重重包围中突出去。你们有没有信心?"

一个山崩地裂一样的声音炸了出来:"有——"

方英达突然间在石头上晃动起来。唐龙和范英明相继冲上巨石,扶住了方英达。

方英达用尽最后力气吼一声:"看不见你们胜利,我死不瞑目——"身子像一摊泥一样朝下溜去。

陈皓若在石头下面喊:"快,快送医院——"

范英明目送飞机升空后,抹了一把脸上的雨水和泪水,"你们都看到了,都听到了。我们决不能让老师长死不瞑目。只有一条路可走:杀出一条血路,突出重围!"

几千人有节律地喊道:"杀出血路,突出重围! 杀出血路,突出重围!"

吼声震得浓云激荡。雨下大了。

第 十 八 章

　　江月蓉走到昌达公司的大门前,犹豫了很久。跨进这个大门,就意味着再一次把刚刚向朱海鹏开启的爱情之窗砰然关上,重新回到孤立无靠、无际无涯的落寞的生活状态中。朱海鹏的再次辉煌,使江月蓉也对他的军旅前途深信不疑了。这种理性的判断,毫无疑问也使朱海鹏在她心目中的分量加重了。方怡勾画出的她和朱海鹏结合后的可怕前景,江月蓉当然不相信,并早认为这是出于方怡自私动机的危言耸听。演习还要进行第三个阶段,却让江月蓉看清了另一种情景:朱海鹏的军旅生涯,总有一天会戛然而止。她认同了范英明对朱海鹏的断言:他早生了五十年。江月蓉甚至认为,朱海鹏这种军人只能在连绵的战争年代才能如鱼得水。只有在那种整个环境都处于非常态的条件下,朱海鹏的生命才能不停地闪出耀眼的光芒,这种光芒的源泉就是根植于他体内的一波接一波汹涌的创造的欲望。身为军人,自小又长在军人世家,江月蓉十分清楚巴顿、蒙哥马利、朱可夫这一类典型的纯粹为战争而生的军人在和平时期的尴尬。艾森豪威尔这样战时的五星上将、和平时期的美国总统,可以说绝无仅有。巴顿等人毕竟还真的在战争中辉煌过,朱海鹏这种在演习中的辉煌,更是经不起平庸时光的打磨。在注定漫长的和平中,朱海鹏遇到的上级和合作人,都会是方英达和常少乐吗？肯定不会总是这么顺。那么，他一旦再被冷藏起来。他将以什么方式释放这种绵延不绝的创造力呢？恐怕只有以一个个崭新的手段去创造财富的方法了。江月蓉不能否认，方怡比她更适合与朱海鹏一起进行马拉松式的人生旅程。再一点，方怡那种耸听危言，在中国这样一个国度里随时都有兑现的可能。共和国战将如云，不爱江山爱美人的不就只有一个王近山吗？可是，他所付的代价委实也太大了些。这些日子，稍有空闲，江月蓉就是这样胡思乱想。

在这种胡思乱想中，每当耳边响起"离开朱海鹏"的声音，她的心里马上又要涌动出不平的波浪，波谷浪尖之上，跳动的都是"为什么"这三个字。她提出来回 C 市看小银燕，朱海鹏要她等一天两人一起走，她没有同意。看着朱海鹏欲言又止失望地离去，江月蓉恨死了自己。独自流了大半夜的眼泪，她承认自己确实缺少挣脱平静去进行无所畏惧创造的勇气。就在这一刻，江月蓉想起了方怡提出的那个交易。

终于，江月蓉还是进了昌达公司的门。

女秘书看见江月蓉进来，站起来微笑着，"是江小姐吧，方总已经等你多时了。"走过去打开了方怡办公室的门。

方怡热情地迎上来，看着江月蓉道："坐，坐，你穿上军装美极了。"

江月蓉并没马上坐下，矜持地微笑着，"你真认为这很漂亮吗？"

方怡拉着江月蓉坐到沙发上，掰了一根香蕉，剥开了，"坐下说，请吃香蕉。当然，你的气质和军装很协调。你看上去瘦了些，演习生活很艰苦。"

江月蓉接过香蕉放在茶几上，"我们先把这个，这个交易做成了，再说别的吧。"

方怡说："不急不急，没必要用交易这个冷冰冰的词。我们谈的是感情问题。肯定能成。"

江月蓉说："你太自信了。你说的有点道理，你的自信做冷冰冰的交易可能所向披靡，用在感情领域，怕未必事事如愿。"

方怡笑笑，"你还可以再考虑一段时间，我一点也不想勉强你。朱海鹏这次靠数字化部队又风光了一次，很快会到军区来的。"

江月蓉冷笑一声，"我不怀疑你这种判断力，连我这个小人物也能看出来。"

方怡道："去年朱海鹏让我帮他做一批功能特别的笔记本电脑，没想到他是用来装备这种部队的。如果这次演习能促成……"

江月蓉打断道："我对你这方面的能力也不怀疑。如果军队要搞这种部队，你们公司还会借此机会发一笔财。"

方怡道："这也是世界性潮流。英、美、法、俄等军事强国，尖端武器的零部件，都由各大公司提供。我们的军工企业不是也在和市场接轨吗？航天部队已经进入世界市场参与竞争。军队要发展高科技部队，这对我们这种大的电子集团，是个新的经济增长点。这是互利互惠的好事，用不着遮遮掩掩。"

江月蓉感到压抑，直截了当说道："我可以接受你的建议，不过，有个时间限制。不管怎么说，这实质上是一种交换。希望你能在二十天内拿到调令。"

方怡道："到任何时候，我只承认我只是提出了一个不错的建议。这一点我想强调一下。"

江月蓉说："我今天就是主动找的你嘛。方总经理也有这么不自信的时候？不可思议。"

方怡说："随便你怎么理解吧。你应该更早一点回去，上星期五,你爸去给你哥拿药,还在路上摔了一跤,拍了片子,所幸没伤骨头。"

江月蓉吃惊地站了起来,"你,你怎么知道的?我昨天晚上才知道这件事。"

方怡平静地说:"坐下,坐下。我有一个优点,认定了值得做的事,绝对全力以赴。令尊大人摔了一跤,已经促使二院同意接收你了。别这样看着我。下星期调令能发出来。希望咱们都能守信。"

江月蓉无奈地坐了下来,喃喃道:"也只好如此了。我得帮他把演习搞完。"

方怡说:"我完全理解。"

江月蓉火了,"你实在欺人太甚!你怎么能这样冷酷呢?你爸还在医院躺着,你怎么……太不可理喻了。"

方怡忧郁地看着江月蓉,"他铁了心要做这件事,我有什么办法?我日日夜夜守在病床前,才叫个人,才算孝顺吗?是他把我从医院撵回来的。我不想表白什么。你愿意怎么看我都可以。调令到了你也可以不走。我没你想的那样卑鄙。你爱朱海鹏,我就恨他吗?"

江月蓉摇摇头道:"别说了,我都懂。方副司令现在怎么样?"

方怡哀叹一声,"医生说,他这次能醒过来已经是个奇迹了。这几天在进行大剂量化疗。"

江月蓉问:"他,他还……"

方怡道:"他的精神状态很好。医生说,演习一结束,恐怕就撑不了几天了。范英明他们真他妈的窝囊,要是再打不赢,我爸恐怕只能带着遗憾走了。"

江月蓉安慰道:"蓝军已经是强弩之末,海鹏也觉得把力气耗尽了,再打,也没什么创造性的快感了。方副司令一定能看到一个满意的结局。"

方怡骂道:"朱海鹏这个混账,还真把这场演习当战争呀!风头出过分了,能有个好?所有的人都没你朱海鹏高明,还能让你干什么?你也该劝劝他,见好就收吧。"

江月蓉哀叹一声,"男人都这样。我走了。"

方怡说:"中午一起吃饭吧。我真的非常非常喜欢你。"

江月蓉停了一会儿,说道:"算了吧。"

这一次躺在医院的病床上,方英达才第一次强烈地意识到自己的日子已经屈指可数了。十四岁半从济南的中学跑到临沂参军,第一仗就是围歼孟良崮张灵甫整编七十四师的恶仗,那十几个日日夜夜,方英达作为华野司令部的文书,一直伴随一代名将粟裕的左右。六岁时,父亲方宾四就让他读兵书,他和其他能读书孩子的区别是,其他人最早读《三字经》、《千字文》,他最早读的却是《孙子兵法》。孟良崮一仗打下来,华野司令部的人,都知道粟裕司令员发现了一个少年军事奇才。从此之后,方英达就在粟裕的呵护下,迅速成长起来。解放后,军委选派人员到伏龙芝军事学院深造,也是粟裕把他从朝鲜战场调出来,派往苏联的。四十八年过去了,这些往事突然间都像一个个受阅的方阵,接连不断地走过脑海,清晰得如同昨日一样。方英达知道自己就要走了。这天夜里,方英达没有梦到一个战争场景,和妻子自相识相爱到结婚到妻子病故,却像一部纯粹的爱情影片一样仿佛演了整整一夜。这是不是死神发出的种种暗示呢?难道真的不让他看到 A 师的崛起了?这么想着,情绪就有点伤感和低落。方怡拎着朱老太太用文火炖了一整夜的乌骨鸡汤走进来,方英达也没和女儿打招呼。

方怡放下保温饭盒,问道:"爸,今天感觉怎么样?是不是还是没力气?"

方英达吁了一口闷气，"力气倒是有了一些，可有些兆头恐怕不详，是不是让我就这样躺着走呢？要是这样，太遗憾了。"

方怡倒了半碗鸡汤端来，自己先试试温度，递给方英达道："爸，你怎么也迷信起来了？"

方英达一边喝着鸡汤，一边说："从前天开始，醒着时，梦里头，脑子里常是些陈年旧事。"

方怡道："都是什么事？"

方英达道："你爷爷打了淞沪战役，打了台儿庄，回家就让我读《孙子兵法》。当时他说，打日本人，靠他们这代人恐怕不行。"

方怡道："爷爷那时很悲观嘛，后来不是只用八年就把日本兵打败了？"

方英达说："这不是军事家的算法，你爷爷说的是中国军队单独和日军作战，算的是纯军事账。日本投降时，在华总兵力，关东军加中国派遣军，总数有一百四十余万，超过日本投入太平洋战场的总兵力。前天做了一个梦，梦见和粟裕大将一起指挥孟良崮战役，时间、空间全混了。"

方怡道："这也不算太乱。粟裕将军当年不是问过你是撤围还是硬啃吗？"

方英达笑了起来，"事倒是有这个事，事情的实质可不是你说的这样。粟司令实际已经下了决心，看我这个十五岁的小文书也在看地图，随口问了一句。传来传去，传变味了。"

方怡道："想些旧事，非常正常。"

方英达说："昨晚这个梦更奇怪，全梦的我和你妈之间的旧事。她还是个少尉的时候，可真漂亮啊。粟司令见过你妈后，你猜他对我说句什么话？"

方怡道："你已经给我说过了，粟司令说你作为一个军人娶这种女人，是一大成就。"

方英达笑道:"这也是粟司令教育的结果。"自己摸下床,伸个懒腰道:"他说,军人不容易碰到爱情,但一定要坚持宁吃仙桃一口。"

方怡也笑了,把碗收起来说:"爸,十点钟公司要开董事会,我不陪你了。中午你让护士把鸡汤热了再喝一碗,这可是朱大娘交代的。"

方英达摆摆手说:"去吧去吧,你陪着我,就能把癌细胞吓死了?"看见方怡走到门口,突然又喊:"小三——"

方怡问:"爸,还有什么事?"

方英达有些难为情地笑笑,"小三,昨晚梦见你妈,后半夜一直没睡着。好久没有梦到她了,不知我是不是把她梦走了样。你回去把你妈那张穿少尉衣服的照片找找,再来医院给我带过来。"

方怡抿嘴一笑,"是,爸爸,下次一定带来。"

方怡走到住院区门口,看见范英明、刘东旭和唐龙穿着作战服,迎面走了过来。

刘东旭疾走两步,先问道:"你爸这两天可好?"

方怡带点气说道:"他恐怕不希望你们走上千里的路来病房看他。你们也太过细了。"

范英明笑了一下,"是他要我们来汇报准备情况和演习方案的。他还是有点放心不下。"

方怡说:"是我,我也不放心。再一再二还说得过去,这要是再三,就不好交代了。这几天,他总是回忆往事,一比较当然不放心了。"

唐龙笑着说:"方总,方姐,请你放心,绝对不会有再三,只要你答应支持我们一把,十拿九稳能取胜了。"

方怡说:"要赞助还是要我派公司职员去帮你们打呀?"

唐龙问:"下午你在不在公司?"

方怡说:"我当然在。你们去吧,我还要赶回去开董事会。"

唐龙说:"方姐,下午我去公司找你。"

三个男人并肩朝里面走。方怡忽然想起了邱洁如,心里道:这两个男人还相处得不错,难道这个小唐什么也不知道?方怡转身喊道:"小唐,你下午一个人去。你们汇报别搞成老太太裹脚布了,他身体很弱。"

梁平带他们三个走进病房,护士刚刚把化疗药给方英达输上。

方英达指指吊在输液架上的瓶子,"药里有镇静剂,重点问题先说,别让我睡着了。"看看唐龙,"你就是那个唐龙吧?上尉当了司令助理,是个大变化。唐上尉,由你主讲吧。"

唐龙开门见山道:"第一项工作,明确了各级首长的战时责任。军事指挥权归范司令,我作为他的助手负责作战计划的制定和实施。刘政委负责全面工作,后勤工作由他具体指导。各团和独立营也照此进行分工。"

方英达问:"那个黄兴安呢?"

唐龙道:"我们经过认真研究,认为 A 师投入战场的兵力是多了,而不是少了,同时,团和独立营都存在小而全的弊端,为此,决定进行演习时期精简整编工作。因为有近两千人将不再参加第三阶段演习,成立了一个精简整编善后委员会,黄师长主动提出负责这项工作。"

方英达说:"思路清楚,抓住了主要矛盾。A 师作为一个甲种师,这几年高科技的装备也有不少,在前两个阶段,这些东西都没发挥出来。这个问题你们准备怎么解决?"

唐龙道:"准备向蓝军学习,一方面组织一支以破坏敌人指挥系统为主要任务的高科技部队,一方面从陆军学院引进一批中低级指挥人员。"

方英达点点头道:"蓝军搞出来的模式已经在实战演练中发

挥出了威力,但这种模式现在还不能推广。学习战争的最好环境,就是战争。你们连续失败两次,是坏事,也是好事,肯定有一批人迅速觉醒了。自身造血功能增强了,才是真正的强壮,仅靠输血是不行的。"

范英明接道:"我们准备在团、营进行一轮选拔考核,营、连长可以参加团参谋长的选拔,连、排长可以参加营长的选拔,方法依照军区这次选拔红蓝军司令方式。"

方英达脸上露出了笑容,"唐龙,演习第一阶段你在一团吧?"

唐龙说:"是的。"

刘东旭说:"组织通信站二中队设伏,也是唐龙搞的,当时他违反了纪律,正由一团被押往指挥所。"

方英达眼睛一亮,"卸了几个地痞下巴的事,也有你的份儿呀! 文文静静的,还挺调皮。"

唐龙红着脸道:"我确实违反了纪律。"

方英达道:"我赞成这种选拔。我十五岁当兵,当年就当排长,过个春节就当连长,渡江的时候我当代营长,打到福建,我就是团参谋长了,这时,我刚刚过十七岁生日。"

刘东旭说:"我入伍的时候,你就是军里的传奇人物。有人说,如果再打两年仗,不到二十,你肯定能当师长。"

方英达问:"唐龙,你几岁了?"

唐龙答道:"已经吃第三十年的粮食了。"

方英达道:"我像你这么大,已经当 A 师的参谋长了。范英明,你当参谋长时,好像是三十七岁四个月吧?"

范英明说:"是的。"

方英达道:"比我晚了整整八年,三十八岁,我就是军长了。年轻人,接受能力强,观念容易更新,精力充沛。作战部队的指挥人员,一定要年轻化。你们有个老连长今年三十好几了吧?"

刘东旭道:"三十五,转业几回,都没转成,他很想提到副营,把家属从农村带出来。提了几回,也没提起来。军事技术,他样样都行,也就留下了。"

方英达严肃起来,"战斗力就是因为姑息迁就搞衰退的。是该下决心的时候了。"

护士走进病房,换了一瓶药,说道:"首长,你该休息了。如果你不听劝阻,我们可不敢保证半个月内让你能坐车、乘飞机。"

方英达赔着笑脸说:"接受你的批评。我授权给你们,可以随时请走我的客人。你们回去按照这个计划干吧。你们这是在动大手术,政治思想工作一定要跟上,军事、政治,两手都要硬。"

邱洁如从证券交易厅走出来,一脸狐疑,独自沿着人行道走着,走到那根电线杆前,抬起腿踢了上去。唐龙拎着黑皮包跑出交易厅,看见邱洁如在踢电线杆,不觉有点纳闷,走过去说道:"你怎么啦?"

邱洁如转过身说道:"你和那个女人是什么关系?"

唐龙猛然间没反应过来,反问道:"你说什么女人?哪儿有什么女人?"

邱洁如冷笑一声,"看你的眼神分明不对,见你进去跟见了老情人一样,恨不得扑上来亲你一口,一听你要销户,又急得围着你屁股左转右转,能没点特别的关系?"

唐龙说:"噢!你是在吃那个股友的醋呀!她呀,原来在大户室,赔了,就到散户厅炒短线。这个女人有点怪,从去年一直跟我们做,竟让她赚了小一百万。我们销户,她当然急。"

邱洁如将信将疑道:"这么有趣的故事,以前怎么没听你编给我听?看上去是个很有钱的阔太太嘛。"

唐龙道:"上次回来,我才听她说的。那天你去布置'红玫瑰'

联谊会,我心情不好,就和她聊了一会儿。"

邱洁如见事情扯上"红玫瑰",不好再纠缠,笑道:"书上说这种年轻媳妇不如狼就似虎,给你打个预防针。"扬手喊一声:"的士——"

出租车驶近昌达公司的大楼,邱洁如神态就开始不自然了,心里乱作一团。在"红玫瑰"闹出的新闻,人多嘴杂,唐龙可能已有些耳闻,虽然唐龙没提这事,能隐瞒还是隐瞒起来的好,如果见了方怡,再提起上次赌咒发誓的事,恐怕就要伤害唐龙了。

邱洁如主意一定,就说:"唐龙,还是你上去见她吧,我在下面等你。"

唐龙下了车说:"你一口一个方姐,总比我熟一些。我们这次是问她借贵重东西,你还是去帮帮腔吧。"

邱洁如说:"此一时彼一时,我不是还叫过一段方小三吗?上一次我已经把她得罪了,当面指责她不该接来朱海鹏的老妈去她家里住,她还发了脾气呢!"

唐龙想了一下道:"你也是的,口无遮拦,你这么说她,她能高兴吗?以后可别过问人家的私生活。那你找个地方坐坐,外面有风。"

邱洁如推了唐龙一把,"你快去吧。我自己会照顾自己的。"

唐龙进了楼,邱洁如来来回回走动起来。是福不是祸,是祸躲不过,邱洁如怕遇上方怡,才躲在下面不上楼,没承想竟在楼下让方怡碰个正着。

方怡看见邱洁如在公司门前走来走去,以为邱洁如又来让她看什么节目,抿嘴一笑,在邱洁如背后说道:"这不是洁如妹妹吗?在楼下转什么?上楼坐坐吧。"

邱洁如吃了一惊,红着脸道:"方,方姐,你怎么在这儿?"

方怡看一眼大楼,"这是我们公司呀?噢,我是去洗照片去了。"从纸袋里掏出一张十八寸大的黑白着色照片,"我爸今天早上梦见我妈了,要看这张照片,我就到相馆翻拍了一张。"

邱洁如看一眼照片,惊叫一声:"哇,你妈年轻时候可真漂亮,比我妈还要漂亮。你看这眼神纯的,到底是五十年代呀。"

方怡端详着照片,有点动情,"这张照片我有好几年没看过了。听我爸说,我妈最喜欢读的爱情小说是《简·爱》,那是个很浪漫的爱情故事。"

邱洁如说:"可惜我没看过这本书。"

方怡叹道:"我爸很少回忆我妈,我说是当第三者的面,谁想他生命垂危时竟要看这张照片。哎,上楼坐坐吧。"

邱洁如只好说:"我和唐龙来找你借东西,他已经进去了,我在下面等你。"

方怡伸手搭在邱洁如肩上,"又和你的唐哥哥重修旧好了?"

邱洁如咬着嘴唇点点头,"方姐,你可别笑话我,其实,唐龙待我真好。"

方怡捏捏邱洁如的脸说:"怎么会呢! 谁让我是你姐姐呢! 谁都有幼稚的时候。走吧。"

两个人亲热得勾肩搭背一起往楼里走,邱洁如忽然停下来认真说道:"方姐,那天的事算咱俩的个人秘密行吗?"

方怡怔了一下,笑着伸手刮了邱洁如的鼻子,"小小年纪,很老练嘛! 这种事还用你交代吗? 这种事,隐瞒就是美德嘛。"

唐龙看见邱洁如和方怡说说笑笑一起进了办公室,半天没反应过来,张着嘴傻站着。

方怡朝高背靠椅上一躺,"你们小两口作为 A 师的特使,我作为 A 师第八任师长的女儿,本是一家人。你们需要什么,只要我能办到的,一定尽力。"

唐龙道:"方姐,我们想让你帮我们找一种东西。据我掌握的材料,世界上最著名的电子计算机集团,为竞争市场份额,都投入巨大人力物力搞病毒软件的研制与开发……"

方怡面有难色地打断道:"你这个情报我还没听说过,本公司从来没有想过这种歪点子。不过,我很想听听你讲讲这种所谓世界潮流。"

唐龙愣了有一会儿,才继续说道:"这种软件的发展,为西方的军事革命提供了新的思路。西方经济、军事大国,为了至高无上的国家利益,都从大的电子集团,购进了这种软件系统。"

方怡道:"你可以到信息工程研究所去问问,他们或许有这种东西。"

唐龙说:"我们需要的是一种近一两年才出现的新的软件病毒,这种病毒可以通过电磁波传播。"

方怡说:"我还没见大财团用这种秘密武器引发商战的报道。你这种说法有点耸人听闻。"

唐龙道:"这就好比世界上已经有十几个国家已经拥有了核武器,却没有爆发核战争一样。各大公司现在尚能和平共处,没必要冒这种风险,等计算机市场趋近饱和的时候,这场决定生死存亡的病毒大战就不可避免了。"

方怡站起来说:"这个问题就探讨到这儿。唐龙,你想不想脱军装?"

邱洁如说:"方姐,你这是什么意思?"

唐龙说:"方姐的意思是说她给我留了一个中层部门经理的职位。"

方怡说:"那是你以前的重量,现在你要脱军装,我们公司可以聘你当负责国际战略研究的总经理助理。你小三十了,还没混到正营,留在部队前途不大。"

邱洁如说:"方姐,你那也是老皇历了,如今唐龙是红军司令助理,相当于正团。如果能打赢这场演习,回来后至少能兑现个副团职。"

方怡默默点点头道:"怪不得你这么卖力游说。你们这些中国男人呀,官本位的观念太顽固了。中国的经济将来肯定要成为一切一切的主导,眼光要看远一些,唐龙。"

唐龙说:"方姐,这件事,等演习以后我用半年时间观察观察再作答复,你看怎么样?"

方怡道:"朱海鹏和你,都是我从商以来遇到的独一无二的人才。我们公司,博士就有七十九个,硕士成堆,可惜都没你们这种战略眼光和创造性头脑。你在部队不得志了,方姐随时欢迎你加盟本公司。"

唐龙道:"谢谢方姐夸奖,我们还得去做一件很棘手的事,告辞了。"

邱洁如急了,把唐龙拽坐下,"方姐,你就帮我们一次吧。A师这次再打不赢……"

方怡笑着打断道:"这个忙我实在帮不上。我呢,非常愿意出一点力。我有一个朋友,是个用电脑写作的作家,花了三年写一部长篇小说,谁知玩了一回从美国带回来的游戏卡,软盘上染上了病毒。上个月他还让我找专家帮他解毒呢。你们要有兴趣,明天可以来取一下。"

邱洁如嘟囔道:"一个破游戏盘,有什么意思,传又传不出去,染上了,那边又有计算机软件专家。"

方怡问唐龙:"那件棘手的事是什么事?"

唐龙说:"把高军谊的骨灰送到他家。刘政委和范司令中午走时,交代我要问问他家里有什么困难。困难肯定是一大堆,主要是他女儿又失业了。"

方怡哀叹一声,"这件事听我爸讲了大概,高军谊走到这一步,与他女儿不争气有关。"

唐龙摇头说:"军人的子女,考上大学的比率比大中城市低二十个百分点,如今当兵又不能提干,大部分团、师职干部要背子女的包袱。营连级干部已经开始皱眉头了。说句觉悟低的话,军人在为国家奉献,可谁为军人的子女奉献奉献呢?"

邱洁如说:"方姐,高家母女也怪可怜的,从陕北迁来没两年,乡音都没变,在 C 市也没个亲戚朋友,那个小兰要是没个固定收入,堕入风尘是早晚的事,你看你们公司……"

方怡长吁一口气,"公司不是慈善机构,从今年开始,我们只收有本科学历以上的人,这个规矩是我定的。她初中的成绩都一塌糊涂,差距太大了。"

邱洁如央求着:"就这一个,照顾一下吧。"

方怡说:"我要为公司三千七百个家庭负责。如果公司垮了,会有多少人生计无着?公司每年用于职员家庭生活困难救济的费用,就高达五十万。公司倒闭了,我们的女职员、职员子女将有多少个高兰,你想过吗?"

唐龙说:"还是让她们搞自力更生、生产自救吧。高军谊又是畏罪自杀,师里也不好表示什么。方姐,明天上午我来取那个游戏盘。"

两人出了昌达公司,拦了一辆出租去 A 师驻 C 市办事处取高军谊的骨灰。

一上车,邱洁如就说:"你这个计划算是泡汤了。一个破游戏盘,能打仗?"

唐龙胸有成竹地说:"这个计划已经成功了一半,这个游戏盘,肯定有我们需要的东西。方怡真是个人物啊,做事滴水不漏。"

邱洁如说:"你越说我越糊涂,能不能说清楚点。"

唐龙说:"这种东西,属于最高级的商业机密,可以做,但不可以说。变成个毁了一部长篇小说的破游戏盘,就可以说了。"

邱洁如恍然大悟,"原来她什么都懂,只是引导你说出要哪种啊。怪不得她能领导这么大的公司。不过,作为女人,她心肠也太硬了。说句中听的话都不肯,一个认识的人的女儿就要堕落了,她像是个冷血动物!"

唐龙说:"方怡没有错。她这么说并非是没有同情心。谁都不是万能的上帝。师傅,找个布匹店停一下。"

邱洁如问:"你要干什么?"

唐龙说:"买块红布把骨灰盒包一下,要不太刺激她们了。"

邱洁如抓住唐龙的手说:"你的心肠不错。"

高家面临的困窘,同情心确实无法改变它。酿皮这种陕西风味的小吃,在一向以吃文化名世的 C 市,想站稳脚跟实在太难了。一方水土养一方人,一方人养一方的风味小吃。桂玲摆的这个酿皮摊,显然已经支持不下去了。太阳从远处高楼群的夹缝里坠落的时候,小手推车上还有半尺多厚的酿皮和小半盆面筋。桂玲眼巴巴看着行人目不斜视地从小车旁走过,叫卖声越来越没有力气了。冬天,太阳一落,天立马就要黑,桂玲知道母女俩今晚和明早又得吃酿皮了,推着小车回了家。电话和微波炉已经作为行贿受贿的铁证被检察机关收走了,屋里又显出了几个月前的老样子。小兰正在对着镜子涂着大红色的口红。

桂玲看看小兰新焗了油的披肩发,问道:"叫你做的面筋呢?"

小兰说:"还在盆子里,我做不来,也不想做。天天吃酿皮,受不了。"

桂玲看见女儿的一张血盆大口和两道妖里妖气的长眉,惊问道:"兰子,你这是要干啥?"

小兰看看小车上剩下的酿皮,撇撇嘴,打开一个箱子,翻捡自已的衣服，"我已经十八了，已经有公民权了，我得找个活儿养活自己。"

桂玲把衣服夺下来，合上箱子，"你爸已经死了，你还不听我的话？我不准你去。"

小兰朝箱子上一坐，耸耸肩道："这酿皮摊已经五天没赚一分钱了，靠你那一百五十块钱生活费，早晚要饿死的。"

桂玲无声地坐在一把竹椅子上，埋头叹了一口气，"天冷了，到了春天会有人吃的。兰子，你千万不能去那种乌七八糟的地方呀。"

小兰跳下来，打开箱子，继续翻找衣服，"人想学坏，在哪儿学不坏。你放心，我不会轻易走那一步。这种青春饭也吃不了几年，都想嫁个合适的有钱人。学坏了，谁会娶你。"

桂玲从来没有弹过小兰一指头，急得团团转，"兰子呀，这城里坏人多，进了那种地方，学坏不学坏由不得自己呀。"

母女俩正在较劲儿，唐龙和邱洁如抱着高军谊的骨灰盒敲响了高家的房门。桂玲打开门一看，怔了怔，扑过去抱住骨灰盒抽咽起来。

小兰扔下衣服，走过来说："人都死了，哭有什么用！请进来坐吧。还哭。"

桂玲擦擦眼泪，抱着骨灰盒，"同志，军谊好端端一个人，咋就死了呢？不是说演习不会死人吗？"

邱洁如说："还没有人告诉你们？"

小兰说："来人是来过了，问的都是王叔叔的事，掐了电话，抱走了微波炉，拿了存折，只说我爸牵扯王叔叔的事，已经死了。"

唐龙把高军谊的遗书掏出来，递给桂玲说："这是高军谊生前留下的，上面写得很清楚。"

桂玲接过遗书，很难为情地说："我，我认不得几个字，兰子，你给妈妈念念。"

小兰接过遗书看了一遍,"没什么好念的,我爸是自杀,说是为我好,才接了王叔叔的钱财,对不起党,对不起军队。"

桂玲哭喊着:"军谊,是我们娘俩害死了你呀!那一万块钱我不该瞒着你呀。你死了,我们娘俩可咋办呀?呜——"

小兰走过来,夺过骨灰盒,放在碗柜上边,"就知道哭,部队来人了,你该和人家谈谈我爸的后事该咋处理。"

唐龙又拿出一张纸递给小兰,"这是火葬场出具的死亡证明。高军谊的遗物,等演习结束清理后,再给你们送回来。今天,我和邱洁如同志就是专程来通知你们的。"

小兰问:"就,就这么完了?"

邱洁如说:"是的,这就是组织的决定。"

小兰急了,"不能评个烈士?不是还有什么抚,抚什么金?我已经到街道办问过了。你们不能这样。"

唐龙沉着地解释说:"高军谊是自杀,按规定不能评烈士,也没有抚恤金。高军谊本来还得承担刑事责任,因为他已经死了,才不追究了。这一点你们要清楚。"

小兰说:"你们可别骗我们。我爸好歹当过副师长,当了二三十年兵,给我们这一张纸就算完了?他立过多少次功,你们都忘了?"

邱洁如说:"他是畏罪自杀!他是为了你才堕落的!你怎么连颗眼泪都没掉呢!实在太不应该了。"

小兰充满敌意地看着邱洁如,"你如今是上等人,说这话自然不知道腰疼。哭?哭有什么用?能哭来钱吗?三年前,他要是让我当了兵,如今我就和你一样了,我也会哭。算啦,没别的事,请你们走吧。"

桂玲骂道:"你个死妮子,说的什么屁话!你爸是犯了事才死的,我懂。犯了事,啥都没有了,没有了。是我害死了你呀——"

唐龙艰难地说:"大嫂,家里有什么困难,你说一说,如果我们个人能办到的,一定……"

小兰套上一件红毛衣,把小皮包一背,"你们就别假惺惺了。这种年代了,还能叫尿憋死不成? 你们不走,我走。"说走就走,拉开门,冲进夜幕里。

桂玲疯了似的追出去,"兰子,回来——兰子回来——"

唐龙和邱洁如追到大门口,看见小兰坐了一辆出租车,很快淹没在都市的夜景中。

万花筒一样的夜生活开始了。

第二天是星期六。一大早,方怡自己开着车,朱老太太拎了一罐甲鱼汤,带着两个孩子去看方英达。四个人一起走到住院部门口,遇见一个穿白大褂的老军医。

老军医笑着迎上来说:"你们今天又带什么好吃的来了?"

朱老太太揭一下沙锅盖,看见冒股热气,马上又用盖子压住,"老鳖汤,大补。"

老军医说:"大补是大补,癌细胞吃了这好东西,闹起来更厉害。我不主张癌症病人吃这种好东西。"

朱老太太呆着脸说:"你这话可不中听。"

方怡解释说:"赵院长说的是科学道理。"

朱老太太反问说:"科学? 一口一个科学咋救不下他的命? 他还有几天阳寿? 家里又不是买不起这东西,山珍啦,海味啦,鱼翅啦,燕窝啦都吃,吃了好做饱死鬼,到那边也没人敢瞧不起。"

赵院长讪讪地说:"大嫂说得有理,你快送去叫他喝吧。今天上午还要治疗。"

朱老太太嘟囔道:"还用你交代,凉了喝起来一股腥气,不快点能行?"拉着两个孩子头里走了。

方怡道:"老太太很倔,这只老鳖是她自己掏钱买的,昨晚又炖了一夜。"

赵院长摇摇头说:"情况很不好。要让他十天后能去指挥演习,必须先保住他的血管。昨天化验血液里的癌细胞比例已经很高。我们准备今天给他做一次透析。"

方怡忍着眼泪,低着头说:"只要能完成他最后的心愿,怎么治都行。"掩面走了。

进了病房,方怡马上换了一张笑脸,走到病床前,"爸爸,你把眼睛闭上,我要给你一个惊喜。"

丫丫和龙龙吵嚷着,跑过去,一人一边,伸出小手捂住了方英达的两只眼睛。

方英达笑道:"你们这几个小鬼头,搞什么名堂? 快一点。"

方怡把装进镜框里的大照片,举到方英达面前,说:"你们松开吧。"

方英达睁开眼睛,愣怔片刻,伸出双手举起镜框,深情地仔细看着,喃喃道:"跟真人一般大小,比梦见的清楚多了。第一次见她,她就是这个样子。"

龙龙倚在床边说:"这个阿姨好漂亮好漂亮,怎么没见过她呀?"

方英达朗声大笑起来,"阿姨? 你这个龙龙啊,这是你姥姥,你外婆。"

龙龙摇摇头说:"不可能,外婆是妈妈的妈妈,可她比妈妈还要年轻,怎么能当妈妈的妈妈呢?"

丫丫很老成地说:"你真笨,这是你外婆年轻的时候。每个人都有年轻年老,有生有死。老师教过的,你就是记不住。"

方怡和方英达都笑了。

朱老太太又端了一碗甲鱼汤,顺手在丫丫头上打个栗暴,"就你精能,薄嘴片子,话多。趁热再喝一碗吧。"

丫丫很委屈地摸着头,咕哝道:"我又没说错。人就是要死的嘛,谁不会死?"

朱老太太粗暴地把丫丫拽出病房,"走走走,啥话你都会说,看你能的,一个女片子家,缺教少养,讨人厌的。"

方怡说:"朱大娘这是怎么啦?"

方英达笑道:"朱大娘心细,嫌丫丫在我这个快死的人面前说了死字。"

方怡说:"这几天,她都有点反常。也不问我朱海鹏的情况,常对丫丫发脾气。这个甲鱼还是她掏钱给你买的。"

方英达放下碗说道:"是不是你说话不注意,伤了她的自尊心?你想想,想起什么,一定要给老人家道个歉。"

方怡凝神想了一会儿,说道:"我没说什么别的。你被送回来那天,我心情不好,只对她说她生了一个好儿子,又把你打到医院了。别的,别的就没什么了。"

方英达瞪了方怡一眼,"这还不够?你马上去把老人家叫过来,我给她解释解释。"

方怡走到门口,几个医生护士推了一个小车拥了进来。

赵院长取了口罩说:"方副司令,你要是没什么异常感觉,我们就准备给你做透析了。"

方英达说:"只要保证我能去指挥演习,什么治疗我都配合。"

两个护士一阵忙碌,把已进入麻醉状态的方英达抬上了小车子。

朱老太太在楼道的一个僻静处对孙女讲了一番做人的道理后,拉着丫丫回病房,一边走,一边说:"以后可要记住了。"

丫丫点点头说:"记住了。"

朱老太太说:"背给我听听。"

丫丫说:"不能说人家的短处,不能问人家的钱财,看生孩子要说孩子乖,看病人不能说生死。没记错吧?"

朱老太太说:"还有,女孩子不能话多。"

医生护士推着方英达过来了。朱老太太看着一个护士举着输液瓶,一个护士举着血袋,中间躺着满头白发的方英达,惊得张开大嘴,朝小车扑过去,"这,这是咋回事,好好一个人,说不行就不行了?"

一个医生把她推到楼道边上,小车在几团白的簇拥下,急急朝电梯门移去。

朱老太太说:"刚刚还喝了两小碗老鳖汤,咋就这么快哩? 是不是真不该吃老鳖呀?"

方怡扶着老太太说:"大娘,没事的,这是去手术室做透析,不会有事的。"

朱老太太急急追着小车走,"姑娘,你可别骗我,是不是喝了老鳖汤不科学?"

方怡说:"说没事就没事的,你放心。"

两人带着两个孩子乘另一架电梯上楼了。

朱海鹏、常少乐和江月蓉走到方英达的病房,看见一个护士正在把床单、被罩往地上扔,立马脸色都变了。

朱海鹏颤着声音问:"方副司令员是不是住这间房?"

护士戴着口罩,含含糊糊说:"是的,他不在。"

"不在了?!"三个人同时惊叫一声。

朱海鹏眼睛马上湿润了,一拳打在墙上,"我们来晚了。"

护士取下口罩说:"我说的是他不在,不是他不在了,听清了吗?"

常少乐拍拍胸口道:"谢天谢地。他不在病房,证明他还能走路。太好了。"

朱海鹏问:"同志,请问他现在在哪里?"

"你们是从演习前线回来的吧?"小护士抱着床单和被罩说:"首长一定要把演习指挥下来,为了保证他的身体十天后还能指挥作战,今天要给他做透析。你们要看他,明天再来吧。"

江月蓉瘫坐在一个沙发上,"吓死我了。海鹏,看你的脸青的。"

朱海鹏眉头紧皱着,"我和常师长回来,不就是为了能多见他一面。要是再也见不着了,要后悔一辈子的。"

"哇——"常少乐大叫一声,从床头柜上把镜框举起来,"真是绝代佳人,怪不得老军长三十六岁丧妻,一直没有再娶。"

朱海鹏咂咂嘴,"曾经沧海难为水,除却巫山不是云。再娶还有什么意思。"

江月蓉抿嘴一笑,"你们这些男人呀!哼!"

朱海鹏说:"常师长,你入伍的时候,方副司令的夫人还在,好像在 A 师医院工作,你就没见过?"

常少乐把照片靠墙放了,远远地端详,"我一个小战士,驻地离师部一百多公里,头疼脑热,连里卫生员就解决了,哪里能见得上师长夫人?可我们背后可没少谈论她。"

江月蓉道:"你们那时候的小兵,胆子也够大的,师长夫人也敢背后议论!"

常少乐笑道:"哪个时代的年轻人,都爱美。那时,师首长的夫人,差不多都在师医院工作,两大美人,师长和老政委各占一个。连里战士,谁见过这两大美人,比立个三等功著名多了。"

江月蓉问:"你是不是后悔没有装过病?"

常少乐道:"这倒是没有。我们连,除了连长、指导员见过她,战士只有赵小山见过。赵小山那年得盲肠炎,在师医院住了七天,还是师长夫人亲自主的刀。他出院回来,在全连人眼里一下子高大了许多。"

江月蓉问:"这个赵小山后来怎么样?"

常少乐淡淡地说:"当年就复员了。"

朱海鹏说:"怎么就复员了呢?"

常少乐看看江月蓉,神秘地一笑,"因为他说了不该说的话。政委夫人当时是护士长,手术时给师长夫人打下手。"

江月蓉又追问说:"打下手也没什么呀。"

常少乐一咬牙说:"割盲肠要备皮!这件事有损政委声誉。"

江月蓉红着脸道:"这个政委也太霸道了。"

常少乐道:"这是个红军出身的老政委,比他的夫人大二十四五岁,常抓不懈的工作,就是突然间到师医院查哪些人经常住院。第二年,政委夫人就改司药了。从此,下边只敢议论议论这位第一夫人。"

朱海鹏说:"听说那个政委夫人还真有点什么事。"

常少乐说:"事有没有,不敢说。七一年老政委病故。政委夫人就提出要和一位连指导员结婚。僵了半年没批准他们结,年底就让他们俩都复员了。听说他们的儿子就在 A 师。"

朱海鹏笑道:"这个故事有点意思。"

朱老太太领着两个孩子走到门口,正好听到朱海鹏的笑声。老太太脸黑了,手抖了,眼红了,打雷一样吼一声:"海鹏——"

三个人扭头看朱老太太。朱老太太二话没说,一巴掌打在朱海鹏脸上,把朱海鹏打个趔趄,跌倒在沙发上。

方怡从后面蹿上去,抱住朱老太太,"你,你为什么打他?"

朱老太太余怒未消,指着朱海鹏说:"他知道为啥打他。"

江月蓉说:"大娘,海鹏做错什么了?"

朱老太太骂道:"老娘说的话,你全当耳旁风了。我说叫你让着点,你就是不听! 最先给我说是打仗,那也该狠点,也就算了。自家人跟自家人打,你逞什么能! 他得了这种病,还能活几天? 你就不能让他赢一回?"

朱海鹏一句话没说,抓起军帽,大步走出病房。

方怡搓着手说:"大娘,都怪我不好,没给你解释清楚。我那天也不是埋怨你们海鹏,我只是觉得他太用心打了。你怎么问都不问,抬手就打呢?"

江月蓉翻了方怡一眼,"你们家的人,可真难侍候,打败了,你爹不满意,打好了,你又不满意。跟老人家说什么说!"

方怡捶首顿足道:"我是一时气话,大娘是个多明白的人,怎么就听不出来呢?"

江月蓉说:"你给老人家解释清楚吧。"跑出去追朱海鹏。

常少乐说:"老人家,你确实错怪了海鹏。你养了一个多么好的儿子啊。他可是方副司令最喜欢的学生。"

朱老太太伸出右手看看,"你们都说我打错了? 可他为啥总要吃尖呢? 这不好,以后日子还长,出头的椽子先烂。"

方怡说:"大娘,我爸这次住院,与海鹏没什么关系,是海鹏和这位常师长他们的对手太不争气,我爸是生他们的气。"

朱老太太看看常少乐,"大兄弟,你是海鹏的领导吧? 海鹏太要强,你要多批讲批讲他,磨磨他的棱角他的刺。活人难呢。"

方怡说:"大娘,海鹏他们还要再打一场,我带你去找他解释解释,要不太委屈他了。"

朱老太太收拾收拾桌上的碗说:"打错了就打错了,又不是第一回打错了。娘打儿子打错了,他还能不认我这个妈了。这件事你们别管,连这点屈都受不了,还能干啥大事。"

常少乐走过来对方怡说:"小三,见了你爸,就说我们来过了。这是一位好母亲呀。"

方怡苦笑一下，没说话，坐在沙发上发呆。

常少乐找到停车场，看见朱海鹏和江月蓉已经在吉普车上，上了车说道："海鹏，你妈可真是个好母亲呀。"

江月蓉指指朱海鹏左脸上的几个指印，"老太太的手可真狠，看来是真生气了。"

朱海鹏吐口长气说："她右手纹是断掌，又做的体力活儿，当然有力气。她一巴掌能把我打倒，可见她的身体不错。可惜没把钱留给她。"

江月蓉笑道："说你是个好儿子，你一点也不谦虚呀。住在将门巨贾府上，要钱干什么？"

朱海鹏叹道："老娘说，金窝银窝，不如自己的草窝，留点钱好应急。"

常少乐说："海鹏，你今天受了委屈，找个地方喝两盅，给你压压惊。"

江月蓉灵机一动，指着三个人身上的作战服说："穿着这身衣服，出现在酒馆里，晚报恐怕要登爆发战争的新闻了。"

朱海鹏说："我今天确实想喝点酒。"

江月蓉说："今天的日程只是探视方副司令的病，不知两位首长肯不肯屈尊到寒舍去消磨半天。有酒，有咖啡，有音乐，有战争影片……"

常少乐说："还有殷勤漂亮的女主人侍候，我当然很愿意。"

朱海鹏扭头和江月蓉对视一下，"师座当然愿意，主要是用不着掏钱埋单。"

吉普车带着一车笑声，出了军区总医院的大门，拐向通向 C 市的高速公路。

江月蓉既然已经和方怡达成协议，这顿家宴自然就被她看作是和朱海鹏之间"最后的晚餐"。丰盛、多彩、悠长，是江月蓉为这顿饭定下的目标。江月蓉用于采购的时间,恰恰够播完一部美国战争片《野战排》。江月蓉把十几个菜做出来,《日瓦戈医生》已播放了一半。家宴开始,已是下午三点钟。常少乐酒足饭饱打个嗝,中央电视台已经开始播放每日城市天气预报了,这才意识到他这盏灯泡在这个温馨的小家里已经照耀得太久了,站起来说:"海鹏参谋长,我以师长的名义命令你,帮助女主人打扫战场,我八点钟还要接见一位重要的客人。"

朱海鹏一直摸不清江月蓉的底牌,不知江月蓉是否愿意他单独留下,看一眼江月蓉说:"常师长,这个光荣任务还是咱们俩共同完成吧。"

如果把常少乐也留下来,和朱海鹏的情感史从此就终结了。自己主动提出设这个家宴,难道没有别的用意? 单独留下朱海鹏,又会发生什么事情? 心里还在矛盾,嘴却很快做出了选择。

江月蓉说:"在 C 师的时候,常嫂子给我夸几回常师长在家里的模范表现。你朱海鹏怎么样,我还没见识过,譬如,能不能把碗洗净。"

常少乐取了帽子冲朱海鹏做个鬼脸道:"客随主便,你就挣回表现吧。"后退着拉开门闪了出去。

八点钟,常少乐坐出租回到银河宾馆。方怡已经在三号楼门口等了多时了。

常少乐打个酒嗝说:"小三,你怎么来了?"

方怡说:"我刚从医院回来,想请朱海鹏回去看看他妈。老太太已经明白打错了,也想见见她的好儿子。他呢?"

常少乐狡黠地一笑,"那个老太太这个时候可不会放下当妈的架子,看得出她也敢用针在朱海鹏背上刺上精忠报国。恐怕是有的人想见见朱海鹏解释解释吧。"

方怡伸手打了常少乐一拳,"你还是个长辈呢,没老没少的开玩笑。我想见他,也没什么见不得人的吧?我站在人民广场喊三声:我要嫁给朱海鹏!也不会受到什么谴责吧?"

常少乐说:"好好好,我斗不过你。你爸做了透析,情况怎么样?"

方怡说:"好多了。医生说,要是不过分劳累,估计能熬到春节。朱海鹏呢?"

常少乐说:"军区几个头儿都希望我们拿出新东西,海鹏下午又去通信团了,说是又做什么实验,今天回不回来难说。"

方怡用狐疑的目光仔细看着常少乐,迟迟疑疑地说:"你可别骗我!常叔叔,你要想喝朱海鹏的喜酒,千万可别把我惹恼了,到时候我可敢把你的啤酒换成马尿。"

常少乐拍着胸脯说:"我怎么会骗你呢?你如果能和朱海鹏重修旧好,常叔叔又会高兴得大醉三天。"

方怡说:"好,我信你一回。我知道,你和那个朱海鹏,都很看重那个江月蓉,觉得她才是贤妻良母坯子。我爸也说我少了点女人的温柔和贤惠,长成这样了,也改不了。方便的话,请你告诉朱海鹏一声,他娘和他女儿住在我家的事,早就公开了。这件事舆论已有一些猜测和评价。我呢,一开始就是把朱大娘和丫丫当亲妈亲女儿看。这要是突然间朱海鹏和别的什么女人结了婚,我的形象是不是要黯淡三分呢?"

常少乐怔了好一会儿,"朱海鹏绝顶聪明,既然没让他妈和丫丫搬出去,肯定把什么都考虑到了。你说呢?"

方怡笑笑,"但愿如此吧。我回去了。"

常少乐说:"小三,你稍等一下。"转身进了楼,再出来时,手里多个信封,"这是朱海鹏要交给他妈的东西,上午出了事,没交成,你顺便带过去吧。"

方怡接过信带上走了。车到一个十字路口遇到了红灯,方怡拿起信封看,发现封口还是湿的。过了十字路口,她把车停到路边,拿出手机,熟练地拨打了江月蓉的号码。通了之后,她突然又改变了主意,关掉手机,用两只手搓搓脸颊,盯着一盏路灯看了好一会儿,然后朝左一打方向盘,随着车流走了。

此时,朱海鹏刚刚把碗和盘子洗完,取下围裙,伸手捶着后腰说:"不干家务,不知道母亲们的伟大,几十年如一日这么干,可是个了不起的工程。刚才是不是有个电话?"

江月蓉早换了衣服,像一只懒猫一样踡在沙发上看电视,画面上正好是前几年美国越战片的又一力作《生于七月四日》的著名片断,男主人公当着全家人的面做掏生殖器的动作,遭到他母亲的责骂,谁知掏出的却是一只导尿管,他像一个歇斯底里患者一样,快速转动轮椅,大声骂着粗话。

朱海鹏瞥了几眼,评价说:"这种反战情绪,搞得太夸张了,根本没有反映出美国人的真实。海湾战争爆发前,美国有百分之七十八的公民都赞成对伊拉克动武。艺术家,永远是爱标新立异的。别看了。"

江月蓉关了电视,直起身子说:"电话铃响了一下,大概是打错了。"笑盈盈地看着朱海鹏,"先生,劳驾给我泡杯茶。"

朱海鹏举手敬个礼说:"是,小姐。"泡了两杯茶,一屁股坐在沙发上,叹道:"真不是个活儿,从这点看,留学生很让人敬佩。"

江月蓉说:"海鹏,你知不知道我今天为什么要做这顿饭,又要让你干这么多家务?"

朱海鹏说:"无外乎两层意思,一呢,表明你是个合格的甚至是优秀的家庭主妇;二呢,对我这个人再作一些考察。我声明,累是累点,可我很高兴。"

江月蓉望着天花板自言自语说:"那只是你的理解。我是想把这一天当成半辈子过。海鹏,真的,我很感谢你。你帮我洗了碗,给我泡了茶,我在天涯海角想起来,会觉得很幸福。"

朱海鹏看见江月蓉的脸颊上滚过几颗晶莹的泪珠,问道:"你,你怎么了?"

江月蓉说:"如果有一天,我突然从你身边消逝了,永远消逝了,你会想着我吗?"

朱海鹏站起来,又不敢碰江月蓉,走到江月蓉对面说:"你今天到底是怎么啦? 尽说些这种莫名其妙的话吓我。"

江月蓉抹了眼泪笑道:"对不起,我想起方副司令和他那个漂亮妻子了。一个女人,能被一个优秀男人这样爱几十年,该知足了。"

朱海鹏说:"我想我也能做到。"

江月蓉仰起狂放热情的脸,喃喃道:"我什么也不怕,真的什么也不怕! 我从来没有屈服过,从来没有。可是,我总是忧郁,犹豫,一个是心理,一个是行动。有什么恶果? 可能什么也没有。我确实不甘心,真的不甘心呀!"

朱海鹏伸了伸手,又缩了回去,"你,你……"

江月蓉继续自顾自地说:"我为什么就不能狠一点? 我想那么多干吗? 我多羡慕她呀,父亲病危,还能冷冰冰谈生意!"

朱海鹏伸手摸摸江月蓉的额头,"你没发烧嘛,怎么尽说胡话?"

江月蓉紧紧抓住朱海鹏的手,喘着气说:"海鹏,我说的不是胡话。我还有勇气想,有勇气做,真好! 上一次你来,我就……不晚吧? 你说呢? 你心里没有笑我吧? 你想不想到,到卧室……看看。千载难逢,你不,不要对我说……不。"

朱海鹏呆住了。他觉得再说什么都成了多余,站起来,把江月蓉牵起来,伴着钢琴曲,慢慢走进卧室……

卧室安静了下来。江月蓉抬起手擦擦眼泪,把头埋在朱海鹏的胸上,感叹道:"三年半了,没想到我还会做! 这一下就没什么遗憾了。"

朱海鹏接道:"我也没想到第一次就成功了。我们确实耽误了很多时间。演习结束,我们……"

江月蓉抬手捂住了朱海鹏的嘴,"我们不是已经犯规了吗? 感觉很复杂,我还想这么过一段。"直起上半身,俯看着朱海鹏,"我还有几个问题想问一问,你一定要说真话。"

朱海鹏双手交叉,枕在脑后,点着头说:"你尽管问,再尖锐的问题,我都会正面回答。"

江月蓉说:"如果没有我,你认为你和方家三小姐重组家庭的可能有多大?"

朱海鹏怔了怔,"我对她有过好感,这些年相处得也不错。我认为现在已经用不着讨论这个问题了,前提变了,我已经有了你。"

江月蓉托着腮想了想,"基本上算个诚实的回答。下一个问题实际上更尖锐。你想没想过,娶我这样一个有特殊身份的女人,对你的蒸蒸日上的前途有没有什么不利?"

朱海鹏瞪大了眼睛看看江月蓉,"我一点也不想隐瞒我的思想,可我不知道这对我们一起生活有什么不利影响。如果我没想过这些,我不像个快四十岁的男人了。我选择了你,这足以表明了我的基本立场。"

江月蓉怪怪地笑笑,"这个回答,我不是很满意。不过,我也不准备逼你回答个一清二楚。我再问你一个假定性问题,你不要说这是恋爱中少女才玩的游戏,你愿意为了我,放弃你在社会上已经得到的一切,跟我一起去一个地方隐居,平平凡凡地过下半辈子吗?"

朱海鹏感到这个问题很难回答,换了个睡姿,说:"我不是一个爱情至上的人,但我又是个可以做到爱情专一的人。年近不惑,真不知该怎么回答你这种少女式的提问。我想,你说的那种生活对每个人都有魅惑力,想象一下,我也觉得那是一种美。你问的问题实在太刁钻了,我希望今后我们还是少探讨一下这种问题为好。"

江月蓉平躺了下来,哧哧笑道:"你放心,今生今世我再也不向你提这些问题了。我曾经很爱情至上过,所以才提出了这些傻问题。十点多了,我是真心诚意想留你在这儿过一夜,可又不得不催你回去……哦,你穿衣服速度可真快! 也不想想……算了! 你快点回去吧!"

朱海鹏整整军容说:"日子不是还长嘛。"

江月蓉黯然道:"是的,日子还长。我一点也不想动,乏透了。你把门锁好,自己走吧。"

朱海鹏轻手轻脚掩了一道门、锁了一道门,走了。

江月蓉躺在床上,呆呆地看着天花板,喃喃一句:"为什么不留下来——"两颗晶莹透明的泪珠儿,慢慢从两只忧郁的大眼中长出来,滚入双鬓。

第 十 九 章

A师一团作为师步兵主力,在反攻作战方案中,承担第一突击集团重任。反击作战的成败,一团能不能在两天内收复演习第一阶段就丢失的三号地区主要阵地,将起决定性作用。如能达此目的,即可利用三号地区距两军界河小凉河最近的地理优势,夺取河边〇一号高地,将蓝军强行分成两个作战集团,尔后集中绝对优势兵力,伺机在二号或四号地区聚歼蓝军一部主力,逼其退出小凉河,最后进行越界作战。然而,三个步兵团中,一团的指挥力量最为薄弱。二团在简凡停职反省后,政委、参谋长、政治处主任三足鼎立,足以支撑大局。简凡倚仗是黄兴安的心腹,大权独揽,这几年在二团实际上已是孤家寡人。范英明认为,只要让简凡彻底出局,二团的工作根本用不着多操心,仅在简凡长期压迫下聚积出来的巨大反弹力,一旦爆发出来,注定是惊人的。因此,范英明只是做出让团参谋长代理团长的决定,把团参谋长以下的军事指挥官的提名权,全部下放到二团,让他们集体研究决定。同时,除向二团增派一些技术人员外,二团的建制不做任何变动。这一谋略的深思熟虑,让唐龙十分佩服。中国太大了,局部与局部的情况不尽相同,有的必须革命,有的则只须改良,甚至只用做些微调就能从根本上解决问题。

一团的一号军事指挥官人选，范英明开始考虑的是引进，准备把三团长王仲民调去指挥一团作战。这个方案遭到刘东旭和唐龙同时反对。刘东旭认为如引进团长指挥作战，可能会造成一团思想上的混乱，因为范英明在一团的直接影响力远未消失，这么做会被误解为范对一团官兵的不信任。唐龙反对的理由在军事方面。这次反击作战，三团已不再处在预备队的地位，随时都会被投入一线作战，突然间离开王仲民，战斗力很可能被削弱。第二个理由是，焦守志在一团人缘极好，三个营长都把他当亲兄长看待，由他继续代团长，可以把全团的力量汇聚起来。焦守志的缺点是战争观念有些陈旧，战局混沌和不利时常常优柔寡断。如果给他配一位能干的参谋长，一团的军事问题，也就用不着多操心了。唐龙推荐的人选就是特务连连长李铁。范英明虽然觉得这是一个上佳方案，但又对李铁的全局把握能力有些放心不下。于是，红军新三巨头就决定到一团，在李铁毫无准备的情况下，对他进行一次测试。

考场设在一团临时指挥所作战室。主考官是范英明和唐龙，刘东旭、焦守志和团政治处钱主任作监考官。李铁走进作战室时，浑身沾满了泥土，可见事先确实没做准备。

李铁举手报告说："各位首长，一团特务连连长李铁奉命赶到，请指示。"

刘东旭问："你在干什么，弄了一身泥？"

李铁道："特务连正在做班与班带步话机协同作战演练，准备对付蓝军数字化班。"

范英明眼睛一亮，"就你小子鬼点子多。知道为什么叫你来吗？"

李铁摇摇头说："不知道。"

唐龙指着沙盘说："我对范司令说你的特长还不在出手就能

卸人一条胳膊腿上，认为你在很多方面比我全面、成熟，范司令和刘政委想对你的全面能力进行一次测试。"

李铁忙说："我是个武人粗人，不行不行。"

范英明道："你总不能当一辈子特务连连长吧？考试题目有点大：你认为我军打过小凉河，在军事上有哪些关键点？"

李铁笑着说："各位首长，我就班门弄斧了，想得不好瞎想，说得不好瞎说。"

范英明骂道："你个狗东西就知道贫嘴！你在我眼皮底下待了五年，你有多深水，我想还能看个八九不离十。要是没把握考到良好以上，趁早算了吧。"

李铁取了教鞭说："机会难得，我还是硬着头皮试试吧，说不定我凿了个深潭你没发现。这次反击作战，关键点我认为有三个，这三个都与一团有关。再高我也不敢想，有唐龙一个司令助理就够了。"

范英明很严肃地说："你哪儿来的废话！"

李铁一本正经地说："第一个关键，是一团如何以最快速度夺回演习第二阶段失去的〇八、一〇、一一、一三等几个高地，恢复第一阶段结束时双方的态势。第二个关键是，必须在四十八小时内重新夺回三号地区部分制高点。上面两个关键点，靠一团现在的兵力完成起来已经有些困难。"

范英明追问："第三个呢？先别说困难。"

李铁用教鞭敲敲小凉河这边的一个山头，"如果拿不下这个制高点，我们根本无法取得彻底胜利。如果一团能在蓝军尚未完成反击作战集结时，抢占〇一号高地，就可以以三号地区高地和〇一号高地为两个支点，形成一道隔离带，把蓝军分成两个集团。到那个时候，胜利就露出鱼肚白了。"

范英明有些诧异地看看李铁，却转身问唐龙："这是不是你们演的双簧？"

李铁道："范司令也太隔着门缝看人了。作战方案如今团首长都不清楚，我这小萝卜头问唐助理，他会给我说？"

范英明点点头道："你小子还真有点名堂，我把你看走眼了，总以为你满脑子都是小聪明。你能看出这些，证明你下功夫也不是一年半载，怎么就没见你表现过？"

李铁多少有点忘了形，"这方面你当团长的是权威，可擒拿格斗你就差了，接触时，多露点擒拿格斗的本领，首长只会高兴。"

范英明脸黑了几分，"想不到你还颇有城府！说说你认为必须解决的困难。"

李铁红着脸说："我都能想到的，朱海鹏肯定早想到了。作为防守的一方，蓝军肯定会把最精锐的部队投到这个轴心线上。"

唐龙说："他们未必敢彻底放弃左、右翼二、四号地区，那样的话，我们就可以从两面夹击这个轴心线，他们连退过小凉河也退不成了。"

李铁说："这个我也想过。可是，我要是朱海鹏，一定会在这个轴心线上布置单靠一个步兵团无法啃下来的兵力。第一个困难是，一团攻坚能力不够，需要配一个高炮连和低炮营，加强火力，保证能在一两个小时内全部收复一号地区阵地。"

范英明问："这个四公里宽的河谷，你准备怎么过去，接近三号地区的主阵地？"

李铁说："我已经算过那一带可以展开多少兵力。一五号高地右侧，坡度普遍超过四十度，坦克部队无法跟进。昨天我去清凉峰，发现那有一条山谷，可以运动坦克。在战斗打响后，只需把山谷五十米长的狭窄地段用炸药拓宽，运动过去一个坦克营和摩步连，四公里宽的河谷只用半天就可以过去。"

范英明问："你发现了这条通道，为什么不报告？"

李铁说:"这,这不是昨天下午才发现的吗?还没来得及报告。"

范英明说:"你考及格了。"

唐龙捣了李铁一拳,"你帮我们解决一个大难题。"从公文包里掏出三张纸递给焦守志,"这是范司令的两项任命和刘政委的一项任命。李铁,从现在起,你要履行一团代参谋长的一切责任和义务。"

李铁惊得张着嘴,指指自己的中尉牌牌,"差老鼻子了。"

范英明眯着眼看看外面阴沉沉的天,说道:"你急什么!秦司令代表军区党委授权我任命副团以下的军事指挥官,这基本上已经算是正式任命了。我告诉你,如果你打个一塌糊涂,你只能下连当战士。"

李铁笑道:"这种机会,我当然会用一百二十分气力去牢牢抓住。"

范英明说:"你先别得意。你既然有把握,那就再多挑点。反击作战,必须抑制住蓝军的二十个数字化班。这二十个班,都作预警雷达用,威力也很大。在上千平方公里的区域,对付这种小股部队,只能用小股部队。以一团特务连为基础,再从二团、三团抽调三个排,组成一个反数字化纵队,交给你一团,由你李铁兼任纵队长。"

唐龙说:"是个好办法,我们也以班为单位活动,每个班各带一台步话机。"

李铁吐吐舌头,"我的妈,这个代参谋长可真不好当啊!"

刘东旭说:"要知难而进。"

范英明走出指挥所作战室,"守志啊,后生可畏。你呀,要学学常少乐,作战时,多听听李铁的。配属你们团作战的部队,明天到位。"

焦守志感叹道:"再不学习,就要被淘汰掉了。明年可一定要安排我出去学习学习。"

范英明说:"你那个老婆,也该好好调教调教,两次机会都是她搅黄的吧?在团部,你那脸瘦得像刀条,演习这俩月反倒有点半月儿模样了,可见这个女人不养男人。"

唐龙和李铁都笑将起来。

焦守志挺着胸脯说:"这回她要再拖后腿,我就休了她。"

李铁说:"你能舍得?"

那边,刘东旭也在给一团政治处钱主任交代工作。

刘东旭说:"选个得力的营教导员负责政治处工作。总之,政治主官都要到位。你这个代政委,担子不轻啊。"

钱主任显然没想到自己能代理团政委,结结巴巴说:"政委,请你放心,我,我一定尽最大努力。"

刘东旭说:"师里这次算是大修一次,牵扯到很多人的利益,思想政治工作一定要做到家。你觉得有什么困难吗?"

钱主任说:"最困难的工作,就是劝说裁减下来的人员离开。名单一公布,有不少人哭了。"

刘东旭道:"你们团只裁了一百二十多人,工作还好做些,二团要走两百七十多人,困难要多得多。可这个手术不动已经不行了。奉献精神和牺牲精神,这个时候更要大讲特讲。一切为了全师的整体利益。"

范英明在吉普车前喊道:"政委,还是早点到善后办,老兵们中午要走。"

A师演习精简整编善后委员会,设在五号地区沅水大桥东侧的一个平坝上。黄兴安兼任善后委员会主任后,一直没离开过这个地方。这一天,正好也是陆军学院教员和高级班学员来A师代职的报到日子。一大早，黄兴安就指示手下在公路上挂出两条横幅，面向演习区的一条写着："祝同志们一路平安"，背向演习区的一条写着："热烈欢迎陆军学院的同志们"。几个战士挂好横幅后，跑过去布置欢迎会、欢送会两用主席台。主席台对面停着十几辆张了车篷和伪装网的大卡车。一团、二团被裁减下来的近四百人，将乘这些车于当天晚上赶到 K 市火车站，转乘 K 市直达 C 市的火车返回驻地。

简凡被停职后，一直待在二团指挥所。几年来在二团一手遮天惯了，他不相信他在团指挥所，平时对他不敢说个不字的副职和部门首长真的会抹下面子对他不理不睬。待了几天，他才发现他在二团的地位还不如一个牌位，二团的工作都在有声有色地开展着。他受不了这种冷遇，寻机发了几次脾气。部下脸上那些往日的敬畏，如今都换成了冷漠和嘲讽了。简凡愤怒了，他决定抗争。吃过早饭，新上任的几个团领导，在团政委的带领下，分头去各营送被裁减下来的人。简凡自己开着车去找黄兴安。吉普车驶上沆水大桥，简凡就发现了拿着扫把打扫卫生的黄兴安，很感到意外。黄兴安看见简凡走了过来，也没有停下来，仍在一丝不苟地扫着。

简凡喊道："师长。"

黄兴安没有答应。

简凡又走几步，"师长，你怎么干这种粗活！人手不够，调个班过来就是了。"

黄兴安换把铁锹铲着垃圾说："粗活细活，都是人干的活。你这种思想要不得。"

简凡愣怔一下，跟着黄兴安转着，"师长，你就这么认了？把你排挤到这里，太过分了。"

黄兴安说："是我自己要求来的。要说排挤，也是我自己把自己一步步排挤到这一步的。"

简凡仍不甘心,"师里这么搞,不对头。很多做法都不符合规定。唐龙那个小毛孩,不过是个副营职参谋,范英明一句话,他竟当上正团职的司令助理。这是军队,不能这样胡闹!"

黄兴安把铁锹朝地上一扔,提高嗓门说:"这是演习!是打仗。这是军队,唐龙懂得现代战争,所以他就该当司令助理。你这个观念得变一变了。"

简凡委屈地说:"全师就把我一个团职干部停了职,还不是为了全力支持你?我不服!"

黄兴安眯眼看着太阳叹口气,"这些天我想了很多,越想越觉得后怕。如果前几天不是演习而是战争,我们的错误决策,要死几千人!"坐在一块石头上,点了一支烟,"加上上一次演习,你两次犯错误,可以说都是为了我。你对我这份感情,我感受得到。"

简凡说:"他们是杀鸡给猴看。"

黄兴安愤然扔了烟,"这管用吗?你两次为我,打了两次败仗。要是战时,你我早该上军事法庭了!你该醒醒了!A师不是我黄兴安的,二团也不是你简凡的,离了你我,它照样转!"

简凡说:"我们的用意总是好的吧?"

黄兴安劝道:"简凡同志!听我一句话,认清现实,做点力所能及的工作,这样才不至于马上被淘汰掉。"

简凡冷笑一声,"团里连个排长的空位都没有了,我总不能要求下连当个战士吧?"

黄兴安说:"下连当当兵,或许能使你清醒过来。你是我接来的兵,这么多年,我们私交是不错的,所以我才说这些心里话、大实话。认不清形势,是要倒霉的!你要还想在部队干,马上把检查写了,然后要求下连当战士。这样软磨硬抗,你这身军装恐怕穿不了几天了。"

一个中尉跑过来报告:"黄师长,二团报告说,五营有个钟连长,煽动二十几个老兵硬要留下来参加演习,钟连长非要见你不可。齐政委问你能不能去一趟。"

黄兴安边走边说:"我倒忘了这个老大难钟有发了。我去见见他。"

钟有发就是那个已经三十五岁的老连长。在漫长的十七年军旅生涯中,钟有发立过八次三等功,受各级嘉奖二十余次,只犯过两次错误。第一个错误是偷娶了家乡太行山深处的一个山妹子。提干后第一次探家,父母根本没和他商量就摆了几桌酒菜,把一个结实丰满、长得很水灵的姑娘娶到了家里。这个错误在钟有发的档案里没有留下什么痕迹,但A师二团的首长都知道他向组织隐瞒了一年的婚龄。因为他妻子第一次来队探亲,女儿自己对外说她已经三岁,而钟有发的婚龄这时只有两年。先生女儿后结婚,使钟有发在副连职的位置上一待就是六年。二十九岁那年,黄兴安准备把他提成副营。正在节骨眼上,钟有发的妻子和父母合谋,把一个八斤二两的儿子生了出来。当年,二团计划生育工作拖了全师的后腿,只能把钟有发降成副连长。六年来,二团三次上报让钟有发转业,最后都是黄兴安把他留了下来。黄兴安认为全师像钟有发这样军事训练上有一套的连长并不太多。演习开始前,转业摸底工作已经开始,钟有发的名字又一次出现在二团上报的名单上。钟有发去找黄兴安,黄兴安许愿说只要演习钟有发的连能露露脸,可以破例把钟有发提成副营长。演习确实是钟有发把妻子儿女变成城里人的最后一次机会了。现在突然间接到返回原驻地留守的通知,钟有发无法承受了。

钟有发在营部带头一闹,五营六十几位老兵马上站在他的一边,把背包朝营指挥所门口一放,搞起了静坐示威。

黄兴安赶到五营,齐政委已经下令把钟有发和三个超期服役的战士关了起来。一见黄兴安下了车,几十个战士奔跑过来把黄兴安围住了,七嘴八舌说了起来。

"我们就要复员了,让我们留下打一仗吧!"

"黄师长,凭什么让我们走?"

"就是就是,我们是不能走呀是不能打?"

"搞个军事五项比赛,赛输了,我们认。"

"这样走了,我们实在心不甘!"

黄兴安吼了一声:"住嘴! 你们看看,你们还像不像个战士? 全体都有了,面向我,成三排列队站好,立正——"瞪了二团几个首长一眼,"你们连这点事都处理不好,还能打什么仗? 那个钟有发呢?"

齐政委说:"钟有发和几个老兵情绪激动,我怕事情激化,已经把他们关了禁闭。"

黄兴安骂道:"乱弹琴! 他们有点情绪,很正常。让他们来见我。"

钟有发和三个上士从小屋走了出来。

黄兴安吼一声:"钟有发,反了你了! 你知道你这么做是什么性质的问题吗? 这是抗令不遵!"

钟有发流着眼泪说:"师长,就让我们留下打一仗吧! 打完了,怎么处理都行。"

一个上士跟着说:"我们超期服役两年了,这一仗就让我们打一打吧,师长。"

黄兴安道:"你们四个人,入列!"从头至尾,和一个一个战士对视后,回到队列正前方站好,"我问你们,谁会操作微机? 谁会说外语? 请举手。"

没有人举手。

黄兴安道:"钟有发,你不是要见见我才肯上车吗? 我告诉你,还有你们,这件事到现在为止,只算你们一时情绪激动,说过什么过头的话,可以不再追究。哪个人想继续违抗命令,请出列站到右边。"

没有一个人动。

黄兴安停顿一下说:"你们都是 A 师的好战士,我知道你们肯定会服从组织决定的。要说想不通,我黄兴安更该想不通。作为一师之长,我失去了对全师的指挥权。通俗一点说,我这个师长也下岗了。"说到这里,他的眼眶湿润了,"同志们,A 师连败两阵了,再也败不起了。我和你们一起离开演习第一线,证明我们都落后了。怎么办?只能急起直追,迎头赶上。如果没有别的意见,把背包背上,尽快赶回部队,负起留守部队的责任。"

钟有发跑过去拎上自己的背包,第一个上了车。六十多个战士无声地跟着上了车。

黄兴安拉开吉普车的门,朝卡车喊道:"都给我振作起来。钟有发,领个军歌唱唱。"

三辆军车跟着黄兴安的吉普车,响着低沉雄壮的军歌,向沅水大桥方向驶去。简凡没想到黄兴安这么快就把这件棘手的事摆平了,也开着车跟了上去。

范英明、刘东旭和唐龙赶到善后委员会,会场已经布置好了,一团被裁减下来的一百多人在李铁的带领下跟着赶到了。

唐龙用目光搜索了一会儿,小声对范英明说:"怎么没见黄师长?是不是回避了?"

范英明没有表态。

刘东旭说:"气氛造得不错。梁参谋,黄师长在不在?"

上尉跑过来说:"二团五营钟有发连长带头闹事,二团压不住,黄师长赶去处理了。"

刘东旭叹口气说:"这个钟有发呀!"

唐龙说："就是那个老连长吧？"

刘东旭有点发急了，"可不是嘛！演习前，黄师长还给我说过，想破例把他提起来。我想他立了八次功，总是有些能力的，没反对。"

唐龙说："他是想让家属随军。这时候让他回去留守，肯定想不通。五营会不会出事呢？"

刘东旭看看表说："我们也去看看吧。"

范英明说："用不着。做基层工作，黄师长比我们强得多。这件事我们去了反倒不好。"

正说着，军歌声从桥那头传了过来。十几辆军车跟着黄兴安的吉普驶上沅水大桥。刘东旭和范英明忙迎了上去。

秦亚男第三次返回红军指挥所，携带了几大包吃的东西。大部分一拎到作战室，秦亚男就让大家共产了。唐龙自己动手拉开一只黑皮箱，看见里面整齐地摆放着四条红塔山香烟，伸手拿出一条喊："烟民们，这儿还有这个。"

秦亚男赶忙合上箱子说："这里面可是我的私有财产。女人家的秘密，你们可不能乱翻！"

唐龙拍打着香烟说："我可是只看见了香烟，里面还有三条。这一条归我了。"

刘东旭伸手夺过香烟说："唐龙，我们只有吃北京果脯的资格，这香烟是秦记者留着自己抽的。把这也共产了，有人要打你的板子。"

秦亚男接过香烟问范英明："你们指挥所，是不是所有吃的、用的都共产呀？"

范英明笑道："你收了这一条，显得小气了。要是我呀，就再拿出一条，省得他们嘴里闲着没事，乱嚼舌头。"

秦亚男又拿出一条烟,扔给唐龙说:"这两条你负责分了吧。分配不公,可是你的事。"

唐龙把整条烟撕开,两包两包给几个参谋发着,嘴里说:"秦大记者在两个月内,三下西南,终点站都是咱们师,可算是对咱们情有独钟。吃人家的嘴软,可不要说人家……"

秦亚男伸手打了唐龙一巴掌,"你真是狗咬吕洞宾,不识好人心。实话告诉你,军报的记者,在一个师蹲这么久,我还是第一个。"

唐龙笑道:"半公半私嘛,当然能蹲得住。要是表明你一心为公,把那两条烟也拿出来平分了。"

秦亚男打开箱子把两条烟拿出来交给范英明说:"这两条烟交给你这个司令,你可要帮我洗刷洗刷。"

范英明道:"这两条烟归本司令一人支配。关于秦亚男同志做没做私活的问题,你们暂时都没有发言权。"

唐龙把剩下的一条烟朝自己衣服里一塞,"秦记者完全为公,只是在业余时间琢磨过如何抓俘虏的问题。这个难题的最终解释权,归范英明一人所有。"

秦亚男追打着唐龙,"唐龙,你可要小心点,得罪了无冕之王,可没你什么好果子吃。本人很快就要荣任驻军区记者站站长了。"

范英明感到有些意外,"这么快就定了?"

唐龙在门口接道:"军事术语叫闪击,爱情术语叫一见钟情。"

秦亚男红着脸追了出来,"看我不撕你的嘴!"

一出门,看见邱洁如把唐龙拦住了。

邱洁如看看秦亚男,冷冷地对唐龙说:"唐助理,那个实验还做不做呀!"

唐龙做个手势说:"秦大姐,暂停暂停。本人有要事在身,告辞了。"

邱洁如和三个女兵跟着唐龙走向一台移动指挥车。邱洁如忍不住问:"你对她做了什么,她竟说要撕你的嘴?"

唐龙取出香烟说:"秦记者给范司令带了几条烟,又不承认是带给范英明的,我们就开他们的玩笑,这是战利品。"

邱洁如鼻子哼哼说:"变态! 三下西南,追这么紧,嘴上还不承认!"

唐龙大咧咧道:"老姑娘,脸皮是薄些。"

邱洁如笑道:"什么眼神! 她结过婚,叫她男人甩了,所以就有点变态。"

唐龙扭头问道:"好像你和她之间有什么过节吧? 说话狠巴巴的。"

邱洁如说:"上车吧。我跟她有什么过节?"

这次病毒传播试验能不能获得成功,成了红军首脑这几天关注的焦点。唐龙带小分队一离开指挥所,范英明就下令把指挥所所有电脑都置在单机状态。

刘东旭不放心地说:"还不如把连接线都拔了,一旦先把咱们的电脑染上,那就闹出笑话了。"

范英明想了想说:"曹参谋,通知各部队,从上午十点到十二点,都断掉指挥系统电源。政委,你考虑得很周到。说是做十五公里试验,一旦这个游戏盘上的病毒很厉害,不定会出什么事。"

唐龙和邱洁如把指挥车开到一个山口处,看看离十点钟还有点时间,两个人就利用这点时间谈点个人问题。

邱洁如接过唐龙递来的大衣披上,对三个战士说:"还有点时间,你们想发点什么就发一点。"

中士说:"队长,连份报纸都没带,发什么?"

唐龙说:"你们自己想,譬如试着给蓝军战友们写封信,譬如胡诌几句打油诗，都行。主要是不能让联络中断了。"

两个人朝河边走去。

邱洁如问："演习后，你是不是不再想转业的事了？"

唐龙说："要按现在这种形势，我当然愿意在部队干了。要是又回到原来的状态，晚走就不如早走了。"

邱洁如说："我可给我爸打了包票说你不会脱军装。你别再三心二意了。"

唐龙说："到时候没有法拉利跑车，不还是结不成婚？"

邱洁如说："这个条件取消不就行了？"

一架直升飞机超低空从他们头顶掠过，方英达的满头白发，在阳光里特别显眼。

"是方伯伯，"邱洁如朝飞机招着手喊着，"方伯伯，方伯伯。"

唐龙手搭凉篷望了一会儿，说道："总司令回来了，他真回来了！从现在起，我决不再受别的诱惑了。真是他在天上，我们在地下呀！"

邱洁如从口袋里掏出游戏盘，闭着眼睛说道："但愿你不是一张游戏盘。"

方英达乘直升机在演习区域上空整整飞了两个小时。他清楚地意识到，今生今世恐怕再也没机会看这片山水、这片红土地了。回到指挥部作战室，方英达还有些激动，连声说："真是一片好山好水，好山好水呀！"

陈皓若劝道："老军长，你该回去休息休息。"

方英达摆摆手说："不用不用。花几万块钱，还买不来十天半个月时间吗？我到两边都看过了，没有看见大规模的调动。"

童爱国说："两军都做好了准备。刚才范英明来了电话，说他们一项试验获得成功，有可能给演习带来一些新东西。"

方英达满意地笑着说:"范英明是个谨慎的人,他忍不住用电话报告这项试验,可见这个试验有些名堂。"

陈皓若说:"到现在为止,他们对试验的内容只字不提,是够谨慎的。"

赵中荣不以为然地说:"他们这回给每个连都配了一台步话机,新东西恐怕也只能算作推陈出新了。蓝军这次没什么大动作。"

方英达想起朱海鹏挨打的事,喃喃道:"他会不会不用心打?"站起来说:"给我接朱海鹏。"接过话筒说道:"朱海鹏吗?我是方英达。"

朱海鹏惊得站起来,语无伦次道:"我是朱海鹏,我听出来了,我是朱海鹏,你在哪里,你的声音很洪亮。"

方英达说:"我在自己的岗位上。你挨了你老娘一巴掌,是不是背上什么包袱了?"

朱海鹏说:"挨老娘的打,背什么包袱?"

方英达说:"我警告你,如果你在第三阶段不用尽全力,我要处分你。"

朱海鹏说:"这些天,我和常师长都急白了几千根头发,怎么会不用心呢?"

方英达说:"这就好。天气越来越冷了,你们都准备好了吗?"

朱海鹏说:"我们已经等两三天了。"

方英达说:"那就提前四十八小时进入预备状态。从明天零点起,红军随时会发起反击作战。"

是日夜,红军各攻击部队趁夜暗进入攻击状态。各团指挥官都守在电脑终端前,静静地等待红军指挥所的攻击令。在传统的军事理论里,黑夜常常被用来增加战争启动的突然性。阵地战,十有八九选择在黎明前发动。时针已经指向凌晨三点,仍没有一点要动作的迹象。焦守志在一团指挥所急得团团转。

李铁问道:"焦团长,你着什么急?"

焦守志说:"天亮前必须把那几个高地拿下来,这个时候还不打,天亮了等着挨炸呀?"

李铁说:"我估计师部对什么时候发起攻击还没最后确定下来。实际上,白天也可能发起突然袭击。"

焦守志摇摇头说:"很多著名的战役,包括登陆作战,都是后半夜打响的。"

李铁说:"今晚不打,还有明晚。定不下来,肯定有定不下来的道理。"

范英明本来已经准备签发凌晨四点发起攻击的命令了,拿起笔,突然又问唐龙:"唐龙,你认为这种病毒他能排除吗?"

唐龙说:"估计三五个小时内,他们无法排除,再长就说不准了。"

范英明放下笔点了一支烟道:"一般情况,黎明前发起攻击是上上策。现在的情况有些特别。我们要拿下一号地区的高地,坦克部队和空军都用不上,晚上发动,我们的夜视技术尚在起步阶段,很多难题无法解决,就是步炮配合也难以完成。可是,如果他们上午就把病毒消除了呢?"

唐龙说:"我们的突然性就削弱了。白天,就是指挥系统瘫痪,他们也可以用人工方法进行联络。你的意思是不是改在天黑前两个小时发动,利用敌人无法联络,天黑前就把几个高地拿下来?"

范英明道:"如果他们乱一夜,或者大半夜,天亮后可能就大势已去了。"

唐龙点点头说:"这样确实周全。"

刘东旭担心地说:"部队都运动到位了,他们已经设伏半夜,要是再熬一个白天,不是把我们的意图暴露了?这可是大部队作战,不能要求每个人都是邱少云。"

唐龙说:"这倒是个难题。部队最少要吃两顿饭,他们还可以进行空中侦察,另外,他们还有二十个数字化班,也可以刺探出我们的真实意图。"

范英明说:"那就露出点破绽让朱海鹏和常少乐猜去吧。今天晚上就把作战命令下达了,明天一个白天基本不联络,他们还不把所有的手段都拿出来猜我们什么时候进攻?"

唐龙拍拍巴掌说:"他们的通信网都张开了,一瘫痪才算全部瘫痪了。"

范英明问:"现在几点钟天会黑透?"

唐龙道:"明天是多云变阴天,季节已过了小雪节,这里是东八时区和东九时区相邻的地方,明天天黑透约在六点四十左右。"

范英明夸奖道:"你很仔细。那就电令各部队,总攻击时间定在下午四点二十,四点钟,所有指挥所切断电源二十分钟,以防我们指挥系统染上病毒,四点二十恢复联络。"

唐龙想了想说:"从三点五十,让炮兵部队炮击十分钟,突然停下来,这样就万无一失了。"

范英明说:"就这么办吧。"伸个懒腰道:"终于可以睡上十几个小时了。唐龙,你也要睡足睡够,明天一整夜,非常关键,我需要你的头脑十二分清醒。"

唐龙道:"我睡觉的功夫向来不错。"

刘东旭提醒道:"唐龙,还有你那几个女兵也要睡好觉。"

唐龙拿着范英明签好的命令,"我这就去通知她们。"转身去了信息处理中心。

邱洁如和四个女兵一直处在临战状态,一见唐龙进来,都把自己杜撰的诗文掏了出来。

邱洁如问:"唐龙,我们几点钟上?"

唐龙压低嗓子说:"要叫我唐助理,或者司令助理,维护我点形象嘛。"

邱洁如笑道:"是,唐司令助理同志。"

唐龙喊道:"旋风纵队都有了,起立。现在交给你们一项光荣而艰巨的任务。请跟我来。"

五个姑娘一脸严肃跟着唐龙走出指挥所。走到住房门前,邱洁如忍不住问:"什么任务?"

唐龙说:"从现在开始到下午两点,你们的任务只有一个,那就是好好睡觉。"

几个女战士叫嚷起来:

"是不是不打了?"

"我这篇文章别提多精彩了。"

"我的开头是亲爱的蓝军战士们,后面的内容是劝降。"

邱洁如说:"别吵了。是不是今晚不打了?"

唐龙跟着进了女兵宿舍,"你们的任务是下午四点到四点二十刮病毒旋风。"抬头看看万国旗一样挂着的胸罩裤头,"你们的内务也该整理一下。把这些东西都隐蔽起来。"说罢,转身出了房子。

邱洁如问:"你要去干什么?"

唐龙说:"睡觉。"

天麻麻亮了,各营长都打电话问怎么还不发动攻击。焦守志火了,对一个参谋说:"再来电话,你告诉他们,都藏严实点,哪个营出事,从营长到班长,全部都撤了。"

李铁自言自语说:"到下午四点二十,还有十个多钟头,几百人埋伏在结合部,肯定要暴露的。团长,不如让一营和三营撤到阵地上。”

焦守志为难地说:“运动到树林和灌木丛,已经花了几个小时,让他们等吧。”

李铁说:“要是实战,他们发现我们有人在结合部,用十分钟炮击加一次反冲锋,咱们这两营就算报销了。”

焦守志说:“命令中没说撤不撤下来的事,咱们擅自做主撤下来,好不好?”

李铁道:“命令不可能讲这么细,或许他们也疏忽了。四点二十发起攻击,肯定是准备搞夜战。不撤下来,部队又饿又困,怎么打?”

焦守志说:“先撤下来,睡美吃饱喝足了再上去。李铁,你给一营二营打电话,我要去睡觉了。”

天放亮,红军一团主力从几个高地脚下的灌木丛和树林里撤回自己的阵地。夜宿在林子里的鸟儿惊飞起来。林子里响着压低了的声音:“快点,等着挨炸呀!”“连长,你让我尿完了,夹着一半,怵难受。”“怎么又不打了?”“真困,一松劲就困。”“你他妈的想尿成一条河呀?快点。”“连长,那是二牛在尿,我在你前头。蓝军发现不了,没事的。”

阵地上的蓝军早发现了异常,几架望远镜都朝山脚下搜索,只能看见小树和灌木的摇动,就是看不见人。“快向营部报告,〇八高地脚下约有一个连敌人设伏,不知什么原因,今晨五点四十开始撤出。”

这一异常情况很快传到蓝军指挥所,朱海鹏和常少乐开始猜测红军的意图。

常少乐问:“海鹏,这是不是有点怪,不像是抓舌头的小行动,干吗又撤走呢?”

朱海鹏道:“他们三点多钟,进行了频繁的联络,为什么没有发起攻击,又撤走了呢？这两个营趁夜运动到咱们眼皮下,目的是想一举拿下一号地区的几个高地。"

常少乐说:"范英明是个谨慎人,可不是个优柔寡断的人,莫非是觉得没准备充分？今天晚上重新再来？"

朱海鹏说:"敌变我变,再调一个营,固守一号地区,令八个数字班进入结合部活动。进攻不一定在晚上发动。他们是不是要借助空军一举拿下一号地区？令各雷达站密切注意敌人空军的动向。"

常少乐道:"你是说范英明会在白天反击？"

朱海鹏说:"可能性很大,我们要注意敌人电子干扰,力争把他们每一份来往电文都抄下来。"

演习指挥部对红军的表现也评价不高。

赵中荣说:"一团这次后撤,蓝军如果进行炮击,至少能打掉一个连。这也不知是什么新战术,看不懂了。"

童爱国道:"红军反击作战,第一个难点就是夺回一号地区几个高地,现在蓝军又投入一个营,局面就难以预料了。陈军长,用不用向方副司令报告？"

陈皓若道:"让他多休息一会儿吧。或许这是红军故意露出的破绽。"

下午,天阴了下来。红军一团的阵地上,多数战士都在睡觉。突然间,炮团对蓝军阵地的炮击开始了。一团阵地叫喊声响成一片。

"怎么回事,总攻提前了？"

"这都不懂,你看电影上,哪一次总攻前不进行炮击？战神炮兵一动,战车才能跟着开。"

"连长,咱们冲下去吧。"

"都给我憋住！四点二十准时出动。不对呀,炮弹怎么越来越稀了?"

蓝军指挥官被红军三番两次的调戏激怒了。

常少乐说:"给他们点颜色瞧瞧,要打就好好打,用这十几门炮打,顶什么用。"

朱海鹏道:"严密监视敌人联络。命令炮一营、炮二营,还击十分钟。这个范英明也欺人太甚了。"

这个时候,红军的所有指挥员和参谋都在信息处理中心,屏着呼吸看唐龙指挥五个女兵施放病毒。

唐龙喊道:"你们沉着点,千万不能慌。再重复一遍:前三分钟,各发一份加密电;间隙一分钟,各发三分钟明码;然后,启动病毒程序,继续输明码。听我的口令:预备——开始!"

五双灵巧修长的手,在电脑键盘上跳起轻盈明快的舞蹈。开始的三分钟,五双手的舞姿整整齐齐。休止一分钟后,个性便被充分地显示出来了。

密切关注着红军通信联络的电子接收装置很快收到了这些沾染着少女青春气息的电波,并在蓝军的几台指挥终端上还原成数字代码。

一个参谋报告说:"朱司令,红军指挥所同时向五个地方发出一份内容相同的电报。"

朱海鹏笑道:"这回可是真的了。命令各部队:敌人很快就要发起反击作战。"

话音未落,又一个参谋过来报告:"红军出现大量明码联络。"

朱海鹏说:"全部截获,全部截获。"大步朝信息处理中心走去。

只听江月蓉尖叫一声:"不好！快切断总电源,快切断总电源。"

已经晚了。朱海鹏和常少乐走近成排成行的电脑终端前，显示屏上开始出现一个面目狰狞的骷髅头。这个骷髅头像多米诺骨牌一样，几排电脑显示屏立即都印上了一个。

常少乐惊问："这是怎么回事？"

江月蓉擦擦额头上的汗珠儿，"这是一种病毒。"

朱海鹏说："严重吗？"

江月蓉说："这种能靠电磁波传播的病毒，近一两年才出现，没想到他们竟能在实战中用出来。很严重，应该说相当严重。"

朱海鹏说："程东明呢？把他叫来看看。"

常少乐安慰道："不要急，再想点办法，最坏的结果，就是输掉这一阵。"

朱海鹏一拍脑袋说："唐龙这几年一直在研究指挥自动化系统的生存防御能力问题。上半年，我们还在刊物上争论过这个问题。他反对在师以上作战单位搞这种高度集中的系统。看来他是对的。"

红军施放的软件病毒，同时把演习指挥部的自动化指挥系统也染上了。大显示屏上变幻着一些莫名其妙的图形，几十个操作员同时失业了。

赵中荣神色惊慌地走进作战室，小声对陈皓若说："方副司令刚打了针，马上就到。"

陈皓若感叹道："这种高度集中的自动化指挥系统一瘫痪，打击就是致命的。"

方英达在信息处理中心看看成排成行的骷髅头，进了作战室又看看大显示屏，脸上显出满意的微笑，说道："很好嘛！用电磁波传播病毒，英、美各国也在实验。在未来的战争中，火力杀伤的精度和烈度大幅度提高，指挥系统的生存问题面临着空前的威胁。这方面，这次演习的收获是巨大的。问问是谁使用了病毒。"

赵中荣说:"肯定又是朱海鹏。"

方英达说:"不要匆忙下结论,问问吧。"

童爱国拿起电话说:"接蓝军指挥所。是不是你们用了计算机病毒?噢,不是你们? 转告朱司令,再有突发事件,用电话及时报告。"

方英达高兴地说:"这是 A 师崛起的开端,战场主动权已经被他们牢牢掌握住了。告诉范英明,随时用电话报告演习进展情况。"

范英明放下电话,情不自禁地双手紧握住唐龙的手连声说:"祝贺你,祝贺你,军指挥系统也全部瘫痪了。"

唐龙跳了起来,挥挥拳头说:"这下好了,他们对咱们的空军一点办法也没有了。范司令,应该解决一号地区了。可惜他们的机场不在这个指挥系统中,要不然,咱们的胜局已定。"

刘东旭道:"应该给唐龙和旋风纵队记功,并通报全师,把大家的干劲鼓起来。"

唐龙忙说:"我就算了,这几个女兵很争气。如果人家反应过来,这着就不灵了,主要是她们的手快。"

范英明道:"唐龙,你去向旋风纵队宣布,每人记三等功一次。曹参谋,命令空军两个大队全部出动,命令炮兵集中火力,天黑前拿下一号地区,命令反数字化部队,密切注意敌数字化班动向。"

八架轰炸机、六架战斗机很快出现在一号地区上空。接着,红军高炮团的炮弹已经落在蓝军一号地区的阵地上。

楚天舒在前线指挥所面对几个骷髅头,急得满头大汗,自言自语说:"顾不了太多了,丁参谋,通知一团一营二营,撤出一号地区。"

丁参谋说:"电话线都炸断了。"

楚天舒瞪着牛眼说:"我是让你通知,办法由你自己想,撤下来一个连是一个连,这点道理也不懂吗?"

蓝军指挥所呈现出一片死寂。几个首脑站在江月蓉和程东明身后,探头看着两人不停地敲击键盘。

朱海鹏急了,伸手抓起来程东明说:"你认出来了没有? 这到底是什么病毒? 你快说,多长时间能把它解开?"

程东明艰难地说:"我,我……"

江月蓉推开朱海鹏,"你抓住他的领口,气都出不顺,怎么对你说? 告诉你,我没见过这种病毒。"

程东明活动活动脖子说,"这是去年才出现的司芬克斯病毒,很厉害。"

常少乐紧紧抓住程东明的胳膊说:"你认出来了,肯定能解开它。"

程东明说:"我在所里只搞破译。记得四月份,所里林总提起过这种病毒,他说他准备用一年时间解开它。林总在解毒方面,很有建树。"

常少乐问:"他解开了没有?"

程东明难为情地一笑,"我出事后,一直没见过他。"

江月蓉想了想,说道:"他肯定解决了这个难题。前些天我在所里碰到他,看到他手里拎了两瓶酒。"

朱海鹏说:"他喝酒与解病毒有关吗?"

江月蓉道:"林总平时滴酒不沾,一旦攻克一个难题,必定一个人喝个酩酊大醉。他要在这儿就好了。"

朱海鹏看看表说:"直升飞机到 C 市,一个来回需要六个半小时。月蓉,麻烦你跑一趟,把林总请过来。如果明早能解开它,演习还可以进行下去。"

常少乐说:"直升机飞过去可以,回来可没有油哇。"

朱海鹏道:"死马当活马医吧,油我让方副司令解决。"

黄昏的时候,江月蓉带一架直升机走了。

红军指挥所这顿晚饭,终于吃出来一些笑声。二三十个人,分成六七堆,蹲在几个门口的几方光亮中,吸溜嘎吱地吃着。女兵们喊喊喳喳说笑着。

"小苹,你那封劝降信,好是好,只是把我爱你打成了我受你。这个错有意思。"

"受也没什么不对,表明接受的意思嘛。你爱了他,当然得接受他,没什么大错。"

"狡辩! 白字就是白字,别讲大道理了。"

另一个女兵哧哧笑着,"你那首爱情打油诗,底稿上都出错了,错得更邪!"

"错在哪里,你说呀?"

"把吻你刚毅的脸,写成勿你刚毅的脸,还不叫邪? 吻和勿,能扯得上吗? 诗人可不是那么好当的。"

一个上等兵撑不住,一口饭笑喷了一地。

邱洁如扔下饭碗说:"爱也罢,受也罢,吻也罢,勿也罢,总之,你们都没给本中队长丢脸。真写情书情诗,别出这种洋相就行。收拾一下准备上夜班。"

几个女兵千姿百态作鸟兽散了。

红军新三巨头还无法这么轻松。蓝军的指挥系统陷入瘫痪,只是自动化指挥系统失灵了,团对营、营对连的指挥尚能进行。如果挨到蓝军解除了指挥系统的病毒,谁是最终的胜利者,尚难预料。

范英明扔下饭碗说:"中间突破的方案需要做点修改。夜里只攻中间,我们未必能占多大便宜。"

唐龙说:"战场宽度六十多公里,你还有什么高级战法?"

范英明道："辽沈战役时，东野打下锦州，是如何全歼廖耀湘兵团的?"

唐龙道："廖耀湘兵团当时正在向锦州急进，建制已经乱了，东野也摸不清敌人在哪里，才采取以乱对乱的办法，眼下蓝军的防线并没有乱呀。"

范英明走到沙盘跟前说："我们总兵力比他们多，完全可以全线出击打乱他们的阵形。如果他们左、右翼固守，就集中优势兵力吃掉；如果他们要跑，就一口气把他们撵到小凉河边上。"

唐龙连声道："妙，妙，让各部队以营为单元独立作战，相互间可以直接联络，步话机就能派上用场了。"

范英明说："咱们搞一个最简单和最复杂合璧的联络系统，充分利用这一个晚上，至少消灭他们一半有生力量。"

刘东旭走进来说："你们两位面带笑容，是不是又商量出什么绝招了?"

唐龙说："范司令这个计谋，古今中外独一份。全线出击，逼蓝军退过小凉河。"

范英明道："连与连之间都可以联络，谁想怎么打就怎么打，抓住敌人后，摸清敌人兵力有多少，再上报，如果来不及上报，各团可以机断处置。唐龙，你拟个电报，发到各团，越快越好。"

唐龙说："总该规定一个各营、连归建时间，摩步团和坦克团不宜拆得太散。"

范英明道："明天早上八点，为这次行动最后期限，暂时放过三号地区敌人，一团只留一个营对敌实行佯攻。就这么定了。"

红军指挥部一声令下，战火迅速波及整个战线。蓝军两翼部队因得不到上级指令，进退两难。二号地区的摩步团两个营，在团长的带领下，迅速向三号地区靠拢。二号地区的三团坚守阵地，渐渐把红军的一个多团都引了过去。

红军采取这种以乱制乱的战法,使蓝军数字化班的处境雪上加霜了。演习刚刚开始三个小时,蓝军在半个多月前风光无限的二十个数字化班损失了十二个。

晚上九点半钟,江月蓉带的直升飞机出现在万家灯火的 C 市上空。飞机在高楼群中盘旋几圈,终于找到了信息研究所的位置,朝研究所的操场徐徐降落。

一架身份不明的直升机突然在晚上出现在保密性很强的研究所上空,正在朝操场降落,警卫连迅速做出反应。一个上尉吹响了紧急集合号,几十个战士荷枪实弹朝操场奔去。接着,几个大校也从一幢楼里跑了出来。飞机刚一落到操场上,警卫连战士已经在操场外抢占了有利地形,把飞机包围起来。

江月蓉打开舱门,几束手电光亮同时照到她的脸上,她大喊道:"我是江月蓉,我是江月蓉。林总在吗?"

上尉说道:"虚惊了一场。"

一个大校说:"小乔,干得不错,警卫连就得有这种快速反应能力。江月蓉,你搞的什么名堂!你带一架军用直升机回来,应该事先来个电话通知。"

江月蓉道:"林总,来不及呀。演习指挥系统染上了司芬克斯病毒,我来接你去救急。空军把油送来没有?"

一辆输油车开进院子,直接朝直升机开去。

林总说:"你怎么知道我解开了司芬克斯病毒?这还是个小秘密呀!"

江月蓉笑道:"上次我碰到你买酒喝了,今年你不就干这一件大活儿吗?"

林总说:"闹了半天,你们都知道我这个坏习惯了。是怎么染上的?"

江月蓉道:"具体还说不清,可能是红军用电磁波传染上的。"

林总说:"他们从什么渠道弄到带这种病毒的软件的? 这要是一不留神进了计算机网,损失可就大了。"

江月蓉说:"你不是已经降服了它吗?"

林总对上尉喊道:"把你的人都带回去吧。小江啊,我还真舍不得你走哇。"

江月蓉吃惊地看了林总一眼,"我,我往哪里走?"

林总道:"二院的调令前天到了,常委会已经讨论过了,决定放你走。无论从哪方面讲,你走了,都是所里的一大损失。"

江月蓉发了一会儿呆,感叹一句:"能量大得惊人,步步紧逼呀。"

林总说:"你好像不高兴,你爸年纪大了,还有你哥,确实需要一个人照顾。反正也没出一个系统,不算人才流失。"

江月蓉强笑着,"我很高兴。咱们走吧。"

林总道:"你这些年为所里贡献很大,这次借调出去参加演习又立了大功,所里昨天上午研究过了,决定提前一年把你晋升成正高职。工作上、生活上,你都是青年人的楷模,社会一定要树立正面典型。"

江月蓉攀住扶手,艰难地说:"谢谢组织对我的关怀和厚爱。"

直升飞机再次升空,朝南方飞去。

第 二 十 章

朱海鹏和常少乐围着沙盘度过了一个不眠之夜。黎明时分，解毒工作还没任何突破的迹象，除了知道摩步团安然无恙外，其他部队现在何处，损失多大，尚不得而知。

朱海鹏用教鞭敲敲小凉河边上的一个山头说："我们只要能守住这里，还可以维持小胜。"

常少乐龇出一口牙说："海鹏，我已经不奢望守住○一号高地了。能维持个平局，已经相当不错。这一夜，红军肯定没有闲着。高科技带来的新课题，我这个老朽这回可算开了眼了。"

朱海鹏扔下教鞭说："咱们就保平争胜吧。田参谋，你让人去通知舟桥营，分成两部，在白玉滩和黑龙潭两处做好架浮桥的一切准备。"

常少乐笑道："你好像特别偏爱这两个地方。名字漂亮是吗？"

朱海鹏说："按原路返回，不是很有意思吗？但愿今天上午能把这可恶的病毒消除了。如果这样，我们至少还有两个步兵团、一个摩步团，还可以在三号、四号地区和他们对抗。"

正说着，显示屏亮了起来。

常少乐惊喜道："快看，有救了。"

朱海鹏看见林总和江月蓉、程东明走了进来,忙迎上去,紧紧握住林总的手道:"谢谢,谢谢。这次演习的功劳,你们研究所有一大半呀。团指挥所的怎么个解法?"

林总说:"我们已经把解毒软件加进你们的自动化指挥软件系统,只用联络一下,那边的病毒自然就解消了。你们这次演习,提出了一个横向合作的好思路哇。"

常少乐说:"海鹏,你赶快和部队联系,我送林总去休息休息。"

林总说:"不用不用,有小江和小程引个路就行了。"

常少乐道:"你就让我们尽尽心吧。"

朱海鹏叮嘱道:"别忘了备点酒菜。"

方英达这一夜没睡多长时间,起了床直接去了作战室。显示屏上依然是乱七八糟的图形,童爱国、赵中荣歪在沙发上睡着了。一个参谋站起来要喊醒他们,方英达摆摆手,走过去把两个人身上的大衣向上提提,蹲下来仔细看掉在地上的一张地图。地图上标着一些醒目的红蓝色符号。

方英达情不自禁地喊了一声:"好! 好一个遍地开花。"

童爱国和赵中荣惊坐起来,同时喊道:"方副司令。"

方英达捡起地图看着,"范英明这时候用步话机,不是用得恰到好处吗? 事情有一弊必有一利,蓝军若是带上这看上去过了时的步话机,这一晚,也不会损失这么大了。"

童爱国说:"这还是五点以前的战况,又过了一个多小时,肯定又有新战果报来了。"

赵中荣附和道:"是啊,蓝军这一晚也太惨了点,二十个数字化班,有十五个被消灭,损失四分之三。"

方英达说:"不过蓝军主力还在,还远没到认输的时候。"

突然间,显示屏出现了战场态势图。一个参谋报告说:"蓝军报告,他们已消除名叫司芬克斯的计算机病毒,现正在收拢部队。"

童爱国惊叫一声:"糟糕! 红军的部队还在分散作战,下一轮恐怕要吃亏了。"

方英达笑着指着童爱国道:"你这个训练部长,身为裁判,屁股可坐歪了哟! 蓝军这一夜的作为,不是也有很多可圈可点的吗?"

童爱国挠头自嘲道:"可能是我太想看红军赢一局了,没有留神屁股问题。"

方英达哈哈大笑一阵,"你呀,如果一个病毒就把蓝军制服了,这演习就不好看了。陪我出去走走,肯定还有一场龙虎斗。"

两个人一起出了院子,不知不觉就走到那个巨大的土丘跟前了。

方英达痴迷地打量着土丘,喃喃道:"爱国,你看它像个什么?"

童爱国不加思索地答道:"像个大坟丘。"

方英达点点头说:"很好,所谓英雄所见略同。我死之后,很想埋在这个地方。"

童爱国嗫嚅道:"其实,其实它更像一个北方馒头,或者是女人的……"

方英达打断道:"你不是唯物主义者。我知道我的日子不多了,这几天感到特别有精神。你不要说这是病要好了,这是拍马屁。生命有一种状态,叫作回光返照。"停下脚步,扭头看着童爱国,"我们在谈科学。愣着干吗? 一折好戏就要开锣了。"

童爱国答应一声,跑步跟了上去。天大亮了,东方的天际已露出一抹红光。

此时,朱海鹏已经仔细研究完战场态势,开始做反败为胜的安排。

朱海鹏道:"常师长,三比〇,二比一,二点五比零点五,只有这三个结果,要你选,你选哪一个?"

常少乐狡黠地一笑,"我当然想要三比〇,只怕人家未必肯答应。战场主动权已归他们了。"

朱海鹏又说:"现在就采取三十六计,可保二点五比零点五,若要力争三比〇,结果极有可能是二比一,你又会选哪个?"

常少乐说:"我已经答应努力做个模范婆婆,这个家由你当。若要以我的脾气,如果有三比〇的一线希望,我也不会坐享二点五比零点五。"

朱海鹏说:"痛快,和你合作真痛快。如今的态势是,他们一个半团在吃我们右翼三团,一个团在和我们一团顶牛,另一个多团已占了我们左翼。我们还剩被围半个团,一个摩步团,二团大部在右翼。在四号地区,我们竟取得了局部优势。"

常少乐说:"他包咱,咱包他。他们肯定认为咱们还是瞎子呢!不打白不打。"

朱海鹏疑惑地看着常少乐,"你早胸有成竹了嘛,为什么不早说?"

常少乐笑道:"家不是由你当嘛。"

朱海鹏说:"那就准备啃骨头。一团在三号地区打援,其他的全部投入。摩步团有一个小时,即可赶到战场。"

战局确实出现了局部对蓝军十分有利的转机。这个时候,红军还在按原定计划行动。蓝军由二号、三号地区撤到四号地区的摩步团一听说红军有一个半团正在围攻三团,迅速朝敌背部插去。

这个计划一报到演习指挥部,立即引起一片惊呼。

赵中荣先说:"蓝军趁势过界河,不是可以维持平局吗?"

童爱国道:"这是战场决策者常有的心态,围棋术语管这叫气合。"

陈皓若担心道:"红军现在建制已乱,恐怕要吃点亏了。"

方英达道:"能争胜的保平,决不能成为名将。当年华东野战军打七十四师,也有是打是走两种选择。最后不是为战争史留下一个范例吗?整个战场态势,还是对红军有利,就看范英明他们如何处置了。"

范英明和唐龙此时尚未完全明白蓝军的意图,还谈不上如何处置。一夜战果统算下来,除了占领了二号地区,并在四号地区抓住了蓝军一个团外,并没歼灭蓝军多少有生力量。蓝军战斗力最强的摩步团不见踪影,让范英明警觉起来。

一个参谋拿着几张电报报告说:"蓝军出现电报来往,很可能已解消病毒。"

唐龙夺过电文一翻,生气道:"这是半个小时以前就收到的,为什么不及时报告?"

参谋嗫嚅着:"刚才,半小时前没看仔细。"

唐龙说:"你真糊涂呀!"

刘东旭连忙问:"要紧不要紧?"

范英明冷静地说:"不要再追究这件事了。他们的软件专家真够厉害的,十三个小时多一点,竟能解消这种病毒。各部队已经分散了,归建已经来不及了。命令各团,并用步话机通知到各连,凡在二号地区的部队,归二团统一指挥,凡在三号地区的部队,归一团统一指挥,凡在四号地区的部队,归三团统一指挥。"

唐龙问:"三号地区攻势发动不发动?"

范英明道:"给部队一点集结时间,也让他们喘口气。能控制住二号地区大部,战场主动权就在我们手里。看看早饭好了没有。"

李铁在一团指挥所突然间感到战场态势有些异常,没滋没味嚼了一块压缩饼干,抱着水桶咕咕咕喝了起来。

焦守志骂道:"你狗日的想拉稀是不是?"

李铁用袖子擦擦嘴,"这几天我正便秘。焦团长,我觉得什么地方有点不对劲儿。"

焦守志问:"哪个地方不对劲儿?"

李铁道:"三号地区的敌人似乎有阻咱们去四号地区的意图。"

焦守志说:"你是不是说,蓝军怕咱们去帮助吃掉他们右翼?"

李铁说:"这一夜我们没占什么便宜,除了重创他们的数字化班外,最大的收获是把二号地区占了。我们应该马上从二号地区和三号地区之间插过去,去把〇一号高地夺回来。"

焦守志问:"你是不是准备当个钉子扎在那里,把他们都关进来?"

李铁点点头说:"就是这个意思。你带一个营在正面牵制他们,我带两个营开始行动。"

焦守志道:"像是具备决战的条件了。那就这么定了吧。"

一团开始分兵两路,擅自行动起来。

范英明、唐龙正在吃饭,曹参谋进来报告说:"王团长报告,他们背后发现蓝军摩步团。"

两个人扔下饭碗,跑进作战室。

唐龙看看显示屏又看看沙盘,自言自语说:"朱海鹏走了一步险棋,他还想赢啊。"

刘东旭端着饭碗跟进来问道:"出了什么情况?"

唐龙说:"蓝军突然间进行反击,把咱们三团和一个摩步营夹在中间了。在四号地区,他们的兵力占优,是个棘手的问题。"

范英明面对着显示屏站着,一言不发地吸着烟。

战局突然间发生变化了。整个指挥所顿时沉寂了下来。两人两人间的窃窃私语,使这个院子充满了一种让人喘不过气来的紧张感。

唐龙也点了一根烟,踱出了作战室。刘东旭不想影响范英明静思,却又放心不下已经被夹住的三团,跟着唐龙走出指挥所。唐龙蹲在一棵树下,捡起一个小树枝,在地上画着一个战场形势图。

刘东旭弯腰问道:"小唐,情况是不是很不好? 用不用增援三团?"

唐龙说:"大局上对我们有利。你看,我们已控制了二号地区全部,进,可以控制战场要点○一号高地,如果蓝军不抢这里,我们就可以控制住小凉河沿线。"

刘东旭说:"你们是不是都担心三团?"

唐龙道:"从四号地区来看,我们只有一个半团,而蓝军则有两个半团,加上他们有中部三号地区一个团可以策应,如不尽快增援三团,他们的处境很危险。"

刘东旭说:"范司令还犹豫什么呢?"

唐龙站起来说:"如果救三团,必须把二团和摩步团主力都投入到四号地区,四号地区兵力回旋余地不大,兵力优势不一定能导致胜势,但不救三团,蓝军又有可能孤注一掷吃掉它。"

两个人回到作战室,范英明还在那里站着,地上多了几个半截烟。

唐龙道:"范司令,该下决心了。三团所处地形很不利。"

范英明转过身道:"我们正好可以将计就计,利用三团做文章。可让一团留一部牵制住三号地区蓝军一个团,主力沿二号、三号地区交界处向小凉河推进,然后与二团主力一道,合力突破他们沿河阵地。如果三团能坚持到下午,我们便可以一举拿下○一号高地,尔后沿小凉河向二号地区攻击前进。"

唐龙惊叹道:"你的胃口真大,准备一次性解决问题呀。"

范英明道:"如果我们能把小凉河一线全部控制起来,他们在三号、四号地区就变成没后方作战了。"

曹参谋进来报告说:"一团报告,他们认为〇一号高地在目前形势下至关重要,主力在李铁带领下,趁三号地区敌向四号地区迫击之机,已向小凉河一线插去。"

范英明一把抓下军帽在手中拍打着,"太好了。令空军轰炸蓝军小凉河与二号地区交界处阵地,配合一团、二团、摩步团攻占该地区。告诉王仲民,全力缠住蓝军主力,打光了都不要紧。"

在近五十公里宽的战场上,两军各按各的意图迅速接近各自的目标。上午十点半,战斗分别在两地打响了。双方的飞机井水不犯河水,各自按照指挥所的命令飞向自己的目标。

中午,李铁率领的两个营登上了二号地区靠近小凉河的最后一座大山。李铁用望远镜朝山下一望,蓝军在二号地区的最后一道防线尽收眼底。

李铁说:"各连做一锅热汤,这顿饭要吃饱吃好。看他们的工事,就知道是一场恶仗。记住,做完饭把火都用水泼灭。"

不一会儿,这座山冒出了七八柱青烟。

因为红军一团主力突然间出现在二号地区和小凉河交界区域,蓝军再也无法坚持围歼红军三团了。

常少乐把几份战报一张一张摆在桌子上,"海鹏,看来三比〇已经没希望了。他们不是搞围魏救赵,而是要断我们退路一锅煮呀!"

朱海鹏感叹道:"他们的一团来得好快! 楚天舒怎么一点都没有发觉?"

常少乐说:"注意力都放到四号地区了。范英明敢舍一个多团,气魄不小哇。要是在二比一和二点五比零点五之间选择呢?"

朱海鹏说:"那当然是不要二比一。如果现在就撤,渡河时被他们追上,恐怕无法阻止他们越界。还得想点办法,力争骗他们四五个小时。"

常少乐问:"现在还有什么好办法?"

朱海鹏道:"向敌三团加压,暗中将摩步团撤回,佯作死守〇一号高地地区,前半夜开始从黑龙潭渡河。"

下午两点半钟,蓝军陆空配合,两面夹击,向红军三团和摩步一营发起了规模空前的进攻。二十分钟内,红军临时构筑的阵地多处被突破,救急电话纷纷打到三团临时指挥所。

王仲民终于沉不住气了,在硝烟弥漫的指挥所里口述求援电报:"指挥部:三团和摩步一营被压缩在不足十平方公里的狭窄区域,情况万分危急。如三团和摩步营不保,我将损失三分之一兵力,敌可向我纵深回旋,再寻决战机会很难。建议迅速将一团投入四号地区。"

电报发到红军指挥所,刘东旭率先表明了态度:"英明,如果不救三团,他们顶多能支持到天黑,至少派两个营去救救急。"

唐龙也妥协道:"不如下令让他们向三号地区突围,让一团三营和独二营接应一下。"

范英明道:"不! 三团只能自救。如果退到三号和一号地区河谷地带,蓝军就可以以〇一号高地为中心,构成一个弧形防御体系。四点钟,一团两个营、二团两个营、摩步团一个营、坦克团一个团、航空兵中队,合力攻占〇一号高地,继续贯彻断敌退路的作战意图。只要能拿下这一地区,就能保证胜利。"

刘东旭对唐龙说:"给三团的电令要说详细一些,强调一下牺牲局部利益的必要性。"

四点钟,双方围绕〇一号高地展开了演习以来规模最大的陆、空对攻战。长达十余公里宽三四公里的战场上,几十辆坦克,几十辆装甲车,几千士兵正面冲突起来。炮弹的破空声,坦克车和装甲车的轰鸣声,双方指战员的喊杀声,汇成一股洪流,扑向山峦,直冲天际。如血的残阳悬在西山顶时,战场沉寂了下来。由于蓝军一团的及时后撤,摩步团的加入,蓝军的最后一道防线总算守住了。

　　此时,蓝军在黑龙潭的浮桥基本上已经架好。朱海鹏赶到舟桥营工地察看后,吩咐说:"你们再在下面五十米处架一个窄桥,一定要保证主力部队在四个小时内全部通过。"说罢,又乘直升机飞到前线。

　　楚天舒正在指挥战士们移动坦克和装甲车,看见朱海鹏,迎上去说道:"你怎么来了? 是不是不放心?"

　　朱海鹏说:"虎头豹肚都画好了,自然是需要一个凤尾。撤退可是个大难题,可不能麻痹大意。弄不好,就只能跳小凉河了。"

　　楚天舒道:"下午这一场恶仗,已经向他们表明我们死守最后一道防线,把演习打成马拉松的决心了。对撤退顺序我已经做了周密安排。这些大家伙先走。不就三十来公里路程嘛。"

　　朱海鹏道:"我要求的是最多以一个摩步营、一个步兵营为代价退过去。天一黑透就走,留下来打阻击的部队视情况,觉得差不多,分散藏起来,秘密运动到白玉滩。舟桥二连天黑后开始在那里架水中桥。"

　　楚天舒赞叹道:"你想得真细。"

　　朱海鹏长吁一口气,"战士们都不容易,表现之好,出我预料。今年要退伍的,就不要安排他们打阻击了。打阻击总有被俘的危险。"

　　楚天舒笑道:"这就细到头发丝了。"

　　朱海鹏说:"这里由你全权负责了。咱们的数字化班还剩五个,归赵东林连长统一指挥,我已让他们做好准备,及时为你们报警。我得回去看看咱们的滩头阵地。"

飞机又飞走了。天色暗了下来。白天进行的几场激战,蓝军都在作着求胜的努力,这就很容易让人做出他们准备玉碎的判断。蓝军的最后一道防线,经过一个来月修建,十分牢固,似乎这也能证明蓝军是准备再决战一场的。在范英明和唐龙的思维定势里,尚无法生出蓝军要保平的念想,有前两个阶段的胜利垫底,怎么着也该血战一场。因此,红军在这天傍晚的布置,全部是为了下一步决战。

开饭了。刘东旭亲自为范英明和唐龙盛了饭菜,嘴里说:"总算曙光在前了。"

唐龙道:"应该说是胜券在握了。以现在的态势,他们最多能支持三天,就该做回老家的准备了。"

范英明嚼着饭菜道:"明天开始! 每隔两小时,派飞机沿河侦察一次,发现他们架桥,不惜一切把它炸了。"

唐龙吐吐舌头,"乖乖,你是准备通吃呀!"

刘东旭说:"如果他们投降,就不吃。"

范英明冷笑道:"朱海鹏也太不自量力了,今天这种态势,还敢进行反击?"

刘东旭说:"我可是为三团捏了一把汗呢! 他们苦撑了七八个小时,该好好休息休息。"

范英明放下饭碗,站起来伸个懒腰,"从昨天下午四点到现在,大部分部队已经二十七八个小时没合眼了。唐龙,命令各部队,留下警戒部队,好好睡一觉。明天中午十二点,再压迫他们一次。"

刘东旭说:"我通知黄师长,让他派人到清江县城买些蔬菜送到前线去。压缩饼干吃多了,容易便秘。"

秦亚男放下半碗饭说:"刘政委,我们还没吃完,你怎么就讲起大便了?是不是嫌我多吃了?"

几个人笑了起来。

夜深了。

红军一团特务连一排大部分战士都在灌木丛中的帐篷里睡熟了。因为蓝军数字化班绝大多数已被消灭,李铁把自己的反数字化纵队收拢成两个连:二团、三团混编连,负责运输线两旁的巡逻、警戒;一团特务连随主力行动,重点监视临时加油站、弹药库附近地区,以防再遭暗算。一个黑影到一个一个帐篷门口察看。一阵一阵吭吭吭的声音让他警觉起来,摸出枪喊一声:"口令!"

灌木丛中传出一个声音:"排长,排长,我是金,金柱呀!"

排长骂道:"你狗日的不睡觉,吭吭吭,吭什么吭?"

一个黑影捏着裤子从灌木丛中站起来,"他奶奶的,屙了三回了,只挤出几个羊粪蛋,肚子疼得睡不着。"

排长说:"你爸不就是个县里的局长吗?穷讲究,连生水都不喝,活该。"看见十几米开外有灯光走来,闪到一棵树后喊道:"口令!"

"胜利。是王小贵吗?"

排长忙跳出来,笑道:"是我,连长,哦参谋长,你来查夜呀?"

李铁用手电朝一个帐篷里照了照,"对面蓝军有没有什么异常?"

王小贵说:"遵照你的指示,我们排兼管监视正面敌阵地情况。半小时前我带两个人摸过去,待了一会儿,没见什么异常,一点声音都没有,不像是有夜间行动。"

李铁骂道:"蠢货!人醒着总要说话赶瞌睡吧?都睡着了,总有人放屁、磨牙、打呼噜吧?没有一点动静,你也不上去查一查?"

王小贵一拍脑袋说："我马上带人过去再查一查。"撩开一个帐篷，朝一个兵屁股上一踢，"喊三个人跟我来。"

几个黑影迅速向一百多米外的一个土岗蹿过去。李铁走进帐篷，打开手电，一个一个给战士整理被子。

王小贵慌慌张张跑回来说："连长，连长，不好了，他们这个阵地上没人了。"

李铁跺着脚说："他妈的，他们是不是要跑呀！你带一个排再向纵深查看一下，我回去向范司令报告。"

此时，已经是午夜时分。

在作战室值班的唐龙接到一团的报告一看，"快去喊醒范司令。令一线各部队，派小部队对敌实施试探性攻击。"

沉寂了半夜的战场，突然间又响起了枪炮声。

楚天舒看看远处的火光，得意地对一个中校说："他们现在发现，太晚了。田参谋长，阻击部队就交给你了。不要缠斗太久。"跳上吉普车，沿着一条土公路走了。

红军指挥所到处都是攒动的人头。

范英明脸色铁青，嘴里骂道："朱海鹏这个王八蛋，溜得真快！唐龙，你留下来指挥，我和政委到前线去。"

唐龙说："干脆把一团指挥所变成前线指挥所，你也好就近指挥。"

秦亚男背着一个旅行包走进来道："我几次到前方，你们都不让，这回可不要拒绝我了。"

刘东旭说："我做这个主了。"

范英明看看秦亚男，没有表示反对。三个人走出指挥所，范英明转身喊道："唐龙，让舟桥营连夜赶到前线。他们还有五个数字化班，夜里有可能向这边运动，不能掉以轻心。"

唐龙追出来道："你就放心走吧，我已经下了几个命令，把工兵营也拉上去了。"

直升飞机载着窝了一肚子火的范英明飞走了。

邱洁如看着飞机揶揄道:"她和我们住一个屋,我可从没听她说过要去前线。撒谎也是首都水平啊!"

唐龙有些不高兴,"我可以作证,她至少要求过三回,都是刘政委不同意。一个女的,到连队去,大家都不方便。"

邱洁如说:"好,我错怪了她,你也不该这样恶声恶气呀!"

唐龙狠巴巴地说:"值班你就值班,不值班你就睡觉。你太关心这件事了!"转身进了作战室。

邱洁如愣了半天,一路踢着石子回了宿舍。这个倔强的从不服输的姑娘,确实还没有彻底承认在范英明那里的失败,总想找个什么机会扳回一局。只是在演习期间,不好直接向范英明发难,才忍了又忍。秦亚男对范英明表达任何形式的好感,只要范英明接受了,邱洁如都感到受到了伤害。时不时攻击一下秦亚男,就成了缓解这种伤痛的渠道,没想到竟又伤了唐龙的自尊。回到宿舍,邱洁如已经成了泪人儿,揭开被子,蒙头抽咽起来。

唐龙回到作战室,马上作出决定:"命令各部,放过敌人营、连阻击部队,全力追赶敌主力。"

此时,朱海鹏也没睡觉。他在小凉河对岸用高倍红外望远镜看看正向四号地区靠河地带急进的红军部队,感叹道:"把范英明骗了小半夜,真不容易呀! 他恐怕又在笑我不像个剑客。"

天亮了,激烈的空战在小凉河上空展开了。双方战斗机返航后,蓝军再无力量在空中拦截轰炸机,红军庞大的轰炸机群开始俯冲下来炸浮桥。因为黑龙潭两边各有高山,轰炸机投弹失准,并没对渡河蓝军造成多大麻烦。

范英明在指挥车边用望远镜观察到这种情况,命令道:"告诉

584

唐龙,让他通知空军,不要再炸桥了,让空军主要对付他们的滩头阵地。他们至少还有一个团没渡过去,命三团从左侧绕过去,准备抢占浮桥。"

朱海鹏和常少乐站在小凉河对岸一个山坡上,观察渡河的情况。

朱海鹏不满地说:"太慢了,太慢了。"

常少乐道:"边打边走,速度已经够快了。打阻击的一个营,恐怕得丢给他们了。"

朱海鹏说:"用空军把这点损失补回来。命令空军中队,轰炸他们的追击部队。好了,好了,总算要渡完了。"

常少乐惊叫道:"你看那是什么? 糟了糟了,他们要抢桥。"

红军三团几百人在团长王仲民的率领下,迅速从山林里冲出来,直奔浮桥。刚刚渡过小凉河、还在喘气的楚天舒一看这种情况,大惊失色,叫着:"这可怎么办? 这又是演习,他们硬冲过来可怎么办?"一咬牙说:"用汽油烧!"

一个中尉提醒道:"团长,这一架浮桥值几十万,是不是请示一下再说?"

楚天舒一闭眼睛说:"来不及了,烧。"看见中尉跑出去几步,又喊道:"回来! 别用太多的油,烧着后,马上组织人灭火。"

中尉跑步过去喊着:"九连的带上两桶油给我上。"

朱海鹏在山坡上急得团团转,连声说:"楚天舒你这个守财奴,守财奴呀! 赶快烧呀! 等他们冲过来建起滩头阵地,全完了。"

常少乐举起望远镜说:"都是穷人家的孩子,可能心疼那几十万吧。唉,你别说,学会花钱也挺容易的。燃起来了,燃起来了。"

朱海鹏放下望远镜,满意地笑了,"这下看范司令还有什么高着了。这一轮空袭,够他喝一壶了。走,回指挥所去。"

常少乐笑着说:"海鹏,你快看,到底是穷人家的孩子,又在组织救火了。损失不大。"

红军将领看见烧桥救桥这戏剧性的一幕,心里又是另一番滋味。

范英明放下望远镜,咬咬牙又咬咬牙,狠狠地骂着:"朱海鹏狗日的王八蛋,竟能想出这种法子戏弄人!"

秦亚男端着安了长焦镜头的照相机,笑着说道:"作为红军司令,你这语言可不够文明,不过,这几个词把你的心态描绘得非常生动。"

范英明忍不住又骂道:"这他妈的等于让他调戏了一回。烧光了,看着也好受些。"

刘东旭劝道:"他们也是为了节约几个钱,恐怕没有别的用意,你想多了。"

范英明朝浮桥方向一指,"你们去问问桥头那些官兵是怎么想的。这是欺我们过不去河。朱海鹏,你处心积虑想保平局,没那么容易。"

蓝军的空袭开始了。红军追击的各路队伍还没从扑空的颓唐中解脱出来,根本没有组织疏散,按演习规定,也算损失了一个多营。这次空中打击,把红军上至范英明、下到战士,都激怒了。

范英明看看从容飞走的飞机,沉着脸说:"命令各团收拢部队,中午十二点以前上报各自渡河作战方案。命令舟桥营暂归一团指挥,十点钟以前,拿出强渡小凉河方案。"

太阳跃出了山顶,这是演习以来少有的一个晴空万里的日子。

方英达坐在摆在花坛边上的一张白色沙滩椅上,品着一杯清茶晒太阳,嘴里断断续续哼着一些戏文:"出岐山我端坐在中军帐,收姜维降魏延把大计思想……"

陈皓若拿出一份电报走了过来,"你唱,你唱你的,已经快煞尾了，没什么大事。"

方英达说："小时候看过几出诸葛亮的戏，时间过得太久，张冠李戴，驴唇不对马嘴了。"

陈皓若说："蓝军除留下一个阻击营，其余全部过了小凉河，红军准备今天强渡小凉河。"

方英达道："一支部队雄风犹在，一支部队能屈能伸，这次演习算是大功告成了。"

陈皓若说："红军再搞越界作战，已经没有太大的必要，我看应该适时结束演习了。"

方英达道："再等一天，看看红军在渡河方面还有没有高着。一个甲种师，被人连败两回，总该给他们一个越界行走几步的机会吧？"

陈皓若说："好，好，就再给他们二十四个小时。我去安排一下。"

方英达说："皓若，今天太阳很好，你也拿把椅子来晒晒太阳。有些事我得跟你谈谈，机会不多了。军、师领导班子调整，迫在眉睫呀。"

演习终于到了尾声。江月蓉决心提前离开战区，悄然从朱海鹏的视野里消失。作出这个决定，很不容易。把随身携带的换洗衣服和日用品塞了半旅行包，江月蓉又犹豫起来。我就这么走了，就这么走了吗？她在心里一遍一遍问着，问着问着，就坐在床上发起呆来。留在 C 市，和朱海鹏一起生活，前景会怎么样？这个老问题，也是根本问题又一次跳了出来。在和平年代里，朱海鹏在这次演习中取得的个人成就，可算是登峰造极了。以此作为起点，朱海鹏完全可以在仕途上行走很远。可人的一生中，社会的定位是不是最重要的呢？这个问题没有一个放之四海而皆准的答案。那么,带着银燕回北京,不一定就是后半生的最佳选择。如果就这么一咬牙走了,日后自己如何看待和朱海鹏一起度过的小半夜时光?为朱海鹏做一只荆棘鸟?算了吧?接受了朱海鹏,也就失去了做荆棘鸟的资格,有没有那半夜时光,都是一样的。《圣经》上说,你想了男人,也就和这个男人犯淫了。在烈士陵园,已经完成了对陈天雄爱情的背叛,献出肉体,不过是在另一种层面上对这种背叛进行一次确认。那么,日后还有可能在北京成家。一旦走出这一步,那就意味着是对所爱男人的双重背叛。那时候还有所谓的幸福可言吗?不走呢?父亲怎么办?还有那个生活上一直靠父母照顾的哥哥怎么办?把他们全部接到 C 市一起生活?这又是一个多么艰难的大工程呀!朱海鹏会不会接纳他们呢?他不是一个爱情至上的人。他是一个求全的、杰出的男人。身处逆境,他的性格会不会有大的改变呢?

正在这么焦头烂额地想,只感到屋子光线一暗,抬起头,看见朱海鹏正镶在门框中间,像一幅逆光拍成的巨幅照片。朱海鹏的心绪虽然繁杂,但已进入了一条单行道,行进的目的地不可能再有别的了。江月蓉允许他走进那间温馨的卧室,朱海鹏就认定两人的关系只有走向婚姻这一种结局了。演习如今也已进入单行道,随时都会结束,朱海鹏的心理彻底松弛了下来。这时候,他期待着与人分享,对人倾诉。江月蓉当然是无人可以替代的对象。但他看到的场景,与他的期待距离太远了。

朱海鹏怔了一会儿,问道:"你像是准备走?你是不是要走?"

江月蓉忙遮掩道:"没有没有。我,我收拾收拾,东西太乱了。"

朱海鹏松了一口气,跨进屋子,"演习用不了几天就结束了,你要留下。我要你留下。你对演习贡献这么大,应该留下。你,你好像哭过?怎么会呢?"

江月蓉支吾道："谁,谁哭了? 好,好,我留下,你让我留下就留下吧。"又把包里的东西朝外掏着,"你怎么不在指挥岗位上?"

朱海鹏说："部队已经撤了回来,没什么大事了。我,我看你不在,就来了。不知为什么,我只感到心里空得很。这到底是怎么回事?"

江月蓉理理头发,"演习不是还没结束嘛,你不该离开自己的岗位。我留下来,你放心,我会等到演习结束的。悬念都没有了,用不着期待什么了……这可能是成功以后的必然反应。"

朱海鹏讪讪地搓着手,"我也没什么别的事,就是想来坐坐。你不能走,我需要你留下。我过去了。"

看着朱海鹏走到门口,江月蓉禁不住喊了一声:"海鹏——"又没有话了。

朱海鹏站住了,慢慢转过身。

江月蓉说:"祝贺你。真心的祝贺你。"

朱海鹏迷惘地问一句:"为什么?"

江月蓉像是自言自语地说:"我希望你能成为将军。如果在战争年代,你会成为一位战功卓著的名将,这一点我深信不疑。在和平时期,你有了这次经历,路就好走了。不值得祝贺一下吗? 起码,你不用再考虑转业的事了。"

朱海鹏摇摇头说:"月蓉,你肯定有什么别的话! 为什么不对我说说呢?"

江月蓉道:"你别胡思乱想了。我只是有一种感觉,很快我会从你的生活里消逝,我,我不愿意看到这个结果。所以……就显得心事重重吧。"

朱海鹏叹道:"恐怕不只是一种感觉。我知道你对我不太放心,因为直到现在,你还没有对我说出那三个字。你要是说了,我们马上可以结婚。可惜我还不配。你替我的前途想得太多了,其实用不着,真的用不着。你说话呀!"

江月蓉深情地看着朱海鹏,"我爱你"三个字在唇边滚动着……

"报告!"一个上尉跑到门口说,"朱司令,红军开始强渡小凉河,常师长让你去一趟。"

朱海鹏急忙走出屋子,"这个范英明,真是打红眼了,大白天搞这种强渡。"

江月蓉慢慢坐在床上,眼泪又流了下来。

红军第一次强行架桥失利了。

范英明在一团指挥所拍桌子大骂:"饭桶!都是一群饭桶!"

李铁小声辩解道:"水面宽度超过八十米,一百五十米以外,到处都是敌人的滩头阵地。要是实战,我们起码损失一个连……"

范英明粗暴地说:"我不听你解释。你要觉得火力不够,我给你派,你要想办法,一定要尽快突过去。"

刘东旭觉得范英明有点过分,认真地说:"范司令,白天渡河确实有困难。你这边一动,那边就准备好了。要渡也得准备充分点。"

范英明手舞足蹈,走动着说:"我们只有十几个小时了!你们不要忘了,这次演习的前提是:一个甲种师的防区,突然遭到高科技部队强攻。"

秦亚男说:"你们不是把入侵之敌已经赶出去了吗?你在这个时候还拍什么桌子?"

范英明坐在椅子上,比画着说:"你们怎么不明白这个道理呢!只把敌人撵出国境,不能说是一个国家的仁慈,只能说明一支军队的懦弱。照你这种说法,二次大战,盟军只用把德国兵撵到德国境内不就行了?为什么还要攻占柏林呢?在战争中,彻底摧毁敌人的战斗意志,要比战役的胜利重要得多。我们过不过小凉河,部队的心态是完全两样的。一个伟大的民族,一支伟大的军队,绝对不能缺乏痛打落水狗的精神。我不是急躁,也不是逞什么英雄,而是觉得走出这一步至关重要。二战结束前夕,日本在军事上,只有投降一条路,可他们的投降是有条件的,而不是通常说的无条件。他们的条件就是保存国体,否则就准备一亿人玉碎。我们这些年,这方面强调得太少了。我们迈不过小凉河,实际上就是对国体的玷污,日子久了,民族心态就彻底变了。小一点说,如果我们迈不过这条河,A师的官兵永远也洗不净被人攻占几千平方公里的耻辱感。不要说牺牲一个连,就是牺牲一个团,也是值得的。"

刘东旭赞叹道:"你想得很深远。那就利用这次难得的机会,对部队进行一次如何体现国家意志的教育吧。"

李铁听得心服口服,说道:"我懂了,你们把这个任务交给一团吧。"

刘东旭道:"不!从每个营各抽出一个排,组成渡河突击集团,把范司令对过界作战意义的解释,电告各团。"

范英明说:"命令空军配合这次行动。白天很可能过不去,但一定要再试一次,要让迈出这一步的艰难,镌刻在每个人的心里。练为战是正确的,但为了什么样的战,又必须让每个战士都明白。不战而屈人之兵,一定是在这种高强度的磨炼中锻造出来的。让唐龙过来,由他直接指挥这次渡河。"

秦亚男不解地问道:"你自己指挥不了?"

范英明道:"我大他八岁,早晚这支部队要由他们这代人来带。唐龙过于软了点,柔韧有余,阳刚不足。这是一个锻炼机会。李铁,你带人重新选点,下午三点准时发起渡河作战。"

李铁答应一声,跑步出去。

"回来!"范英明喊道:"察看完毕,你重新回去带特务连,制订夜间泅渡方案,特务连当尖刀班使用,只许成功,不准失败。"

刚刚吃过午饭,唐龙赶到了前线指挥所。

刘东旭问道:"知道为什么叫你来吗?"

唐龙道:"电报我已经看了,你们考虑的是百年大计,我很钦佩。我们确实需要从这种自杀性冲锋中寻找凝聚力,特殊的凝聚力。我很感谢两位首长给我提供这次机会。"

范英明道:"你很善于归纳总结嘛。"

唐龙道:"以前,我看问题确实有单纯军事化的倾向。譬如,我对日本一九四四年飘炸美国的行为,对日本海军一九四五年初大规模的自杀冲锋都评价不高。这些现象,还可以从另外角度重新审视。二战期间,因为美国本土落过日本国民自制的飘过太平洋的炸弹,美国人就不把这件事看成一个玩笑,甚至郑重地把它记载到正史上。而日本能在战后迅速崛起,靠的也就是这种精神。北方四岛问题上寸土不让;冲绳岛与美驻军接连发生冲突;钓鱼岛问题上则早忘了咱们是五十几年前的战胜国,都是这种精神的体现。喜欢不喜欢这种劲儿是一回事,但谁都明白,这样下去,日本这个邻居还会走到一个极端上。我们是该做多方面的准备。"

范英明点点头道:"你讲得很有道理。这条河必须渡过去。你的指挥位置就在小凉河边。"

下午三时整,红军陆、水、空三军在白马滩一线组织的渡河战役打响了。红军一批又一批战士,在唐龙的亲自命令声中,跳入冰冷的河水里,向对岸泅渡。对岸的蓝军冒着红军强大的炮火,用轻重武器死死封锁住河滩。不一会儿工夫,蓝军一面的河滩上,已经倒下了成片成片红军"阵亡"的官兵。

一个穿着救生衣的军官跑进树林向唐龙报告说:"唐总指挥,抽筋的太多,请再派一个排参加救护队,要不然恐怕要出人命。刚才救上来一个,已经喝饱了,做了人工呼吸,才缓过劲儿来。"

唐龙大喊:"一团三排,先去参加救护队。斟酒。"

几个战士拎着大塑料桶把地上排成几排的白瓷碗都加了大半碗酒,二三十个战士跑过去,端起来咕咕咕饮了。

唐龙摸着下巴看看战士们的鞋,说道:"都把鞋子脱了,用酒擦擦脚心,不要穿鞋了。"

一个黑黢黢的矮个儿战士,褪下一截裤子,撩开上衣,用尿洗着肚脐说:"总指挥,防抽筋这个法子最灵,用热尿一洗,蹦三蹦,绝对不会抽筋了。"

唐龙笑骂道:"我可采纳这个意见了,你狗日的要骗我,看我怎么收拾你。"

小个子说道:"你早用这一着,肯定不会有人抽筋。"

唐龙说:"你小子怎么不早说? 这个办法要是灵验,战后我给你记功。都愣着干什么? 接尿洗肚脐。"

几十个战士嬉笑着褪了裤子尿起来。

秦亚男抱着相机钻进树林,看见的第一个画面就是几十个人一起撒尿,下意识地背过身子,骂道:"你们这些混蛋,搞什么名堂。"

战士们慌慌张张系着裤子,朝树林外窜去。

唐龙笑道:"大记者,战争中没有女性。你要乱跑,这种尴尬也就没法避免了。"

炮弹破空的声音一响,唐龙跨两步把秦亚男扑倒了。

秦亚男爬起来说:"干吗,干吗,这是空爆弹,没事的,摔得我好疼啊,把机子摔坏就糟了。"

唐龙指着一根烟柱道:"如果是真炮弹,我为救你恐怕已经光荣了。你来这儿干什么?"

秦亚男说:"这才问得莫名其妙! 我是战地记者,哪儿不能去? 我在河边听说你们这里还要喝暖身壮行酒,想来拍几张照片。"

唐龙说："你看，部队又上来了。等会儿，他们还要撒尿洗肚脐，这一着是防抽筋的，不能省，我看你还是回避一下吧。"

秦亚男说："战争中没有女性嘛，你命令他们背对着我完成这一套战术动作，我给他们拍张照。"

唐龙喊："斟酒！"

一个战士跑过来道："总指挥，我们已经冲过去半个排，李连长让你这边快一点。"

唐龙说："二团九排的都有了，向后转。下边用自己的热尿洗肚脐。"

一个战士举手说："报告，有女的，我紧张得尿不出来。"

唐龙走过去朝战士的屁股踢一脚，"这不就好了。"

秦亚男忍着笑，按下了快门。

三点四十分，唐龙下令停止渡河作战。秦亚男拿起电喇叭朝河对面喊道："蓝军的战友们，我们的渡河作战暂告一段落，请你们允许我们用皮划艇把我们'阵亡'的战友接过来。如果你们前线有多余的棉被等取暖物品，请先送去一些，肯定已经有人冻僵了。"

蓝军士兵很快冲到滩上，扶起那些嘴脸乌青、四肢僵直的红军士兵在沙滩上跑步取暖。几个蓝军士兵把几个体质较弱的红军士兵剥得赤条条的，用被子裹了起来。

朱海鹏和常少乐放下望远镜，都一脸肃穆，都一言不发。

他们身边的一个参谋说："他们这不是疯了？大白天搞这种大张旗鼓的泅渡，找死！"

常少乐说："你错了！在这个时候搞一次武装泅渡，顶平时练十回八回。这是在表明他们越境作战的决心！演习到了这一步，他们还能做出这样一篇文章，真不简单。"

朱海鹏很服气地说:"这些方面,我远不如范英明。很细,很务实,解决的又是非常重要的问题。这一比,显得我很浅薄。"

常少乐拍了朱海鹏一巴掌,"太谦虚了。我们绝对不能让他们轻易得手,要不然,咱整支部队就显得浅薄了。"

朱海鹏转身对参谋说:"命令二线部队全部投入沿河防御。命令楚天舒,晚上加派巡逻队,沿河巡逻。要是因为疏忽,让他们过了河,对不起自己,也对不起红军。"

渡河战况上报到演习指挥部,也引起了不同评价。

赵中荣弹着红军的电报说:"毫无价值! 即使非渡河不可,也不能选择在白天。"

童爱国道:"指导思想是对的,只是付出代价太大了。只怕要冻病一批人。"

赵中荣说:"没有死人,已是万幸。演习是不是该停了?"

方英达道:"我倒是同意红军的意见。这是很有价值的思路,对今后全区部队训练,是有启发性的。他们既然把渡河提高到这样一个战略高度来认识,就让他们再斗一个回合吧。"

是日午夜,李铁率一团特务连由黑龙潭出发,沿河而上,准备在尖沙嘴偷渡小凉河。尖沙嘴东南约两公里,河东边地势较为开阔,适合大部队迅速展开,河西边是一个土岗,可居高临下控制相邻地区。红军的渡河计划是:特务连作为第一梯队于凌晨三点在两岸地形都复杂险峻的尖沙嘴偷渡,然后沿河而下,奇袭河西边土岗蓝军阵地;特务连得手后,迅速由土岗正面泅渡一个加强营,以土岗为中心组成一个阻击阵地;加强营泅渡成功后,舟桥营迅速跟进架桥,力争在天亮前由浮桥运动过去两个摩步营。这是一个丝丝入扣的连环作战计划,拿下土岗阵地是最关键的环节。出发前,范英明、唐龙和刘东旭亲自为特务连送行。

范英明给第一排战士每人发一瓶白酒，站在中间说道："渡河前喝半瓶，占领高地后喝半瓶。只准成功，不许失败。出发吧。"

唐龙叮嘱道："如果没动枪就得手，不要发信号弹。用手电，三长两短，重复三次。"

一百多人迅速蹿入山林。

西南高原的隆冬，也有逼人的寒气。沿河的灌木迎风摇着，把寒气搅得刺骨地凉。唐龙带着准备泅渡的加强营，在河边的灌木丛中已经挨到黎明前的黑暗里。阴死了的天穹，黑如锅底，笼盖四野。河对面，仍是一片坟场一般的死寂，也有手电光偶尔闪烁，却是蓝军巡逻队在照明走路。

"唐助理，会不会出事呀？"

"只过了十分钟，再等一等。李铁这家伙有肉不吃豆腐，估计是准备暗下杀手。注意他们巡逻队的活动规律。"

"我早掐算出来了，四十分钟往返一次。"

云层渐渐叫风吹薄了。终于，三长两短的手电光从河对岸土岗上射过来了。唐龙扬起手臂挥挥，突击分队带着两根大绳跃入河中，朝河对岸游去，泅渡加强营主力四人一排，相跟着，保持着队形跟进河中。约有十来分钟，四百多人全部渡河完毕。

唐龙从灌木丛中站起来，说："发信号弹。"

三颗红色信号弹划破了夜幕，唤醒了河东岸蛰伏了小半夜的铁龙。舟桥部队、装甲运兵车，迅速朝突破口运动。河对岸顿时出现了响成一团的叫喊声、枪声，接着，就是炮弹的破空声。间或有一两颗炮弹在空中炸响，炸出的却是刺眼的光亮，照明弹把红军架桥现场，照得如同白昼。

蓝军前线指挥所乱作一团，三台电话，三个参谋同时向部队下达命令。

楚天舒披着大衣在屋子中央站着,大声喊道:"不要慌张! 让炮团先把土岗炸平了,架个浮桥没个把小时架不好。"

一个参谋拿着话筒喊道:"团长,师长电话。"

楚天舒垂头丧气接过话筒,"喂"一声,马上引来常少乐一顿责骂:"你是不是在做他妈的春梦了? 兵熊熊一个,将熊熊一窝。一个排把守的阵地,怎么能叫人一锅端了? 你给我解释解释?"

楚天舒说:"师长,这个阵地是怎么丢的,现在我也不大清楚。"

常少乐问:"他们已经渡过来多少人?"

楚天舒说:"估计有一个多营,现在正在架桥,同时还有部队在泅渡。我已经在组织反击。"

常少乐道:"关键是桥,是桥,明白吗? 把工兵营也拉上去,不惜一切代价,也要把他们的桥炸了。"

朱海鹏接过电话说:"天舒,不要急,围绕着桥打。只要他们无法把重武器运动过来,局势就不至于过分恶化。我已经通知空军,他们二十分钟后起飞,天亮能赶到。一定要设法拖过这四十分钟。"

激战一直持续着。红军执意要造成越境作战的态势,自然倾尽了全力,陆空部队大半数都直接、间接参与了渡河作战。天亮后,蓝军的轰炸机轰炸一轮,只能返航补充炸弹。红军以强大的地面火力渐渐控制了战场形势,浮桥终于架了起来。太阳出来的时候,红军的第一辆装甲车开过了小凉河,越界作战态势已成事实。

朱海鹏和常少乐在战场态势显示屏前默默地对视一会,同时说道:"二比一。"

常少乐大笑一阵,"能在进干休所前和一个甲种师斗成二比一,也该知足了。我们应该认输了。"

朱海鹏走过去拿起红色电话说:"接方副司令。我是朱海鹏。

红军已突破小凉河。演习第三阶段,他们确实打得很好,我们认输了。这场演习是不是该结束了?"

方英达说:"是该结束了。原地休整五天,做好返回的一切准备。我要去看看大家。"

第二十一章

　　一波三折,持续了五十四天的"二○○○对抗军事演习"终于画上了句号。

　　方英达和陈皓若乘一架直升机在小凉河上空盘旋了一圈又一圈。战场早安静下来了,只有四处冒出的黑烟在娓娓讲述着,讲述着刚刚结束的一场厮杀。方英达将脸紧紧贴着玻璃,仔仔细细地看着,凝神静气地倾听着。六十三年历史的可以纪念的瞬间,穿破了物理的时空,在方英达宽阔无边的心理时空中飘移着,似有无形的丹青妙手,巧妙地移动着这些瞬间,渐渐地,这些瞬间组成了一幅色彩斑斓的长卷。四岁时倚在母亲怀里坐在一辆破旧吉普上从淞沪战场撤离时听到的隆隆炮声;南京沦陷前,乘驳船西去时,扬子江上的桨声灯影;宜昌战役后,父亲送给他的那把山田规一中佐佩戴过的军刀;从重庆到济南,伴他度过七十三天的清嘉庆年间刊印的《孙子十三章》;济南日租界艺妓们华丽的和服;击毙张灵甫的孟良崮恶战;生俘杜聿明的六十万胜八十万的战争奇观;再过扬子江时的万炮齐鸣和千船竞帆;重进大上海的惊奇和陌生;跨过鸭绿江时军列的轰鸣;无名川的拉锯式激战……全部出现了,与眼前的景象重叠了。方英达有些激动,喃喃道:"可以瞑目了,可以瞑目了。戎马一生,痛快,真痛快!再低一点,再低一点。"

河两岸到处都是睡着的战士,睡相千姿百态,有的手里还端着饭碗,有的嘴里还噙着压缩饼干,有的怀里抱着磕碰得不成形的水壶。刘东旭带着一干人,解着背包挨个给战士盖被子。

方英达和陈皓若在战士们中间走着。

陈皓若质问刘东旭:"为什么不把帐篷搭起来? 这要冻病多少人,你知道吗?"

刘东旭搓着手说:"军长,我们没有经验,让大家歇一会儿,这一歇,就再也叫不醒了。"

方英达面带笑容说道:"战争年代,这种事经常发生。他们恐怕三天三夜没合眼了吧?"

刘东旭强打精神说道:"个别部队已经有八十个小时没休息了。"

陈皓若弯腰拉起一个战士,喊着:"醒醒,醒醒!"战士打着轻鼾,身子东扭西斜。陈皓若一松手,战士像一摊泥一样溜在地上了。

方英达大口大口喘着气,指着天上的太阳说:"下午三点前,地气上升,睡在外面不要紧。叫醒他们也,也不难。只要听到枪炮声,一个个马上会醒过来。"扶着一棵树,撑住了身子。

陈皓若和刘东旭连忙过去扶住方英达,连声喊:"方副司令,方副司令。"

方英达摆摆手,坚持着往前走,"不疼了,不疼了。人要死的时候,百病都没了,连肠子里的污秽,都要排泄干净。你,你们没听说过? 英明呢? 这叫清清白白地来,干干净净地走。"

刘东旭上前扶住方英达,朝前一指,"就在前面那棵树下。"

方英达一甩胳膊,"滚开! 我自己能走。我不该过早松劲,我还要见见他们。"艰难地一步一步向前挪着。

陈皓若低声对一个参谋说:"快把飞机弄过来,快!"

方英达在离大树几步远的地方站住了,看着和秦亚男合盖一条军被熟睡的范英明,突然间哈哈大笑起来,"好小子,你还挺能干!"他的左腿突然颤抖起来,他用力一拍左腿,"你给我站住,站稳了! 你现在就想背叛我吗? 我命令你,命令你再带我走,走,走。我,我要以,以第十任师长身份,对,对这个第二十八任参谋长说说话。带我走——"

　　他又走了两步,像一座塔一样倒下了。

　　方怡是在这天下午得到父亲病危的消息的。接到梁秘书打来的电话,她马上往家里赶。一进家门,看见朱老太太一边揽着一个孩子,坐在沙发上,地上放着一匹白布,梁平正在客厅里踱步。

　　方怡问:"为什么不回来住院?"

　　梁平说:"首长拒绝任何治疗,决心和他的部队在一起度过最后的几天。"

　　方怡愤愤地说:"他拒绝治疗,你们就不准备治了? 岂有此理!"

　　梁平摇摇头说:"总医院张副院长一直在首长身边。首长的身体已经无法进行任何治疗了。他全身的血管都被癌细胞损害了,无法输进去任何药物。"

　　方怡瘫坐在沙发上,双眼空洞无神,小声问道:"他,他还有多长时间?"

　　梁平说:"多则五天,少则三天。已经通知你大姐二姐,他们下午从北京直接飞 K 市。你看还需要做什么准备吗?"

　　方怡仰脸叹口气,"他说他看中了一片坟地,本来就不准备回来了。这白布是干什么用的?"

　　朱老太太抹了一把眼泪,"按旧习俗,还得把老衣备齐。这位梁同志说,老司令肯定只想穿军装走,我只买了这点孝子布。"

方怡拉过龙龙说:"咱们走吧。"

"闺女——"朱老太太喊一声,"我这个老妹子也想去送送老司令,行不行?"

方怡点点头,弯腰抱起白布。

小英抹着眼泪喊着:"姑姑,让我也去吧,我也想看看方爷爷。"

梁平说:"都去吧,都去吧。"

朱老太太搬个凳子,喊道:"小英,上去把照片取下来。老司令最喜欢大妹子这张照片,拿过去,让他看个仔细,二三十年没见了,过了奈何桥,也好在那边相认。"

方怡不忍听下去,抱着白布出了家门。

傍晚,方怡带着所有家庭成员和四只鸽子赶到演习指挥部所在的大院。急匆匆赶到方英达住的那幢楼,方怡看见大姐和二姐全家都在楼底下的大厅里说话,心稍放宽了一些。

方怡问:"爸爸现在怎么样?"

大姐方恬说:"真是奇迹,他还能给秦司令和周政委汇报演习情况。"

方怡问道:"他们也知道了?"

梁平接道:"秦司令和周政委正在 Y 省边防团视察,直接飞过来的。你上去看看吧。"

方怡上了楼,蹑手蹑足走到门口,把掩着的门轻轻推开一个缝儿,方英达的声音马上挤了出来,依然洪亮如钟,依然有着金属的质地:"总之,我认为超额完成了任务。最主要的功绩,是锻炼和发现了一批人才。你们也都不年轻了。"

周政委接道:"可不是吗,老秦五十八,我五十九,都是近耳顺之人了。方针路线对了头,干部问题就是事业的关键。"

秦司令道:"事实已经证明,范英明和朱海鹏考及格了,应该把更重的担子压给他们。老首长,你就放宽心走吧。"

方英达摇摇头说:"可别这么叫。"

秦司令说:"你在志愿军当团参谋长时,我就在二团当通信员,和你入伍时一样大,刚过十五岁,称你老首长,没错。"

周政委说:"老方,我也不遮掩了。你对你的后事有什么意见,直接告诉我们吧。"

方英达朝窗外一指,说道:"看见那个土岗了吗?我没几天了,我最清楚。你们觉得不为难的话,我想葬在这个土岗上。我最初的记忆,就是四岁时在淞沪战场听到抗日的枪炮声,最后的日子,又在主持这场演习。我想多看看这片土地。毛主席提倡火葬,我,我这个想法怕是违抗他的命令了。"

周政委走到窗前看看那个土岗,说道:"苍松翠柏簇拥,一泓河水环抱,是个好地方。毛主席提倡火葬,是为子孙后代着想,不愿让太多的耕地流失。你住这里,是看山护林。老秦,你说呢?"

秦司令笑道:"老首长,只怕还有其他原因吧?恐怕还为了嫂夫人吧?我在南京军区当师长时,就听说过你和嫂夫人的动人故事。你们发过誓要永生永世做夫妻。有这事吧?"

方英达面带潮红,摇头摆手遮掩道:"都是路透社新闻,作不得数。我和淑娟都是彻头彻尾的唯物主义者,不信有前世,不信有来生。"

秦司令说:"我尊重你的隐私,老首长。你戎马一生,从四岁开始,就在硝烟里熏,沤成肥,也比一般人的壮些。化作一股青烟飘走,不是可惜了吗?"

三个人大笑起来。

送走了秦司令和周政委,方怡急忙折回房间。方英达出了一身虚汗,颤着声说道:"小三,小三,给我喝支葡萄糖。"

方怡放下包在红布里的相框,慌忙打开一瓶静脉注射用葡萄糖,倒进一个碗里,喂方英达喝了。

方怡又要拿葡萄糖,方英达说:"不用了。爸一次只能喝这一支了,我的消化系统也开始背叛我了。最先叛变的是两条腿,这腰立场不坚定,像是也要当叛徒了。"

方怡把方英达扶躺在床上,又用毛巾擦擦方英达的脸,"爸,你的腿,你的腰,你的胃,战功卓著,你就别埋怨它们了。"

方英达重重地拍拍自己的腿,"不!它不应该倒下,它应该再坚持七十二个小时,我只要它坚持七十二小时,可它没有坚持住。它不是叛徒,也是懦夫,是懦夫我就瞧不起它。是的,它们战功卓著,可那只能代表历史,现在它趴下了,就该受到处分,就该挨骂!它应该像 A 师一样,站起来,站起来,站起来!"

方怡心里再没有悲伤,充盈的只是尊敬、肃穆甚至是崇敬。她认真地看着父亲,丝毫也没有觉得这有矫情、夸大其词的成分,问道:"爸爸,演习不是结束了吗?你为什么还要它们坚持七十二个小时?很重要吗?"

方英达说:"很重要。我对最后用生命进行的这个战役,寄托很多,仅仅看一眼结果是不够的,远远不够!我应该像一个军人那样站立着,对我的近两万将士说:你们是好样的,我谢谢你们。我没有做到。我应该主持一个盛大的酒会,把我们的将领、功臣请来放松放松。他们在这荒山野岭待了近两个月。两个月意味着什么?意味着能打一次淮海战役。所以,我说它们过早地背叛了我,使这部交响乐,缺了一个完美的收束,缺少了一个华彩乐段。"

方怡紧紧地握着父亲的手说:"谁说你主持不了一个为了凯旋而举办的酒会?爸爸,我相信你一定能!不能走路算得了什么!谁家的军规规定一个统帅不能躺在担架上检阅他的部队、主持盛大的酒会?!"

方英达孩子气地问:"小三儿,你说我真的还能行?"

方怡伸手捋着父亲已很稀疏的白发,动情地说:"爸爸,你能行,只要你有信心,你一定行。只要真心想做的事,一定能做到。这不是你对我说过的话吗?我们要把军区最好的演员都请过来,演奏家、歌唱家、舞蹈家,都请过来。让他们为你的红蓝两军将士,为那些英雄们演奏、歌唱、舞蹈。明天晚上,对,就是明天晚上,举办这个酒会。"

方英达摇摇头说:"小三儿,来不及了。"

方怡坚定地说:"爸爸,你要坚持住。我包飞机把他们接过来。明天,明天不正是月圆之夜吗?"转身抱起相框道:"爸爸,我在妈妈的像前起誓,一定要帮你完成这个心愿。"

方英达动情地说:"小三儿,谢谢你。不要打开。她是来接我的,我知道。我现在还在战斗,不能让儿女情长动摇我的军心、瓦解我的战斗意志。小三,爸要留在这儿不走了。明年清明节,你把你妈从老家接来吧,我们一别就是二十七年,太长了。"

方怡点点头说:"爸,我一定记住。"

老大方恬,老二方丹,老大女婿,老二女婿,龙龙,丫丫都进了屋。朱老太太站在门口从缝隙中看了一眼方英达,叹息一声:"一头狮子一样的人,说不行就要不行了。"

当天晚上,红蓝两军都接到了演习指导委员会的命令:各选派六十名代表,参加第二天晚上方副司令主持举行的盛大酒会。命令后面附加一个说明,要求女军人的比例不少于百分之三十。在此之前,两军官兵已经知道了方英达病危的消息。参加一个酒会,不用通知,而用命令的方式下达,已经传达出这个酒会庄严神圣的内容。谁都明白,这次酒会可能是戎马一生的老将军最后一次和他的部队见面了。因此,这一喜庆的事情,在两军都没引出溢于言表的欢乐情绪。两军对这件事都特别慎重。红军显然是把它当作一项特殊的政治任务看待的,专门召开了一个会议讨论这个问题。这时候,黄兴安已经回到指挥部,理所当然参加了这个会。黄兴安在会上提出由他留守,理由是大胜之后,部队心理难免有些松懈,心理一松懈,就有可能出现事情,当然是谁都不愿意看到的那种事情。黄兴安的心理,谁都明白,他是不想让一个生命垂危的人看见他后心里不愉快,大家也就同意黄兴安留守。

散会后,范英明回到自己的住处,看见自己的房门大开着,秦亚男正在到处翻他换洗下来的衣服,往一个脸盆里扔。

范英明没有做任何客气的表示,已经足以证明两个人对于个人情感问题,已经有了心照不宣的某种心灵契约,虽然两个人只在演习第一阶段逃亡的危急时分,在这样的一间小屋有过一次两厢都不情愿的长吻,但这个契约似乎已经不会有太大的实质性的改动了。范英明站在门边上,点上一支烟,一副悠闲的样子,看着秦亚男像个主妇一样在屋里忙碌。

秦亚男一边收拾,一边数落:"我在北京养过一条狗,它也比你守规矩一些。养了十几天,它就懂得不能随地大小便了,排泄的时候,知道去卫生间。"

范英明很受用的样子听着,突然坏模坏样地笑一下,假咳了一声,装作毫不留意地问:"是条母狗呀是条牙狗?"

秦亚男开始没反应过来,从枕头里面抓出两只袜子,扭头问道:"什么母狗亚狗?"

范英明说:"牙狗就是公狗,我猜你那条听话的狗一定是条公狗。异性相吸嘛!"

秦亚男闹个大红脸,把手里的臭袜子朝范英明脸上一扔,扑哧一声笑了出来,"开始,我养了一条母猫,小时候特别好玩,养到第二年春天,我实在受不了它的叫声,一叫,准有别家的猫在外面应答,搞得像是在唱《天仙配》,只好把它撵了出去。"

范英明说:"我问的是狗!"

秦亚男说:"回家没个活的,心里总觉得空,就抱养了一只小狗。"

范英明说:"狗也不是省油的灯。"

秦亚男恶毒地笑笑,"属公的灯都不省油。它三个月的时候,我带它到宠物医院做了绝育手术。"

范英明嘿嘿笑了起来,"原来你养了一个太监,当然很好调教了。"看见秦亚男伸手揭开褥子,僵了笑,扑过去,一把抓住一条军用内裤,嗫嚅着:"这,这东西就不用劳驾你了。这个,这个……"

秦亚男夺过军用裤头,朝盆子里一扔,端起来出了门,踩着月光,朝河边走去。

在同一方天空中,在同一个月亮下,朱海鹏和江月蓉的独对要显得正式、艰难和生涩得多。蓝军对这个酒会的重视程度,体现在对内容的追求上,名额的分配,人选的确定,完全由常少乐在饭桌上一人确定了。常少乐强调的是:要把最英武的男军官、男士兵都选出来参加,要把全师最漂亮、最纯情的女军官和女战士都选出来参加。男女各二十人,另外二十个名额分配给各团主官和对演习有特殊贡献的人;着装和仪表,男的要学习朱海鹏,女的要学习江月蓉;男性都要刮脸擦皮鞋,女性,当然也包括女战士,都要略施粉黛。常少乐解释说:"这是给方副司令送行,要搞得庄重热烈,不能让他看见男兵蔫不唧儿、邋邋遢遢,女兵一脸菜色、毫无水气,要让他放心地走。"吃过晚饭,常少乐乘车出了指挥所,说是去选美,实际上是给朱海鹏和江月蓉腾出时间和空间。

朱海鹏当然希望这个晚上就把婚姻大事彻底敲定了,可是第六感觉告诉他,这不可能是场速决战。果然,江月蓉像英国人初次见面一样,先谈起了天气。

"今天的月亮真大。"

"是的。"

"不过,还不够圆。"

"是的。"

"可不是吗,今天是农历十四,明天是十五,十五的月亮十六圆,后天才是最圆的。"

"是的。"

"这边的四季不是特别分明,在北京已是数九寒天,这里好像还在深秋一样。"

"是的。"

"你怎么只说是的是的,是你心情不好?"

"是的。因为你说的都是事实,傻瓜和聪明人都会说是的。"

"是谁惹你生气了? 但愿不是生我的气。"

"我没有生气,也不敢生气。"

"听说方怡要包一架飞机,把歌舞团的精英都拉来助兴,是真的吗?"

"我也是听参谋说的。现在是旅游淡季,从 C 市到 K 市,上午有四班飞机,到机场买票都可以。"

"方怡可真能干呢!"

"是的。"

"她对你,你对她,嘻……不过她确实太能干了! 有钱有背景,还有色,当然是所向披靡。"

"你好像话里有话。记得我已经回答过关于方怡的问题。从此我只会把她看成朋友。"

"朋友? 女朋友与那个什么有多大差别? 她吸引你的地方很多很多。等你当了将军,我要想给你办个从军多少年的纪念活动,怕只能设个寒酸的家宴。"

"你看我像是一个把承诺不当回事的人吗?"

"唉,谁能说得清楚? 我不是已经违背一次誓言了? 我真的很害怕,害怕将来……"

"你在偷换概念! 你以为我真的浅薄到自以为功成名就了? 我真的需要你这样的女人。你还犹豫什么呢? 我真的愿意为了你承受一切。"

"你别,别用手搅住我走。战士们看见了不好,你是司令,在全军也是出了名的人物,传出去对你不好,何况还是在演习期间。"

"你错了! 别说战士们敢不敢看,就是看了,我们一不违法,二不乱纪,传出去,只能是佳话。这月色多好哇! 你看,这草地,踩上去跟海绵一样。我们坐一会儿吧。"

江月蓉惊叫一声:"不——我害怕有蛇! 咱们回去吧。"

朱海鹏拉住江月蓉的手说:"蛇是需要冬眠的动物。坐下吧。"

江月蓉甩开朱海鹏的手说:"别这样! 方副司令病危,我们还是做点正经事吧。拉拉扯扯,实在太不应该了。"

朱海鹏无奈地叹口气,跟着江月蓉走着,自言自语道:"我们走到一起会有多么美满,你难道看不出来? 两个聪明可爱的女儿,性格、事业都可以互补。更难得的是,时隔那么久,那一次是多么完美呀。我知道你想得太多了。你可能认为我还可以在你和方怡之间做出选择。我早就做出这种选择了。是的,我娶了一个试飞英雄的遗孀,是要承受一些的,可我愿意。将军我是想做的,我自认为我是这块材料。我也知道外因是变化的条件……"

江月蓉浑身打着战央求着:"海鹏,你别说了,我都明白。请你再给我几天时间,好吗?"

朱海鹏说:"今天不行吗?"

江月蓉摇摇头,自己奔跑起来。月光下,她像一只底色墨绿、泛着白光的狐仙精灵一样,从草地上轻盈地掠过。

　　大操场在金钱和权力的魔杖挥舞下很快就变成了一个大工地,军车、民用车川流不息朝这里运送酒会所需要的一切物资,灯光、音响、桌椅板凳、吃的喝的、装点环境烘托氛围的,都运来了。需要用钱的,只用找昌达公司的财务部经理领取现金或者支票;需要人需要物的,只用总指挥赵中荣动动嘴或者打个电话就能办妥。下午两点多钟,会场布置已初具规模。跑道外侧,疏密有致地停放一圈这次演习中立下赫赫战功的大型武器和各式各样的车辆,坦克车、装甲车、高炮、低炮、小炮、吉普车、大卡车、指挥车、测向车,品种全齐了。主宾台兼舞台是用舟桥铺成。跑道上,设置了六个物品供应站,军通信营二十四个女兵将在酒会上客串女招待。紧挨跑道,摆放四十余张各色各样的小餐桌,每桌配四把椅子。这些桌椅,几乎是清江、通圆两个县城家具店的所有存货。三点钟,由演习指挥部信息处理中心八位女兵组成的接待组,开始在大门外迎接演习两军的指挥员和功臣。她们的任务是把本次酒会的主宾引导到为接待庞大的观摩团而装备起来的招待所,请功臣们到门上贴着他们大名的房间里稍事休息。赵中荣在迎来送往工作上表现出的驾驭能力、组织能力和创造力,让方怡这个见多识广的人也赞叹不已。

　　方怡四处看看,回到大门口对赵中荣说:"赵处长,你在一个集团军抓训练,专业不对口,实在有点屈才了。"

　　赵中荣说:"三小姐给我安排个合适位置。"

　　方怡说:"在军界,你应该当大区的司令部办公室主任,在地方,你应该做省府秘书长。"

　　赵中荣半认真半开玩笑道:"我的仕途的终点站就在这些地方啊？太悲惨了点。"

方怡说:"你野心还不小哇!你计划把终点站设在什么地方?"

赵中荣道:"如果司局级真是尽头,那也应该是外交部礼宾司。军界和地方的大总管不是还有中央军委办公厅主任、国务院办公厅主任两个站吗?"

方怡咂咂嘴,"你瞄准的可都是肥缺呀!"

赵中荣叹了一声,"这辈子怕是入不了你三小姐的眼了。再大的总管,也是侍候人的。好听一点说,也是衬托范英明、朱海鹏这些大红大紫花朵的绿叶。如此而已。"

方怡认真看看赵中荣,"军界人物真多呀!看这么清楚了,还这么吃苦耐劳,恐怕是在学习越王勾践吧?"

赵中荣笑了起来,"玩笑,纯属玩笑。三小姐何必当真呢?知足常乐,难得糊涂最好。你能给这种布置打个及格,我也就满意了。噢,主人们都到了。像是商量过的,说到一齐到,我又不会分身术,只好得罪一方了。"说着话,朝大门右边蓝军的车队跑去。

常少乐打开车门,看到的就是赵中荣那张微笑着的脸,走出来看了看会场布置,忍不住夸奖道:"到底是赵处长,一出手就是档次。"

赵中荣忙说:"请你多提意见,改动改动还来得及。"

常少乐道:"我一个基层主官,怎么好对上级机关的工作评头论足呢?何况这种气魄已经把我镇住了,我只能欣赏。"

赵中荣朝后边退了一步说:"常师长太客气了。请到住处休息休息吧。"

常少乐扭头对朱海鹏说:"海鹏,我们过去打个招呼吧。仗打完了,又成了好兄弟。"

明争暗斗几个月的对手,在大门口碰头了,眼睛里虽然都少了斗狠的杀气,猛然相见也难一下子搞出水乳交融、情同手足的感觉。左边常少乐、朱海鹏、楚天舒,右边刘东旭、范英明、唐龙,相距两三米远,都站住了,相互看看又看看,终于,常少乐先跨出一步,把手伸给刘东旭。六个人,十二只手紧紧握在一起。秦亚男抢占有利地形,拍下了这个瞬间。

常少乐问:"黄师长呢?"

刘东旭道:"渡河冻病了几十个人,家里没个主事的人不行。"

常少乐说:"老黄是很有能力的一个人,摔一跤对他只会有好处。你们渡河一战,收获可不小啊!小伙子火力壮,出几身汗就好了。"

朱海鹏和范英明也不说话,你打我一拳,我打你一拳,各打了七八拳,还没有停下来的意思。

常少乐笑道:"你们别打了,都是胜利者,还较什么劲儿。"

楚天舒说:"范司令怕是对二比一的结果不服气。"

唐龙反击说:"恐怕是朱司令难咽最终战败的苦果吧。"

楚天舒讥讽道:"两次近乎不战而屈人之兵,一次自杀性惨胜,用不着专业裁判裁定。"

朱海鹏笑骂道:"天舒,你整整大他十岁,就不能让着点?"

范英明以训斥的口气说道:"唐龙,你比他少吃十年大米咸盐,就不能忍着点?"

众人都笑将起来。

方怡走过来说:"我看你们的内分泌系统都出问题了,一个个还跟乌眼鸡一样。你们没看迎接你们的人腿都站酸了吗?坐了几个小时的车,都去歇歇吧。"

常少乐说:"三儿,你这回办得漂亮,到底是财大气粗,包的飞机到了没有?"

方怡说:"你等着听歌赏月就是了。"走到江月蓉面前,"朱海鹏,借你这员女将半个小时,行吗?"

朱海鹏说:"这是休息时间,只要她本人同意,做什么都行。"

常少乐有点紧张,提醒道:"泄露秘密的事总不能做吧?"

方怡亲热地揽住江月蓉的腰说:"我们女人家,不会谈什么军机大事,请你们放心。朱海鹏,你妈和女儿都在这里,你去看看吧。"

两个人肩并肩穿过操场,沿着一条不宽的土路,向土岗走去。

方怡开门见山说道:"今天是你给我二十天时限的最后一天,我要告诉你的是,五天前调令已经到你们研究所了。你们所已同意放你。"

"我已经知道了,你很守信用。"

"你消息蛮灵通。"

"四天前,我回了一趟所里,林总告诉我的。可惜他们谁也不知道这纸调令是如何来的。你让我感到不可思议。在两千公里外,靠遥控竟能办成这种事!"

"穷在闹市没人问,富居深山有远亲。古今中外,概莫能外。"

"这种赤裸裸,真让人受不了。当今,有权或者有钱,什么事都能办,真让人受不了。而你,竟然拥有这两根魔杖,更让人受不了。"

"我希望你也是一个守信的人。本来,我不想提示你了,因为你的固执和犹豫,我只好再找你一次。那天晚上你已经失信了,你肯定和他在一起!"

江月蓉乜斜着看看方怡,"一条活鱼放在案板上,还要蹦三蹦呢!告诉你,昨晚他又向我求婚了。所以,你没有资格指责我这些。"

方怡笑了,"月蓉,我们不是在做交易! 我真心希望我们能成为朋友。有我这样一个,如你所说的,握有两根魔杖的敌人,恐怕也睡不好觉吧?"

江月蓉也笑了，"你并不是不可战胜的，只要我向你学到一着半式，就能战胜你，并不难学，学会自私就足够了。你爸在生命垂危时，你还没忘了我们的协议，我爸跌了一跤，我一直牵挂到现在。区别也就这么一丁点儿。可我做不来。"

方怡道："我一再说，这事我不会勉强你。其实，这件事做起来相当容易了。你明天上午和歌舞团的人一起到 K 市，下午可乘包机回 C 市。后天你可以做做你公公婆婆的工作，带走小银燕，并把一切手续办妥。你只用拨通我秘书的电话，她就会给你送去一个特大集装箱。三天后，你就可以到北京报到了。你要嫌铁路太慢，东西可以用专车直接运到北京。"

江月蓉冷笑道："你不要逼我！"

方怡继续说道："你如果不想和你爸你哥住一起，可以暂住到西三旗花园小区。那里有我的一套三室两厅的房子，刚刚装修过。你可以在那里暂住到分到房子那天。西三旗离二院，离航校干休所各有三站路，不算远。"

江月蓉歇斯底里地笑了起来，"我要是冒一次险呢？我要是下决心看看那个结果呢？我要是拿朱海鹏的前程压一宝呢？你又能怎么样？雇用杀手把我除了吗？我真的很想这么做。"

方怡仔细看着大土丘，"我并不想阻止你。这是我爸自己选中的墓地。我已经派人去和清江县有关部门洽谈购买这个土丘一百年使用权的事。爸爸一死，也就没人有力量阻止我做我想做的事了。你也不要逼我。"

江月蓉无可奈何地摇摇头，"我要是不爱他该有多好！我只会按我自己的意愿行事。"

方怡淡淡说道："我相信我们一定能成为朋友的。人一生总要做一些违背自己意愿的事。你用不着跟我学什么自私，想学习，随时都有机会。一周前，你们家又出了一点小事。你哥可能不想再拖累你爸了,割了一次手腕。"

江月蓉拉住方怡说:"是真的吗?他要不要紧?"

方怡说:"信不信由你吧。暂时不要紧,因为他割破的只是一根静脉血管。他们已经知道你就要调回去了。不管你做出什么选择,我都不会感到意外。演员们就要到了,我得去接他们。"

江月蓉在夕阳里一个人伫立着,眼泪无声地涌了出来。

酒会在黄月亮升起的时候准时开始了。方英达半仰半坐在一辆手术车上,在八名持枪卫士的引导下,沿着跑道,被男女两个中尉推到小舞台跟前。八名战士分列两行,把小车抬到舞台上面。

陈皓若举手向方英达敬个礼,"副司令员同志,'二〇〇〇对抗演习'庆功酒会准备完毕,请您指示。"

方英达挥了一下手,"可以开始了。"

陈皓若转过身,朗声说道:"我宣布,庆功酒会开始。下面请,军区党委常委、军区第一副司令、'二〇〇〇对抗军事演习'指导委员会主任,方英达将军致辞!"

方英达从女主持人手里接过话筒,拉家常一样说了起来:"我从不相信什么上帝,也不会感谢他给我机会和你们见这一面。这种临终关怀,这种凝结着全体参战将士对我深深情感的临终关怀方式,把小鬼,那些接我走的小鬼吓跑了。遗憾的是,我这两条腿性子太急,先去马克思那里报到了。不能站起来讲话,有损军威,请你们原谅。"

满场不停地响着咻咻的、低低的笑声。

方英达继续说:"这次演习的得失,需要很好总结,这里我就不多谈了。我要说的,只有一个意思:太平盛世无弱旅,雄师才能保卫太平盛世。你们这次只是考了个及格。这个及格的成绩也来之不易。一个没有忧患意识的民族,是要被淘汰的,一支没有忧患意识的军队是要被消灭的。国家能不能顺利完成这次革命性的转型,军队是关键因素之一。这次演习的成功,只是一个起点,仅仅是一个起点。作为卫国戍边的军队,一定要牢记:落后就要挨打。我们现在是很落后的,一定要承认这一点。国家尚处在社会主义初级阶段,这支军队的定位也在初级阶段。噢,我扯得太远了。近两个月的演习,已经充分证明,你们是好样的。沿着科技强军、质量建军的道路稳步发展,这支军队一定还会创造出一番惊世业绩。对这一辉煌前景,我在九泉之下,也深信不疑。为了明天的辉煌,干杯!"

方英达听完一首男女对唱《十五的月亮》,就被送回住处了。酒会进入了轻歌曼舞的时段。个性和个人情感渐渐地显露了出来。邱洁如像是为了补偿什么,谢绝了一切男性的邀请,像一根藤一样紧紧地缠住唐龙,而且越缠越紧,缠得痴迷,缠得旁若无人。一直当推土机手的刘东旭,不得不在一次碰面时,严肃地对唐龙说:"上尉,注意距离。"

江月蓉和朱海鹏两个人都没下舞场,一直在一边窃窃私语,间或还有江月蓉夸张而放肆的笑声从那一片传出。方怡也没有跳舞,连看也不看朱海鹏和江月蓉,眼睛一直在观察和范英明跳了好几曲的秦亚男。舞曲换成《多瑙河之波圆舞曲》,方怡坐不住了,走到范英明和秦亚男的桌子前,说道:"秦小姐,借用一下你的舞伴好吗?"

秦亚男见是方怡,一时有些慌乱,忙说道:"可以,当然可以。"看见方怡和范英明相拥着步入人群,自语道:"这个回答可不怎么样,怎么会出这种故障!"

方怡问道:"对这支舞曲熟悉吗?"

范英明说:"你就是用这首曲子教会我跳快三的,我还跳裂了你右脚的大脚指甲。"

方怡说:"你的记忆力并不坏嘛。一场演习打下来,收获蛮丰嘛。"

范英明道:"只能说战役的开局不错。"

方怡问:"是不是快能喝喜酒了?"

范英明摇摇头说:"还早。我只是从一些细小之处作出的判断,不一定准确。"

方怡说:"告诉你一个绝密情报:你和朱海鹏可能很快走到正师的位置上。祝贺你。"

范英明道:"这种事情,瞬息万变。"

方怡问:"那好,问一个你能独立判断的问题:我和秦小姐,最大的差别在哪里?"

范英明说:"都很好,都很优秀。"

方怡道:"废话! 总是有差别吧?"

范英明说:"她不反对我吸烟,她爱养小猫小狗,我记得你好像从不洗我的袜子和内衣。"

方怡哀叹一声:"多没劲的男人啊!"

一曲终了,方怡丢下范英明,走了。

实际上,江月蓉一直在暗中注意方怡。特意在公开场合表现和朱海鹏的亲密,无非是表达一种抗争和不屈的姿态。看见方怡已经离开,江月蓉失去了倨傲地支撑下去的动力,精神一下子萎靡了。她只能按照预定的方案,按部就班地进行下去。

她去乐队那边点了一首《最后的探戈》,回到桌前说:"海鹏,我请你跳一曲探戈。"

常少乐说:"好你个江月蓉,搞厚此薄彼,你不是说不会跳舞吗?"

江月蓉道:"我只会跳这一种舞,前面可没演奏过探戈呀!"

常少乐扑哧笑了出来,"逗你玩儿呢! 我本来想借这个机会扫扫盲,想请你当老师。"

朱海鹏一听乐曲响了,站起来说:"这种舞我也不熟,甩脖子踢腿的,我跟你吧。"

江月蓉很投入地做着每一个动作,朱海鹏只是能踩着节拍跟下来。跳到中途,朱海鹏就觉得这支曲子有些古怪,似乎有什么阴森可怕的东西藏在音符中。曲终的时候,江月蓉用手撑着太阳穴,俯在桌上喘气。

朱海鹏说:"这个曲子怪怪的,有点神经兮兮。你怎么啦?用力太猛了吧?"

常少乐说:"这个曲子听上去确实不好。是不是脖子拧住了?"

江月蓉说:"有点着凉,头疼,我回去吃药睡一觉就好了。"

朱海鹏说:"我送送你吧。"

江月蓉笑道:"你这个司令还是要照顾大多数,免了吧。"

回到住处,江月蓉打开箱子,取出一叠纸和笔,坐在小桌前写了起来。

海鹏:

忘掉我这个求全、实际、懦弱的、还有点信奉爱情至上的女人吧。你看到这封信时,我已经在回C市的路上了。承方大总经理的美意,我和艺术家们乘包机返回,请勿挂念。

受责任和义务的驱使,也为了对你对别人信守我的承诺,我才给你留下了这些文字。其实,最好的办法,应该是像一团雾霭一样,无声无息地从你的世界里干干净净地消逝。然而,我却答应了你要告诉你我走开的理由。

我在这里先写下你追问过多次,在我心中已经呼喊了千百遍的三个字:我爱你! 我爱你! 这种爱无论从内容和深度上,都远远超过了我对天雄的爱。有位心理学家说,三十岁以上的女人才算真正成熟了。我信这种说法。正是因为爱和成熟,我才决定离开 C 市,回到远在北京的父兄身边。五天前,调令近乎一个神话般地飞到了研究所。这是我在认识你之前,曾用一年时间苦苦以求、终未获得的,算是命运之符吧。家父年迈体弱,哥哥是曾经红极一时的空军英雄,自他二十五岁起,他只能以轮椅代步了。早些年,哥哥还经常到一些媒体中,宣讲英雄主义之旨,正像我前两年到电视台以身为镜,匡正萎靡、颓败之世风一样,炎凉世态经见一多,便知喧闹之后只能是虚伪了,从此闭门在家。可他除了满脑子的飞机知识外,别无所长,日子已久,又郁闷成病。所幸家父身体尚好,多年来一直由他照顾哥哥。我呢,实际上一直是在做为国尽忠的事情。岁月终不饶人,家父一月前为哥哥取药,差一点摔骨折了。今天我又得知,哥哥一周前为了使年迈的父亲解除因他的残缺而多出的劳役,尝试了一次割腕自杀。这个世界上与我有血缘关系的两个男人,就在这样的生存状况中。我选择回京,原因之一,算是血脉的召唤。

我必须坦白地向你承认,我决定走的更重要的原因,是逃避爱的责任。愈发现爱你至深,愈觉得只能逃避。你我都不是普通的人。一个前途无量的你,娶一个烈士遗孀、一个被方方面面精心雕琢了三年的、算是楷模吧,会有什么样的后果?社会给我的荣誉太多了,多得我也只能采取这种方式逃避。至少,我得逃到一个不熟悉我这段历史的空间中。我实在太累了。如果不是认识了你,去年底我可能就被授予全国三八红旗手荣誉称号了。我执意不让上报我的先进事迹材料,才没再背上这一项荣誉。理由并不是因为我那时看穿了什么,而是发现了爱上你的可能,觉得不配再当这种样板人了。

有句歌词这样唱:谢谢你给我的爱,今生今世难忘怀。这也是我想对你说的话。二十九岁,我失去了天雄。受少女浪漫惯性的驱使,我曾当众发誓终身不嫁。正是我的这句誓言,使我得到了许多实际的利益,譬如不用交出半套房子,譬如调职调级评职称的优先或提前。同时,也给了我满足女人虚荣心的机会。如果我嫁给了你,不是要连本带息地偿还吗?我还不起。所以,我只能逃避。我今年只有三十三岁呀!我感谢你,是因为你让我看到了重新回到正常人行列中的可能。确实如你所说,那是一个不肯说出来让人分享的迷人夜晚。现在,惟一使我后悔不迭的是昨晚没有在那面草坡上重温那种美妙。无论你将来作为将军,无论我将来作为一个常人妻,那都会是人生的一段华彩乐章啊!我好后悔!如今,《最后的探戈》已经跳过,也只有存下这份遗憾了。因为我已经把和你的这段凄艳美丽的爱,视作了无法复制的绝唱了。

一位朋友说,英雄主义、浪漫主义和理想主义的时代已经一去不复返了。近些日子,我曾努力地对现实进行过抗争,可我失败了。我五体投地地承认,这是一个方怡这样的人成为主角的务实的时代,爱情的物质性成为男女关系主导的时代。我真的不愿意成熟,成熟了就是这样。然而我已经成熟了。方怡是爱你的,我看得出来,虽然站在前浪漫主义者的立场上看她对你的爱,有点不太纯净,但它确实是一种情感,真实的情感。你只有和她结为秦晋,才可以想望春秋五霸、战国七雄的辉煌。从哪方面看,这都是你的一条坦途。

或许你会笑我根本没有读懂你的内心世界;或许你在骂我是个逃兵,没有去承担创造爱情的责任和义务,我都不想反驳。我只希望你把我做的这一切认定为出于爱。

是的,我很不想离开你。不过,我又想,你我之间存在这么巨大的空间之隔后,我们不是更能看清这种爱情的色泽吗?

请别误会我是在诱惑你继续走别人已经作出定评的邪路。我只是对自己尚存一些信心,能为你最后终于厌倦主角的所有嘈杂后,整出一方你能满意的憩园。我会在北京一如既往地用我的心关注你的一举一动,包括你可能会进行的新的爱情战役。

最后,我还想对你说:我爱你!

月蓉　匆匆

后半夜,方英达的生命走进了间歇式昏迷状态。陈皓若、童爱国和红蓝两军的将领,都在方英达住的那层楼上,准备聆听方英达的临终遗言。方英达的三个女儿和两个在任女婿,也守在门口,等待着那个时刻。朱老太太在一个房间里,指挥着三个女军官为方英达的子女们赶制孝服。

后半夜就这么度过了。

第二天,太阳照常升起。其他方面的工作依然按照日程表有条不紊地进行着。

吃过早饭,歌舞团的演员三五成群拎着自己的乐器或者行李,朝大门口走,送他们去机场的大客车已经在外面操场上等候了。

江月蓉背着旅行包,手里拿着信,满院子寻找合适的送信人。绕到一个花坛边上,她听见了唱儿歌的声音:"你拍一,我拍一,一个小孩驾飞机;你拍二,我拍二,两个小孩卖红薯;你拍三,我拍三,三个小孩吃饼干;你拍四,我拍四,四个小孩在写字;你拍五,我拍五,五个小孩在跳舞;你拍六,我拍六,六个小孩看玩猴;你拍七,我拍七,七个小孩抓公鸡;你拍八,我拍八,八个小孩戴红花;你拍九,我拍九,九个小孩偷喝酒……"

江月蓉看着两个无忧无虑的孩子忘情地唱着儿歌、做着游戏,不忍打断,等到儿歌唱完才弯腰问道:"丫丫,你还认识阿姨吗?"

丫丫说:"你是江阿姨,银燕妹妹呢?"

江月蓉拍拍丫丫的头,"丫丫真是好记性。你是龙龙吧?"

龙龙歪头问道:"你怎么会知道我叫龙龙?"

江月蓉拉过丫丫说:"丫丫,阿姨请你这位少先队小队长帮忙送封信,我想你一定能完成。"

丫丫说:"我肯定会的,你要是要把信送到月球上,要等我当了宇航员才行,我的鸽子飞不了那么高。"

江月蓉笑道:"这封信是给你爸爸的。我有两个条件:第一,必须在二十分钟后再送到他的手里;第二,不能让第二个人看到这封信。你能做到吗?"

丫丫接过信说:"我没有表,不知道二十分钟是多长时间。"

江月蓉说:"你们数数,数够二十个一百,再开始执行这个任务,好不好?"

两个孩子拿着信,小声数起数来。

江月蓉直起身,朝远处的大楼望一眼,毅然走出院子。

两个孩子认真数完二十个一百,走到大楼下,相互耳语了一会儿。龙龙一跛一跛跑上楼,无言地拽拽朱海鹏的袖子。

朱海鹏低头问道:"龙龙,有什么事?"

龙龙把朱海鹏拉到楼梯口,小声说道:"朱叔叔,你见到丫丫姐姐就知道了。有个姓江的阿姨给你的信在丫丫姐姐手里。"

朱海鹏掏出信看了一页,厉声问道:"丫丫,江阿姨呢?"

丫丫说:"江阿姨二十分钟前走了。"

朱海鹏说:"为什么现在才送给我?"

丫丫说:"江阿姨要我等二十分钟,我要守信用!"

朱海鹏跑到大门外,只看到个空旷的操场,昨夜这里的繁华已无迹可寻了。他朝东南方向奔跑几百米,手搭凉篷一望,除了山就是树,除了树就是山。一辆吉普车从院子里开了过来。朱海鹏像一只猎豹一样,几个蹿跳,截过去,大声喊道:"停车!"

司机问道:"什么事?"

朱海鹏说:"你下来!"

司机说:"朱司令,我是 A 师小车班的,奉刘政委之命,执行任务。我又没有违章。"

朱海鹏说:"少啰唆,让你下来你快下来。"

司机说:"我不下来。"

朱海鹏粗暴地拉开车门,一把把司机拽了下来。坐在后排的一个中尉,翻到司机座位上,说道:"你是首长,怎么能这样呢?"

朱海鹏说:"我借你们的车用用,回来我对范司令和刘政委解释。你也下来,下来。"

中尉嘴里说:"好,好,你把他扶起来。"看见朱海鹏一松手,一踩油门,"小田,快点追车!"

朱海鹏大骂道:"混账——"也追了上去。

常少乐在后面喊道:"海鹏,你疯了,快点回去。"

朱海鹏挥着手中的信,"怎么能这样?说走就走?"

常少乐问:"什么走不走?"

朱海鹏说:"江月蓉调到北京了。不行,我得把她追回来。她走的理由莫名其妙。我不怕,我怕什么。我什么都不要了。我得追她!"

常少乐吼了一声:"朱海鹏!你给我冷静点!小四十的人了,轻重缓急你不懂?方副司令醒过来了,醒过来没看见你,要我们找。你去追吧,追吧。方副司令有话对我们说。"

朱海鹏把信装好,摇摇头说:"她已经下了决心,追上也没用。"

常少乐说:"你知道就好。你要不想让你的后半生一塌糊涂,你就认了吧。月蓉可真是个识大体的好女人。可惜你无福消受。快走吧。"

病房里已经站了七八个人。

方英达看见朱海鹏进了屋,说道:"齐了。现在我很清醒,有几件事该给你们说说。再不说,恐怕就没机会了。我死后,丧事从简。战士们要送送我,我不反对。但我有两个要求,第一,不准哭,军人,从来就是流血流汗不流泪,哭哭啼啼,成什么话? 第二,不要放哀乐,我不喜欢听,要放就放军歌吧。我戎马一生,没有任何积蓄,对三个子女,没留下任何遗产,遗言只有两句话:认认真真做人,兢兢业业工作。小三和朱海鹏留下,你们出去吧。"

屋内只剩下三个人了。朱海鹏有点紧张。

方英达轻轻地叹了一声,"我膝下无儿,一直把小三当儿子养哩。小三也算争气。海鹏,我只想让你答应我一件事:永远把小三当成你的亲人看。你全面,有眼光。小三有你的支持,我就放心了。方家四代人,由商到兵,再由兵到商,走了一个轮回。你能答应吗?"

朱海鹏说:"我答应你。"

方英达满意地笑了,"很干脆。小三儿,把你妈请出来吧,我想单独和她待一会儿。"

方怡把红绸解开,把相框递给方英达,掩上门出去了。

方英达紧紧抓住相框,看着十九岁的妻子,呢喃着:"怎么这么重啊,二十七年没见了,你是不是发福了? 不对,你没有那种发福的身材。我老了,确实老了,抱不动你了。那边的日子怎么样啊? 你还是那个样子,没有变,少言少语,用眼睛说话呀。娶了你是我的一项成就,这是粟司令员说的。是的,我也这么看。可是,你怎么能半道上扔下我和孩子们就走呢? 我不怪你,不怪你，真的不怪你。人很多时候斗不过自然，真的斗不过呀，那个时候又是缺医少药……现在好了，好了，我还是斗不过，斗不过呀！淑娟，淑娟，我们只做了十二年夫妻，连半个银婚也不够啊！你没做够，我也没有做够……我想让你看看我现在的样子，让你认得我……为了让你一眼认得我，我不敢火化，烧成了灰，你就看不见我了，看不见就找不到了，找不到还怎么做夫妻？你说过要等我的，你可不能失信呀！你三十三岁，我六十三岁，老夫少妻……你不会已经嫁了人吧？你要是嫁了人，我绝对饶不了你……你不会，你不会！你不是那种人！下个清明节，小三去把你接过来，我们一起镇守这片红土地。你，你别扯我的袖子……太沉了，太沉了……"

相框慢慢压在方英达胸前，他们就这么相拥着，相拥着，像一对老夫少妻一样相拥着……

第三天清晨，演习部队几千官兵参加了方英达的葬礼。三千名士兵分成两行，从院内那幢小楼前，一直排到土岗上。从大门口开始，兵墙外面，整齐地排着两行坦克、装甲车、高炮、低炮和各种运输车辆。集团军军长陈皓若带着演习红、蓝两军司令范英明、朱海鹏，排成一个品字，走在最前面。由二十四名高大英武的士兵组成的仪仗队，紧随其后。巨大的黑色棺材压在十六个士兵的肩头，平稳地向前行进着。身穿白色孝衣的方恬、方丹、方怡，紧紧跟在棺木后面，走在中间的方怡，双手捧着母亲十九岁的照片。朱老太太和小英各拉一个小孩紧跟着方英达的两个女婿，丫丫和龙龙手里各提一只鸽笼，鸽笼里静卧着四羽雪白色的鸽子。最后是四个士兵方阵。队伍缓缓向土丘移去，没有哭泣、没有喧闹，只有无边的肃穆。

接着，雄壮有力的军歌声响了起来，从《大刀向鬼子头上砍去》,一直唱到《东西南北兵》。

十六个战士把棺材放入墓穴后,丫丫和龙龙放飞了四羽白色的信鸽。这时,一个巨大的红球跃出了山巅,四射着千万道红光,向着阔大无边的蔚蓝色空间里上升着。

朱老太太眯眼瞥一眼那个红家伙,扯着方怡的孝衣,急急说道:"闺女,快填土吧,人入葬不兴见老爷儿,见了身上阳气重,到那边不好活人呀!"

方怡朝墓坑里的棺顶撒了第一捧红土。

陈皓若从枪套里掏出五九式手枪,大声喊道:"全军都有了——鸣枪炮为方英达将军送行——"

刹那间,枪炮齐鸣,大地颤动了。

〔次年某月某日,中央军委主席签署命令:任命陈皓若为某军区副司令员;任命常少乐为某集团军副军长;任命童爱国为某集团军参谋长;任命朱海鹏为某军区训练部部长;任命范英明为陆军第 A 师师长;任命黄兴安为陆军第 C 师副师长代理师长;任命楚天舒为陆军第 A 师参谋长;任命王仲民为陆军第 C 师参谋长。某月某日,某军区司令员、政委签署命令:任命秦亚男为军报驻军区记者站站长,为原军区信息工程研究所高级工程师江月蓉补记一等功一次。某月某日,某集团军军长、政委签署命令:任命唐龙为陆军第 A 师作战科副科长代理科长。某月某日,陆军第 A 师师长范英明、政委刘东旭签署命令:任命李铁为一团一营副营长代理营长;任命赵东林为二团四营副营长代理营长。某月某日,某军区军事法庭作出两项判决:判处王思平死刑,立即执行,剥夺政治权利终身,同案犯罪嫌疑人高军谊案发后畏罪自杀,不再追究刑事责任;鉴于犯罪嫌疑人程东明在羁押期间有重大立功表现,从轻判处程东明有期徒刑一年,监外执行。

　　某月某日,昌达电子公司 A 股在深圳证券交易所上市,当日收盘价为十八点五六元。]

1997 年 4 月—1997 年 12 月一稿于成都

1998 年 1 月—1998 年 3 月二稿于成都